WILHELM HEINSE

Ardinghello

und die glückseligen Inseln

Kritische Studienausgabe

Mit 32 Bildtafeln,
Textvarianten, Dokumenten zur Wirkungsgeschichte,
Anmerkungen und einem Nachwort herausgegeben
von Max L. Baeumer

PHILIPP RECLAM JUN. STUTTGART

Universal-Bibliothek Nr. 9792 [9]

Gesetzt in Borgis Garamond-Antiqua. Printed in Germany 1978
Herstellung: Reclam Stuttgart
ISBN 3-15-009792-4 (kart.) ISBN 3-15-029792-3 (geb.)

Ardinghello

und die

glückseeligen Inseln.

Eine

Italiänische Geschichte

aus dem sechszehnten Jahrhundert.

Erster Band.

Lemgo,

im Verlage der Meyerschen Buchhandlung 1787.

Erster Band

Es ist eine Lust, in den italienischen Bibliotheken herumzuwühlen: man spürt auch in den geringeren zuweilen unbekannte Handschriften auf. Ob ich an dieser, von welcher ich hier die getreue Übersetzung liefre, einen guten oder schlechten Fund getan habe, mag jeder Leser für sich bestimmen. Ich entdeckte sie bei Cajeta in einer verfallnen Villa, die auf einer reizenden Anhöhe den zaubrischen Meerbusen beherrscht, unter alten Büchern und Papieren, als ich mit einem jungen Römer einen glücklichen Herbst dort zubrachte, während er die Verlassenschaft seines Oheims in Besitz nahm.

Sollte verschiedenen, wegen Ferne des Landes und der Zeit, einiges dunkel oder zu gelehrt vorkommen: so können sie solches bequem überschlagen und sich bloß an den Faden der Begebenheiten halten; in der Natur selbst müssen die Weisesten manches so vorbeigehn.

Vielleicht findet mein Freund noch anderswo das übrige der Geschichte; aus Familiennachrichten scheint hier Fiordimona, die man darin kennenlernen wird, ihre Tage beschlossen zu haben.

Der Verfasser setzt seiner Schrift folgende Fabel vor, um sinnlich zu machen, daß auch das Nützlichste unschuldigerweise schädlich sein kann.

»Ein wächserner Hausgötze, den man außer acht gelassen hatte, stand neben einem Feuer, worin edle campanische Gefäße gehärtet wurden, und fing an zu schmelzen.

Er beklagte sich bitterlich bei dem Elemente. ›Sieh‹, sprach er, ›wie grausam du gegen mich verfährst! Jenen gibst du Dauer, und mich zerstörst du!‹

Das Feuer aber antwortete: ›Beklage dich vielmehr über deine Natur; denn ich, was mich betrifft, bin überall Feuer.‹«

Geschrieben im Dezember 1785.

Erster Teil

Wir fuhren an einem türkischen Schiffe vorbei, sie brannten ihre Kanonen los: die Gondel wankte, worin ich aufgerichtet stand; ich verlor das Gleichgewicht und stürzte in die See, verwickelte mich in meinen Mantel, arbeitete vergebens und sank unter.

Als ich wieder zu mir gekommen war, befand ich mich bei einem jungen Menschen, welcher mich gerettet hatte; seine Kleider lagen von Nässe an, und aus den Haaren troff das Wasser. »Wir haben uns nur ein wenig abgekühlt!« sprach er freundlich mir Mut ein; ich drückte ihm die Hände.

Das Fest war für uns verdorben. Meine vorigen Begleiter eilten nun von dannen. Wir ließen den Bucentoro zwischen tausend Fahrzeugen, unter dem Donner des Geschützes von allen Schiffen aus den Häfen, in die offne See stechen und den Dogen sich mit dem Meere vermählen; und er brachte mich mit seinem Führer nach meiner Wohnung.

Hier schied er von mir, ohne daß er mir weder sein Quartier noch seinen Namen sagen wollte; bloß aus der Mundart bemerkte ich, daß er ein Fremder war; jedoch versprach er, mich bald zu besuchen. Wir umarmten uns, und mir wallte das Herz, es regte sich eine Glut darinnen. Seine Jugend stand eben in schöner Blüte, und um Mund und Kinn flog stark der liebliche Bart an; seine frischen Lippen bezauberten im Reden, und die Augen sprühten Licht und Feuer; groß und wohlgebildet am ganzen Körper, mit einer kühnen Wildheit, erschien er mir ein höheres Wesen.

Sein Bild wich den ganzen Tag nicht aus meiner Seele; ich konnte weder essen noch trinken und vor Ungeduld nicht bleiben.

Abends war Gondelrennen, das auf der See, was Wettlauf auf dem Lande; wodurch unsre Leute zu mutigen Schiffern sich bilden: ein Spiel, wo Stärke, Gewandtheit und Führung des Ruders den Preis davonträgt und welchem nur ein Pindar fehlt, es wie die olympischen zu verherrlichen. Der ganze Große Kanal schäumte und war Getümmel von schönem Leben; die Fenster der Paläste prangten mit ihren Tapeten, und die untergehende Sonne glänzte daraus wider in unzählbaren frohlockenden Gestalten.

Ich fuhr an den Markusplatz und ging darauf in Gedanken herum, bis die Nacht einsank und ihre Kühle verbreitete; die Erleuchtung der Buden mit den Kostbarkeiten der Messe gab eine neue Augenweide. Ich blickte in verschiedene Weinschenken unter den Hallen; in einer dünkte mich, den jungen Mann gesehen zu haben, der mich so großmütig der Gefahr entzog. Ich kehrte sogleich um und ging in meiner Maske hinein.

Es war der Versammlungsort der Künstler, und ich hatte recht gesehen. Sie schienen im Streite zu sein. Paul von Verona führte das Wort und sagte:

»Wer über ein Kunstwerk am richtigsten urteilen kann? Ich glaube, wer die Natur am besten kennet, die vorgestellt ist, und die Schranken der Kunst weiß. Ich verachte die Elenden, die von einem Manne von Geist und Welt verlangen, daß er ein Schmierer wie sie sein soll, eh er über ein Gemälde urteilen will; das komische Approbatum sogar, welches die teutschen Roßtäuscher an die Pferde vor der Markuskirche mit ihren Namen schrieben, gilt mir zum Exempel mehr hier als jener ganzer Troß; in Stutereien geboren und erzogen, fühlten sie die herrliche lebendige Pferdsnatur und wie jeder von den vier jungen mutigen Hengsten seinen eigenen Charakter hat. Die Vortrefflichkeit ihrer Köpfe und wie sie schnauben und ungeduldig sind, daß sie im Zügel gehalten werden, lernt man durch kein bloßes Gekritzel von Zeichnung. Selbst der größte Maler, der immer auf festem Lande lebte, kann über kein Seestück urteilen; und der erste beste Sultan, der liebt und noch Kraft in den Adern hat, darf eher sprechen aus seinem Serail über eine nackende Venus von unserm Alten als der fromme Fra Bartolommeo.«

»Wahr!« versetzte ein andrer, der deutlichen hellen und volltönigen Aussprache nach ein Römer; »aber der Geschmack kömmt nicht von selbst. Man muß erst wissen, was Kunst ist, und den Vorrat der Kunstwerke mit naturerfahrnem Sinn geprüft haben: sonst geht man der Prozession mit der Madonna von Cimabue hinterdrein und bejubelt sie als das Non plus ultra. Die Leute glauben, es wäre nicht möglich, etwas Bessers zu machen, weil sie nichts Bessers gesehen haben; und denken, wie ihnen zumute wäre, wenn sie den Pinsel in die Hand nehmen sollten. Daher alle die albernen Urteile von sonst sehr gescheiten und gelehrten Männern über die Künstler der vorigen Zeit; sie schwatzten gleich vom Zeuxis und Apelles, weil sie platterdings von diesen Namen keinen sinnlichen Begriff hatten. Und so wird's bei den Ausländern, wo die Kunst anfängt und die Meisterstücke nicht vorhanden sind, mit euch und Tizian und Raffael ergehen; ihr werdet ebenso gemißbraucht werden.

Und dann muß man gewiß mehr als ein Werk und viel von einem Meister gesehn haben, ehe man nur ihn recht kennenlernt. So geht's auch mit den Menschen überhaupt; die trefflichen muß man studieren. Es ist nichts eitler und törichter als die Reisenden und Hofschranzen, die einen wichtigen Mann gleich beim ersten Besuch und Gespräch weghaben wollen.

Doch um nicht auszuschweifen! Keiner kann einen Teil vollkommen verstehen, ohne vorher einen Begriff vom Ganzen zu haben, und so wieder umgekehrt. Jedes einzelne Gemälde zum Beispiel macht folglich einen Teil von der gesamten Malerei, so wie sie gegenwärtig in der Welt ist; und man muß wenigstens ihr Bestes überhaupt kennen, ehe man dem einzelnen seinen Rang anweisen will.«

Mein junger Mann erwiderte jetzt mit Feuer:

»Ich mag nicht bestimmen, inwieferne der Herr recht hat. Das Geräusch der Messe um uns erlaubt keine nüchterne Beratschlagung; ich glaube, Meister Paul hat das Seinige gesagt, damit, daß ein befugter Richter noch die Grenzen der Kunst kennen muß.

Allein, ihr Lieben, jede Form ist individuell, und es gibt keine abstrakte; eine bloß ideale Menschengestalt läßt sich weder von Mann noch Weib und Kind und Greis denken. Eine junge Aspasia, Phryne läßt sich bis zur Liebesgöttin oder Pallas erheben, wenn man die gehörigen Züge mit voller Phantasie in ihre Bildungen zaubert: aber ein abstraktes bloß vollkommnes Weib, das von keinem Klima, keiner Volkssitte etwas an sich hätte, ist und bleibt meiner Meinung nach ein Hirngespinst, ärger als die abenteurlichste Romanheldin, die doch wenigstens irgendeine Sprache reden muß, deren Worte man versteht.

Und solche unerträglich leere Gesichter und Gestalten nennen die armseligen Schelme, die weiter nichts als ihr Handwerk nach Gipsen erlernt haben und treiben, wahre hohe Kunst; und wollen mit Verachtung auf die Kernmenschen herunterschauen, die die Schönheiten, welche in ihrem Jahrhundert aufblühten, mit lebendigen Herzen in sich erbeutet haben.«

»Dies ist der wahre Weg«, beschloß der Römer. »Inzwischen kann man über nichts urteilen, wovon man kein Ideal hat; und dies entwirft der Verstand mit der Wahl aus vielem.«

Hier trennte sich die Gesellschaft; Paul ging weg und nahm den Jüngling in Arm. Ich folgte nach. Sie zogen den Platz ein paarmal herum und hörten da und dort der Musik und den Scherzen lustiger Truppen zu. Beim

Eingang in die Merceria verließ ihn endlich Paul; ich nahm meine Maske ab und machte mich an ihn.

Er erkannte mich gleich und freuete sich, daß mein Zufall keine schlimme Folgen gehabt hätte. Ich bezeugte ihm von neuen meine Dankbarkeit und wünschte ihm irgendworin für seine edle Tat Dienste leisten zu können.

Dies setzte ihn in Verlegenheit. »Was hab ich getan«, erwiderte er, »das ich nicht bei jedem andern Erdensohn getan hätte? hätte tun müssen? Wie mancher Bube holt so ein Stück Geld vom Sand aus der Tiefe und stürzt sich noch obendrein von Höhen in die Flut. Übertriebnes Lob für Schuldigkeit macht die Menschen feig und eitel. Das ist ein elendes Volk an Heldenmut und Verstand, wo bei jeder Kleinigkeit eine Ehrensäule muß aufgerichtet werden. Was geschehen ist, sei geschehen!«

»Groß auf Ihrer Seite«, verfügt ich, »und gewiß ist der Rettende schon in sich der Göttliche. Inzwischen glaub ich aber doch, daß die Dankbarkeit das festeste und sanfteste Band der Gesellschaft sei, und auch ein wenig Ausschweifung darin eine Nation immer liebenswürdig und den wackern Männern derselben das Leben froher mache.«

Er sah mich hierbei mit einem neuen seelenvollen Blick an, und wir faßten uns traulicher. Ich bat ihn inständig, diesen Abend bei mir zu bleiben; und wir ließen uns am Broglio über den Kanal setzen.

Wir aßen und tranken, und das Tischgespräch wurde immer lebendiger, sobald die Bedienten uns verlassen hatten. Der erste Vorwurf war der heutige Tag. Er rühmte die Klugheit unsers Senats, daß sie sich aus dem bitterbösen Kriege nach dem Bündnisse bei Cambrai und jetzt aus dem Überfalle der ganzen türkischen Macht so glorreich gezogen hätten und in der alten Würde noch mit dem Meere vermählen könnten. Nur tat es ihm leid, daß der Cyperwein in Italien nun

seltener und teurer werden würde.
»Wir sind unter vier Augen«, erwidert ich, um ihm das etwanige Mißtrauen gegen einen Nobile zu benehmen; denn ich fühlte den Zug der Liebe unwiderstehlich. »Nach jenem unglückseligen Bunde war ein arger Staatsfehler nur einigermaßen wiedergutgemacht, den man vorher hätte vermeiden müssen. Und auch jetzt würden wir das süße Königreich, die Insul der Liebe, nicht eingebüßt haben, wenn man dem Sultan, als der Silen noch Statthalter in Cilicien gegenüber war, einige Fässer von ihrem Nektar wohlfeiler vergönnte; und die christlichen Freibeuter mit seinen weggekaperten schönen Knaben und Sklavinnen nicht allzu sicher zu Famaugusta in der Nachbarschaft einliefen.
Unsre Braut scheint uns übrigens nicht mehr so treu bleiben zu wollen, wenn man auf Vorbedeutungen gehen darf. Sie wissen, daß das Fest schon vorgestern sollte gehalten werden; aber die wilde Göttin weigerte sich, war Aufruhr und stürmte und warf ein Dutzend ertrunkner Schiffbrüchigen zum Großen Kanal herein bis an den Palast des alten Dogen. Papst Alexander der Dritte, der noch Gewalt über die Mutwillige hatte, ist leider längst gestorben; und Kolumb, der Held, dessen Genua nicht wert war, und andre welsche Piloten haben dem portugiesischen Heinrich und den kastilianischen Fürsten die wahre Amphitrite ausgekundschaftet, wogegen unsre nur eine Nymphe ist. Und überhaupt gibt sie sich nur den Tapfern und Klugen preis, wie alle freie Schönheit, und es hilft da keine Zeremonie. Wir hätten uns besser um unsre Braut bewerben sollen, anstatt uns um Steinhaufen viel zu plagen, nachdem sie uns einmal günstig war.«
»Vielleicht ist dies Schicksal«, antwortete er schalkhaftbitter; »Ihr Doge vermählt sich vermutlich nicht umsonst so oft und trägt von jeher die phrygische Mütze mit Hörnern! und dann ist so eine Zeremonie gut fürs Volk und macht ihm Mut; und was einmal so präch-

tige Gewohnheit ist, läßt sich so leicht nicht abschaffen. Ihr Herren tut vielleicht bald wieder einen andern Fang im Archipelagus und fischt ein neues Königreich. Es ist genug, daß man eins hundert Jahre lang ruhig besitzt. Dreimalhunderttausend Zechinen kann man hernach leicht für den Genuß bezahlen; dreitausend Zechinen fürs Jahr war die Residenz der Venus selbst wohl unter Brüdern wert. Dies hat euch eine Venezianerin vermacht, als ihr Gemahl, der König, starb und seine Kinder, eins nach dem andern, kurz darauf in eurer Stadt: nun ist die Reihe an euch Jünglingen, eine Königin in Osten zu heiraten.«*

Dieser Stachel schnitt ein und verwundete mein damals noch allzu parteiisch-vaterländisches Herz. Mir geschah, als ob ich vor der Zeit vernünftig gewesen wäre; doch gefiel mir überaus seine Freimütigkeit gegen mich. Er bemerkte mit scharfem Blicke gleich das Unheimliche und fuhr fort: »Aber wir sind doch immer in Venedig, und die Mauren haben da Ohren; sprechen wir von etwas anderm!«

Nach einer kleinen Stille fing er an: »Ich muß Ihnen doch etwas von mir sagen, damit Sie wissen, wer ich bin und wie ich mit andern zusammenhange.

Ich bin ein Maler aus Florenz und halte mich hier auf, um nach den toskanischen Gerippen mich am venezianischen Fleische zu weiden. Tizian hat den wesentlichen Teil von der Malerei, ohne welchen alles andre nicht bestehen kann. Es ist freilich da, aber ungesund und siech; sei's noch so himmlisch und vortrefflich oder als Gaukelspiel ohne Wahrheit. Wer nicht wie Tizian zu Werke schreitet, wird auch nie ein wahrhaftig großer Maler werden. Die allgemeine Stimme entscheidet hier, nicht die Künstler. Tizian ergreift alle,

* Es würde allzu weitläuftig sein, die hier berührten Punkte der venezianischen Geschichte im Zusammenhange zu erzählen; wer sie noch nicht wissen sollte, kann leicht anderswo davon Nachricht finden.

die keine Maler sind; und diese selbst im Hauptstücke der Malerei, welches platterdings die Wahrheit der Farbe ist, so wie die Zeichnung der wesentliche Teil der Zeichnung. Malen ist Malen: und Zeichnen Zeichnen. Ohne Wahrheit der Farbe kann keine Malerei bestehen, eher aber ohne Zeichnung.«

»Wenn ich als Laie bei euch strengen Herren ein Wort reden darf«, fiel ich ein, »so mag ihnen das venezianische Fleisch nach den Knochen und Sehnen des Michelangelo desto besser schmecken und bekommen.«

»Dies ist lauter Sophisterei«, antwortete er. »Der Maler gibt sich mit der Oberfläche ab, und diese zeigt sich bloß durch Farbe; und er hat mit dem Wesentlichen der Dinge im eigentlichen Verstande wenig zu schaffen. Wer sich einmal in diese Grillen verliert, kann so leicht nicht wieder herauskommen. Das Zeichnen ist bloß ein notwendig Übel, die Proportionen leicht zu finden: die Farbe das Ziel, Anfang und Ende der Kunst. Es versteht sich, daß ich hier vom Materiellen spreche. Dem Gerüste den Rang über das Gebäude geben zu wollen ist ja lächerlich; dem Zeichen, welches menschliche Schwachheit erfand, vor der Sache selbst, wenn ich so reden darf. Das Hohle und das Erhobne, Dunkle und Helle, das Harte und Weiche, und Junge und Alte, wie kann man es anders herausbringen als durch Farbe? Form und Ausdruck kann nicht ohne sie bestehen. Die schärfsten und strengsten Linien, selbst eines Michelangelo, sind Traum und Schatten gegen das hohe Leben eines Tizianischen Kopfs. Profile kann jeder Stümper abnehmen, da braucht sich der andre nur vors Licht zu setzen, richtiger als sie ein Raffael aus freier Hand zeichnet; aber das Lebendige mit allen den feinen Tinten in ihrer Vermischung und schwindenden Umrissen, die keine bloße Linie faßt: da gehört Auge und Gefühl dazu, das die Natur nur wenigen gab. Wer sich einmal an das Leichte gewöhnt, der kömmt mit dem Schweren gar selten fort.«*

»Sie mögen im Grunde recht haben«, versetzt ich darauf; »nur verfällt man bei Ihrer Art leicht in den Fehler, daß man sich allzusehr an das Materielle hält und das Geistige darüber außer acht läßt. Inzwischen möchte Ihnen der Römer – wahrscheinlich war es einer diesen Abend im Weinhause –, was Sie sagten, scharf bestreiten.«

»Der Vorurteile sind noch mehr in der Kunst, die ebenso hartnäckig verfochten werden«, sprach er ferner. »Was das Geistige betrifft, das lernt sich und verlernt sich nicht; da gehört guter Instinkt aus Mutterleibe dazu und vollkommene Gegenstände von außen herum. Deuten und hinführen kann man wohl; aber wo kein Zug, keine innere Richtung ist, kömmt lauter Manier hervor, dem Menschen, der seinen Durst löschen will, soviel als nichts und überdrein vergebliche Mühe; denn er hat sich an den leeren Schein hinbemühen und untersuchen müssen.

Der Römer hat viel Verstand; nur malen soll er nicht: er hätt ein Schriftsteller werden sollen; jetzt aber ist er einmal im Geleise und schwatzt sich durch. Dieser ahmt eine Natur nach, welche nur noch in Steinen existiert, eine Natur ohne Farbe mit Farbe: und will täuschen! eine feste starre Bewegung von den Millionen Lebendigen, die immer um uns herum entstehen! weil es freilich jedermann leichter und dem schachmatten Stubensitzer bequemer ist, einen bretternen Hirsch zu schießen als einen, der durch die Wälder streicht und über Büsche und Gräben setzt; zumal da wir heu-

* Man stoße sich nicht an diesen jugendlichen Ausfällen auf die römischen und florentinischen Schulen; in der Folge wird sich alles deutlicher entwickeln. Inzwischen liegt schon Wahres hier zum Grunde. Es ging dem jungen Mann wie allen, die in zu strenger Lehre standen: sobald sie in Freiheit kommen, verabscheuen sie das Joch. Allein treffliche Naturen bequemen sich nach und nach wieder zu dem Guten, was es mit sich brachte.

tiges Tags meist verbotene Jagd haben.

Er hat ein langes und breites an der *Hochzeit zu S. Giorgio Maggiore* von unserm herrlichen Paul getadelt. Christus mit seinen Aposteln sitzt freilich im Mittelgrund am Tische ziemlich unbedeutend; und sie sind bloß deswegen da, weil sie dasein müssen, weil wir andern Menschenkinder uns keinen sinnlichen Begriff von den Gestalten dieser Wundermänner machen können.

Die Hauptsache aber bleibt immer der Schmaus, das Fest und der Wein über alle Weine; erste erfreuliche Bekräftigung unsrer Religion nach dem Johannes. Und in dieser Rücksicht ist das Stück voll Laune und die Begebenheit darin erzählt wie eine spanische romantische Novelle. Die Hauptfiguren sind ein Tisch mit Spielleuten, die auf lieblichen Instrumenten Musik machen. Paul selbst spielt eine Geige der Liebe; Tizian den Regenten der Harmonie, den Baß; Bassano, Tintorett andere Instrumente. Sie sind meisterhaft gemalt, haben treffliche Gestalten, passenden Ausdruck und sind schön gekleidet. Am Tische der Braut ist eine Sammlung der ersten Menschen dieser Zeit, alles voll Chronikwahrheit und Laune; sie müssen ihm das Drama aufführen. Die Luft im Hintergrunde ist gar leicht und heiter. Architektur, Gefäße und Speisen verzieren sehr gut. Die Beleuchtung breitet das Ganze auseinander und scheinet vollkommen natürlich. Wer sieht so etwas nicht gern und weidet seine Augen daran!

Derselbe hat groß Ärgernis genommen an der Verletzung des Kostüms in der *Familie des Darius beim Alexander* mit seinen Helden, und bejammert, daß soviel Herrlichkeit dadurch gestört werde.

Sie kennen das Stück zu gut, da es bei Ihren Verwandten sich befindet. Man kann es den Triumph der Farben nennen; mehr Harmonie, mehr Pracht, mehr Lieblichkeit ist nicht möglich schier zu zeigen. Außerdem herrscht noch Wahrheit in allen Köpfen, die meistens Porträte sind. Wenn man nicht an die alte Geschichte denkt, und glaubt, es wäre der Sieg eines Helden der neuern Zeiten: so ist es ein wahrhaftes Meisterstück durchaus. Die Architektur im Hintergrunde gibt den Ton zum Ganzen; und es gehörte so tiefes Gefühl im Auge von Farbe, Pracht und Harmonie derselben dazu, wie Paul hatte, um auf einem solchen weißen Grunde die Gesichter und Stoffe so hervorgehen und leben zu lassen. Die Gruppe der vier weiblichen Figuren, die der Alte in eine Pyramide bringt, ist durchaus reizend, die Gesichter lebendig und von wunderbarer Frischheit. Alexander hat einen schönen Jünglingskopf, der freilich eher Weibern gefallen kann als die Welt bezwingen. Daß er ganz bis auf die Füße von oben herab in Purpur überein gekleidet ist, macht zwar einen großen roten Fleck bei längrer Betrachtung; doch hebt es ihn als Hauptfigur hervor. Sie sehen, daß im Wein die Wahrheit liegt! aber Paul kann sie vertragen. Parmenion hat einen herrlichen Kopf und ein zauberisches gelbes Gewand; die Prinzessinnen haben schön geflochten blondes Haar. Und welche Menge Figuren, wie auf der Hochzeit, fast alle in Lebensgröße! Man kann dies wohl das prächtigste und zauberischeste Gemälde nennen, was Farben betrifft; mit jedem Blicke quillt neuer Genuß daraus fürs Auge; nächst dem noch göttlichern und reichern *Hingang zum Tempel der Madonna als Kind* in der *Scuola della Carità* von Tizian, dem Triumph aller Malerei. Sie werden lange unübertroffen bleiben und einzeln in der Welt dasein.

Die Vernachlässigung des Kostüms ist eigentlich ein Fehler für die Antiquaren; denn der große Haufe weiß nichts davon und merkt's nicht. Freilich wäre es besser, die Künstler wählten keine alte Geschichten, wenn sie Naturwahrheit und Farbenpracht in den Gewändern zeigen wollten; griechische Gestalt und leichte Kleidung ist uns ganz entrückt. O wie verlangt mein Herz, jene glückseligen Inseln und das feste Land auf beiden Seiten noch heutzutag zu sehen und wie das heitre milde Klima noch jetzt dort das Lebendige bildet! Ach, wir sind so weit von der Natur abgewichen und von der wahren Kunst zurück, daß wir fast insgesamt einen bekleideten Menschen für schöner halten als einen nackten! Das kostbarste, prächtigste, feinste und niedlichste Gewand ist für den echten Philosophen und das Wesen, das nach klarem frischen Genuß trachtet, ein Flecken, eine Schale, die ihn hemmt und hindert.«

»Hätt ich Sie doch damals schon gekannt«, sagt ich ihm hierauf, »als ich diesen Zug begann: so wär Ihr Wunsch erfüllt! So wie Sie mich hier sehen, hab ich dieses alles schon durchwandert; leider zu früh. Mein Vater nahm mich mit sich nach Griechenland, wohin er von der Republik abgeschickt wurde; und ich blieb mit ihm daselbst drei Jahre; das Beste, was ich zurückgebracht habe, ist Kenntnis des Griechischen; ich lese das alte ziemlich geläufig und schreibe und spreche das neue.«

Hier sprang er auf vor Freuden, ganz außer sich, so daß die Gläser vom Tische flogen, und rief: »O glücklicher, seltner, wunderbarer Zufall! so jung und schön, und voll Verstand und Erfahrung! wir müssen ewig Freunde sein, und nichts soll uns trennen; du bist der Liebling meiner Seele.«

So fiel er mir um den Hals. Uns verging auf lange die Sprache, und wir waren zusammengeschmolzen durch Kuß und Blick und Umarmung.

Endlich nahm er wieder das Wort und sagte: »Hier ist nichts als wir! und alles andre in der Welt steht uns nur da zum Dienst.«

Ich war ganz erschüttert, durchbrannt von seinem Feuer, seiner Heftigkeit. Es wurde überhaupt wenig mehr gesprochen außer unzusammenhangende Reden im lyrischen Taumel, Akzente der Natur. Wir glühten beide von Wein und Leidenschaft: er riß sich los, schon spät in der Nacht, mit den Worten: »Morgen sind wir wieder beisammen.«

Ich legte mich zu Bette. Herz und Seele und alles in mir war wie ein Bienenschwarm, so sumsend, stechend heiß und ungeduldig; schlummerte wenig Stunden und fuhr oft dazwischen auf.

Den andern Morgen kam er bei guter Zeit. Mich überlief bei seinem Anblick ein leichter Schauder vor seinem gestrigen Ungestüm; aber er erschien mir von neuem so liebenswürdig, daß ich hingerissen wurde und dem unwiderstehlichen Zuge nachfolgte.

Ich hatte noch keinen Menschen gekannt, mit welchem ich so zusammenstimmte, in der Art zu empfinden und zu handeln; nur war er reicher und stärker an Natur als ich, seine Seele voller, aber auch unbändiger, und seine Geburt warf ihn in andre Umstände, unter andre Menschen, in eine andre Laufbahn. Wer einen Freund ohne Fehler finden will, der mache sich aus dieser Welt heraus oder geh in sich selbst zurück, die Vollkommenheit erscheint hienieden nur in Augenblicken, und diese allein sind unser Genuß. Ein großer Geist, ein edel Herz wiegt manches Laster auf, wohinein uns die Schlechtigkeit bürgerlicher Verfassungen stürzt.

»Wir schieden gestern voneinander wie im Rausche«, trat er ins Zimmer. »Glück ist die größte Gabe, die Sterblichen zuteil werden kann, nur muß man es mit Verstand brauchen.«

Nachdem wir einigemal stillschweigend auf und ab gegangen waren, fragte er mich: »Habt Ihr nie etwas von Kunst getrieben?« Ich antwortete ihm, daß ich nach der hiesigen Erziehung zeichnen gelernt hätte, Augen, Mäuler, Nasen, Ohren und Gesichter, und Hände und Füße nach Vorschriften; im Grunde soviel als nichts: denn bis zum eigentlichen Lebendigen wär ich nicht gekommen; welches mir herzlich leid tue!

mich reize sie unendlich, und ich möcht es gern darin bis zu einer gewissen Fertigkeit für mein eigen Vergnügen gebracht haben. Jetzt mach ich nur noch zuweilen die Hauptumrisse schöner Gegenden, der Erinnerung wegen.

»Da ist noch nichts verloren«, fuhr er fort; »wir wollen einander helfen. Alle Künste sind verwandt; sie zusammen erhöhen und verstärken die Glückseligkeit des Menschen, bilden sein Gefühl, mehr als alles, für die Schönheiten der Natur und setzen ihn über das Tier. Wie fangen wir es am besten an, damit Ihr so geschwind als möglich Euch diese Fertigkeit erwerbt? Ich denke«, fügt' er scherzhaft hinzu, »Ihr braucht mich zum Modell, nach kurzen Wiederholungen von dem, was Ihr schon wißt; so wie ich Euch dann zuweilen bei meiner Arbeit.

Im Griechischen hab ich mich hauptsächlich nur mit den Dichtern beschäftigt, mit dem Homer, Pindar, Sophokles, Euripides, weil mein Lehrmeister selbst ein Dichter war; und dabei aus den Geschichtschreibern nur die Beschreibungen der glänzenden Siege über die Perser gelesen. Die Schätze der Weisheit im Aristoteles, Plato, Xenophon kenn ich meistens nur aus Gesprächen und vom Hörensagen und habe wenig von den Quellen selbst getrunken. Wir könnten damit manchen folgenden schönen Sommerabend uns himmlisch ergötzen, wenn Euch dazu Zeit übrigbliebe.

Mein eifrigstes Verlangen aber ist, daß Ihr mich in dem noch Lebendigen dieser Göttersprache, im Neugriechischen, unterrichten möchtet; damit ich bald mit Bequemlichkeit und größerm Nutzen und Vergnügen eine Wallfahrt beginnen könne nach dem echten klassischen Boden.

Ihr habt genug am Zeichnen, wie einer, der selbst kein Dichter werden, sondern nur die Meisterstücke der Alten und Neuen in ihrer ganzen Vollkommenheit fassen will, an der Poetik des Aristoteles. Jede

Kunst, bis zum letzten Ziel erlangt, ist etwas anders und erfordert eines Menschen ganzes Leben. Für Euch soll's nur Spiel sein; Ihr seid zu Höherm bestimmt und müßt glänzen wie der Morgenstern in Eurer Republik. Dies wird immer neuen Reiz in unsre Freundschaft bringen, und wir werden leben in der Natur, soviel uns mit Sinnen, Phantasie und Verstand vergönnt ist.«

»Du erfüllst mich mit Hoffnung und Freude«, antwortet ich ihm. »Mein Vater ist jetzt in Dalmatien, und ich bin mit meiner Mutter allein. Sie zieht bald aufs Land, vielleicht noch diese Woche. Die Gegend ist eine der angenehmsten der ganzen Lombardei; das Gut, wohin wir wollen, liegt am Lago di Garda, wo Catull, vor welchem Cäsar sich neigte, zuweilen vom römischen Taumel ausruhte. Er sang von dem Ort:

Peninsularum, Sirmio, insularumque
Ocelle, quascunque in liquentibus stagnis
Marique vasto fert uterque Neptunus.*

Willst du mich begleiten: so werden wir nach dem Pindar in die Burg des Kronos gelangen, umweht von kühlen Seelüften; wo in schattigen Gärten Goldblumen funkeln, diese der Erd entsprießen und anmutigen Bäumen, andre aber der klare Bach erzieht. Wir wollen mit ihren Angehängen und Kränzen uns die Arme umflechten und die Schläfe umwinden.

Vorher aber muß ich dich meiner Mutter vorstellen; jedoch du mußt hübsch gescheit sein. Sie ist eine gar gute Frau, die mich zärtlich liebt. Sie weiß schon, daß ein junger Mensch mich aus dem Kanale gerettet hat, und es wird ihr gefallen, daß du es bist. Sie hat große Freude an schönen Madonnen; und wenn du ihr eine

* Sirmio, Augapfel aller Halbinseln und Inseln, die der Gott der Wasserwelt in süßen Seen und dem ungeheuren Meer umfaßt.

in ihre Kapelle malst und fromm bist: so hält sie dich wie ein Kind.«

Es ging hierbei eine sonderbare Bewegung in ihm vor, die mir lange hernach erst erklärlich wurde; er sah mich an, neugierig mit heißen Blicken, und fragte: »Also nicht weit vom Ausflusse des Mincio ist euer Landsitz?«

»Wenig davon«, versetzt ich. Darauf ging er nachdenkend einigemal mit mir auf und ab. Endlich sprach er: »Gut; ich reise mit euch und male deiner Mutter eine Madonna, wenn ich ihr anstehe. An Gescheitheit bei ihr soll's hoffentlich nicht ermangeln.«

Es wurde beschlossen, ihn den Abend noch ihr vorzustellen; bei Tische wollt ich alles einlenken.

Hier schied er von mir. Ich brachte die Sache vor; und meine Mutter war's gleich zufrieden, ohne ihn noch gesehen zu haben, aus Willfährigkeit gegen mich.

Mir schwellte aber die neue Bekanntschaft immer mehr das Herz; einen jungen Maler der Art hatt ich noch nicht gekannt. Ich war überrascht; es ging alles so schnell fort, und ich konnte keiner gehörigen Überlegung Raum geben.

Beim ersten Blick und Gespräch schon gefiel er meiner Mutter, wie ihr noch kein Fremder gefallen hatte. Hier erfuhr ich, daß er sich *Ardinghello* nannte; ich hatte, voll von ihm, nicht daran gedacht, ihn von neuem um seinen Namen zu befragen. Er gab sich hernach verschiedne andre; doch dieser soll ihm hinfüro bleiben.

Den folgenden Morgen sah ich einige angefangne Gemälde von ihm. Sein Lebendiges war frisch und meisterhaft in der Arbeit und kam dem Tizianischen ziemlich nahe; doch war es nicht Manier, sondern sein eigen und verschieden nach der Natur: wenig Gewand, das meiste nach dem Nackenden; Studien von Mädchenköpfen, voll Geist und Lieblichkeit, und Brüsten und Leibern, und Rücken, und Schenkeln und

Beinen, nackten Buben im Baden, Laufen und Balgen. Für Bezahlung, sprach er, und nach andrer Belieben hab er noch nichts gemacht. »Das Weitre«, fügte er wie unbedeutend hinzu, »will ich dir einmal erzählen, wenn wir mehr in Ruhe sind.«

Er besuchte die Tage darauf den alten Greis Tizian noch einmal und seine Freunde, und zu Ende der Woche reisten wir ab. Meine Mutter fuhr mit ihren Leuten voraus und wir hinterdrein, weil wir zu Vicenza uns einen Tag wegen der Gebäude des Palladio aufzuhalten gedachten. Wegen des Griechischen nahm ich noch die Bücher mit, die nicht in der Bibliothek auf dem Gute sich befanden; und er das nötige Gerät zum Malen und Zeichnen.

Als wir eine Strecke vom Großen Kanal entfernt waren, setzte sich Ardinghello aufs Verdeck der Barke und blickte tief gerührt nach der Stadt mit unverwandten Augen; die Feuchtigkeit trat hinein, und sein Herz ward erweicht. Seine Seele schien zu ahnden, daß er sie nie wieder sehen sollte. So wälzen die Schicksale den Menschen fort wie die Fluten des Meers einen schwachen Trümmer! Die Sonne war eben aufgegangen, und die Türme, Kirchen, Paläste und Inseln lagen da im dünnen Nebel.

Mir war wohl, daß ich herauskam. Im Winter ist Venedig angenehm, weil die Menschen so enge beisammen sind und alles zur Ergötzlichkeit treibt, Lage und Regierung; aber im Sommer ist's ein ungesunder und gefährlicher Ort. Ein Eingeborner kann die Wahrheit besser wissen als ein Dichter aus Neapel. Es mag der Natur nach ein ganz andrer Unterschied sein zwischen Rom und Venedig, ob es gleich prächtig klingt:

Illam homines dices, hanc posuisse deos.*

* Du wirst sagen, daß *jene* Menschen, *diese* Götter erbaut haben.

Wenn einer die Geschichte kennt und da gelebt hat und es beim Ausflusse der Brenta vom Ufer betrachtet: so sieht es richtiger aus wie ein endlich sichrer Zufluchtsort von dem Lande weggeprügelter und weggescheuchter furchtsamer Hasen, die sich hernach groß und zu geflügelten Löwen gemacht haben, als ihnen die Feinde übers Wasser nicht nachkonnten und sie von fern sicher sehen mußten. Eine unüberwindliche Festung ist's gewiß, weil durch die Sümpfe vom Land aus nichts anders als kleine Barken anländen können und man von der See her in die Häfen den Faden der Ariadne braucht; und eben weil es unüberwindlich und unzukommbar ist außer Verräterei, trägt es, vom Meer umgeben, eine gewisse Majestät an sich. Götter aber flüchten sich nicht in Sümpfe. Inzwischen hat Sannazar der reizenden Dichtung wegen seine sechstausend Dukaten doch verdient. Die Wahrheit bezahlt man selten so teuer.

Der große Doge Peter Ziani hat sie gar wohl erkannt, als er den kühnen Entschluß faßte, noch zu Anfang des dreizehnten Jahrhunderts eine neue Völkerwanderung anzustellen. Konstantinopel ist ohne Streit ein glückseliger Plätzchen auf diesem Erdboden. Die Venezianer hatten es damals mit den Franken eingenommen, und wir besaßen mehr von Griechenland als jetzt. Er riet mit stärkern Gründen als je Demosthenes, diese Lagunen zu verlassen und dort uns anzupflanzen; und Dido und Äneas waren dagegen Luftgestalten. »Wenn der Mond mit seiner Ebbe und Flut unsern Kanälen das Wasser entzieht«, sprach er im Großen Rate, »der Schlamm sich zeigt und seinen Gestank ausdünstet: welche gute Nase kann da vor Ekel auf den Wegen bleiben? Sind nicht immer unsre Lazarette voll und die jahraus, jahrein nicht von dannen schiffen wie gefangen? Überdies haben wir Erdbeben, noch außerdem, daß das Meer oft hereinstürmt und unsre Zisternen und Warenlager verderbt. Und welch ein

Wohnsitz, um auszuhalten, wo nichts als schlechte Fische Nahrung gibt, weder Korn noch Wein und Öl wächst, weder Baum hervorkömmt, noch trinkbar Wasser quillt, wo alle Elemente verdorben sind, Wasser, Luft und Erd und Feuer? und von allen Seiten Feindschaft um uns her? Dort sind wir gleich in unsern Besitzungen, und welche Aussichten in die Zukunft!«
Jedoch überwand ihn der Prokurator von San Marco, der Greis Anzolo Falier, unter Fünfhunderten mit einer Stimme, indem er nach dem Aristoteles behauptete: daß die Festigkeit, ohngeachtet aller Übel bei einer Hauptstadt, der glücklichen Lage, ohne dieselbe, vorzuziehen wäre; und daß gerade die Unfruchtbarkeit ein Volk zur Tapferkeit zwänge und über andre erhöbe.
Darin bestand unsre Unterhaltung bis nach Padua, und Ardinghello beschloß mit folgenden Worten: »Wo die Verständigen nicht herrschen, ist keine Staatsverfassung gut; jedoch mit dem Unterschiede, daß zum Exempel bei einer Million Bürgern in einer Demokratie fünfmalhunderttausend und etliche Narren über viermalhunderttausendundneunhundert gescheite Leute den Ausschlag geben: und in einer Monarchie ein Narr neunmalhunderttausendneunhundertundneunundneunzig Philosophen ins Verderben stürzen könnte, wenn sie nach dem auf Schulen gelehrten Staatsrechte keine Rebellen sein wollten.«
Als wir von Vicenza weggereist waren, sprachen wir viel über die Gebäude zu Venedig und den Palladio. Ardinghello hielt Venedig für einen der merkwürdigsten Örter in der Baukunst; und sagte: hier wäre nicht nur ein Stil, sondern man sähe darin die Geschichte derselben der neuern Jahrhunderte; und erkenne immer, daß ein Senat von vielen Personen da herrsche und nicht ein einzelner oft elender Mensch ohne Talent und Geschmack, weil man nichts ganz Schlechtes unter den öffentlichen Gebäuden fände wie in andern

Residenzen.

Er liebte den Palladio vor allen neuern Baumeistern, nannt ihn eine heitre Seele voll des Vortrefflichsten aus dem Altertum, und daß er davon mitteile, und aus sich selbst, soviel sich für seine Zeitverwandten schicke.

In Vicenza wird leider von ihm nichts recht ausgebaut, und die Gebäude gleichen fast nur angefangenen Modellen von seinen Ideen; aber welch ein Wunderwerk ist der *Palast Cornaro* am Kanal! wie schön die Kirchen zu S. Giorgio und al redemtore in Venedig! und die Brücke zu Vicenza über den Bacchilion, so leicht und reizend und sicher in ihrem Bogen wie ein beherzter Amazonensprung! Wie angenehm das durchbrochne Geländer, damit man das erfreuliche Wasser dadurch wegströmen sehe!

Jedoch gefiel Ardinghellon das Rathaus nicht, obgleich es Palladio selbst unter die schönsten Werke neuerer Kunst setzt. Die Fassade, an und für sich richtig und schön, glich doch nur einer Schminke, die einer alten Matrone aufgetragen wäre; die Bogen derselben entsprächen nicht denen des gotischen Gebäudes, das überall schief durchguckte. Julio Romano hätte, damals schon älter und erfahrner, mehr Geschmack gezeigt, als er eine meisterhafte gotische dazu erfand. Es sei etwas anders, einen Riß auf dem Papier anschauen und ein Gebäude aufgemaurt in der Luft; dies haben die Ratsherrn, die des Palladio seinen wählten, wie viele Große, die bauen lassen, nicht gewußt.

Unser Gespräch lenkte sich endlich auf die Architektur überhaupt; und er sagte, soviel ich mich erinnere:

»Von Schönheit in der Baukunst hab ich wenig Begriff, weil sie mir ganz außer der lebendigen Natur zu sein scheint; höchstens entspringt ihr Reiz bloß aus der Metaphysik davon, wenn ich das Wort hier brauchen darf, und nicht aus Wirklichkeit: deswegen ihre Verschiedenheit bei allen Völkern, die sich einander nicht nachahmen. Eine strenge Theorie davon verliert sich in das Dunkel der Schöpfung. Schönheit ist, was Vergnügen wirkt; was bloß Schmerz stillen und verhüten soll, braucht eigentlich keine Schönheit an und für sich zu haben. So geht's mit den Gebäuden; sie halten bloß Ungemach ab. Sobald das Wetter gut ist, mag ich in keinem bleiben und will ins freie Feld. Alles muß auf Ungemach, Krankheit, Feindseligkeit und Bedürfnis von Zusammenkünften berechnet werden; dies bestimmt hernach ihre Vollkommenheit. Harmonie, Ebenmaß, Übereinstimmung mit jedes Zweck macht dessen Schönheit, wenn man das, was nichts Lebendiges nachahmt, so nennen will;* was sollen uns alle die überflüssigen, unbedeutenden Zieraten? Ein Gebäude ist ein Kleid, das Menschen und Tiere vor bösem Wetter schützt, und muß darnach beurteilt werden.

Geht man in die Wildheit zurück: so findet man Grotten und Waldung, und durchgerißne Felsen, um über Abgründe von Strömen zu gelangen. Dies hat zwar der sittliche Mensch zuerst nachgebildet, und noch jetzt sind die Spuren da unter tausend gemachten Bedürfnissen; wir ahmen die ursprünglichen Formen nach, von Fels und Baum in demselben Gebäude durchaus von Stein. Dieser ist inzwischen ungelenk, und wer ihn allzusehr zu leichtem Holze schnitzelt, besonders am Boden, wo er gerade vor Augen liegt, wird abgeschmackt und lächerlich. Holz hat seine natürliche Form in Stamm und Zweigen: woher die Säulen und zum Teil die Gewölbe. Je weniger man von der natürlichen Form abnimmt: desto reiner ihre Schönheit; so übertrifft eine Säule immer einen Pilaster. Das meiste aber bezieht sich auf Zweck und hat mit Nachahmung der Natur wenig zu schaffen. Die

* In der Folge wird man den Begriff von Schönheit allgemeiner und richtiger und nicht mehr so jugendlich sinnlich finden.

Schönheit der Massen muß aus einem glücklichen geheimen Gefühl hervorkommen, das sich an der Harmonie der Teile des Menschen, des Großen in der Natur und überhaupt alles Lebendigen lange geweidet hat, und wieder mit einem solchen Sinn genossen werden. Hier lassen sich, was Erfindung betrifft, keine bestimmte Regeln geben; ein ganz anders ist, wenn man bloß nachahmt, was Griechen und Römern gefiel.«

»Und dies bleibt wohl immer das Zuversichtlichste«, fiel ich ein, »da sie ausgemacht die menschliche Natur mehr durchgearbeitet und zur höchsten Vollkommenheit gebildet haben, die wir kennen.«

»Wenn der Erdboden durchaus gleiches Klima hätte«, versetzte er darauf, »wie die Gegenden, welche sie bewohnten; die Menschen überall dieselben Bedürfnisse, dieselben Sitten und Gebräuche, die gleiche Idee von Glückseligkeit, dieselben Feste und Spiele! Und überhaupt will der Mensch Neues; er hat ohnedies zuviel vom Gesetz zu leiden, das er nicht abwerfen kann; warum von freien Stücken sich eins auf den Nacken legen, das ihm nicht gefällt?

Ein Umstand allein verändert oft das Ganze. Bei den Griechen und Römern zum Beispiel war ein Tempel meistens nur für *einen* ihrer vielen Götter; eine niedliche Wohnung, für denselben abgepaßt gewissermaßen, wann er vom Olymp hernieder in die Gegend kam, wie ein König aus seiner Residenz in ein Schloß einer seiner Provinzen.

Die Form desselben war also nicht groß, und die Säulengänge behielten die Schönheit menschlicher Proportion; welche verschwindet, wenn sie ins Ungeheure getrieben werden. Jeder Bürger opferte entweder einzeln; oder war allgemeines Fest: so ging der Priester oder die Priesterin hinein, und das Volk stand innen und außen herum. Gleiche Bewandtnis hat es bei ihren Orakelsprüchen.

Unsre Kirchen hingegen sind große Versammlungsplätze, wo oft die Einwohner einer ganzen Stadt stundenlang sich aufhalten sollen. Ein feierlicher gotischer Dom mit seinem freien ungeheuren Raume, von vernünftigen Barbaren entworfen, wo die Stimme des Priesters Donner wird und der Choral des Volks ein Meersturm, der den Vater des Weltalls preist und den kühnsten Ungläubigen erschüttert, indes der Tyrann der Musik, die Orgel, wie ein Orkan dareinrast und tiefe Fluten wälzt: wird immer das kleinliche Gemächt im Großen, sei's nach dem niedlichsten Venustempel von dem geschmackvollsten Athenienser! bei einem Manne von unverfälschtem Sinn zuschanden machen.

Wir hätten dafür, deucht mich, eher ihre Theater zum Muster nehmen sollen, die natürlichste Form für eine große Menge, worin jede Person ihren Posten wie in einer Republik, einer Demokratie einzunehmen scheint und ein herrliches Ganzes bildet. Und sind wir nicht gegen das Wesen der Wesen alle gleich? König und Bettler, Philosoph und Bäuerlein arme blinde Würmer, die nichts wissen, die hierher gesetzt sind wie verraten und verkauft, in Nacht und Nebel, wo wir vergebens die Köpfe in die Höhe strecken?

Ich habe hier und da in Klostergärten doch gefunden, wie sich die liebe Natur auch in ihrer größten Einfalt selbst regt. Der Bruder Redner saß unten zwischen alten schattigen Bäumen, und vor ihm hatten sie an einem Hügel in hohler Rundung Sitze mit Rasen nacheinander in der Höhe rückwärts angelegt; und so saßen sie übereinander und hörten zu; und oben an beiden Seiten schlossen das Andachtsörtchen wieder Bäume, wo der Wind die zarten Zweige bewegte und die Blätter flüsterten, als ob Engel darinnen spielten, sich ihrer Frömmigkeit freuten.

In unsern Kirchen mit langem gleichplatten Boden kann man nicht einmal das Meßamt gehörig verwalten; die hintersten sehen's nicht vor den vordern, was der Priester beginnt, und sie stehen und liegen ohne Ordnung untereinander, im eigentlichsten Verstande wie die Schafe.

Übrigens ist die Qual aller Baumeister, daß sie für Sommer und Winter dasselbe Gebäude machen müssen, einen Rock für die größte Hitze und die größte Kälte. Weil sie nun in Süden sich nach dem Sommer richten: so frieren sie im Winter am meisten; und in Norden nach dem Winter: so schwitzen sie dort im Sommer am meisten; ob's gleich nach der Natur ganz umgekehrt sein sollte.«

Die Gegend von Vicenza hatte ihm ungemein gefallen, besonders aber der herrliche Spazierplatz des Campo Marzo mit der neu herausempfundenen *Triumphpforte* vom Palladio zum Eingang. In der Tat lagern sich reizend die schön bewachsenen Hügel darum her, und die Tirolergebürge machen in blauer Ferne süße Augenweide.

Mehr aber gefiel ihm noch Verona wegen der Etsch, der Alpentochter, die wellenschlagend aus den Felsen sich mitten durch die Stadt in Schlangenkrümmungen reißt, worüber die *Brücke der Scaliger* sich in kühnen Bogen hebt, weiter, heroischer und kunstgebildeter als selbst die Brücke Rialto, das Wunder von Venedig, welche mit ihren sechszig Stufen herauf und hinunter mehr Treppe als fortgesetzter bequemer Weg ist.

Wir machten den letzten Strich in unvergleichlicher Nacht, wo der Mond, beinahe voll, immer mit uns ging und uns durch die schönen Ulmen begleitete, die ihre Kränze von dichtbelaubten Weinranken lieblich zusammenpaarten; und Blitze von einem fernen Gewitter flammten herüber in die heitre Luft. Mond und Abendstern und Sirius und Orion schienen wie Schutzgeister unsrer Sphäre näherzuschweben. »Ach, ihr Götter«, rief Ardinghello, »warum so einen kleinen Punkt uns zum Genuß zu geben und nach den unendlichen Welten uns schmachten zu lassen! Wir sind wie lebendig begraben.«

Schon regte sich ein leichter frischer Morgenwind und säuselte durch die Blätter; ein milder Lichtrauch stieg auf in Osten, von einzelnen Strahlen durchspielt, als wir bei unserm Landgut anlangten, wo der See sich ausbreitete und seine Ufer von Wellen rauschten. Sie brachen sich ergötzend übereinander und schäumten; und wir fanden die Beschreibung Virgils: Fluctibus et fremitu assurgens marino,* ganz nach der Natur. Ich legte mich zu Bette, weil ich den vorigen Tag nicht geschlafen hatte. Ardinghello aber wollte nicht und machte Bekanntschaft mit der Gegend.

Die Zimmer für uns waren schon zubereitet; den Nachmittag richteten wir uns völlig ein. Ardinghello bekam eins gegen Norden zum Malen, wo er Licht und freien Himmel hatte, wie er wünschte, und überdies den Ausgang aufs Feld.

Wir beschifften die ersten Tage die Küsten, stiegen da und dort ans Land und schweiften herum an den schönen Hügeln bis nach Brescia. Ardinghello legte alsdenn gleich seine Madonna an für meine Mutter, damit er in den guten Stunden hernach daran arbeiten könnte.

Im Griechischen waren wir schon einig wegen Ton oder Akzent und Aussprache; wir richteten uns gänzlich hierin nach den, obgleich verwilderten, Abkömmlingen der Alten, zumal da wir doppelten Endzweck hatten. Wir gelangen zur Kenntnis toter Sprachen nicht allein durch Vernunftschlüsse und Vergleichungen, sondern noch durch Herkommen; und da hat doch das Volk, dessen Sprache die älteste Tochter ist von der abgestorbnen, oder vielmehr selbst noch Mutter, nur durch die Zeit verändert und verwandelt, das nächste Recht zur Erklärung. Kein auswärtiger

* – – der wie ein Meer aufsteigt in rauschenden Fluten.

Bücherheld wird mit seinem bloßen Buchstabieren auch je dem Runden und Lebendigen desselben bei Lesung der übriggebliebnen Denkmale gleichkommen.

Vom Neugriechischen bracht ich Ardinghellon sehr bald alles bei, was zum täglichen Leben gehört; ob es gleich von dem alten noch mehr abweicht als das Italienische von dem Lateinischen. Die neuern Griechen haben für die gemeinsten Sachen andre Wörter als Brot, Wein und so weiter. In einem Teil von Thessalien ist es fast wallachisch, halb latein und türkisch. Der Mundarten sind vielleicht mehr als bei den Alten; und so geht's mit der Aussprache. Die jetzigen Spartaner sprechen zum Beispiel den Laut ch aus wie die Franzosen. Die Evangelien und Episteln versteht man so ziemlich noch überall im Griechischen des Neuen Testaments, aber vom Xenophon und Plato wenig. Die Kaufleute und Geistlichen haben sich jedoch eine eigne Sprache gebildet, welche man die Schriftsprache nennen kann, und nähern sie soviel möglich der alten. Diese spricht und schreibt man und wird in guter Gesellschaft verstanden; und richtet sich übrigens nach der Gegend, wo man hinkömmt. Die größte Barbarei ist eigentlich auf den Inseln, weil diese noch mehr als das feste Land von den Fremden überschwemmt wurden; auch weichen die Sitten hier mehr von den alten ab.

Überhaupt war die Aussprache schon bei den Alten verschieden nach Ort und Zeit, wie bei uns und überall. Die ersten Pelasger sprachen vermutlich ihr Griechisch anders aus als die Athenienser unter dem Perikles, und so Homer und seine Zeitverwandten. Plato beklagt sich im Gespräche *Kratylos*, kurz nachher, als die zwei langen ionischen Vokalen zu Athen, unter dem Archon Euklid, im zweiten Jahre der vierundneunzigsten Olympiade in allgemeinen Gebrauch gekommen waren, daß man das Wort, welches den Tag

ausdrückt, nicht mehr *himera* wie die Vorfahren ausspreche, sondern entweder *hemera* oder neuerdings ἡμέρα, und dabei den schönen Ursprung nicht mehr fühle, daß es von *himeros*, das Verlangen, herkomme, weil man nämlich in der Nacht und Dunkelheit nach dem Licht und Aufgang der Sonne verlangt.
Aus diesem Beispiele dürfte man vielleicht schließen, daß die neuern Griechen in manchem zur Aussprache der ältern und selbst Homers wieder zurückkehrten und daß auch hier, wie sonst in der Welt, alles im Kreise herumgeht.
Am besten ist es, man richtet sich nach der jedesmaligen lebendigen Aussprache und dem großen Haufen; und man muß es, wenn man verständlich sein will.*
Von den Alten lasen wir die Abende bald ein Stück aus dem Plato, bald aus dem Aristoteles oder Xenophon, kehrten aber von ihrem Scharfsinn und Adel, der reinsten Empfindung und ihren hohen Flügen oft zurück unter das atheniensische Volk zum Demosthenes und Aristophanes.

* Bei unsern teutschen Übersetzungen ist dies jedoch der Fall nicht; und wir haben recht, einzelne Namen zum Beispiel so echt altgriechisch dem Laute nach zu übertragen, als wir zu bestimmen imstande sind. Der Laut η wird inzwischen immer schwer mit einem Zeichen vollkommen richtig zu bestimmen sein, da ihn wahrscheinlich schon die Alten verschieden aussprachen; nämlich nachdem die zwei Vokalen waren, die er ausdrückte. Die neuern Griechen machten es nach und nach damit wie die Engländer mit ihrem ee und ea und ergriffen endlich noch eine festere Partie. Auch ist der Übergang von ee und ea in i den Sprachorganen leichter und natürlicher, als es auf dem Papiere aussieht.
Den Neugriechen klingt außerdem *hira* oder *hiri*, *aphroditi* und s. f. so zärtlich, weiblich und lichtvoll als uns *cidli*, *silli* und dergleichen. Auf ähnliche Weise ändern die Sizilianer das Toskanische um. Über Wohlklang eines Vokals vor dem andern läßt sich im allgemeinen nichts entscheiden; es kömmt auf jedes Wort selbst, den Gebrauch und das Ohr des Volks an. Was uns fremd lautet bei allen andern Nationen, lautet ihnen nicht fremd.

Ardinghello hatte den letztern nur dem Namen nach gekannt und weidete seine Seele nun an ihm leibhaftig mit Entzücken. Er brütete so recht über seinem Witze, seiner Laune, seinen kühnen Erdichtungen, und hielt seine Possenspiele für das allerhöchste Denkmal menschlicher Freiheit, welchem sich keins unter den Millionen andrer Schriften von weitem nähere. Wer mit den Griechen wetteifern wolle, müsse in beiden leben und weben. Hier erscheine der Mensch, wie er sei, mit allen seinen natürlichen Herrlichkeiten und Schlechtigkeiten. Hier entsprängen und rännen die lautersten Lebensbäche.

Mein Freund steckte mich mit seiner Meinung an, und Redner und Dichter wirkten mächtig auf uns: wir wurden selbst freier im Umgange, und unsre Sprachkenntnis wuchs wie eine üppige Pflanze. Wir hielten uns ganz an Athen vom Themistokles an bis zum Tod Alexanders; drangen immer tiefer ein in dessen Staatsverfassung, Gesetze, Gerichte; ruhten im Schatten an den bemoosten Wurzeln des schönen lebendigen Baums, der seine Zweige über ganz Griechenland verbreitete; und gingen aus diesem Kreise, und was sich damit verband, selten heraus.

Dabei beschrieb ich ihm den gegenwärtigen Zustand der Inseln und des festen Landes; Gesellschaften, Sitten und Gebräuche, Feste und Spiele, Klima, Jahrszeiten, Wind und Wetter, Gewächse und Früchte, und was von den Alten noch übrig ist.

Ohngeachtet seiner Lust an dem Aristophanes, der glänzenden Satire der *Wolken* gegen den Dämon des Philosophen und des bittern Angriffs der Lehre desselben, daß kindliche Liebe und Verehrung der Eltern und Verwandten dem Verstande nachstehen müsse: hielt er nichtsdestoweniger die *Denkwürdigkeiten* des Sokrates für das gediegenste Kleinod aller Weisheit und die Moral aller Moralen.

Übrigens kamen wir darin überein, daß man die

Wolken nach ihrer und nicht nach unserer Zeit beurteilen müsse. Die Menschen waren damals gewohnt, einander nackend zu sehen, und scherzten zur Ergötzlichkeit für den Augenblick über ihre Mängel und Gebrechen und vergaßen es hernach bald wieder. Aristophanes war so wenig schuld an dem gewiß bis zum Vergessen seines Mutwillens lang hernach erfolgten Tode des Sokrates als an dem des Euripides; und beide wurden im Grunde nicht minder hochgeschätzt, trotz aller Lächerlichkeiten, die er auf sie warf. Welche possierliche Rolle läßt er nicht der Weisen letztern im Feste der Ceres und Proserpina spielen! Bei uns wäre freilich so etwas wie Mord und Totschlag. Und außerdem war man es gewohnt, daß Philosophen und Dichter, und von diesen wieder die tragischen und komischen, sich zur Kurzweil des Volks einander zum besten hatten. Wer weiß, wie hart Sokrates und Euripides vorher dem Aristophanes begegneten? Das beste Zeugnis für das, was ich sage, ist, daß Plato nicht aufhörte, den komischen Dichter hochzuschätzen.

Dieser hohe Genius schien uns überhaupt einen viel weitern Gesichtskreis als Xenophon zu haben und selbst über seinen Lehrmeister hinauszugehen. Wir meinten, nicht wenige seiner Gespräche müßten die Lieblingsschriften für jeden guten Kopf sein, der sie fertig in der bezaubernden Ursprache lesen kann; und dies zwar hauptsächlich deswegen, weil er selten seine Materie erschöpft, aber mit gewaltiger Hand in tiefe, reiche Fundgruben hineinführt. Wir bewunderten oft an ihm, diesen Tag, die allergewandteste attische Feinheit, die so edel kein Schriftsteller, unsers Wissens, weder seiner noch viel weniger irgendeiner andern Nation je erreicht hat; und den folgenden wieder die erhabensten Gedanken in der kühnsten Sprache.

Demosthenes ist freilich gegen ihn, wie der noch junge,

zu strenge Dionys von Halikarnaß wahr spricht, Held im Streite, wo es das Leben gilt, und jeder Hieb und Stoß Wunde. Aber ein andres ist Schlachtfeld, ein andres Akademie! wo unter kühlen Lauben auch zuweilen bloß angenehmes Geschwätz ergötzt und lyrische Verzückungen süßer Trunkenheit bei sternenheller Nacht am seligsten machen.

Mitten unter dieser Seelenweide legt ich mich eifrig auf die Zeichnung. Ich fing vom neuen damit an, allerlei mathematische Figuren aus freier Hand bis zur Vollkommenheit zu entwerfen, um sie zur Sicherheit im Zuge zu bringen. Alsdenn plagte mich Ardinghello nur kurze Zeit mit menschlichen Gerippen und ging gleich über auf den Umriß der Teile und ihre Verhältnisse zueinander; und endlich gelangt ich zum Lebendigen, wie aus einer trocknen Wüste zu schattichten frischen Quellen. Wir waren schon aus der ruhigen Schönheit am Leidenschaftlichen: als eine schreckliche Begebenheit erfolgte, die uns auf lange trennte.

Über die Verhältnisse des menschlichen Körpers gingen wir, außer den Vorschriften der beiden großen Florentiner, noch ein Werk durch von dem Teutschen Albrecht Dürer. Er sagte, wenige hätten die Theorie ihrer Kunst wohl so innegehabt unter allen neuern Malern und Bildhauern als dieser; man fände bei ihm ein erstaunliches Studium: aber zum Hohen und Schönen derselben sei er nicht gelangt, weil niemand aus seiner Nation und seinem Zeitalter könne. Dies hange außer dem Innern noch gar zuviel von Glück und Zufall ab. Wir könnten das Lebendige nicht anders nachbilden, als bis wir es entweder selbst gelebt oder mit unsern Sinnen in ergreifender Wirklichkeit empfunden hätten. Ohne Perikles und Aspasia, Alkibiaden, Phrynen und ihresgleichen alt und jung: kein Phidias, Praxiteles und Apelles. Albrecht Dürer habe den Nürnberger Goldschmiedsjungen nie völlig aus sich bringen können; in seinen Arbeiten sei ein Fleiß bis zur Angst, der ihm nie weiten Gesichtskreis und Erhabenheit habe gewinnen lassen; und bloß deswegen hätte ihn Michelangelo so sehr gehaßt. Seine meisten Kompositionen wären Passionsgeschichten und Hexen und Teufel. Er als verlorner Sohn am Troge bei Schweinen, die Trebern fressen; Proserpina, wie sie Pluto auf einem Bocke holt; Diana, wie sie eine Nymphe mit dem Knittel bei einem Satyr prügelt: zeigten genug seine mißleitete Phantasie. Sonst sei er ein wackrer Meister, habe Kraft und Stärke; und ein guter Kopf von richtigem Geschmack könne viel von ihm lernen.

Wir hatten bei unserm Leben auf dem Lande uns zum Gesetz gemacht, daß keiner den andern in seinem Tun und Lassen stören sollte; und alles Beisammensein war freier Wille von beiden Seiten. Wenn also einer allein sein wollte: so sagte er es dem andern oder schloß die Tür ab. Zuweilen gingen wir miteinander, zuweilen zog einer allein aus: und Ardinghello kam manchen Tag und manche Nacht nicht nach Hause, ohne mir vorher zu sagen, wenn er fortging, und ohne daß es mich befremdete. Die immer grünen, mit hohen Bäumen eingefaßten Wiesen und die vielen klaren Flüsse, von den Seen reingewaschen, erfreuten ihn unendlich in der Lombardei; solche Natur war dem Toskaner fremd. Er nistete sich in den schönsten Dörfern überall ein und machte Bekanntschaft mit den Landleuten.

Einigemal kam er abends auf einem lustigen Nachen mit Weinlaub und Efeu geschmückt, der Zithar am Arm im Dithyrambengesang gleich einem jungen Bacchus wieder, oder in einem andern Aufzug: und es war immer ein allgemeiner Jubel; denn jedermann wollte ihm wohl. Er ließ sich mit jedem ein und drang in dessen Innres, half ihm fort oder machte ihm das Leben froh und leichter. Er hatte eine von den seltnen gefühligen Stimmen, die das Herz anlocken; ihr Ton war fest und voll; süß und gelind bei Liebe und heftig eindringend wie ein Sturmwind in der Höhe bei widrigen Leidenschaften. Er spielte zwar auch trefflich die Laute: aber die Zithar zog er allen Instrumenten zur Begleitung vor. Er sang wenig andrer Dichter Worte, sondern eigne Poesie, wie sie seinem Wesen entquoll! meistens ohne Reime; oder diese, wie sie sich schicken wollten. Es war bezaubernd, dem jungen Schwärmer zuzuhören, und wie in lächelnder Kühnheit das Feuer aus ihm wehte. Wie oft haben wir hernach in heitern Nächten uns in den See gestürzt! denn er hatte mir das Schwimmen bald beigebracht; und in der unermeßlichen gestirnten Natur frei herumgewallt wie die Götter!

Noch hab ich ihm eine größere Geschicklichkeit im Fechten zu verdanken, worin er ein großer Meister war; wie er denn seinen Körper überhaupt äußerst gewandt und ausgebildet hatte.

So flog himmlisch leicht unser Leben dahin unter Spiel und Fest und reizender Beschäftigung.

Mit seiner Madonna war er im August schon fertig. Er hatte die Begebenheit der Flucht nach Ägypten gewählt. Sie saß mit dem Kind an der Brust unter einem Ahorn, der seine Zweige weit umher verbreitete und Dämmerung herniederwarf; in der Nähe und Ferne standen Pinien und Zypressen anmutig vermählt und zerstreut. Die Gegend war ein Gebirg, woheraus ein Fluß in Katarakten sich stürzte, in fernem Schaum und Dampf von Silberstaub, dann eine kleine Ebne durchfloß und in einem stillen See ruhig dahinwallte. Die bezauberndste Seite von der romantischen Wildnis unsers Lago war ganz treu hier zu sehen; vom Glanz der untergehenden Sonne blitzten Fels und See und schimmerte das Laub der Bäume. Äußerst kühn gewagt!

Die Madonna war eine holde Jungfrau, die ihr erstes Kind in Armen hält und der Geschichte davon in entzückender Grazie nachdenkt; ein Kopf ganz aus der Natur, nur erhöht und ins reine gebracht, von unaussprechlicher Wirkung auf jeden fühlenden Menschen. Auch der Bube, so recht in Liebe erzeugt, trug die Spuren der vollen Wonne seines Werdens in der Gestalt; er hielt sich mit dem einen Händchen an der rechten halb entblößten Brust unter dem rötlichen Gewand an, und lächelte von der offnen straff geschwellten jugendlichen linken ab mit seinem blonden Köpfchen in die schöne Natur. Das braune Haar der Madonna war in ein rötlicht gestreiftes Netz gebunden, wovon noch einige Locken ins Gesicht und die Backen fielen; der blaue Mantel zerflossen, und die Beine und zarten Füße ruhten in reizender Lage. Beider Augen, besonders der Madonna, blickten heiter schön, in Empfindung schwimmend. In den Zweigen des Ahorns schweben Engel wie junge Liebesgötter; abwärts weidet der Esel, und Joseph steht auf seinen Stab gelehnt, wie ein alter treuer Wärter, der sein Anvertrautes glücklich aus der Gefahr über die Grenze gebracht hat.

Form und Ausdruck und Kolorit in allen Teilen des Lebendigen, Bekleidung und Beleuchtung und Szene macht eine süße Harmonie zusammen. Das Gemälde war groß, und die Figuren im Vordergrunde an die zwei Drittel in Lebensgröße; jedoch ging ihm die Arbeit geschwind vonstatten, weil er die Studien zur Madonna und dem Kleinen mitgebracht hatte und nur zum Joseph und den Engeln einen Alten und Kinder aus der Nachbarschaft brauchte.

Meine Mutter konnte sich darüber nicht satt freuen und gewann ihn immer lieber.

Inzwischen bemerkt ich doch bei seinem fröhlichen und traulichen Wesen eine leidenschaftliche Hastigkeit an ihm und etwas Verborgnes in seinen Gesichtszügen, auch fiel mir endlich sein Ausbleiben auf. Er sagte zwar: »Ich bin ein Herumschweifer und kann nicht wohl an einer Stelle bleiben«; aber er nahm mich doch zu selten mit sich. Ich wollte wissen, was in ihm vorging; und dies klärte sich denn auf einmal in einer stillen Mitternacht auf, wo alle Winde schwiegen und kein Laut sich regte.

Wir saßen am kühlsten Platz unsers Gartens auf einer Anhöhe, in einer Laube von Lorbeer und Myrtengesträuch, von einem alten Hain grüner Eichen umfaßt; und hatten oft die Gläser ausgeleert, und gesungen und gesprochen; viel vom Menschen und den Begebenheiten der Welt, jugendlich, erfahren und unerfahren. Mein Herz stand offen; und ich entdeckt ihm auf die Letzt meine kleine Liebesgeschichten, womit ich hier den Lauf nicht unterbrechen will; gestand ihm aber, daß ich noch nicht alles fände, was ich verlangte. »Du wirst mir guten Unterricht geben können«, fügt ich hinzu; »denn nach deinen Studien in der Malerei und Leibes- und Seelentugenden mußt du schon ein Held unter Amors Fahne sein.«

Er antwortete hierauf: »Ich spreche nicht gern von diesen Dingen; denn sie machen alle Menschen neidig, Freund und Feind. Aber weil du einmal angefangen hast, so will ich auch dir bekennen. Doch vorher den Todesbund ewiger Freundschaft feierlicher vom neuen; wir kennen uns nun vollkommen.«

Hier zog er einen Dolch hervor, streifte sich den linken Arm auf, stach hinein und ließ das Blut in den Becher rinnen; überreichte mir den Dolch: und ich tat, wie von einer furchtbaren Macht ergriffen, voll Glut und Rührung dasselbe. »Wie unser beider Blut hier im Weine vermischt ist«, rief er aus, »und in unser Leben sich ergeußt: so sollen unsre Herzen und Seelen auf dieser Welt zusammenhalten; dies schwören wir dir, Natur! und deiner Gottheit! Wer scheidet, fall in Elend und Verderben.«

Wir tranken, umschlangen uns fester und inniger, stillten darauf die Wunden, und der eine verband mit lächelndem Ernst den andern.

Dies geschehen und aus dem Taumel uns wieder gefaßt und in Ordnung, fing er an: »Das herrliche Geschöpf, das ich liebe, bekränz als Priesterin unsern Bund! Cäcilia ist ihr Name, von der Heiligen, der himmlischen Musik, entlehnt. O du dort oben, walte über uns! Auch unser Fest ist Saitenspiel und Gesang; und sind wir nicht so fromm als du, wozu nur Auserwählte gelangen: so ist doch unsre Liebe heilig; denn sie ist ganz Natur und hat mit bürgerlichem Wesen nichts zu schaffen. Diese Cäcilia wohnt eine Stunde von hier, ist einzige Tochter bei zwei Brüdern, ihr Vater leider der große C***, und soll sich in kurzer Frist mit dem reichen Mark Anton vermählen; welches du schon alles weißt.« Ich blieb hierbei stumm vor Erstaunen und hörte mit beiden Ohren.

»Wir wurden durch einen bloßen Zufall näher bekannt«, fuhr er fort; »denn schon vorher hatte ich sie als den schönsten weiblichen Kopf in Venedig einigemal in Kirchen auf den Raub abgezeichnet und ein paarmal in Gesellschaft gesehen. Nie aber wollt es mir gelingen, in ihrem Hause Zutritt zu erhalten oder sie allein zu sprechen. Dieses geschah endlich beim Schlusse des letzten Karnevals, auf dem Markusplatz, in einer Ecke an der neuerbauten Kirche S. Zeminiano, als es Nacht werden wollte. Ich trug schier eine Maske wie einer ihrer Brüder: sie sah mich im Getümmel für denselben an, ging auf mich zu, faßte mich bei der Hand und flüsterte mir etwas freudig ins Ohr. Ob ich sie festhielt und wie, kannst du denken; ich hatte sie schon auf den Platz hereinkommen sehen, auch war ihr lieblich Gesicht wenig verhüllt. Männer und Weiber, die sie begleiteten, mochten ebenfalls im Irrtume wie sie sein; denn sie ließen uns beisammen, gaukelten auf dem bunten Welttheater im kleinen ihre Mummereien fort und hatten keinen Argwohn. Ich gebrauchte die schnelle Gelegenheit, so

gut mir möglich war. Sie mußte mich auch mit einem Blick erkennen können: unsre Augen hatten sich schon oft mit Seele begegnet. Ich verlangte zu wissen, ob ich etwas über sie vermöchte; hob ein wenig meine Maske vom Gesicht: und sie wollte sich, errötend von den ründlichen Wangen bis an den schneeweißen Hals, zurückziehen; allein ich hielt das warme Händchen fest.
Ich blickte rasch umher, und sie desgleichen: wir wurden in der Dämmerung nicht beobachtet, und ein Possenreißer hatte überdies aller Augen auf sich gezogen; und sagte ihr, aber wie kann ich genau die Worte wiederholen! daß ich sie liebte, anbetete; daß ich verschwiegen wäre wie ein Stein, eine Mauer, mich der geringsten Gunst nie rühmen würde; mich ihr in allem unterwerfen wollte, allen meinen Verstand zu unserm Vorteil anwenden wollte; wir seien füreinander geschaffen, und das Verhältnis mit andern Menschen solle uns nicht trennen. Alles dies und mehr ging aus meinem Munde wie ein Lauffeuer, leis, aber mächtig ihr ins Ohr. Sie trat fort und hielt ein, zuckte mit der Hand und überließ sie wieder den heißen Wallungen meiner Liebespulse. Endlich riß sie sich los, sagte mir aber mit einer schüchternen gebrochnen Stimme die Honigworte, die wie eiskühlend und brennendsüß erquickend Labsal durch Mark und Gebein rannen: ›Morgen früh zu Santi Giovanni e Paolo.‹
Ich schwand von ihr weg wie der Blitz, zur ersten Probe meiner Aufführung: und schlief die ganze Nacht nicht, war so wach und lebendig, als ob ich nie geschlafen hätte und nie wieder schlafen würde, durchaus Feuer und geistig Toben. Was hab ich da nicht für Plane gemacht!
Ich hielt schon lange vor der Zeit Wacht um die Kirche; und wie sie aufging, war ich der erste drinnen. Ich wartete und wartete und verging vor Ungeduld; so langweilig war mir das Meßlesen der Priester noch

nicht vorgekommen. Wie es allzu lange währte, so ließ ich mir den Vorhang von dem göttlichen Tizian wegziehen, wo *Peter, der Märtyrer*, von einem Räuber erschlagen wird, sein Gefährte flüchtet und ein Paar reizende Buben als Engel auf die Bäume der herrlichen Landschaft herabschweben. –

Welch ein Meisterstück! Die Szene schon äußerst lebendig; welche Lokalfarben haben nicht die schlanken Stämme der hohen Kastanienbäume! wie verliert sich das Land in ferne blaue Felsen! der Mörder voll räuberischem Wesen in Gestalt und Stellung und jeder Gebärde bis auf Kleidung und Kolorit! der Heilige hat ganz das Entsetzen eines Überfallnen und eines guten weichen Mannes, der sein Leben banditenmäßig verliert: auf seinem Gesichte ist die Blässe der Todesangst; und mit welcher Natur in der Lage ist er niedergeworfen! der, welcher flieht, ebenso täuschend in allen Teilen. Die drei Figuren machen einen vortrefflichen Kontrast in Stellung, Charakter und Kolorit und den Gewändern von Mönchs- und Räubertracht. Welch ein trefflicher Ton im ganzen, und wie schön hält es die Beleuchtung zusammen!

Dies half etwas, aber wenig, ich hatte keine Ruhe. Endlich erschien sie doch, und armer Tizian, wie fielst du weg! O alle Kunst, neige dich vor der Natur! Sie zog zur Pforte herein, den Kopf in eure Tracht versteckt, wie im dünnen Gewölk aufgehende Sonne; vor ihrem Glanz verschwand alles oder bekam Ansehen, Wesen, lenkte sich zu einem Ganzen.

Sie kam mit ihrer Mutter. Beide knieten erst vor dem Altare nieder, wo Messe gelesen werden sollte; und setzten sich hernach, sie mit abgeworfner Hülle vom Haupte. Im Knien blickte sie einigemal gen Himmel und seufzte; ich bemerkte alles. Sie wurde mich hernach im Sitzen gleich gewahr und maß mich mit einer Engelschönheit, ruhig dem Anschein nach, vom Wirbel bis zur Zehe, in tiefem Nachdenken. Was für Seele aus ihrem weitgewölbten schwarzen Auge blickte, ist nicht zu sagen; und um ihre Lippen regten sich bange Gefühle, die jedoch in Lächeln übergingen. Ach, daß ich nicht gleich mit ihr sprechen durfte!

Ich saß nicht weit von ihr rechter Hand, schräg auf der Seite, und verwandte, soviel ich unbemerkt sein konnte, kein Auge. Sie las hernach in ihrem Buche und nahm ein Zeichen heraus und deutete mir mit einem Winke darauf.

Die Messe war vorbei, und man ging auseinander; ich folgte ihr auf dem Fuße. Bei der Kirchtür hatt ich im Gedränge, mit der feinsten Wendung, die Karte unvermerkt in der Hand. Ich konnte nicht geschwind genug in einen Winkel kommen und lesen. ›Zwei Stunden nach Mitternacht an der Tür auf die Straße hinter dem Kanale.‹ Weiter stand nichts darauf, und es war genug.

Nur dies und sie empfand und dacht ich den ganzen Tag. Gegen Abend ging ich schon dort einigemal auf und ab und wußte alle Türen und Fenster und Gelegenheiten auswendig. Ich versah mich alsdenn auf allen Fall in meinem Quartiere mit Gewehr; meinen Gondelfahrer hatt ich ohnedies schon vorher immer bei der Hand.

Nach Mitternacht macht ich mich auf den Platz bei Maria Formosa. Wie wurde mir die Zeit so lang! Die Hoffnung hob mich vom Boden weg durch alle Himmel: die Natur hingegen wollte gar nicht fort; Orion, Adler, Schwan und Wagen schienen mich zum besten zu haben, ich hätte sie gern himmelab aus Ungeduld mit den Händen gerückt und sprang oft närrisch in die Höhe, sie zu erreichen.

Endlich schlug die letzte Viertelstunde, und ich eilte an den bestimmten Ort. Alles war still auf den Wegen, und ich lief über die Brücken weg und wartete in einer Ecke nahe bei der Tür, in meinen Mantel eingehüllt, lauter Ohr und Auge.

Ich war kaum da: so ging sie schon auf. Ich machte mich herbei und vernahm die leisen Worte: ›Herein!‹; ich schlüpfte durch und war im Dunkeln. ›Die Schuh aus!‹ flüsterte sie, ›mir die Treppe herauf nach!‹ Und sachte, sachte, Hand in entzückend zarter, warmer, festhaltender Hand tappten wir in ein Zimmer auf den Kanal; und wieder zugeschoben mit dem Riegel wurde die Pforte des Himmels. Cäcilia war in einem leichten Nachtgewande, den Kopf entblößt und das lange Haar nur in einen Knoten gebunden, das weich in den Seiten mir in die Finger fiel.

Ich hielt sie umschlungen und raubte den ersten Kuß, der wie ein süßer Blitz mein Wesen durchfuhr; und sie sagte seufzend: ›O was wag ich nicht, Euch näher kennenzulernen! Ich weiß, daß Ihr ein Florentiner seid und hier die Malerei treibt, aber daß dies Eure Bestimmung nicht ist, sondern Nebenbeschäftigung, und Euer Ziel im verborgnen höher steckt. Eine Freundin Eurer Tante und von mir, die Euch als eine andre zärtliche Mutter wohlwill und durch jene Euch Eure Wechsel auszahlt, hat es mir unter dem Siegel des Stillschweigens anvertraut. Eure edle schöne Gestalt und Jugend und, es muß nun von meinen Lippen! ein unwiderstehlicher Zug im Innern, den ich noch bei keinem Sterblichen fühlte, haben mich dazu verleitet.‹

›Verlaßt euch in Geheimnissen auf Weiber‹, dacht ich, ›wenigstens, die sie nicht selbst betreffen!‹ und geriet in ein Labyrinth.

›Ein andermal von unsern Umständen‹, erwidert ich. ›O daß ich dich endlich habe, du Stolz von Venedig und Zierde der Welt! Laß uns jetzt ganz allein sein und die vorübereilenden Augenblicke genießen in junger feuriger Liebe, o du Seele meiner Seele, Geist und Licht meines Lebens!‹ Hier hob ich sie mit Macht in meine Arme und trug sie unüberwindlich so auf einen Sofa, der in der Ecke am Fenster stand.

›Unglücklicher‹, sagte sie, ›was willst du beginnen?‹ und stieß mir mit allen Kräften das Gesicht von ihrer Brust. ›Dies ist kein falsches Sträuben! ein einziger Ruf von mir, den meine Brüder hören: und du bist des Todes und ich im Hause auf immer elend!‹ Dies war in einem so festen sichern Tone gesagt wie ein Schwertschlag die Schulter herein, daß ich nachlassen mußte; ich wurde wie voneinandergerissen, als das himmlische warmlebendige Geschöpf meinen Armen entwich.

›Nicht so heftig, holder Verwegner! so war es nicht gemeint!‹ fing sie nach einer kleinen Pause an und streichelte mir die Backen, die Sirene.

Ganz außer mir, ergriff ich sie wieder mit Gewalt von neuen. Hier aber geriet sie in bittern Zorn und riß mich mit den Haaren von sich: ›Glaube nicht‹, sagte sie, ›daß ich ein Kind bin, das nicht weiß, was es tut, und mit sich anfangen läßt, was ein wütender Mensch will!‹ Ich konnte nichts dagegen aufbringen, und Unmöglichkeit, Liebe und Bewunderung machten, daß ich meine Leidenschaften bändigte.

Wir setzten uns denn. Ich war auf dem stürmischen Meere, herumgewühlt von tausend Wogen. Sonderbare Szene! Sie schlang hernach ihren rechten Arm um meinen Nacken und ich meinen linken um ihre Lenden, und die zwei andern Hände schlossen sich in ihrem Schoße zusammen; vor uns stand auf einem Tischchen ein Nachtlicht. Ach, wie sie blühte! ein voller Rosenbusch im Mai am frischen Morgen im neuen Glanz des Himmels und den Chören der Nachtigallen herum. Ihre jungen festen Brüste kochten und wallten, und im Netz ihrer verwirrten blonden Haare zappelte meine arme Seele wie ein gefangener Vogel.

Ich flog ihr mit flehendem Gesicht am Busen und klagte schmachtend: ›Was hast du mit mir vor, Zauberin?‹

›Liebe! Sei ohne Sorge!‹ antwortete sie darauf; ›sonst

würd ich nicht getan haben, was ich tat; süße Traulichkeit, wo ihrer zwei sich das Leben froh machen, die füreinander geschaffen sind.‹

Uns verging die Sprache, und wir saßen lang, eine schmerzlich entzückende Stille, in heißer Empfindung aneinandergegossen.

Mir rollten endlich unaufhaltbare Tränen übers Gesicht von dem wütenden Kampf im Innern.

›O ich sehe, daß du liebst‹, sagte sie und hob mir das Gesicht in die Höhe, das ich kniend wie ein Kind in ihrem Schoß verbarg, nachdem ich ihr wenig Worte von meinen Schicksalen erzählt hatte, nahm mich auf und küßte mir zärtlich, am ganzen Leibe zitternd, die Augen und das bloße Herz, wovon sie das Hemde wegriß. ›Nun geh fort‹, sagte sie; ›wir können jetzt nicht reden und nicht länger bleiben. Versprich, bescheidner zu sein, und komme heut über acht Tage wieder früh nach Santi Giovanni e Paolo; wenn ich dir ein Zeichen gebe: so sind wir dieselbe Stunde in der Nacht ebenso beisammen.‹

Mir war selbst zu wohl und zu weh im Herzen, und sie brachte mich unter brennenden Küssen und glühenden Umarmungen leise wieder von sich. Dies war die erste Zusammenkunft. Morgen, Benedikt, das übrige, wenn wir wieder dazu gestimmt sind!« sagte hier Ardinghello.

Wir machten uns alsdenn berauscht auf unsre Zimmer. »O Freundschaft und Liebe«, rief er, nach dem Wunsche, gut zu schlafen, »was ist ohne dich die Welt! Ein Haufen Unsinn für alle Philosophen.«

Was Ardinghello gesagt hatte und die Vorbereitung dazu, machte mich äußerst unruhig; mein Gesichtskreis war zwar erweitert: verlor sich aber in undurchdringlichen Nebel, und mich schreckte die Zukunft. Seine Leidenschaften kümmerten mich. Jedoch verließ ich mich wieder auf seinen hellen Geist und sein edel Herz; und schwur ihm vom neuen bei mir ewige

Treue und ihn überall, wo Not an Mann ging, zu unterstützen. Er sollte mir auf der Stelle forterzählen, aber er wollte nicht und sagte: »Wir haben ja dazu genug Zeit und Muße; mein Kopf ist zu sehr im Taumel.«

Den Tag darauf bekamen wir Besuch; und wer war es? Es war der Bräutigam der Cäcilia mit ihren Brüdern, die ihm bis Verona entgegenritten, welcher ein kleines Geschäft abmachen wollte. Sie selbst war einigemal mit ihrer Mutter bei uns gewesen, und ich hatte nichts gemerkt: so sehr konnten sie sich verstellen. Er gestand mir zwar damals ein, der Schalk, daß sie die schönste weibliche Gestalt wäre, die er je gesehen hätte, was Gesicht und Wuchs und Hand und Fuß beträfe; wenn das Verborgne dem Äußerlichen gleichkäme, so wüßte er nicht, ob die griechische Venus zu Florenz noch das Wunder bliebe; und bedaurte, daß so etwas ungenutzt für die Kunst vergehen sollte. Allein eben am Verborgnen habe Phryne so sehr die andern Mädchen übertroffen; vollkommne Bildung an diesen Teilen, der Reife nahe, ohne Überfluß und Magerkeit, die zarten häufigen und doch festen Schwingungen des Lebens in den reinsten Formen mit aller reizenden Mannigfaltigkeit zur größten harmonischen Einheit durch keine Kleidung und Stubenluft verdorben, immer in gehöriger Munterkeit und Bewegung erhalten, von hohem und heiligem und wollüstigem Geist beseelt, ein wenig Überfülle, wo sie sein müsse, üppige sanfte Wölbung und wieder straffer Umriß sei äußerst selten und ein Wunder in der Natur, und man könn es immer, wenn man es fände, als das Allergöttlichste auf diesem Erdenrund betrachten. Es fiel mir nun freilich ein, daß sie höher glühte, wenn er von fern im Schatten die Laute spielte oder mit seiner verführerischen Stimme zur Zithar sang; und sie selbst war es, was er bei mir schilderte.

Ihr jüngster Bruder – sie war das letzte Kind – konnt

ihn gleichwohl leiden. Sie besahen sein Gemälde und machten ihm darüber große Lobsprüche; nur der Bräutigam, eine kalte Staatsperücke von widrigem Gesichte, tadelte ihm einiges ohne rechten Verstand, um nach dem gewöhnlichen Kniffe der Großen sich damit ein Ansehen zu geben, welches Ardinghello jedoch gefällig aufnahm, indem er sich damit entschuldigte, daß die Malerei sehr schwer und selten einer in allen Teilen nur erträglich wäre; und rühmte dabei seine große Einsicht. Dies gefiel ihm denn; und er fragte ihn wie einen jungen Malergesellen, ob er ihn und seine Braut abkonterfeien wolle. Ardinghello verbeugte sich und erwiderte, daß ihm dies großen Ruhm zuwege bringen würde, wenn es nach Wunsch gelänge. Jener beschloß, ihn abrufen zu lassen, sobald es sich schickte. Darauf ritten sie fort, nachdem sie ohngefähr ein paar Stunden angehalten hatten.

Den Abend blieben wir bei meiner Mutter. Sie freute sich über den Beifall für sein Gemälde und daß er durch diese Gelegenheit, besonders wenn noch die Porträte gefielen, in dem neuen Palaste des Bräutigams viel Arbeit bekommen könne. Geld sei da genug; und dies brauchten die Maler. Die gute Frau war fern, etwas weiter zu mutmaßen; aber Ardinghello stellte sich auch so fromm an. Wir mußten bis spät in die Nacht bei ihr aushalten; und er erzählte, um die Zeit auszufüllen, einige rührende Märchen.

Wir machten noch vor Schlafengehen aus, den andern Morgen auf dem See ins Gebirg hinein zu schiffen und zum Mittagsmahl das Gehörige mitzunehmen; ich brannte vor Verlangen, mehr und alles von ihm zu erfahren.

Die Vögel begrüßten vielstimmend den neuen Tag. Die Sonne kam herauf im herrlichen Lichtkreis am Ende der Bergstrecke des Monte Baldo und schritt kühn übers Gebirg bei Verona im gelben Feuer; die Stirn, womit sie sich emporwarf, war Majestät, die der Blick nicht aushielt; und je voller sie hereintrat: desto öfter mußte sich das geblendete Auge von dem göttlichen Glanze wegwenden, der doch so entzückend nach der blinden Dunkelheit war, daß es immer durstiger sich in den köstlichen Strahlen berauschte.

Breit lag der See da im Morgenduft und die Hügel im dünnen Nebel; ein leises Wehen in der Mitte kräuselte die Wellen und weckte seine Schönheit wie auf und machte sie lebendig. Die Häuserchen zwischen den Bäumen am Ufer schienen allein zu schlummern mit ihrer Unbeweglichkeit und weil die Menschen noch nicht heraus waren.

Unser Nachen wallte leicht mit voll geschwelltem Segel über die nassen Pfade.

Es war ein heiter Wetter zu Anfang Oktobers und einer meiner unvergeßlichen Tage. Sirmio lag lieblich da in Strahlen und sonnte sich; und die unabsehliche Kette der Felsen dahinter, wie eine neue Welt, als ob sie bestimmt wäre, lauter Titanen zu tragen. Süßer rötlichter Dunst bekleidete glänzend den östlichen Himmel, und die wollichten Wölkchen schwebten still um den lichten Raum des Äthers, worin entzückt in hohen Flügen die Alpenadler hingen.

Der See ist würklich einer der schönsten, die ich gesehen habe, so reizend sind dessen Ufer und zugleich majestätisch und wild, mit soviel Abwechslung von Lokalfarben; und Licht und Schatten macht immer neue Szenen. Die Halbinsel Sirmio liegt in der Tat da wie der Sitz einer Kalypso, um von da aus das Land zu beherrschen, und hat das prächtige Theater von ungeheuren Gebirgen vor sich.

Wir kamen bei guter Zeit am bestimmten Ort an und machten uns noch in der Kühle den Berg hinauf. Als wir die erste Anhöhe erstiegen hatten, lagerten wir uns in dem Wäldchen von Kastanien unten an den Quell der mit Efeu bekleideten Felsenwand ins weiche Gras, von hohen dunkeln Eichen und Buchen hier umschattet, nachdem wir erst unsre Weinflaschen an den frischesten Platz gestellt, gerade wo der Sprung hervorstrudelte. Dem Schiffer sagten wir, er sollte vor Sonnenuntergang uns wieder abholen; und so blieben wir allein.

Wir ruhten vom Aufsteigen aus und streckten uns die Länge lang auf die bequemsten Fleckchen; noch niedrig beim Aufgehen hatte schon die Sonne durch die Stämme den Tau weggeküßt, und es war nun alles trocken. Wir genossen vom neuen das Labsal des letzten Schlummers, als wir so früh aus den Betten mußten: und die einzelnen Lichtstrahlen zitterten süß von oben schräg durch die bewegten Zweige auf unsre Augenlider und schimmerten in die Dämmerung. »O Sonn und Erde«, rief endlich Ardinghello, »wie gut macht ihr's euern Kindern, wenn sie sich selbst das Leben nicht verbitterten!« und sprang auf. Auch ich rastete nicht länger: der frische Duft der fortrieselnden Quelle machte den ganzen Körper doppelt rege.

Ich nahm ihn in Arm und ging mit ihm auf und nieder durch die Bäume und sagte: »Das ist doch nicht fein, da wir so lange beisammen sind und ich dich liebe wie mein ander Ich, daß du mir noch nichts von deinen Lebensumständen bekannt gemacht hast und immer damit hinter dem Berge hieltest! Sooft die Rede auf deine Familie kam, bogst du davon aus, als ob du aus dem Kraute gewachsen wärest; was Cäcilien betrifft, laß ich's noch angehen, und deine Entschuldigung wäre bei jedem andern gut gewesen.«

»Lieber!« versetzte er darauf, »mein Schutzgeist hat mich davon abgehalten. Ich glaube, daß jeder Mensch einen Dämon hat, der ihm sagt, was er tun soll, und daß Sokrates nicht einen allein hatte; wenn wir nur dessen Stimme hören und uns nicht übereilen wollten. In jedem Menschen wohnt ein Gott; und wer sein inner Gefühl geläutert hat, vernimmt ohne Wort und Zeichen dessen Orakelsprüche; er kennt seinen eignen höhern Ursprung, sein Gebiet über die Natur und ist nichts untertan.

Ich stamme aus einem der guten Häuser von Florenz: mein Vater war Astorre Frescobaldi und meine Mutter Maria von der verfolgten Familie der Albizi! Beide sind nicht mehr, und ich bin allein noch übrig, ihr erstes und letztes Kind. Mein Vater entbrannte in Leidenschaft für Isabellen, die dritte Tochter des Cosmus, vermählt mit dem Römer Paul Orsini: und sie gab ihm leicht Gehör; er war noch jung, wohlgebildet und hatte tausend Reize, sie zu fesseln. Sie wurde gleichfalls gegen ihn entzündet; und in Abwesenheit ihres Mannes, der von ihr wie geschieden lebte und sich meistens zu Rom aufhielt, hatten sie erwünschte Gelegenheit, ihr Liebesspiel zu treiben. So gebar sie denn zwei Töchter, von welchen wenigstens die erste meine natürliche Schwester ist. Sie hat sich hernach vielen preisgegeben und mag wohl selbst nicht wissen, mit wem sie die übrigen Kinder erzeugte; jung und schön über alle Weiber, voll Witz und Geist und Leben, und so durch Erziehung gebildet, daß sie Spanisch, Französisch und sogar Lateinisch spricht, verschiedne Instrumente spielt, wie eine Sirene singt, und Verse macht, oft aus dem Stegreif, herrschte sie am Hofe wie eine Göttin und tat, was sie wollte. Noch jetzt übt sie Gewalt aus, obgleich der Zepter ihres Vaters ihr nun entwandt ist.* Ihre Liebhaber verfolgten sich einer den andern, und wie Sonne strahlte die Mutwillige, ungestört vom Krieg der Elemente um sie herum; immer mit neuen Vergnügungen beschäftigt, ließ sie ihre Geliebtesten im Elend verderben und machte sich darüber keine Sorge. Ein göttlich schönes Ding bloß für die Gegenwart! ein Feuer,

* Fu amata dal *Cosmo* suo padre, di maniera, che era voce per la città, che egli avesse commercio carnale seco, sagt eine florentinische Handschrift aus der damaligen Zeit hierüber.

das alles aufzehrt, was sich ihm nähert.

Mein Vater wurde das erste Opfer; der Herzog ließ ihn gefangensetzen. Er machte sich los und flüchtete nach Venedig und von dort in die Levante. Man zog seine Güter ein, unter Vorwand von Verschwörung und Staatsverbrechen; meine Mutter starb darüber für Gram. Mich nahm meine Tante Lucrezia zu sich. O guter Freund, du weißt noch nicht, was ein kluger Tyrann tun kann! von fern sieht die Tigerkatze schön aus, wegen ihrer Stärke und Behendigkeit. Wenn Cosmus ein zweiter Augustus ist in Unterjochung der Freiheit und Wollust gegen seine Landestöchter und in seinen Julien: so ist er noch viel grausamer als sein Urbild.

Durch ein bloßes Ohngefähr hab ich die beste Erziehung erhalten. Als Knabe folgt ich meistens meinem Hange und wurde hernach bei dem gestörten Hausfrieden durch die Leidenschaft meines Vaters gegen Isabellen wenig mit vorgesetzten Lehrmeistern geplagt. Ich ging mit Kindern von allerlei Klassen um, und die fähigsten waren meine Spielgesellen; ich suchte sie zu übertreffen im Laufen und Ringen und Schwimmen im Arno und in listigen Streichen. Ich habe freilich manche Beule im Balgen und Fallen davongetragen, bin aber davon weder ein Krüppel geworden noch gestorben. Mein Vater, ein mutiger tapfrer Mann, nahm mich im ersten zarten Alter einigemal mit zur See, wo er als Befehlshaber der Galeeren die Küsten gegen die Korsaren bestrich: und die reinen großen ewigen Gegenstände erfüllten hier meine ganze Seele und erregten mächtig alle Triebe zum Freien und Edlen.

Wie ich zum Jüngling heranwuchs, hatten die bildenden Künste und höhern Leibesübungen den größten Reiz für mich, und nächst diesen griechische und römische Sprache und die Geschichte dieser hohen Völker; auch hierin wollt ich jeden übertreffen, und Glück

und Gestalt und Wesen führte mich zu den besten Meistern.
In der Zeichnung und Malerei kam ich auf die Letzt unter die Hände des Georg Vasari, der zwar nie ein schöpferisches Werk hervorgebracht hat, aber voll Kenntnis und Geschmack war, bei allen seinen Vorurteilen. Der alte Schwätzer blies wie ein Boreas mit vollen Backen in meinen Enthusiasmus. Mein Vater, dessen Augapfel ich war, ließ mir zwar nach seiner Jovialität und nach Georgens Verheißungen, daß ich ein Licht werden würde, alles zu verdunkeln, freien Willen: doch bracht er mich noch kurz vor seiner Gefangenschaft und Flucht zu verschiednen philosophischen Köpfen, in deren Umgang ich nach und nach mich zu einer andern Richtung lenkte. Meine erste Neigung behielt aber immer die Oberhand.
Ich glaube, die Hauptregel bei der Erziehung sei, den Kindern Zeit zu lassen, sich selbst zu bilden. Das beste, was man tun kann, ist, daß man die Triebe schärft und reizt, ein vortrefflicher Mensch zu werden, und ihnen die eigne Arbeit soviel wie möglich dabei erleichtert. Alle Natur, wenn sie groß und herrlich werden soll, muß freie Luft haben. Freilich muß der Stoff dazu in den Urkräften liegen, und ein guter Erzieher sollte doch einigermaßen die Vortrefflichkeit der Pflanzen kennen. Jeder gewaltige Geist wirft schon in der Kindheit, obgleich noch im Chaos und Nebel, helle Strahlen von sich. Alkibiades legt sich als spielender Knabe Wagen und Ochsen in den Weg, zwingt den Treiber, zu halten; Scipio erkannte den künftigen Marius im jungen Soldaten. Ein einziger Gedanke, nur eine Tat, von scharfem, tiefem Gefühl oder vielfacher Überlegung entsprossen, obgleich noch roh auf verschiednen Seiten, ist eine glückliche Vorbedeutung; und so Schnelligkeit, zu fassen und zu behalten: hingegen Allgehorsam und Fraubasengutartigkeit, so beliebt bei Pedanten, eine unglückliche;

denn da ist kein Mut und keine Kraft. Alles, was in die jungen Seelen eingetrichtert wird, was sie nicht aus eigner Lust und Liebe halten, haftet nicht und ist vergebliche Schulmeisterei. Was ein Kind nicht mit seinen Sinnen begreift, wovon es keinen Zweck ahndet, zu seinem eigenen Nutzen und Vergnügen: das verfliegt wie Spreu im Winde. So ist die Natur des Lebendigen vom Baum und Gras an, und der Mensch macht davon keine Ausnahme. Jeder geh in sein Leben zurück und sehe, ob etwas von allem dem Vorzeitigen geblieben ist, wo nicht etwa bloß zum Verderb des Genusses. Viel Natur und wenig Bücher, mehr Erfahrung als Gelerntes hat die wahren vortrefflichen Menschen in jedem Stand hervorgebracht.

Ein Kind muß erst den Boden kennenlernen, worauf es geboren ist, Gewächse, Tiere und Menschen, eh es etwas Ausländisches fassen kann: sonst kömmt ein Papagei heraus. ›Keine Schrift‹, sagt Plato mit Recht, ›und wäre sie von dem echtesten Trismegist, gibt mehr als Erinnerung der Dinge, die man schon kennt‹, und ist für den, der sie nicht kennt, ebenso unbedeutend als die Hieroglyphen für die Römer auf ihren prächtigen Obelisken. Von der sinnlichen Natur aber geht man hernach über in die Geisterwelt und macht in Entzücken Bekanntschaft mit den großen Griechen und Römern und allen außerordentlichen Wesen, die diese Nacht erleuchten.

Als mein Vater einige Jahre weg war«, fuhr er fort, »bekam ich eine solche Sehnsucht nach ihm, daß ich nicht länger bleiben konnte. Ich fühlte die Ungerechtigkeit des Großherzogs wegen seiner buhlerischen Tochter erst recht lebendig, sah meine eigne Gefahr und machte mich ohngeachtet der Vorstellungen meiner Tante auf und reiste ihm nach, ohne zu wissen, wo er sich eigentlich aufhielt. Ich ging unter anderm Namen nach Venedig, um dort, während ich ihn auskundschaftete, die Werke Tizians zu studieren und vom Paul Veronese und Tintorett zu lernen; und meine Tante schickte mir von meinem Mütterlichen, soviel ich brauchte. Paul gewann mich bald lieb, so wie der Greis Tizian, den ich in seinen letzten Tagen oft mit Singen und Spielen ergötzte; und sie weihten mich in verschiednen von ihren Geheimnissen ein, weil sie Auge bei mir fanden. Es war mir nun lieb, daß ich außer meinem eignen Vergnügen noch etwas gelernt hatte, womit ich mich auf allen Fall durch die Welt schlagen konnte.

Den Herbst vor meiner Bekanntschaft mit dir erfuhr ich endlich, daß mein Vater zu Kandia als Hauptmann in Diensten eurer Republik stünde, unter dem General Malatesta, einem Florentiner, dessen Sohn Cosmus in den Armen seines Vaters dort umbringen ließ, weil er mit seiner ersten Tochter Maria zu tun hatte, die er deswegen selbst, der kalte Barbar ohne Eingeweide, mit Gift hinrichtete. Ich war schon zur Abreise fertig und wartete nur auf ein Schiff zur Abfahrt, als meine Tante mir die neue traurige Nachricht meldete, daß auch er durch Meuchelmörder, eben wie der junge Malatesta, längst, noch vor dem Kriege mit den Türken, das Leben eingebüßt habe. Dies traf mich wie ein Wetterschlag; ich schwur in meinem Herzen hohe Rache und kochte lauter Galle. Noch bis jetzt kann ich nichts ausrichten, wenn ich mein junges Blut nicht für ein altes ausgemergeltes auf der Stelle hingeben will: aber das Verderben reift über ihren Häuptern.«

Dem Edlen standen hier die Tränen in den Augen, er warf sich nieder an die Quelle, mit dem Gesicht auf dem Boden; sein Inneres war beklommen; er schwieg und knirschte mit den Zähnen.

Ich faßte ihn bei der Hand und redt ihm zu: »Mich jammert dein Schicksal, und du hast recht, zu zürnen. Aber die Welt ist voll von Unglücklichern! und du kannst noch stolz sein; wo sind diejenigen, die soviel

Leben in ihrem Innern haben wie du, um alles zu bekämpfen? Freude und Leid umtanzt und umringt wechselsweise jeden Menschen, und hierin ist kein Unterschied zwischen König und Knecht.«

»O ihr Venezianer«, fuhr er auf, »und ihr Genueser habt gut reden! Euch hat kein Haus, wie uns das Mediceische, so niederträchtig zugrunde gerichtet, und ihr strahlt frohlockend in Osten und Westen von Italien wie das Zwillingsgestirn am Himmel; Toskana, die alte Glorie von Welschland, liegt da in Schmutz und Trauerkleidern, mit Ketten behangen von seinen eignen Söhnen.«

Unser Gespräch ging dann auf die Geschichte dieser Staaten über, das hier zu weitläuftig wäre und außer meinem Kreise.

Es war schon gegen Mittag, und der Dunst vom Sonnenbrand auf den Gegenden benahm alle Aussicht; unten schien der See zu kochen und eine ungeheure Feuerpfanne von geschmolznem Silber; Eidechsen, Käfer, Mücken und unzählbare Insekten hielten in der Glut ein allgemeines Fest, und die Grillen betäubten mit ihrem Gezirp wie ein Meerbrausen die Ohren: wir machten uns also an unsere Quelle in die grüne kühle Nacht, wo die undurchdringlichen Eichen und Buchengewölbe und Felsen mächtiglich vor der Hitze Dampf beschirmten.

Wir stärkten uns mit Speise, und der frische Purpursaft der Traube weckte unbezwinglich die Freude wieder in jeder Nerve. Wie ein Paar junge Götter lagen wir da im Schatten, und unsre Augen und Lippen lächelten vom vergangnen Kummer wie die Blumen des Frühlings von süßem Abendtau. O Jugend, o glückselige Jugend, ach, warum verlässest du uns so bald!

Wir schwiegen und überließen uns der neuen Wonne; und plätscherten, denn wir hatten Rock und Strümpfe ausgezogen, mit den Händen und Füßen in dem klaren Wasser, das ungern in die Wärme hinausrann, um über Klippen zu schäumen. Jeder von uns ahndete so das Gefühl seiner Laufbahn.

Nachdem wir lange in Genuß und Empfindung gelegen hatten und mit den Wellen und Kieseln gespielt und Kräutern und jungen Sprossen, brach ich zuerst das Stillschweigen und fragte leise: »Und Cäcilia?«

»Ach, Cäcilia«, erwidert' er hastig, »ist für mich verloren; ein schwarzer Unhold entführt sie mir. Selige Augenblicke, wo an mir alles Irdische sich bei ihr zu Geist erhöhte, ich vor mir selbst verschwand, in einem Meer untergetaucht von unsterblicher Reinheit und Klarheit! Die Arme dauert mich; aber da ist keine Rettung, wo ein Gott nicht hilft.

Das goldne Geschöpf hat über mich vermocht, was ich nie glaubte. Unsre nächtlichen Zusammenkünfte in Venedig waren leider selten, und wir sahen uns einander nur bei größter Sicherheit. Noch während dieser Zeit warb mancher um sie, so wie schon viele vorher um sie geworben hatten; besonders der junge Bartholommeo F** mit einer völligen verliebten Raserei, übrigens ein Mann nicht ohne treffliche Eigenschaften, wie du weißt, nur von geringem Vermögen: aber keine Partie war ihren Eltern und Brüdern gut genug, und keiner von den Helden ergriff ihr Herz. Mir gab sie nach und nach alles preis, Seel und Leib, nur die letzte Gunst ward mir vorbehalten; ihr Entschluß hierin war stahlfest und unwankbar: weder Beredsamkeit noch Gewalt und die feinste Verschlagenheit konnt etwas ausrichten. Sie hat mir gute Proben abgelegt, daß ein Weib vor der Verführung sicher sein kann, wenn es nicht verführt sein will. Du magst immer darüber lächeln; aber sie hat es geleistet. Ich sehe dich in Gedanken fragen, was wir zusammen taten. Was Adam und Eva, lieber Freund, ehe sie aus dem Paradiese verstoßen wurden: Wir lebten im Stande der Unschuld nach und nach; freilich ging dies auf einmal aus der bürgerlichen Welt nicht, wo alles seine sündliche Blöße doppelt und dreifach bedeckt. Wir offenbarten uns so wie von Angesicht zu Angesicht unser Innres. Du kannst mich immer zu dieser Zeit einen holden einfältigen Schäferknaben nennen: aber ohne solche Vorbereitung gelangst du nie bis in den achten und neunten Himmel; nur höchstens auf die grüne Wiese, wo, wie man sagt, diejenigen hinkommen, die weder selig noch verdammt sind. Wer alle Himmel durchwandert hat und in jedem genossen und gelitten zum Aufflug in den höhern: darf von dem Reiche der Liebe reden. Glaube nicht, daß ich hier wie Petrarca schwärme; dieser war ein armer Sünder und hing nur am Schein, nie an der Wirklichkeit; er hat mit seinem Geächz und Jammer schier unsre ganze Poesie zugrunde gerichtet. Die Toren seufzten ihm jahrhundertelang nach, und mancher besang bei einer feilen Dirne die Grausamkeit der berühmten Provenzalin in unerträglichem Einerlei, anstatt die verschiednen Reize der Erdentöchter in ihrer Mannigfaltigkeit wie die heitern Griechen aufzuempfinden. Er selbst zwang die kluge Frau zur unerbittlichen Strenge: sie schwebte ja in augenscheinlicher Gefahr, daß er bei der ersten Gunst noch einen Band Sonette und berühmtere Oden auf etwas anders als ihre schönen Augen machte.

An Planen von Entführung und ewiger Verbindung wurde von uns im Anfange stark gearbeitet; aber weil wir keine Luftgestalten waren und Sinn hatten und sie auf keine Weise von ihrer Familie lassen wollte, die sie allzu zärtlich liebte, und besonders ihre Mutter totzukränken befürchtete: legten sie sich bei näherer Bekanntschaft nach und nach. Wir sahen die mißlichen Folgen bei den großen Hindernissen zu deutlich und erkannten inzwischen innig, daß die Natur unter allem bürgerlichen Verhältnis bei Menschen von reiner Empfindung und klarem Begriff immer durchgeht, trotz allen Gesetzen. Sie richten sich zwar im Äußerlichen nach der Ordnung des großen Haufens: betreiben aber im Geheim ihre eigne Art von Glückseligkeit, ohne welche kein Leben Wert hat. So verstrichen denn die himmlischen Tage, und wir ließen die Götter walten.

Eben im Frühling nach geschloßnem Frieden kam endlich Mark Anton G*** aus Griechenland dahergestürmt mit neuem Gold und Schätzen. Sein Weib und seine zwei kleinen Kinder, Töchter, waren dort an der Pest gestorben; und die heißen Strahlen, die Cäciliens Schönheit von sich warf, schienen während der ersten Besuche bei ihren Eltern gerade den Reiz zu haben zu andern Erben für sein Vermögen. Gleich einige Wochen nach seiner Ankunft hielt er um sie an: und sie ward ihm versprochen und mußte drein willigen; ob er gleich schon in die Vierzig, sie erst mannbar ist und ihn nicht leiden kann; aber er hat seine großen Besitzungen bei seiner Statthalterschaft in Kandia noch reichlich vermehrt mit Grausamkeiten und Erpressungen, und Unterschleifen in Verhandlungen mit den Türken, steht in großem Ansehn; und ihre Familie, obgleich bemittelt, bedarf doch wegen ihrer Brüder einer solchen Verwandtschaft. Unser Liebesknoten schlang sich dadurch nur fester; jedoch drohte das nahe Hagelwetter in der Ferne die Blumen aller unsrer Freuden zu zerschlagen.

Mein Aufenthalt diesen Sommer hier am Lago in kurzen Lustreisen von Venedig aus war schon beschlossen, eh ich mit dir bekannt wurde; und dein Antrag, mit dir zu ziehen, setzte mich anfangs in Verlegenheit: allein ich wußte nun der Sache keinen bessern Rat. Auch Cäcilia, die äußerst besorgt ist, wurde furchtsam darüber; doch ist alles insoweit nach Wunsch abgelaufen.

Hier kamen wir weit öftrer zusammen. Sie hat ihre Wohnung auf dem Gut in dem Garten, gerade vor einer Pflanzschule von jungen Bäumen, nicht weit von einem Brunnen mit einem weiten Marmorbecken, von hohen Ahornen umgeben, wo man sehr bequem über die Mauer klettert. Sie kann von der Seite zu einer Tür herein; und überdies ist ein Fenster in ihr Zimmer wegen des Lattenwerks für die Reben daran leicht zu ersteigen; welches ich aber doch, aus Furcht, gesehen zu werden, nur einigemal die letzten Nächte, wo es völlig dunkel war und weder Mond noch Stern leuchtete, um die Umschweife zu ersparen, gewagt habe: und ich erstieg immer damit alle neun Himmel; mit der Nachricht von der Ankunft des Bräutigams zur Hochzeit erobert ich endlich, ach, unter wieviel Schmeicheleien, beredten Bitten, heißen Wollustküssen und Gewalttätigkeiten! das heilige Palladium, umrungen von Glanz und Feuer, jede Fiber süße Wut.«

Ardinghello hatte sich bei den letzten Reden von mir abgewandt und hielt nun sein Gesicht in den frischen klaren Quell hinein, um die Glut davon abzukühlen.

Wir machten uns vom neuen über die Flaschen her, und ich gab ihm den Rat, weder sie noch ihn zu malen und lieber sich zu rechter Zeit zu entfernen; die Sache käme mir allzu gefährlich vor.

»Flieh du«, antwortete er, »wenn du keinen Willen hast und dir die Füße gebunden sind! Ja, fliehen möcht ich, aber mit ihr; jedoch wohin?«

Schon senkte sich der Tag, und der Abend rückte näher; wir erstiegen noch die Höhen und übersahen weit die Lombardei und ihre Lustreviere. Beim Heruntergehen nahmen wir einige Zeichnungen von reizenden Winkeln und Aussichten ab, fanden alsdenn unsern Steurmann auf uns warten, verließen Quell und Wäldchen und den leichten erhebenden Äther: wandelten wieder in die Tiefe und segelten unter dem lieblichen Zauberspiel von Abendröte nach Hause, zwischen den Gesängen frohlockender Winzer über den Segen des Herbstes.

Ardinghello wagte noch dieselbe Nacht eine Zusammenkunft mit Cäcilien. Sie hielten Rat, und es wurde beschlossen, daß er die Porträte malen sollte, indem es anstößig sein würde und sogar Verdacht erregen könnte, wenn er es nicht täte. Übrigens verließen sie sich auf ihre Gegenwart des Geistes und Verstellungsgabe und nahmen deswegen die sichersten Maßregeln.

Den dritten Tag darauf holt' ihn auch ihr jüngrer Bruder dazu ab, und er begleitete ihn mit allen Zugehörigen; der Bräutigam wollte ihr Ebenbild noch vom Stand ihrer Jungfräulichkeit.

Sie hätte gar nicht nötig gehabt, ihm zu sitzen; aber er zauderte mit Fleiß und schien auf nichts achtzugeben, als die eigensten und bedeutendsten Züge von ihr recht zu fassen. Er bat sie, so ganz bloß als unbekannter Maler, sie möchte sich nur völlig frei ihrem Wesen überlassen und tun wie sonst in der Gesellschaft oder als ob sie allein wäre; er müsse von selbst aus den mancherlei Bewegungen ihrer Seele auf der Oberfläche des Körpers ihren Charakter abnehmen und seine Phantasie das Ganze bilden. Ein gutes Porträt sei platterdings keine bloße Abschrift, und es gehöre dazu das tiefste Studium des Menschen, wovon er noch leider weit entfernt, wozu er auch zu jung wäre; aber er wolle nach Vermögen das Seinige tun.

Ihre Mutter war immer dabei zugegen, und der Bräutigam und einige von seinen und ihren Verwandten gingen auf und ab. Cäcilia war sehr aufgeräumt, sprach und scherzte und hatte die Malerei zum besten; schien zwar dem holden Jüngling in seiner Beschäftigung gern zuzusehen, warf so gar unverstellte Blicke auf ihn, wie man auf Schönheit wirft: aber alles wie fremd und zum ersten Mal; und ihre Worte hatten immer etwas von dem vornehmeren Ton gegen einen, den man für seine Arbeit bezahlt.

Die erste Sitzung geschah des Nachmittags gegen Abend. Nach wenig Umriß und Zeichnung fing er sogleich am Kopf an zu malen. Sie saß den andern Morgen beim Frühstück noch einmal; und dann wollt er sie nicht weiter plagen, außer bei der Vollendung, um hier und da nachzuhelfen. Den Nachmittag und ganzen dritten Tag und vierten Morgen bracht er damit fast allein zu: und siehe da! sie kam heraus wie völlig lebendig. Alt und jung bewunderten die erstaunliche Gleichheit. Er hatte sie in einem leichten sömmerlichen Morgenanzuge vorgestellt, meist von grüner Seide, worunter die vollkommnen Formen ihrer jugendlichen Glieder reizend aufwallten und durchleuchteten. Sie stand in Lebensgröße, nachdenkend, wie gerührt, in die Zukunft blickend, den Kopf in der Linken auf einen Pult gestützt, in einem Zimmer, wo durch ein ganz offnes Fenster die Aussicht auf den See ging, an welchem Sirmio in der Nähe und ein wenig blaue Ferne von den Gebirgen wohl angebracht waren. Ardinghello hatte im Gesichte schon Züge von ihrem Charakter ausgespähet, die sich nachher erst entwickelten.

Den fünften Nachmittag gab er sich an den Bräutigam. Nach den ersten Umrissen gestand er ihm gleich, daß ihm sein Kopf sehr schwer vorkomme und daß er noch keine rechte Idee von der ursprünglichen Einheit seines Charakters in der Einbildung habe. Mit allen großen Männern müss' ein Künstler lange leben, um nur eine von ihren bedeutendsten Außenseiten in täuschender Wahrheit fest zu haschen; und überhaupt sei es schier unmöglich, irgend jemand sicher darzustellen, den man nicht an Geist und Kraft gewissermaßen übertreffe.

Es ging hierbei im Mark Anton eine gewaltige Veränderung vor, und er errötete und wurde wieder blaß augenscheinlich, so daß er aufstehen und ans Fenster gehen und Ardinghello einhalten mußte.

Dieser faßte darauf all sein Bewußtsein zusammen, und jener kam nach einer langen Pause wieder und setzte sich. Ardinghello zeichnete vom neuen, und ihre Blicke begegneten sich einander wunderbar: die des Ardinghello hell und durchdringend, doch von aufgewühltem Herzen, flammten in die seinigen wie in eine düstre Nacht voll Irrfeuer.
Mark Anton fragte ihn endlich, ob er sich schon lange in Venedig und der Gegend aufhalte. Ardinghello antwortete mit Besinnung: »Es ist noch nicht lange; die Werke des Tizian und Paul von Verona und Tintorett haben mich dahin gezogen; und auch am Johann Bellini ist noch zu studieren und andern; besonders aber an der herrlichen Menschenart zum Kolorit.«
»Seid Ihr aus Florenz selbst?« verfolgte er ferner. »Ja«, war die Antwort. »Und Euer Vater?« »Mein Vater ist tot, und meine Mutter ist tot, ich ohne Geschwister bin allein übrig.«
»Wer war er, was trieb er?« Diese Frage machte Ardinghellon endlich ungeduldig, er schnickte den Pinsel aus und antwortete: »Er war ein Schwertfeger und machte gute Klingen.«
Bei diesen Worten trat Cäcilia herein und hemmte das Gespräch; denn sie waren vorher ganz allein. »Nun, geht's gut?« fragte sie lächelnd. »Es würde besser gehen«, antwortete Ardinghello, »wenn ich das Glück gehabt hätte, Ihro Exzellenz länger zu kennen.« »An mir ist nicht soviel gelegen«, erwiderte der Bräutigam; »wißt Ihr was, laßt es für jetzt gut mit mir sein und macht die Signora vollends fertig. Wir werden näher bekannt werden, und künftigen Winter einmal ist's bessere Zeit.«
»Wie Sie befehlen«, versetzte Ardinghello und rückte die Staffelei weg.
»O nein«, sprach heftig Cäcilia, »im Winter gibt's lauter Nebel und Regen und keine gute Luft zum

Malen!«

»Nun gut«, sagte der Bräutigam, »da kann es ja noch nach unsrer Vermählung hier geschehen. Jetzt bin ich ohnedies zu sehr beschäftigt und kann nicht so ruhig sein wie Sie, mein Herz.«

Sie nahm ihn bei der Hand und sah ihn zärtlich an und führte ihn fort. Ardinghello gab seiner Zeichnung einen Nasenstüber, brachte die Sachen in Ordnung und ging darauf von ihrem Gut und kam zu mir nach Hause.

Er erzählte mir, was vorgegangen sei: und mir wurde darüber warm im Kopfe. Ich konnte nicht anders glauben, als Mark Anton habe Lunte gerochen, und warnte und beschwur ihn mit Bitten inständig, äußerst auf seiner Hut zu sein und für jetzt sich ganz stille zu halten. Er aber meinte, seine Art, rot und blaß zu werden, müsse von etwas anderm herrühren als Eifersucht; soviel er sich selbst fühle und an andern beobachtet habe, offenbare sich dieselbe auf eine andre Weise. Jedoch sei wahr, daß die Grundverschiedenheit der Menschen hierin sonderbare Abweichungen mache. Inzwischen hätt er sich noch nirgend so betrogen, wenn dies Eifersucht sein solle; auch reime sich dies nicht zu seinem übrigen Charakter, wie er ihn aus Hörensagen und den wenigen Augenblicken kenne. Daß er auf seiner Hut sein würde, dafür brauch ich nicht zu sorgen; aber ein Feiger nur flieh alle Gefahr. Man müsse standhalten, mit unerschrocknem Mut, solange das Verderben nicht unüberwindlich einbräche; dies allein rette und beglücke den Mann.

Sein Verdacht ging' auf etwas anders; und ein wahrsagerischer Geist geb ihm ein, der Statthalter von Kandia sei bei Ermordung seines Vaters nicht ganz außer Spiele gewesen und die Ähnlichkeit seiner Gestalt ihm aufgeschossen.

Mir fiel heiß hierbei ein, daß Mark Anton, vor seiner Statthalterschaft von der Republik abgeschickt, einige

Zeit zu Florenz gestanden und mit dem Großherzog auf einem so guten Fuß umgegangen sei, daß er seinen schwierigen Auftrag glücklich ausgeführt habe; ich schwieg jedoch hiervon stille, um nicht Öl ins Feuer zu gießen, und sagte im Gegenteil: dies käme mir nicht wahrscheinlich vor, er solle sich deswegen nichts in Kopf setzen.

Den folgenden Morgen bracht er das Bild dahin, daß es im Rahmen konnte aufgespannt werden, und bekam für seine Arbeit von Cäcilien selbst einen schönen goldnen Ring mit einem kostbaren Rubin zum Geschenk, der gerad an den Herzensfinger seiner linken Hand paßte. Dies gefiel ihm denn; und er freute sich und lachte darüber, wie die Dinge dieser Welt so sonderbar untereinander laufen. Am dritten Tag hierauf sollte das Beilager gehalten werden; alle Anstalten dazu waren schon gemacht und die Nachbarschaft zu einem festlichen Ball eingeladen.

Ardinghello ging inzwischen tiefsinnig herum, aß wenig und trank viel, und konnt es nicht länger verbergen, daß er vom Stempel der Liebe mächtig gezeichnet war; er mied alle Gesellschaft. Morgens, abends und des Nachts kam er nie auf sein Zimmer und schlief nur des Mittags. Ich hatte mit dem Armen Mitleiden: aber da war nicht zu raten; er hörte wie ein Meersturm. Die ersten Stunden der Nacht am Tage vor der Hochzeit trat er auf einmal plötzlich hastig auf mein Zimmer, blaß und fürchterlich; ich schrieb eben an einem Briefe. Wie ich ihn aber so erscheinen sah, fiel mir die Feder aus der Hand, und ich sprang auf: »Was gibt's, was hast du?«

»Mein Argwohn war nur zu gut gegründet; höre!« sprach er und ging mit mir zum äußersten Ende von der Tür weg.

»Du kennst den schönen einsamen Platz, wo die großen babylonischen Weiden vom hohen Felsengestad herunter nach dem See hangen und das Ganze zu einer stillen melancholischen Vertiefung sich einschließt: dahin war die letzte Zeit immer mein liebster Spaziergang; schon vorher sind wir dort beisammengewesen. Auch diesen Abend ging ich dahin und nahm einmal ein Instrument mit. Es fing an zu dämmern, als ich noch auf der entblößten Wurzel der vordersten Weide nach dem Tale zu saß und meine Leiden sang. Der Inhalt von meinem Liede war: ›Ach, mein Vater tot, meine Mutter tot, meines Lebens Lust in fremder Gewalt! Ist dies nicht, ein junges Herz zu brechen? Saitenspiel, klag's mit mir!‹ Und bei den Worten, nach dem Blick und der Empfindung: ›Flüsterst du Lüftchen in den Blättern mir Trost zu?‹, kam's über mich, als ob ich meinen Vater vor mir und mir winken sähe. ›Warum erscheinst du, was verlangst du von mir?‹ rief ich und sprang auf. Zugleich erblickt ich nicht weit von mir einen Kerl mit dem Messer in der Hand, welcher alsbald davonging mit diesen Worten: ›Flieh, junger Mensch, du dauerst mich, ich sollte dich ermorden! Flieh, so geschwind du kannst, so weit dich deine Beine tragen, und meide den Mark Anton. Schon wurde durch ihn dein Vater umgebracht. Meide das Gebiet des Großherzogs.‹

Mir wurde dabei das Herz im Leibe umgekehrt; aber ich besann mich doch nicht lange, sondern riß meine Pistole hervor (er ging auf seinen Wegen nie ohne Gewehr aus) und jagte ihm von der Seite eine Kugel durch die Brust, daß er auf der Stelle stürzte. ›Stirb, Elender, für deine Schlechtigkeit in der Schlechtigkeit, und bereite das Quartier deinem Patron in der Unterwelt!‹ vernahm er noch die Antwort. Darauf gab ich ihm noch einen sichern Stoß mit seinem eignen Messer und wälzte den Körper in die Dornen und das Gesträuch hinein, den Felsen hinunter. Niemand war schon längst mehr auf dem Felde und es schon finster; und der Ort ist überhaupt, wie du weißt, völlig abgelegen. Den Kerl erkannt ich noch, wie ich ihn näher

besah; ich habe vor kurzem in einem Wirtshause zum Zeitvertreib mit ihm a la Mora gespielt und ihm nicht allein seinen Verlust geschenkt, sondern die Zeche obendrein bezahlt.«
Dies entsetzte mich; ich sah die gräßlichen Folgen bei seiner kühnen Entschlossenheit voraus und wußte nichts zu antworten als: »Es ist ungeheuer!«
»Du sollst nichts dabei zu tun und nichts dabei zu verantworten haben«, fuhr er fort; »nur beschwör ich dich beim Himmel und deinem letzten Tropfen Liebe zu mir, laß mich's ausführen, einen häßlichen politischen Meuchelmörder mehr aus der Welt zu schaffen. O Vernunft, breit allen deinen heitern Äther in meinem Verstand aus, daß ich kalt genug zu Werke schreite! Wenn er morgen auf der Hochzeit mit dir von mir sprechen sollte, so sage nur, du habest mich die letztern Tage nicht gesehen, ich streiche so oft im Lande herum und suche Schönheit in Gegenden und unter Menschen; und gib im übrigen auf alles acht, was vorgeht, besonders auf dem Ball in der Nacht.«
Ich war betäubt von allen diesen Dingen und wußte mir nicht zu helfen. Es war da kein Rat, als entweder ihn oder den andern aufzuopfern; und vor dem ersten Gedanken schauderte meine Seele wie vor ihrem Nichtsein; den königlichen Jüngling vom rächerischen Arm der Natur bewaffnet, voll innerm Gehalt, der überall hervorstrahlt: oder den mißgeschaffnen Boshaften, der das Vortrefflichste aus kleinlicher Leidenschaft und elendem Interesse wegtilgt? Es fand weder Wahl noch ein ander Mittel statt.
Ich gab ihm nach der Überlegung zur Antwort: »Du sollst mich als deinen Freund erkennen; an deinem Mut und deiner Klugheit im übrigen darf ich nicht zweifeln. Jedoch bedenke vorher, was du tust und daß dein Leben selbst dabei in äußerster Gefahr ist.«
»Was soll mir ein Leben, das Sklaverei duldet und Unrecht leidet?« erwiderte er, »schändliches Unrecht!

und das grausamste! O ich weiß, daß das ewig lebt, was in mir lebt, und daß dies keine Gewalt zugrunde richtet. Ich war, was ich bin, und werd es sein: ein edler Geist, den sein göttlich Urwesen durch alle Zeiten von der Drangsal niedriger Verbindungen immer bald erlösen wird. O wären viele wie ich! der Tyrannei unter unserm Geschlecht sollte bald weniger sein. Aber da fürchten sie sich vor dem Wörtchen Tod und glauben, sie wären das, was da kalt und bleich und starr ausgestreckt auf dem Brette liegt, da es nur das Gespenst der eigentlichen Unterwelt ist, das ihre niedrigre Gattung von Wesen nach seinen jämmerlichen Bedürfnissen herumfoltert, und alle reine Seele mit Apostelstimme den verachtet, der keinen Mut hat, zu sterben und sich von dem Elend frei zu machen.«

Mich dünkte, einen Gott reden zu hören: so stolz und groß stand der Mensch vor mir; ich mußte ihn an mein Herz drücken.

Allein der mißlichste Punkt bei der Sache war Cäcilia; dies machte ihm am meisten zu schaffen, und er überlegte auf allen Seiten. Er glaubte, daß es endlich auch hier gehen würde, und sei der Gewalt sicher, die er über ihren Willen habe! sie selbst ins Spiel verflochten, und der außerordentlichen Biegsamkeit ihres Geistes und ihren andern Fähigkeiten die Rolle nicht zu schwer. Er müsse das Äußerste wagen, sie diese Nacht noch zu sprechen: es wäre notwendig, daß sie sich vorher darauf bereite.

Übrigens sahen wir immer klärer in dem, was vorgegangen war. Mark Anton stieg nicht aus bloßer Höflichkeit bei seiner letzten Ankunft an unserm Haus ab, da er es bei den vorigen Besuchen nicht tat, die er bei seiner Braut ablegte; der Großherzog mochte Wind bekommen haben, wie der junge Frescobaldi heranwüchse und daß kein bloßer Maler in ihm stecke, weswegen ihn der Adel zu Florenz gewissermaßen verachtete, und wollte beizeiten der gefährlichen Brut den

Nacken brechen. Der Mörder des Vaters hatte denselben in Venedig ausgekundschaftet und sein eigen bös Gewissen dazu angetrieben. Das andre ergab sich von selbst: er ließ ihn bei sich malen, um ihn genauer kennenzulernen und ob er wirklich gefährlich wäre; und Ardinghello beschleunigte mit den ohne alles Arg gesagten Worten: ›er war ein Schwertfeger und machte gute Klingen‹, die ihm vielleicht der Zorn des Himmels eingab, dem Verbrecher das Todesurteil anzukündigen, seinen Untergang, wenn es nicht anders verhängt gewesen wäre.

Der Ursprung dieser Begebenheiten war uns aber damals unbekannt, und Ardinghello erfuhr ihn erst, als er wieder nach Florenz kam. Mark Anton verliebte sich dort gleichfalls in Isabellen und bracht es so weit mit seinem Geld und seiner ihr neuen gefälligen venezianischen Mundart, daß auch ihm, der Seltenheit wegen, eine Zusammenkunft versprochen wurde. Allein statt des gehofften Vergnügens fand er durch geheime Veranstaltung des Vaters von Ardinghello in ihrem Zimmer eine alte magre Ziege angebunden und schlich wieder davon, als ob er nicht dagewesen wäre. Lächerlich dadurch bei ihr gemacht, hatte die ganze Liebesgeschicht ein Ende. Mark Anton nahm dies zwar nicht wie einen lustigen Streich bei dergleichen Laufbahnen auf die leichte Achsel; doch konnt er sich sogleich nicht rächen und ließ die Sache lieber im verborgnen. Der Großherzog, in der Folge davon benachrichtiget, gebrauchte ihn hernach, als ein Mann, der seine Leute kannte, zu seinen Absichten. Ardinghello, noch Knabe, bekümmerte sich nicht um solche Dinge. So entstehen immer die wichtigsten Folgen aus Kleinigkeiten.

Ich ging darauf zu meiner Mutter, und er schloß sich auf sein Zimmer. Um Mitternacht schlich er heraus und stieg in Cäciliens Garten. Sie hatten sich gleich im Anfang ihrer Liebe Zeichen für Augen und Ohren erfunden, die kein andrer Mensch verstand und die ohne allen Verdacht waren. Sie vernahm ihn und erschrak: diese Zeit über sollte keine Zusammenkunft mehr gehalten werden; und besann sich, ob sie kommen oder nicht kommen wollte. Als er aber darauf das Zeichen gab, wo alles mußte gewagt werden; denn auch dies hatten sie, im Fall, wo sie sich die höchste Gefahr entdecken mußten: so ging sie zitternd nach der Tür, und ihr sanken die Knie ein.

»Cäcilia«, sprach er zu ihr, wie sie im verborgensten Buschwerk an der Mauer beisammen waren, »ich bin verloren, wenn ich deinem Bräutigam nicht zuvorkomme«; und erzählte ihr die Begebenheit den Abend mit dem Banditen und alles in wenig Worten, was sie noch nicht wußte. »Morgen nachts, wo nur immer möglich, schaff ich ihn aus der Welt, und ich hoff, es soll bei dem festlichen Geräusche nicht an Gelegenheit fehlen, wenn du nicht lieber mich willst hingerichtet sehen.«

Jedes Wort war ihr ein Donnerschlag.

»O welch ein Sturm wälzt sich über mich her!« rief sie aus, entsetzt, nach langer Betäubung; »schon tauml' ich mitten in den erzürnten Wogen, von Abgründen zu Abgründen geworfen, und alle Winde rasen. Ach, wäre ich mit dir aus dem Schiffbruch auf einer wüsten unbewohnten Insel nur! Aber wir gehen unter in den wilden Fluten.«

»Mir sagt's mein Herz«, erwidert' er darauf, »daß wir glücklich der Gefahr entkommen. Habe Mut, himmlisch Wesen! Der Wellen Ungestüm verletzt kein Gestirn; es tritt desto glänzender bald wieder auf und strahlt in ewiger Klarheit.

Niemand weiß von unsrer Liebe (der Edle wollte seinen Freund auf alle Weise außer Gefahr setzen). Niemand weiß von dem schändlichen Vorhaben des Mark Anton gegen mich; sein Spion und Mörder meines Vaters modert schon zwischen Klippen und Dornen: solche Dinge vertraut man nicht, außer gegen wen man muß. Der Großherzog ist noch weit von hier, mich soll er so leicht nicht in die Schlinge bekommen. Schlage mich aus dem Sinn die kurze Zeit des Getümmels, und tu, als ob du von mir nichts wüßtest: und du bist sicher. Über mich waltet die Vorsicht: sonst wär ich dem Tod nicht entgangen, und sie hätte mir meinen Pfad nicht gezeigt.«

»O wie kann ich dich, Geliebter, einen Augenblick vergessen? Wie kannst du vergessen meine Seligkeit und mein Leiden?« fiel sie ihm mit Tränen an seine hochklopfende Brust; fuhr aber bald hastig auf und ergriff ihn, zurückstoßend, klammernd bei der Hand: »Fort von hier, über Berg und Tal, laß mich! O hätt ich dich nie gesehen, o ich Unglückselige! Ich beschwöre dich bei aller unsrer Wonne, bei deiner und meiner Liebe«, stürzte sie sich ihm zu Füßen und umwand seine Knie: »überwältige dich meinetwegen, der Ruhe meiner Familie wegen, verschiebe wenigstens die Rache! Mich fesselt das grausame Schicksal mit eisernen Ketten an mein Elend, und ich kann ihm nicht entrinnen: du aber geh in ein ander Land, sei glücklich bei allen deinen Vollkommenheiten, und laß mich. O Gott«, schluchzte sie, »wer weiß, wenn und wie und wo und ob wir je uns wiedersehen!«

Ardinghello umwand sie fest mit seinen Armen und träufelt' ihr mit der Stimme des lebendigsten Gefühls ins Ohr: »Welche sklavische Furcht hat sich deiner bemeistert! Komme wieder zu dir, und rede mit Besinnung. Es siege die Liebe, die in der Natur allen andern vorging, und die Gerechtigkeit! Hast du keinen Blick in die Tage der Zukunft? Einem solchen bösartigen Ungeheuer wolltest du an der Seite liegen und deine glänzende Wohlgestalt von ihm schänden lassen, in lauter Gram und Ekel, da die edelsten Jünglinge voll Eifer und Feuer vor dir schmachten? Hat dies so mächtig wallende Herz in deinem Busen so wenig eigne Kraft, daß es nichts für sich tut, sondern seine angebornsten Regungen nach andrer Willen umlenkt? O Cäcilia, erhabenes Wesen, erkenne deinen Wert! Zu deinem eignen Wohl und weil ich dich kannte, vertraut ich dir das Geheimnis.

Soll ich den Schlechten verklagen, ihn zu einem Zweikampf herausfordern? Wie albern! Warten in der äußersten Gefahr? Wie töricht! Ihn gehen lassen, dulden, leiden, schweigen und mich davonmachen? O ich wäre nicht wert, dich an meine Seele zu fassen, nicht wert, auf diesem Boden zu atmen; tief, tief unter der Erde, der armseligste halbzertretenste Wurm müßt ich sein.

Die Zeit ist edel, wir haben keine Worte zu verlieren; ich sage dir aus dem Buch des ewigen Verhängnisses: Mark Anton, der niederträchtige Meuchelmörder, muß sterben von meiner rächerischen Hand für alle seine Bosheiten; oder du mußt mich und dich dem Tod und der öffentlichen Schmach preisgeben. Es findet hier keine Wahl statt, und ich kenne dazu genug deinen hellen Geist und deine hohen Gefühle. Meinetwegen hab in jeder Rücksicht keine Sorge: für dich wird dein scharfsichtiges Auge leicht den Ausweg finden und deine Gewandtheit ohne Verletzung und Gefahr darüber weggleiten.«

»Nun, so fürchte denn alles, unerbittliches Felsenherz!« versetzte sie ihm aufgebracht; »und wenn du sicher sein willst, so zücke den Stahl zuerst auf mich. O herbeigeführt durch die Lüfte, steh ich an dem Kessel eines feuerspeienden Gebürgs, Verderben rund um mich, und mir vergehen die Sinnen. O könnt ich mein unabsehliches Elend aller Unschuld zur Schau aufstellen und sie damit vor dem ersten Fehltritt warnen!«

Ardinghello konnt ihr nicht mehr antworten, so schnell riß sie sich von ihm fort nach ihrem Zimmer; doch drehte sie sich unterwegs noch einigemal um, kam aber, außer sich, nicht wieder zurück.

Er sagte mir anfangs von dieser Unterredung nur so viel, daß sie ohngefähr den von ihm erwarteten Ausschlag genommen habe.

Den andern Morgen in aller Frühe geschah die Trauung. Cäcilia erschien am Nachmittage, wo das Gelag war, reizender als je; Schlaflosigkeit und die beständige Überlegung dessen, was vorgehen sollte, hatte ihre Lebensgeister erhitzt und überzog ihr Gesicht mit der lieblichsten Schamröte.

Ardinghello bereitete sich den Tag über auf die Tat: machte sich selbst auf den Notfall eine Maske, kämmte sein Haar anders, veränderte Hut und Kleidung, um einen Landmann der Gegend vorzustellen, und setzte sich in gute Verfassung zur Flucht auf jeden Fall. Meine Mutter und ich waren beim Feste.

Eine zahlreiche Gesellschaft hatte sich eingefunden. Pracht und Überfluß, mit feiner Kunst angeordnet, herrschten an der Tafel und in Sälen und Zimmern Glanz und Freude. Die Braut schien in neuen Empfindungen verloren, antwortete aber doch leicht jedem Schalk, und immer in jungfraulicher Bescheidenheit; jedermann schien den Glücklichen zu beneiden, dessen Beute sie ward, und den Wunsch im Herzen zu hegen, mit süßer Gier im Liebesbette, statt seiner, der zarten Schönheit Blume zu pflücken.

Gegen Abend erhob sich der Ball. Als die Kerzen brannten, vermißte man bald Braut und Bräutigam und lächelte darüber. Der Bräutigam kam nach langer Zeit zuerst wieder, und seine Unenthaltsamkeit und Enthaltsamkeit beklatschte ohne Scheu der Mutwill junger Männer. Doch hörte man zu seiner Entschuldigung von einer Stimme den frechen fescenninischen Scherz: der versuchte Ritter wird den Morgen schon bei hartem Sturm die Fahne auf die Festung gepflanzt haben. Er lachte, jedoch dünkte mich's nicht das Lächeln der Lust nach gepflogner Liebe, und winkte mit der Hand nach dem Fenster. Und sieh! Raketen stiegen auf in der Luft und kreuzten sich über dem See und zerknallten, in schönen Kreisen sinkend. Gleich hernach erschien auch die Braut wieder und wurde beglückwünscht von Müttern und Weibern, indes sie glühte wie eine Rose.

Man führte sie an den Erker zum besten Platz, das Schauspiel anzusehen: und auf einmal rauschte die Girandola gen Himmel wie ein ungeheurer brennender Palmbaum. Darauf folgten mancherlei neue Feuerwerkskünste. Der Ort dazu war auf einem hohen felsichten Ufer des Sees nicht weit vom Palaste; der Bräutigam, welcher dergleichen verstand und es angeordnet hatte, lief hernach selbst hinunter, um die Leute, die es abbrannten, zum Eifer zu treiben, weil einigemal starke Pausen vorgingen: und gerad am Ende der Stiege wurd er vom Ardinghello an der Kehle fest gepackt und empfing den schärfsten mörderlichsten Dolchstich von unten auf ins Herz. Derselbe sagt' ihm schleunig noch ins Ohr: »Bin der junge Frescobaldi! Deine Braut war meine Geliebte, die Frucht unsrer Liebe wird dein Vermögen erben statt dessen meines Vaters.«

Er lag da und regte sich nicht mehr: Ardinghello entwischte. Niemand bemerkte ihn, die Bedienten unten sperrten alle, weit von dem Palaste, Augen und Mäuler auf über das Feuerwerk und jubelten und lärmten; und oben plauderte man gleichfalls und betrachtete.

Er lag da, solange das Feuerwerk dauerte. Wie es vorbei war und die Bedienten wieder hereinsprangen, erscholl auf einmal ein Zetergeschrei. Man drängte sich zu den Türen heraus: *»Der Bräutigam ist ermordet!«* lief plötzlich von einem Mund zum andern. Cäcilia rennte mit Geheul hervor, und wie sie deutlich vernahm: *»unten an der Stiege mit einem Stoß in die Brust ermordet!«* sank sie auf der Stelle nieder in Ohnmacht, und Arm' und Beine welkten, ihr Antlitz entfärbte sich, und der Kopf hing im Nacken. Man hob sie auf und brachte sie auf Sitze und besprengte sie mit starken Wassern; es war ein allgemeines Gewühl und Lärmen.

Der Tote ward unten in ein Zimmer gebracht; man zog die Kleider weg und besichtigte die Wunde: sie ging nett ins Herz, und da war an keine Hülfe mehr zu denken. Cäcilia kam wieder zu sich. »Was ist mir? wo bin ich?« sprach sie stöhnend mit verirrten Blicken. »Ach, tot, tot! Wer hat ihn umgebracht! o ich Unglückselige!« und so zerraufte sie sich die schönen blonden Locken und riß die Kleidung vom Leibe und wütete wie eine Bacchantin.

Ich darf sagen, daß, bei Kummer und Sorge für Ardinghellon, mich doch dies entzückte. O ihr Weiber, welch ein Mann erreicht je eure Verstellung! Sie wollte mit Gewalt zu ihm, aber man hielt sie ab. »O Gott, welch ein Vermählungsfest!« schluchzte sie, und die Tränen stürzten ihr aus den Augen. Hätt ich aber alles gewußt, so würd ich tiefes Mitleiden mit ihr gehabt haben.

Die Verwandten des Mark Anton, worunter eine verheuratete Schwester von ihm war, verstummten und machten allerlei Gesichter und wußten nicht, wo sie angreifen sollten: die Brüder und Eltern der Cäcilia verloren aber den Kopf nicht; und der älteste, auch schon verheuratet, ergriff sie bei der Hand und sagte zu ihr: »Fasse dich, was geschehen ist, kann man nicht ändern, und sei vernünftig, für dich ist jetzt ein kritischer Zeitpunkt! Sprich, und rede laut: hat Mark Anton schon wirklich seinen Bund in der Tat mit dir vollzogen oder nicht? Das andre soll hernach, soviel menschmöglich ist, aufs schärfste untersucht werden.« Sie warf den Kopf in die Arme und bedeckte die Augen und sagte seufzend und weinend: »Ach, wär es nicht geschehen und ich noch, was ich war!«

Die Schwester antwortete hierauf: »Wir sind hier auf einmal in sonderbare Umstände geraten und werden schwerlich so friedlich auseinandergehen können, als wir zusammengekommen sind.«

»Damit Sie erkennen«, versetzte der Vater der Cäcilia, »daß wir nichts Unbilliges verlangen, soll meine Tochter gleich in sichre Verwahrung gebracht werden, und einige von Ihren Verwandten und meine Söhne mögen sie begleiten. Der Fall ist außerordentlich. Wir ergeben uns dann in den Ausspruch des hohen Rats. Inzwischen wollen wir alles aufs strengste ausfragen und untersuchen.«

Die Ältesten und Angesehensten von der Republik, die hier zugegen waren, versammelten sich gleich auf ein Zimmer allein und machten einen Kreis; die Verwandten blieben in der Nähe, die übrigen Gäste im Tanzsaal, und unten wurden die Türen gesperrt. Die Bedienten kamen erst einzeln nacheinander vor. Keiner wußt etwas, und man fand nirgendwo die geringste Spur. Der Gäste waren viel und mancherlei. Man hatte zwar auf ein paar derselben Argwohn, weil sie vor dem Ermordeten um Cäcilien warben und gegen denselben heimliche Feindschaft hegten, jedoch durfte man sie so bloß darauf öffentlich nicht antasten; man erkundigte sich nur sehr scharf unter der Hand, wo sie während der Tat sich befunden hätten. Sichre Personen legten gut Zeugnis für sie ab, daß sie in ihrer Gegenwart gewesen wären.

Insoweit war also die Untersuchung vergeblich. Man schickte darauf Leute in die Gegend aus, um jeden Verdächtigen festzuhalten, welches man freilich eher hätte tun sollen: allein im ersten Aufruhr dachte niemand daran; und Ardinghello, einer der schnellsten Fußgänger, befand sich zu dieser Zeit schon in Sicherheit.

Was Cäcilien betraf, konnte man nicht nach aller Strenge verfahren, da es der Wohlstand und das Ansehen ihrer Eltern und Brüder nicht zuließ, welche beide letztere bei dem Sieg über die türkische Flotte sich den Namen großer Helden erworben hatten; alle waren außerdem dem reizenden Geschöpf gewogen und keiner von Herzen dem Bräutigam. Mancher machte sich in Rücksicht ihrer Hoffnung, entweder sie ganz zu besitzen, nun eine der reichsten Partien von Venedig, noch unabgeweidet in frischer Blüte; oder doch auf irgendeine Gefälligkeit bei solcher Lage Rechnung. Wenn ein Mensch einmal tot ist, hört bald alle Gunst auf; und wer am Leben bleibt, hat immer das beste Spiel. Dies ist in der Natur der Dinge; einem Toten ist doch nicht mehr zu helfen, denken sie, und es kömmt dabei nichts heraus. So ging's zu Venedig, wohin Cäcilia sich noch dieselbe Nacht unter Begleitung ihrer Brüder und der Verwandten ihres Bräutigams, mit etlichen Personen vom Rat, auf den Weg machen mußte, bis ihre Schwangerschaft sich völlig offenbarte. Sie wurde zwar nach der Form gehörig bewacht und befragt: allein da man gar keine Angaben, nicht den geringsten Verdacht und sie einen Bartolus und Baldus in derselben Person zum Advokaten hatte, endlich freigesprochen; und sie selbst verstand meisterlich die Seelen zu fesseln und spielte durchaus ihre Rolle vortrefflich: in dem kurzen Umgange mit Ardinghellon hatten sich ihre seltne Naturgaben herrlich noch entwickelt und ausgebildet.

Zu Anfang des neunten Monats darauf wurde sie, in Beisein gerichtlicher Zeugen, von einem gesunden kräftigen Sohn entbunden, welcher in der Taufe die Namen S. Marco Giovanni e Paolo empfing; und niemand wußte die geheime Bedeutung. Sie gelangte damit zum rechtlichen Besitz aller Güter Mark Antons, dem ihre Brüder ein prächtiges Grabmal von dem berühmtesten Bildhauer mit einer sinnreichen Inschrift von dem besten lateinischen Poeten besorgten, und trauerte lange und hielt sich eingezogen von allen Lustbarkeiten.

Ardinghello hatte sich nach glücklich vollbrachter Tat

durch Umwege schnell auf sein Zimmer gemacht und geschwind umgekleidet; er war sicher, von niemand bemerkt worden zu sein, und wollt im Freien unter der fremden Kleidung nicht länger bleiben. In unsre Wohnung konnt er nach Belieben herein und heraus, weil er den Schlüssel zu der einen Außentür von seinem Flügel hatte. Auch war ohnedies alles aus dem Palaste nach einem guten Platz zum Feuerwerk gelaufen, dem zauberischen Schauspiel über dem See. Inzwischen machte er sich doch behend auf jeden Fall gefaßt und lauerte nahe bei seinem Zimmer im Garten, bis ich mit meiner Mutter nach Hause kam und ihm das glückliche Zeichen gab; das Fest war gänzlich verstört, und ich hielt nur so lange aus, als es sich schickte, um nichts zu versäumen.

Auf ihn fiel nicht der mindeste Verdacht, weder hier noch in Venedig. Dort wurde bei einigen jungen Herren strenge Nachforschung gehalten, die mit heftiger Leidenschaft vorher um Cäcilien warben; aber es kam nichts heraus, und die Ermordung blieb ein Rätsel.

Zweiter Teil

Ardinghello wollte nun nicht länger in der Gegend bleiben: die Sonne war hinweg, die ihn an sich zog und um die er sich herumbewegte; aber auch für jetzt nicht wieder nach Venedig. Und wenn sich dort die Sachen aufs glücklichste setzten, so sah sein Geist in der Zukunft Dinge, die ihn folterten. Süßigkeit vollführter Rache, Gram, von Cäcilien geschieden zu sein, Kummer ihretwegen und Sorge für seine eigne Sicherheit wechselten in seinem Herzen plötzlich auf und ab wie ein Aprilwetter. Sich länger aufzuhalten war gefährlich, weil man unter den Papieren Mark Antons vielleicht Aufträge von Cosmus finden konnte: und sich gleich aus dem Lande zu machen schien verdächtig. Endlich entschloß er sich, nach Überlegung aller Umstände, noch einige Tage zu harren und inzwischen scharf auf seiner Hut zu sein. Es kam uns nicht wahrscheinlich vor, daß der Großherzog seinen und seines Vaters Tod schriftlich sollte verhandelt haben; und ein Vertrauter, wenn er auch noch da wäre, wie nicht zu vermuten, durfte bei Schlechtigkeiten von so üblem Erfolg keinen Lärm machen, zumal da er doch nicht sicher wäre und nur mutmaßen könnte.

Ardinghello stellte sich aufgeräumter an als je; und wenn in Gesellschaft die Rede auf die Begebenheit kam, so schwieg er entweder oder pries Mark Anton glücklich, daß er so gerad in voller Freude starb; und auch Cäcilien, daß sie so geschwind als möglich von dem harten Joche der Ehe sei ausgespannt worden.

Wir fischten dann auf dem See, gingen auf die Jagd und lasen noch dabei zu guter Letzt die schönsten Oden im Pindar, der seine Seele vom neuen mit hohem Taumel schwellte und in etwas seinen Sinn von der Gegenwart wegwandt. Die Romanze aller Romanzen auf die Insel Rhodos besonders entzückte ihn so, daß er sie bald auswendig konnte. Seine Phantasie kam wieder ganz in das Götterreich der Poesie hinein, die Spiele griechischer Jugend rissen sein Herz dahin, süße Liebe und solche Taten pries er allein ein würdig Frühlingsleben; alle seine Kräfte tobten und wurden ungestüm: er wollte fort in die Welt, in Bewegung, auf eine neue Bühne, und war nicht mehr zu halten.

Keine volle zwei Wochen nach Cäciliens Abreise brach er auf. Er schrieb vorher an seine Tante um einen Wechsel nach Genua; er gedachte von dort nach Frankreich zu schiffen und dadurch nach Spanien zu wandern, bis an die letzten Küsten von Portugal. Mir band er unterdessen Cäcilien aufs Herz und daß ich ihm von ihr bei jeder guter Gelegenheit Nachricht geben sollte. Sobald sie frei wäre, müßte vermittelt werden, daß wir alle drei zusammen eine Freundschaft ausmachten. Für unsre Heimlichkeiten bildeten wir uns eine jedem andern unergründliche Schrift und wollten bei den Hauptpunkten das Neugriechische gebrauchen. Seine Wiederkunft würde alsdenn von den fernern Umständen abhangen.

Seine Reise nach Genua nahm er sich vor zu Fuße zu tun, und so sollt es sein Leben lang durch alle schöne Gegenden geschehen; er hielt es für Torheit, sie anders zu machen, wenn man gesund und stark wäre und keine notwendige Eile hätte: die Natur von Land und Leuten könne man auf keine andre Weise so gut kennenlernen; und was die Straßenräuber beträfe, so sei man im Wagen der Gefahr weit eher ausgesetzt, und die ärgsten würden von Billigkeit zurückgehalten gegen ein harmloses Geschöpf, das ohne bürgerlichen Reichtum, wie sie, bloß menschlich einherschreitet.

Er ließ mir alle seine Habseligkeiten zurück und nahm nichts mit sich als einen wohlgespickten Beutel und ein Hemd und ein Paar Strümpfe außer denen, die er anhatte.

An einem Abend beurlaubte er sich von meiner Mutter, die weichmütig Tränen vergoß und ihn an ihre Brust drückte; er wurde von ihr geliebt wie mein Zwillingsbruder. Sie gab ihm ihren reinsten Segen und bat zu Gott, daß er sie erhören möchte, da er nicht länger bleiben wollte; und sagte ihm zuletzt, daß sie sich oft nach seinem Umgang sehnen würde. Ihr machten wir weis, daß er wieder in seine Heimat zöge.

Wir brachten die Nacht alsdenn beisammen zu, so recht wie klare Quellen von Leben, wo alle Blicke durchgehen; ich wünsche mir nie eine größre Seligkeit. Aber ach! was ist der Mensch? ein Punkt, zerfetzt und zerrissen vom Schicksal auf allen Seiten, und unaufhaltbar fortgetragen in den wilden Fluten der Dinge, wo er weder Anfang noch Ende sieht.

Gegen Morgen fuhr er auf, steckte die alte Handschrift von den Denkwürdigkeiten des Sokrates in die Tasche, die ich ihm fein und wohlgeschrieben mit auf den Weg gab, und die griechischen lyrischen Dichter von Heinrich Stephan; warf seine Zithar über die Schulter, daß sie stürmisch erklang, drückte mich noch einmal an sein Herz und küßte seine ganze Seele auf meine Lippen, und schoß von dannen. Ich erbebte wie von einem Todesschauer und sank wie ins Grab. O Elend und Jammer, hienieden ohne Freund zu sein! und Stolz und Jubel und Kühnheit, wo zwei ihr Wesen verdoppeln!

Meine Mutter und ich gingen darauf zu Ende Oktobers wieder nach Venedig, wo mein Vater aus Dalmatien schon angekommen war. Der Weg dahin erfüllte mich mit Traurigkeit. Gegend und Menschen und Gebäude hatten den vorigen Reiz verloren und standen da wie Schatten. Ich erkannte innig, daß zu allem Genuß zwei Herzen notwendig sind, die sich lieben.

Die Zärtlichkeit meines Vaters, meiner ältern Brüder und verwittibten Schwester, die ihn begleitet hatten, linderten und versüßten allein meinen Gram zu Hause.

Cäcilia saß noch in strenger Verwahrung: doch war jedermann für sie, wegen ihrer ehemaligen klugen und bescheidnen Aufführung bei aller ihrer Schönheit. Auch ich tat unter der Hand mein Bestes; das zärtliche Geschöpf hatte sich von dem Zuge der Natur überwältigen lassen und konnte hernach nicht anders handeln.

Verschiedne junge Leute, alle von großem Talent und genaue Bekannten von Ardinghello, kamen zu mir, seinen gegenwärtigen Aufenthalt zu erfahren, welchen ich ihnen aber nicht entdeckte, mit Vorspiegelung, er habe in seine Heimat gewollt.

Zu Anfang Novembers erhielt ich folgenden Brief von meinem Freunde.

Genua, November.

Wie ich aus dem fruchtbaren großen Tale der Lombardei, von hundert Flüssen durchströmt, das seinesgleichen in der Welt nicht hat, durch die wilden kahlen Felsenkrümmen des Apennin hinauftrat und endlich aus der Bocchetta hervor, von heitern Lüften umspielt, daß die Locken um meine heißen Schläfe flatterten, oben auf der Höhe das tiefe breite Meer unter mir glänzen sah, von süßen Strahlengewölk des Abends umlagert: Gott, wie ergriff das mein Herz und alle Sinne! Wie die Thetis Homers mit einem Sprung vom Olymp hätt ich mich in die ewige Lebensfülle hineinstürzen und wie ein Walfisch darin herumtaumeln und alle meine Leiden abkühlen mögen.

Ich blieb hier die Nacht bei einem alten Schäfer, der Chronik der Gegend, und sah die Sterne auf- und untergehen und das Weltlicht wieder erscheinen, und thronte so über Italien, dies Paradies mit allen seinen Bewohnern von Anbeginn der Zeit, Menschen und Tieren und Pflanzen und Bäumen, und ich, machten ein friedliches Eins, so rein und heilig zerflossen war meine Seele.

Den Morgen schritt ich hinab und schlief des Nachmittags in einem reizenden Dorf an der Küste nicht weit von der Stadt. Gegen Mitternacht wacht ich wieder auf vom Saitenspiel und einer Stimme, die lieblich mein Wesen durchdrang. Ich lauschte und vernahm die Worte und sprang ans Fenster: die Musik kam aus einem alten Gemäuer, an einen Hügel gebaut, der in hohen Pinien und Zypressen und niedern Fruchtbäumen sich aus dem Meer hervorstreckte; es waren Stanzen eines Märchens vom Pulci, die ich gar wohl kannte. Als darauf noch eine weibliche Stimme zu der männlichen einfiel, so zog auch ich meine Guitarra hervor, brachte sie leis in Stimmung und sang, als sie aufhörten, nach einigen Griffen von ihrer traurigen Harmonie in eine fröhlichre hinüber: »Wer seid ihr süßen Sänger dort, die ihr mich so entzückend aus dem Schlafe weckt? Habt Dank, habt Dank, daß ihr den Menschen so Freude macht und ihr Herz rührt in der stillen Dämmerung.«

»Wir sind Vater und Tochter, die ein holdes Kind in Schlummer spielen samt dem Gatten, den der heiße Tag abgemattet«, ertönte zur Antwort herüber, indem ein Alter mit langem Bart an den Bogen der Tür sich stellte.

»O ihr Glücklichen!« verfolgt ich darauf und sang, von Begeisterung ergriffen, die Zeiten des Saturnus von Hesperien, wo alle so lebten, wo noch kein Phalaris die goldne Insel der drei Vorgebirge folterte und keine Cäsarn mit Bürgerblute die Felder düngten.

»Und wer bist du, edler Geist?« fragt' er mich dann.

»Ein junger Pilgrim, der nach dem Vortrefflichen auf Erden wandert und seine Seele nun hier an Honig labt.«

Er ging herunter, ich ihm entgegen; wir bewillkommten uns und füllten die Becher. Es war ein herrlicher Mann, an die sechszig, ein echter Dichterkopf, viel vom Ideale des Homer, nur nicht blind: wie es der hohe

Ionier auch nicht war, der nur nicht sah, was gewöhnliche Menschen immer gegenwärtig mit ihren leeren Köpfen sehen, wovon er endlich den launigten Namen bekam, und der griechische Künstler, der sein Bild erfand, richtete sich nach dem Volkswitz.

Wir machten geschwind Bekanntschaft. Er war ein Architekt gewesen und, weil er wenig zu bauen fand, seinem Hange zur Poesie gefolgt; und man hielt ihn nun für einen der besten Reimer aus dem Stegreife weit und breit, und er zog als ein solcher im Lande herum und ergötzte die Leute. Seine Frau war früh gestorben, und seine einzige Tochter gab er vor wenig Jahren einem wackern Landmann zur Ehe, der hier ein Gut gepachtet hatte und bei dem er sich meistens aufhielt. Die Wirtschaft war wirklich aus der goldnen Zeit, wie ich hernach mit Vergnügen erfuhr.

Ich sagte ihm, daß ich schier ebenso die Malerei triebe wie er ehemals die Baukunst. Dies freute ihn denn von Herzen; er faßte meinen jungen Kopf und steckte ihn in seinen grauen Bart hinein und küßte mich über und über: ergriff alsdenn das Saitenspiel und sang mit einer Schwärmerei das Lob der Dichtkunst, wie ein wahrer Priester des Apollo, daß ich mich vor Lust nicht regte. Das halbe Dorf kam zusammen und girrte vor den offnen Türen und Fenstern leisen Beifall. Und als er endigte, schien das Meer stärker ans Gestade zu brausen, und alle riefen: »Es lebe Boccadoro!« So nannte man ihn.

Zur fernern Kurzweil fing ich darauf einen Gegengesang an und richtete Pindars Χρυσέα φόρμιγξ Απόλλωνος nach Ort und Umständen ein; und schilderte zum Beschlusse den Alten vor mir nach dem Leben und erhob seinen Stand über den eines Königs. Und mit einem Jubelgeschrei: »Es lebe der schöne fremde Jüngling und der göttliche Alte!« zog man von dannen, als wir gegen Morgen schieden.

Ich machte, wie es Tag war, einen Spaziergang auf

den Hügel und besah die Lage von Genua: ein reizendes Theater, das von jeher seine Bewohner angetrieben hat, das Meer zu beherrschen, und woheraus immer die größten Seehelden hervorgekommen sind. Heiliger Kolumbus und du, Andreas Doria, die ihr nun mit den Themistoklessen und Scipionen in Elysium Paar und Paar herumwandelt, euch Halbgötter unter den Menschen bet ich im Staube an. Ach, daß auch mir kein solches Los bestimmt ist! Ich sah hinaus in die unermeßliche Sphäre von Gewässer, und die ungeheure Majestät wollte mir die Brust zersprengen; mein Geist schwebte weit über der Mitte der Tiefen und fühlte ganz in unaussprechlicher Wonne seine Unendlichkeit.

Nichts auf der Welt füllt so stark und mächtig die Seele; das Meer ist doch das Schönste, was wir hienieden haben. Sonn und Mond und Sterne sind dagegen nur einzelne glänzende Punkte und samt dem blauen Mantel des Äthers darüberher nur Zierde der Wirklichkeit. Dies ist das wahre Leben: hierauf gibt sich der Mensch Flügel, die ihm die Natur versagt, und verbindet in sich die Vollkommenheiten aller andern Geschöpfe. Wer das Meer nicht kennt, kömmt mir unter den Menschen wie ein Vogel vor, der nicht fliegen kann oder der seine Flügel nicht braucht, wie die Straußen, Hühner und Gänse. Hier ist ewige Klarheit und Reinheit; und alles Kleine, was sich in den Winkeln der Städte in uns nistet, wird hier von den großen Massen weggescheucht. Wie dort die Seealpen aufsteigen! gleich Helden bei Aspasien und Phrynen; wie die zarte Linie am Horizont sich so weich herumründet! In den Ozean hinaus möcht ich; wie klopft mir das Herz!

Boccadoro wartete schon auf mich, als ich wieder ans Wirtshaus kam. Er sagte, ich müßte ihn heute begleiten zu einem großen Feste, das die ganze Woche fortdauerte.

Marchese S*** vermählte sich mit einer jungen Fregosa in allem ersinnlichen Pomp; der Bräutigam sei wohl jetzt einer der reichsten Privatedelleute von Europa. Diesen Abend würde Wettrennen gehalten, darauf Schmaus und Ball; morgen Stierhetze, und so weiter fort, jeden Tag eine andre Lustbarkeit; Komödie, Seiltänzereien und allerlei Künste sollten sich auf dem Land und Wasser zeigen. Er wäre aufgefordert, zwischen andrer Musik bei der Tafel zu singen, und er bäte inständig, auch mich darauf vorzubereiten; wir könnten unterwegs ein hübsches Thema zum Wechselgesang ausdenken. Der Palast läge wenige Miglien weit von der Stadt auf der andern Seite der See; ein paar Knechte von seinem Schwiegersohne würden uns mit ihm selbst und seiner Tochter auf einer Barke dahin fahren. Doch er glaube, daß ich dieses alles schon wisse und vermutlich eben deswegen hier eingetroffen sei.

Ich versicherte ihn, daß ich heruntergekommen wäre, ohne das mindeste von dieser Hochzeitfeier zu wissen. Aus dem Stegreife könnt ich in so hoher Gesellschaft nicht singen; und außerdem müßt ich immer erst ein wenig die Art meiner Zuhörer kennen, um leicht den Eingang in ihr Herz und ihre Phantasie zu finden: sonst tue überhaupt das Vortrefflichste oft nicht seine Wirkung. Doch woll ich ihn begleiten; sein Epithalamium zu hören schon allein reize mich. Er könne mich als Stimmer seiner Zithar beim Schmause mit einführen.

Ich lernte nun seine Tochter kennen, eine erzgute frohe junge Hausmutter; und ihren Mann, einen muntern trefflichen Wirtschafter; und einen kleinen Engel von Söhnchen: so daß ein schönes Ganzes in lebendiger Ordnung war. Das alte mit Efeu bewachsne Gemäuer der kleinen Landburg fand ich innen bequem eingerichtet. Ich nahm gegen Mittag bei ihnen ein gesundes köstliches einfaches Mahl ein. Nach

Tische schlummerten wir alle ein paar Stunden; und dann fuhren wir ab, und mich ergötzten unendlich die Seewellen, so grünlicht klar und weich und furchtbar lieblich schroff über den Abgründen, wo jede auch in ihrer Kleinheit sich majestätisch als Tochter des unermeßlichen Ozeans zeigte.

Wir langten gerad auf den Rennplatz an, als die Pferde schon vorgeführt wurden. Die Sitze waren lauter Licht und Glanz von schönen und prächtig gekleideten Herren und Damen, mit einer Menge Volks überall. Der Pferde waren nur drei; aber alle drei mutschnaubende königliche Tiere, so daß es schwer war, vorauszubestimmen, welches den Preis davontragen würde. Man hatte deswegen große Wetten angestellt; die mehrsten waren für einen göttlich schönen Rappen, der sich an den Schranken gar nicht wollte halten lassen. Ein Falk stand dagegen still da: doch brach der Blick seines Augs in die Bahn wie ein Sonnenstrahl, und sein Fuß hob sich leicht wie lauter volle Nerve. Wie das Seil fiel, tat auch der Rapp einen Vorschuß; in der Mitte der Bahn aber zog der Falk so aus und überholte die andern, daß sein Gang schneller war als die Geschwindigkeit eines Sturmwinds über gelbe Saaten; er flog dahin, und seine Bewegung war das Entzücken aller Augen, selbst derer, die gegen ihn gewettet hatten. Kurz, er gewann den Preis, jedoch mit Not, und ward hernach erst unbändig.

Nach dem Wettrennen war Komödie und nach der Komödie der nächtliche Schmaus. Gegen Ende desselben, als Wein und Gespräch die Lebensgeister in stärkre Wallung gebracht hatten, fing Boccadoro an sein Saitenspiel zu rühren. Es entstand eine allgemeine Stille: und die Töne seiner Griffe waren wie ein leises Flüstern am heißen Mittag in kühlen Wäldern von den Seelüften. Sein Geist taumelte darauf durch die alten Zeiten der griechischen Heroen; und er sang die Hochzeit des Peleus und der Thetis, schmückte die

Fabel aus mit lieblichen Worten und ging davon auf die Gegenwart über, schilderte den Bräutigam als einen neuen Peleus, ebenso von den Göttern beglückt, und seine Braut als die jüngre Thetis.

Auf einmal wendete sich dann der alte Schalk an mich, der ich hinter ihm unter den andern Spielleuten in der Ecke stand, und zog mich hervor als einen andern Apollo, wenn ich seine Worte wiederholen darf, der plötzlich den Apennin herabgekommen sei, dies Fest noch zu verherrlichen: und überreichte mir die Zithar.

Ich ward überrascht und glühte vor Scham auf in der fremden glänzenden Gesellschaft. Ein freudiges Murmeln lief durch den ganzen Saal, und aller Blicke flogen auf mich. Es half hier keine Weigerung, wenn ich nicht wollte zum Gespött und zuschanden werden. Ich entschloß mich also kurz, die Sache so gut abzumachen, als mir möglich war, und wählte die mir leichteste Versart, nach der Melodie, die den immer stärker einschlagenden anapästischen Rhythmus hat und Dich so oft ergötzte.

Nach wenig einfachen Akkorden sang ich geradeso, wie es war, meine Überraschung und Verwirrung, und daß ich Boccadoren hieher folgte, die Pracht und Schönheit des Festes zu sehen, ganz fremd und unbekannt, ein bloßer Wandrer hier, seit wenig Stunden. Doch Euer Ruhm, fuhr ich fort, geht über Meer und Alpen; und wer ist der kalte neidische Mensch, den Eure glückliche Liebe nicht begeistern sollte? Nehmt gefällig die wenigen Blumen an, die ich mit geschwindem Raub über Eure Tafel streue.

Der Sohn der Thetis strahlt nun durch alle Nachwelt, weil er einen Homer zum Sänger hatte: wieviel größer aber waren Kolumb und Doria? und wie weit kann die Frucht Eurer Liebe an edlern Taten über ihn hervorragen, als wegen eines verblühten durchgegangnen Weibes von einem Manne, den die Natur zum Hahnrei bestimmte und der weder in Bund noch Freundschaft mit ihm stand, dreimal um die Mauren von Troja herumzulaufen und alsdenn den ermüdeten Feind in den Hals zu stechen! Als wegen eines abgewiesenen Pfaffen einen greulichen Lärm anzufangen, und dann seine Geliebte darüber geduldig hergeben und sich ans Meer setzen und weinen!*

Verzeihe mir diese Lästerungen, bester Freund; Du weißt, daß ich die Homerische Natur tiefer fühle als das vornehme Weltvolk auf der Oberfläche, die nicht zu ihren Moden paßt. Aber Du kennst das Sprichwort: unter den Wölfen muß man mitheulen.

Ich beschrieb darauf die Gegend von Genua und ihre Bewohner; pries dieser Heldenmut von den fernsten Zeiten an; und daß es besser läge als selbst das alte Rom, die Inseln des Tyrrhenischen Meers und Küsten von Afrika zu beherrschen. Erzog nun im Gesang den jungen Themistokles, die Seligkeit der Mutter und des Vaters über denselben und die goldnen Zeiten seiner Bürger, und machte allen Gästen nach den süßen Gütern das Maul wässerig; jeder schien im Herzen zu schwören, sich dabei anders aufzuführen als ihre Vorfahren beim Kolumb, von dessen hohem erfindrischen Geist sie mehr Schimpf und Verachtung als Ehre haben.

Ich wurde während des Liedes bei einigen glücklichen Stanzen von lautem Jubel unterbrochen und erhielt, wie ich aufhörte, großen Beifall, der mir nur insofern wohlgefiel, weil ich mich aus der Verlegenheit gezogen hatte.

Man stand nun vom Tisch auf, und es ging zum Ball. Als die Braut vor mir vorbeigeführt wurde, begrüßte sie mich mit einem festen lüsternen Blick und wollüsti-

* Man erinnere sich hier, daß Poesie in Italien so gemein war und noch ist, daß Handwerksleute Homerische Fabel und Mythologie kennen.

gem Lächeln und rief mir zu: »Bravo!« Sie hielt noch den Kopf zurück, als sie vorbei war, und Mienen und Gebärden gestatteten Kuß und Umarmung, wenn wir allein wären; ganz die Gestalt einer Bacchantin in Glut und Üppigkeit, voll Körperreiz mit frecher Seele: welche Weiber mir nur in gewissen Momenten gefallen können. Ich fühlte wenig Neigung, nähere Bekanntschaft mit ihr zu machen; wohl aber mit einem andern Frauenzimmer, dessen Mutter, was die Formen des Gesichts betrifft, sich an dem Vatikanischen Apollo versehen zu haben scheint, nur ohne Stolz und Zorn, vielmehr alles heilige Güte; ein wunderbares Geschöpf!

Ich erfuhr von Boccadoren, es sei eine Freundin der Braut und hielte sich bei ihr auf. Die Eltern wären verunglückte Kaufleute aus Nizza in der Provence gewesen und vor einigen Jahren gestorben. Die Braut heißt Fulvia und die Freundin Lucinde; ich verlangte die letztere tanzen zu sehen, aber sie tanzte nicht.

Etwa zwei Stunden nach Mitternacht darauf, als der Ball am lebendigsten war, hörte man einige Schüsse fallen, und bei der plötzlichen Stille darüber ein ängstlich Schreien und wieder Schüsse, und Getümmel die Treppe herauf nach dem Saal. Und in einem Augenblick, ehe man eine Hand umwendet, brachen gräßliche Männer mit Säbeln und Gewehr in den Händen zur vordern Tür herein. Man stand wie versteinert, und wollte fliehen und konnte nicht, und wußte nicht, wohin. Alles drängte sich auf die Seiten nach den Fenstern und wo nur eine Öffnung war; und heulte und jammerte, und alle Gesichter färbte die Todesblässe.

Wir wurden von Seeräubern überfallen, nach den gelben afrikanischen Gestalten; und an Gegenwehr war wenig zu denken. Ein Teil von denselben besetzte die Tür, wo sie hereinkamen, andre faßten gleich die Braut und griffen zuerst nach den Frauenzimmern und schleppten sie fort. Ich stand zu Ende des Saals an den Fenstern nach dem Garten; die ersten von Adel sprangen mit Gefahr hinaus. Ich wurde fast vom Getümmel erdrückt und konnte kaum eine Pistole losreißen, die ich sogleich nach dem stärksten Kerl an der Tür abbrannte. Die Kugel traf so glücklich ihn zum linken Ohr hinein, daß er auf der Stelle stürzte. Der Knall verschaffte mir einigen Raum, so daß ich die andre zog und zugleich meinen Degen. Während der Zeit hatten sich noch andre Genueser und Bedienten mit Gewehr versehen und schlugen im Mangel desselben mit Stühlen drein. Die Räuber hieben mit ihren Säbeln um sich und spalteten etlichen die Köpfe und verwundeten diejenigen, welche voran waren. Doch brachten wir sie endlich zur Tür hinaus, die sie aber von außen besetzt hielten, so lange, bis ihre Gefährten mit der Beute bis ans Meer kamen und sie einschifften. Alsdenn wichen sie, und wir hatten das Nachsehen, ohne ihnen viel Schaden zufügen zu können, weil sie ihren Angriff zu gut angeordnet hatten.

Der Bräutigam selbst bekam eine starke Wunde; und ein paar von den vornehmsten Gästen lagen ohne Hülfe niedergestreckt. Die Wackersten machten sich mit dem Johann Andreas Doria, welcher, wie Du weißt, die türkische Flotte mit besiegen half, von dem Geschlecht des großen alten, gleich auf nach Genua, um den Räubern nachzusetzen: und ich wollte mit dabeisein. Es war eine Frechheit seit undenklichen Jahren ohne Beispiel.

Wir langten dort gegen Morgen an. Fünf Dreiruderige wurden ausgerüstet, und wir stachen eine Stunde am Tag in die See, als noch die Sonne mit einem eingefallnen Nebel kämpfte; der Wind hatte sich die Nacht geändert, und ein Scirocco blies von Südosten! Wir wußten nicht, wohin unsre Fahrt zu halten, und machten uns auf die Höhe zwischen beide Küsten. Endlich nach und nach, obgleich langsam, erweiterte sich der Gesichtskreis: und die Gebirge fingen an sich zu zeigen unter der grauen Hülle; und erst gegen Mittag lag die Wasserwelt uns einigermaßen vor Augen, jedoch von allen Seiten so mit Dunst umfangen, daß wir nichts entdecken konnten.

Doria beschloß nun, zwei Schiffe abzusondern und dieselben auf Sizilien zu streichen zu lassen: er selbst wollte mit den andern über Korsika hinaus in die provenzalischen Gewässer. Noch ehe wir ausliefen, wurden auf beide Seiten Jagdboote ausgesendet; keines aber war zurückgekommen. Ich blieb auf dem Schiffe, wo er selbst war. Es ging nun in vollem Zuge. Noch kannten wir die Stärke der Feinde nicht; bei Nacht und Nebel hatten wir die Anzahl ihrer Barken nicht unterscheiden können.

Am Abend kam das Jagdboot wieder und verkündigte, daß es den Feind bei Monaco im Gesicht erreicht hätte; die Räuber seien vier große Galeeren stark. Wir ruderten die ganze Nacht; und den andern Morgen, als sich das Wetter aufheiterte, erblickten wir ihre Segel. O wie klopfte mir das Herz, bald im Schlachtgetümmel zu sein! Der Tod ist dabei doch nichts anders als eine freie Bahn auf die edelste Art in die Geisterwelt aus diesem Chaos von Unwissenheit.

Sie entdeckten uns gleichfalls und verdoppelten ihre Ruderschläge. So strebten wir den ganzen Tag.

Eben als die Sonne, nach dem Stesichoros, aus den Lüften in den goldnen Becher trat und den Ozean hinabschwamm zu den finstern Tiefen der heiligen Nacht, taten wir die ersten Kanonenschüsse nach ihnen; wir hatten den Vorteil des Windes über sie, und sie machten darauf halt, weil sie nicht weiter flüchten konnten. Wir griffen sie schier in gerader Linie an und dehnten uns etwas aus, damit sie uns nicht von den Seiten ankonnten. Wir brachten ihnen einige herrliche Lagen bei und waren weit besser als sie mit grobem Geschütz versehen. Nach mancherlei Wendungen kamen wir, als schon die Dämmerung sich einsenkte, mit zwei Schiffen aneinander zum Handgemenge, und unser drittes suchte die zwei andern Galeeren abzuhalten, die es entern wollten.

Ich befand mich auf dem erstern und kämpfte mit aller Gewalt und Besonnenheit, deren ich fähig war. Noch hatt ich zum Glück keine Wunde, aber die Kugeln vom kleinen Gewehr und Säbelhiebe streckten manchen an mir nieder. Endlich drangen wir ein in ihre größte Galeere, und ich war unter den erstern, mit einem starken Dolch in der Linken, und in der Rechten den Degen, und im Gurt noch eine geladne Pistole. Bevor ich übersprang, stieß ich einen ihrer Kecksten darnieder, der schon im Zuge war, dem Doria mit seinem sichelförmigen Damaszenersäbel den Unterleib durchzuschneiden, und rettete diesem so das Leben. Mit einem andern auf der feindlichen Barke, der auf mich einhieb, wurd ich hernach bald fertig; doch konnt ich mit dem Dolch seinen Streich aus beiden Fäusten nicht so ganz abhalten, daß er mir nicht ein wenig im Herunterschellern den linken Arm streifte: ich traf ihm darüber gerade die Kehle, daß er die Zunge herausstreckte.

Sie wichen und ergaben sich; nur der, welcher der Anführer schien, sprang unters Verdeck: und ich ihm nach. Und sieh! hier steckte die Braut mit der andern Beute. Er holte mit dem Säbel weit nach ihr aus, um ihr den Kopf vom Rumpfe zu hauen: ich aber kam ihm zuvor und stach ihm die Klinge mit ganzem Leibe unter dem aufgehobnen Arm ins Haarwachs, daß er auf die Seite stürzte, zog sie heraus und gab ihm dann vollends den Rest.

Die Hauptgaleere war nun übermannt, allein die andre wehrte sich desto fürchterlicher. Ein junger Mann, noch ohne Bart, focht wie ein Verzweifelter und hatte neben sich viele Toten liegen; und er würde sich frei gemacht haben, wenn wir andern nicht den

Unsern zu Hülfe gekommen wären. Auch diese mußte sich dann ergeben. Inzwischen flüchteten die zwei andern, nachdem sie unser drittes Fahrzeug eroberten, mit diesem. Wir setzten ihnen nach, verloren sie aber in der Dunkelheit: und den Morgen darauf waren sie uns aus dem Gesichte, und wir konnten ihren Weg nicht entdecken.

Doria kehrte ärgerlich nach Hause, daß die Sache nicht besser abgelaufen war. Vielleicht hätt er gar nicht angegriffen, wenn nicht einer seiner Verwandten aus dem Tanzsaal mit wäre weggeschleppt worden, den er nun doch wieder frei machte. Es ging hier Not an Mann, und die äußerste Gefahr war in der Säumnis. Die zwei andern Schiffe hätt er freilich nicht nach Sizilien ausschicken sollen; aber wer kann alles vorhersehen? Wer wußte, daß die Räuber so stark waren? Nach geschehener Tat ist jeder Tropf klüger als Hannibal und Cäsar.

Ich hingegen war glücklich wie ein Gott; mich dünkte, daß ich erst das wahre Leben recht geschmeckt hätte. Doria, der Strenge, machte bei allem seinem Verdruß mir große Lobsprüche und sagte öffentlich: »Du hast einen schönen Anfang gemacht, Junge; wenn du länger lebst und so fortfährst, wird ein berühmter Held aus dir werden.« Fulvia, deren Schutzengel ich gewesen war, dankte mir mit Tränen voller Zärtlichkeit. Aber mehr als alles, auch die schöne Provenzalin Lucinde befand sich unter den Geretteten; die nur noch jämmerlich an der Seekrankheit litt und bis aufs Blut von sich gab. Ich hatte nicht die geringste Anwandlung davon gespürt; und es erquickt mich durch Mark und Bein, daß ich dieses Element und dessen lebendige Bewegung noch immer von meinem Knabenalter an so wohl vertrage.

Wir liefen gegen Abend in dem Hafen von Villafranca ein, nachdem wir den ganzen Tag vergebens herumgekreuzt hatten, um die Verwundeten zu pflegen, unsre Toten zu begraben (die gebliebnen Feinde warfen wir gleich über Bord) und den abgehärmten Frauenzimmern einige Ruhe genießen zu lassen; nur ein Paar Vermählte unter denselben waren von Kanonenkugeln zerschmettert worden, die übrigen alle blieben unversehrt. Wir führten sie den Berg hinauf in das Städtchen, das hinten im Kessel unter dem gähen Felsen mit wenigen Häusern nur wie eine Einsiedelei liegt zwischen Ölbäumen. Ich nahm Lucinden in Arm, die auf dem festen Boden gleich wieder zu sich kam, und sprach ihr Mut ein nach überstandner Gefahr. »Ach«, antwortete sie seufzend, »warum leb ich noch, um auf immer unglücklich zu sein! Niemand weiß mein Leiden. O wär ich nur dort oben bei den Auserwählten unter den Heiligen und Engeln!« Und hier tat sie einen schmachtenden Blick aus ihren großen schwarzen Augen gen Himmel und zerschmelzte mir ganz mein Herz damit. »So viel Schönheit ist nicht gemacht«, versetzt ich ihr, »um hienieden sich zu quälen; wirf allen Kummer weg; und sei selbst so selig, als du andere selig machst.« Sie schwieg und neigte das Haupt wie eine welke Blume und ging, ohne auf meine Reden achtzugeben, mit mir voran; ihre traurige Miene und blasse Farbe, ihr verwirrtes Haar und losgegangnes Gewand vollendeten das Bild einer bezaubernden Heiligen. Wir quartierten sie zusammen in ein Haus ein, und sie wurden gut verpflegt und gewartet. Ich selbst blieb in dem Städtchen und ruhte die Nacht aus; meine Streifwunde hatte zwar nichts zu bedeuten.

Den andern Morgen nach der Messe unterhielt ich mich noch ein paarmal auf den Raub wenige Augenblicke allein mit Lucinden, die nun wieder zu Kräften gekommen war; und erfuhr, daß der Anführer der Räubergaleeren, den ich niedergestoßen hatte, ein Liebhaber von Fulvia gewesen sei, ein Genueser, der gefangen seinen Glauben verleugnete und alsdenn unter dem berühmten Ulazal diente, größtem Seehelden unsrer Zeiten. In sie entbrannt, ohne daß seine Leidenschaft je ihr Ziel erreichte, unternahm er die Tat nach hinlänglich eingezogner Nachricht von allen Umständen der Hochzeit, und hätte sie bald glücklich ausgeführt. Er war Bastard von einem Adorno, und man nannte ihn zu Genua Biondello. Jungfräulich versicherte sie mir, daß die Braut noch ihre Ehre bewahrt hätte mit heißen Bitten und Beschwörungen, daß er sie nur so lange verschonen möchte, bis er ans Land käme, bei ihrem üblen Befinden; und sie sei rein bis auf einige Küsse, die sie dem Verdammten unterdessen habe gestatten müssen. Die andern wären meistens noch viel ärger als die Braut von der Seekrankheit befallen gewesen, so daß die Barbaren selbst Mitleiden und Barmherzigkeit gegen sie gehabt hätten, ohne sie weiter noch zu martern. Außerdem habe die Not, in Sicherheit zu kommen, die Räuber zu äußerster Geschäftigkeit angetrieben, und die Menge die Begierden jedes einzelnen im Zaum gehalten; und so seien sie noch glücklich der Schand entrissen worden, und eine könne für die andre zeugen. Biondello habe denn in der Verzweiflung Fulvien aus Eifersucht niedersäbeln wollen, als ich sie errettet hätte. »Heilloses Geschenk der Schönheit«, rief sie aus, »in wie viele Drangsale stürzest du uns! Und wenn wir andre damit glücklich machen, so geraten wir dadurch selbst in das äußerste Elend. Wie die Könige, die alles vermögen, nur daß unsre Herrschaft kurze Zeit dauert, haben wir durch dich keinen Freund; und die vortrefflichsten Männer, mit allen Vollkommenheiten ausgerüstet, wie zum Exempel Ihr seid, legen uns häßliche Fallstricke.«

Diese Apostrophe ging mir wie eine Kugel vor den Kopf, und ich fiel in Staub vor der Himmlischen nieder.

Nachmittags drehte sich der Wind, und wir fuhren mit

Rudern und Segeln wieder ab. Auf unser Schiff war mit einigen andern Gefangnen der junge Held gebracht worden, der auf der zweiten eroberten Galeere so tapfer kämpfte, so daß wir unser drittes Fahrzeug darüber einbüßten. Ich hörte ihn hernach im Neugriechischen mit einem seiner Gefährten sprechen; und er stampfte noch mit dem Fuße vor Zorn, daß die zwei andern Galeeren sie im Stiche gelassen hatten; jedoch mit Unrecht: denn jene wurden gleich im Anfang des Gefechts von unserm Geschütz sehr übel zugerichtet. Er sprach inzwischen so frei und ohne Furcht in der Gefangenschaft, und seine Gestalt war so schlank und edel in der wilden Farbe von Meer und Sonnenbrand, daß mein Herz gegen ihn von Zuneigung wallte. Ich beschloß, alles Mögliche anzuwenden, ihn von der Knechtschaft loszumachen, welches mir denn auch glückte; noch ehe wir zu Genua einliefen, schenkt' ihn mir Doria zur Belohnung. Ich nahm ihn zu mir, wie wir von Bord traten, erklärte ihm seine Freiheit, worüber er mir an die Brust flog, und ließ ihn wenig Tage darauf mit einem venezianischen Schiffe nach Konstantinopel abfahren. Er bat mich vorher um meine Zuschrift, die ich ihm dann an Dich gab.

»Du sollst dich nicht in mir betrogen haben«, sprach er zu mir beim Abschied; »solche Menschen wie wir müssen einander ihr Leben lang helfen.«

Die Männer, die ihre schönen jungen Weiber wiederbekamen, freuten sich wenigstens, daß ihnen Grund und Boden geblieben war; und die Väter und Mütter hofften bei ihren Töchtern das Beste. Wegen der Braut wurden insgeheim von der Familie des noch verwundet darniederliegenden Bräutigams verschiedne Personen besonders in Verhör genommen; und als ihre Aussagen übereinstimmten und derselben Unschuld bekräftigten, so überließ man sich wieder ganz der Freude.

Der Himmel beschere mir nur immer so fort ein Leben und lasse mich nie in Untätigkeit schmachten; von Cäcilien und Dir geschieden zu sein aber tut mir weh im Herzen. Wann wird einmal wieder die Zeit der Vereinigung kommen! Ach, wenn es ihr nur wohl geht! Dies ist jetzt alles, was ich von ihr verlange.

Ardinghello

Ich meldete Ardinghellon den Empfang seines Briefs, und daß die Sachen der Cäcilia erwünschten Ausschlag nähmen und man auf ihn gar keinen Verdacht hätte, und andre Dinge, die mich betrafen und nicht zu dieser Geschichte gehören; und erhielt von ihm im Dezember folgende weitere Nachricht.

Genua, Dezember.

Die See ist hier doch etwas ganz anders als in Euren Brentasümpfen! Die Stürme machen mir jeden Tag ein neues Schauspiel; und ich begreife nun, wie Kolumben der Mut im Herzen erwuchs, sich mit einer Bande Gesindel in den unwirtbaren Ozean hinauszuwagen, gleich einem Gotte, der Wasserfluten und Orkane kennt und in ihr grausames wildes Spiel sich zu finden weiß, kühner als Herkules und alle Helden der vorigen Zeitalter. Wann die Wogen so den Hafen hereinbrechen und sich an seine hohe Mauer hinaufwälzen, bis über die Dächer der Häuser, die da stehen, und Schaum und Meer wie ein Wolkenbruch wieder herabströmt und mit dem neu herbeirauschenden Ungestüm sich klatschend zu Staub wirbelt: wie lebt die Natur da in meinem Sinn und ergreift mit ihrer Musik mein Wesen!

Ich habe angefangen, es mit Farben darzustellen, aber alles wieder weggeworfen: dahin reicht keine Kunst; sie bleibt hier zu sehr bloß toter winziger Buchstabe.

Dafür geb ich mich desto mehr mit den hiesigen See-

leuten ab; studiere den Schiffbau; lasse mir ihre Züge durch das Mittelländische Meer erzählen, ihre Gefechte, Gefangenschaften, ihren Handel; bewirte die besten oft und teile ihnen wieder von demjenigen mit, was ich weiß; und erkenn immer mehr, daß der Mensch eher so gut ist, als er sein kann, als daß er so bös wäre, als er sein könnte, im ganzen genommen.
Zufriedner bin ich mit ein paar Skizzen, die ich aus den Begebenheiten gemacht habe, welche ich Dir in meinem vorigen Brief erzählte. Die eine stellt die Szene vor, wie die Räuber in den Tanzsaal fielen und Braut und Frauenzimmer entführten; doch würde mir die nächtliche Beleuchtung bei der Ausführung im Großen schwer werden. Die andre ist, wie ich den Biondello unter dem Verdeck niederstieß. Wenn ich den Ausdruck der Wut und Verzweiflung in seinem Kopf erreichen könnte, und den höchsten Schrecken, der an die Ohnmacht grenzt, in den schönen Weibergestalten, die ich in ihren Gruppen und zerzausten Kleidungen ganz nach der Natur genommen habe, samt den zwei Niedergeschmetterten: so müßte dieses Bild im Großen jedermann ergreifen. Fulvia besitzt sie, und sie mag sich dieselben einmal von einem andern ausmalen lassen. Ich bin mit ihr schon bekannter geworden, als ich anfangs wollte.
Ich stecke in einer Lage, die ich Dir kaum mit Worten andeuten kann. Wenn Lucinde an Fulvias Stelle wäre, so führten wir ein Götterleben; so aber ist Natur und bürgerlicher Stand einander ganz entgegen. Fulvia hat eine Phrynenseele; und diese sollte Lucinde haben, um das glückseligste Geschöpf zu sein. Ich habe Gespräche mit der letztern gehabt, mich auf ewig mit ihr zu fesseln, wenn die Ehe nicht der Tod bei lebendigem Leibe für meinen freien Sinn wäre. Ach, es geht bei ihr alles so schön hinüber und herüber! Was dies weibliche Wesen für einen süßen Klang hat, ist unaussprechlich. Und ihre Ahndungen und Gefühle von un-

sichtbaren Welten, so fremd und sonderbar und kindlich zuweilen sie mir auch vorkommen, ergötzen mich doch wie Homerische und Platonische Dichtungen.

Es ist mancher von ihr angebrannt und lüstern bis zur Wut nach ihrem Ambrosia und Nektar: aber wen sie etwa möchte, der will oder darf sie nicht heuraten; und so ist der Engel melancholisch und unglücklich. Sie will mir wohl, das seh ich, und leidet Pein, und tut sich die äußerste Gewalt an. Warum müssen wir so gebunden sein und jeden Tropfen Lust mit Ach und Weh erkaufen! Alles in der Natur ist glücklich, nur der Mensch nicht; das, was wir Vernunft nennen, steht ihm immer als ein tyrannischer Zuchtmeister zur Seite; und diejenigen, welche man ihrer Vollkommenheit wegen bewundert, sind die Armseligsten unter allen.

Als ich mich einst an einem Abend tiefer mit ihr im Gespräch hierüber verlor und ihr dieses einleuchten machen und sie, wie mich dünkt, auf ihren rechten Lebenspfad führen wollte: sah ich auf einmal Fulvien neben uns, die ich im Eifer nicht bemerkt hatte; wir sonderten uns vorher von der Gesellschaft ab und standen an einem Fenster im Saal mit der Aussicht übers Meer hin. Der Ernst kehrte sich dann in Kurzweil; Fulvia foppte mich als einen blöden Schäfer, und in Rücksicht auf sie war der Spott nicht ungerecht: und Lucinden sagte sie einige unanständige Dinge, welche deswegen errötend ausschied.

Folgenden Nachmittag erhielt ich durch ein Weib, das Lucinden bediente, ein Zettelchen, worauf geschrieben stand: »Ich muß Sie allein sprechen, mich zwingt die Not dazu; warten Sie eine Stunde nach Einbruch der Nacht unten am Palaste; die Überbringerin wird Sie an Ort und Stelle führen.«

Ich wußte nicht, was ich denken sollte, und von der Frau war weiter nichts herauszubringen; inzwischen versprach ich, gewiß zu kommen.

Dieselbe führte mich auch die bestimmte Zeit die

Treppe hinauf und oben durch den kleinen Garten. Es war finster und regnete, und der Wind sauste. Alsdenn machte sie ein Zimmer auf, schloß mich hinein, und ich war völlig im Dunkeln. Sogleich wurd ich von einer warmen Hand fest gefaßt und auf ein Ruhebettchen gebracht, schüchtern erst und endlich inbrünstig umarmt und geküßt unter heißen Seufzern, ohne weiter nur ein Wort zu hören. Mein ganzes Blut geriet in Wallung an den Liebe klopfenden Brüsten; ich glaubte, Lucinde sei plötzlich eine heitre Griechin geworden und wollt ihr himmelschönes junges Leben genießen und mit mir den Anfang machen. Mir wich das Gewand unter immer mehr verführerischem Sträuben; und ich gelangte bei dem höchsten Reize, den junge zarte nackte vollkommne weibliche Formen in der Dunkelheit für unsern stärksten Sinn nur haben können, zum entzückendsten Ziel meiner entflammten Begierden.

Das bacchantische Leben, das endlich alle Verstellung vergaß, brachte mich hernach doch etwas aus meiner Unüberlegung, obgleich noch ganz im Rausche. »Lucinde, Lucinde«, rief ich, »welch eine glückliche Verwandlung! Laß mich deine Stimme hören.«

»O du mein alles!« hört ich nun Fulvien statt ihrer, »verzeihe mir diesen Betrug: was ich bin und habe, ist dein Eigentum, du bist mein Herr und Meister! Du hast mir das Leben errettet, und ich kann nichts weniger tun als dir wie Magd und Sklavin dienen, Engel, Gott! Wo find ich einen Namen, der alles das ausdrückt, was ich in dir umfasse? Auch Lucinde soll dir zuteil werden! Stolz und Eifersucht samt der Person will ich deinem Vergnügen aufopfern.« Hier umrang sie mich aufs heftigste und biß mich wie rasend in die Brust.

Ich mußte mir's gefallen lassen; ich war angeführt auf eine Weise, die mir hohe Lust gewährte. Wenn ich auch ein Joseph hätte sein wollen, so war die Flucht zu spät. Ihr Gemahl erzeigt mir Freundschaft: aber wer kann dafür, daß er einfältig ist und kein besser Schicksal verdient? Warum hat er so geheuratet? Dies sind natürliche Folgen, die selten ausbleiben. Fulvia hat ein heißes Temperament, und er ist schwach und kalt und träge: solch ein Paar tut kein gut zusammen, wie mancher wegen des Kontrastes sich wohl einbilden möchte.

Ich verwunderte mich über den Schritt, den sie getan hätte; freute mich ihrer Liebe und pries ihre Reize; gestand ihr aber aufrichtig, wie närrisch der Mensch sei, und daß mein Herz auch beim lebendigsten Genuß der Wonne noch nach Lucinden schmachte.

»Und warum sollen wir dich nicht als Freundinnen lieben können? O du bist ein so teuer Gut, daß wir beide an dir überflüssig genug haben; und ihrer mehrere, wenn du willst. Du sollst als der edelste Wein nur zum höchsten Fest aufgespart werden, der mit seinem Balsam allen köstlichen Geschmack überflügelt. Warum sollen vernünftige Schwestern nicht friedlich miteinander an dir Teil nehmen? Warum sollen wir uns von Gewohnheiten und Gesetzen im Zaum halten lassen, die bloß für den Pöbel sind, eben weil er Pöbel ist, der sich nicht selbst regieren kann?«

Du siehst hieraus, daß ich doch mit einem gutartigen Geschöpfe noch zu tun habe. Ich mußte über ihre Aspasienberedsamkeit und feinen Lobsprüche lächeln; band ihr aber aufs Gewissen, behutsam zu sein; und so war der neue Liebeshandel fertig.

Es läuft mir heiß über den Leib, da ich mit Dir von Cäcilien sprechen will, und ich erröte wie ein Unheiliger; sie bleibt immer die Krone von Venedig. Möchte sie und Lucinde nur so Schwestern sein, wie Fulvia sagte! Aber ich bin ein Tor und unersättlich. Ach, die Arme wird verlangen, Nachricht von mir zu hören;

und dies ist noch nicht einzulenken. Wie, bin ich strafbar, daß ich mich mit dem Schönen zu vereinigen suche, wo ich's finde? Ist dies nicht der edelste Trieb unsers Geistes? Ist der nicht ein Elender, ein von Gott Verworfner, der diesen Trieb nicht hat, nicht ausübt? In was für einer Welt bin ich, wo dies Naturlaster sein soll? Den Menschen zerrüttende bloße bürgerliche Ordnung ist es. Komm, göttlicher Plato, und stürz alle die barbarische Gesetzgebung über den Haufen, und führe deine Republik ein, wo wenigstens Mann und Weib mit ihrer Liebe heilig und frei sind.

Ardinghello

Ich erhielt mit diesem Briefe fast zur selben Zeit ein Kästchen von Smyrna an Ardinghellon und konnt es ihm sogleich durch einen Veroneser, einen alten Bekannten von unserm Hause, welcher in Handlungsgeschäften nach Genua abreiste, übersenden. Dabei meldete ich ihm die völlige Befreiung seiner Cäcilia. Im Februar schrieb er mir wieder wie folgt, mit dem von Verona bei dessen Zurückkunft.

Genua, Februar.

Sieh, teurester Schatz meines Lebens, edles Herz, hoher Geist, gute Taten bleiben nicht unbelohnt! Lies dieses kostbare Zettelchen: für Dich hab ich kein Geheimnis.

»Du hast den Sohn des Kalabresers Ulazal gerettet, ein Kind der Liebe, das er mit einer Griechin aus Rhodos erzeugte. Nimm hier einen kleinen Dank dafür und reiße Dich loß und komm in meine Arme. Bei meiner Mutter Platane Stephani zu Smyrna kannst Du mich immer ausfinden; dahin richte auch Deine Antwort. Ich versichere Dich, daß kein besser Leben ist, als vom Archipelagus bis an die Säulen des Herkules auf den klaren Wassern in beständiger Bewegung zu sein und durch seine Tapferkeit die Schönheit aller der reizenden Küsten zu genießen. Königlicher Jüngling, erquicke bald mit Deinem mutigen Anblick meine Seele!

Diagoras Ulazal«

In dem Kästchen sind Edelsteine und Ringe und einige andre orientalische Kostbarkeiten von großem Wert.

Alle diejenigen, die wir ihm gefangennahmen, hat er schon frei gemacht und meistens mit andern Christensklaven ausgewechselt. Er versprach es ihnen, wenn sie ihn nicht entdecken würden; und die auserlesene Schar war entschlossen genug dazu: solche Zuneigung hatte jeder für den jungen Helden.

Nun höre meine andre Begebenheiten! Den Antrag des Diagoras müssen wir weiter überlegen; ich kann mich noch nicht entschließen, das schöne Italien zu verlassen, da ich noch so wenig davon gesehen habe.

Fulvia nahm über sich, Lucinden zu bekehren; meine Leidenschaft gegen dieselbe schwoll immer mehr an, je härter und unerbittlicher sie wurde. Vor vierzehn Tagen ohngefähr ließ sie endlich etwas von ihrer Strenge nach; da sie vorher immer alle Gesellschaft mied, wo sie wußte, daß ich zugegen war. Eine gewisse Heiterkeit und Frühlingsrosenröte ging in ihrem himmlischen Antlitz auf, das sonst ein innrer Gram mit einer melancholischen Lilienblässe überzog, die mir so das Herz zusammenklemmte, daß ich aus der Haut fahren mochte, um dem Engel zu helfen. Sie gestattete sogar, daß ich auf einem vermummten Ball eine Menuett mit ihr tanzte. Gott! welcher hohe Reiz enthüllte sich in jeder Bewegung ihres schlanken Körpers! wie heiß die Augen in mich sonnten, und sich doch so selbst überlassen! wie süß die zarten Lippen in so frischer feuchter Röte lächelten und die festen glänzenden Brüste von der Ebbe und Flut der Jugend wallten! Ich ward umflochten von einem unzerreißlichen Liebesnetz; und die Berührung ihrer Finger entflammte mich, als ob ich lauter Salpeter und Schwefel wäre. Wo ich den Blick hinrichtete, entstanden neue Zaubereien; so hatten mich ihre behenden sichren Füße nie entzückt, und nie so ihre braunen sich hebenden Locken über den schönen weißen Hals, samt aller ihrer Kleidung. Wir schwebten umeinander wie klare lichte Empfindung; sie schien zu fühlen, was ich fühlte, und zitterte auf die Letzt vor Bangigkeit, so daß wir plötzlich aufhören mußten.

Noch dieselbe Nacht ward eine Verräterei gegen sie ausgedacht und vollführt. Ich stahl mich mit Fulvien vom Ball weg, und diese verbarg mich in einen großen Schrank, der in Lucindens Schlafzimmer stand, worin einige alte Familienkostbarkeiten hingen; Fulvia ließ mich allein und kam unbemerkt wieder zurück.

Lucinde machte sich gleich darauf vom Tanzsaal; ich erbebte vor Schrecken und Lust, wie ich sie hereinrauschen hörte. Sie sang alsdenn beim Auskleiden ein provenzalisch Lied, mit einer Stimme, woraus die Töne so gefühlig und rein wie Perlen hervorkamen, die ich noch nie vernommen hatte: nur befremdete mich äußerst dessen Inhalt. Es war der Seelenjubel einer Jungfrau, die ihren Geliebten wiederfindet, frei von Not und Drangsal, worin er lang geschmachtet hat, und ihn mit tausend Küssen, Liebkosungen und Zärtlichkeiten empfängt. Doch vielleicht, dacht ich, ist es etwas auswendig Gelerntes, und es fällt ihr eben so ein; aber es machte mir heftige Unruhe, als sie beim Schluß in die Hände klatschte und ausrief: »O hätt ich dich schon, mein Florio! aber wie weit bist du noch entfernt! doch Flügel wieder meiner Hoffnung, daß du noch lebst. O du heilige Magdalena, beschere mir den Holden, die du auf deinem Felsen zu Marseille schon oft über ihn gewaltet hast und den Verwegnen aus den Fluten des Meers und tödlichen Gefahren nach meinen Bitten errettet! O du liebe heilige Magdalena, ich falle hier vor dir nieder und fleh dich an, überlaß, o Freundin des Erlösers, mein Gemüt nicht immer dem bittern Kummer! Mache mein Herz leicht und wieder froh, und stehe bei meiner Liebe! Ardinghello, der Flüchtling, heuratet mich doch nicht. Was hilft mir's, wenn ich seine Qual auch noch so hoch treibe: er machte mich endlich unglücklich. Wohlwollen muß ich ihm, ach ja! er ist ein verführerischer Bube. O Florio, erscheine bald! Heilige, gib mir ihn!«

Ich wurde fast zum Narren, so griffen mich diese Reden der Unschuld in meinem Schrank an; und mußte alle meine Kräfte zusammenspannen, um auszuhalten. Noch war ich unentschlossen, was ich tun wollte, Tumult und Aufruhr in allen Nerven und Adern. Und so harrte ich, bis sie sich zu Bette legte, und harrte noch hernach über eine Stunde; und lange und lange, bis ich endlich in der Verzweiflung, mit meinen Gedanken und Gefühlen ins reine zu kommen, leise die Tür eröffnete und heraustrat.

Den Mantel hatte ich schon vorher abgeworfen und die Schuh ausgezogen; ich ging auf den Zehen und hielt mich mit den Händen im Gleichgewicht. Sie lag vom Schlaf aufgelöst mit dem Kopf über den rechten Arm und den linken sanft ausgestreckt, mit den Knien jungfräulich ein wenig zusammengezogen, die Decke von sich geworfen, und nur den Unterleib mit dem leinenen Tuche verhüllt; es war eben eine laue Nacht.

Ich besah alsdenn ihr Zimmer. Vor einer Madonna mit dem Kinde, nach der reizenden von Raffael *auf dem Stuhl* von einem seiner besten Schüler kopiert, brannt eine Lampe; und ebenso brannt eine andre vor einer Magdalena, gewiß von dem Wundermanne der Lombardei Antonio Allegri: solch eine unbeschreibliche Anmut war in den Umrissen ihres Gesichts, so lieblich die Farbe, und unübertrefflich das blonde Haar gemalt, über die jungen Brüste reizend wie von einem Lüftchen verweht. Vor beiden standen Blumenstöcke; vor der Magdalena aufgeblühte Rosen und Knospen, vor der Madonna Lilien und Nelken, die sie sich selbst den Winter erzog. Auf dem Tische vor jener lagen die Gedichte des Petrarca; und Schreibzeug, Federn und Dinte und Papier und beschriebne Blätter. Ich las das eine, wo ausgestrichen und verändert war: und fand das Lied im Provenzalischen, was sie gesungen hatte. Das wußt ich auch noch nicht, daß sie ihre Gefühle in so schöne Form von Worten bringen konnte: mir wallte dabei eine Glut nach der andern auf im Herzen. Im Petrarca war das Gediegenste, immer gerade das wenige Vortrefflichste, mit ausgetrockneten verschiednen Blumenblättern belegt und bezeichnet; besonders in den Reimen nach dem Tode der Laura. Neben der Madonna stand ihre Näharbeit in einem Rahmen; sie hatte angefangen, die lebendigen Rosen und Lilien vor sich dahinein zu sticken. Mich überlief ein Schauder, als ob ich in den Tempel der Keuschheit eingebrochen wäre und lästerlichen Frevel ausüben wollte. Ich blickte durch das Fenster am Bette, und der volle Mond wich hinter die Seealpen, den Greuel nicht anzusehen; unten rauschte zürnend das Meer auf. Ich ward erschüttert, und es fehlte nicht viel, daß ich mich wieder in den Schrank verborgen hätte; doch kniet ich vor sie hin und stemmte mich sachte mit beiden Händen auf ihr Lager; ihr ambrosischer Atem berührte mich wie Wonne des Himmels. So lag ich eine Weile in ihrem Anschauen versunken und verloren und meiner endlich nicht mehr mächtig. Ich warf die Kleider von mir und näherte mich nach und nach leise mit ganzem Leibe dem Schönsten, was die Welt hat. Ich schob alsdenn mit den äußersten Fingern das Hemd auf beide Seiten von den Brüsten, die mich mit ihren Knospen der Unschuld anlächelten, als ob sie Verschonen ihrer Jungfräulichkeit bäten; und so bracht ich das Tuch von ihren reinen trocknen Füßchen und den netten Beinen bis an die Mitte der wie Säulen runden üppig hinaufschwellenden Schenkel, worunter es festhing.

O all ihr Mächte des Himmels und der Erden, welche Vollkommenheiten habt ihr hier vereinbart! Ich zerrann in nicht mehr zu hemmendes Entzücken und riß das Tuch los: und sie fuhr auf und tat einen Schrei unter meinen Küssen.

»Habe keine Furcht«, stammelt ich ihr, »ich bin Ardinghello und werde dir kein Leid zufügen.« Sie hörte nicht und rief: »Bösewicht! Schändlicher! Hülfe!« und wand sich los und bedeckte sich und weinte in voller Verzweiflung: ich war wie von einem Wetterstrahl durchschlagen in allen Gebeinen.

»Vergib, o Himmelskind, einem von unwiderstehlicher Liebe ganz Niedergeworfnen und Überwältigten diese Frechheit. Ich schwöre dir bei allen deinen und meinen Heiligen, ich werde dir kein Leid zufügen!« so faßt ich sie mit Gewalt bei ihrer Rechten und hielt sie an mein laut schlagend Herz.

»Weg von mir, grausamer Verderber!« schluchzte sie.

»Komme wieder zu dir, Lucinde!« sprach ich ihr ein; »sieh! ich berühre dich nicht mehr. Ich bin schon glücklich, wenn ich dich nur sehe; und wenn ich von dir bin, ist alles vor mir in Leerheit. Deine Gestalt allein, auch ohne Wort und Zuneigung, ist mir mehr als andrer feurige Liebe. Sende mich in Gefahren, worin ich tausendmal mein Leben wage: dein Wink wird mein Gesetz sein. Du bist meine beßre Seele, die alle meine Fähigkeiten füllt. Du herrschest über mich wie mein strengster Verstand; sieh! das zeig ich dir; und alles kann ich für dich tun, außer was mir unmöglich ist.«

»O Ardinghello! Ardinghello!« weinte sie, »verlaß mich! o verlaß mich!«

»Göttliche, und warum? Warum können zwei Menschen, wie wir sind, nicht ohne Sünde so beisammen sein! Warum immer eine Scheidewand von Mauer und Kleidung und mechanischer Gesellschaft dazwischen!

Bedenke, wie die Seligen im Himmel sind und unsre erste Eltern waren. Alles dies dient nur, wenn man unter dem großen Haufen ist.«

»Und was willst du von mir? was kann ich für dich tun, ohne mich unglücklich zu machen?« versetzte sie etwas ruhiger, sich rundum einhüllend.

»Sage mir, wen du liebst«, fuhr ich fort; »denn daß du liebst, das weiß ich, und weiß noch, daß du unglücklich geliebt hast.«

»Ach«, antwortete sie darauf nach einigem Stillschweigen, »den Hauptmann einer Galeere! der mich, wie ich noch ein kleines Kind zu Nizza war, schon aufblühender großer Knabe, bei meinen Eltern lesen und schreiben lehrte. Hernach legte er sich auf die Handlung und führte mit der Zeit Kauffahrteischiffe; und endlich wurd er Anführer einer spanischen Galeere. Als solchen sah ich ihn nach lange vor zwei Jahren in Genua wieder, wo wir uns einander versprachen und die Vermählung feiern wollten, wenn er wieder aus dem Türkenkriege käme. Allein er kam nicht wieder; und ich hielt ihn für tot, bis ich vor wenig Tagen die zugleich frohe und traurige Botschaft hörte, daß er zu Konstantinopel in harter Sklaverei sich befinde. Mir brachte sie ein alter Schiffer aus Antibes, der von dort abfuhr und uns beide kennt. Nun hoff ich, daß man ihn erlösen und ihm seinen ehemaligen Posten wiedergeben und wir endlich glücklich sein werden.«

»Zärtliche«, verfügt ich darauf, »deine Hoffnung steht auf schwachen Füßen. Spanien ist noch im heftigen Kriege mit den Türken; und wenn dein Bräutigam ein Held war, so werden sie ihn so leicht nicht herausgeben.« Hier verbarg sie ihr Gesicht ins Küssen und seufzte und weinte, und ich fuhr fort: »Doch wenn es von Spanien aus nicht geschieht, so kann vielleicht ein andrer ihn frei machen; und was schenkst du mir, Englische, wenn ich es wäre!« drückt ich ihr mit der

Rechten in die Hand und mit der Linken ins Herz; »und ich will es dir fast so gut als gewiß versprechen; ich hab einen Freund am türkischen Hofe selbst, der alles kann.« Sie verbarg ihr Gesicht noch tiefer und sagte gebrochen unten hervor: »Ach, mein Bestes! aber du bist grausam!« »Und die Versicherung?« redt ich außer mir ihr zu. »Gib dort mir her Feder, Papier und Dinte, und leuchte!« Dies war nun mein Wille nicht, aber ich verlangte zu wissen, was das schwärmende Mädchen begänne; und nahm die Lampe von der Magdalena, Feder, Dinte und Papier, und den Petrarca zur Unterlage; und die Fromme schrieb, und lächelte unter Tränen:

»Wenn Ardinghello mir meinen Bräutigam Florio Branca aus der Sklaverei erlöst und frei wieder herstellt und zärtlich liebt und schweigt: so soll er meine erste höchste Gunst haben mit diesen Zeilen oder Madonna mich nie zu Gnaden annehmen, aber eher er auch nicht einen gütigen Blick verlangen.

Lucinde«

Darauf gab sie mir das Zettelchen mit einem strengen Blick voll Bedachtsamkeit und sagte: »Nun gehorche, und verwahr es sorgfältiglich, wenn ich so viel über dich vermag, als du sprichst. Und noch eins: wer hat dich hiehergebracht?« Hier mußte mir nun platterdings eine Lüge aus der Not helfen: ich sagte, ich sei ihr nachgegangen und habe mich dort hinter den Schrank versteckt, ohne von ihr bemerkt zu werden. »Bist du so ein Tausendkünstler!« sagte sie spottend.

Der Morgen brach an; ich wollt ihr einen Kuß zum Abschied geben, aber er ward mir nicht verstattet. Ich kleidete mich geschwind wieder zurecht und verließ sie, machte für Fulvien auf der Treppe das verabredete Zeichen, daß nichts geschehen sei und sie schweigen sollte, eröffnete sachte die Tür des Palastes und schlich in meine Wohnung.

Den ganzen Morgen konnt ich kein Auge zutun; und als ich des Nachmittags ein paar Stunden geschlummert hatte, dünkte mich alles ein Traum.

Wie es dunkel wurde, ging ich zu Fulvien in Gesellschaft: sie und ihr Gemahl hatten mir ein für allemal Erlaubnis gegeben, zu kommen, wenn ich wollte. Es befanden sich mehrere Personen vom gestrigen Ball da; man sprach darüber und spielte hernach. Lucinde saß unterdessen für sich am Fenster, mit dem Kopf in der Hand, und blickte mich nicht an und war in geheimer Betrachtung verloren. Ich machte mich alsdenn zu ihr; sie schlug die großen schönen feuchten Augen nieder und seufzte und errötete über und über. Ich getraute mich kein Wort zu reden. Endlich legte sie den andern Arm auch ins Fenster und betrachtete mich still mit einer gewissen Wehmut voll Empfindung; wir saßen allein, und sie sagte nun leise mit Engeltönen zu mir: »Was hab ich getan! was hast du getan die vorige Nacht!« Inzwischen holt ich einen Ring hervor mit dem größten strahlendsten Diamant unter denen vom Diagoras und schob ihn ihr unbemerkt an den vorletzten Finger ihrer linken leichten Charitinnenhand und antwortete Aug und Aug in süßem Liebesgenuß: »Nimm hin, du Braut meiner Seele!« Sie erschrak und war zwischen Weigern und Zärtlichkeit, und blickte darauf und um sich; und verbarg dann die Hand im Schoß, und zitterte und glühte.

»Sag mir nur noch, mein Leben«, fragt ich sie flüsternd, »ob der alte Schiffer aus Antibes hier ist und wie er heißt, damit ich ihn ausfragen kann, wo man den Florio in Konstantinopel findet.«

»Er heißt Gabriotto«, versetzte sie hastig, »und liegt mit seinem Schiff im Hafen.« Dabei stand sie behend auf, trat zu Fulvien an deren Spieltisch, die eben einen feinen Streich machte, worüber gelacht wurde,

und verlor sich dann aus dem Saale und kam nicht wieder zum Vorschein.
Mit Fulvien hatt ich noch vor Mitternacht eine kurze Zusammenkunft, die sich den ganzen Tag bedachtsam aufführte und nichts merken ließ, und erzählte ihr, daß ich nicht übers Herz habe bringen können, Lucinden Gewalt anzutun, und es auch vergebens gewesen sein würde. Machte ihr eine ganz andre Beschreibung, wie sie mir ihren Geliebten entdeckt hätte, der in der Sklaverei lebe; und, mit einem Wort, daß ich das himmlische Mädchen zu hoch schätze, um es zu verführen und unglücklich zu machen. Ich bat sie ihrer selbst wegen, von diesem alle stille zu sein.
Sie war's gar wohl zufrieden und antwortete, daß sie die Geschichte wisse; sie habe aber geglaubt, daß der Bräutigam in der Schlacht geblieben und alles längst vorbei sei. Auch sie woll ihr möglichstes beitragen, daß der Armen geholfen werde; sie liebe sie als ihre beste Freundin und eine der vollkommensten Personen ihres Geschlechts: nur könne sie ihre allzugroße Frömmigkeit, Eingezogenheit und Kälte nicht vertragen; die Jugend unsers Lebens, besonders beim Frauenzimmer, sei zu kurz, um sie so ungenossen wegstreichen zu lassen, und in diesem Punkt Lucinde gewiß immer albern.
Darauf ging es an das Catullische Da mihi basia mille, wovon ich mich bald losmachte. In solche neckende Händel geraten wir Liebesritter! Aber ich stelle mich auch auf keinen philosophischen Lehrstuhl, wo man zu sein befiehlt, was der Mensch nie war.
Den andern Morgen sucht ich den Gabriotto auf und traf ihn endlich gegen Mittag in einem Weinhause, nachdem ich ihn im Hafen nicht gefunden hatte. Es ist ein herrlicher Alter, in seinem Leben von mancherlei Schicksalen durchgearbeitet. Dreimal war er in Sklaverei, in Ägypten, Mauritanien und Griechenland; und sah Mekka und das Heilige Grab, zog mit seinen

Patronen über den Kaukasus und Atlas und kam jedesmal wunderbar wieder los; führte nun ein Kauffahrteischiff und ließ sich's wohl sein in seinen letzten Tagen. Was ist eines Königs Leben, der seine Zeit durchgähnt, gegen die Wanderungen und Gefühle eines solchen Erdensohns? O gütiger Himmel, laß mich nur nie auf einer Stelle klebenbleiben!

Ich machte bald mit ihm Bekanntschaft, er liebte die lehrbegierige Jugend: wir setzten uns in einen Winkel allein, und ich sorgte dafür, daß wir nicht Durst litten.

Ich verschwieg im Anfange mein Geschäft, und wir kamen auf die ägyptischen Pyramiden zu sprechen. Er machte die gescheite Bemerkung dabei, daß die Leute damals entsetzlich unter der Zucht ihrer Könige müßten gestanden haben, um so ungeheure Steinhaufen aus ferner Gegend her zusammenzutragen, die am Ende doch nur eine Kleinigkeit gegen die vielen Felsen des Kaukasus, Atlas und der Alpen wären, welche die Regen des Himmels binnen den Jahrtausenden zu ebensolcher unzerstörbaren Form gespült. Ich erzählte ihm dabei zum Scherz aus dem Herodot das Märchen von der reizenden Königstochter, die bloß durch ihre Liebhaber sich eine erbaut habe, der sie für jede Gunst doch nur einen Stein herbeischaffen durften; und daß folglich bei allen die Arbeit nicht gleich sauer gewesen sein möge. »Wer den letzten lieferte«, antwortete er lachend, »und dem Werk die Krone aufsetzte, muß wenigstens guten Mut gehabt haben.«

Er machte mir alsdenn eine angenehme Beschreibung von den Sitten mancher Länder, die er durchstrichen war. Zum Exempel von Georgien und Cirkassien, wo die schönsten Menschen leben, sagt' er, daß die Kinder da hervorkämen wie die Blumen und Früchte auf dem Felde und man von keiner Eifersucht wisse. Die Männer hielten sich bloß für das Mittel ihrer Entstehung, und bildeten sich nicht ein, als ob sie dieselben etwa selbst verfertigten, wie ein Kunstwerk, und wären dabei eitel auf ihren Verstand oder ihre Geschicklichkeit wie bei uns; und alle Welt lebte glücklicher ohne die Ketten und Fesseln.

Von der Schönheit, besonders der Weiber dort, gingen wir auf unsre Landestöchter über; und von diesen behauptete er doch, daß sie mehr Geist und Form in ihrer Gestalt hätten, obgleich nicht die Zartheit und die Blüte des Fleisches jener. »Als hier in Genua«, fügte er hinzu, »ist ein junges Frauenzimmer, Lucinde von Montefeltro, die ich allem Reiz vorziehe, den ich dort gesehen habe.«

Diese Reden gingen mir, wie Du leicht denken kannst, gar süß vom Ohr zum Herzen durch all mein Wesen. Wir tranken dabei mit durstigern Zügen. Der Zaubertau des Weinstocks setzte ihn in meine Jugend zurück und durchglühte seine Adern wieder mit der ersten Lebenswärme. Ich fragte ihn darauf, ob er diese Lucinde von Montefeltro genau kenne.

»Wie oft hab ich den Engel als Kind auf meinen Armen getragen, und ihr Leibchen rundum bepatscht und gestreichelt, was ich noch immer tun möchte, ohn ihr mehr Schaden zuzufügen!« fuhr er lieblich zu sprechen fort. »Ihr Vater war ein heruntergekommner Edelmann, der, um sich wieder zu erholen, hernach Handlung trieb. Mit seiner ersten Frau zeugte er keine Kinder; alsdenn schon in die funfzig, vermählte er sich mit einer armen, aber jungen und äußerst schönen Anverwandtin der Mutter der Fulvia Fregosa, die nun in das Haus S*** getreten ist, bei welcher sich Lucinde aufhält. Sie hieß Sophia und lebte mit dem alten Montefeltro schier an die drei Jahr in Ehe, als sie wider Verhoffen schwanger wurde und mit Lucinden niederkam.

Jedoch unter den Rosen der Gastfreundschaft! Es hielt sich damals zu Nizza wegen des milden Winterklimas unter fremdem Namen ein wunderschöner und tapfrer portugiesischer Prinz auf, der eine Wunde im Krieg mit den Sarazenen bekommen hatte, die in seinem Lande nicht recht heilen wollte. Dieser mietete sich einen Garten neben dem des Montefeltro auf dem Weg über den Berg nach Villafranca; und wir alle haben nie anders gemeint, als er habe mit Fug und Recht getan, was der Alte nicht konnte. Und so ward ein süß verlassen Weib glücklich gemacht, und es lebt ein himmlisch Geschöpf auf der Welt mehr, aller Augen zu entzücken.

Als Lucinde ohngefähr zehn Jahr alt war, starb ihre Mutter, die sie als ihr einzig Kind mit aller Zärtlichkeit liebte; ihr Vater tat sie darauf zur Erziehung in ein adelig Nonnenkloster. Nachher ward ich von einem schrecklichen Sturm verschlagen, zum drittenmal gefangen und diente bei einem reichen Kaufmann in Griechenland. Wie ich nach einigen Jahren wieder loskam, hatte sich alles verändert; dem Montefeltro waren etliche reiche Schiffe nacheinander teils weggenommen worden, teils zugrunde gegangen, zu gleicher Zeit brachen einige starke Bankerotte in Marseille aus, wobei er so viel einbüßte, daß die Gläubiger sich seines übrigen Vermögens bemächtigten. Er flüchtete zuvor mit wenigem hieher, da der Reichtum der Kaufleute mehr in Forderungen als barem Gelde besteht, und gab binnen kurzem vor Kummer seinen Geist auf; Lucinden nahmen aus dem Kloster ihre mütterlichen Anverwandten zu sich. Und so strahlt sie denn wie der Morgenstern, der bei einer Nacht ohne Mond aus den stürmischen Wellen der See aufgeht und Glanz von sich träufelt, am genuesischen Himmel.

Aber o wäre sie auch so glücklich, als sie schön ist und alle weibliche Tugenden besitzt! Sie könnt es sein, wenn das Schicksal ihr nicht einen Strich durch die Rechnung gemacht hätte. Florio Branca liebte sie und ihn Lucinde; und sie lebten schon in seliger Ehe miteinander, wenn er nicht in Sklaverei geraten wäre. Er wuchs an den Ufern des Varo auf, kam in das Haus ihres Vaters, ging alsdenn zur See und bildete sich zu einem Helden.

Im Dienste von Spanien lief er mit einem Geschwader nach der Neuen Welt aus und streifte in Mexiko und Peru herum. Kam wieder zurück mit Ruhm und Schätzen, und sah das edle Reis zu einem schönen Baum emporgeschossen in süßer Blüte stehen, und wollte sich unter dessen anmutigem Schatten letzen, als er unter dem Johann von Austria mit der Galeere, die er anführte, gegen die Ungläubigen mußte. Die Flotte der Feinde von zweihundertsechszig Schiffen wurde zwar geschlagen und von den Christen bei den Echinadischen Inseln der größte Sieg seit langen Zeiten erlangt, den sie sich nur jämmerlich zunutze machten: allein Ulazal, der tapfre Korsar, entkam, mit dreißig Dreiruderigen, und führte den Florio mit sich nach Konstantinopel gefangen; welcher unter dem Doria beim ersten Angriffe sich befand und nach vielen Wunden nicht mehr imstande war, von den Scharen umzingelt, sich durchzukämpfen. Sie kennen ihn dort wie die Reiger den schnellen gewandten Falken; und werden ihn nicht loslassen. Er dient als Sklave beim Großvezier selbst; ich hab ihn gesprochen und ein Briefchen von ihm seiner traurigen Geliebten hier überbracht, worin er sie beschwört, ihn zu vergessen und einen Glücklichern zu wählen, wenn er noch ein Jahr lang ausbleibt.«

Diese Nachricht wühlte mir das Herz auf, und Florio dauerte mich; ich seufzte heftig bewegt und im Gesichte glühend: »Armer Schelm!«

Der Alte fuhr fort: »Wenn du ihn sähest, mein Sohn, du würdest ihn lieben; er ist ein gar guter junger Mann bei soviel rauher Tapferkeit. Wie oft haben wir vor wenigen Jahren zusammengesessen und einander erzählt! Wenn ich ihm vom Kaukasus und Atlas sprach, so beschrieb er mir, wieviel höher die Gebirge von Amerika wären; und wir gerieten dann in einen freundschaftlichen Streit. Ich hatte die unendlich schönern Weiber, Männer und Tiere von weit edlerer Natur für mich: und er pries und rühmte zum Scherz die reichen Gold- und Silberminen, womit man die ganze Alte Welt erkaufen könnte, wenn man alle Beute herausholte.« Wir tranken alsdenn auf seine Gesundheit und baldige Befreiung.

Ich fragte den Gabriotto noch, ob er vielleicht den Ulazal von Person kenne; und er sagte mir, daß er ihn einmal zu Rhodi gesehen habe, und schilderte mir ihn als einen andern Hannibal auf der See. Er machte hierbei die Beobachtung, würdig eines solchen Graubarts: »Colonna zog zu Rom im Triumph ein wegen seines Drittelsiegs; wenn einer aber die Taten beider in jenem Treffen genau abwiegen könnte, in welchem Glanze würde da noch der flüchtige Kalabreser vor ihm erscheinen! Ein solcher sichrer Rückzug eines einzelnen Mannes mit seinen Freunden, nachdem er Wunder des Verstandes und der Tapferkeit für die Flotte der andern Admirale getan hatte, aus der vollen Macht der Überwinder, bezeugt die größte Unerschrockenheit, Übersicht und Erfahrung. Schade, und ewig schade, daß er unserm Glauben abtrünnig geworden ist.«

»Zumal«, setzt ich hinzu, »da ihn der Heilige Vater Pius wieder zu Gnaden annehmen wollte und Philippen beredete, alles anzuwenden, dem Helden Herrschaften und Reichtümer zu schenken, wo er sie nur immer haben möchte, in Spanien, seinem Vaterlande oder Sizilien, wenn er die Heiden verließe. Doch gefällt mir nicht, daß man denselben mit solchen Anträgen bei dem Sultan wenigstens verdächtig machen sollte, damit er ihn selbst aus der Welt schaffte: weil man keine andre Mittel dazu vor sich sähe. Ulazal aber war zu klug für solche Versprechungen, scheute überdies die künftige feige schale Rolle und trat folgenden Frühling nun selbst als Admiral auf, mit einer neuen Flotte.

Es ist närrisch, daß man von den Kalabresern verlangt, sie sollen nicht zu den Türken übergehn. Die Türken plündern ihre Gegenden und führen sie selbst in Sklaverei; und ihre Fürsten sehen gelassen zu, ohne sie zu verteidigen, und saugen sie noch obendrein mit allerlei Auflagen aus. Sie werden also mit doppelten Ruten gezüchtigt. Was hat ein Mann, der Kopf hat und Mut im Herzen, anders zu tun, da er allein sich nicht wehren kann gegen beide Feinde, die ihn berauben? Er schlägt sich zur Partei der Sieger.«

»Ich will doch lieber in dem Glauben leben und sterben, worin ich geboren und erzogen bin, und ein wenig Unrecht leiden«, erwiderte der Alte; »das Dulden ist auch süß, wenn man das Vermögen noch in sich fühlt, auszudauern, und große Belohnung dereinst unter seinen Geliebten dafür erwartet.«

»Ein guter Glaube überwindet freilich alles«, antwortet ich ihm darauf; und dachte im Herzen, wer damit nur immer in der glückseligen Dunkelheit herumtappen könnte!

Noch denselben Abend lief ein französisches Schiff im Hafen ein, mit dem neuen Gesandten und Konsul für Konstantinopel und Smyrna, das nur Wasser einnahm und mit dem ersten guten Wind wieder absegeln wollte. Ich bediente mich der Gelegenheit, eilte sogleich nach Hause und schrieb an den Diagoras, so rein und frei, wie's in meinem Geiste lebte, frisch von der Hand weg; und bat hernach den Edeln inständig, den Florio Branca zu befreien, wenn er könnte, oder mir wenigstens die Art zu melden, wie es möglich wäre, ohn ihm jedoch etwas von mir zu sagen; und dann nach Genua zu schicken.

Die Aufschrift macht ich an seine Mutter, damit der Brief desto sichrer möchte abgegeben werden. Der Patron des Schiffs erhielt von mir schon zum voraus eine Belohnung; und ich versprach ihm mehr, wenn er mir gute Antwort bringen würde, und sagte ihm zugleich, was es beträfe. Er gelobte mir heilig an, ihn aufs beste zu besorgen.

Den andern Morgen gegen Mittag ging das Jagdboot auch wieder ab, und mir schwoll das Herz von verschiednen Leidenschaften, so wie der Wind die Segel schwellte. Ich muß selbst über das Gleichnis lächeln, und doch ist's wahr und gefällt mir; ach, unsre Gedanken und Empfindungen sind so zart und veränderlich, und heiter und wild und stürmisch wie die Lüfte.

Ardinghello

Hierauf gab ich dem Ardinghello keine Antwort und erhielt im März wieder folgenden Brief von ihm.

Genua, März.

Sie hat mich zum ersten Mal geküßt, freiwillig; und meine Lippen schmachten in einem fort nach ihrem süßen Munde. Schüchtern, jungfräulich und doch naturnotwendig, wie der Magnet sich zieht, flog unerwartet plötzlich der himmlische Kuß auf mich. Wie selbst darein verwandelt schlief ich die Nacht, ein wollüstig stechend Feuer, und bin nun erwacht wie ein seliger Engel. O ein glücklicher Tag der gestrige! wie der neue Frühling ging die Sonne auf und unter. Wir saßen gegen Abend oben allein im Garten, unten hatte Fulvia und ihr Gemahl Gesellschaft; und die See spielte in kleinen Wellen, um, wie zärtliches Leben, sich in die Lüfte zu verbreiten.

Ich zeigte Lucinden erst einige Griffe auf der Laute, alsdenn sangen wir zusammen, und unsre Herzen ergossen sich endlich ineinander durch Gespräch und

Blicke. »Ein Weib ist doch das armseligste Ding auf Erden!« seufzte sie auf die Letzt wehmütig, nach mancherlei Reden über Welt und Dasein und Bestimmung, und kehrte die Augen von mir ab gen Himmel; »gefesselt auf allen Seiten, dürfen wir keinen freien Schritt tun, wo uns der Geist hinleitet, ohne Schmach und Schande. Nicht über die Straße können wir gehn allein und sonder Mama und Base, wenn man uns für wohlgebildet hält, ohne daß die Lästerzungen auf uns stechen. Natur und Leben und Sitten und Gebräuche in andern Gegenden zu sehen und zu hören ist uns gänzlich versagt: wir müssen auf einer Stelle bleiben, wie die Pflanzen, und glauben, was man uns vorlügt, ohne sinnlichen Begriff; Wahn und Traum und Gehorsam unser Eigentum: kein Tropfen Wahrheit, die Seele zu erquicken.

Wenn eine schön ist, so legt man ihr überall Schlingen; und derjenige selbst, welchem sie in einer gewitterhaften Stunde gefällig war, verleumdet sie oft hernach am ärgsten und tritt zum schimpfenden Pöbel über, wenn er einen andern vorgezogen glaubt; oder sie wird von unvernünftiger Eifersucht noch fester eingekerkert.

Sind wir nicht schön, so erwerben wir keine Liebe mit aller Weisheit und allen Künsten der Musen und der Minerva; und außerdem heißt's immer noch: sie ist doch nur ein Weib und kann und darf nichts recht sehen, wie es ist; Pedanterei und Ziererei ohne Zweck und Nutzen! Ein Weib hat weder Stärke noch Überlegung, etwas Großes in irgendwo zu erlangen und zu fassen; die Guten und Verständigen haben Mitleiden mit dessen Schwäche, und die Boshaften verspotten es und suchen es mit ihrem Lobe vollends zur Närrin zu machen. So geht man mit uns um.

Am besten wär es, nie geboren worden zu sein; denn was wir wollen und lieben, dürfen wir doch nicht haben! oder, sobald diese Neigungen in unserm Herzen aufgehn, geschwind von der Erde weggenommen zu werden. Unser Los ist Traurigkeit und Leiden und wenig heitre Augenblicke; ein vergnügter sichrer Zustand ist uns nicht beschieden: unser Leben ein schwacher Kahn im stürmischen Meer, oft von Wellen überschlagen.«

Aber warum schreib ich Dir den toten Sinn und Buchstaben von dem, was sie so göttlich in bezaubernden Worten, Tönen und Gebärden sagte!

Ich hielt ihre Linke in meinen beiden Händen, und sie überließ die entzückenden Wallungen ihrer innern Schönheit ruhig meinem heißen Gefühl.

»O Lucinde«, antwortet ich ihr darauf, »du hast viel Wahres gesagt, wir sind ungerecht gegen euch! aber auch unser Los ist hart. Uns liegt die Arbeit ob, und ihr wirkt still wie die Sonne und macht schon glücklich bloß durch eure Schönheit. Wir müssen alles erringen und erkämpfen; und ihr strahlt nur um euch: so liegt man euch zu Füßen.

Hohe Schönheit ist freilich äußerst selten; aber auch eine Jungfrau, die sie besitzt und zu gebrauchen weiß, ist, was bei uns Alexander und Cäsar mit Heeren von Helden; es kömmt nur auf sie an, was sie erobern will! Das ewige Schicksal hat ihr alle Herzen unterworfen.

Liebe und Geist ist eins und dasselbe unter verschiednen Namen, nur daß man Überfluß von Geist Liebe nennt: hohe Schönheit beherrscht alle Geister. Sie vereinigt sich deswegen gern mit großer Gewalt oder großem Verstande, weil da die Liebe am mächtigsten ist. Der Mensch für sich allein, überhaupt jedes Wesen, abgesondert, ist unglücklich. Was kümmert den Vortrefflichen im Grunde Wahn und bürgerliches Vorurteil? Das Gesetz ist toll und töricht, das ihm Eigentum und freien Gebrauch seiner Person abspricht; und er tritt es mit Füßen, sobald er kann.«

»Ich möchte lieber Ardinghello sein«, versetzte sie

schnell in leisem Nachtigallenton, ganz auf mich geheftet, »als Semiramis und Laura, so jung und schön mit soviel Tapferkeit und Talent!« und hier neigte sie ihre Lippen nach den meinigen, ich ward von einem süßen Blitz durchschlängelt, und meine Seele schwebte in der Herrlichkeit des Entzückens wie aufgelöst von allen Banden. So hielten wir uns lang umschlungen, bis unsre Blicke in Wollusttränen untergingen und sie ausrief, rosenrot und lilienblaß, und sich losriß: »O du, mein Abgott, was wird noch aus mir werden!« ohne mir mehr zuzugestehen.

Fulvia kam bald darauf, als ich noch an einen Baum gelehnt stand und mit den Armen die Augen zuhielt, um nichts Irdisches zu betrachten. Die Schlaue merkt alles und erkennt die Momente wie ein edles Raubtier.

So schiff ich denn zwischen einer Scylla und Charybdis im Wonnemeere der Liebe; und lasse mich von ihren Strudeln herumwälzen in Gefahren, damit mein Mut nicht müßig liege. Doch erschreck ich zuweilen vor Lucinden; sie hat in manchen Punkten nicht die Biegsamkeit ihres Geschlechts, und in ihrer Gestalt entdeck ich Züge von fürchterlicher Heftigkeit; und eben diese sind es, was mich so gewaltsam ergreift und an sie fesselt. Ich fühle durch und durch, was das himmlische Geschöpf verlangt, und dies foltert mich, da es unmöglich geschehen kann: und doch ist der Engel zu schön für die Welt, die ihn mit ihren Sitten angesteckt hat, als daß ein Natursohn ihr ihn so ungenossen sein Leben lang überlassen sollte.

Übrigens studier ich hier immer mehr die Schiffahrt und streiche öfters an der Küste herum. Zu Korsika bin ich auch schon gewesen, und das rauhe Volk gefällt mir: es liegt Stoff darin. Es kömmt kein Schiff an und geht keins ab, das ich nicht ausforsche. Und so beschäftigt sich auch noch meine bildende Kunst mit der See; ich habe die eine Skizze, wo ich den Bion-

dello niederstoße, im großen angelegt.
Den Helden Doria besuch ich fleißig und lerne viel aus seinen Gesprächen; er will mir wohl, das seh ich aus seinen Mienen und Gebärden und seiner Offenherzigkeit. Er weiß, wer ich bin, und Fulvia und ihr Gemahl wissen es mit Lucinden; ich bin gleich anfangs von einem meiner Landesleute verraten worden, der mich erkannte. In Venedig blieb ich eher verborgen, während des Kriegs mit den Türken und weil es dort viel Maler gibt, worunter man sich leicht verstecken kann; hier sind deren kaum ein paar. Auch kam ich bei Euch in keine so vornehme öffentliche Gesellschaften. Inzwischen hab ich keinen Schaden davon, sondern Vorteile; man schätzt mich desto mehr, und ich habe, wo ich will, freien Zutritt.
Vor dem Tyrannen von Toskana fürcht ich mich nun wenig mehr; meine Tante meldet mir, daß es übel mit ihm aussieht. Er hat durch seine Ausschweifungen schon längst seine Gesundheit zugrunde gerichtet und bei der Camilla Martella die Neige seiner Kräfte vollends so abgezapft, daß ihm die Zunge steif geworden ist und verdorrt und er nicht mehr sprechen kann. Alles dies ist buchstäblich wahr, und so unklug wirtschaftete kein Tiberius auf der Insel Capri und kein Nero in beiderlei Gestalt, die noch immer wußten, wenn sie für sich aufhören sollten. Ein neuer Hippokrates von Machiavell wird den jungen Tarquinen auch noch hierin die Anfangsgründe vorbuchstabieren müssen; denn von selbst wird selten einer so gescheit sein.
Der neue Herzog, sein Sohn, führt sich auf wie ein Blödsinniger, und Eure berühmte Bianca behandelt ihn auch so mit Fug und Recht.
O Cäcilia, Aphrodite des adriatischen Paphos, wie lebst Du und unsre Liebe? Du sollst gewiß noch dereinst voll Zärtlichkeit Lucinden und auch Fulvien als

Deine Gespielinnen umarmen. Meine Seele schmachtet nach ihr und Dir; sei nicht so karg mit Deinen Worten.

Ardinghello

Zu Ausgang des März schrieb ich ihm, da ich aus dem Schluß seines Briefes sah, daß er ohngeachtet seiner Leidenschaft doch den Kopf noch nicht verlor und immer den Edelmut im Grunde seines Herzens hatte.

Venedig, März.

Ich möchte mich lieber mit Dir nur wenige Augenblicke mündlich unterhalten als in dem längsten triftigsten Buchstabenwechsel.

Ich habe Cäcilien schon zum zweitenmal gesprochen; das erstemal in Gesellschaft und darauf vor wenig Tagen allein. Sie ist hoch schwanger, gesund und bei Kräften; und Mutter und Brüder und Freunde und Gespielinnen geben sich alle Mühe, ihr neue Ergötzlichkeiten zu verschaffen. Es ist eine wahre Augenweide, eine so junge reizende Frau am Ziel ihrer Bestimmung zu sehn; und einem Fremden, der nichts von ihr hofft und erwartet, muß sie so selbst schöner und vollkommner sein, als sie als Mädchen war; geschweige dem glücklichen Geliebten, der die süße Frucht seiner Liebe so heranreifen sähe. Ardinghello, Du bist ein Göttersohn, zu hohem Wohl erkoren; nur verscherze Dein Heil nicht!

Das erstemal wagte sie nicht nach Dir zu fragen; aber das Spiel ihrer Blicke um mich, Deinetwegen, war mir ein Himmelreich. Sie errötete, wurde blaß, seufzte, suchte sich zu verbergen: doch die Natur triumphierte: ihr Busen wallte stärker, und sie kam endlich zu mir und ließ sich mit mir in ein Gespräch ein, lieblich und traulich. Ich faßte mich dabei so, als ob ich in diesen Augenblicken Deiner nicht gedächte; und sie ging froher von mir, sie mochte nun argwohnen oder nicht argwohnen: denn sie mußte fühlen, daß ich ihr wohl-

wollte, und dies schon vorher wissen.
Vor wenig Tagen ließ ich mich bei ihres Vaters Palast anfahren, bei welchem sie noch immer wohnt, bis nach ihrer Niederkunft, um ihren jüngsten Bruder zu besuchen, den ich nun näher kenne; und als er nicht zu Hause war, ging ich inzwischen zu seiner Mutter und traf Cäcilien gerade bei ihr. Die Mutter verließ uns denn eine Weile wegen Geschäften, und wir blieben allein. Ihre schönen großen Augen ruhten lang hell und klar auf mir, und ihre Lippen lächelten, wie wenn man einen zum Reden zwingen will. Mich dauerte die Verlaßne, und ich fing an von dem Gemälde zu sprechen, das eben vor uns hing; und kaum hatte sie mir den Meister gesagt, so war die Frage darauf: »Wo ist jetzt Ihr Freund Ardinghello? Ich hab ihn nicht wieder gesehen, seitdem er mich gemalt hat; er wird also wohl nicht mehr in Venedig sein.«
Ich antwortete: »Den letzten Brief von ihm hab ich aus Genua; es geht ihm dort sehr wohl.« Du hättest sehen sollen, wie sie darauf lebendig ward und sich alles an ihr regte; ein neuer Morgen ihr Gesicht mit heißen Sonnenblicken. Nicht mehr festhalten konnt ihr Herz: »Es ist ein trefflicher Mensch, voll Verstand und Talent, und das Geringste ist der Maler an ihm, so weit er's auch schon in seiner Kunst gebracht hat.« Hier glühte sie auf wie eine Rose und fügte lächelnd hinzu, sich fühlend: »Ich glaube, daß ich in ihn verliebt geworden wäre; es ist gut, daß er weg ist.«
Mir waren hier die Daumenschrauben aufgesetzt: aber doch bekannt ich nicht wegen ihrer selbst, und Deiner und meiner; noch scheint es mir nicht Zeit zu sein. Ich antwortete wie kalt und schier eifersüchtig darauf: »Dies würde den jungen Herrn bis ins kleinste Gelenk kitzeln, wenn ich ihm so etwas berichtete; er war ganz bezaubert von Ihrer Schönheit, wie er Sie malte, und beneidete mutwillig Ihren unglücklichen Gemahl.«

Dies Wort kam wie eine finstre Wolke vor ihrer Schönheit Glanz, sie entfärbte sich und versetzte: »Nun, so arg und gefährlich ist es nicht; Sie brauchen ihm auch nichts hiervon zu schreiben; doch grüßen Sie ihn von mir und melden ihm, daß ich seine Kunst bewundre, und große Dinge von ihm erwarte, und den eifrigsten Willen habe, ihm in Zukunft nützlich zu sein.« Hierüber trat die Mama wieder ins Zimmer, und ich verließ sie bald darauf.

Du siehst daraus, daß alle Verstellung ein Ende hat gegen einen, der Person und Sache kennt: es ist ein Glück für Euch, daß kein solcher unter ihren Richtern saß. Wer die Wege gut weiß, geht auch im Nebel sicher; und ein Wollüstling von Auge sieht oft die Gegenstände darin mit mehr Freude als bei hellem Wetter. Inzwischen dauert sie mich doch von Grund der Seele; denn sie ist unglücklich.

Dein Umgang mit Lucinden gefällt mir nicht. In Rücksicht ihrer wenigstens kann ich die Grundsätze nicht billigen, die Du ihr einflößest; besonders wenn Florio der Mann ist, wie ihn der alte Schiffer schildert: ich befürchte, daß es schlimme Händel absetze. Überhaupt muß sich jeder nach dem Staate richten, worin er lebt, wenn er ihn nicht gewissermaßen übersieht und heraus kann, wenn er will: sonst trifft am Ende das Sprichwort ein: »Der Krug geht so lange zu Wasser, bis er zerbricht.« Wenn Lucinde Deinen Geist hätte bei ihrer Jugend und Schönheit: o dann stünden ihr Königreiche zu Gebot; so aber mußt Du sie erst in das alte Korinth oder Athen bringen, wenn sie nach Dir glücklich sein soll. Und noch dazu scheint mir ihr Charakter sich nie recht zu bequemen. Mit einem Worte: sobald ein Weib eines Mannes Frau wird, begibt es sich im Punkt der Liebe seiner Freiheit, hernach eine andre Wahl zu treffen; und was opfert der Mann nicht dafür auf, daß ihm dasselbe treu sein möge? Schönheit und Keuschheit beisammen wird ewig eine

höhere Vollkommenheit sein als Lais und Phryne, setze sie in einen Staat, in welchen Du willst. Doch red ich, was Lucinden betrifft, in der Ferne; und ein einziger Blick auf sie und wenig Worte von ihren Lippen könnten vielleicht meine eigne Moral wegbannen. Das Zettelchen, welches sie Dir im Bette schrieb, bleibt immer ein wunderbarer Flug, von dem andern Erdenvölkchen weg, wozu eine starke Leidenschaft gehört, die alle Furcht von Vorurteilen überwältigt.
Es schweben Gefahren über ihr und Dir; aber wer sich selbst nicht raten kann, dem ist nicht zu helfen. Jeder weiß am besten, wie ihn die Umstände umringen.
Fulvia geb ich Dir gerne preis, nimm mir's nicht übel! echte Genueserin nach dem Sprichwort*; ein Gesetz, von keiner Gewalt in Ausübung gebracht, ist kein Gesetz in Wirklichkeit. Wer seine Rechte nicht behauptet, der hat keine; so geht's allen Männern, die nicht auf ihrer Hut sind. Dies sahen die Spartaner wohl ein; und welcher Kopf nicht, der noch Vernunft hat?
Ich mag nicht daran denken, daß Du mir vom Diagoras sollst entrissen werden. Bleib in Deinem Italien, und lies das andre in Geschichten und Reisebeschreibungen; der Mensch braucht zu seinem Glücke nicht den ganzen Erdboden. Die See ist weiter nichts als ein ungeheurer leerer Weg etc.

Erst in der Mitte des Mai erhielt ich wieder einen Brief von ihm, und zwar aus Lucca, welches mir sonderbar auffiel. Er lautete wie folgt.

Lucca, Mai.

Auch Du bist schuld daran! Lucinde ist von Sinnen gekommen.

* Mare senza pesce, donne senza vergogna, Uomini senza fede; hat vermutlich seinen Ursprung aus Venedig, der natürlichen Feindin von Genua.

Florio Branca kam, erlöst vom Diagoras, und obendrein mit Geschenken ausgestattet; ein Held wie ein junger Diomed, nur im Gesicht voll Ehrennarben. Er wußte nicht, daß ich sein Retter war, und wir wurden bald Freunde. Er drang auf seine Vermählung: zu Messina, wo ein Teil der spanischen Flotte liegt, war ihm von den obersten Befehlshabern nicht allein sein voriger Posten, sondern eine weit ansehnlichre Stelle zugesichert worden. Ich befand mich eben nicht in Genua, wie er seine Braut überraschte; Fulvia erzählte mir, sie sei in Ohnmacht gefallen, als sie ihn so unerwartet plötzlich vor sich gesehen hätte. Man schrieb es der Freude zu. Sie faßte hernach alle ihre Kräfte zusammen, alte Liebe und Verstellungskünste: und Florio hielt sie in seinen Armen stumm vor Heftigkeit der Wonne nach so vielen Drangsalen.

Ich traf bei meiner Ankunft den Florio zuerst bei ihr und Fulvien und ihrem Gemahl in Gesellschaft. Seine Gestalt und sein Wesen machte gleich auf mich großen Eindruck; starker Gliederbau, scharfe Gesichtszüge, kleines blitzend verwegnes Auge, verbrannte Farbe, krauses Haar und derbes Fleisch und wenig Worte zeigten mir ein Muster von Seemann; und sein Knebelbart und kurzer Säbel vollendeten das Bild. Ich wünschte beiden herzlich Glück über ihre Wiedervereinigung. Lucinde sah mich still an und glich einem Gewitter von Empfindung.

Die Tage darauf macht ich nähere Bekanntschaft mit dem Florio; und meine kalte Vernunft rang immer mehr, meine heißen Begierden zu bekämpfen; der Tapfre war die edelste der Blumen ganz wert.

Ich sprach Lucinden alsdenn allein im Garten. Sie jammerte über die Unruhen des Seelebens und die Kriegsgefahren. O wie mein Herz ihr entgegenschlug, als ich die Morgenröte von Küssen um ihre Lippen schweben sah! Aber ich verwüstete schändlich alle Inbrunst der Natur wie ein Gotteslästrer, und gab ihr das teure Zettelchen wieder, und stammelte die tollen Silben hervor: »Ich kann deine Gunst nicht annehmen; Florio ist deiner Liebe ungeteilt wert: in mir ist jede Fiber Wunde; aber seid glücklich miteinander, rein und ohne Flecken.«

Sie blieb wie eine Säule stehen, las die Zeilen ihrer Hand und zerpflückte darauf langsam mit den Zähnen das Blatt Stückchen vor Stückchen, indes ich von ihr ging und mir die Tränen in die Augen tobten.

Dies geschah nach der Mittagsmahlzeit. Fulvia, die von diesem allen jedoch nichts wußte und auch nie erfahren soll, berichtete mir, daß sie den ganzen Abend in ihr Zimmer eingeschlossen gewesen wäre und sie niemand weiter gesehen hätte bis spät den andern Morgen, wo man mit einem andern Schlüssel dasselbe aufgemacht und sie in ihrer Kleidung auf dem Bette gefunden, die Hände ringend, mit dem Oberleibe aufgerichtet und seufzend mit vor sich niedergeschlagnen unverwandten Augen. Weder Fulvia noch der Bräutigam, noch irgend jemand hat nach der Zeit ein Wort von ihr herausbringen können, so daß sie völlig die Sprache verloren zu haben scheint. Sie läßt sich geduldig hinführen, wohin man will, geht auch für sich herum, ringt aber immer die Hände und seufzt, versteht platterdings nichts mehr, was man sagt, und nimmt an keinem Gespräche mit Mienen und Gebärden Anteil. Sie ißt und trinkt wenig; sobald sie aber genug hat, ringt sie wieder die Hände und seufzt. Es sind von den Ärzten verschiedne Mittel versucht worden, aber alles vergeblich. Sie kennt Fulvien nicht mehr, ihren Bräutigam nicht mehr, und mich nicht mehr; wie sie dieser küssen wollte, hat sie nach ihm geschlagen und ihn ins Gesicht gekratzt. Auch von ihren Freundinnen leidet sie dies nicht; sonst ist sie in allem geduldig. Ich mochte mir immer mit einem Strick die Gurgel zusammenziehn, wenn sie mich so starr ansah und die Hände rang und seufzte.

Jetzt steckt sie nun in einem Nonnenkloster zur Verpflegung. Florio war im Begriff, sich eine Kugel vor den Kopf zu schießen, und ist nun bei der Flotte, um in der Verzweiflung gegen die Tuneser sein Ende zu finden; und ich habe mich so auf den Weg nach Florenz gemacht. O Natur, deine schönste Zierde ist zerrüttet und zugrunde gerichtet! Das arme Mädchen, zur Lust erschaffen und aller Augen und Herzen zu entzücken, hat nie die höchste Süßigkeit des Daseins gekostet und lebt nun ein unaufhörlich Gefühl von unaussprechlichem tiefen Leiden.

Du hast so etwas nicht erfahren und kannst Dir's folglich auch nicht denken; so schön, so reizend, so geliebt, so liebend und so voll Geist: und nun auf einmal alles im Ruin ohne Zusammenhang; dasselbe nicht mehr dasselbe, es ist gräßlich! Wer sie kennt, vergießt Tränen über ihr Schicksal; ganz Genua trauert. Weide dich, barbarische Moral, Feindin des Lebendigen, mit Wolfsgrimm hier an deinem Opfer!

Aber auch ich, o Gott, wo werden mich meine heftigen Leidenschaften nicht noch hinreißen! Ach, ich habe ihren Zügel nicht so am sichern Griff, daß sie auf halsbrechenden Wegen nicht einmal mit mir davonrennen, der Wagen überschlägt und Roß und Führer in den Abgrund taumeln, wo man Blut und Gehirn noch lange dem Wandrer an Klippen zeigt, bis die Regengüsse des Himmels die Reste des Verwegnen vom Felsen waschen!

Ardinghello

Ich konnt ihm hierauf nicht antworten, weil er mir keine Zuschrift meldete. Die Begebenheit war entsetzlich und ging mir selbst durchs Herz. Je mehr ich darüber nachdachte, desto natürlicher aber kam sie mir vor. Fulvia mochte wohl die größte Schuld haben, und weit weniger Cäcilia und ich; außer der eignen Großmut von Ardinghello. Lucinde war mit allen

Reizen bei ihrer Jungfräulichkeit zu beklagen: ein schwacher Feind in der Festung ist fürchterlicher als der stärkste von außen.

Seine Reise nach Florenz schien mir immer gewagt, ob ich gleich schon längst wußte, daß Cosmus gestorben war.

Dritter Teil

Lucca, Mai.

Ich sitze hier an den Höhen des Tals von Lucca, wo über mir der Wind durch die Buchen säuselt und unter mir die Quellen rieseln, bewegt in der innersten Seele, wie am Scheidewege meines Lebens. O wer die Zukunft aufhüllen könnte! Aber diese kennt niemand als der, der alles weiß; wir sind nur Funken, unsers Schicksals ungewiß, die in dem Unermeßlichen herumstäuben. Wohl dem, der wie ein Schmetterling sich an den Blumen ergötzt, die er vor sich findet! Hat der, welcher mit Gefahren kämpfte und sein Ziel errang, am End etwas Bessers? Genuß jedes Augenblickes, fern von Vergangenheit und Zukunft, versetzt uns unter die Götter. Was hat der Mensch und jedes Wesen mehr als die Gegenwart? Traum ohne Wirklichkeit alles übrige.

Doch weg mit dieser Mückenweisheit! Unser Geist hat mehr Tiefe. Nur die Kraft ist selig, die Widerstand nach ihrem Maß überwältigt und ihn nach ihrem Sein ordnet, sei's auch unter Pein und Leiden. Dem Herkules, als er den Antäus bezwang, rannen die Schweißtropfen süßer hervor aus seiner Stirn, als ihm je die Umarmungen einer schwachen gefälligen Dirne waren; und nur Omphale, die ihn die Spindel drehen machte, verdiente die Liebe des Helden.

Meine Tante schrieb mir nach dem Tode des Cosmus, daß wichtige Veränderungen am Hofe vorgefallen wären und unsre Feinde einen starken Stoß erlitten hätten; ich sollte mich auf den Weg in mein Vaterland machen: sie sei versichert, daß alles gut gehen und ich meine väterlichen Güter wiedererhalten würde; und noch außerdem woll ihr der Kardinal wohl, der alles vermöge.

Diese Nachricht kam mir nun gelegen und ungelegen, nach Lucindens Verwirrung; ich hatte ganz andre Dinge im Kopfe zur Ausführung: aber niemand kann sich von seiner Wurzel losreißen; und so bin ich auf der Grenze. Der junge Herzog ist wenig Schritte von mir zu Pisa und bei ihm Bianca, von welcher man sagt, daß sie ihm einen Zaubertrank eingegeben habe: so sehr hält sie ihn an sich gefesselt. Beide gebrauchen die Bäder, weil sie gern einen Erben von ihm bekommen möchte.*

Es geht mir hart an, daß ich in diese Sphäre hinein soll; wenn ich hineinkomme, so erlieg ich vielleicht unter den Trümmern.

Ardinghello

* Bianca war die Tochter eines venezianischen Edelmanns, Bartolomeo Capello. Dessen Palast gegenüber hatte das Haus Salviati zu Florenz eine Bank und darin zum Kassierer den Pietro Bonaventuri. Dieser verliebte sich in ihre aufblühende Schönheit, selbst jung und wohlgebildet, und klug und kühn, obgleich unter ihrem Stand und ohne Vermögen. Sie glaubte, er selbst habe Anteil an der Bank, und gab seiner Leidenschaft unter Versprechung der Ehe Gehör, schlich sich oft des Nachts zu ihm und kehrte vor Anbruch des Morgens wieder zurück. Einst, da sie auch die Tür von ihrem Hause angelehnt hatte, kam, wie damals in Venedig gewöhnlich, früh der Bäcker an die Fenster, um den Mägden zu sagen, daß der Backofen für den Brotteig geheizt wäre, und zog die Tür zu, in der Meinung, es sei gestern nachts vernachlässigt worden.

Bianca war mit ihrem Geliebten eingeschlummert, und beide hatten sich verschlafen. Sie fand die Tür verschlossen, ohne zu wissen, wie es zuging, und erschrak. Eine alte Vertraute hörte weder auf Pfeifen von Bonaventuri noch Rufen.

Sie trug die Frucht der Liebe schon unter ihrem Herzen; auf freie Einwilligung ihrer Eltern durfte sie nicht hoffen: Bonaventuri mußte mit ihr plötzlich sogleich nach Florenz durchgehen, wo sie zu Anfang ein kümmerlich Leben führte und die niedrigsten Arbeiten beim Vater ihres Gatten verrichtete; sie hatten sich nun vermählt.

Hier wurde hernach der junge Herzog gegen sie entzündet, als er ihre Reize von ohngefähr auf einem Spazierritt am Fenster erblickte; und sein Hofmeister Mondragone, ein Spanier, und dessen Frau machten die Unterhändler.

Pisa, zu Ausgang des Mai.

Da sieh mich nun schon am Hofe! Noch aber bin ich wie ein fremdes Tier hier, wie ein Sperber unter dem zahmen Federvieh, das mit aller Macht herbeigelaufen und geflattert kömmt, wenn man ihm Futter hinwirft, und seine Eier legt.

Ich hörte von einer neuen Art olympischen Spielen, die in den Bädern sollten gehalten werden; und ging den Tag, der zum Fest anberaumt war, bei guter Morgenzeit von Lucca durch das fruchtbare Tal über den Berg.

Unentschlossen, wie von einem andern Wesen geleitet, wandelt ich herunter und langte bei den Häusern an: mir widerstand die Luft, und ein geheimer Ekel hielt

Der neue Liebhaber ernannte den Bonaventuri zum Guardaroba maggiore und schenkte ihm einen prächtigen Palast in Via Maggio, wo er mit der Bianca in allem Überfluß lebte.

Als dieser aber sich bald zu übermütig betrug, so ließ ihn der Herzog bei Nacht auf der Straße ermorden, wo er sich noch tapfer wehrte.

Ihr einzig Kind, eine Tochter mit Bonaventuri, wurde mit Ulyß Bentivoglio verheuratet und reich ausgestattet.

Keine zwei Monate nach dem Tode der Johanne von Österreich, seiner Gemahlin, (einige Jahre nach dem gegenwärtigen Lauf dieser Geschichte) vermählte sich der Herzog mit Biancen in geheim; welches er ein Jahr darauf allen Höfen bekanntmachte. Nach Venedig sandt er den Grafen Sforza von Santa Fiore: und sie läuteten alle Glocken der Stadt, brannten die Kanonen ab und erklärten die Bianca für vera e particolar figliola della Republica; e cio in considerazione di quelle preclarissime e singolarissime qualita, che degnissima la fanno di ogni gran fortuna. Das ist: erklärten sie für eigentliche und besondre Tochter der Republik; und dies in Betrachtung der glänzenden und außerordentlichen Eigenschaften, die sie vollkommen würdig jedes Thrones machten.

Sie wurde darauf als Tochter von Sankt Markus noch einmal öffentlich ihm angetraut.

Aus einer gleichzeitigen Handschrift.

mich so ab, daß ich zusammenschauderte und mir die Ohren brausten: doch aber drang ich durch.
Ich hatte mich kaum im Wirtshause zu einem Frühstücke niedergesetzt, als zwei von meinen ehemaligen Kameraden hereintraten, mich anstaunten und mir um den Hals fielen; wir waren wie in einer neuen Welt beieinander, und mein Blut stürmte in Katarakten von meinem Herzen. »Willkommen! willkommen, Prospero!« riefen sie; »bleibst du bei uns? O du mußt bei uns bleiben! Es soll dir wohl gehen, du hast uns immer gefehlt.«
Mich freuten die natürlichen Aufwallungen, ihre Blicke schienen nicht erlogen, und ich vergaß gleich zum erstenmal das ἀπιστεῖν des Sizilianers.*
Ich antwortete ihnen bloß auf ihre Fragen, daß ich nach Rom reisen wolle und jetzt von Genua käme, und soeben in Lucca von ihrem Feste gehört hätte. Währenddem überraschten mich noch verschiedne andre alte Bekannten, und sie ließen nicht ab, bis ich versprach, mit Anteil an ihren Spielen zu nehmen. Öffentlich konnte man mir nichts zuleide tun; ich war weder verbannt, noch hatt ich etwas gesündigt.
Ein Teil von ihnen machte darauf mit mir einen Spaziergang; und ich suchte, durch eingeleitete Gespräche mit diesem und jenem, nach und nach geschwind kennenzulernen, was sich seit meiner Abwesenheit verändert hatte.
Zu Mittage speist ich in großer Gesellschaft; und bemerkte bald ein paar Spürhunde, die auf mich ausgesandt waren; und führte ihre Nasen auf allerlei Abwege. Das Völkchen war überaus lustig und witzelte und sang und scherzte; aber überall fehlte der edle Kern der Selbständigkeit, bis auf einen meiner alten Freunde, Mazzuolo, der seinen Geist wunderbar ge-

* Epicharmos; »Traue nicht!« sagt er, »dies ist alles Gelenk der Klugheit.«

stärkt hatte: und wir teilten einander unsern Seelenjubel mit im Winkel durch Blick und Kuß und Händedruck und kurze abgebrochne Reden.

Nach einundzwanzig Uhr kam der Herzog an mit seinem Gefolge von Pisa in den zu dem Feste besonders aufgepflanzten Zelten; und gleich darauf wurden die Spiele mit Trompeten und Paukenschall eröffnet. Das erste war ein Pistolenschießen und der Preis ein herrlicher spanischer Hengst aus seinem Marstall. Der Mitstreiter waren mit mir sechszehn, lauter junge Leute aus den besten Häusern im Florentinischen, der älteste nicht über dreißig Jahre und der jüngste nicht unter siebzehnen.

Sie baten insgesamt für mich um Erlaubnis mitzustreiten, zumal da einer an der geraden Zahl fehle, der plötzlich krank geworden war. Der Herzog ließ mich in meinen Reisekleidern vor sich und sagte, nachdem ich ihm einen Lobspruch wie einem andern Herkules gemacht hatte: es gefall ihm, daß ich eben bei dieser Gelegenheit von meiner langen Reise zurückkomme. Bianca, die zugegen war, blickte mich an mit einer großen Neugierde, und tausend Fragen schwebten auf ihren Lippen.

Du wirst Dich verwundern über meine Kühnheit und mich vielleicht für unbesonnen halten: allein fürs erste reizten mich die Spiele selbst, und mein ganzer Mut sagte mir, daß ich wenigstens in einem den Preis davontragen würde, da ich meine Gegenstreiter so vor mir sah; und dann scheint es mir allemal zuträglicher, von ohngefähr mit den Tyrannen der Welt Bekanntschaft zu machen, als durch lange Vorbereitungen, wo die Zeremonien alle Natur ersticken.

Ich will Dich nicht lange mit der Erzählung aufhalten. Wir schossen mit Pistolen zu Fuß und zu Pferde, und ich traf allemal bei weitem das Ziel, vierzig Schritt entfernt, am besten. Es war ausgemacht, daß im andern Falle die zwei ersten Schützen noch einmal um den Preis kämpfen sollten; dies unterblieb also, und die adriatische Zauberin überreichte mir den Zügel des stolzen jungen Rosses mit diesen Worten: »Seid auch so trefflich im Streite, wo es das Leben gilt, fürs Wohl des Vaterlandes.« Ich sah sie an mit einem kühnen Blick und wieder schamhaft, und berührte ihre schöne Hand wie in der Zerstreuung zärtlich mit den letzten Fingern der meinigen, und antwortete: »O wäre schon die Gelegenheit da, Euch, o Wunderfrau, und demselben meinen Eifer zu zeigen!«

Darauf wurde aus freier Hand mit Büchsen nach der Scheibe geschossen, zweihundert Schritt weit, und Mazzuolo kam dem Mittelpunkte vor mir näher; ich hatte hier mein eigen Gewehr nicht. Der Preis bestand in einem andern neapolitanischen Hengst und einem schönen Jagdhunde.

Den andern Tag waren die Fechterspiele. Erst fochten acht Paar nach dem Lose, einzeln jedes Paar. Die den Stoß beibrachten, machten dann wieder vier Paar; diese vier alsdenn zwei, bis endlich eins und einer allein der Sieger blieb.

Die Herrchen fochten mit vieler Zierlichkeit und sagten ihre Lektionen her; ich aber gewann ihnen mit einem gegenwärtigen Auge und fast lauter geraden Stößen, womit ich in ihre Gaukeleien hineinfuhr, den Preis ab; dem letzten und geschicktesten schlug ich zweimal mit starken unhöflichen Paraden das Rapier aus der Hand und setzte ihm alsdenn noch obendrein nach einer Sekundenfinte eine Quart über den Arm, gerad auf den rechten Piez, so daß der schwarze Fleck eine vollkommne sichtbare Finsternis auf seiner weißen Weste machte.

Für dieses Probstück gab mir Isabella, die Geliebte meines Vaters, einen goldnen mit Steinen besetzten Degen; und mir schwellte die Hand von Grimm, wie ich ihn am Griffe faßte: »Tapfrer«, sprach sie leise zu mir mit blitzenden Augen und Honiglippen, »ziehe stolz damit wieder in Florenz ein, und trag ihn mir zum Angedenken.«

Den dritten Morgen, nachdem Bianca sich gebadet hatte, war Wettlauf in sandiger Bahn, und abends Ringen, wovon Mazzuolo und ich ausschieden, um weder aus Höflichkeit uns überwinden zu lassen, noch den andern vielleicht auch diese Preise wegzunehmen und so die allgemeine Freude zu stören. Und damit es uns kein stolzes Ansehen gab, schieden noch mehrere davon aus. Zu Elis hätten wir dieses nicht nötig gehabt; aber man merkte noch außerdem, daß wir uns nicht in Griechenland befanden: der Olivenkranz wäre mir lieber gewesen als Roß und Degen; sie blieben immer eine kindische, tyrannische und sklavische Belohnung.

Mir überlief die Galle, wie ich abends zu Pisa einritt und sehen mußte, daß man mehr das Pferd und den Degen als mich betrachtete; und wahrlich nicht etwa deswegen, weil ich auf meine Person eitel wäre, sondern daß die Nation seit weniger als hundert Jahren so den großen Sinn verlor, wodurch sie sich in den Zeiten der Freiheit auszeichnete.

Mit einem Wort: eine Weiberanstalt. Bianca wollte dem Herzog eine Kurzweil machen und zugleich den jungen Adel von Florenz sich verbinden; an einen andern Zweck wurde wenig dabei gedacht; denn wenn man im Ernste daran gedacht hätte, so wär alles unterblieben.

So sieht man oft bei einer Ausführung ohne Gedanken, daß Fürstin und Fürst etwas Gutes in einem Buche mag gelesen haben.

Ardinghello

Pisa, Junius.

Ich werde die Güter meines Vaters wiedererhalten, Bianca hat es mir versprochen, mit welcher ich oft im

Gespräch bin; und dies ist mir sichrer, als ob es mir der Herzog selbst versprochen hätte. Sie ist wirklich ein reizendes Weib, voll Schlauheit und Verstellung, weiß das Leben zu genießen und führt bei ihrem Honig einen scharfen Stachel. Sie macht Venedig, der hohen Schule der Weiber, gewißlich vor einer großen Anzahl Ehre; und es ergötzt sie, daß ich dies so gut kenne. Das gefällige Wesen, das sie dabei hat, wie alle vorzügliche Personen ihres Geschlechts, wärmt und erheitert mich sehr angenehm. Sie weiß sich wie die meisten ein wenig viel mit ihrem Spiegel; und dies muß man benutzen.

Auch der Herzog will mir wohl, vermutlich durch sie. Ich habe schon verschiednemal mit ihm Schach spielen müssen, worin er sich einbildet, ein großer Meister zu sein. Ich verlor mit Fleiß das erste Spiel und gab ihm Gelegenheit zu feinen Zügen, die meine Stellung sehr spannten; doch macht ich ihm seinen Sieg noch sauer, welcher ihn dann höchlich freute. Das zweite Spiel dreht ich so lange, bis keiner mehr gewinnen konnte; und überließ ihm wieder das dritte. Beim vierten und fünften aber macht ich den Herrn schachmatt in einer Reihe von Kettenzügen, rühmte seine Geschicklichkeit und entschuldigte ihn mit kleinen Versehen. Bis an den zehnten und zwölften Zug und in die Mitte spielt er in der Tat vortrefflich, hat pünktliche Erfahrung, und man muß bei jeder Art von Spiel wohl auf seiner Hut sein; aber bei den Ausgängen, was eigentlich nur Freude macht und tief verwickelte Mannigfaltigkeit hat, hapert's.

Soweit ging es nun alles gut; aber Isabella ist in mich verliebt! Mir sagen es ihre wollüstigen Augen und das Herneigen ihrer Seele, wenn ich in ihre Gesellschaft komme. Sie hält wie ein Lämmchen und scheint zwischen Blutsfreundschaft und andrer Liebe, gegen die Gesetze des Judenlykurgs, keinen Unterschied zu machen; oder die erstre dünkt ihr vielleicht ohne diese ein leerer Name, wobei niemand vom Ursprung an einen sinnlichen Begriff habe. Und ihr Vater und ihre drei Brüder lebten so mit ihr nach der allgemeinen Rede. Stammen sie etwa wie Alexander der Sechste und dessen Söhne und Lukrezia von einer besondern Menschenart? Es mag Fehler der Erziehung sein oder von dem Mord herrühren: mir kömmt es abscheulich vor, und ich werde zuverlässig mit ihr keinen Bastarden vom Magus zeugen.

Ich finde hier eine gute Schule, den Menschen zu studieren, wo er in verschiednen Punkten seine Vorurteile abgelegt hat und bloß nach seiner innern Natur lebt; schier wie unter den Imperatoren Claudius und Nero. So viel ist wenigstens richtig: man trifft unter ein Dutzend Personen von beiderlei Geschlecht beisammen, wie in wohlgeordneten Staaten, kaum drei oder vier an, die jederseits Pein litten, wenn sie sich einander helfen könnten. Sorgten nur die Gesetze für die Folgen, wie in Sparta!

Mit klopfender Sehnsucht hoff ich auf Nachricht von Euren Gewässern.

Prospero Frescobaldi

Ardinghello schien mir schon von dem Wirbel des Hofs ergriffen, und mir war bange vor den Gefahren, die ihn umgaben. Ich glaubte, daß, was ihm so schnell und heftig aufeinander begegnete, sein junges Gemüt in etwas aus seiner Grundverfassung gesetzt habe; und rief ihm zu als warmer Freund von fern unter manchem andern:

»Kein hoher Geist, der frei sein kann, verpflichtet sich an den Hof eines Despoten; er erwählt lieber Wasser und Brot. Bei einem schlechten Fürsten kann keiner ausdauern, ohne schlechte Streiche zu begehn: es ist platterdings nichts anders zu tun für einen Edeln, der sich retten will, als zu fliehen. So hätte Seneca unter dem schicklichsten Vorwand erst Agrippinen und dann den Nero verlassen, wenn er ein Stoiker, wie sich gebührt, hätte bleiben wollen. Allein es gefiel dem Herren zu herrschen: er blieb bei den Tigern und duckte sich unter ihre Klauen.«

Ich erinnerte ihn an seine ehemaligen republikanischen Gesinnungen, warnte ihn vor den Ausschweifungen in der Liebe; und beschloß mit der Nachricht, die ihm so freudenvoll sein mußte, daß Cäcilia schon vorigen Monat auf dem Landgut ihres Vaters am Lago di Garda von einem gesunden und starken Knäblein ohne lange Mutterwehen glücklich entbunden worden sei; und ich mich nun wieder in der Nachbarschaft befinde, wo unsre Freundschaft so frisch und mächtig aufgrünte und in unsern Herzen unzerstörliche Wurzeln schlug. Er könne nun alles einlenken, sein Leben in Zukunft sich äußerst angenehm zu machen.

Florenz, Julius.

Deine zärtliche Sorge für mein Heil rührt mich bis ins Innerste, und die Nachrichten von Cäcilien freuen mich herzlich: allein die Zeiten meiner Ruhe, des glückseligen Maulwurflebens sind noch nicht gekommen.
Ich verstehe alles, was Du sagst; nur möcht ich das Blättchen umwenden und behaupten: bei einem trefflichen Fürsten kann keiner ausdauern, ohne schlechte Streiche zu begehen. Die Sokratische Philosophie hat den Fehler, daß sie fast alles auf den Nebenmenschen und die Gesetze des Staats bezieht und nichts an und für sich betrachtet, welches natürlicherweise allemal vorgeht. Nach der Meinung des alten Patrioten, der doch den Schierlingsbecher zu seinem eignen Besten ausleerte, wäre nur der Löwe gut und schön, der seinen Atheniensern Hasen fing. Nero, der zwar immer im Taumel lebte und selten klar sah und bei Überlegung, hat wenigstens damit der wahren Politik

ein Ziel gesteckt, daß er sagte: keiner habe so wie er vor ihm verstanden zu herrschen. In der Tat zeigt die Geschichte des Decemvir Appius mit der Virginia die Einfalt der damaligen Zeiten, und Sylla, Augustus und Tiberius sind schon Virtuosen dagegen im Despotismus.

Mit der Idee von einem vollkommnen Staate kann man leider geschwinder fertig werden als der Wirklichkeit; da legen Grund und Boden, Ursprung und Geschichte des Volks, gegenwärtige Stärke an Leib und Seele, dessen Glauben, Meinungen und Sitten und Nachbarn unüberwindliche Schwierigkeiten in den Weg und kommen lauter unbezwingliche borstige Ungeheuer zum Vorschein. Hier hast Du kurz mein Glaubensbekenntnis; und ich will Dir reinen Wein einschenken.

Man betrachtet eine Gesellschaft von Menschen, die man einen Staat nennt, am besten als ein Tier, das von innen Kräfte, Proportion aller Teile haben und gesund sein muß, und volle Nahrung, um für sich auf die Dauer zu existieren und glücklich zu sein; und von außen Stärke, Erfahrung und Klugheit, um sich gegen die Feinde zu erhalten; denn alles von außen, wie Kindern bekannt, ist Feind.

Das Wohl des Ganzen ist das erste Gesetz, wie bei jedem lebendigen Dinge; und jede Staatsverfassung, wo nur ein Teil sich wohl befindet oder gar abgesondert wäre, ist ein Ungeheuer, eine Mißgeburt.

Ein Despot also, das ist ein Mensch, der ohne Gesetze, die aus dem Wohl des Ganzen entspringen, über die andern herrscht, bloß nach seinem Gutbefinden, ist kein Kopf am Ganzen des Staats, sondern ein Ungeziefer, ein Bändelwurm im Leibe, eine Laus, Mücke, Wespe, das sich nach Lust an seinem Blute nährt; oder will man lieber: ein Hirt, weil doch dies das beliebte Gleichnis ist, der seine Schafe schiert und melkt und die jungen Lämmer schlachtet und die fetten Alten, wahrlich nicht zu ihrem Besten, sondern zu seinem Besten.

Der Staat ist endlich ein Tier, das seine Gesetze hat, weder von Kühen noch Schafen, sondern von der Natur des Menschen, weil er aus Menschen besteht; und kein Mensch ist so über andre wie ein Hirt über seine Herde. Ein vollkommner Staat muß ein Tier sein, das sich selbst nach seiner Natur, seinen Bedürfnissen und Erfahrungen regiert, wie ein Ulysses für sich nach den Umständen und gegen andre.

Eine reine Aristokratie, wo mehrere beständig herrschen nach ihrem Gutbefinden, ohne Gesetze aus dem Wohle des Ganzen, nur mit Gesetzen für ihr Wohl, die sie nach Belieben ändern, ist eine vielköpfige Hyder von Despotismus, viel Ungeziefer auf dem Leibe statt eines.

Ein Staat von Menschen, die des Namens würdig sind, vollkommen für alle und jeden, muß im Grund immer eine Demokratie sein; oder mit andern Worten: das Wohl des Ganzen muß allem andern vorgehn, jeder Teil gesund leben, Vergnügen empfinden, Nutzen von der Gesellschaft und Freude haben; der allgemeine Verstand der Gesellschaft muß herrschen, nie bloß der einzelne Mensch.

Diese Lage aber zu erhalten, dazu gehört ein durchgearbeitetes Volk, das sich selbst, seine Kräfte und sein Intresse kennt und sich in einen Punkt vereinigen kann; und selten ist einer, der an der Spitze steht, aus Liebe oder Gewalt, imstande, eine andre Verfassung in eine solche umzuändern, geschweig ein Philosoph auf seinem Studierzimmer. Die ursprüngliche Ungleichheit der Menschen und die daraus entspringende äußerliche Ungleichheit der Besitzungen und der Gewalt und des Ansehens machen noch überdies den gordischen Knoten, der durch keine Vernunft an und für sich, ohne Rücksicht auf die jedesmalige Verfassung, aufzulösen ist. Nur ein Dichter kann auf einmal Tausende und Millionen von Menschen wie überein gedrechselte Maschinen in einen Raum, wo kein Grad der Breite von Europa, Afrika, Asien und Amerika ist, hinstellen und in beliebige Ordnung bringen.

Was für Mühe kostete es nicht dem römischen Volke, das in dieser ersten Kunst über alle Nationen hervorragt, ehe es sich von der Gewalt der Könige losmachte und hernach durch seine Tribunen die Aristokraten bändigte! O es ist dem Menschen so süß, über andre zu herrschen, deren Knaben und Töchter und Weiber sich aufwarten zu lassen, ihren besten Wein zu trinken, ihre besten Früchte, ihr bestes Gemüs und Fleisch zu schmausen, sie im Sonnenbrand arbeiten zu sehen und selbst in kühlen Schatten faulenzen, sie unter den Schwertern und dem donnernden Geschütz der Feinde zu wissen, wenn junge zarte Dirnen ihm sorgsam die Fliegen wegwedeln! Jeder will dazu Recht haben, und göttliches Recht haben, sobald er im Besitz ist, und ließ eher den letzten Kopf von allen seinen Untertanen, Vater und Sohn, Mutter, Bruder, Schwester, Tochter, über die Klinge springen, die es rebellisch leugneten, und befände sich lieber allein in einer Wüste zwischen der Pest der Hingerichteten, als daß er zum Exempel einem Rom gestattete, außer seiner Unterjochung das erste Volk der Welt zu sein. Dies ist in der Natur; so elend ist der Mensch; alle unsre Moral ist gemacht und steht nur in Büchern: lehrt es nicht alle Geschichte?

Dasselbe tut man, um Herrschaft zu erlangen, und düngt die Felder mit Bürgerblute; Du kennst die Verse des Euripides, die Cäsar im Munde führte.

Sie haben allerlei Blendwerk von Beschönigung ausersonnen, worunter das täuschendste ist, dem Staate Ruh und Ordnung zu verschaffen und behende Stärke zu geben; und sie stellen sich an, als ob sie nur dessen erste Diener wären und große Lasten auf sich trügen. Wie ist aber einer Bedienter, dem niemand befiehlt, der keinen Herrn über sich erkennt? Wie ist einer Bedienter, der nach Gutbefinden Gesetze macht und gibt und keins annimmt? nach Willkür ohne Gesetze straft? Gesetzt auch Ruh und Ordnung: ist dies Glückseligkeit? Im Kerker ist auch Ruh und Ordnung.

Behende Stärke? Xerxes erfuhr sie anders von den Themistoklessen der Griechen; und die Diktatoren der Römer, die Camille, sind andre Leute, als vielleicht je einer unter ihnen war, und kosteten sicherlich weniger zu unterhalten. Doch wenden wir unsre Ohren ab von diesem Larifari, die Sache springt von selbst in die Augen. Kein Tyrann wird wohl je so ein Narr sein und sein Sklavenreich einem freien Rom, Athen oder Sparta vorziehen, strahlende Namen durch alle Zeitalter; allein wenn er gescheit ist und mit einem Gescheiten unter vier Augen spricht, ganz etwas anders behaupten; etwa folgendes:

»Jedes Wesen darf von Natur um sich greifen, soviel es Macht hat, es sei unter seinesgleichen oder andern Dingen. Du zürnst, daß du gehorchen mußt? Gehorche nicht, wenn du kannst! und du erhältst ein ander Recht. Daß ich, Sultan, zu Konstantinopel herrsche, da es mir Millionen und Millionen Sklaven erlauben, wie nimmst du das mir übel? Willst du über nichts herrschen? Ist nicht jeder Mensch ein Sultan, wenn er kann, nicht jeder Stier und Hirsch? Die Verständigen werden freilich nie gehorchen, wenn sie nicht müssen. Gehorchet nicht, wenn ihr könnt, solange bis ihr alle Herren seid! und euer Staat ist die Vereinigung des reinsten Ganzen, eine Sonne, wo jeder Teil Licht hat und flammt und brennt, und einer den andern verstärkt und entzückt, und alle insgesamt dann fremde träge Erdenkörper zum Leben erwecken wie jetzt allein ich.«

Es ließ sich vielleicht hierauf noch immer antworten: »Daß der Löwe minder starke Tiere zerreißt und ihr Blut aussaugt, ist nun freilich einmal so in der Natur und erhält ihn und macht ihn glücklich. Daß du Sultan aber über Millionen herrschest, ist Stelzenwerk und macht dich im Grunde unglücklich; denn du lebst nur im Traum und Nebel, ohne eigentlichen Genuß. Der Zufall hat dich obenan geschleudert und nicht deine Kraft hingestellt. Du füllst deine Sphäre nicht aus und bist immer in einem ohnmächtigen Streben, Gefühl von Schwäche; hast den Anschein von Held und Sieger und das Innre von einem niedergetretnen Überwundenen!« und so weiter, wenn man ohngeachtet aller Traulichkeit Lust hätte, auf der Stelle gespießt zu werden.

Um zum Beschluß hiervon nach der Schule noch zu reden: so teilt man die Staaten ein in Demokratien, Aristokratien und Monarchien; und sagt, jede Verfassung sei schier gleich vortrefflich, wenn die Menschen gut da wären, das ist: wenn jeder, oder doch diejenigen, welche regieren, die andern lieben wie sich selbst und ihr Wohlsein nur in dem des Ganzen finden; und führt zu Beispielen an Athen nach dem Pisistrat, Rom nach der Vertreibung der Könige und den Theseus und Cyrus und Romulus aus den dunkeln Zeiten der Fabel.

Weil aber ein böses principium im Menschen stecke und der reine Geist nicht allein in ihm herrsche, welches alle die Schlechtigkeiten bewiesen, die sonst unerklärlich blieben: so habe jede von diesen glückseligen Verfassungen nur äußerst kurze Dauer und arte bald entweder in Tyrannei aus, denn fast allemal folge auf einen raren weißen Raben Mark Antonin eine Menge Commodusse, oder in Oligarchie, wie nach den Scipionen und Gracchen in Rom unter dem Marius und Sylla, Pompejus und Cäsar; oder Anarchie und zügellose Frechheit. Und in Betrachtung der Natur dieser Dinge schmieden sie denn einen Staat zusammen, der aus allen dreien Verfassungen zugleich besteht, und erhalten ihn unsterblich und ewig vollkommen durch ihre Gesetze, als ob das Leben sich festhalten ließe, besser als Metall und Holzwerk bei Maschinen! Inzwischen sind solche Ideale der Vollkommenheit von scharfsinnigen und erfahrnen Männern äußerst ersprießlich und verdienen warmen Dank und hohen Ruhm und Preis, ob ich mich gleich lieber an Rom und Sparta halte, den edelsten und vollkommensten Greisen unter allen Staaten, die wir kennen und die vielleicht je gelebt haben. Jeder, der in der bürgerlichen Welt sich herumschlägt und da und dort groß und herrlich und menschenfreundlich wirken will oder irgendwo an der Spitze steht, les' ihre Geschichte und denke sie tief durch mit einer Seele voll Erfahrung: und sie wird ihm ganz ander Licht gewähren als auch die besten Maßregeln eines einzelnen Politikers.

Einem Tyrannen den Dolch ins Herz: ändert allein noch keinen Staat um, wenn er nicht reif zu einer bessern Verfassung ist; das göttliche Wesen, und wenn es sich auch lauter und rein erkennt, als es von seinem Ursprung gekommen ist, muß sich überall nach der Materie bequemen, wohinein es vom unerbittlichen Schicksal getrieben fuhr. Einer, der aus beiden Brutussen zusammengesetzt wäre, würde nun bei uns immer als Pöbel herumgehen, wenn er ohne Hoffnung sich selbst immer gram bleiben könnte.

Unsre Tarquine hatten wir schon verjagt, allein sie wurden uns von einer unendlich größern Macht als der des Porsenna wieder aufgebunden, und unsre innerliche Einrichtung war bei weitem noch nicht so wie die römische zur Republik gediehen; und noch außerdem war der heidnische toskanische König gewiß ein beßrer Mensch als der orthodoxe Karl der Fünfte. Dieser, voll Ehrgeiz und kalter List und Schlauheit ohne eigentlichen weitsehenden Verstand, kam zu früh zur Regierung von großen Reichen, um ein Mann von natürlichem Gefühl bleiben zu können. Er ging übrigens noch auf dem Welttheater mit den Menschen um wie hernach in der Einsamkeit mit seinen Uhren; und es gehörte ein Sturm von Leben wie beim Rückzug von Algier dazu, und Untergang und Verderben mußten gräßlich vor Augen liegen und seine eigne Person ergreifen, bevor sein Herz in wärmere Wallung gebracht und gegen fremde Not empfindlich wurde. Geboren zu Anfang des Jahrhunderts, hat er mit wunderbarem Glück die ganze erste Hälfte desselben durchgeherrscht, und alles mußte gewissermaßen sich in seinen Ton stimmen. Unsre Freiheit und die Glückseligkeit von Millionen künftiger Seelen vernichtete er so ganz ohne Gefühl, wie ein Vogelsteller einem Gramsvogel im Garn die Brust eindrückt.

Es bleibt uns nun nichts anders übrig, nachdem der eiserne Arm mit Gericht und Beil über uns vereinzeltem buntem Haufen schwebt, der sich nicht mehr vereinigen kann, als daß einer des andern innerliche Kraft im Vertrauen klüglich anrege und wenigstens den einen großen Grundsatz auf die sinnlichste Weise ausbreite, daß der Staat der beste sei, wo *alle* überhaupt und *die Bessern* und *der ausbündig Vortreffliche* bei den Vorfallenheiten ihre Rechte genießen; und daß man dabei nicht allein auf glücklichre Zeiten hoffe, sondern dieselben herbeileite. Unter dem Cosmus hat der Despotismus schon zu tiefe Wurzeln gefaßt, und sein Sohn mag so schwach sein und immer mehr schwach werden, als er will: so läßt er sich sogleich nicht ausrotten.

Ich für mein Teil darf mich jedoch wenig über Franzen beklagen: er hat mir nun meine väterlichen Güter wiedergegeben, in besserm Stand, als sie waren, und, um mich sich desto mehr zu verbinden, noch eine kleine dichterische Villa dazu geschenkt, nahe bei Cortona, mit der reizenden Aussicht über das fruchtbare Tal der Chiana und den Trasimenischen See; und mich zugleich zum Oberaufseher aller seiner Kunstsachen, Schlösser und Gebäude angestellt. Freilich, wenn ich Isabellen sehe, flammen nichtsdestoweniger immer aufs neue rächerische Blitze von meinem Herzen.

Meine Tante und der Kardinal Ferdinand*, der ein ganz andrer Mann ist, scheinen sich das Leben sehr froh zu machen; so wunderbarlich laufen die Begebenheiten ineinander.

Wegen meiner Ausschweifungen in der Liebe brauchst Du nicht sehr bange zu sein: der hat gewiß ein verwahrlostes Haupt, der nicht beizeiten erkennt, daß die Gesundheit der Grund und Boden aller unsrer Glückseligkeit ist, ohne welchen kein Vergnügen bestehen kann; und überhaupt, daß volle Existenz das höchste Gut in der Welt ist und alles andre dagegen nur Freude von kurzer Dauer.

Ohnerachtet dieser Grundsätze schweb ich vom neuen in Götterwonne, mehr als jemals. Ich war noch keine funfzehn Jahr, als ich mit einem kleinen Engel aus der Nachbarschaft, noch unter meinem Alter, eine Tochter zeugte. Meine Eltern vermittelten, verbargen und bemäntelten die Sache mit der Schwiegermama, der hinterlaßnen Witwe von einem Buchhändler, so gut als es geschehen konnte. Meine Geliebte ward in ein Kloster getan und den Augen der Leute so entrückt, und die Frucht der Unschuld mit lächelnder Zärtlichkeit erzogen.

Ich habe beide wiedergefunden. In einem Garten voll Blumen aus einem Traubengeländer flog Emilia auf mich und hing an meinen Lippen, an meinem Herzen mit tausend neuen Reizen; und führte mir behende dann das süße Geschöpf zu, das liebkosend mit ausgestreckten Armen nach mir aufsah und »Vater! Vater!« entzückend mir durch Mark und Bein frohlockte.

Sobald ich's möglich machen kann, reis' ich zu Euch; ich muß Cäcilien selbst sehen und sprechen, mit Brie-

* Bruder des Großherzogs.

fen ist's nicht getan; und Du begleitest mich dann hieher. Wir wollen wie in einem Paradiese leben.

Frescobaldi

Cäcilia an Ardinghello

Nur die Liebe zu Dir hat mich erhalten. O daß ich nicht bei Dir bin! Welch ein Gegenstück zu unsrer bangen furchtbaren Trennung! Aber noch ist mir die Sonne der Freude nicht ganz aufgegangen; doch weiden sich meine Blicke an ihrer lieblichen Morgenröte, und schon wall ich auf den purpurnen östlichen Fluten entgegen ihrem blendenden ersten Feuer.

O Du mein alles, Licht und Leben und Heiterkeit meiner Seele, wann werd ich mich wieder um Dich winden? mich in Dich verwandeln, nur voll von Dir, nichts mehr, Dein unaussprechliches entzückendes Selbst sein?

Wie eine Rebe den Ulmbaum werd ich Dich umflechten, und die süße Traube soll Dich schmücken.

Hand in Hand wollen wir nun die Gestirne blinken und den Mond aufgehn sehen, im kühlen erquickenden Geflüster der bewegten Zweige, ohne Furcht bei der Nacht; und uns laut küssen und unsre Wonne girren, zwischen Rosen gelagert unter dem hohen Ahorn, worin die muntern Philomelen seufzen und zwitschern und schlagen.

Lange lebt ich eine Gefangne, mit schrecklichen Phantasien und Träumen: nur Du, nur Du, mein Abgott, und wär ich auch ein Vogel in den Lüften, bist in der weiten Welt meine Freiheit.

Fulvia an Ardinghello

Größter und strahlendster Diamant von allen jungen Rittern!

O wär ich so die schönste und größte Perle! nur

Deinetwegen.
Fortuna und Victoria halten nun den Rosen- und Lorbeerkranz über Deinen Scheitel verschlungen hinten auf Deinem Triumphwagen: aber ich war auch glücklich! die Glücklichste unter den Weibern. Jene Königin der Amazonen mußte den Überwinder von Asien aufsuchen: und Du kamst zu mir, Genua zu verherrlichen, und den schwachen kraftlosen Stamm, womit ich vermählt bin.
Ich trage mit üppiger Hoffnung die Frucht unter meinem Herzen, und sie beginnt zu reifen. Die Parzen selbst haben ihr künftig Leben aus Deinem Munde gesungen. Die Korsaren und das Mißtrauen meiner Verschwägerten machten, daß ich noch unverdorben in Deine Arme kam.
Dir fehlt zum König aller Könige nichts als ein Konstantinopel, ein Ispahan.

Florenz, September.

Man muß das Eisen schmieden, weil es warm ist. Wir Besten haben es miteinander abgekartet und den Minister gestürzt, eh er sich's versah. Es war mit dem alten Ziegenfüßler ohne Bestechung nichts anzufangen, und er hat uns Tort und Drangsal genug angetan. Wir sind jedoch säuberlich mit ihm verfahren, und er darf in Einsamkeit und Muße noch seine Beute überzählen. Die Kammerjungfer der Bianca und der Kammerdiener des Großherzogs schlugen ihm für eine Summe Zechinen das Bein unter; das ist: sie brachten ihm aus den Morgenstunden falsche, ganz entgegengesetzte und doch fein und wahrscheinlich erdichtete Nachrichten von dem, was man gern sähe: und er plumste hinein. Wir warfen bei der Gelegenheit noch einige Lächerlichkeiten auf ihn und empfohlen unvermerkt den, welchen wir an seine Stelle wollten.
Ich hätte den Posten vielleicht für mich erobern kön-

nen; aber ich mocht ihn nicht. Auch bei einem wackern Fürsten, dem ein schlaues Weib gelüstet, kömmt der trefflichste Mann zu kurz; er hält ihn mit seinen allerweisesten Ratschlägen doch nur immer bei den Ohren: und die reizende Kreatur, mit geringerm Aufwande, weit stärker anderswo in nektarsüßen Banden. Überdies mußt ich scheuen, bei erster Gelegenheit ein Opfer der Eifersucht zu werden.

Der neue läßt sich gut an; er scheint ein Mann von Kopf und hat Aufwallungen von Mut, doch merk ich Winkelzüge. Wir wollen sehen, wie lang er aushält: noch ist er den Zauberfelsen der Sirenen nicht vorbei und keine Scylla und Charybdis durch, und an seiner Stelle werden die mehrsten bald über einen Leisten geschlagen. Jetzt gefällt er sehr der Bianca und dem Fürsten. Es war eben kein Beßrer da.

Ich hab ihn beredet, sogleich in der Stadt und auf dem Land einige neue Anordnungen einzurichten, die ersprießliche Folgen haben dürften.

Fürs erste ist die Anzahl der täglichen Lehrstunden in den öffentlichen Schulen vermindert, das bloß leere scholastische Geschwätz, soviel möglich, daraus verbannt; und es sind andre wackre Meister in verschiednen Fächern mit guten Besoldungen angesetzt worden.

Die Geschichte von Florenz und dessen bürgerlicher Verfassung wird nun gelehrt, woran man nicht mehr dachte, nebst der von Griechenland und Rom, nach kurzen einfachen vorläufigen Begriffen von menschlicher Gesellschaft überhaupt.

Alsdenn die Naturgeschichte des Landes; mit sinnlicher Anzeige dessen, was der Boden gut hervorbringt, am besten zum Lebensunterhalt dient und am besten verkauft wird. Noch überdies sollen die Zöglinge während der Ferien bei den Wallfahrten alles an Ort und Stelle in eignen Augenschein nehmen.

Ferner haben wir den Festen und Spielen der Jugend

einen edlern Zweck zugesellt; und man wird nun Schwert und Schießgewehr mit Leichtigkeit bei Beleidigungen gebrauchen lernen. Zugleich sind sie unvermerkt Gelegenheit, daß der Kern der Mannschaft sich geschwind vereinigen kann, wenn es die Not erfordert. Alle Woche ist in den Städten und wichtigsten Flecken eine Fechtakademie und doppelte Ehrenpreise, weil die Verdorbnen die Belohnung doch gleich in der Hand haben müssen; und in Stadt und auf dem Lande wird ebenso nach dem Ziele geschossen.

Und endlich sind nun für Knaben und Mädchen öffentliche Musikschulen und Tanz- und Zeichnungssäle; was ist Leben ohne Freude?

In das Seewesen hab ich mich noch nicht einmischen können. Mehr ist nicht möglich, für jetzt zu tun: so ist das Volk schon gesunken.

Unser junger Monarch ist übrigens leicht zu leiten; und er findet, obgleich nicht ohne gute natürliche Anlagen und manche helle Blicke, doch dies, aus einer sonderbaren Schwachheit, selbst zu handeln, fast immer das beste, was der letzte Wohlredner ihm entschlossen vorträgt.

Äußerst selten tut er etwas aus sich: Hülfe und Gesellschaft muß er überall haben.

Gewohnheit ist eine schreckliche Tyrannin! Die Quelle des Übels liegt darin, daß die bequemlich gewordnen Romulusse und Cäsarn durch bloße Geburt von Kindheit an bei der geringsten Kleinigkeit bedient werden und hernach Maschinen sind, von einer Menge Leuten zusammengesetzt, nie ganz und unabhängig, eher Schnecken und Schildkröten als Adler in den Lüften, die sie doch sein möchten. Bauer und Bettler haben mehr Gefühl eigner Existenz als sie und genießen größre Glückseligkeit.

Noch ißt und trinkt er gern etwas Gutes; und er hat seine Zunge im Geschmack so ausgebildet wie ein großer Tonkünstler sein Ohr und ein Correggio sein

Auge. Auch läßt er die besten Reben kommen von Osten und Westen und pflanzt sie an in Toskana; und dies verdient gewißlich allen Dank. Die Zunge ist der Maßstab seiner Gesundheit; wenn sie nämlich gerade das Mittel hält zwischen Trocken und Feucht, befindet er sich am besten. Süß und Bitter unterscheidet er nach allen Graden wie Licht und Finsternis mit ihren Farben.

Frescobaldi

Rom, Oktober.

Ich bin mit dem Kardinal hieher gereist, um Kunstsachen zu kaufen und in Ordnung zu bringen; und streiche nun herum wie eine Flamme, so ist alles bei mir in Bewegung.

Wer Rom in seinen Ruinen und seiner Versunkenheit ganz fühlen wollte, müßt ein neuer und doppelt und dreifach großer Marius auf den zerstörten und zerfallnen Kaiserpalästen des Monte Palatino sitzen. Kein Mensch auf dem heutigen Erdboden vermag dies; alles ist dagegen zu klein, was herkömmt und was da ist. Meine Tränen rinnen auf die heilige Asche der Helden, und ich schaudre zusammen in der Unwürdigkeit, wozu mich das Schicksal verdammt hat. Welch ein Glück, bei seiner Geburt in ein Rom zu den Zeiten der Scipionen auf die Welt geworfen zu werden! Aber dies kann niemand mehr begegnen.

Wer sich eine Idee von der römischen Gegend machen will, muß sie an einem heitern Morgen oder Abend auf dem Turme vom Kapitol sehen. Weit, voll großer reiner Gegenstände, ein entzückend Stück Welt, zu handeln und wieder auszuruhn, ist sie; schöne Hügel, fruchtbare Flächen, ferne Ketten kühl Gebirg und das unermeßliche Meer in der Nähe zum leichten Ausflug in alle Nationen. Und wie stolz und königlich nun Rom in der Mitte liegt auf seinen freundlichen mannigfaltigen Höhen, an der Schlangenwindung des Tiberstroms, als stark anziehender Vereinigungspunkt! Zeigt mir eine andre Stadt in der Welt, im herrlichen Europa, von wo aus man dasselbe und Afrika und Asien so bequem beherrschen könne, gerad im mildesten menschlichsten Klima zwischen Hitze und Kälte!

Es bleibt dabei: Luft und Land macht den Hauptunterschied von Menschen; alsdenn kömmt Zufall und die Kette der Begebenheiten, Neuheit und Ablebung; alles geht im Kreis und Taumel, und die Bewegung läuft immer fort. Es kann nicht fehlen, jede Gegend stimmt mit der Zeit die Seelen der Einwohner nach sich. Rom ist weit, glänzend und groß in prächtigen Fernen, schön in der Nähe; still auf seinen bekränzten Hügeln und einsam zum Genuß und Nachdenken: und so die Römer von jeher, was die Form betrifft, und sie werden's bleiben. Jetzt geben ihnen ihre eignen Ruinen etwas Zerstörendes, das noch entferntere Gegenden als ehemals empfinden.

O daß Du nicht hier bist und mich begleiten kannst! Doch ist auch wieder Genuß und Rührung stärker bei traurigen Gefühlen, wenn der Mensch allein ist.

Ich bin die ersten Tage in den Gebirgen herumgeritten zu Tivoli, Palestrina, Frascati und Albano; und hernach an der See herum zu Nettuno, Ostia, Civitavecchia. Wie ein Hannibal such ich es einzunehmen, das unbändige Rom: aber es wird mir wie ihm nicht gelingen. Alsdenn hab ich es wieder von seinen Höhen betrachtet: und nun stürz ich mich hinein in die Tiefe. Meine Seele kann wegen der vorigen Stürme noch keine rechte Ruhe finden, und dies treibt mich oft nach kurzem Schlummer vom Lager auf; hier will ich Dir denn, um mich zu zerstreuen und vielleicht zu Deinem Vergnügen etwas beizutragen, zuweilen einige Worte über mein gegenwärtig Leben hinwerfen. Für Eingeweihte ist das willkürliche Zeichen immer ein guter Zauberstab, die Gefühle eines andern wieder hervorzurufen, zumal wenn sie dereinst dieselben Gegenstände vor sich haben.

Gestern früh bin ich an dem *Kolisäum* herumgeklettert. Es liegt auf dem herrlichsten Platze, den man sich denken kann; gerad in der Mitte des alten Roms, in dem Tale zwischen den drei Hügeln Palatino, Celio und Esquilino; und war der bequemste Freudenort für alle Einwohner. Es ist rührend und schrecklich zugleich, wie einige Zwergenkel der heroischen Urväter und die Barbaren an den erhabnen, in schöner Form erbauten Massen genagt und zerstört haben und sie doch nicht zugrund richten konnten. Die eine Hälfte der äußern Einfassung ist weggetragen, und aus den geraubten Trümmern sind die stolzesten Paläste der neuern Welt aufgeführt; die andre steht noch, ein weiter Kreis in hoher grauer Majestät mit lauter Quaderstücken von Felsen und dreifachen festen Säulen übereinander mit korinthischen kleinen Pilastern oben gekränzt. Die Zusammenfügungen von Stein auf Stein hat das Maulwurfsgeschlecht überall durchlöchert, um die metallnen Pflöcke herauszuholen; und die breiten Sitze von Backsteinen stehen auf Gewölben noch zum Teil rundum in Trümmern, und zum Teil hat sie die Zeit in Ruinen darniedergestürzt, und sie liegen unten im Schutte.

Gras und Kraut und Gesträuch mit Lorbeerstauden grünt und blüht überall, wie auf einem Anger von fruchtbarem Boden, und das Oval der Arena ist eine vollkommne Wiese.

Eine solche Gestalt hat jetzt das ehemalige Wunder der Welt, das achtzigtausend Zuschauer faßte, welche alle binnen wenig Minuten wieder auf der Straße sein konnten, und erschüttert noch den kühnsten der heutigen Erobrer. Herum trauern der Esquilino und Palatino und Celio mit ihren zerfallnen Tempeln, Bädern, Wasserleitungen und niedern Gewölben.

Der Plan zum Ganzen ist äußerst einfach. Die Rundung eiförmig; und der größere Durchmesser teilt sich in vier kleine, von denen zwei die Arena einnimmt und einen auf jeder Seite der Gang vom Gebäude selbst, die zusammen etwas über achthundert Palme ausmachen; die Peripherie hat deren drittehalbtausend.

Die Höhe besteht aus vier Absätzen. Die drei untern sind mit Säulen nach dorischer, ionischer und korinthischer Ordnung in Bogen übereinander, der vierte ist mit kleinen korinthischen Pilastern geziert und schließt ohne Bogen mit einem prächtigen dreigestreiften Gebälke. Die ganze Höhe macht zweihundertundzweiunddreißig Palme.

Es muß viel Holz darinnen gewesen sein, weil es verschiednemal abbrannte, und zuweilen bloß einfach und zuweilen reich verziert und vergoldet war. Die innre Aussicht ging in eine Ordnung von einzelen Säulen aus, die das Zelt festhielten, nach den Münzen des Titus und Domitian.

Die Schönheit der Säulen besteht mehr im Verhältnis der Teile als der Arbeit; ihre Form ist rauh und einfach, wie es die ungeheure Größe und Festigkeit erheischt.

Das Amphitheater von Verona ist kleinlich und provinzial dagegen.

Mir winkte obenauf durch Ruinen und Gesträuch, ewig jung und unversehrbar, die *Pyramide des Cestius* von fern in blauer Luft, und ich konnte nicht erwarten, dahin zu gelangen; strich an dem halb eingefallnen Septizonium des Severus vorbei durch die Niederlagen des Circus Maximus zwischen den Aventinischen und Palatinischen Bergen nach dem Tiberstrom zu und daran fort, bis ich der reinen schroffen Felsenspitze immer näher kam. Ach, wie alle die Herrlichkeit so verwüstet liegt! Und doch sind die Überbleibsel der Verwüstung nur klein gegen das, was stand: vom Circus Flaminius, Agonalis, Florealis, Vaticanus, von denen des Sallust und Nero ist keine Spur mehr zu finden. Und was waren die Gebäude selbst in ihrer Vollkommenheit gegen das ungeheure Leben darin! Die Phantasie des Menschen mit ihrer Götterkraft scheut sich zurück, wenn sie sich eine Vorstellung machen soll, wie nach dem Siege des Metellus in Sizilien über Karthago hundertundzweiundvierzig Elefanten auf einmal kämpften und erlegt wurden, und von hundert Löwen unter dem Sylla es bis auf sechshundert unter dem Pompejus kam. Unter den Kaisern vollends folgte hierin eine Ausschweifung auf die andre. Trajan gab nach dem Dacischen Kriege und dem Tode des Decebalus hundertunddreiundzwanzig Tage lang dergleichen Schauspiele, wo zuweilen bis auf zehntausend zahme und wilde Tiere und unzählbare Gladiatoren kämpften; und Kommodus brachte nach dem Lampridius hundert Elefanten mit eigner Hand um.

Es ist klar genug, daß ein solches Volk, welches noch überdies wirkliche Könige und Helden am Leben, wie Jugurtha, ihren letzten Tropfen Existenz in seinen öffentlichen Gefängnissen bis auf den äußersten Hunger ausdauern sah, der kleinern atheniensischen Tragödie nicht bedurfte, um das Herz nach dem Aristoteles von Furcht und Schrecken zu reinigen. Und was sind wir, denen die Vorstellungen des Sophokles und Euripides zu grausam vorkommen?

Es ist wohl wahr, der Mensch bezieht alles auf sich selbst, und also auch die Werke der Kunst; sein Gefühl ist wie sein Charakter. Ein Miltiades, Themistokles, ein Sylla und Cäsar können bei Gegenständen Vergnügen empfinden, die bei einem Schwachen Abscheu erregen und ihn martern, weil er nicht die große starke Selbständigkeit hat, die Leiden andrer außer sich zu fühlen, ihre Natur und Eigenschaften wie jene mit ihren Kräften zu ergründen und zu erkennen, die

Sphäre seines Geistes dabei zu erweitern und zugleich über alles dies emporzuragen, ohne sich als Teil damit zu vermischen und selbst zu leiden. Griechen und Römer vergnügte vieles, wovor wir fromme moralische Seelen Abscheu haben. Der letztern Fechter waren meist zum Tode verdammte Sklaven; und die Tragödien der erstern zeigten ihnen, wie Menschen untergehen, die nicht vollkommen genug sind, und wie Held und Heldin bei Ausübung hoher Tugenden leiden soll oder sich weise mit ganzem Bewußtsein unter das Gesetz der Notwendigkeit, den ungefähren Zusammenstoß der Begebenheiten, beugt. Dies ergreift männliche Seelen, und ein solch ausgewählt Leben, von trivialen Lumpereien fern, dringt in nichtsdestoweniger rein und scharf fühlende Herzen; es ging nach dem großen paradoxen, unsrer empfindelnden Welt unbegreiflichen Grundsatze der Stoiker: der Weise erbarmt sich, hat aber kein Mitleiden.
Die *Pyramide* ist ein gar herrlich Werk, hundert und etliche Fuß hoch. Sie steht ewig jung da, obgleich das Grüne von Gesträuchen sich hineingenistet hat, wie ein gediegner Feuerwurf aus der Erde, so scharfflammend; grade gegen die vier Weltteile mitten zwischen den Ringmauern, die Seite nach der Stadt gegen Norden. Üppig fest trotzt sie der Luft, dem Himmel und seinen Wolken. Eine dauerhaftere Form gibt's nicht: alles, was von oben herunterfällt und in der Erde anzieht, macht sie stärker, die mächtigste Feindin der Zerstörung. Aber was hilft's? Der Geist und das Leben ist doch weg aus dem Menschen, der darunter begraben liegt; sein Name bleibt indessen immer etwas. Wie das zarte Schwarz dem innen blendendweißen Marmor so lieblich läßt! Sie steigt hervor so natürlich wie ein Gewächs, und die ägyptische Nachahmung schlägt alle römische Grabmäler, selbst die der Metella, des August und Hadrian, darnieder.
Da ich so nahe mich befand, wandelte ich noch zum Tore

hinaus über die alte Via Ostia nach der *Sankt-Pauls-Kirche*, die Konstantin der Große angelegt haben soll. Welch ein Eindruck von verschiednen Empfindungen! Schönheit und Pracht in ihrer größten Herrlichkeit entzückt Augen und Phantasie: und die Armseligkeiten darum her setzen einem das Messer an die Kehle wie Diebsgesindel. Man hat hier Roms ungeheure Macht und Ruin beisammen.

Sie ist von innen wie ins Kreuz gebaut, doch merkt man's kaum, und sie bleibt ein Oblongum; nachher erst hat man die Verehrung vom Kreuz ins Alberne getrieben. Die vierzig gestreiften haushohen korinthischen Säulen und die vierzig kleinen glatten unter dem Schiffe machen, mit den über doppelt breiten mittlern, fünf Gänge, die ihresgleichen in der Welt nicht haben. Unter den gestreiften sind zwei Dutzend von parischem Marmor in höchster Schönheit. Das Scheurendach und Obergebäude darüber mit den acht Fenstern macht damit einen wunderbaren Kontrast, der aber doch einfach ist und gewissermaßen dem Untern entspricht, und dies gibt dem Ganzen eine furchtbare Größe; die entzückendste griechische Schönheit muß, vom Schicksal unwiderstehlich genötigt, den wilden Barbaren dienen.

Der Boden ist aus Marmortrümmern, worin hier und da noch Fetzen von Inschriften sich befinden. Im Kreuzgange, wenn ich ihn so nennen darf, sind sechs große und zwei kleine Altäre mit dreißig Porphyrsäulen, alle, zwei oder drei etwa ausgenommen, aus einem Stück, wie die achtzig weißen Marmorsäulen; und noch tragen da die Decke sechs ungeheure von ägyptischem Granit und vier ebenso große von Marmor. Der herrliche freie Raum tut einem ungemein wohl zwischen den Säulen, samt der uneingeschränkten Höhe.

Diese Kirche bleibt die höchste Pracht der Welt, und nichts übertrifft sie. Man mag von den gefangnen

rührenden Schönheiten nicht weggehn, wie von lauter Iphigenien in Tauris, und die ganze Seele stimmt sich daran rund und geschmeidig.
Man sagt, die Säulen wären vom Grabmale Hadrians, der jetzigen Engelsburg, genommen, und es ist sehr wahrscheinlich. Die Asche des Kaisers muß dort wie in Blumen gelegen haben; unglückliche Manen! Übrigens ist es den Römern wieder ergangen, wie sie es den Griechen machten; und derjenige, welcher diese Kirche baute, hat vielleicht, wie Mummius bei Fortschaffung der geplünderten Statuen von Korinth den Schiffern, ebenso den Baumeistern gedroht, sie sollten andre Säulen machen lassen, wenn sie etwas daran verdärben oder zerbrächen.
Mich überfiel der Mittagsbrand, wie ich wieder in der freien Sonne war, als ob ich aus einem kühlen Bade käme; und ich verdoppelte meine Schritte nach dem Tore, wo die zwei wilden Türme aus den mittlern Kriegszeiten und die mit Efeu dicht behangne alte Stadtmauer neben der Pyramide mit ihrem Schatten mich erfreulich an sich zogen. Mir schien der Weg zu weit bis auf den Spanischen Platz, und ich begab mich unter die Pinien, Zypressen, grüne Eichen und Maulbeerbäume, nach den frischen Weinkellern des Monte Testaccio; ließ mir's köstlich bei einem alten Wirt, einem Sizilianer und Sohn des Ätna, schmecken und legte mich nach wohlgehaltnem Mahl und angenehmem Geschwätz in ein Zimmer gen Norden zur süßen Ruh nieder und fiel in einen erquickenden Schlaf.
Gegen Abend erwacht ich wieder und hörte in einem Saale neben mir: Michelangelo, Raffael und Antiken; und unten Trommel und Geige. Ich sprang auf, und sah zwischen den Bäumen Fest und Tanz und Schönheit, und trat in den Saal. Der Streit war so heftig, daß man mich nicht bemerkte. »Michelangelo«, sprach ein reizender junger Mensch, »gehört gar nicht unter die Maler, so wenig als einer, der bloß den Kontra-

punkt versteht, unter die großen Sänger und Geiger. Was hat er denn hervorgebracht? Seine Capella Sixtina, und weiter nichts als seine Capella Sixtina. Ist dies gemalt? Ist dies Natur? Wer kann sich erinnern, irgend etwas in der Welt gesehen zu haben, das seinen Herrgöttern, Propheten und Sibyllen und vollends seinen Seligen und Verdammten gliche? Geschöpfe einer ungeheuren Einbildungskraft, die zwar erstaunlich viel für Studium den Künstlern, aber wenig für Volksverstand und nichts für Auge und Herz sagen. Der elende Florentinerschmeichler Vasari hat mit dem Dampf von seinem Weihrauchkessel, den er dem alten Kunstdespoten unter der Nase herumschwenkte, damit er durch dessen Empfehlung etwas zu malen bekäme, den Leuten das Gehirn benebelt. Und ist dies groß im Geiste, wie er die gütige himmlische Seele, den Raffael, verfolgt hat? Weil er selbst sein Unvermögen in der Farbe erkennen mußte, so zeichnete er mit aller seiner Gelehrsamkeit die Umrisse dem Venezianer Bastian, und dieser sollte mit seinem Kolorit den Pfeil vergiften. Aber was kam zum Vorschein in Pietro Montorio? Ein Zwitterding, welches seiner Einsicht wahrlich wenig Ehre macht, und der Göttliche blieb, wer er war. Raffael hingegen, der edle reine Jüngling, der nur die Vollkommenheit der Kunst im Auge hatte, sonder Neid, strebt in Unschuld, das zu dem Seinigen noch zu gewinnen, was der weit Ältere, der Mann in Rücksicht seiner, Vortreffliches besaß; und wahrlich meistens aus kindlicher Gutherzigkeit: denn die Antiken sind doch auch hierin ganz andre Muster, und Michelangelo ist dagegen ein Wilder. Und endlich konnte Raffael wohl von Michelangelo lernen, aber Michelangelo nicht von ihm; denn was den Raffael zum ersten Maler macht, lehrt und lernt sich nicht.«

Ein Landsmann von mir, der eigentlich mit diesem im Klopfgefechte begriffen war, wurde darüber vor Ärger grün und gelb, und die Nase schwoll ihm zusehends: doch konnt er vor Zorn nichts hervorbringen, so wortreich er auch sonst ist, und hätte bald wie Marcus Tullius Cicero vor dem schönen Clodius, dem rebellischen Tribun, das Hasenpanier ergriffen, wenn ich nicht einigermaßen seine Partie aufnahm. Ich antwortete:

»Die Herrgötter von Michelangelo könnt Ihr freilich nicht in der Welt gesehen haben: aber gibt's in der neuern Kunst erhabnere Gestalten? und entsprechen sie nicht doch alle dem, was der gemeine Mann bei uns sich als Zauberer vorstellt? Eure Gestalt selbst, Freund, ist zu edel und Eure Blicke zu hochgeistig«, fuhr ich fort, »als daß der Gott, der die Sonne schafft, und der, welcher die Eva schafft, Euch nicht ergriffen haben sollten. Das Erhabne schlägt ein wie ein Wetterstrahl und berührt am ersten die großen Seelen. Die Propheten und Sibyllen sind lauter mächtige Charakter im Feuer, Eifer und Begeisterung. Und im ›Jüngsten Gericht‹ verdammt Christus streng, droht die Sünder majestätisch mit aufgehobner Rechten fort: indes die zärtliche Mutter mit angelegten Armen und Händen an die Brust die Seligen heraufwinkt; und es ist ein Spiel der Phantasie, wo der menschliche Körper in allen möglichen Stellungen wunderbar sicher ausgezeichnet ist.

Ich habe vor wenig Tagen«, fügt ich hinzu, »ein kleines Gemälde von ihm gekauft, welches vorstellt *Christum am Kreuz*, wo der Erlöser gesagt hat: ›Weib, siehe, das ist dein Sohn!‹ und zu dem Jünger, den er liebhatte: ›Siehe, das ist deine Mutter!‹ Unten auf beiden Seiten mit der Mutter und dem Johannes, sie rechts, dieser links; und an den Armen des Gekreuzigten schweben zwei Engel in einem Gewitterhimmel voll Dunkelheit und Feuergewölk.

Christus und die Madonna sind die erhabensten tragischen Gestalten, die ich je in Malerei gesehen habe.

Christus ist ein leidender Alexander, Hannibal, Cäsar und was man Großes und Erhabenes von Menschheit kennt. Ein göttlicher Jüngling voll Güte für den großen Haufen, welcher der Menge unterlag: ein Tiberius Gracchus, und die Mutter eine Cornelia, voll Geistesstärke und Größe.

O wie verschwinden alle Madonnen und wie ist selbst Raffael, den ich bewundre und liebe wie den neuern Apelles, klein dagegen und gewöhnlich! Stellung von ihr, Blick zu ihm, zu seinem schmerzenbändigenden scharfen Aug und hohen Angesicht; herabgehaltne Rechte, voll Kraft und Zorn angehaltner linker Arm, Daum und Zeigfinger nach dem Jünger hin gerichtet; der Wurf des blauen Mantels über das rote Gewand: alles harmoniert und macht ein Ganzes. Johannes sinkt vor Schmerz zusammen mit übereinandergeschlagnen auf die Brust gelegten Händen.

Welch Meisterwerk von Zeichnung ist der Körper des Gekreuzigten! Wahrheit bis in die kleinsten Teile und zugleich Leben und Leiden durchaus in Einheit.

Man fühlt wirklich hier etwas von dem, was Vasari im allgemeinen sagt, der zuweilen so golden beschreibt, ob es gleich wahr ist, daß ihn seine antike Vaterlandsliebe zu Ungerechtigkeiten gegen die drei großen Apostel der Kunst, Raffael, Tizian und Correggio, verleitet: es ist, als ob ein himmlischer kraftvoller Genius heruntergekommen wäre und Mitleiden mit allen den Stümpern gehabt und denselben gezeigt hätte, wie ein Christus am Kreuz und eine Madonna und ein Johannes dabei vorzustellen sei. Er ist bis zur Täuschung angenagelt und bewegt sich gerade dazu, wie es sich schickt.

Die Mutter ist ein hohes Weib, noch in unverwelkter Schönheit, ihres Adels bewußt, die über die Grausamkeit zürnt, welche man an dem Sohn ausübt, sein ganzes Leiden fühlt mit dem weinenden Feuerblick: aber in der Zerknirschung noch solche Festigkeit und

Erleuchtung hat, um erhabner als eine Niobe dabeizustehen und anzuschauen.«
Der junge Künstler fuhr auf, drückte mir beide Hände, freudig und verschämt im Gesichte glühend, und sprach freundlich zu mir: »Ich habe nur gelästert, um den dort zu schrauben; und überhaupt erfährt man mit den bittersten Widersprüchen am besten die Wahrheit, die man sonst selten aus den verborgnen Tiefen eifersüchtiger Virtuosen hervorholt. Ich kenne das kleine Gemälde von Michelangelo wohl; wievielmal ist es nicht kopiert worden! Nur wünscht ich, daß die Figuren in Lebensgröße wären. Ich kann das Kleine nicht leiden, es geht mir wider den Sinn; und ist ein Schlupfwinkel, wohinein sich Mittelmäßigkeit und Schwäche verbirgt und bei Weibern und Kindern und Unverständigen großtut.«
Ich antwortete ihm, daß ich hierin gar sehr seiner Meinung wäre, daß aber doch am Ende alle Kunst bloß Zeichen sei und Verstand und Geist am mehrsten von einem Menschen entscheide; und daß, wer keinen Verstand habe, nirgendwo obenan stehen könne. Michelangelo hätte sich übrigens mit seinen Enakskindern, den Propheten und Sibyllen genug gerechtfertigt. Unterdessen sei wieder wahr, es könn einer außerordentlich viel Verstand und Erhabenheit in der Denkungsart haben und doch ein schlechter Maler sein.
Hier tat einer in der Ecke mit hämischem Blick und boshaftem Lächeln den Mund voll gerader weißer scharfer Zähne aus einem prächtigen schwarzen Bart auf, streckte die rechte Hand hervor aus einem abgetragnen grauen Mantel, fuhr in meiner Rede fort und sagte:
»Und einer blutwenig Verstand haben und ein sehr berühmter, vielleicht auch guter Maler sein.
In dieser Kunst kann es einer ohne Schöpfungskraft, Erfindungsgeist, ohne eigentlichen Verstand, oder wie Ihr das heißt, was im Leben einen Menschen über den

andern setzt, nach dem allgemeinen Urteile weiter bringen als in irgendeiner andern, wenn er nur ein gutes Auge hat, sich eine fertige Hand erwirbt im Schweiße seines Angesichts und überdies Achtung gibt, was denen gefällt, die reich sind und kaufen. Und je mehr er bloßer Kopist der Natur ist, desto mehr wird er gefallen. Und er muß behaupten, dies sei das Wahre, und alle Überflüge der Einbildungskraft, die nur hie und da einige Sonderlinge aufhielten, als leeres Zeug verachten und fragen, was nennt ihr erhaben?«

Ich wußte nicht, ob ich dies für Mutwillen, Satire oder Ernst aufnehmen sollte; doch hetzt' es mich schnell auf, und ich antwortete geradezu, wie es die Lage der Sachen erheischte.

»Erhaben?« versetzt ich, »ist ein höher Wesen, das in uns eindringt mit Empfindungen, Gedanken, Gestalt, Gebärde, Handlung; und man bedarf da keiner weitläuftigen Schreiberei von Sophisten. Wer nicht über andre ist, soll sie nicht zu Paaren treiben und ihnen vorpredigen wollen, es sei, worin es sein mag. Pracht läßt sich wohl damit vereinigen, aber Pracht ist nicht Erhabenheit. Überall füllt es die Seele mit Entzücken und Erstaunen, daß sie die Zeit vergißt, und versetzt den Menschen unter die Götter.«

»Wir werden nie mit der Kritik nur einigermaßen ins reine kommen«, erwiderte er darauf kalt und trocken, »wenn wir nicht die Grenzen jeder Kunst bestimmen und feststellen, was sie überhaupt selbst ist. Und wir sind jetzt da, uns zu freuen, und nicht, den Weg durch dieses Labyrinth auszuspähen. Lassen wir es also bei dem Gesagten bewenden.«

»Nein, nein!« riefen hier einstimmig verschiedne, »es ist noch hoch am Tage und die schönste Zeit dazu; setzen wir das angenehme Gespräch weiter fort.« Und so baten sie ihn: und der so heftig gegen Michelangelo sprach, streichelte ihn liebkosend am Barte, bis er folgendermaßen anfing:

»Das erste und heftigste Verlangen der Seele, welches sie nie verläßt, ist Neuheit, und dann Durchschauung, und endlich Vollkommenheit oder Zerstörung der Dinge. Dies treibt die Unsterbliche durch alle Welten. Sie schafft und wirkt, ihre Schwingen sind unermüdlich und verlieren ihre Kraft nie, und sie kann nicht aufhören, sich zu bewegen und bewegt zu werden; so bescheiden gegen sich, daß sie von sich selbst nichts weiß: aber die Iliade zeugt überall genug von Homeren.

Nun ist der Mensch selten in der Lage, daß seine Seele in der Wirklichkeit hienieden nach diesen ihren Neigungen glücklich sein könnte: sie wirft sich also aus Verzweiflung in die Kunst und treibt damit ihr Spiel. Wohl derjenigen, die lange in den seligen Träumen hinschwebt, ohne zu erwachen!

Alle Kunst ist Darstellung eines Ganzen für die Einbildungskraft. Sie unterscheidet sich nach den Mitteln, die sie dazu braucht; und diese sind in jeder Art ihre notwendigen Schranken, wohinein sich ein Weiser leicht bequemt und worüber nur die Unklugen hinauswollen.

Aristoteles, und wer ihm folgt, schränkt die Poesie auf Handlungen ein, als ob die Sprache nichts anders sinnlich vorstellen könnte: aber selbst die griechischen Dichter haben sich nie diesem Gesetz unterworfen; und Virgils *Georgica* und die *Natur der Dinge* des Lukrez und manche hohe Hymne bloßer Empfindung werden Meisterstücke bleiben.

Die meisten haben wunderliche Begriffe von Poesie und meinen, sie könne ohne Nebel und Wolken nicht bestehen, und müsse platterdings ein Rausch, eine Raserei sein, und scheue das Licht der Vernunft; und die albernsten Pöbelmärchen und Kinderfabeln wären ihr Bestes und Wesentliches, und würdigen sie so herab von ihrem Adel. Wenn sie nur den Sophokles und Euripides wollten sprechen hören, die diese Kunst zur

Vollkommenheit gebracht, so könnten sie sich leicht von ihrem Wahn befreien.

Die Bildhauerei und Malerei stellt Oberflächen von Körpern dar, die letztere, insoweit sie sich durch Farben zeigen.

Ein neues Ganzes, wie schon gesagt, oder ein altes neu auf die wahrste und lebendigste Weise den Menschen in die Seele bringen ist Kunst. Das Schicklichste für den Dichter sind Handlungen, oder Bewegungen im Zeitraum, weil seine Zeichen, das sind Worte, nur nach und nach können gehört werden; aber doch kann er immer auch damit Dinge nebeneinander oder Körper darstellen, und der Zuhörer denkt sie sich zusammen, wie er am Ende bei den Begebenheiten selbst muß. Homer würde wohlgetan haben, wenn er die Gegend von Troja nicht für bekannt angenommen und die Jahrszeit, worin alles geschah, sinnlicher gemacht hätte. Wer denkt an Zeit, wenn ich einem mit Worten etwas beschreibe und dieser getäuscht dasselbe dabei sich vorstellt? Bei jedem Genusse sind wir ewig und scheinen die Zeit nicht mehr zu fühlen.

Unser Leben ist kurz: wer uns ein Ganzes täuschend am geschwindesten in die Seele bringt, erhält den Vorzug.

Wenn einer inzwischen gar zu große Begierde hat, ein neues Ganzes zu wissen: so behilft er sich auch mit dem mangelhaftesten Mittel, bis er ein bessers vorfindet.

Ein Dichter muß dem Maler immer in Schilderung körperlicher Gegenstände unterliegen: und geradeso geht's dem Maler im Gegenteil mit Handlungen. Nichtsdestoweniger ragt doch die Poesie mit ihren willkürlichen Zeichen über alle ihre Schwestern hervor. Kein Maler kann die Größe der Alpen, das unendliche Meer, den unendlichen Himmel schildern auf seinem Läppchen Leinwand; und kein Tonkünstler Kanonenschall, Donner und Orkan, ob er gleich das seelenergreifendste Mittel unter allen hat, da das Lebendigste, woraus wir bestehen, selbst Luft und Feuer ist.

Die Musik überhaupt geht ganz aus der sichtbaren Welt hinaus und wirkt mit bloßen verschiednen Arten von Bewegung, die von der Materie nur den Punkt zu ihrem Aufflug nehmen und durch ihre Proportionen Empfindungen erregen: und ich glaube schier nach dem Pythagoras, daß das eigentliche Element, worin die Geister existieren, reiner Klang und Ton ist.

Geschichtmaler ist ein wahrer Widerspruch, da ein Maler nur einen Moment vorstellen kann und Geschichte notwendig eine Reihe von Begebenheiten erheischt. Es versuch es nur einer und erzähle mir mit seiner Malerei Begebenheiten, die ich nicht schon weiß, von Menschen, die ich noch nicht kenne! Und gesetzt auch, einer stellte mir eine Geschichte zum Beispiel vom ältern Scipio mit lauter Porträten dar, so wahr und vortrefflich, als ob sie alle Tizian gemacht hätte: was weiß ich dadurch mehr als den Moment? Weiß ich, was entweder vorher oder nachher geschehen ist, da keiner auch von seinem bekanntesten Freunde zuversichtlich mit einem momentanen Blicke weiß, was er vorher getan hat oder nachher tun wird? So tief im Verborgnen lebt der Urquell unsrer Wirkungen. Und wo ist der Zauberer, der mir aus einer Tat oder aus tausend Taten das Gesicht nur eines Mannes darstellt, das er noch nicht sah, mit allem seinem Eigentümlichen? Dazu gehört der Gott Platons, um den sich das Weltall rollt, und kein Sterblicher. Alles, was der Maler erfinden kann, ist Ideal von Gestalt dieser oder jener Klasse von Menschen, oder Gattung von Geschöpfen im allgemeinen.

Jedes Werk der bildenden Kunst mit dem Ausdruck von Leidenschaft ist alsdenn doch nur eine unaufgelöste Dissonanz. Das vollkommenste historische Gemälde, das ist, wo der interessanteste Moment aus einer Begebenheit gewählt ist und man das Vorhergehende und Nachfolgende am besten erkennen kann, bleibt also immer an und für sich schon ein quälendes Fragment, das weder Herz noch Geist befriedigt. Um hierüber nicht zu streiten, so bleibt ausgemacht: das Vortrefflichste derselben ist das schöne Nackende; mit dem Ausdruck geht's hernach wie bei der Musik: er ist die Blüte der Vollkommenheit, aber nicht eigentlich die Vollkommenheit selbst. Jeder Sinn hat sein eignes Element, worin der Ausdruck nur schwimmt. Die Poesie arbeitet zwar für alle, aber doch ist auch die Sprache und Harmonie derselben für das Ohr ihr Grundstoff. Die schlechten Künstler meinen, sie hätten genug getan, wenn sie nur eine rührende interessante Geschichte mit ihren Wechselbälgen ausstaffieren und ein schmachtend Auge hineinbringen: Ihr Toren! eine einzige vortreffliche griechische Statue ohne Kopf und allen Ausdruck von Leidenschaft geht bei dem Kenner von kunstfertigem Sinn über all euer Fratzenwesen von unreifen Gesichtszügen, noch so affektiert geworfnen Gewändern und tausenderlei nachgeäfftem Kostüme. Aber auch im Gegenteil ist's nicht genug getan, wenn einer einen Haufen nackender Körper hervorheckt, die weiter nichts haben als ihre gehörige Anzahl von Rippen und Knochen, und Muskeln, und Augen, Mäulern, Nasen, Ohren.

Mit einem Worte, die Schönheit nackender Gestalt ist der Triumph bildender Kunst; viel für Auge und den ganzen körperlichen Menschen, wenig für den innern. Sie allein ergreift das Unsterbliche nicht; dazu gehört etwas, was selbst gleichwie unmittelbar von der Seele kömmt und ihrer regenden unbegreiflichen Kraft: Leben, Bewegung. Und dies haben unter allen Künsten allein Musik und Poesie: neigt euch, ihr andern Schwestern, vor diesen Musen.«

Ich sahe wohl, mit was für einem Feind ich's hier zu tun hatte; ein Federmesserstich von ihm verwundete tödlicher als der Schlag von einer Keule; doch wollt ich ihn erst ganz herauslocken und bat: er möchte die Grenzen jeder Kunst näher bestimmen, und insbesondere von Bildhauerei und Malerei, und alsdenn uns seine Begriffe von der Schönheit entdecken. Und freute mich unaussprechlich, einen solchen Meister so unvermutet plötzlich anzutreffen. Er wollte abbrechen: allein wir ließen ihn nicht. Ich setzte mich ihm gegenüber, und wir stutzten die Gläser an, die von dem besten Monte Giove schäumten.

»Die Bildhauerei ist eigentlich für einzelne Figuren«, fing er vom neuen an; »die Malerei hat die Not emporgebracht, mehrere vorzustellen. Sie hat dies den Siegen der Griechen zu verdanken, besonders nach der Schlacht bei Marathon. Der Bruder des Phidias, Panäos, malte dieselbe, da dieser selbst sie in Stein nicht vorstellen konnte, weil kleine Figuren darin nicht wirken und die Materie fürs Weitläuftige zu unbehülflich ist.

Es ist wohl keine Frage, welche von beiden Künsten die Formen des Menschen besser darstellen kann. Die Malerei ist eine beständige Lüge und ihre Erhobenheit und Tiefe erkünstelt. Wir lassen uns täuschen, weil völlige Wahrheit und Wirklichkeit wie bei Bildhauerei unmöglich ist, und geben uns zu unserm eignen Vergnügen alle Mühe, die Köpfe und überhaupt das Nackende zum Beispiel vom Tizian rund und hervorgehend und die Fernen und Mittelgründe seiner Landschaften im gehörigen Abstand zu sehen. Ihre eigentlichen Gegenstände sind, wo die Farbe, leichte Bewegung und zarter Stoff einen vorzüglichen Teil ausmacht. Die Neuheit hauptsächlich und dann die überwundne Schwierigkeit machten sie unter dem Zeuxis und Apelles so reizend; und gewiß ist's, daß die Farbe viel zur Täuschung, im ganzen genommen, beiträgt. Auf den ersten Blick wirkt ein gemaltes Bild auch auf den Verständigen mehr als eine ebenso vortreffliche

Statue in ihrer Art; aber wenig Zeit und Besinnung macht die Malerei dagegen ganz verschwinden. Unter tausend Gesichtern findet man ferner in einem guten Klima nur äußerst wenige für den Marmor, aber weit mehrere für die Farbe. Die Bildhauerkunst ist die echte Probe schöner Form und geht ins Wesentlichre und das Erhabne: die Malerei gibt sich mit allem ab, wo sie nur ein wenig Reiz findet.

Die letztere muß sich also vor allem hüten, was schon die Bildhauerei vollkommen darstellen kann; und beide müssen sich davor hüten, das Reich der Poesie zu beschreiten: denn jede bleibt überwunden, sobald sich nur ein gewöhnlich guter Meister der andern Kunst an den Kampf macht. Poesie enthält sich der Formen und Farben; Bildhauerei enthält sich der Farben und Geschichten von vielen Figuren; Malerei enthält sich alles dessen, was sich bloß durch Form zeigt, und so wie die Bildhauerei noch der Geschichten, wo man das Ganze nicht mit einem Blicke herausnehmen kann. Dienste und Gefälligkeiten mögen sie sich übrigens gern erzeigen. Rom allein ist voll von Beispielen, wie gute und wackre Meister verunglückt sind, indem sie über diese Regeln hinauswollten, und den schönsten Teil ihres Lebens umsonst dagegen kämpften.

Apelles nahm sich wohl in acht, kein bloßes Porträt vom Alexander zu machen; hierin mußt er allezeit dem Lysipp wegen seiner Formen nachstehen. Er bildete ihn also mit dem Blitz in der Hand; mit dem Kastor und Pollux und der Victoria; auf einem Triumphwagen mit dem Krieg hinterdrein, diesem die Hände auf den Rücken gebunden. Dies mußte Lysipp so natürlich wohl bleiben lassen. Aber Bildhauerei behält doch immer den Rang; denn sie zeigt das Edelste der bildenden Kunst, nämlich die Form, am vollkommensten. Bei Weibern, es ist wahr, und bei Knaben ist die Farbe auch sehr reizend; allein sie ist doch bloß ein seichter Augengenuß, der nicht in den ganzen

Menschen so eindringt wie die Form.

Das Klassische überall ist das gedrängt Volle, wenn einer alles Wesentliche und Bezeichnende von einem Gegenstande herausfühlt und nachahmt; und in diesem Verstande kann man gewiß schon aus einer Hand oder irgendeinem Teil am menschlichen Körper bei einem Künstler den großen Mann erkennen, wie aus der Klaue den Löwen. Phantasie, die aus Tausenden zusammenträgt, aber nicht das Rechte, sondern Außerwesentliche, ist das Gegenteil und Bettlerarmut; Lumpen und Lappen und kein ganz Stück. Ein Ding recht fassen, zeigt den trefflichen Menschen und macht den Virtuosen.

Der schöne Mensch im bloßen Gefühl seiner Existenz ohne Leidenschaft in Ruhe ist der eigentlichste Gegenstand der Nachahmung des bildenden Künstlers und seine Nummer eins; in dieser Verfassung ohne alle Bekleidung liegt die reinste Harmonie der Schönheit, und sie paßt am allerbesten zu dem gänzlichen Mangel an Bewegung seiner Werke. Alle Leidenschaft, alle Handlung zieht, leitet unsre Betrachtung von ihren schönen körperlichen Formen ab. Zur Schönheit selbst gehört der Charakter oder das, wodurch sich eine Person von der andern unterscheidet. Schönheit mit lebendigem Charakter ist das Schwerste der Kunst.

Bei Gruppen von Figuren sind Spiele, Scherze, die wenig bedeuten, die besten Handlungen, weil sie von der Schönheit und den angenehmen Stellungen der Formen am wenigsten abziehen. Die entzückendste Handlung für den Betrachtenden hierbei ist freilich, wo gerad ein Körper den andern genießt: Kuß, Umarmung –

Nach diesen Grundsätzen arbeiteten die Alten: nicht, wie einige Antiquaren sagen, weil die Stille der eigentlichste Zustand der Schönheit wäre, wie bei der See, und die schönsten Menschen überhaupt von gesittetem Wesen zu sein pflegten. Das Meer ist im Gegenteil natürlich immer in Bewegung, und gewiß schöner im

Sturm als in der Stille; und Alkibiades, und Phryne, und Thais, welche Persepolis in Brand steckte, die schönsten Menschen unter den Griechen, sind wahrlich nicht berühmt wegen ihres stillen gesitteten Wesens; und Clodius nicht, und die Faustinen, und die größten Schönheiten. Es sind die Schranken der Kunst! Sie kann das hohe Leben, schnelle Bewegung selten darstellen; und es ist wunderlich, dies deswegen mit Verachtung in der Wirklichkeit selbst ansehen wollen.

Wenn das Kunstwerk eine Geschichte darstellen soll: so muß der Ausdruck herrschen; denn dieser ist alsdenn der Hauptzweck, und Schönheit in Stellung und Formen und Gestalten muß hier der Wahrheit aufgeopfert werden. Allein Geschichte, Szenen aus Dichtern bleiben immer die letzten Vorwürfe der bildenden Kunst; weil sie dieselben nie ganz und nie so mit dem ergreifenden Leben darstellen kann wie ein Herodot und Homer. Der bildende Künstler begibt sich außerdem von selbst schon hierbei ganz unter den Geschichtschreiber und Dichter und schafft als Gehülfe zu dessen Leben und Bewegung nur die Körper alsdenn; augenscheinlich hat dieser das Ganze und er nur den Teil.

Die alten Künstler wagten es außerdem nicht, den Kern von manchen tragischen Geschichten darzustellen, weil sie bloß das Grausame würden dargestellt haben, und das andre nicht konnten, was die Tat mildert; zum Beispiel Medeen im Morden ihrer Kinder: die vereinzelte Szene hätte durch ihre Gegenwart alle Geschichte überblendet. Nur Agesander und Michelangelo unter den Neuern sind darüber hinausgegangen: der eine der Kunst, der andre der Religion wegen. Ähnliche Bewandtnis hat es bei wahrer Darstellung einer alten Hekuba; man denkt sich bei der gerunzelten Haut ihr ganzes Leben nicht, um davon gerührt zu werden. Und eine junge oder noch schöne Hekuba ist Widerspruch und Unsinn.

Kurz, eine lebendige Gestalt von einem Charakter sich vorzustellen, in aller Vollkommenheit und Schönheit, ist das Meisterstück des bildenden Künstlers; welches wenige noch bis dato geleistet haben.
Schönheit überhaupt in allen Künsten ist, wie mich dünkt, leichtfaßliche Vollkommenheit für Sinn und Einbildungskraft. Wer damit nicht zufrieden sein will, kann sich an die Erklärung des Erzbischofs della Casa halten, welcher das weltberühmte Kapitel über den Backofen geschrieben hat; dieser sagt: Schönheit ist *eins*, soviel nur immer möglich; und Häßlichkeit im Gegenteil ist *viel*. Allein der Künstler bedarf solcher tiefen Philosophie nicht bei seiner Arbeit. Vergebt übrigens, lieben Brüder und Freunde, wenn ich an dem Ziele vorbeigeschossen habe, und macht es besser.«
Der Mann zog mich doch an sich, trotz aller seiner hämischen Blicke auf bildende Kunst und besonders Malerei, und ich verlangte genauere Bekanntschaft mit ihm zu machen. »Schade«, rief ich aus, »daß ich kein junges Lorbeerreis habe, Euer weises Haupt zu bekränzen! ob ich gleich in manchem nicht Eurer Meinung sein kann. Um Kopf und Schweif gleich zusammen zu paaren: so glaub ich nicht, daß ein Künstler etwas Gutes hervorbringen werde, der ohne deutlichen Begriff, ohne klares Gefühl von Schönheit zu Werke schreitet.
Nach Platons Erklärung, den Ihr mir wohl zu kennen scheint, ist die Schönheit die ursprüngliche Idee der Dinge in Gott. Und die Seelen, die sein Anschauen genossen und diese Ideen erkannten, schaudern, wenn sie in diesem Leben die Bilder davon mit den Augen erblicken, erinnern sich dunkel ihres vorigen Zustandes, erschrecken und werden entzückt. Ihre Schwingen regen sich, gehen vom warmen Einfluß auf, der Federstock keimt und so weiter.
Es ist gewiß eine erhabne Hymne auf die Liebe und liegt tiefe Wahrheit zugrunde.

Was sich selbst bewegt, ist Seele, ewig, ohne Anfang: davon alles Werden und alle Körper, die sich bewegen. Schönheit ist die vollkommenste Harmonie der Bewegung, und die Seele erkennt darin ihren reinsten Zustand. Schönheit gibt der Seele das lauterste Gefühl ihres Daseins. Schönheit ist die freieste Wohnung der Seele. Schönheit erinnert die Seele an ihre Gottheit, an ihre Schöpfungskraft, und daß sie über alle die Körperwelt, die sie umgibt, ewig erhaben ist. Im Anfang macht ihr dies Freude, aber endlich Pein; sie sieht sich gefangen, und daß sie nicht mehr ist, was sie war: und die Tränen rinnen über ihren nichtigen gegenwärtigen Zustand. Doch stärkt sie wieder ihre ewige Natur, und die süße himmlische Hoffnung regt ihre Fittiche, daß sie doch bald aus dieser Dunkelheit, aus diesem Wahne von Irrgestalten sich erheben werde in das Licht zu den Scharen der seligen Geister, wo weder Frost noch Hitze abwechseln, und alles ist in seiner mannigfaltigen Wahrheit und ursprünglichen Schönheit.

Nicht geboren werden übertrifft alle irdische Glückseligkeit; und wenn du da sein wirst, so ist, je geschwinder, je besser, wieder dahin zu kehren, wo du herkömmst. Sobald die Jugend sich einstellt mit ihren tollen Streichen, wer windet sich mit aller Arbeit daraus? wer steckt nicht in Plagen und Leiden? Morde, Parteien, Streitigkeiten, Gefechte und Neid. Auf die Letzt überschleicht uns das unzufriedene, schwache, menschenscheue, verhaßte Alter, wo alle Übel haufenweis zusammen wohnen.

So seufzte selbst der bewunderte Sophokles am Ende seiner glücklichen und glänzenden Laufbahn.

Ihr sagt: Schönheit nackender Gestalt sei viel für Auge und den ganzen körperlichen Menschen, wenig für den innern? Sie allein ergriff das Unsterbliche nicht?

Wenn wahr ist, was Ihr selbst behauptet, daß, wer

ein Ganzes täuschend am geschwindesten in die Seele bringt, den Vorzug erhalte: so steht wohl bildende Kunst aller andern voran; die Seele genießt vor ihren Werken, der mühseligen Zeitlichkeit entrückt. Ihre Zeichen, wodurch sie darstellt, scheinen die Sache selbst zu sein, so leicht verschwinden sie; sie sind die natürlichsten und sichersten und gelten überall einerlei ohne Mißverstand. Ich habe hier volle Gewißheit, da ich bei Poesie immer träumen muß und nach Wirklichkeit hasche. Bei ihr hab ich alles zusammen mit einem Blick, und dies ergreift den Niedrigsten bis zum Höchsten. Mit einem Wort: ihr ist allein die Schönheit im strengsten Verstand eigen; denn diese muß mit einem Blick aufgewogen werden können.«

Hier wurd er erbittert und schüttete auf einmal das Kind mitsamt dem Bad aus; und fiel in meine Rede.

»Alle bildende Kunst«, behauptete er streng, »ist am Ende bloß Oberfläche. Und dies ist die Ursache, warum wahrhaftig große Menschen unter den Künstlern mit ihren Werken so selten zufrieden waren. Sie konnten nur wenig von dem hineinbringen, was sie fühlten; und dies nicht einmal so rein bestimmt, daß es gerade dasselbe Leben wieder erregte. Ein gen Himmel gekehrtes Auge, nehmen wir das edelste Glied, das am deutlichsten vom Innern spricht, was kann dies zum Exempel nicht für vielerlei ausdrücken? Ich brauch es nur obenhin; denn ich weiß wohl, daß alle Professoren im Grunde der Natur keins nachmachen. Bei einem Volke von Stummen, da möchten die bildenden Künste in der Tat viel vermögen; denn sie hätten da mehr Natur für sich nachzuahmen; bei uns andern Menschen aber, die wir den größten Teil unsrer Empfindungen und Gedanken *mit der Sprache ausdrücken*, wo sich besonders bei den Vortrefflichen am wenigsten die Gebärden ändern, die, wie man sogar bei Gelegenheit des Laokoon bemerkt hat, auch bei den heftigsten Gefühlen sich selten von außen regen, läßt sie ihnen vielleicht gerade das Schlechteste übrig; und der größte Künstler kann oft so wenig von einem Sokrates, Lykurg und Epaminondas darstellen als von einem unvergleichlichen Sänger oder Geiger.

Nehmen wir vollends, wie sauer, und selbst nach dem Ausspruch des alten Michelangelo, kinder- und weibermäßig auch dies Schlechteste muß nachgeahmt werden, und welch eine unerträglich mechanische Übung auch für Menschen von der höchsten Fähigkeit dazu gehört, ehe sie es zur Vollkommenheit bringen; und daß das meiste Wirkliche der bildenden Kunst in den Sälen der Großen jämmerlicher Wust und Unsinn ist: so gehört wahrlich ein starker Entschluß dazu, sich in ihr Feld zu wagen. Ihre besten Gegenstände bleiben gewiß die andern Tiere und Pflanzen, Gras und Bäume; diese können sie darstellen, die Künstler! den Menschen sollen sie dem Dichter überlassen. Die Landschaftsmalerei wird auch endlich alle andre verdrängen. Und also können wir gewissermaßen die Griechen übertreffen, weil wir uns gerad an die wahren Gegenstände machen, die sie verfehlt haben.

Nichts wirkt recht auf den Menschen, was stillesteht; aller Stillstand wird bald Tod.

Es bleibt gewiß eine Kleinigkeit, einen Cäsar, einen Brutus von außen auch vertrefflich zu malen und zu bildhauen, gegen das herauszuholen, was in ihnen steckt. Auf der Oberfläche kann man den Menschen leicht kennenlernen: aber im Innern, in der Tiefe? Da gehört ganz andrer Gehalt und Stand dazu.

Wer behaupten wollte, daß die bildende Kunst über Poesie, Beredsamkeit und Philosophie ginge, müßte behaupten: daß eine Statue oder Brustbild vom Homer, Pindar, Demosthenes, Aristoteles, oder nehmen wir Neuere, daß ein vollkommen, wie möglich auch, getroffnes Bild in Farbe oder Stein von Ariost, Machiavell über ihre Schriften ginge. Und gewiß möcht ein Gott mehr daran haben, wenn sie mit Haut und

Haar so wären wie sie selbst; welches jedoch menschlicher Hand unmöglich: aber ein Sterblicher muß eine gigantische Einbildung von seinem physiognomischen Sinn haben, um dies zu wollen. Ein solcher versuch es einmal und ersetz uns aus dem übriggebliebnen Kopfe des Sophokles seine hundert verlorne Trauerspiele!

Man schaue einen Sokrates an, einen Plato, einen Euripides: wer wird ihre Marmorbüsten für ihre lebendigen Reden und Gedichte nicht gleich weggeben? Wir können an uns selbst nicht im Spiegel wahrnehmen, auch in dem nämlichen Moment, was wir denken und empfinden; und sogar verschiedne Leidenschaften zeigen sich bis auf ihre hohen Grade im Gesicht überein. Die ganze bildende Kunst ist ein vages unbestimmtes Wesen, das seinen Hauptwert eigentlich von der Schönheit der Formen und Umrisse enthält; und dann außerwesentlich ist sie eine große Zierde der Poesie und Geschichte, die aber ganz natürlich ohne sie bestehen können. Poesie ist das innre Leben selbst: Bild von Farbe oder Stein bloß das Zeichen; wer jenes nicht schon in sich hat, kann bei diesem wenig fühlen und erkennen.

Wo hat in aller Welt je ein Gemälde die Wirkung hervorgebracht, die die Ödipe und Iphigenien hervorbrachten? Und wo wird es je möglich sein, daß eins solche hervorbringen könne, wenn man auch den Raffael, Correggio und Tizian in ein Wunderwesen zusammenschmelzte? Es versteht sich wahrlich, daß hier nicht davon die Rede sei, was päpstliche Neffen und Mönchs- und Nonnenklöster teurer bezahlen.

Ich leugne übrigens gar nicht, daß eine erstaunliche Phantasie und Fülle von Leben dazu gehört, sich einen Alkibiades, Perikles oder die Aspasia so vorzustellen und ihre Bilder durch die spätere Kunst lange Zeit nach ihnen so wirklich zu machen, aus bloßen Geschichtbüchern, wie sie lebendig waren und handelten; denn in der Tat – hat es auch keiner noch getan. Allerlei Gestalten träumen mag man sich wohl, und wer sich an leerer Spreu satt ißt, mag darnach gaffen und hinlaufen: aber Wahrheit, physiognomische mit Leib und Leben wie Wirklichkeit, ohne Miene und Gebärde Punkt für Punkt von der Natur selbst abzukonterfeien, diese aus bloßen Erzählungen und selbst eignen Reden der Menschen zu erfinden: geht über des Menschen Kräfte; dazu haben wir noch keine Wissenschaft, keine Gründe und Regeln, weder Ja noch Nein. Unser Bestes sind noch die allgemeinen Züge der Leidenschaften und andern Empfindungen, die sich in Bewegungen besonders von außen zeigen, durch öftre Wiederholung bei wirklichen Menschen sich in die Gestalt prägen und nach und nach Charakter bilden; aber mit dem Allgemeinen wird man bald fertig, und es entsteht endlich ein rasendes Einerlei.

Kurz, ich habe von dem Menschen, außer der wirklichen Vermischung, hauptsächlich Genuß durch seine Reden und Handlungen, durch Worte und Bewegungen; beides kann mir die bildende Kunst nicht geben. Man stelle sich seinen Freund auch in dem interessantesten Moment der Freundschaft auf einmal wie zu einer Büste versteinert, unveränderlich mit seinen Mienen und Gebärden vor! Mit Erinnerung der Worte aller vor und nach dem Moment wird das Bild gewiß lieblich in die Seele leuchten und anfangs einen Freudenschauer erregen. Aber wie die Erinnerung sich schwächt, wird es nach und nach immer weniger bedeuten und bei den Gedanken an hundert andre Szenen endlich leer und sogar Spott werden: statt daß nur ein herzlicher Brief von demselben immer neu die Seele erquickt, sooft man ihn nötig hat wieder durchzulesen. Was soll nun so ein Bild auf andre für Wirkung machen, die sich dabei platterdings nichts Gewisses vorstellen können, die die Person nicht kennen, nicht gekannt haben, nichts von ihr aus der Geschichte wissen?

Geschieht dies bei wirklichen Menschen: was wollt Ihr mit Euren Idealen, wovon Ihr nicht eine Form als wahr beweisen könnt? Die schönsten Bilder sind weiter nichts als ein geistig Licht in die Seele, die sie aufheitern und allerlei unbestimmte süße Gefühle in ihr erregen, wie ein reiner, vollkommner Akkord auf einem wohlklingenden Instrumente. Und solche Schönheit ist das eigentliche Wesen der bildenden Kunst, und keine Handlung, die die Poesie weit wahrer und lebendiger vorstellt. Die Handlung kann höchstens nur dienen, der Schönheit den besondern Charakter zu geben; das ist, die Handlung ist des Körpers wegen und der Körper nicht der Handlung wegen da.

Es ist wahr, die Schönheit ist ein momental Gefühl und unterscheidet sich dadurch von bloßer Vollkommenheit, die für den Verstand, so wie jene für den Sinn, gehört. Wo sie aber in der Zeit folgt, wie bei Tanz und Melodie und Gedicht, ist sie hauptsächlich für die Seele, eigentliche Seelenschönheit, tiefe, lebendige; denn die Seele hat die Kraft, eine Folge sich wie ein Beisammen auf einmal vorzustellen und zu denken. Daraus die Regel: daß ein solches Ganzes nicht zu verwickelt sein müsse, damit man wie in einem Atem alle dessen Teile und ihre Verbindung im Geist übersehe. Dies erregt dann, was man Begeistrung nennt. Ein schönes Gedicht, eine schöne Musik, ein schöner Tanz muß diese allezeit auf die Letzt hervorbringen: so wie der Dichter, Tonkünstler, Tänzer sie vorher in der Seele haben muß, ehe er sie in einen Strom dahinwallt; eine volle Seele, die sich ausschüttet und eine andre wieder schwängert.

Alle bloß bildende Kunst macht auch den stärksten Liebhaber und Besitzer über kurz oder lang zum Tantalus. Das schönste Bild, sei's auch eine Venus vom Praxiteles, wird endlich ein Schatten ohne Saft und Kraft, es regt und bewegt sich nicht und verwandelt sich nach und nach wieder in den toten Stein oder Öl und Farbe, woraus es gemacht war; und für den lebendigsten Menschen am geschwindesten. Ich glaube, daß, wenn die goldnen Zeiten der Griechen länger gedauert hätten, sie endlich alle Statuen würden ins Meer geworfen haben, um des unerträglich Toten, Unbeweglichen einmal ledig zu werden. Und wir finden auch nicht, daß Themistokles, Plato und Euripides und die andern großen Griechen der ersten Zeiten sich schon viel darum bekümmert hätten: die Bildsäulen gingen immer die Religion und das gemeine Volk an. Alkibiades schlug sogar vor Überdruß einer Menge öffentlicher Hermen die Nasen entzwei; und hernach gehörten sie mit den Gemälden zum Luxus der Reichen, die vor ihrer gewöhnlichen Langenweile nicht wußten, was sie anfangen sollten. Plutarch fragt ehrlich in seinem *Perikles*: ›Welcher gutartige Jüngling wird Phidias oder Polyklet sein wollen wegen des Olympischen Jupiters oder der Juno zu Argos?‹, und so setzt der verständige Horaz eine Ode von Pindar über hundert Statuen; und die aufgeheitertsten Kaiser zu Rom, Antonin und Mark Aurel, waren wirklich schon des steinernen Volkes satt: und so ist das steinerne und gemalte Volk bei den heutigen Römern bloßer Prunk, und man sieht es den besten an, daß auch sie dessen von Herzen satt sind. Die Natur übt ihr Recht aus und zeigt ihnen mit Gewalt, daß es doch nur eitel Träumerei ist.

Die beste Kunst ist ein bloßes Denkmal verfloßnen Genusses oder Leidens für den Künstler selbst, das ihm lediglich Anlaß gibt, sich das Ganze wieder vorzustellen und in sein Gedächtnis zurückzurufen. Welch ein Abstand von Poesie und ihrer Gewalt über die Herzen! Überhaupt ist die bildende Kunst eine jugendliche Sache, wo der Mensch noch an der Hülle herumschwebt. Ein alter Maler, ein armer Sünder! Wenn einer innen ist, kann er nicht mehr außen sein. Es käme darauf an, ob Raffael nicht den Pinsel würde weggeworfen haben, wenn er älter geworden wäre! Wenigstens sind seine ersten Gemälde im Vatikan die besten, und er trachtete nicht umsonst nach dem Kardinalshut.«

Sein Mund glich einem vollen Springbrunnen, so goß er hervor. Mir riß endlich die Geduld, und ich ergrimmte. »Bist du noch nicht fertig, Barbar, Bilderstürmer?« zürnt ich ihm entgegen.

»Was du wahr gesagt hast, trifft alle menschliche Kunst. In der Natur haben wir freilich alles beisammen, und die verschiednen Künste teilen sich nur in sie. Jede muß dagegen ihre Mängel, ihre Schranken erkennen. Die Malerei hat keine wirkliche Bewegung, nur den Schein davon, Zeichen; die Poesie kann keine Gestalt, keine Schönheit für den Sinn darstellen, bleibt ewig unglückselig blind; und Musik an und für sich ist ohne bestimmten Ausdruck und nur eine Magd der Musen.

Der Dichter ahmt und stellt im Grunde nicht einmal etwas Wirkliches selbst dar, sondern nur Mittel, nämlich die Reden der Menschen; und wie weit liegt die erste Natur der Sprache in den Abgründen der Zeit verborgen! Für uns Schaumblasen auf ihren Tiefen ist sie meistens bloß willkürlicher Schall. Wir haben allen unsern Genuß durch Körper, und von diesen kann er nichts Individuelles darstellen; alles ist bei ihm allgemein, bis auf die Namen schier Peter, Paul, und Lukas und Johannes, wenn ihm gute Schauspieler nicht zu Hülfe kommen. Dafür hat er freilich ein weitschweifig Reich und flattert überall an, wo die Malerei und Bildhauerkunst wegen enger Schranken ihrer unbeweglichen Mittel nicht hin kann.

Das höchste Leben ist das schwerste in allen Künsten, sowohl in den bildenden als Poesie und Musik: Sturm in der Natur, Mord zwischen Mann und Mann, Seelenvereinigung zwischen Mann und Weib, und Trennung, Abgeschiedenheit verliebter Seelen. Das Tote kann auch der bloße Fleiß darstellen, aber das Leben nur der große Mensch. Wen beim Ursprung seiner Existenz nicht die Fackel der Gottheit entzündet, der wird weder ein hohes Kunstwerk noch eine erhabne Handlung hervorbringen. Schönheit ist Leben in Formen und jeder Regung, und nichts Totes ist schön, außer in einem Verhältnis von Leben.

Warum ist der Torso schön, warum die Kolossen auf dem Monte Cavallo, warum unsre Venus? Weil sie in höchster Vollkommenheit menschlicher Kraft im freudigen Genuß ihrer Existenz sich befinden. Warum Apollo, warum der Fechter? Weil ihr Leben in der Vollkommenheit seiner Kraft sich in hoher Wirkung zeigt. Warum Laokoon, Niobe? Weil auch ihr höchstes Leben einer stärkern Macht unterliegt. Der Dichter deutet's mit Worten an, der bildende Künstler stellt's mit dessen Oberfläche selbst dar.

Zu der Zeit, wo die Menschen am mehrsten lebten und genossen, war die Kunst am größten: zu der Zeit, wo sie am elendesten waren, am schlechtesten; dies ist die Geschichte derselben in wenig Worten.

Wie bis zum bloßen Tier herabgesunken, kalt und gefühllos muß der Mensch sein, den es nicht ergreift, dessen Herz es nicht erhebt, wenn er in die Hallen tritt, wo die Helden unsers Geschlechts, die Weisen, die Dichter von Phidiassen und Praxitelen aufgestellt wie lebendig atmen! Der Armselige wird erschrecken wie in einer Götterversammlung, der Edle-Schüchterne aber begeistert werden, die glorreiche Bahn zu verfolgen; welche Kunst kann ihr hohes Leben sinnlicher in die Seele blitzen? Und eine Fromme, die alle Morgen die schönen himmlischen Figuren an den Wänden im Tempel mit inniger Freude schaut, kann kein häßliches und böses Kind gebären.

Die Griechen mußten dann doch mehr Leben in der Malerei finden als Bildhauerkunst, weil sie dieselbe, wo sie am verständigsten waren, mehr als diese belohnten und beförderten. Ein Bild in Stein war ihnen nur Zeichen einzelner Wahrheit, nämlich der Form: die Malerei aber Zeichen aller Wahrheit und Wirklichkeit und von ungleich größerm Umfange; jenes gleichsam nur Dämmerung, Ding im Mondschein: Gemälde von Apelles, Gestalten wirklicher Welt in ihrem Tage; und Zeichen bleibt immer weiter nichts als Zeichen, sei's von Stein oder Farbe. Und eben dies ist es, warum die Bildhauerei sank, nachdem die Malerei emporstieg, und bei uns nun nie wird fortkommen können, solang es noch gleich gute Maler als Bildhauer gibt.

Welcher Bildhauer wollte zum Exempel die Waffenläufer des Parrhasius übertreffen, wo der eine im Lauf zu schwitzen schien, der andre aber die Waffen ablegte und keuchte? Freilich kannte dieser Wollüstling den höchsten Reiz des Eigentümlichen seiner Kunst.

Für Gestalt gibt es keine mathematische Wissenschaft, wo man alles und jedes mit Zirkeln und Linien und Zahlen beweisen könnte; das geläuterte Gefühl erfahrner hoher Menschen entscheidet hier allein endlich und hat zu aller Zeit jedem Kunstwerk seinen Rang angewiesen. Deswegen aber beruht Ideal nicht auf bloßen Hirngespinsten, sondern die Natur selbst ist die ewige Regel: und ein Künstler muß von ihren Quellen schöpfen, wenn er neue Schönheit und neuen unsterblichen Reiz hervorbringen will. Durch Übung gewinnt man nach und nach doch auch sichre wissenschaftliche Fertigkeit.

Was bildet den lebendigen Körper von innen hervor, vom ersten Stoff zum Dasein an, so wie er ist? die erste regende Kraft; hernach sein Leben in der Welt.

Kann ich von der äußern Bildung auf die Art des Geistes schließen?

Warum nicht? Vom Werk auf den Meister; nur gehört Erfahrung und Verstand genug dazu und Adlerheit über andre, es mit Gewißheit zu können und nicht eine Ursache für die andre zu halten. Jede Gestalt zeigt Ursprünglich-Innres, wenigstens was jung in Tätigkeit war, das Leben in der Welt und die Begriffe und Einbildungen darüber. Und wer das Innre nicht kennt, kennt gewiß auch schlecht das Äußere.

Warum soll der Künstler keine Handlungen darstellen dürfen? Körper und Handlungen machen hier eins aus, das ist: Leben; und beides ist dafür da; hohes edles Leben; dies ist sein letzter Endzweck. Bei einzelnen Figuren gibt dies Schönheit; bei mehrern zu Darstellung einer Begebenheit kann und muß er zuweilen gar die Häßlichkeit abbilden, wie zum Beispiel den Maxentius in einer Schlacht vom Konstantin, einen Attila, einen Heliodor. Vollkommenheit zeigt sich von außen durch Schönheit, Unvollkommenheit durch Häßlichkeit; und die mehrsten Begebenheiten in der Welt sind ein Kampf zwischen Tugend und Laster. Soll er das Laster schön darstellen? Und ist er deswegen ein Kotmaler, wenn er es häßlich darstellt? Häßlichkeit verändert hier seinen Namen und wird zu Schönheit der Kunst. Die Geschichte soll auch bei dem Maler nicht bloß Augenweide sein, sondern tiefer dringen. Der Kunst dieses nehmen wollen heißt sie zum schalsten Zeitvertreib machen. Außerdem sind immer diese dreierlei Gattungen getrieben worden, wie schon in Griechenland, wo, nach dem Aristoteles, Polygnot die Menschen besser malte, als sie waren, Pauson schlechter und Dionys nach der Wirklichkeit.

An Ausdruck und Bewegung von Leidenschaften wird die Natur hoffentlich immer ebenso unerschöpflich bleiben als an neuen Gesichtern und Gestalten.

Kurz, der Künstler stellt wie ein Zaubrer für den Verständigen mit einem Blick auf einmal die wirkliche Tat dar, wo der Augenschein über alle andre Vorstellung hinreißt; und darüber macht der Geschichtschreiber und Dichter für die Unwissenden nur eine Brühe darum her, gleichsam seines Evangeliums Ausleger und Dolmetscher – stellt die schönsten Denk-

male der Begebenheiten auf für Herrscher, Philosophen und Völker dem ersten feinsten Sinn des Geistes, und ihm am naturnächsten, dem Auge. Und es ist nicht mehr als billig, daß Zaubrer nicht darben.
Die Dichter, die einen Epaminondas aufführen, wie er leibte und lebte, laßt sie auch alles in der Geschichte dazunehmen, werden so rar sein wie die Maler, die seine Gestalt so treffend aus ihrem Kopf erfinden, daß sie seinem Porträte gliche; und es erwächst dem Praxiteles und Apelles daraus wohl wenig Nachteil, daß ihre Phryne den neuen Namen Venus aus der Mythologie, oder Helena oder Iphigenia aus den Dichtern, oder einen andern in ihren Kunstwerken aus der Geschichte habe: so wie dem Raffael, daß sein Oheim Bramante in der durch alle Zeiten göttlichen Gruppe der *Schule* den Archimedes vorstelle, wenn sich auch einmal des letztern Bildnis finden sollte.«
»Vortrefflich! mutiger, tapfrer, edler Jüngling«, rief er mir hier zu; »und nun genug. Wir haben den Kreis durchlaufen und sind unvermerkt auf derselben Seite wieder angekommen, wovon wir ausgingen. Ich reich Euch zum Frieden die Hand, schlagt ein; ich hoffe, daß wir gute Freunde sein werden, sobald wir uns ein wenig besser im Innern kennen. Man behauptet in der Hitze des Streits oft Dinge, die man selbst für falsch und übertrieben hält. Zuhörer, die Verstand haben, nehmen von selbst das Wahre heraus; und die keine Unterscheidungskraft besitzen, müssen überall Schwärmern oder der großen Herde wie die Kälber folgen. Der Abend ist zu schön, als daß wir ihn hier im Zimmer verplaudern sollten; und die unten tanzen und sich ergötzen, haben uns schon längst gerufen.«
Wir umarmten uns denn beide mit glühendem Gesicht und klopfendem Herzen.
Unten erfuhr ich, daß mein Mann ein Grieche sei aus der Insel Scio, den die Giustiniani als Knaben mit sich genommen hatten. Er hielt sich nun für beständig in

Rom auf und lebte frei von einer kleinen Pension aus diesem Hause und erwarb sich das übrige damit, daß er griechische Handschriften aus der vatikanischen Bibliothek für auswärtige Gelehrten teils kopierte, teils die verschiednen Lesarten daraus sammelte. Er heißt Demetri und mag an die vierzig Jahr alt sein. Sein Wuchs ist groß und stämmicht und seine Gestalt so kühn und unabhängig und seine Sitte so gegen alles Vornehme, daß er wie Diogenes dem Dionysios von Syrakus zu Korinth hätte sagen können: er sei des glücklichen Lebens nicht wert, das er nun führe. Wie mir dies in meinen Eingeweiden herumging, kannst Du Dir leicht vorstellen.

Der bildschöne Jüngling, welcher den Streit erregte, heißt Tolomei, ist ein weitläuftiger Anverwandter von ihm, Sohn eines griechischen Kaufmanns zu Brindisi, treibt hier die Malerei und steht unter seiner Aufsicht.

Ich sah ihn mit einer schlanken Römerin tanzen und mußte lächeln, daß der holde Bube den alten strengen Michelangelo so hart angegriffen hatte; das Rätsel ließ sich nun leicht auflösen. Das süße Paar wallte in jeder Bewegung neue entzückende Schönheit von sich; der Knabe schien ein Mädchen und die Jungfrau mit ihrem zündenden Blick ein verkleideter Jüngling. Die Menge stand umher, und kein Auge verwendete sich von ihnen aus den erheiterten Gesichtern.

Der Monat Oktober wird in Rom und auf dem Lande herum ganz der Freude gewidmet; jedes spart dafür den Sommer auf.

Ich machte mich bald wieder an den Griechen; ich hatte noch manchen Punkt mit ihm ins reine zu bringen, der kaum war berührt worden. Er erzeigte sich gefällig. Wir stiegen den Monte Testaccio hinauf, um die Gegend zu überschauen, und trafen oben Künstler an, die nach der Natur zeichneten. Man hat hier reizende Aussichten hin überall und verschiedne Landschaften, jede so vollkommen für Gemälde, um sie schier nur abzunehmen. Pyramide, die das Kleinod der Gegend bleibt; Sankt Paul und Tiber; Steffano rotondo, alte Wasserleitungen, Kolisäum, Grabmal der Metella; Pietro Montorio; Porta Portese zeigen immer neue bezaubernde Seiten mit Pinien, romantischen Villen, Rebenhügeln und den herrlichen Fernen der Gebirge von Frascati, Tivoli und dem Sabinerlande. Wir setzten uns nieder, und jeder drehte sich dahin und dorthin; die große Augenlust machte uns eine Weile stumm, und alle die andern Sinnen verloschen.

Wir fingen endlich an, von Rom zu sprechen, dem alten und dem neuern, gingen über auf Griechenland und dessen ehemaligen und gegenwärtigen Zustand: und unsre Reden stimmten so schön zur untergehenden Sonne an der unvollendeten Peterskuppel des unsterblichen Michelangelo! »Ach, alles geht auf und unter, Völker und wir, und die Werke der Menschen! Der Mensch ist ein stolzes Geschöpf«, rief ich aus; »er hat die Oberfläche der Erde gebildet, beherrscht den Adler und Löwen und bändigt das ungeheure Meer mit seinen Schiffen: aber er weiß nicht, von wannen er kömmt, noch wohin er fähret; erscheint, verändert sich augenblicklich, unsicher, ob er ein eignes Wesen ausmacht, und verschwindet. O ihr, die ihr um uns herum schlummert, ihr Scipionen, Camille, Lucrezien und Cornelien, was und wo seid ihr? Könnt ihr nicht erwachen und uns belehren?«

»Ein andermal hiervon«, gab er zur Antwort, »wenn wir mehr in Einsamkeit sind, nicht umgeben von soviel zerstreuender Herrlichkeit.« Er hielt diese Kuppel selbst für den kühnsten kolossalischen Gedanken eines Riesengeistes und glaubte, daß die alten Griechen und Römer ihn bewundern würden.

Wir kamen alsdenn wieder auf unser altes Thema, die bildende Kunst, und deren Wesentliches, den Menschen, und die Vollkommenheit seiner Gestalt; und unser beider Schluß war, daß der neuern hierin der Kern mangle. Man kann wohl sagen, daß die Werke der alten griechischen Meister eine Frucht ihrer Gymnasien waren und daß, wo diese nicht sind, sie schwerlich kann eingeerntet werden. Der erfahrne und geübte Sinn des ganzen Volks am Nackenden, dies ist die Hauptsache, die uns fehlt, nebst dem der Arbeiter selbst; das schönste Nackende der Kunst wird endlich nur durch Erinnerung geschaffen und genossen.

Man kann die Natur nicht abschreiben; sie muß empfunden werden, in den Verstand übergehen und von dem ganzen Menschen wieder neu geboren werden. Alsdenn kommen allein die bedeutenden Teile und lebendigen Formen und Gestalten heraus, die das Herz ergreifen und die Sinnen entzücken; die Regung in vollstimmiger Einheit durch den ganzen Körper des gegenwärtigen Augenblicks bildet kein bloßer Fleiß nicht. Je größer und erhabner der Künstler, desto edler und eingeschränkter die Auswahl. Im Nackenden der bei uns gewöhnlich bekleideten Teile, also des ganzen Körpers bis auf Kopf und Hände und Füße, können wir den Alten nicht gleichkommen, weil wir ihre Gymnasien und Thermen nicht haben. In Köpfen, Händen und Beinen und Kindern halten wir ihnen vielleicht die Waage, insoweit wir noch Periklesse, Platonen, Alkibiadesse und Aspasien und Phrynen haben. Die höchste Vollkommenheit ist überall der letzte Endzweck der Kunst, sie mag Körper oder Seele oder beides zugleich darstellen, und nicht die bloße getroffene Ähnlichkeit der Sache und das kalte Vergnügen darüber. Der Meister sucht sich dann unter den Menschen, die ihn umgeben, zu seiner Darstellung das beste Urbild aus und erhebt dessen individuellen Charakter mit seiner Kunst zum Ideal. Die Schönheit muß allgemein, der Charakter aber individuell sein, sonst täuscht er nicht und tut keine Wirkung; und das

Individuelle kann der Mensch so wenig als das Gold erfinden. Dies ist das Problem, an dessen Auflösung so viele scheitern.

Der ganz außerordentlichen Menschen sind bei allen Nationen äußerst wenig gewesen; es gehört eine unendliche Menge von glücklichen Umständen dazu, solche alleredelste Gewächse und Herrlichkeiten der Natur hervorzubringen. Nehmen wir den Griechen, der bei weitem geistreichsten Nation unter allen, die wir in der Geschichte kennen, auf Erdboden, nur ein Dutzend dieser hervorragenden Männer: einen Lykurg, Themistokles, Pythagoras, Sokrates, Aristoteles, Homer, Sophokles, Aristophanes, Perikles, Demosthenes, Phidias, Apelles: und wir werden sehen, wie ihr Sonnenfeuer zu den Sternen andrer Völker zurückweicht, zumal wenn wir bedenken, daß ihre übrige Vortrefflichen großenteils nur von diesen bestrichne Magnetnadeln waren.

Die Ehre des Volks und der Fürsten besteht darin, solche seltne Erscheinungen bei ihrem Aufgang zu erkennen und sie zu pflegen und zu warten. Bei ihnen konnte kein Lärmmacher so leicht mit seinen ausgeschickten Trabanten das erfahrne Ohr übertäuben, das scharfe geübte Auge benebeln; sie kannten den nackenden Menschen aus ihren Gymnasien und die hohen Gestalten aus ihren gemeinen Versammlungen. Die Verständigen prüften, gaben Rat, verdammten, belohnten. Eins trieb und vervollkommte das andre.

Und so ging's noch bei den Römern. August hat keinen Virgil und Horaz hervorgebracht; aber weil sie einmal jung da waren, so hielt er sie warm.

Außerdem hatten die Alten mehrere Arten von Schönheiten, und wir kennen die reizende Mannigfaltigkeit nicht von Ringern, Faustbalgern, Wettläufern, Wurfpfeilschützen, Diskuswerfern und dergleichen; und so machten ihre Götter wieder verschiedne allgemeine Klassen. Bei uns ist alle Gestalt in ein einzig doppelartig gabelförmig vollkommen Tier zusammengeschrumpft.

Die Sonne war prachtvoll untergegangen, und das schönste Abendrot zog lieblich hintennach. »Wenn ich ein Landschaftsmaler wäre«, rief Demetri, »ich malte ein ganzes Jahr weiter nichts als Lüfte, und besonders Sonnenuntergänge. Welch ein Zauber, welche unendliche Melodien von Licht und Dunkel, und Wolkenformen und heiterm Blau! Es ist die Poesie der Natur. Gebirge, Schlösser, Paläste, Lusthaine, immer neue Feuerwerke von Lichtstrahlen, Riesen, Krieg und Streit, flammende Schweife wechseln mit neuen Reizen ab, wenn das Gestirn des Tages in Brand und Gluten untersinkt. Aber leider mit euerm Licht in der Malerei sieht es übel aus!«

»Und was man davon malen kann«, fuhr ich fort, »dauert nur wenig Momente; die glücklichste Phantasie und Empfindung gehört dazu, es aufzubewahren, nach Hause zu tragen, und wunderbare Kunst, es täuschend langsam hinzupinseln.«

Wir gingen wieder hinunter; es war leer geworden, und die übrigen zogen auch noch von dannen. Endlich blieben ein halb Dutzend Mädchen, ebensoviel Künstler und Demetri und Tolomei und ich. Wir machten uns zusammen wieder auf den Saal, eine auserlesene Gesellschaft. Die Mädchen waren echte Römerinnen an Wuchs und Gestalt, mit der erhabnen antiken, noch republikanischen Gesichtsbildung, die auch auf fremde Fürsten wie nur Barbaren herunterschaut. Sie hätten, wie die alten, dem hohen Senat mit berichten lassen, wenn sie das Verbot gegen eine gewisse Lustbarkeit von ihnen nicht aufhüben, daß sie nicht mehr gebären wollten.

Paar und Paar standen im vertrauten Umgang miteinander; die reizenden Geschöpfe ließen sich von ihren Geliebten als Modelle brauchen und gaben ihre Schönheiten deren Kunst preis. Sie machten sich selbst

Musik und tanzten lauter Nationaltänze, wo wenig gezogner, gedehnter, französischer Schritt, sondern immer neuer Freudensprung ist. Ich ließ dabei wakker auftischen und einschenken und wurde selbst von dem Wirbel ergriffen.

Nach Mitternacht ging es in ein echtes Bacchanal aus; das erhitzte Leben blieb nicht mehr in den gewohnten Schranken, und jedes tobte nach seinem Gefühl und seiner Regung. Demetri machte seinen Einfall zu einem spartanischen Tanz laut, und dieser wurde mit Jauchzen ausgeführt. Doch machte man vorher den feierlichen Vertrag, nichts Schändliches zu beginnen und die Leidenschaften bis ans lange Ziel gleich olympischen Siegern im Zügel zu halten, wie's braven Künstlern gezieme.

Man entkleidete die Jungfrauen, die, Glut in allen Adern, sich nicht sehr sträubten, zuerst bis auf die Hemder, und schlitzte diese an beiden Seiten auf bis an die Hüften; und die Haare wurden losgeflochten. Demetri schlug die Handtrommel, und ich spielte die Zithar.

Sie schwebten in Kreisen, drückten einzeln ihre Empfindungen aus, und jede enthüllte in den süßesten Bewegungen ihre Reize, bis Paar und Paar wieder sich faßten und hoben und wie Sphären herumwälzten. Es war gewiß ein Götterfest, soviel mannigfaltige Schönheit herumwüten und herumtaumeln zu sehen, und ich habe in meinem Leben noch kein vollkommner weiblich Schauspiel genossen.

Man holte hernach aus der nahen Villa Sacchetti Efeu zu Kränzen und belaubte Weinranken mit Trauben zu Thyrsusstäben, und jeder Jüngling warf alle Kleidung von sich. Es ging immer tiefer ins Leben, und das Fest wurde heiliger; die Augen glänzten von Freudentränen, die Lippen bebten, die Herzen wallten vor Wonne.

Wir führten auf die Letzt allerlei Szenen auf, aus

Fabel, komischen und tragischen Dichtern und Geschichte, in himmlischen Gruppen, wo eine wahrhaftige Phryne an Schönheit darunter mit errötendem und lächelndem Stolze sich endlich ganz nackend zeigte, in den verschämtesten und mutwilligsten Stellungen. Tolomei wetteiferte mit ihr; er hatte wirklich Schenkel wie ein junger Gott, entzückend Feuer schon der Hand, und die Sprossen zum künftigen Strauchwerk waren an seinem Leibchen eben angeflogen. Demetri glich dem Zeus, und ihm fehlte dazu nur Donnerkeil und Adler.

Die Phryne riß alsdenn der andern Schönsten das Hemde weg und beide den übrigen, und nun ward ich von ihr wie von einer wütenden Penthesilea gefaßt, der höchste bacchantische Sturm rauschte durch den Saal, der alles Gefühl unaufhaltbar ergriff, wie donnerbrausende Katarakten, vom Senegal und Rhein, wo man von sich selbst nichts mehr weiß und groß und allmächtig in die ewige Herrlichkeit zurückkehrt.

Gegen Morgen macht ich die Zeche richtig, und wir schwärmten im Geisterglanze des Vollmonds unter Chor und Rundgesang an der Tiber vorbei und hernach durch die hehren Ruinen und Triumphpforten über den Tarpejischen Felsen.

Ende des ersten Bandes.

Ardinghello

und die

glückseeligen Inseln.

Eine

Italiänische Geschichte

aus dem sechszehnten Jahrhundert.

Zweyter Band.

Lemgo,

im Verlage der Meyerschen Buchhandlung 1787.

Zweiter Band

Vierter Teil

Rom, Oktober.

Ich habe seit meiner letztern Begebenheit mit Lucinden gerungen und gekämpft, in keine solche Torheit wieder hineinzugeraten; aber alles muß seiner Natur folgen. Ich zittre und knirsche mit den Zähnen, daß es nicht anders ist: der Mensch hat keine Freiheit. Sieh die Inseln der Glückseligkeit vor Dir, mit vor Verlangen kochendem Herzen nach ihrer Lust, von üppigem Mut alle Nerven geschwellt: und widerstehe mit kalter Überlegung der Gefahren, die vielleicht auf Dich warten, indes der günstigste Wind über Dir in den Wipfeln hinsäuselt! Was ist das, daß der Mensch so nach Ruhe trachtet und sie hernach doch nicht leiden kann? Daß das Ziel keins mehr für ihn ist, sobald er es erreicht hat, und er immer ein neues haben muß? Ach, unser Wesen hat keinen Frieden, und Brand und Glut in und über alles ist dessen erste Urkraft!

Wo ich gehe und stehe, schwebt sie mir vor Augen; ich strecke meine Arme nach ihr aus, und meine Füße bewegen sich von selbst nach dem Ort ihres Aufenthalts. In diesen Kreis bin ich wie gebannt, und mir scheint kein ander Licht. O sie ist so ganz, was ich wünsche! und alles andre, was ich schon genossen habe, dünkt mir nur ein Vorschmack von der Fülle ihrer Seligkeit. Fiordimona, o Fiordimona, mit dir möcht ich ewig leben und unauflöslich mich mit dir verflechten! Du allein kannst bei allen Reizen der Schönheit meine Freundin sein; einen so hohen kräftigen Geist hab ich bei deinem Geschlechte noch nicht gefunden.

Glaub indessen nicht, Benedikt, daß ich mich aus Muße und Langerweile verliebe; ich beschäftige mich gerade mit den ersten Werken der bildenden Kunst, der alten und der neuern: allein das Leben selbst triumphiert über alles und gewinnt im Gegenteil dadurch noch mehr Stärke.

Der Oktober ist hier wie Wetter aus dem Paradiese, jeder Tag heiter und Fest schon an und für sich. Ich habe mich auf eine Woche in das Vatikan eingesperrt und genösse Götterlust, wenn mein Herz ruhiger wäre. Ich wohne oben im Belvedere bei dem Manne, der die Antiken in seiner Verwahrung hat, und die Aussicht von meinem Zimmer ist bezaubernd. Rom liegt still da, wie ein friedlich Überbleibsel von der Herrschaft der Welt; wie ein junger Sproß steigt es hervor aus dem uralten hohlen Stamme der ehemals erhabnen ungeheuern Eiche. Voran grünt das fruchtbare lange und breite Tal, wodurch der Tiber strömt, zwischen reizenden Hügeln, die schöne Villen bekränzen; und in grauem Duft und blauer Ferne lagern sich die Gebirge von Sabina, Tivoli und Frascati majestätisch herum. Man sieht so den Aufenthalt von süßen Geschöpfen vor sich, mit denen man auf allen Seiten, da und dort in die Höhen, um allein zu sein, hinaus flüchten könnte.

Die Nachwelt hat die größten Meisterstücke der Malerei dem wilden und kühnen Papst Julius zu verdanken; und es ist ein seltnes Glück, daß der Heftige einen so scharfen und sichern Blick für das Wesentliche hatte und sich durch kein Gepränge oder Höflingsgeschwätz täuschen und irreführen ließ. Er erkannte das wahre Talent und verachtete dagegen allen Modekram. Die berühmtesten Künstler damaliger Zeit hatten schon in den Stanzen die Wände mit allerlei Larven bemalt, woran vielleicht nach ihren Regeln nichts auszusetzen war, als Bramante den Raffael von siebzehn Jahren herbeibrachte, daß auch er in einem Zimmer sich versuchen möchte. Die alten Meister lächelten höhnisch und spotteten unter sich über die Unerfahrenheit des Knaben. Der hohe Jüngling ließ sich nicht stören und entwarf in seiner Phantasie, dem Schauplatz angemessen, vier Bilder: von der Theologie, der Philosophie, Poesie und Gerechtigkeit, und legte gleich im ersten Feuer Hand an die Theologie.

Die Philosophie war noch nicht ganz vollendet, als Julius von der Wahrheit und dem Reiz der Gemälde so entzückt wurde, daß er auf der Stelle befahl, alles, was die andern gemacht hatten, wieder herunterzuschlagen: dieser junge Mensch sollte die Zimmer allein ausmalen. Die alten Herrn schrien über Tyrannei und Unverstand, aber Welt und Nachwelt hat diesen harten Ausspruch gerechtfertigt.

Ein solcher Schutz der Kunst macht Ehre, und keine Millionen, die man an Stümper und ein buntes Gemisch von Kunstsachen verschwendet, indes der eigentliche Mann bei seiner Bescheidenheit entweder verborgen bleibt und darbt oder doch nur als ein gewöhnlicher Taglöhner sein Stück Arbeit nebenher durch irgendeines Vernünftigen Empfehlung von ohngefähr bekömmt.

Die *Theologie* ist ein geistig Bild der Religion; die vornehmsten Personen des Alten und Neuen Testaments sind hier beisammen, jede nach ihrem Charakter. Das Ganze stellt gleichsam die christliche Kirche vor im Werden.

Gott der Vater schwebt obenan als Architekt mit freundlichem Ernst, daß alles so ist, wie er's haben wollte. Christus ruht selig auf einem Wolkenthron in der Glorie der Ausführung, die Mutter voll Zärtlichkeit neben ihm. Patriarchen, Jünger und Apostel umgeben ihn als ihren Mittelpunkt, auf Wolken von Engeln getragen. Und unten auf dem Erdboden handeln noch die ersten Kirchenlehrer und Christen in der Grundlage des Gebäudes.

Die Hauptgestalten zeugen von der lebhaftesten jugendlichen Einbildungskraft und haben wunderbare Bestimmtheit in den Umrissen. Die vier großen Kirchenlehrer gehen mit ihrer Kraft allen andern hervor.

Wenn irgend ein Sterblicher zum Maler geboren war, so ist es gewiß Raffael. Seine Figuren sind mit einer Quelle von Leben hervorgefühlt und voneinander unterschieden bis auf eine eigne Art von Reiz im Ausdruck.

Die *Schule von Athen* ist ebenso ein geistig Bild der Philosophen beisammen. Pythagoras fängt an, Sokrates folgt, alsdenn kömmt Plato mit dem Aristoteles und weiter Archimed. Die Gruppe des letztern mit den vier Jünglingen ist wirklich unaussprechlich schön und reizend, ein entzückend Bild von einem Meister mit seinen Schülern; die Aufmerksamkeit zweier, die Verwunderung und Begeisterung des Aufblickenden besonders göttlich hingezaubert, gerad im Momente, wo er die Erklärung des schweren Problems findet. Gesicht mitsamt dem Haar ist von hoher Schönheit und Wahrheit. Archimed selbst voll Schärfe des Verstandes und Überlegung. Zeichnung und Malerei überall spricht den großen Meister von heiterm Sinn. Der eine studiert; der andre begreift; der dritte hat's begriffen und verwundert sich; und der vierte frohlockt und möchte jemand, der's auch lernte.

Für ein Gymnasium von Philosophen wäre das Ganze ein wahrer Zauber und würde jederzeit die Seele zur Empfänglichkeit stimmen. In verschiednen Köpfen von Raffael herrscht eine Wirklichkeit, wobei man über die frische Kraft seiner Phantasie erstaunen muß. Sein heiliger Gregorius muß ein Theolog sein, sein Pythagoras ein Philosoph und keine andre Menschen.

Der *Parnaß* ist wieder so ein geistig Bild der Poesie. Homer improvisiert, von Begeisterung hingerissen; Apollo ist mit seinen schönen Augen verzückt in himmlische Phantasien; Musen, Laura, Sappho und die besten Dichter, die theatralischen ausgenommen, sind dabei zugegen.

Die *Gerechtigkeit* besteht aus drei vortrefflichen allegorischen Figuren: Klugheit, Stärke zur Rechten,

Mäßigkeit zur Linken.

Dieses Zimmer war seine erste Arbeit zu Rom; es bleibt aber doch das vorzüglichste wegen Menge und Adel von Gestalten. Seele und Auge jedes verständigen und in der Welt erfahrnen Menschen müssen sich so recht daran wie an süßem Kern weiden. Überall blickt da und dort eine himmlische Blume hervor, und je tiefer man sich mit seinem Stachel hineingräbt, desto nahrhafter Honig findet man. So hat mich spät noch erfreut sein Evangelist Johannes in der Theologie, neben dem David, welcher vor der Menge größerer Figuren einem erst nach und nach mit seinem süßen Lächeln und halb zugedrückten innigseligen Blick aus seiner Engelsschönheit ins Herz blitzt. Das blonde Haar wallt ihm reizend nieder auf die Schultern, und er scheint einen Liebesbrief zu schreiben.

Die Schule von Athen ist mir das angenehmste von allen seinen Werken: eine solche Fülle von Heiterkeit und Ruhe kömmt mir daraus entgegen; ob das Ganze im Grunde gleich einen Streit vorstellt, nämlich den Sieg der Aristotelischen Philosophie über die Platonische, wie die triumphierenden und widerlegten Gesichter zeigen. Alles neben den beiden großen Helden scheint sich darauf zu beziehen. Plato hat zur Seite den Sokrates mit dem Alkibiades und den Pythagoras, Aristoteles den Kardinal Bembo* und Archimed. Wahrscheinlich fehlen deswegen Epikur und Zeno mit ihrem Anhange. Welche vollkommne Meisterstücke sind darin Pythagoras, Sokrates, Plato, Aristoteles, Archimed oder Bramante mit dem jungen Herzoge von Mantua! Alles ist hier so Natur, daß man die Kunst vergißt und nicht an sie denkt: so voll und verliebt darein und fertig war der Meister. Die Gruppen sind schön zusammengehalten, und jede richtet sich nach

* Platonici artifices disserendi, non interpretes naturae aut doctores sapientiae, war damals die Meinung.

dem Philosophen, der Unterricht erteilt. In die antiken Gewänder hat er sich gut hineingedacht, und man merkt nichts Gezwungnes.

Zusammengedrängte Jahrhunderte machen in jedem von den drei Gemälden ein einzig Bild für die Phantasie.

In dem Zimmer darauf tut der Genius Raffaels, wenn ich mich so ausdrücken darf, pittoreskere Flüge, ist aber nicht mehr so reich an hoher individueller Gestalt.

Sein *Heliodor* ist vielleicht die schönste Allegorie neuerer Zeiten. Das Ganze teilt sich in drei Gruppen und tut große Wirkung. Die Gruppe der Engel mit dem niedergeworfnen Heliodor gehört unter Raffaels Höchstes; sie sind durchaus Natur in Gestalt, Gebärde und Bewegung; er hat sie vermutlich von feurigen römischen Buben in Zorn und Sprung abgesehn. Der Engel zu Pferde in der Kirche ist etwas ungereimt, aber er macht ein herrlich Bild von Schnelligkeit und unwiderstehlicher Gewalt. Heliodor und seine Gefährten schreien; und es gehört zur Schönheit des Ganzen, ob sie gleich gegen die Theorie einiger Antiquaren dazu den Mund auftun müssen.

Die Gruppe von Weibern neben dem Papste, der von Schweizern, nach der Natur kopiert, hereingetragen wird, macht einen reizenden Kontrast; die Köpfe der beiden Frauen, die mit den Händen zeigen, sind die schönsten, und der dritte daneben hat einen wunderbaren Ausdruck. Julius schaut voll Majestät, als ob seine Befehle gut ausgeführt würden.

Der Hohepriester in der Mitte am Altar bittet in Zuversicht und Ergebung. Der Bube, welcher auf den Säulenfuß steigt, um recht zuzuschauen, ist sehr pittoresk, wie überhaupt alles samt der Beleuchtung.

Dies Gemälde gehört gewiß zu dem Vortrefflichsten, was Raffael hervorgebracht hat; und zu der Zeit, wo soeben erst die Franzosen von Italien hinausgetrieben waren, muß es jedermann innig ergötzt haben. Man sieht inzwischen deutlich, daß ihm seine Schüler an den Nebensachen halfen. Es ist ein ungeheurer Unterschied, wenn man Raffaelen nach den meisten gegenwärtigen Malern sieht; bei ihm lebt alles und bedeutet, und greift ein ins Ganze. Man kömmt bei ihm einmal wieder zu einem verständigen Menschen.

Damit Du aber siehst, daß ich doch nicht schwärme, so meld ich Dir daneben, daß der bewunderte *Attila* gegenüber auf mich wenig Wirkung macht. Ich finde darin kein recht zusammenhängend Ganzes in der wirklichen Malerei und den Charaktern, obgleich die Anlage trefflich ist, und zuviel Kompliment auf Leo den Zehnten, dessen Kopf sich wahrlich zu keiner solchen Szene schickt. Attila sieht viel zu gütig aus für einen Hunnenkönig, ohnerachtet der ungefühlten Worte von Griechenheit darüber, und Leo zu feist für einen Heiligen. Die Apostel sind zu schwer, zu groß und zu nah in der Luft für schwebende Figuren, haben wenig Gestalt, bitten eher, als daß sie drohen sollten, und halten ihre Schwerter wie die Weiber.

Nichtsdestoweniger bleibt das Gemälde mit den Porträten, Pferden und verschiednen Gewändern eine reizende Wandverzierung für einen geistlichen Fürsten, und es ist darin immer mehr natürliche Gestalt für Verstand und Auge als vielleicht in hundert neuern.

Das *Wunder bei der Messe* ergötzt besonders wegen Einheit und Mannigfaltigkeit des Ausdrucks durch alle die verschiednen Gesichter, die meistens Porträte sind, und zeigt so recht Raffaels wunderbare Einbildungskraft. Es ist der lebendige Glaube. Der überführte Priester, mit den Augen kaum blinzend und voll Beschämung und Erstaunen in den Lippen, und Julius der Papst sind hohe Meisterstücke. Das Ganze ist am besten gemalt unter allen.

Petrus, befreit aus dem Gefängnisse, ist ein angenehmes Spiel von Licht und Schatten, wozu jedoch kein Raffael gehörte, und das Ganze gut entworfen, der erschrockne Soldat auf der Treppe meisterlich.

In diesem Zimmer merkt man schon, daß Raffael seine Schüler bei seinen Arbeiten brauchte; aber noch weit mehr in dem dritten, hintersten, wo das meiste von diesen ist.

Der *Burgbrand* ist hier das Vorzüglichste. Viele Gestalten sind darin vortrefflich, nur war die Szene selbst eher ein Vorwurf für den Tizian oder Correggio. Überhaupt aber sind Wunder eher für Poesie als bildende Kunst; sie täuschen das Auge selten, weil man natürlicherweise nichts so gesehn hat.

Die Dirne mit dem Krug auf dem Kopfe ist eine göttliche Figur, eine Amazone unter den modernen Weibern, voll Leben und Frischheit in ihren Formen und reizend in dem vom Wind angewehten Gewande. Die knienden Frauen sind gleichfalls trefflich und die Gruppe des Sohns, des Äneas, der seinen Vater rettet, mit dem Buben daneben Meisterwerk. Der Tumult der Weiber und Kinder, weinend und schreiend, flehend und erschrocken, ergreift die Phantasie, und es gibt da schöne Gestalten. Jedoch ist er am Nackenden gescheitert; dies muß gut koloriert sein, wenn es Wirkung hervorbringen soll. Der nackende Kerl, welcher herabspringt, ist ziegelfärbig und sieht aus wie geschunden.

Leo der Vierte, welcher auf das Evangelium schwört. Die Hauptfigur ist das Beste im Ganzen; man kann gutes Gewissen nicht trefflicher ausdrücken im großen, kräftigen, freien Charakter. Herrlicher Blick gen Himmel! Außerdem sind noch einige meisterhafte Köpfe darin; scharfer Verstand, Getrostheit, und Verwunderung und Aufmerksamkeit darum her, und die Menge mit verschiednen Empfindungen. Es ist reizend, überall den tiefen Seelenklang zu finden. Er war in der Tat ein klares stilles tiefes Wasser, worin sich die beste Natur rein abspiegelte.

In der *Schlacht bei Ostia* ist das Beste der geharnischte Soldat mit den grünen Hosen; ein christlicher Held. Das übrige in diesem Stücke ist unbedeutend; der Papst selbst hat eine fromme Schafsgestalt.

In der *Krönung Karls des Großen* macht Karl selbst eine einfältige Figur und paßt so gut zu dieser Szene, die mit viel Empfindung und Feinheit ausgeführt ist; er sieht wie ein alter Schweizerkorporal aus und kniet mit abgestutztem Haare vor dem Papst.

Es sind in diesem Gemälde ganz vortreffliche Köpfe, besonders unter den Bischöfen und geharnischten Schweizern. Die Gescheitesten sind am entferntesten von ihm und um die Handlung her, und zum Teil mit ernsthaftem und heiterm Nachdenken. Die Bischofsmützen sind sehr fatal für die Malerei; und ihr Weiß in doppelter gerader Reihe besonders im Vordergrunde grell. Die Einheit des Ganzen verbreitet sich bis auf die Sänger in der Ecke oben. Die Kerl, welche Geschenke tragen, silbernen Tisch und Gefäße, bringen Mannigfaltigkeit hinein. Es ist viel zusammengedrängte Pracht darin.

Im vierten und letzten Zimmer, beim Eingang das erste und größte, ist alles bloß nach Raffaels Zeichnungen und Anlage, bis auf zwei Figuren, die er selbst in Öl ganz ausgemalt hat, nämlich die *Gerechtigkeit* und *Gütigkeit*, welche, obgleich nur allegorisch und wenig bedeutend, doch mit ihrer Wahrheit und Wirklichkeit alles von Julio Romano und Fattore niederschlagen. Es kömmt einem vor, als ob Raffaels warmes Leben kalt geworden wäre; er ist's, und ist's nicht mehr. Er selbst ist ganz lebendig: hier sind's nur seine Masken. Es fehlt die Bestimmtheit in allen Teilen, fehlen die feinen entscheidenden Züge, die nur von der schöpferischen Phantasie allein unmittelbar in die Hand quellen. Man muß sich zwingen, die Personen wirklich zu sehen; bei ihm kann man nicht anders.

Die *Schlacht Konstantins* gehört mit der Verklärung unter Raffaels größte Kompositionen; sie macht ein schönes Ganzes und ist vortrefflich angeordnet. Die Hauptfiguren gehen gut hervor. Konstantin drückt noch Zorn aus, und die Freude regt sich bei ihm über den Sieg; die Gruppe mit dem Reiter vor sich, dessen Pferd er verwundet, ist wohl ausgedacht. Der Kopf des Maxentius stellt einen schlechten, grausamen und elenden Tyrannen dar überhaupt, wohl meistens von Julio erfunden, und jetzt in Verzweiflung und gänzlicher Ohnmacht und der Gefahr, überall umzukommen. Sein Pferd und wie er sich beim Untersinken im Wasser daran hält, der Strom und die darin schwimmen, in die Barke steigen wollen und sie umwerfen, ist trefflich. Sonst sind die Haufen vielleicht zu voll, der Feind zu flüchtig, ohne allen Widerstand; es bleibt aber doch die erste Schlacht wegen Wahrheit der Gestalten. Die Gruppe, wo einer vom Pferde heruntergebohrt wird, und die des gefallnen Sohns mit der Fahne bei seinem Vater tun große Wirkung.

Die drei übrigen Gemälde in diesem Saale kommen nach den andern wenig in Betrachtung. Die *Anrede Konstantins* mit dem erscheinenden Kreuz in der Luft ist noch das beste; sie ist nach den Anreden Trajans auf Konstantins Triumphbogen. Einige Porträte nur ziehen das Auge an sich, als die zwei Jünglinge unter Konstantin.

In der *Schenkung Konstantins* sind im Vordergrunde auf beiden Seiten ein paar schöne Gruppen von Weibern, samt denen, die sich durch die Säulen drängen.

Vor den Stanzen sind die Logen, mit lauter kleinen Gemälden aus dem Alten Testamente und am Ende mit einigen wenigen aus dem Neuen verziert. Raffael selbst hat nur ein paar Erker etwa selbst flüchtig ausgemalt und hier und da Hand angelegt, alles andre ist von seinen Schülern nach seinen Zeichnungen. Und so die *Arabesken*. Alles voll schöner reizender Ideen. Ich betrachte diesen Gang als die Schule Raffaels im eigentlichen Verstande, den trefflichen Meister unter seinen großen und kleinen Schülern, und es freut mich zu sehen, wie sie die Schwingen versuchen.

Man kann nicht wohl umhin, unter den großen Meistern der neuern Zeit den Michelangelo und Raffael obenan zu stellen; jenen wegen Richtigkeit im Nakkenden und Erhabenheit seiner Denkungsart; doch hat er wenig Gefühl für schöne Form gehabt und ein elendes Auge für Farbe, und war arm an Gestalt.

Raffael ist lauter Herz und Empfindung, und eine Quelle von Leben und Schönheit, wie je wenig Sterbliche. Edel und liebenswürdig, und bereit, von seiner Fülle mitzuteilen für jedermann, hat er die Gunst und Bewunderung von dem Kerne der Menschheit erhalten. Alles Nackende, was zu unsern Zeiten am Menschen sichtbar ist, besitzt er in seiner Gewalt. An Gestalt ist keiner reicher als er, und darin fühlt er einige Gattungen von Seelenschönheit aufs lebendigste. Die Farbe war ihm zu sehr Oberfläche; im Nackenden hat er aber doch oft ihren Reiz gefühlt und besonders bei Köpfen in höchster Vortrefflichkeit übergetragen. Die Zaubereien vom Hell-Dunkel sind ihm fremd. Sein Fehler ist seine Gefälligkeit überall, auch wo sie nicht sein soll. Es scheint, als ob er nie ein widerwärtig Gesicht recht habe ansehen können; in seinen Köpfen von Attila und Heliodor, und Mördern schier, ist Grazie und Gefälligkeit. Heldencharakter, welche für sich bestehen, einen Apollo, Herkules, Jupiter, und diesen Ähnliche unter Menschen hat er nie oder höchst selten durch bloße Kopie erreicht. Sein Nackendes in den Teilen, die man nach unsern Sitten nicht sieht, ist wie aller andern Neuern meist Abschrift eines Modells; doch freut einen darin seine feste Hand. Die Vollkommenheit unsrer besten Antiken kannt er nicht; und sein Vortrefflichstes ist wahrlich nicht das wenige, worin er sie nachgeahmt hat. Dies Nackende, wenn er sich auch noch so sehr plagte, tut wenig Wirkung; es ist nicht wieder andre Natur geworden wie bei den Griechen, ausgenommen Kinder, Arme, Beine, Brüste, Hände, Füße.

Übrigens sieht man recht im Vatikan, daß er mit den vorzüglichsten Personen seines Zeitalters umging und ihre Gestalten, Mienen und Gebärden, Stellungen und Bewegungen und den Reiz in den Gewändern seiner Kunst eigen machte. Welche Meisterstücke Archimed, Aristoteles, Plato, Pythagoras, seine Theologen und Kirchenlehrer! Um sie so wohl zu fassen, dazu gehört gewiß ein verliebter Umgang mit großen Männern. Sappho, Laura, die drei Musen neben dem Apollo im Parnaß, Pindar, Horaz, welche Gestalten! Und wieder welch ein unschuldiges unbehülfliches und doch unbesorgtes Wesen in seinen Kindern zum Beispiel im Burgbrande!

Die Schönheit von Ausdruck und Empfindung hat er verstanden wie keiner. Auch dem Gemeinsten hat er immer einen Anstrich von Empfindung gegeben, ihn wie in Seele getunkt. Er konnte fast nichts anders machen; und die gefühligen Gebärden von inniger Rührung sind bei ihm zuweilen für den scharfen Denker bloße Manier und finden sich, wo sie sich nicht hin schicken. Seine wahrhaftig schöne Seele hat sich von Kindheit an dazu gewöhnt.

Gefühlvolle Gestalten, die nicht sprechen, sind aber auch der eigentlichste Gegenstand der Malerei; wo diese nicht das Hauptwerk in einer historischen Komposition ausmachen, ergreift das andre wenig.

Die vorige Woche war eine Seligsprechung zu Sankt Johann im Lateran, und dabei wurden *Raffaels Tapeten* ausgehängt, das Fest zu schmücken. Sie machen die andre große Reihe von Gemälden aus, wenn man sie so nennen will, die sich von ihm hier befinden, und belaufen sich an die zwanzig Stücke. Es sind Bilder aus dem Leben Jesu und der Apostelgeschichte. Raffael malte die Kartons dazu, wenig Jahre vor seinem Tode, auf Verlangen Leo des Zehnten, und sie wurden in Flandern unter Aufsicht zwei seiner guten dortigen Schüler gewirkt.

Man trifft darunter Vorstellungen an von hoher Vortrefflichkeit und Schönheit: bei einigen aber gab er sich freilich nicht viel Mühe; doch erblickt man auch hierin einzelne Figuren, die entzücken. Er mußte sich darauf einschränken, was auf Tapeten Wirkung tut, und konnte nicht ins Feine gehen, in die zarten Züge, die oft soviel entscheiden. Deswegen hat man vermutlich auch aus einer schändlichen Nachlässigkeit die Originale zurückgelassen; und der Himmel weiß, wo sie in den Nebelländern hingeraten sind.

Der Kindermord, die Auferstehung, die Austeilung der Schlüssel, wo man dem Paulus opfern will, derselbe im Areopag, Petrus, der einen Gichtbrüchigen heilt, der blinde Zaubrer, der Fischzug gehören unter die besten. Es ist wunderbar, wie das Leben aus der groben Materie hervorbricht und die Herzen ergreift; und man wird selbst zum glücklichen, seligen Kinde, wann das Volk so daran vorbeizieht, da und dort stillesteht und sich dieses und jenes Schöne zeigt, sich dabei der Religion freut und fromm und gut nach Hause geht.

Vor seinem Kindermorde muß jeder andre Künstler die Segel streichen. Ich habe manches schöne Weib davor Tränen vergießen sehen, so rührend ist die Mutterliebe und die Unschuld der Kinder auf mancherlei Art ausgedrückt. Die Mutter, welche mit ausgebreiteten Armen und flatternden Haaren im Schrecken flieht; welche sitzt und über ihr totes Kind weint; welche den Mörder wütend fortstößt, indes das Kind sich an sie festklammert: sind göttliche Gestalten. Es ist ein unendlicher Reiz von Leben, Bewegung und Schönheit in diesem Stücke, das aus drei großen Tapeten besteht.

Wie Petrus den Gichtbrüchigen heilt, ist ein gleiches

Meisterstück und hat die trefflichsten Naturgestalten zur Begebenheit und macht noch ein vollkommner Ganzes. Ein gleiches, wo dem Paulus geopfert wird und wo Petrus die Schlüssel empfängt.

Wie Christus aufersteht, ist äußerst sinnlich erfunden. Die Wache erschrickt und flieht davon, wie vor einem Gespenste. Der Hauptmann mit dem Spieße, der im Entsetzen noch tapfer aushalten will, und der Soldat, der sich vor Furcht an ihn schmiegt, und ein andrer mit Schild und Armen über dem Kopfe, und der, welcher ausreißt, sind Meisterwerk. Die drei Marien in der Ferne vollenden die Heiterkeit des Ganzen.

Es läßt sich wenig darüber sagen, wenn man nicht selbst davorsteht und auf die Schönheiten hindeuten kann. Auch muß man vieles aus einer nähern Bekanntschaft mit Raffaelen nur ahnden.

Unter allen seinen theologischen Werken behält aber doch immer den Preis sein letztes, die *Verklärung*, weil es gewissermaßen die Quintessenz aller seiner heiligen Gefühle in sich hält, den Zuschauer in den Mittelpunkt der christlichen Religion zaubert und die Vollkommenheit seiner Kunst ist. Schade nur, daß das Gemälde die Haltung verloren hat, die Schatten alle schwarz geworden, die feinen Tinten verschwunden sind und die Luft keine gute Wirkung tut. Inzwischen müssen die Gestalten der hohen Menschen, die hier versammelt sind, schon an und für sich ergreifen. Jeder von den untern Aposteln möchte gern voll Gutherzigkeit helfen, aber kann nicht. Auch die Notleidenden sind edle Seelen, und die kniende Jungfrau mit dem königlichen Profil erhebt besonders die Szene. Der beseßne Bube ist ein gutes Kind; der Kopf hat in der Tat den Ausdruck, als ob ihm ein böser Geist etwas angetan hätte, und sein Arm ist ein Meisterstück von Wut der Qual. Der Kopf des Weibes, welches ihn mit der Hand hält, voll Angst und blasser Melancholie, rührt bis zur Bangigkeit.

Oben auf dem Berge wird der göttliche Jüngling, der das menschliche Geschlecht von seinem Elende befreit und auf welchen die untern Gefährten zeigen, in Verzückung emporgehoben vom Boden, und ihn umschweben die größten Geister der Vorwelt herab vom Himmel. Die eingeschlummerten Begleiter erwachen auf der Anhöhe von der Glut der Begeisterung.

Jede Gestalt ist äußerst rein und bestimmt, individuell, voll Physiognomie und Schönheit in großen Formen. Dabei sind die Köpfe doch fast alle Natur aus der römischen Welt und täuschen deswegen so sehr. Ein Fremder kann es nicht so genießen wie einer, der diese kennt.

Mit einem Wort, es ist, was es sein soll: eine wahre Verherrlichung und Verklärung; die Doppelszene, so vereinigt, füllt den Moment so mächtig, als die Malerei nur leisten kann; und was leere Kritiker tadeln, entzückte gerade den Meister bei der Erfindung und macht den Triumph der Kunst für den Menschen von Gefühl aus.

Man muß gewiß erstaunen über die große Anzahl seiner Werke bei so kurzem Leben und seinem Hange zur Wollust, besonders wenn man das meiste so gefühlt und ausempfunden sieht. Bei bloßer Manier und Fabrik läßt sich große Anzahl leicht begreifen, wo arme Sünder denselben Puppenkram, den kein Vernünftiger mehr erblicken mag, nur in andre Stellungen versetzen: aber alles Vollkommne, aus der Natur hergeholt, will reine volle Seele und kostet Anstrengung.

Raffael hat sich innig, von zarter Kindheit an, als einzig liebes Künstlersöhnchen voll frischer Kraft selbst zum Maler in der Einsamkeit und beim Leben in der Welt gebildet und früh sich angewöhnt, Gestalten und Bewegungen derselben sich in der Phantasie zu sammeln und vorzustellen; und diese Übung und Gewohnheit ist nach und nach bei ihm zur stärksten Fertigkeit geworden. Seine Hand hat er gleich-

falls geübt wie Auge und Phantasie, und dabei seines Geistes Sphäre erweitert; und so ist der göttliche Jüngling zum Vorschein gekommen. Die Hauptsache, worin er alle übertrifft, bleibt eben die vollkommne Fertigkeit, sich Gestalten vorzustellen, die Grund in der Natur haben, mit Zweck und Absicht. Daher die wunderbare Menge seiner Gemälde. Das Höchste in der Malerei, Gestalt, wobei sich andre, zuweilen die scharfsinnigsten Köpfe, vergebens abmartern, war sein Leichtestes, ging von ihm aus wie Quelle. Aber doch sieht man bei seinen Kompositionen deutlich allemal die Figuren, wo er sich angestrengt und die wirkliche Natur nachgeahmt hat. Er besaß einen gar guten Volksverstand und dachte und empfand bei jeder Geschichte gleich das Natürlichste; und seine Gestaltenphantasie und sein kernhafter Stil, wo alles bestimmt ist, machte das Ganze gleich lebendig.
Nach diesem allen seh ich mich doch genötigt, ein Gegenlied von dem Lob anzustimmen, was ich dem Papst Julius gab. Es war ein Glück für Raffaelen, daß dieser seiner Kunst Arbeit verschaffte, und vielleicht auch keins und das Gegenteil; denn dadurch ist er fast zum bloßen Kirchenmaler geworden. Das einzige große Werk außer seinen theologischen Gemälden und Porträten ist die *Geschichte der Psyche* in der Farnesina; und diese gehört, einzelne vortreffliche Figuren ausgenommen, nicht unter sein Bestes. Die Götter und Göttinnen darin machen einen großen Abstand gegen die Antiken.* Jedoch muß man zu seiner Entschuldigung sagen, daß er das vom Apulejus so kostbar erzählte Märchen schier lukianisch behandelte; das Ganze ist ein Malerscherz und stellt ein kokettes Weib vor, welches keine reizende Schwiegertochter haben will und sie endlich haben muß.

* Vielleicht sprach Poussin bei dieser Gelegenheit das folglich höchst einseitige Urteil aus, daß Raffael gegen die Antiken ein Esel wäre; denn was möchte er sonst selbst sein?

Er und seine Schüler scheinen überdies sich auf Kosten des reichen Kaufmanns Chigi von Siena, der aus verschwenderischer Pracht bei einer Mahlzeit für Kardinäle und Prälaten die silbernen Gefäße, sowie sie abgetragen wurden, in den vorbeifließenden Tiberstrom werfen ließ, sich mehr nur einen Zeitvertreib gemacht zu haben, als daß ihnen, von der vatikanischen Strenge her, die Arbeit Ernst gewesen wäre; und der welsche Amsterdamer mußte ihm dabei noch ein Zimmer für seine Geliebte einräumen, damit er sie allemal gleich bei der Hand hätte, sooft ihm die Lust unter den wollüstigen Zeichnungen der nackenden weiblichen Gestalten zu ihr ankäme.

Die Allegorie mit den Liebesgöttern ist das Sinnreichste, Venus und Psyche übrigens einigemal bezaubernd, Zeus und Amor beisammen griechisch empfunden, Merkur und die Grazie vom Rücken Meisterwerk. Und Johann von Udine hat bei seinen Blumen einen himmlischen Frühling genossen.

In seiner *Galatee* neben diesem Saal ist die Zärtlichkeit und Empfindung der ersten Liebe ausgedrückt; sie hat viel Unschuld im Blick, aber noch etwas Unreifes in der Gestalt, und ihr Gesicht ist noch nicht so klar und rein wie zum Exempel die Köpfe in der Verklärung. Die drei fliegenden Bübchen schweben reizend in schönen Umrissen.

In den Stanzen sind zwar einige Gemälde, die nicht zur Kirchengeschichte gehören, allein er mußte die Personen darin doch dem Orte nach so fromm behandeln, daß sogar Vasari seinen Plato und Aristoteles in der Schule von Athen für die Apostel Petrus und Paulus ansah und ein andrer Unwissender dieselben mit dem heiligen Schein in Kupfer stach. Sein Parnaß würde vermutlich in einem Saale von Ariosts Gartenhause ein ander und besser Werk geworden sein.

Und wie sind die Zimmer alle an und für sich schon schlecht beleuchtet und angeordnet, mit Malerei überladen! Man sollte fast denken, der Halbgott habe den größten Teil seines Lebens mit seinen Schülern hier gefangen gesessen und einem theologischen Tyrannen zu gefallen alle Wände vollgepinselt, um ihn zur Erlösung zu bewegen.

Raffael hat durch diesen Druck äußerst wenig und vielleicht nichts gemacht, wo sein ganzes Wesen mit allen seinen Gefühlen und Neigungen und Erfahrungen ins Spiel gekommen wäre, wo die Sonne seines himmlischen Genius ganz auf einen Brennpunkt gezündet hätte.

Es ist zwar wahr, aus der freisten oder schlüpfrigsten Szene der Welt kann der Künstler eine Gestalt in das frömmste Gemälde übertragen; allein es geschieht doch allemal mit Zwang, der, anstatt daß eine Begebenheit aus der profanen Geschichte oder Fabel die Phantasie erhöbe und begeisterte, die eigentlich lebendigen Züge verwirrt und verunstaltet, so daß sie ihre beste Kraft verlieren. Wie würden Raffaels Weiber, zum Exempel, dieselben Gestalten zu seinem Kindermorde, zu seinen vortrefflichen Sibyllen in der Kirche alla Pace, zu verschiednen seiner Madonnen noch andre Wirkung in den Vorstellungen aus dem Leben einer Sophonisbe, Kleopatra, Cornelia, der Geschichte des Coriolan hervorbringen?

Es bleibt ausgemacht: Das Element der großen Geister ist die Freiheit; und wer sie unterstützen will, muß diese ihnen erst gewähren. Aller Zwang hemmt und drückt die Natur, und sie kann ihre Schönheit nicht in vollem Reize zeigen. Deswegen die Athenienser unter ihrer Demokratie und Anarchie der höchste Gipfel der Menschheit.

Rom, November.

Ich freue mich, daß Du mit mir auf gleichen Lebenspfaden gehst und also leichter an meinen Schicksalen teilnehmen kannst; nur ist Deine Chiara von ganz andrer Art als meine Fiordimona; sie hat mich nicht so lange schmachten lassen, ihrer Macht und Herrlichkeit bewußt. Das hab ich noch nicht erfahren, in der Liebe so von einem Weibe überflogen zu werden. Ich habe Nebenbuhler, und vielleicht glückliche Nebenbuhler: nur schein ich der glücklichste zu sein; und dies fesselt mich an ihren Triumphwagen, worauf die stolze junge Römerin einherzieht wie ein alter Sylla nach den Siegen über die größten Könige der Erden und die ersten Helden seines Vaterlandes. Und ich fühl es, ach ich fühl es, daß sie mich so ganz unaussprechlich liebt! Was das für eine Empfindung ist und wie es mein Wesen in vollen Schlägen durchkreuzt, kann niemand fassen, als wer selbst in Feuer und Flammen unter einem solchen schrecklichen Gewitter gestanden hat.

Das erste Mal, als wir unsre Seelen vereinigten, geschah in der Nacht auf den Raub, zwischen Gebüsch und Gesträuch, unter den ewigen Lichtern des Himmels, auf dem Gipfel des Monte Mario. O Gott, wie war ich da in Reiz versunken und verloren! Ach, wenn es ein Leben gibt, das so unaufhörlich fortdauert, in welcher Tiefe von Elend winden wir uns herum! Sie riß sich allzubald mit heißen Küssen los, damit ihre Abwesenheit vom Ball, den ein Prinz ihretwegen auf der Villa Melini gab, nicht bemerkt würde; und ich wandelte außer mir, nicht mehr derselbe, noch lange zwischen den Bäumen herum, tat Freudensprünge wie ein Knabe und jauchzte vor unfaßbarem Entzücken hinab in die Täler des Tiberstroms, daß alle Hügel widerhallten.

Du solltest sie sehen! Eine erhabne Gestalt, die das Auslesen hat; bei Lüsternheit sprödes Wesen. Ein froh und edel wollüstiger Gesicht gibt's nicht. Mit Adleraugen schaut sie umher und bezauberndem, doch nicht lokkendem Munde. Das stolze Gewächs ihres schlanken Leibes schwillt unterm Gewand so reizend hinab, daß man dieses vor Wut gleich wegreißen möchte; und die Brüste drängen sich heiß und üppig hervor wie aufgehende Frühlingssonnen. Wangen und Kinn sind in frischer Blüte und bilden das entzückendste Oval, woraus das Licht der Liebe glänzt. O wie die braunen Locken im Tanze bacchantisch wallten, der himmlische Blick nach der Musik und Bewegung in Süßigkeit schwamm, die netten Beine in jugendlicher Kraft sich hoben, wie schnelle Blitze verschwanden und wiederkamen! Doch warum beginn ich ein unmögliches Unternehmen! Der genießt das höchste Los des Daseins, den ihre zarten Arme wie Reben umflechten; mehr hat kein König und kein Gott.

Ach, und sie ist mehr Wunder der Natur noch am Geiste! eine Kreatur, worüber ich zum ersten Mal mit geheimen Ingrimm rase, daß sie so vortrefflich ist. »O laß mich!« ruf ich zuweilen für mich in Verzweiflung aus; doch muß ich dem unbändigen Zuge folgen und unterliegen. Ich habe nie geglaubt, daß eine Dirne derart mich in Ketten und Banden legen würde, und tobe über mich selbst; aber niemand weiß, was ihm bevorsteht.

Ich will Dir gleich den falschen Wahn benehmen, der bei Dir aufsteigen wird. Sie ist reich, besitzt ein unmäßiges Vermögen und hat weder Vater, Mutter noch Geschwister. Ihr Vater war der Sohn eines päpstlichen Neffen, und sie ist nun allein geblieben. Wie um sie geworben wird, kannst Du Dir leicht vorstellen; aber sie will ihre Freiheit behaupten und sich platterdings nicht vermählen.

Kurz darauf bracht ich bequemer und freier eine ganze Nacht mit ihr zu in ihrem Schlafgemach, bis Morgenrot und Sonne die Blumen ihrer Schönheit bestrahlten und ich so ganz in ungestörtem Genusse mein Dasein mit allen Sinnen darinnen wiegte. Welche Reden! welche Gefühle! wie schwand die Zeit dahin;

welcher süße Scherz, was für Mutwill, was für Spiel, kindlich und himmlisch! Trunken und lechzend taumelt ich von dannen. Wohl recht hatte jener Weise: wenn man die Wollust dem Leben abzieht, so bleibt nichts als der Tod übrig. Sie hat so ganz das, was Sappho bei Weibern allein Grazie nennt, das Liebreizende, was so oft den schönsten und verständigsten fehlt. Diese versteht die Kunst, zu lieben, und kennt die Wirklichkeit der Sache mit allen ihren Mannigfaltigkeiten; sie ist eine Virtuosin darin, und andre wissen dagegen kaum die Anfangsgründe. Bei ihr könnte Sokrates mit allem seinem unendlichen Verstande noch in die Schule gehen; Natur selbst übersteigt alle Einbildung. O wie sie so bloß als erquikkende Frucht an einem hängt, als volle süße Traube, woran man mit durstigen Zügen saugt: und dann wieder bezaubernde unüberwindliche Tyrannin ist des Herzens und des Geistes! Sicher bei ihrer Vollkommenheit, bedarf sie die Ziererereien der andern nicht. Die Grausame begnügt sich, gleich der Spinne, nicht an einer Seele und verlangt nicht, wie sie sagt, gegen die Unmöglichkeit zu streben; o ich möchte töricht werden!

»Laß uns aufrichtig sein!« sprach sie an einem andern Abend im Spazierengehen nach Saitenspiel und Gesang bei meinen Liebkosungen und Klagen der Eifersucht.

»Jedes muß sich selbst am besten der Kräfte zu seiner Glückseligkeit bedienen, womit es auf diese Welt ausgesteuert worden ist, und der Lage und Sphäre, wohinein es bei seiner Geburt gesetzt wurde. Dies hebt den Menschen über Menschen und macht einen weit größern Unterschied zwischen den Graden ihres Genusses, als zum Exempel zwischen den verschiednen Weinen und ihrem Geschmack ist, wo man nicht glauben sollte, daß sie alle von derselben Rebe herkämen.

So wären die Könige Halbgötter und Löwen unter Rindern, wenn sie ihre Stelle zu gebrauchen wüßten.*

Ein Frauenzimmer ist unklug, das mit einer Gestalt, die gefällt, erwuchs und Vermögen besitzt, wenn es sich das unauflösliche Joch der Ehe aufbinden läßt. Eine Göttin bleibt es unverheuratet, Herr von sich selbst, und hat die Wahl von jedem wackern Manne, auf solange sie will. Es lebt in Gesellschaft mit den verständigsten, schönsten, witzigsten und sinnreichsten; erzieht seine Kinder mit Lust, als freiwillige Kinder der Liebe; erhöht sich zum Manne: da es hingegen im Ehestande wie eine Sklavin weggefangen worden wäre, nichts mehr vermöchte nach Gesetz und Gewohnheit, und sich endlich von dem kleinen Sultan selbst, welchem es sich aufgeopfert hätte, verachtet sehen müßte, ohn einem andern Vortrefflichen seine Hochachtung wirklich auf eine seelenhafte Art, nicht bloß mit Tand und Worten, erkennen geben zu dürfen.

Ich werde dies einem Prospero nicht weiter auseinanderzusetzen brauchen, und ferner nicht, ob das Wohl des Staats oder Ganzen dadurch gewinnt oder verliert. Die etwanige Sünde kann man sich ja vergeben lassen! und eigentlich ist es bei uns nicht einmal eine gegen das sechste Gebot, sonst würden diese Lebensart fromme Regierungen nicht gestatten.

Was die Eifersucht betrifft, so ist sie gewiß, wenigstens auf eurer Seite, eine unnatürliche Leidenschaft und entsteht ganz allein aus armseliger Schwäche, Mangel oder Vorurteil; Brüder und Helden, jeder wert, ein Mann zu sein, sollten sich eine Freude daraus machen, ein schönes Weib gemeinschaftlich zu lieben. Der geringste Genuß wird durch Anteilnehmung mehrerer verstärkt und gewinnt dadurch erst seinen vollen

* Hieron beim Xenophon spricht darüber anders aus Erfahrung.

Gehalt: warum sollt es nicht so sein bei dem größten? Und ist eine junge Schönheit nicht imstande, ihrer viele zu vergnügen? Verliert der eine etwas, wenn der andre auch von der Quelle trinkt, woran er schon seinen Durst gelöscht hat? In einer guten bürgerlichen Gesellschaft sollte platterdings auch gesellschaftliche Liebe und Freundlichkeit sein; allein wir können uns von dem Krebsschaden der Vorurteile vieler Jahrtausende noch nicht heilen. Eins und eins ist wahrlich nicht viel mehr als einsiedlerisch und gegen die Natur; sie behauptet deswegen auch immer ihre Rechte, wie jeder weiß, der nicht ganz blind ist. Bei der großen Mannigfaltigkeit wär es Unsinn, jederzeit von bloßem Brot zu leben. Jeder Mensch existiert für sich und in keinem andern; wenn dies die Natur gewollt hätte, so wären wir zusammengewachsen. Und geht's nicht so unter allen andern Gattungen von Tieren, Gras und Kraut und Bäumen? Jedes vereinigt sich mit dem andern nach Gelegenheit. O ihr Armseligen, die ihr keinen Begriff von Leben und Freiheit habt und Großheit des Charakters! Daß dies die reine wahre Lust ist, mit seiner ganzen Person, so wie man ist, wie ein Element göttlich einzig unzerstörbar, lauter Gefühl und Geist, gleich einem Tropfen im Ozean durch das Meer der Wesen zu rollen, alles Vollkommne zu genießen und von allem Vollkommnen genossen zu werden, ohne auf demselben Flecke klebenzubleiben. Sobald etwas ganz genossen ist, weg davon! Dies ist das allgemeinste Gesetz der Natur, wodurch sie sich ewig lebendig und unsterblich erhält.«

Ich erschrak und erstaunte über diesen pindarischen Schwung; so weit hatt ich meine Philosophie noch nicht getrieben. Was lernt man nicht in Rom! Es bleibt gewiß in jeder Rücksicht die Hauptstadt der Welt. Ich sah sie an wie ein junges arabisches Roß, das nie Zügel und Gebiß erfahren, mit flatternden Mähnen durch die Fluren schweift und mit üppiger Kraft über alle Hecken und Gräben setzt.

Sie lächelte über meine Verwunderung, milderte ihren feurigen kühnen Adlerblick, faßte mich zärtlich bei der Hand und fuhr fort:

»Wenn man mit euch Weisen spricht, so muß man wie Zeno und Plato reden und sich dem Höchsten nähern, sonst habt ihr nur Mitleiden mit uns Schwachen. Glaube nicht, daß mein Herz aus mir sprach; es waren nur Abstraktionen kalter Vernunft und leichte Flüge mutwilliger Phantasie, dich zu necken und zu warnen. O du bist mein Abgott, ich werde dich immer lieben, solange du mir getreu bleibst; und ich habe keine Furcht vor einem andern, solange du es sein wirst. Kennst du etwa einen, der so viel über mich vermöchte als du? so viel über mich vermocht hätte? Nur schweig und verbirg, und laß uns unsre Glückseligkeit im stillen genießen; denn du siehst, ich bin von Feinden umringt, die mich und meine Güter zur Beute machen wollen.«

Alles dies ist Schatten und nichts schier gegen das, was und wie sie es gesagt hat, mit einer Leichtfertigkeit, und einem Spiel von Mienen und Gebärden, und Pausen und Fragen und Antworten und Errötungen und Wegwendungen des Gesichts, und als ob ihr manches nur entschlüpfte, daß ich mich schäme, es hingeschrieben zu haben. Doch mag der bloße Inhalt allein Deiner Moral, wenn Du noch die alte hast, genug zu schaffen geben; ich wenigstens bin mit meinem Latein am Ende und denke keine Spanne weiter mehr darüber hinaus, von den Wonnestrudeln des paradiesischen Lebens bei meiner Zauberin ergriffen und festgehalten.

Nach diesem sonderbaren Liebesgespräch ist noch sonderbarer, daß sie keiner Ausschweifungen beschuldigt wird und alle Abbati nichts wissen, die sich an ihr blind schauen. Sie hält sich eingezogen in ihrem Palast auf, wenn sie sich nicht auf ihren Landgütern befindet, und hat eine alte Base bei sich; und so führt sie die Wirtschaft mit ihren Kammerweibern und Bedienten. Sie weiß sich so von jedem Ehrerbietung und Gehorsam zu verschaffen, daß sie keines Mannes dazu bedarf und ihr alter Vormund, den sie noch erbt, gute Muße hat. Entweder ihr Vater oder ihre Mutter müssen außerordentliche Menschen gewesen sein: sonst kann ich es nicht begreifen. Beide sind erst vor wenig Jahren nacheinander gestorben.

Etwas von dem Rätsel kann Dir noch das erste Gespräch aufschließen, wodurch ich mit ihr bekannt wurde, welches wir zusammen in einer Gesellschaft hielten, wohin ich kurz nach meiner Ankunft den Kardinal begleitete. Es betraf die drei großen Lichter der welschen Literatur, den Dante, Petrarca und Boccaccio. Von dem letztern behauptete sie, daß er am mehrsten Mensch und der Klügste und, gegen die gewöhnliche Meinung, am mehrsten Dichter gewesen wäre. Aus seinen Novellen allein leuchte unendlich mehr Erfindungsgeist hervor als in den Werken der beiden andern, und dies bestimme doch hauptsächlich den Rang der Dichter. Vers und Reim sei nur Verzierung, wie Licht und Schatten bei der Malerei, und nicht das Wesentliche. Und auch in Charakter und Sprache dürfe man ihn den guten Klassikern an die Seite setzen.

Ich wandt ihr dagegen verschiednes ein und scherzte über ihre Verteidigung dieses gefährlichen weiblichen Moralisten. Sie zog sich mit unbeschreiblicher Anmut und leichtem Witz aus der Schlinge und beschloß, er habe die Sitten seiner Zeit geschildert, und es gehöre zur Vollkommenheit von Held und Heldin, alle Wege und Abwege eines Landes zu kennen; und es habe noch niemand zum Vorwurf gereicht, durch andrer Schaden klug zu werden. »Ich betrachte *die Komödie* des Dante«, fügte sie ernsthaft hinzu, »eigentlich nur als eine Satire über seine Feinde. Übrigens war er ein Mann wie ein Fels, welches auch seine Gestalt zeigt, voll hohen Ehrgeizes. Der letztere hat ihn vermutlich zu seiner unverständlichen Theologie und Philosophie verleitet; er wollte über die berühmtesten Personen seines Zeitalters hervorragen. Wenn er Kraft genug gehabt hätte, die Modemänner zu verachten, und einen bessern Plan zu seinem Gedichte wählte als ein so gotisches Gewirr, so wär er vielleicht eine neue Art Homer für uns. Er hat Stärke, Feuer, tiefes Gefühl, Einbildung und männliche Würde. Die Schicksale nach seiner Verbannung ließen ihm nicht Ruhe und Heiterkeit genug.

Petrarca geht zuviel in der Luft; doch entzückt nicht selten lauter und rein sein himmlischer Geist, in guter Gesellschaft gebildet. Allein Boccaccio hat am mehrsten Natur und war am mehrsten unter seinen Menschen: und hat deswegen auch am mehrsten gewirkt. Was an ihm zu tadeln ist, muß man billig auf Rechnung seines Zeitalters setzen.«

Ich würde einen Mann wegen dieser Urteile nicht bewundert haben; aber sie bezauberten mich von so schönen Lippen aus zwei Perlenreihen Zähnen hervor. Was für innrer Gehalt gehörte nicht dazu, dieselben in Beisein eines Kardinals auszusprechen!

Es ist ein Glück für mich, daß ich sie so fand; mit ihr hätt ich die Torheit begehen können, zu heuraten und alle meine brennenden Begierden und Hoffnungen in ihrer Liebe dämpfen zu wollen. Bei den Grundsätzen, die sie wenigstens auszudenken imstande war, wenn sie dieselben auch nicht ausüben sollte, würde mir dieses eine ersprießliche Ehe geworden sein! Inzwischen ist wieder wahr, mit Verstand kann man alles anfangen; sie würd es schon so gemacht haben, daß auf beiden Seiten nichts Böses erfolgt wäre. Jedoch nur der fernste Gedanke, in einen gewissen Orden hineinzugeraten, treibt mich auf und von dannen.

Aber ich weiß selbst nicht recht, woran ich bin, und die

Heillose foppt mich. Noch einen Hauptpunkt hab ich vergessen, Dir zu erzählen: Sie macht und singt aus dem Stegreif vortreffliche Verse, mit einer so tonvollen silbernen Stimme, daß sie alle Augenblick eine Muse auf dem Parnaß oder eine Sirene in den Fluten vorstellen kann. Dies bringt zwischen uns große Ergötzlichkeit hervor in Einsamkeit und Gesellschaft; und sie sagt im Scherz, wir wären so füreinander geschaffen, um die erste Ehe stiften zu können, wenn nicht schon ein ander Paar den Fluch aller Unglücklichen, die an diesem Joche ziehn, auf sich geladen hätte.

Ach, wer weiß, wie dies enden wird! Mir ist so warm in der Brust, daß mich's wie auf einen Punkt brennt, und dabei zuweilen bange. Eine Glut scheint mein innerstes Leben anzugreifen und davon zu zehren; ich gehe herum wie ein Tier, das an einem Schusse blutet. In Augenblicken fahr ich vor Schrecken zusammen wie ein junges Rind, dem der Löwe brüllt. Ich habe meine Freiheit verloren und kann mich nicht ermannen. Aber wenn ich meine Kräfte anspanne, kann ich noch einen Strick zerreißen. Ist sie eine Semiramis, daß ich weit und breit vor ihr in Süden und Norden keine Freistatt finde? Gott im Himmel, daß sie so allen Reiz haben muß, wornach mir je gelüstete! Sie hat einen Blitz in den Augen, womit sie alles niederschmettert.

Doch was rase ich? Bin ich nicht glücklich, emporgehoben zu den Sternen?

Der Wahnsinn muß Dir in Deiner Lage gefallen.

Ich sitze noch im Vatikan, weil ich hier am bequemsten zu ihr komme. Von der Villa Medicis ist es zu weit, und ich befürchte, man möchte über mein Ausbleiben Verdacht schöpfen und mich beobachten. Der Kardinal ist ein Schalk; o ich merke, daß er seinen Bogen auch auf dieses Ziel spannt und seinen Pfeil dahin richtet.

Mein Petrus ist eine junge hübsche Mohrin vom Senegal, die noch wenig Italienisch versteht. Fiordimona hält sie so in der Zucht, daß sie bei der geringsten Untreue befürchten muß, auf der Stelle niedergestoßen zu werden.

Die noch immer schönen und heitern Morgen bring ich im Belvedere zu, lästerlich! bloß um mich zu zerstreuen und auf andre Gedanken zu kommen. Aber Apollonios und Agesander verstehen ihre Kunst doch auch so, daß sie mich allemal früh oder spät mit ihrer Schönheit und Wahrheit an sich locken und einnehmen. O wie erhebt dies meinen Geist, daß er solche Brüder hat! Wir sind ewig, unsterblich, bewegen uns selbst und schaffen; nichts kann uns Schranken setzen! Die Materie, die meinen freien Vogelflug hemmt, werf ich ab, sobald ich will.

Ich bin für heut ins Schwärmen hineingeraten; morgen mehr.

Rom, Dezember.

Nach einigen Tagen Scirocco, der Regen in Wolkenbrüchen ergoß, hat sich heute wieder eine klare Tramontana eingestellt; Hügel und Täler und Gebirge schweben weit und breit in lauter erquickendem Himmel, und ein leichter Äther hebt von der Erd empor und von dannen. Dies sind meine letzten Stunden im Vatikan; ich will, ich muß nun scheiden. Ach, scheiden von der Kunst überhaupt! Sie ist meine Bestimmung nicht; ich habe mich nur jugendlich getäuscht. Nach dem geheimen Gefühl, daß der Endzweck aller Existenz ist, gut zu sein und Schönheit zu genießen, und daß Gott selbst keine andre Glückseligkeit habe, wähnt ich, am ersten meine Beruhigung in der Malerei zu finden, und arbeitete mich herum mit Traum und Schatten. Mein Herz und Geist trachtet nach einer kräftigern Nahrung und findet diese allein in der lebendigen Natur und Gesellschaft der Menschen, in wirklichem Kampf und Krieg und Liebe und Friede mit denselben. Wir sind die Quintessenz der Schöpfung füreinander, allein unsre Freunde und Feinde und einer des andern Beute, sind füreinander die höchste Sphäre zu handeln.

Aber ach, Scheiden ist der eigentliche Tod, vor dem die Natur schaudert! Mein Leben blutet, und ich kann mich noch nicht ganz losreißen. Wär ich Künstler und Mitgenoß einer alten Republik, so könnt ich vielleicht ausharren, bis mich der Schlangenstrom der Ewigkeit wieder in seine klare Flut aufnimmt oder als neuen Schaum an ein ander Ufer im Weltall setzt. Goldne Zeiten von Athen, wo seid ihr hin? Werd ich keinen Schatten von euch auf diesem Erdenrunde wieder finden?

Doch was sag ich: Mitgenoß einer alten Republik?

Hätt ich in dem glänzenden Zeitalter gelebt, worin Sokrates aufwuchs, so hätt ich meine Malerei gewiß noch eher als er seine Bildhauerei verlassen, und sie wäre nicht einmal Spiel für mich gewesen. Plutarch lallte freilich kindisch, wie manches, nach, in ganz andern Umständen: »Welcher gutartige Jüngling wird Phidias oder Polyklet sein wollen!« Noch brennt mich der Pfeil, den mir Demetri tief ins Leben abdrückte.

Nach der Schlacht bei Plataia bis in den Peloponnesischen Krieg hinein war Athen ein halbes Jahrhundert das Rom von Griechenland, jeder Bürger über die Inseln und Kleinasien schier Fürst und Herr, und alle Kunst ihm unanständig, die nicht zum Helden und Staatsmann bildete.

Überhaupt aber hatte schon vorher Solon mit seinen Fünfhundertschefflern, Reitern und Halbreitern und s. f., obgleich von der Lage der Sachen vielleicht dazu genötigt, doch ärgerliches Maß und Gewicht für das Verdienst eingeführt*: jeder war unedel, der nicht von seinen Renten lebte, er mochte mit göttlicher Wissenschaft und Kunst sich seinen Unterhalt erwerben.

Die erhabnen Sieger über den großen König hatten recht, sich diesen verwünschten Maßstab vom Halse zu schaffen; wäre hernach nur ihr Senat und Areopag bei seiner Würde geblieben. Doch ich will hiervon nichts weiter reden; Lukian hat es, mit dem treffendsten Witze in seinem Meisterstücke, dem *Zeus Tragikos*, genug lächerlich gemacht.

Der Lehrer des Weltbezwingers wies alsdenn nach der reinen Vernunft den Künsten im Staat ihren Rang an und sagt: alle Kunst ist unedel, die Leib und Seele der Gewandtheit beraubt, sich frei zu regen und zu bewegen; folglich jede, wobei man sitzen oder in einer gezwungnen Stellung und Lage sein muß.

Die bildenden Künste möchten freilich nach dieser Regel übel wegkommen, besonders die Malerei, wenn die Arbeit dabei, wie Michelangelo behauptet, kinder- und weibermäßig ist. Jedoch auch selbst die Philosophie: wenn man so viel lesen und schreiben müßte, als der Stagirit gelesen und geschrieben hat; und noch mehr, um soweit Freiheit der Seele die des Leibes übersteigt, die ehrwürdigsten Ämter. Mein Nachbar hier mit seiner dreifachen Krone wäre der Hauptsklav; gebunden wie ein Wickelkind, der alle Welt löst!

Aber das beste ist, man weiß sich bei diesem allen schon schadlos zu halten und versteht dies nur auf wenige Tage und Stunden.

Übrigens hatten die Griechen darin recht, daß derjenige sich zum Handwerker erniedrigt, welcher seine Kunst des bloßen Gewinsts wegen eines andern beliebigen Befehlen unterwirft. Das Werk behält hingegen auch wieder immer seinen Rang; und eine Venus von Tizian bleibt auf alle Weise eine Venus von Tizian und gerät nie an Wert von Erfindung und Arbeit unter die Hosen und Stiefeln von Schustern und Schneidern. Selbst die Gesetze der hohen Ehre sollen die Kunst nicht zu streng und gewaltsam fesseln; keiner ist gleich am Ziele! jeder hilft sich fort nach den Umständen, bis er dahin gelangt und einigermaßen herrscht unter wenig echtem Gefühl und einem Haufen Wahn und Mode.

Für jetzt nur noch einige Zeilen als geringe Spuren meines glücklichen Aufenthalts in dem wahrhaftigen Belvedere von innen und außen.

Wehmütig muß man zwar das Häufchen Ruinen betrachten, wenn man an die unzählbaren Schätze des Altertums denkt: an die hundert metallne Kolossen der Insel Rhodos allein oder die manchen hundert Meisterstücke von Lysipp, geschweige die Völkerschaften von Statuen zu Delphi und Elis, die Pracht und Herrlichkeit von Athen, Korinth, Gnid, Ephesos. Ein Grieche vor den römischen Räubereien würde die heutigen Antiken insgesamt gleichsam ansehen wie ein Lucull, von der Tafel aufgestanden, ein paar verschimmelte Brocken aus eines Bettlers Sack. Und doch schlagen sie allen unsern Stolz nieder und zeigen uns deutlicher unsre Barbarei als irgend etwas, was übriggeblieben ist.

Man begreift nicht wohl, wo die Alten die Kosten nur der Materie hernahmen, binnen so kurzer Zeit eine so große Menge von Kunstwerken aufzustellen, da heutzutag nicht die größte Monarchie zu leisten imstand ist, was zum Beispiel in dem kleinen Sizilien nur das Sandkorn, das kaum bemerkbare Girgent, tat. Die Verwunderung des Xenophon, in den blühendsten Zeiten der Kunst und wo die Griechen schon selbst von ihrer strengen Lebensart sehr abgewichen waren, über die Schwelgerei der Perser, daß sie ihre Schlafzimmer mit Tapeten belegten,* damit der unnachgiebige Boden nicht zu hart gegen ihre weichlichen Füße anstrebte, kann uns einigermaßen den Schlüssel dazu verleihen. Hohe Selbständigkeit des Menschen, Ver-

* Kyropädie, 8. B., 8. K.

gnügen des Herzens und Freude des Geistes an Wahrheit und Schönheit ging aller leeren Pracht vor; *die Stärke scheute den Kitzel erschlaffter Sinnen.* Und die kleinste *Republik*, wo zu *gemeinschaftlicher* Lust jeder so denkt und für seine Person sich abbricht, kann Berge versetzen und eine andre Natur schaffen.

So glänzt jedoch, zur Ehre unsrer Religion sei es gesagt, die noch das einzige allgemeine Band ist, ohne weitere Vergleichung mit den Alten, auch jetzt manches ärmliche Städtchen in Italien mit einem himmlischen Bilde von Raffael oder Correggio wie ein Stern hervor gegen ungeheure Reiche in Norden, nächtliche Wüsten, wo keine Schönheit erscheint.

Lysipp, der wie Apelles in seiner Art den höchsten Gipfel der Kunst erreichte, goß alle seine Bilder aus Erz: weil der Gesang der entzückendste, wo man die Musik, und die Poesie die vollkommenste ist, wo man die Sprache nicht merkt; und so geht es in den bildenden Künsten mit der Arbeit und der Materie, dem Zeichen.

In den feierlichen Werken des Phidias und Polyklet von Gold und Elfenbein erscheint die Kunst noch wie eine geschmückte unreife Jungfrau, in denen des Praxiteles und Lysipp wie eine Phryne aus dem Bad hervor, alles Fremde, Verdunkelnde abgeworfen, in lebendiger Vollkommenheit. Sie wollten die Formen, das Wirksame nur, gleichsam in die Seelen zaubern, das Wesentliche, schier unsichtbar dabei wie die Götter; und verbannten alle Pracht, die das Auge abzieht und den Geist dämpft.

So gebrauchten die großen Maler dieser Zeit nur die notwendigsten Farben; und gleiche Bewandtnis hat es mit den Reden des Demosthenes, der weit von dem nicht selten eitlen Wortschwall des Cicero entfernt ist. Und so findet man beim Sophokles und Euripides, die früher zur reinen Schönheit gelangten, äußerst wenig oder nichts von dem spanischen Pomp.

Uns ist von den Meistern, welche die Kunst auf eine höhere Stufe setzten, namentlich nichts übrig. Das meiste sind Bilder und Kopien von Lehrlingen, die man auf die Gipfel der Tempel und Paläste zu Rom und von dessen Landhäusern stellte, welche mit der Zeit und in dem Getümmel des Kriegs und der Barbarei herunterstürzten, zerschmettert und im Schutt der verwüsteten Gebäude begraben wurden. Nach langen Jahrhunderten gräßlicher Nacht, die in diesen Gegenden die Menschheit benebelte, hat man, wie nach Gold- und Silberminen, die Wünschelrute wieder auf sie angelegt. Die Kleinodien aber sind fast alle gleich zu Anfange weggeführt worden, in Schiffbrüchen und auf ihrem ursprünglichen Boden in Griechenland selbst in mancherlei Zerstörungen verschwunden. Und doch haben wir daran genug, um wenigstens den Geschmack zu bekommen, wie an etlichen, obgleich nicht den besten, Flaschen Rest Lacrimae Christi und andrer köstlichen Getränke von in Erdbeben untergegangnen Weinlagern.

Die Sache hat folgende Bewandtnis:

Die alte Kunst teilte sich in besondre Klassen von Schönheiten, und die großen Meister beeiferten sich, das Ideal von jeder vollkommen darzustellen. Wenn nun einmal das Höchste da war, so blieb den andern nichts übrig, als ein ähnliches nachzumachen, wenn sie in dieser Klasse arbeiten sollten. Man kann sagen: Phidias hat das Problem vom Jupiter aufgelöst, und sein Bild davon genoß allgemeine Verehrung an dem berühmtesten Schauplatz. So ging es mit der Venus des Praxiteles und Apelles, den berühmten Apollen, Merkuren, Junonen, Minerven, Amazonen; die andern mußten ihren Weg einschlagen oder wurden nicht verstanden oder geachtet, wenn sie dieselben nicht übertrafen. Ein guter Kopf schaut auch durch schwache Nachahmungen der ersten erhabnen Männer Gefühl für Form und eigentümliche Schönheit jedes Ganzen.

Der Torso, der Farnesische Herkules, der (Borghesische) Fechter sind zum Beispiel gewiß hohe Meisterstücke; doch finden wir die Namen ihrer sich nennenden Arbeiter bei den Alten nicht aufgezeichnet. Warum? Sie waren bloß Nachahmer des schon Erfundnen und brachten nichts Neues hervor, um besondre Aufmerksamkeit zu erregen. Und so können wir noch in Rom den Geist des Phidias, Polyklet und Praxiteles schauen, ohne etwas von ihnen selbst zu haben. Freilich würde für den innigen Wollustsinn noch ein großer Unterschied bei ihren Originalen sein.

Die vier Statuen vom ersten Range der alten Kunst im Belvedere, und, nebst wenigen andern, auf dem ganzen Erdboden, sind der Apollo, der Torso, Laokoon und sogenannte Antinous; nachdem der letztern doch einmal der ehrenrührige Name von blinden Antiquaren aufgehängt ist. Man hat dieselben in Versen und Prosa bis zum Ekel beschrieben, ihre Gipsabgüsse wie Apostel zu Türken und Heiden versandt, jeder neue Ankömmling trägt Anmerkungen darüber in sein Tagebuch ein: und bei allen Predigern auf den Dächern sind wir schlimmer geworden; kein Leonhardt da Vinci, kein Michelangelo, kein Raffael ist mehr aufgestanden. Anstatt das Licht zum Wegweiser zu wählen, hat man sich die Augen daran verblendet.

Das größte Aufsehen hat der *Laokoon* gemacht, weil Plinius noch mitten unter allen den höchsten Meisterstücken der Kunst davon meldet, er sei ein Werk, allen andern der Malerei und Bildhauerkunst vorzuziehen, und man bei dem Alles-Aus-und-Ab-und-Aufschreiber glauben dürfte, dies sei nicht seine eigne Lieblingsmeinung, sondern die Stimme des damaligen römischen Publikums gewesen.

Einige, voll von den Wundern des Phidias, Polyklet und Praxiteles, gingen so weit, daß sie mutmaßten, der Laokoon möchte aus dem Zeitalter des Geschichtschreibers der Natur selbst und sein Lob ein gewöhnliches Gelehrtenkompliment sein; allein der Augenschein zeigt jedem Erfahrnen, daß die Gruppe aus der schönsten Blüte der Kunst stammt.

Sonderlinge wollten sie im Schwindel des Paradoxen, um vielleicht dem Vatikan wehe zu tun, jedoch gar zur bloßen Kopie machen, weil Plinius ferner sagt, die allervortrefflichsten Künstler hätten nach gemeinschaftlich gepflognem Rate den Laokoon, Kinder und Drachen, alles aus einem Block Marmor verfertigt; und sie bestehen offenbar aus zwei Stücken, und wenn Agesander und seine Freunde nicht Zeit und Arbeit vergebens verschwenden wollten, aus mehrern, da der Sohn zur linken Seite sonst um einer Taschenspielerei willen unsinnige Mühe würde gekostet haben. Plinius sah vermutlich die Gruppe aus einem niedrigen Standpunkt, und die Fugen waren versteckt, wie sie bei dem rechten Sohne noch sind, wenn man nicht hinsteigt; und es war schon in den alten Zeiten Mode, daß die Aufseher den Ankommenden Märchen wie Religion vorschwatzten; und der Geschichtschreiber hat in der Eile viel unglaublichre Fabeln sich aufbinden lassen, wenn er bei seiner Lebensart noch nicht recht ausgeschlafen hatte. Inzwischen will ich dem wackern Manne hier nicht zu Leibe gehn; er sagt sonst Dinge mit göttlichem Verstand, und zuweilen erhabne Poesie. Sein Werk ist wahrscheinlich der erste Zusammenraff des ungeheuern Ganzen, und die Wolkenbrüche von Feuerasche aus dem Vesuv erstickten ihn, bevor er nur die zweite Hand daran legte.

Es ist wohl eine zu handgreifliche moralische Unmöglichkeit, daß ein Künstler, der so hätte arbeiten können, einige der kräftigsten Jahre seines Lebens mit bloßem Nachmachen ohne weitern Zweck sollte verschwendet haben und daß die Kopie, gerade wo das Original stand, durch ein Wunder vom Himmel gefallen und das Original dafür verschwunden wäre: um sich bei Erörterung dieses silbenstecherischen Verdachts länger zu verweilen.

Man hat bis jetzt das Lob des Plinius entweder für bloß übertrieben hingesagt gehalten und sich unter den verlornen höchsten Meisterstücken der ersten Künstler, vom Phidias an bis zum Lysipp, ungleich vortrefflichre Bilder vorgestellt, oder die Dichter haben nur den schönen Ausdruck der Vaterliebe in der Gruppe angepriesen, und der große Haufe hat mit seinen Augen überhaupt keinen rechten Endzweck aus der Vorstellung holen können und gedacht: es ist unglücklich genug für uns, daß Löwen und Schlangen in der Welt sind; warum soll man einen guten Mann mit seinen Kindern noch damit in Marmor quälen sehen?

Es wär erfreulich, wenn man schon aus der Theorie der Kunst und den bloßen Nachrichten beweisen könnte, daß das Lob des Plinius gerecht sei, auch ohne den Olympischen Jupiter vor sich zu haben.

Und gewiß, wem zuerst die Idee von der Gruppe des Laokoon in der Seele aufging, und wer in seinem Herzen, in seiner Hand Mut und Fertigkeit genug fühlte, sie auszuführen: der war zum Bildhauer geboren wie Sophokles zum Dichter. Man darf kein großer Psycholog sein, um zu erkennen, daß das Ganze nur von einem Wesen stammt und daß die zwei andern Triumvirn allein ihre Geschicklichkeit dazu herliehen.

Die schönsten Formen aller Art an der Doppelgattung des menschlichen Körpers waren von dem feinsten Gefühl, dem heitersten griechischen Sinn in den manchen tausend Statuen schier erschöpft, als die Götterkraft unsers Geistes im Agesander noch den kühnsten Flug begann und alles überschwebte.

Der hohe Meister fand den herrlichsten Vorwurf zu seinem Kunstwerk in der griechischen Religion und umgriff damit Himmel und Erde. Die Gruppe des Laokoon ist von derselben Gattung wie die der Niobe, nur atmet daraus mehr tragischer und bildender Geist.

Lesen wir zuerst, was von seiner Geschichte aufgezeichnet steht im Hygin.

»Laokoon«, erzählt dieser, »war ein Sohn des Akötes, Bruders des Anchises und Priester des Apollo. Da er wider dessen Willen heuratete und Kinder zeugte und ihn alsdenn das Los traf, daß er dem Neptun am Gestade opfern sollte, sandte Apollo bei der Gelegenheit von Tenedos her durch die Fluten des Meers zwei Drachen, damit sie seine Söhne Antiphas und Thymbräos umbrächten. Laokoon wollte denselben Hülfe leisten, wurde aber selbst umflochten und getötet. Welches die Phrygier deswegen geschehen zu sein glaubten, weil er einen Spieß in das Trojanische Pferd warf.«

Servius gibt jedoch die bessere Erklärung und sagt, es sei deswegen geschehen, *weil er seine Frau aus Unenthaltsamkeit im Tempel des Apollo beschlafen habe.*

Das Ganze vom Laokoon zeigt einen Menschen, der gestraft wird und den endlich der Arm göttlicher Gerechtigkeit erreicht hat; er sinkt in die Nacht des Todes unter dem schrecklichen Gerichte, und um seine Lippen herum liegt noch Erkenntnis seiner Sünden. Über dem rechten Auge und dem weggezuckten Blick aus beiden ist der höchste Ausdruck des Schmerzens. Sein ganzer Körper zittert und bebt und brennt schwellend unter dem folternden tötenden Gifte, das wie ein Quell sich verbreitet.

Seine Gesichtsbildung mit dem schönen gekräuselten Barte ist völlig griechisch und aus dem täglichen Umgange von einem tiefschauenden Menschen weggefühlt, und drückt einen gescheiten Mann aus, der wenig ander Gesetz als seinen Vorteil und sein Vergnügen achtet, und der dazu den besten Stand in der bürgerlichen Gesellschaft gewählt hat; voll Kraft und Stärke des Leibes und der Seele. Die zwei Buben werden mit umgebracht, als Sprossen vom alten Stamme; das ganze Geschlecht von ihm wird vertilgt.

Es leidet ein mächtiger Feind und Rebell der Gesellschaft und der Götter, und man schaudert mit einem frohen Weh bei dem fürchterlichen Untergange des herrlichen Verbrechers. Die Schlangen vollziehen den Befehl des Obern feierlich und naturgroß in ihrer Art, wie Erdbeben die Länder verwüsten.

Das Fleisch ist wunderbar lebendig und schön; alle Muskeln gehn aus dem Innern hervor, wie Wogen im Meere bei einem Sturm. Er hat ausgeschrien und ist im Begriffe, wieder Atem zu holen. Der rechte Sohn ist hin, der linke wird derweile festgehalten, und die Drachen werden bald hernach mit ihm vollends kurzen Prozeß machen.

Selbst die Schamteile des Alten richten sich empor von der allgemeinen Anspannung, Hodensack und Glied zusammengezogen; und Hand und Fuß ist im Krampfe. Die linke Seite mag wohl zum Höchsten gehören, was die Kunst je hervorgebracht hat.

Die Söhne haben gerade so viel Ausdruck, als ihnen gebührt. Der eine ist im Sterben wie tot schon, und der andre leidet noch nicht an Gift und Wunde und entsetzt sich bloß. Der Vater zieht alle Aufmerksamkeit auf sich.

Der Gruppe fehlt ein Hauptteil, der rechte Arm des Laokoon. Michelangelo wollte denselben ansetzen, hatte schon das Modell dazu gemacht und angefangen, ihn in Marmor auszuhauen; aber welcher andre will sich in das lebendige warme Fleisch und die ganze Natur hineinfühlen? Er war so bescheiden und verwarf seine Arbeit. Es ist jammerschade, daß der alte Arm verlorengegangen ist, wegen des Zugs der einen Schlange und weil Laokoon damit seine stärkste Kraft muß geäußert haben.

Diese flog mit grimmigem Satz rechts her* von oben

* Die Seiten sind hier und überall immer nach dem Bilde genommen.

herein, umflocht den aufgehobnen Arm, der sie abhalten wollte, schwingt sich geschwollen um den Rükken herum, an der Seite über dessen linken und um den rechten Arm des ältern noch lebendigen Sohns beim Ellenbogen, windet sich um den obern Arm, und schlingt sich dann um den untern wieder, und macht einen schrecklichen Knoten darum her, schießt nach der linken Hüfte des Vaters mit dem Kopfe, der sie mit mächtiger Faust am Halse noch ergriff, und setzt mörderlich den Zahn ein. Alles Sträuben, alle Rettung ist vergebens und hört auf: es ist geschehen, die Tat vollzogen.

Die andre Schlange fährt linker Seite her von unten auf durch die Beine, kuppelt sie wie Raub und Beute zusammen, umschlingt dem Sohne rechts den linken Arm und hinter dem Rücken herum den andern und setzt ihm den giftigen scharfen Zahn ein nach dem jungen Herzen.

Der Vater sank auf den kleinen Altar zurück, weil er sich nicht mehr halten konnte; der ältere Sohn linker Hand steht auf dem rechten Beine und der andre mit dem linken Fuß auf den Zehen, und die Schlange hält ihn oben an den Altar gelehnt noch aufrecht. Alle warfen die Gewänder ab, zu entfliehen.

Man mochte die Gruppe in den Zeiten, für welche sie bestimmt war, betrachten, wie man wollte: so mußte sie die stärkste Wirkung hervorbringen; entweder als Naturtrauerspiel für das ganze menschliche Geschlecht: ein Vater, der bei Rettung seiner Kinder umkömmt; oder als Strafe der Götter. Und als Kunstwerk konnt ihr kein anders den Rang der ersten Klasse streitig machen. Für uns bleibt sie Naturtrauerspiel, und die Kreatur seufzt dabei im Innern über die notwendigen Leiden auch des Guten und Gerechten und schaudert in ihr Unvermögen, ihre Unwissenheit zurück.

Wenn man die Vorstellungen, wo der Körper leidet und das Leben vergeht, unter eine besondre Klasse bringen wollte, so möchte das Lob, welches Plinius dieser Gruppe erteilt, wohl am wenigsten können bestritten werden und sie unter allen dieser Art mit der Niobe obenan stehen. *Der an seiner Wunde Sterbende* des Ktesilas, woran man sehen konnte, wieviel noch Seele übrig war, gehörte als einzelne Figur dahin, so wie der *Hinkende*, vielleicht Philoktet, des Leontinischen Pythagoras, dessen Geschwüres Qual die Betrachtenden zu empfinden meinten; die *Verwundeten Amazonen*, bis auf den berühmten *Hund* des Lysipp im Kapitol, der voll Schmerz und natürlicher Todesschrecken in abgesetztem Lauf und Hast seine Wunde leckte und für welchen die Aufseher mit ihrem Leben stehen mußten.

Der letzte Akt unsers Drama hienieden scheint vorzüglich ein Vorwurf der Malerei gewesen zu sein: Apelles tat sich darin hervor; alle aber übertraf der Landsmann Pindars: Aristides. König Attalus erkaufte einen Kranken von ihm mit hundert Talenten; und Alexander ließ das Gemälde, wo die an ihren Wunden sterbende Mutter das sich anklammernde Kind von der Brust abhielt, damit es kein Blut saugte, nach seinem Geburtsort bringen. In eben dieses Meisters *Schlacht mit den Persern* von hundert Figuren war ohne Zweifel manches Vortreffliche dieser Art. Die Farbe macht hier keine Kleinigkeit aus und reißt, gut aus der Natur empfunden, mit Gewalt zur Täuschung. Unter den neuern Werken mag *Peter der Märtyrer* von Tizian wohl hierin obenan stehen.

Für Sultane sind dies heilsame Bilder, um sie zuweilen an ihre Menschlichkeit zu erinnern; und das größte Meisterstück davon stand in den kaiserlichen Bädern an seinem rechten Platz. Ich aber für mich muß aufrichtig gestehen, daß ich in meinem Bad oder Schlafzimmer ein Kunstwerk erfreulichrer Art aufgestellt haben möchte; wär es auch der verstümmelte Herkules, an welchem meine Phantasie noch obendrein immer zu schaffen hätte; denn für beständig möcht ich die Gnidische Venus nicht.

Der *Torso* ist das Höchste von einem Ringerkörper; der Sohn der Wundernacht, aus dessen Armen sich der dreifache Geryon nicht loswand, ruht und sitzt auf seinem Löwenfell. Man findet nichts mehr übrig von alter Kunst, wo Kernstärke schöner und vollfleischiger und alles in der lebendigsten Form mit dem feinsten Wahrheitsgefühl so abgewogen wäre. Er senkt die rechte Seite und hatte den linken Arm in der Höhe. Das mächtige Brustbein ist so zart gehalten und mit nerviger Fettigkeit überzogen, daß man es kaum merkt. Brust und Schultern und Mark vom Rücken herum sitzen über der schlanken Mitte ganz unüberwindlich und erdrückend. Die Schenkel sind lauter Kraft. Alles ist an ihm in Fluß und Bewegung in den allergelindesten Umrissen. Man sieht alle Teile und ihre Macht und Gewalt, jede Fiber ist in Regung: und doch tritt weder Muskel noch Knochen scharf hervor. Es ist recht das höchste Vermögen in höchster Bescheidenheit und Schönheit.

Vielleicht hat er ein süßes Geschöpf der Lust auf seinen Armen gewiegt; denn sie trugen, und die Zapfenlöcher der Stützen sind noch in den Schenkeln. Glückseligste Sphäre der Welt, an dieser Achse du von ihm Geliebte! Du mußtest ganz in Entzücken schweben und hangen und von aller andern Berührung frei und los sein! Doch dies zum Scherze; so wie ich beim Demetri behauptete: der fromme, zornige und schnellfüßige Achill Homers komme gegen diesen Helden nicht auf.

Der *Farnesische Herkules* hat den Charakter von einem Faustbalger, so feist und breit und vollgenährt sind die Formen gegen die Cestusschläge. Seine Stärke fällt zentnermäßig über das Gefühl eines heutigen schwachen Römers; aber auch außerdem macht er alle Welt zu Hunden und Katzen gegen einen Löwen in

seiner vollsten Kraft.
Er hat im Farnesischen Hof einen zu niedrigen Standpunkt; deswegen schwillt die Brust zu sehr aus ihrer natürlichen Großheit, und noch Hüften und Seiten.
Sein Kopf ist vollkommen Eisen und Stahl unüberwindlichen Mutes und unerbittsam im Zähneinschmeißen.
Der Künstler, welcher ihn erfand, scheint ihn nach dem Ideale des Sophokles gebildet zu haben, wo der Held aller Helden ein ganzes Reich verheert, um Iolen in seine Gewalt zu bekommen; Vater und Brüder ermordet, weil sie bei einem Besuch ihren süßen Reiz ihm nicht zum heimlichen Beischlafe geben wollten; Dörfer und Städte verbrennt und die Einwohner als Sklaven gefangen führt: so tobte in ihm die Liebe.
Ich habe bei dieser Gelegenheit zu guter Letzt nicht unterlassen können, noch eine Skizze nach diesem Sonnenmut der Lust von sich strahlenden, jetzt meinem Lieblingsstücke unter allen des tragischen Dichters zu entwerfen, um mir damit eine eigne Kopie von der heroischen Gestalt und dem *Farnesischen Stier* aufzubewahren.
Dieser ist das größte Meisterstück in Marmor von allen Tieren aus der Zeit der Griechen. Man kann kein natürlicher Ochsenfleisch sehen, und Myrons Kuh war vielleicht nicht besser. Nur die Beine daran sind neu, sonst ist an ihm selbst alles wohlerhalten. Wahrhaftige wilde Stiernatur in Stellung, Bewegung durch den ganzen herrlichen Körper! Besonders strotzt die Kraft wunderbar vom Hintern über den königlichen Rücken. Schönes Bild von Stärke, um Herden zum Preise davonzutragen!
Die Skizze stellt den göttlichen Chor vor, wo Herkules und der Fluß Acheloos als Rind, beide von Kraft geschwellt, um Dejaniren miteinander kämpfen, welche in zarter Wohlgestalt am fernglänzenden Ufer sitzt

und den Gatten erwartet, schüchtern wie ein Kalb von der Mutter fern: ob es der Sohn des Zeus sein werde oder das vierfüßige Tier, indes der Löwenwürger, nach langem Kriege, diesem das gewaltige Horn ausreißt.

Der erfreulichste Genuß dieser Werke ist für uns verschwunden, weil wir keine olympischen Kämpfe und Siege mehr daran sehen. Beide Athenienser verherrlichen mit diesen hohen Mustern noch hier ihre Vaterstadt; doch möcht ich lieber der Apollonios des Torso sein als der Glykon des farnesischen Keulenschwingers.

Der sogenannte *Antinous*, welcher einen jungen Helden, vielleicht den Meleager, vorstellt, wie man aus einem andern Bilde schließen kann, das in Figur und Stellung ähnlich ist, wo unten zu den Füßen der wilde Schweinskopf sich befindet, hat für uns unter den vier Hauptstatuen die mehrste Wirklichkeit.

Eine echte griechische jugendliche Schönheit voll geistigen Reizes und süßer lieblichen Hoheit. Er blickt empfindend zur Erde, als ob er sich besänne, zu welchem Mädchen er gehen wolle; und Lippen, Stirn und Wangen und Kinn sehen recht kräftig, zartnervig und anhaltend im Genuß aus. Die Formen am Unterleibe sind nicht klar hervor, und er muß im Ringen noch zusammengeschlungen und seine Natur geübt werden. Die Brust, besonders vom rechten Arm her, schwillt milchig; und ich kenne nichts Verführerischers für ein Weib zur Umfassung. Mit einem Wort, es ist der schönste junge Mensch unter allen alten Statuen. Der Bauch allein ist ein wenig zu flach gehalten, vielleicht verhauen.

Will man auf eine andre Weise lieber: so sinnt der junge Held, wie er einen Kampf mit dem besten Verstand abmachen soll. Der Zug des Denkens ist über dem rechten Auge, wodurch der Knochen schärfer hervorkömmt als bei dem linken; und das Heroische sitzt in der kräftigen Stirn und dem gefaßten Blick und den Lippen, wo sich das Gefühl seiner bewußten Stärke öffnet und hervorblüht. Wenn er ein Zeichen hätte, so könnte man sich noch den Sohn der Maja unter ihm vorstellen, der seine Gesandtschaft überdenkt. Es ist ein himmlisches Bild und erregt auf jede Art entzückende Gefühle, dessen Schönheiten am leichtesten und sichersten in die neuere Kunst überzutragen sind.*

So wie dieser Jüngling am mehrsten an die Menschheit grenzt, so ist hingegen *Apollo* ganz Gott, und es herrscht eine Erhabenheit durchaus, besonders aber im Kopfe, die niederblitzt; göttliche Schönheit in allem von dem nachlässig sanft gewundnen Haare bis zu den schlanken behenden Schenkeln und Beinen, ihre geistige Blüte, nicht die irdische Fülle. Stand und Blick, und Lippen voll Verachtung geben seine Hoheit zu erkennen. Die Augen sind selig, leicht aufzutun und zu schließen, in weiten Bogen. Sein kurzer schlank und zart geformter Oberleib zu den langen Beinen macht ihn zu einer ganz besondern Art von Wesen und gibt ihm Übermenschliches.

Ein erstaunliches Werk von Erfindung und Phantasie! Das Problem ist aufgelöst: da steht ein Gott, aus der Unsichtbarkeit hergeholt und in weichem Marmor festgehalten für die Melancholischen, die ihr Leben lang nach einem solchen Blicke schmachteten. Es ist der höchste Verstand und die höchste Klugheit mit Zornfeuer und Übermacht gegen Verächtliches; darauf zweckt alle Bildung. Was Apollo hat, ist ihm eigen und läßt sich wenig durch Nachahmen übertragen.

Auch dessen Altertum hat man angetastet und ihn zwar für keine Kopie, doch für ein Werk aus der Kaiser Zeiten halten wollen; weil der Marmor karrarischer zu sein schien, welcher kurz vor dem Plinius

* Poussin hat es auch oft genug kopiert.

entdeckt wurde, und kein parischer, woraus die Griechen ihre mehrsten Bildsäulen verfertigten.

Wenn man dieses beweisen könnte, so wär es wohl ausgemacht wahr; allein daran fehlt viel. Der parische ist nicht durchaus gleich, und man hat sichre neuere Proben kommen lassen, die von dem Marmor des Apollo im Korn nicht unterschieden sind. Und ferner gibt es so zarten karrarischen, daß er mit dem besten parischen übereinkömmt. Und wo ist der übergroße Marmorkenner, der von irgendeinem Stücke sagen will, gerade woher es sei, da dieser Stein in jedem Klima zu finden ist? Apollo hat nicht das gelbliche Alter des Laokoon und andrer griechischen Bildsäulen; vielleicht weil er nicht der Witterung so ausgesetzt war. Er ist augenscheinlich für einen bestimmten Platz gemacht, und das Bild tut nur Wirkung, wenn man es von der linken Seite im gehörigen Standpunkt betrachtet; von der rechten steht er da gerade wie ein Seiltänzer, so gespannt, und sein Kopf sitzt offenbar auf der rechten Schulter, viel zu weit von der Mitte. Wenn man denselben von seiner Richtung zurechtdrehte, so wär es abscheulich. Aber von der linken Seite betrachtet, wohin er schaut, ist es homerischer Apollogang; man sieht ihn fortschreiten, sieht das Gesicht ganz, und der Kopf kömmt in die Mitte. Ein wahrer Gott des Lichts dann und der Musen! Man darf sich ihm nicht viel nähern; er kann keinen Flecken leiden, und man müßte bei ihm immer haarscharf gescheit sein und vernünftig sich aufführen: so erhaben ist er über die Menschheit.

Wenn man dies einmal gefaßt und seine Schönheit im ganzen genossen hat, so mag man sich hernach doch an ihm herumdrehen, wie man will, und er bleibt ein erstaunlich Werk von Vollkommenheit. Er ist zwar lauter Ideal, nichtsdestoweniger hat der Kopf Natur, die man gesehen hat, welches der Ausdruck noch verstärkt. Ein außerordentlicher Jüngling gab gewiß den

Stoff dazu her, und der Künstler brachte das Höchste und Äußerste von lebendiger Einheit hinein.
Einige stolze Erdensöhne können dies bewunderte und schier noch angebetete Bild nicht ohne Verdruß und Widerwillen betrachten; und behaupten: ihr Gefühl empöre sich allezeit, sooft sie sich das Gesicht als griechisch denken wollten. Der Kopf des Perikles und auch des Alexander habe schon im bloßen Porträt viel göttlichre Art von Erhabenheit; Apollo sei dagegen eher hager und ärgerlich im ganzen, und es wittre daraus etwas von einem römischen Kaiserprinzen, etwas Neronisches, das nicht auf eigner natürlicher Kraft beruhte; und dies wäre für sie ein andrer Beweis als der von Marmor.
So verschieden sind die Meinungen der Menschen!
Gegen solche Atheisten will ich nicht predigen; ihr eigen Mißvergnügen sei ihnen Strafe, und der Neid an andrer Freude.
Gewiß ist, daß das Bild verliert, weil es kein vollkommen Ganzes ausmacht und man nicht weiß, worüber der Gott zürnt. Hätt er zu einer Gruppe der Niobe gehört, wie er denn in einer erhobnen Arbeit davon in Person auf der einen Seite und seine Schwester Diana auf der andern ihre Pfeile abdrücken, so würden die Unzufriednen mit ihm desto mehr Mitleiden mit der unglücklichen reizenden Familie haben. Doch ist eher wahrscheinlich, daß dem Meister der Apollo des Leontinischen Pythagoras vorschwebte, welcher den Pythischen Drachen erlegte. Und beiden war ohne Zweifel der Homerische, von den Gipfeln des Olymp herunter, das Urbild.
Genug von diesen Heiligtümern!
Das eigentliche Kernleben der Kunst dauert vom Perikles bis zum Tod Alexanders; das übrige sind Nachahmungen und Treib- und Gewächshäuser. Wenn man bedenkt, was die Griechen binnen dieser kurzen Zeit getan haben, so sind wir ganz tot dagegen; welch

eine Menge von Statuen und Gemälden und Gedichten nur für so ein kleines Volk! Welch eine Menge von Helden, Philosophen und Rednern! So etwas kann nur in der heitersten Gegend der Welt bei der besten Regierung vor sich gehen. Lysipp allein hat mehr Bildsäulen verfertigt als alle neuere Bildhauer zusammen, und jede zeigte den Mann von hoher Schöpfungskraft.

Der Künstler von geläutertem Gefühl, der nicht bloß nach Brot und eitler Ehre trachtet, sondern sich selbst genugtun will, befindet sich heutzutag in einem Zustande von immerwährender Verzweiflung; er sieht die Vollkommenheit vor sich und erkennt deutlich die Unmöglichkeit, sie zu erreichen. Und diese Wermut im Herzen mildert das allgemeinste Lob nicht. Es ist damit nicht genug getan, ein Bildchen einzelner schöner Natur wegzufangen! Dies bleibt jedem Fremden, wie alles bloße Porträt, unverständlich, und er kann es nicht mit Saft und Kraft genießen, viel weniger damit, daß er ein Knie, einen Unterleib, eine Brust den Alten wegstiehlt und gleichsam mit etlichen Phrasen aus dem Demosthenes oder Cicero ihre Sprache sprechen und den großen Redner machen will: die Vollkommenheit des Nackenden vom Menschen, als des höchsten Vorwurfs der Kunst, und seiner mannigfaltigen Form und Bewegung ist unserm Sinn von Jugend auf in der Wirklichkeit verhüllt oder zeigt sich ganz und gar nicht mehr in unsrer Welt.

Laß mich frei reden! Die Kunst hat so lange gedauert, als die Gymnasien dauerten, der Tanz spartanischer, chiischer Jungfrauen, ihr Ringen, selbst mit den Männern, öffentliche Sitte war und die Priesterinnen der Liebesgöttin zu Athen und Korinth Religion feierten. In Venedig ist von dem letztern noch ein Schatten, und der Künstler hat jahraus, jahrein immer eine Menge frischer neuer Modelle, Augen und Phantasie wie Zeuxis zu Girgent zu weiden. Deswegen haben auch keine andre Maler solch weiblich Fleisch wie

Tizian und Paul von Verona hervorgebracht; und der Malernestor lebt an der Grenze von hundert Jahren, da der göttliche Raffael auf eigne Kosten sein junges Leben einbüßen mußte.

Bei einer gotischen Moral kann keine andre als gotische Kunst stattfinden. Solange nicht ein Sokrates mit seiner Schule am hellen Tag über die Straße zu einer neuen reizenden Buhlerin ziehen darf, um ihre Schönheit in Augenschein zu nehmen, wird es nicht anders werden. Es ist wohl klar jedem, der Welt und keine Welt hat, daß nicht die Häßlichen diese Lebensart erwählen.

Vielleicht red ich hier bei manchem bittrer gegen die Kunst als Demetri in seiner Laune; allein gibt es eine Wirkung ohne Mittel? Die schulgerechten Antiquaren sprechen berauscht von der *Venus* des Praxiteles und seinem *Liebesgott* und mit Abscheu von *Phrynen* und *Bathyllen*, wie die Toren, die nicht wissen, was sie wollen. Freilich kömmt bei der geringsten Untersuchung das geheuchelte konventionelle Geschwätz zum Vorschein und die innre geheime Denkungsart, wo sich Drachen mit Tauben paaren. Die heiligen Katharinen spazieren nicht vom Wirbel bis zum Fuß nackend mit losgebundnen Haaren vor den Malern herum, und keine Lucrezia läßt sich so in der reinsten Beleuchtung allein mit allein von einem Pinsel- und Palettmann in beliebige Stellung legen; und kein Künstler kann von so festem Gletschereis sein, daß er bei Blicken von Sommersonnen nicht schmelzen sollte. Und doch wollen die ehrwürdigen Herrn bei dem allgemeinen Menschenverstand in keinen solchen Verdacht der Einfalt kommen, daß sie sich auf die Seite der züchtigen Koer stellten, welche die bekleidete Venus vorzogen und kauften, da sie die Wahl der nackten Gnidischen hatten, und noch bis heutzutage als Tröpfe verlacht werden.

Hiermit sehen wir das Nackende, außer dem einzelnen

von Geliebten, am Menschen jedoch nur entweder frech oder in unregsamer Albernheit; und die stärkste Einbildungskraft kann es nicht so veredeln, daß es die freie gebildete Natur des Alten hätte, wozu die Edelsten und Weisesten und Wohlgebildetsten des Volks von jedem Alter auf den Ringplätzen in unaufhörlicher immer neuer Abwechslung die Modelle abgaben.

Wenn wir nicht durch einen wunderbaren Umlauf der Dinge irgendwo aus unserm unmündigen kindischen Wesen wieder zur reifen Menschheit gelangen und die Gymnasien der Griechen, ihre Spiele und Sitten vom neuen aufkommen, so wird die ehemalige Kunst auch verloren bleiben. Und dennoch hätten wir damit ihre Religion noch nicht, die fruchtbare Mutter der schönsten Gestalten.

Wenn wir wenigstens nur noch die Bekleidung der Alten hätten! Bei unsrer wirklichen sieht man meistens bloß den Schneider und wenig oder nichts von der eignen Art des Menschen, zu handeln und sich zu bewegen, und den Formen seines Gewächses; und alle Schönheit erliegt und versinkt unter den Falten und Wülsten oder wird im Gegenteil steif gepreßt und geschnürt und mit eckichten häßlichen Lappen ohne Zweck behangen. Die Lage der Unterkleider, den Wurf der Mäntel und Togen können wir an den Bildsäulen der Alten noch weit weniger nachahmen als die Form der Glieder; denn uns fehlt dabei ganz die Natur. Wir suchen uns zwar wie Amphibia mit eigen erfundner malerischer Tracht zu helfen; aber sie bleibt fast immer eine bloße Ziererei, ohne Reiz und Wirkung für den, welcher Natur und Wahrheit verlangt, und ist aller Täuschung zuwider.

Und obendrein noch sind die Künstler weit übler dran, wenn sie den Gang der Alten einschlagen wollen, als die Philosophen, Redner, Dichter; diese haben immer das unermeßliche Reich der Natur und Sprache unter den Menschen vor sich, und Gesetz und Gewohnheit hemmt sie weit minder. Wenn einer auch an Vollkommenheit den Phidias oder Polyklet, Praxiteles, Lysipp, Zeuxis und Apelles erreichen könnte: was hat er vom nackten Menschen in der Geschichte, der heutigen Fabel, unsrer Religion vorzustellen, das wahrscheinlich und natürlich, nicht erkünstelt und bloß erlernter fremder Kram wäre? Das Höchste ist eine allgemeine, ewig einerleie idealische Gestalt von Mann und Weib in jedem Alter ohne Zweck und Charakter.

Nehmen wir zum Beispiel unsern Heiland als den Hauptvorwurf zur Auszierung unsrer Tempel! Was hat der menschliche Körper mit dem Gott der Christen zu schaffen? Welche Schönheiten von Apollo, Merkur, anderm griechischen himmlischen Jüngling oder wirklichem Erdensohn soll man, technisch zu reden, dem ganz außerordentlichen jungen Juden anbilden, ohne auf irgendeine Weise in Widerspruch zu geraten? Jede griechische Gottheit war nur ein Ideal einer besondern Klasse menschlicher Vollkommenheit. Sein Bild ist lediglich ein Werk übernatürlichen Ausdrucks im Gesichte, und neue Art übriger Schönheit findet hier nicht statt. Der Künstler macht vor den Leiden und ans Kreuz und beim Herunternehmen davon einen richtigen ordentlichen Leib, sonst hat die eigentliche Kunst da kein weiter Feld, höhere Formen aus der Natur zu schöpfen.

An gewisse Teile und ihre Bestimmung darf man gar nicht denken, und wie sie bei andern Menschen nicht umsonst sind und wirken: geschweige, sie langsam mit dem Reiz der alten Künstler bilden. Seine Gestalt kann also nie ein *vollkommen freies Ganzes, ein Werk der ersten Klasse* werden.

Wollen wir in die griechische Fabel und Geschichte übergehen und unsre Vorstellungen daraus hernehmen, so erhalten wir meistens nur einen verwirrten Nachklang, ein wahres Echo ohne Sinn, das nur einzelne Silben wiederholt. Wer ist außerdem so frech eitel, daß er sich einbilden kann, einen bessern Apollo als den Vatikanischen, einen bessern Herkules als den Torso und Farnesischen, eine schönere Juno, Venus und so weiter zu erkünsteln als die Alten? Und wird es nicht ekelhaft, sie oder auch nur einzelne Formen davon *immer und ewig* zu kopieren, mit den angewiesnen Plätzen zu schänden? Steht nicht fast allemal der hohe strahlende Purpurlappen lächerlich und ärgerlich für den Erfahrnen in einem Harlekinsgewande?

Und doch tut es so weh, uns in unsrer Armut und Dürftigkeit einzuschränken! Wir bauen gleichsam noch in den bildenden Künsten, wie zu Konstantins und den mittlern Zeiten, setzen aus den zertrümmerten Tempeln und Palästen der zurückgewichnen Erdengötter die Säulen aller Ordnungen nebeneinander und führen ein neues Mauerwerk kindisch, verzerrt und unförmlich, ohne klare und dunkle Idee, wie es werden will, darum her und darüber auf, im Schweiß und der Affenfreude unsers Angesichts.

Rom, Dezember.

Nacht ist doch die schönste Beruhigung von Geschäften, wo die Phantasie die freiesten Flüge tut und der Mensch am mehrsten seiner selbst genießt. So raste ich jetzt hier oben auf der Villa Medicis in meinem Zimmer. Rom schläft; der blaue unermeßliche Äther schwebt darüber wie eine Henne über ihren Küchlein, und blinkend hell Gestirn erleuchtet selig die Gegenden. Alles ist still; nur plätschern angenehm die Springbrunnen: heilige Symbole des ewigen Lebens in der Natur.

Mit der Einbildung überschau ich unter mir den alten Campus Martius in der lieblichen Dunkelheit; und mir fängt das Herz stärker an zu schlagen, und Feuer rinnt durch meine Adern. Hier balgt sich die römische Jugend auf grünem Rasen herum im Schatten hoher Platanusse und treibt ihre kriegerischen Spiele; dort schwimmen sie durch den schnellen tiefwirbelnden Tiberstrom, die Ufer hieben und drüben mit schönem Gesträuch bewachsen; und in der nahen Ferne lagern sich die Hügel von Monte Mario bis zu Pietro Montorio in majestätischem Kreise, wo der Edeln Gefühl mit erhebenden Schauern die Geister von Brutussen, Camillen und Scipionen gegenwärtig erkennt. Hier steigt der Sonnenobelisk empor, dort die prächtigen Theater vom Pompejus und Balbus, die traulichen Hallen, runden und hohen Mausoleen, feierlichen Tempel. Die Väter des Volks gehen auf und ab in den kühlen Hainen und pflegen Rat über den Erdboden. Nebenan prangen die schönen Gärten.

Ich habe heute wieder einen schönen Tag gehabt! Es ist ein unaufhörlich Vergnügen, in Rom zu sein; man findet immer Neues, was von der Gewalt und Herrlichkeit des alten Volks zeugt und oft einen entzückt oder erschüttert. Es ist eine wahre Tiefe von Menschheit; die andern Städte sind dagegen wie erst angepflanzt. Besonders reizen und rühren vom Kapitol an die ungeheuern Ruinen, welche die neuen Villen mit ihren Pinien, Lorbeern, Zypressen und beständig grünen Eichen ausschmücken.

Den Vormittag zog ich hier herum und ging dem ersten Ursprung dieser heroischen Republik nach, und gelangte von den Rostris und dem Tempel des Romulus am Monte Palatino, gleich daneben in einem Winkel, zur Quelle der Juturna, die kristallhell gerade beim Anfang der Cloaca maxima aufsprudelt und sich dahinein nun ferner ungebraucht ergießt. Ich schöpfte mit der hohlen Hand daraus, und trank und ward erquickt, und konnte nicht müde werden, sie rinnen zu sehen. Ein heiliges Plätzchen, rundum verbaut und eingemauert! Die Wände sind überall mit breitblätterigem Efeu überzogen und kleinem Gesträuch bewachsen. Man kennt sie nicht mehr vor den stolzen Wasserleitungen; und gewiß war sie doch die Hauptursache, warum Romulus oder vor ihm ein junger Ausflug Griechen hier sich annistete, da in den jetzigen weiten Ringmauern sich keine andre Quelle befindet.

In schwärmerischen Betrachtungen verloren, wand ich hernach in den Farnesischen Gärten für sie einen Myrtenkranz mit allerlei Blumen, holte aus der Nachbarschaft ein Gefäß mit Milch und Honig, goß es in sie aus, bekränzte sie und sang ihr wehmütig ein kurzes Trauerlied bei dem Opfer, das sie Jahrtausende nicht genoß.

Ein Zusammenklang von lauter rührenden Gefühlen, wandelt ich nach Hause durch die drei noch übrigen Triumphpforten von den ehemaligen sechsunddreißigen. Ein solcher Freudenbogen, ausgeziert mit den schönsten Lebensszenen dessen, den man empfängt, ist doch ein so recht verliebter Gedanke. Herzlicher und dauerhafter kann ein Volk einem Helden keine Ehre antun.

Die Kunst bleibt ein sonderbares Ding; sie scheint ganz ihren Weg für sich zu gehn. Wenn man von ihrer Vortrefflichkeit auf die Vortrefflichkeit der Menschen zu gleicher Zeit sollte schließen können und umgekehrt: welche Popanzen müßten die Römer zu Septimius' und Konstantins Zeiten gewesen sein gegen die unter Trajans? Der Kontrast ist gar zu possierlich an des christlichen Kaisers Bogen, wo die Bildhauer unter ihm zu den Wechselbälgen seiner Geschichte die Meisterstücke von Figuren aus einem andern zum Ruhme des Siegers von Dazien hineingeflickt haben. Was konnte Alexander dafür, daß er keinen Homer fand bei seinem Leben, überhaupt keinen großen Dichter, der ihn besang?

Ferner ist rückwärts gewiß, daß die Kunst bei gleich

vortrefflichen Menschen nur nach und nach zur Höhe wuchs; so schwer ist es, alles Lebendige vollkommen zu bilden und nichts, was noch rührt und reizt, auszulassen, und dafür bloß mathematische Linien und Placken hinzustellen. Das Ganze wird nur nach und nach gewonnen; das *Individuelle-Lebendige-Geistige* bleibt aber immer das, was den großen Menschen von dem andern unterscheidet. Und so kann einer zwar ein ungleich größrer Künstler als ein andrer, aber ein weit kleinrer Mensch sein. So war der Jupiter und die Minerva des Phidias wahrscheinlich erhabner als manches andre Bild, das nachher ein weit natürlicher Fleisch und mehr Lebendiges in der Materie hatte. Und darauf kömmt's doch an, die unterscheidenden wesentlichen Züge von jedem Dinge bestimmt zu fassen und dem Empfinder und Denker gleich darzustellen. Das Hauptvergnügen an einem Kunstwerke für einen weisen Beobachter macht immer am Ende das Herz und der Geist des Künstlers selbst und nicht die vorgestellten Sachen.

Den Nachmittag ging ich nach der *Rotunda*; ich hatte den Mann mit den Schlüsseln dahin bestellen lassen, um obenhinauf zu steigen. Sie ist das einzige Werk von alter Architektur, was in Rom noch ganz ist; das vollkommenste in seinen Verhältnissen und prächtigste dabei wegen seiner Säulen auf dem Erdboden; die Paulskirche erscheint dagegen doch nur als Flickwerk.

Wenn man in die Vorhalle tritt, so ist es, als ob man in das schönste Plätzchen eines Waldes von lauter hohen herrlichen Stämmen käme, die ein Gott zu einer Zeit gepflanzt hätte.

Wie breit und mächtig einen dann das Innre selbst umfaßt und bedeckt, ist lauter Majestät; und feierlich stehen unten die Säulen umher und der dämmernde Raum dahinter, wie das Allerheiligste der Gottheiten. Was dies für eine Ruh ist! wie einen so nichts stört! wie die Rundung mit Liebesarmen empfängt, wie ein leiser Schatten einen umgibt, so daß man das Gebäude selbst nicht merkt! Oben Heiterkeit und Freiheit und unten Schönheit. Überall ist der Tempel schön und harmonisch, man mag sich hinwenden, wo man will; überall wie die schöne Welt in ihren Kreisen von Sonn und Mond und Sternen. Endlich scheint alles lebendig zu werden und die Kuppel sich zu bewegen, wenn man an dem reinen süßen Lichte des Himmels oben durch die weite Öffnung sich eine Zeitlang weidet. Sooft ich mich so ins Stille hinsetze und meinem Gefühl überlasse, werd ich da entzückt wie von einem Brunnquell unter kühlen Bäumen zur heißen Zeit. Es ist das erhabenste Gebäude, das ich kenne; selbst Schöpfung und nicht bloß Nachahmung. Die Schönheit voll Majestät scheint alle Barbaren von der Verwüstung zurückgeschreckt zu haben.

Freilich hat man, was daran zu plündern war, ohne die Mauern niederzureißen und in Schutt zu stürzen, doch daraus und davon weggeraubt. Es stand hier eine *Minerva* aus Gold und Elfenbein von der Hand des Phidias und eine berühmte *Venus*, welche die halbe Perle zum Ohrgehenke hatte, von der die andre Hälfte Kleopatra trank, um den Antonius im Verschwenden zu übertreffen, und die man für sich allein auf eine halbe Million Scudi schätzte. Konstantin der Dritte schleppte auch diese Bilder wahrscheinlich mit den andern schönsten Statuen nach Syrakus, so wie er die Silberplatten samt dem Bronz- und Schmelzwerk herausschlagen ließ, womit das Gewölbe oben verziert war.

Die ursprünglichen Kapitäler von Erz nach dem Plinius an den innern Säulen sind hernach wieder abgenommen worden und mit weißem Marmor gut ergänzt, der dem Giallo antico des Schaftes lieblich läßt. Davon sind noch die Basen und das Gesims, das letztre mit Streifen von Porphyr. Die erhaltnen äußern aber von Granit wie die kolossalischen Säulen selbst gehören unter die schönsten der korinthischen Ordnung, die übrig sind, und machen mit den drei freistehenden Säulen auf dem Campo Vaccino und dem Bogen des Titus* die Muster hierin aller neuern Baukunst. Wo an einem Gebäude keine Säulen sind, fehlt gewiß die edelste, stärkste und schönste Form. Die korinthischen haben, wenn die Blätter rein gearbeitet sind, am mehrsten Leben und den größten Reiz; und die gefugten, welche die Rinde nachahmen, erhöhen noch Natur und Leichtigkeit.

Der Plan des Ganzen ist zirkelrund, und der Durchmesser davon enthält mit der Dicke der Mauern zweihundertundfunfzig Palme und der Umfang siebenhundertundfünfundachtzig. Die Mauern betragen achtundfunfzig Palme. Die Höhe hat gerade die Breite des Bodens. Der Bogen innen von der außen in der besten Proportion viereckten Tür den fünften Teil dieses Maßes; und der Bogen gegenüber, jetzt vom Hauptaltar, ist etwas größer, wodurch der Eingang unmerklicher erscheint.

In der Antike trugen ohne Zweifel die Karyatiden, wovon Plinius spricht; jetzt sind an deren Statt kleine platte Säulen ohn einigen Vorsprung mit einem Gesims darüber, worauf die Kuppel ruht. Man glaubt wegen der Arbeit, daß die Veränderung unter den Antoninen und dem Kaiser Pertinax geschah. Es muß ein paradiesischer Zauber an dem Auge des Himmels gewesen sein! Nun ist das ehemalige junge blühende Gesicht im reizenden Schmuck gewissermaßen zur Matrone im Trauerschleier geworden; doch dauert die erhabne Form noch und hält die Moden und Sitten aller Zeiten aus, wie wahre Schönheit.

* Nebst einigen Überbleibseln in Griechenland, die damals noch nicht bekannt waren.

Es ist wohl klar und augenscheinlich, daß die Rotunda anfangs einen Teil der *Bäder des Agrippa* ausmachte, gleichsam die strahlende Stirn derselben; noch sind die Ruinen davon angemauert und erstrecken sich weit dahinter. Die prächtige Vorhalle wurde hernach hinzugefügt und das Innre ausgeschmückt; und der Tempel gehörte alsdenn mit dem des Jupiter Maximus auf dem Kapitol und dem des Friedens unter die ersten Wundergebäude Roms. Agrippa wurde in einem Triumphwagen auf den Giebel an dem Portikus gestellt, aus Erz gearbeitet, mit den zwei Löwen von Granit zu beiden Seiten und der porphyrnen Urne mit seiner Asche dazwischen, die jetzt noch unten vor der Halle stehen. Er schenkte seine Bäder und Gärten dem Volke mit Einkünften zur Unterhaltung.

Der sogenannte Tempel der Minerva Medica, eine der pittoreskesten Ruinen bei der Porta maggiore, war eben ein solcher Anfang von Bädern; und noch ebenso jetzt die Kirche des heiligen Bernhard von den *Bädern Diokletians*. Sie kommen in der Hauptform mit der Rotunda völlig überein. Bei der überschwenglichen Pracht durften die Götter nicht vergessen werden, und man errichtete ihnen gleichsam diese Wachthäuser voran als Beschützern. Das Pantheon war dem rächerischen Jupiter, der Ceres und allen Göttern gewidmet.

Ihre breiten Gewölbe in weiten Bogen leuchten gleich beim Eintritt Erhabenheit in die Seele, die die unermeßliche Peterskirche dagegen mit ihrem schmalen und engen des mittlern Schiffs nie erregen wird, der eher einen Sarg als einen Bogen vom freien schönen gestirnten Himmel Gottes nachahmt; weswegen die Leute sich verwundern, daß sie nicht erstaunen.

Die Römer liebkosten den Sinn des Gefühls mit Baden wie wir ohngefähr unsre Nasen mit Düften und unsre Zungen mit Brühen und Weinen. Sie fingen vom Heißen an und gingen alsdenn alle Grade der Wärme durch, teils im Wasser, teils in lauer Luft, bis zum Kalten: Wollust, die alle verschiedne Wärme der Existenz nachahmt, vom heißesten Herzensgetümmel der hohen Leidenschaften bis zur frischen Besonnenheit; alle Grade des physischen Gefühls, ohne das Seelenleben, das Geistige, welches sie sich doch in gewisser Rücksicht auch vorphantasieren konnten, indem ihre weiblichen Schönheiten sich unter den Kaisern, wenigstens zuverlässig vom Domitian an, öffentlich nackend mit den Männern badeten. Sie ahndeten etwas vom Paradiese und dem Stande der Unschuld, ohne die Bücher Mosis gelesen zu haben. Und überdies hatten sie gleich daneben ihre Fechterspiele und Ringplätze.

Die *Thermen* in Italien entstanden aus den *Gymnasien* der Griechen; nur waren bei diesen die Leibesübungen das Vornehmste und bei den Römern das Baden. Darnach mußten sich die Architekten in der Anlage der Gebäude richten.

Die Bäder waren eigentlich der Hauptgenuß, den die stolzen Enkel des Romulus und seiner Räuberbande von den Siegen ihrer Vorfahren über die Welt hatten, und die Gebäude dazu das Höchste der Architektur, was wir mit den ägyptischen Labyrinthen und einigen Tempeln der Griechen in der Geschichte der Menschheit kennen. Es war da alles, was das Leben freut und angenehm macht, beisammen. Wir können uns, ohngeachtet der ungeheuern Ruinen, wenig davon vorstellen, weil uns diese Gattung Genuß ganz entrückt ist. Wenn wir ein halbes Säkulum alter Römer und Römerinnen der ersten Jahrhunderte erwecken könnten, so würden sie sich aus Ekel, Langerweile und Verzweiflung über das heutige Elend binnen wenig Tagen aufhenken.

Das Dachgewölbe der Rotunda, mit starkem Blei gedeckt, ist, wie schon gesagt, äußerst flach gehalten; man steigt zur weiten Öffnung auf wenig großen Stufen, rundum aber laufen an die vierzig kleinere im Kreise. Wenn man hineinschaut, kömmt das Innre einem vor wie ein runder hoher Turm.

Als ich oben stand, mich umsah und die verkleinerten Leute auf den Straßen betrachtete, wurd ich den Demetri gewahr und rief ihm zu, heraufzukommen, welches er auch gleich tat.

Demetri ist ein wackrer Mann, viel Kern mit wenig Schale; der Mensch ist bei ihm recht durchgearbeitet und ins reine gebracht. Er herrscht in Rom über die Geister, mehr als irgendein andrer, genießt hohe Glückseligkeit und ist der Leithammel von einer Menge jungen Leuten. Unter diesen hab ich nicht wenig gefunden voll Lebensmut und den größten Fähigkeiten, genaue Bekanntschaft mit ihnen errichtet und unbeschreiblich Vergnügen in ihrem Umgange genossen. Wie jammert's mich, daß soviel herrliche Kraft wegen schlechter Regierungsverfassung ungenutzt versauren soll!

Im Neugriechischen bin ich bei ihm noch sehr gewachsen. Auch hat er mir manche dunkle Stelle der griechischen dramatischen Dichter, besonders in den Chören, ins klarste Licht gesetzt und meisterhaften Unterricht über den unendlichen Reiz ihrer Silbenmaße gegeben. Bei seinem Brotgeschäfte mit alten Handschriften sind ihm eine Menge beßrer Lesarten aufgestoßen; und er könnte wie ein andrer Herkules die Aldinischen und Juntischen Ausgaben ausmisten, wenn ihm der Silbenkrieg am Herzen läge.

Überhaupt aber hält er Ruhm für ein notwendig Übel, wobei man leicht selbst zur Bildsäule auf dem Markte werden und sich endlich fast nicht mehr regen und bewegen könne. Wirken, frei und mächtig handeln nach Art seiner Natur! Dies sei die allererste und ursprünglichste Glückseligkeit. Der Kernmensch gebrauche Ruhm als Hülfstruppen und stoße den einen von sich, wenn es sein müßte, sobald er in eine andre Sphäre schreite.

Nur einen Fehler kenn ich an ihm, und dieser ist, daß er in dem heillosen Labyrinthe der Metaphysik herumkreuzt. Du sollst hier in der Unterredung mit mir eine starke Probe davon sehen, obgleich ihn noch nicht in seinem ganzen Wesen, weil er sich nach mir richten mußte, der ich hierin bloß meiner eignen Vernunft folge, ohne mich mit andrer Hypothesen viel zu plagen. Wenn er mutwillig ist, spricht er keinen Tag wie den andern. Mich trieb er vorzüglich nur in dem angegebnen System herum und sagte zuweilen verwirrte hochtrabende Dinge, um auszuweichen oder vorzubereiten und zu sehen, was ich damit anfing. Wenig Auserwählten reicht er auf die Letzt den Faden der Ariadne, den er andern, wegen der heiligen Inquisition, bedächtlich zu verbergen weiß, die ihm die einzige esoterische Philosophie vielleicht der alten Kirche bald mit langsamer Glut ausbraten würde; an dessen Sicherheit er aber selbst noch scheint zu zweifeln.

Vielleicht macht Dir eine und die andre komisch ernsthafte Behauptung gerade das mehrste Vergnügen, da Du wohl weißt, daß man hier nur meinen kann, weil unsre Sinnen nicht bis dahin dringen.

»Jetzt ist wenig hier zu schauen«, sprach er, wie er zu mir kam; »aber zu mancher andern Zeit möcht ich da gestanden haben!«

Wir setzten und legten uns bald in die Sonne, die das Dach angenehm erwärmt hatte, und sagten erst dieses und jenes über alte und neuere Architektur. Der Schluß war, daß der Zweck, der vom Plan und den großen Massen an bis aufs geringste einzelne und die Verzierungen aus allem rein hervorleuchte, die alten von den neuern Gebäuden unterscheide, wo oft bloße nachgeahmte Kunst und leere Schönheit sei, auch bei den besten, sonder Absicht und Nutzen. Übrigens ließen wir doch dem Bramante, Antonio da San Gallo, Michelangelo, Palladio und den andern großen Meistern ihr gebührend Lob völlig angedeihen und waren der Meinung, daß kein alter Architekt vielleicht einen heroischern Palast dem Cäsar als der Palast Farnese und einen lieblichern glänzendern der Kleopatra als der Palast von Cornaro zu Venedig würde haben erbauen können.

»Bei unsern Kirchen«, fügte Demetri hinzu, »worauf wir das mehrste wenden, haben wir die reizende Mannigfaltigkeit nicht der Alten; Tempel des Jupiter, Apollo, Mars, Bacchus: Tempel der Juno, Pallas, Diana, Venus. Jeder machte ein eigen Ganzes in Plan, Verzierung und Ausschmückung und Gegend.«

»Die Meister sollten sich mehr nach den Heiligen richten«, versetzt ich, »denen die Kirchen geweiht werden. Der Papst, welcher die Rotunda hier allen Heiligen einweihte, so wie sie ehemals allen Göttern geweiht war, scheint so etwas im Sinne gehabt zu haben.

Es ist doch sonderbar«, entfuhr mir hierbei, »daß die Griechen, das aufgeheiterte Volk, sich mit den Fabeln über die Gottheit so ernsthaft und zuweilen so abergläubisch grausam beschäftigen konnten, da sie, der vielen andern Weisen nicht zu gedenken, einen Anaxagoras hatten.«

»Grausam«, versetzt' er, »sind sie in Vergleichung mit uns zu ihren guten Zeiten nur wenigemal gewesen. Und dann lassen sich Meinungen, wo nicht offenbare Widersprüche sind und das Gewisse tief verborgen steckt, nicht so leicht wegarbeiten. Es hält bei den ausgemachtesten Dingen schwer, den großen Haufen unter einen Hut zu bringen, wenn er sich mit eingewurzelten Vorurteilen dagegen sträubt; geschweige bei spekulativen Sätzen die freieste Nation.

Mit den griechischen Gottheiten ging es gewissermaßen wie mit vielen Wörtern in jeder Sprache; wir haben einen deutlichen oder dunkeln Sinn dabei, wissen aber ihren ersten Ursprung nicht und wo sie herstammen; und jene waren schon vor Mosen und den Propheten in der ägyptischen Zeittiefe, ehe noch ein Trismegist unter den Sterblichen die Buchstaben erfand. Homer hat damit seine Iliade ausgeziert, wie mit Edelsteinen, Gold und Perlen, und zuweilen lauter Schmuck gemacht, wie den Kampf des Skamander mit dem Vulkan.

Religion wurde, dünkt mich, in der bürgerlichen Gesellschaft zuerst bestimmt eingeführt, um den Streit über verschiedne Verehrung der Gottheit bei Familien zu verhüten.* Jeder Staat oder Gesetzgeber ergriff eine Partei der Ordnung wegen und ließ andern Republiken und Selbstköpfen natürlicherweise ihre Freiheit, über das Weltall zu denken, was sie wollten, wenn sie nicht mit Fackel und Schwert seine Verfassung störten.

Bei den Griechen mußt es einer sehr arg machen, wenn Richter und Volk Meinungen dagegen ahnden sollten. Was hat nur Aristophanes nicht für Witz über die Götter ausgegossen! Wir im heiligen Rom erschrecken noch nach Jahrtausenden über seinen Mutwillen, wenn wir uns einmal mit der Phantasie in dessen Zeiten gedacht haben. Das Scherzen über die Bewohner des Olymp mochten die Griechen, scheint es, sehr wohl leiden; nur durfte sie einer nicht mit Stumpf und Stiel ausrotten wollen und als Schwärmer deren Bildsäulen zerschlagen, ohne ihnen dafür andre Freuden, andern Zeitvertreib zu gewähren. Jeder begriff an sich selbst, daß sich das Gefühl der Wahrheit und Falschheit nicht so ganz bändigen läßt, wenn man den Bürger nicht als bloßen Sklaven haben will. Bürgerliche Ordnung soll nur Gewalttätigkeit hemmen, und nicht den freien Gebrauch der Seelenkräfte: sonst bleibt der Mensch nicht Mensch mehr und wird zum Tier der Herde, verliert seine eigentümliche Glück-

* Religion selbst kömmt nach dem Cicero her von relegere, dem fleißigen Lesen dessen, was über den Götterdienst war festgesetzt worden. Die dies taten, hießen religiosi.

seligkeit und allen Wetteifer, wie wir in den tyrannischen Staaten sehen, wo die Natur auch ihre geistigsten Gaben am reichlichsten ausspendet, in den Gefilden der Wahrheit und Schönheit nach Lust immer weiter zu schreiten und hienieden die höchsten Gipfel zu ersteigen, wo er Meer und Land überschaut.

Die mehrsten Streitigkeiten über Gott kommen davon her, daß Laien selten wissen, was sie wollen; und Philosophen meistens für den eingeführten Glauben, sei's unter Heiden, Juden, Christen, sich von ihm ein Ideal bilden, und ihn nicht annehmen und zu ergründen suchen, wie er in Natur sich befindet; als ob er sich bei der Menge verächtlich machte, wenn er wäre, was er ist.

Anaxagoras unter den Griechen gab mit seinem *Verstandwesen* für die folgenden Zeiten hauptsächlich dazu Anlaß. Das System des Lehrers des Perikles und Euripides hat durch ihr sinnliches und glückliches Zeitalter geherrscht, trotz den schulwidrigen Behauptungen vielleicht größrer Scheidekünstler, erhielt sich bis in die christlichen Jahrhunderte und herrscht gewissermaßen trüb und dunkel wieder jetzt, obgleich die erste Quelle nun unbekannt geworden ist. Er stattete eine Weltseele, die alle Materie der Elemente durchdringt und über sie Gewalt hat, in dem in der Erde steckendsten Wurm und himmelhöchsten Adler dieselbe.*

Sokrates verwarf alles System, ahndete nur und betete an in heiligem Stillschweigen nach seinem tiefsten Forschen; verehrte übrigens die Gottheit nach den Landesgesetzen unter mancherlei Namen, ohne sie näher zu bestimmen, und riet seinen Freunden dasselbe.

* Seine Lehre findet man kurz beisammen in folgenden Worten des Plato: τὴν τῶν ἄλλων ἁπάντων φύσιν, οὐ πιστεύεις' Αναξαγόρᾳ, νοῦν καὶ ψυχὴν εἶναι τὴν διακόσμουσαν καὶ
Kratylos

Dem *Plato, Aristoteles* und andern Denkern aber war damit wenig gedient, und sie gingen so weit, als sie nur vermochten. Jener sprach über den allgemeinen Verstand in erhabnen Dichtungen; und der kühne Titan von Stagira belagerte regelmäßig endlich nach den feinsten Erfindungen der scharfsinnigsten Taktik; und seine Anhänger behaupten, er sei in die innerste Festung eingedrungen. Darauf und daran muß der Herrliche, der in so vielem andern an der Spitze der Menschheit stand, gewiß gewesen sein.

Plato schreibt noch am Ende seiner Tage den Gestirnen den höchsten Verstand zu. Anfangs bedacht er sich lang über die Sonne und konnte nur damit nicht ins reine kommen, wie wir lebten und so hell im Geiste sähen, wann sie unterginge und es Nacht wäre.* Daß alles Lebendige erfrieren, zu toten Klumpen erstarren müßte, wenn nichts von ihren Strahlen zurückbliebe, wird ihm wohl einmal im Winter die Bedenklichkeit gehoben haben. Vielleicht schloß er gar noch ferner, daß alles Licht und alles Feuer und alle Wärme auf unserm kleinen Erdboden bloß in Materie gefahrne Strahlen der Göttlichen und der Gestirne sind, die jene, von nichts gehemmt, durchdringen, regen, richten; woher alles einzelne Lebendige denn Bildung, Form und sein Recht hat; bis sie wieder von andern aufgenommen werden oder sich selbst absondern in Rückerinnerung der alten überschwenglichen Wonne; und daß die Massen und Körper, die deren am mehrsten enthalten, die lebendigsten sind. Wenigstens ist dies der Grundstoff zu seinem glänzenden theologischen System, worüber Julian noch abtrünnig wurde.

Überhaupt hielten die mehrsten alten Philosophen das Feuer für das Göttlichste in der Natur.«

»Die großen Dichter dieser hohen Zeiten für die Menschheit«, fiel ich ein, »hatten um eine Stufe na-

* Sieh eben seinen *Kratylos.*

türlichre Metaphysik und nahmen das Sinnlichre und Nähere. Sie meinten, wir schöpften die bewegende Kraft mit dem Atem, und sie sei in der Luft befindlich, und nannten sie *Zeus*, nach dem wörtlichen Sinne, *wodurch sie lebten*; und einige Philosophen schlugen sich zu ihrer Partei.

Sophokles sagt: ›Zeus, der alles faßt, in alles dringt, uns näher verwandt ist als Vater, Mutter, Bruder, Schwester.‹ Und an einem andern Orte: ›Welcher Menschen Übermut, o Zeus, hemmt deine Macht, die der uralte Schlaf nicht ergreift und die unermüdlichen Monden! Unalternd durch der Jahre Wechsel nimmst du Herrscher den strahlenden Glanz vom Olymp ein; dir ist der Augenblick, die Zukunft und Vergangenheit untertan.‹

Und *Euripides* sagt geradezu: ›Siehst du über und um uns den unermeßlichen Äther, der die Erde mit frischen Armen rund umfängt? Das ist Gott!‹

Und *Aristophanes*, sein Antagonist, ruft ebenso aus: ›Unser Vater Äther, heiligster, aller Lebengeber!‹

Und *Pindar* ging schon vorher noch weiter und singt stolz in lyrischer Begeistrung: ›Eins das Geschlecht der Menschen! Eins das der Götter! Alle beide atmen von *einer* Mutter.‹

Nach der ältesten Meinung seines Volks glaubte *Thales* das Göttliche im Wasser zu finden, weil alles Lebendige sich davon nährt und aller Same feucht ist. Die Erde aber blieb immer nur Pflanzstätte, die das Himmlische durch Wind und Regen empfängt und Tiere und deren Nahrung damit gebiert; obgleich Mutter aller, selbst ohne Geist und Leben. Manche hielten sie nicht einmal für Element, sondern wie Hesiodos nur ersten Körper.

Alles kehrte zurück, wo es herkam; was von der Erde entsproß, zur Erde: das Himmlische wieder in die lustschwebenden ätherischen Zärtlichkeiten.

Doch, gestehen wir es nur, wir tappen damit noch in

Nacht und Ungewißheit! wie die Alten selbst; von denen nur einer mehr oder weniger als der andre dreust war mit seinen Behauptungen. Ein bestimmtes deutliches System hierüber darf man bei keinem Sterblichen suchen; die größten Weisen haben für sich keins gehabt und nicht klar gesehen, wie kein Mensch die ganze Welt klar durchschauen kann. Sie nahmen gewisse Sätze an und bauten darauf hin, und wurden immerwährend von der Natur wieder in Verwirrung gesetzt.
Eines jeden Gefühl muß ihm sagen, daß er etwas Getrenntes von einem Ganzen ist und daß er sucht, sich wieder mit demselben zu vereinigen. Als Menschen suchen wir dies am ersten bei andern Menschen zu bewerkstelligen: die Natur leitet den Mann zum Weibe und das Weib zum Manne. Beide finden alsdenn doch noch nicht dies in sich allein und suchen ihr Ganzes bei mehrern ihresgleichen. Wo dieser Trieb lauter wirkt: die glückseligste Republik. Aber auch hier wird der Mensch endlich seine freie Vollkommenheit, sein Ganzes nicht finden. Es ist also klar, daß uns entweder der Tod mit diesem vereinigt oder doch nähert oder nach mancherlei Durchwanderungen von Körpern wieder dahin bringen muß. Aus diesem Gefühl stirbt eine Alkeste für ihren Gatten, als der minder edle Teil des Ganzen, und übergibt sich ein Regulus freiwillig Schmach und Leiden. Aus diesem Grunde sieht man mehrere Menschen, jeden schier von demselben Schlag und Gehalt, zusammen für verständiger an und ein ganzes Volk für die klare ausgemachte Weisheit; und wir können oft mit der sichersten Gewißheit von dem Gegenteil und dem stärksten Vorsatz nicht auf gegen die Macht der Täuschung.«
»O wie lieb ich das«, rief Demetri mir mit lebendigern Augen froh lächelnd zu, »wenn so einer aus dem andern Funken schlägt! O könnten wir uns Licht machen und einander einen Pharos anzünden in die-

sem nächtlichen Meere, wo Boreas und Süd und Ost und West verschiedner Meinungen stürmisch ungestüme Wogen wälzen! – wenigstens einer den andern wie ein noch scheues edles Roß vor den fürchterlichen Einbildungen auf allen Seiten herumführen.

Welches der *König der Elemente* ist: Luft oder Feuer, wär also der Streit bei den griechischen Dichtern und Philosophen. Um das Höchste und Edelste zu sein, muß er die Massen aller andern durchdringen, Gewalt darüber haben, sie an sich ketten und nach seiner eignen Natur formen und bewegen. Nach diesem Grundsatze würden die Dichter wohl den Philosophen nachgeben und alle lebendige Wesen eine Art von Flamme sein; Feuer so über Luft wie Bewegung des Lichts gegen Schall.

Auch war das Wesentliche zwei der ältesten Religionen des menschlichen Geschlechts in der Mitte der zwei größten Weltteile, Asien und Amerika, Verehrung der Sonne und des Feuers; und ihre Frommen bemitleideten die so mit geistiger Blindheit Geschlagnen, daß sie in Finsternis nach Gespenstern herumtappen, vom Lichte der Natur, durch alle Himmel dasselbe, lieblich und freundlich und erwärmend hell lebendig umstrahlt. Selbst in Rom, da edle Weisheit und Tapferkeit in seinem Senate noch den Erdboden regierte, bewahrten jungfräuliche Hände dessen Glut als das Allerheiligste.

Lassen wir aber auch noch einen *Priester des Zeus* mit seinem Pomp in diese Versammlung treten und die *Religion seines Volks* behaupten, weil wir einmal im erfreulichen Schwärmen der Phantasie darüber sind: ›Toren ihre alle!‹ ruft er aus; ›die Welt macht nur ein Ganzes, und ihr haltet euch an den Teil. Alle verschiedne Urwesen in der Natur sind göttlich, jedes so ewig als das andre, und keins kann von dem andern herkommen und geworden sein.

Rein abgesondert nennen wir sie Elemente; untereinander vermengt, für uns ohne Ordnung und Schönheit, nennen wir sie Materie.

Wie alle diese Kräfte zusammengekommen sind, sich verbinden und scheiden und allerlei Erscheinungen hervorbringen, hat noch kein menschlicher Kopf für Sinn und Verstand erklärt.

Tun wir den äußersten Flug menschlicher Einbildungskraft und nehmen Anfang an, wo es nur immer möglich ist.

Stellt euch das Chaos vor, das alle Götter, Menschen, Tiere, Metalle und Steine gebar, wie einen unermeßlichen heißen Nebel im unendlichen Raume, worin Sonnen und Planeten noch zerstäubt schwimmen mit den Meeren, Erden und Lüften!

Es begann die Zeit: Feuer und Lüfte und Wasser und Erden schieden sich, und ein gleichartiges Wesen gesellte sich seiner ewigen Natur nach zu dem andern. Die jungen Sonnen wälzten sich und wuchsen, bis jede sich aus ihrer Sphäre gleich ewigen blendenden Gewittern von lauter Blitzen und Wetterstrahlen (wovon wir an unsern Wolken zuweilen nur winzige dunkle Schatten sehen) zusammengesammelt hatte, und besäeten die Himmel. Die gröbern Massen sanken unter, jede nach ihrem verschiednen Grade, und machen nun die Planeten aus, die immer schwebend herumtanzen, sich wieder mit dem holden Lichte zu vereinigen, aber wegen ihrer Schwere nicht zum Anflug gelangen.

Und die Liebe ward geboren, der süße Genuß aller Naturen füreinander, der schönste, älteste und jüngste der Götter, von Uranien, der glänzenden Jungfrau, deren Zaubergürtel das Weltall in tobendem Entzücken zusammenhält. Und alle lebendigen Geschöpfe erhaschten in diesem Getümmel ihren Anfang; und vermehren sich nach alter Art immer wieder aus einem kleinen neuen Chaos von Elementen, nach Anzahl, Maß und Form der ersten Zusammensetzung.

Das Element, das alles füllt, das sich am freiesten und

ungebundesten durch das Unermeßliche breitet, ohne welches nichts bestehen kann, was lebt, selbst das Feuer nicht, ist die Luft. Wir Trismegisten und Orpheuse gaben ihm den Namen *Zeus* und stellten diesen den Völkern in Wolken auf einem Donnerwagen mit dem flammichten zackichten Keil voll furchtbarer Majestät als dessen Regenten vor, weil sie nicht bis zu dem Unsichtbaren gelangen und Gestalt für den Sinn haben müssen.

Sein erstgeborner Sohn, Licht und Feuer, ist *Apollo*, der Sonnengott.

Der Beherrscher der Wasser, Zeus' Bruder, *Neptun*.

Den Erden, den Sammlungen unzählbarer andrer Elemente, setzten wir das Heer der übrigen Götter vor und erteilten dem dritten Bruder *Pluto* in den Unterwelten den höchsten Zepter.

Eure Großväter, die Pythagorasse und Homere, haben hernach unsre kühnen großen Erfindungen angenehm und lieblich und erfreulich ausgearbeitet und die Phidiasse und Polyklete denselben das Siegel aufgedrückt. Und so waren die Urkräfte der Natur für die Phantasie geordnet und jeder von ihren Lieblingskindern, den Menschen, schöne Tempel aufgestellt.‹

Verwundert Euch nicht, Freund«, fuhr Demetri fort, »über die astronomischen Ketzereien, die ich meinen Priester sagen lasse! Es wird eine Zeit kommen, und nach der Freiheit, womit die großen Geister schon anfangen ihre Flügel zu schwingen, kann sie nicht mehr fern sein, wo die Sonne und die Fixsterne auch bei den Menschen ihren erhabnen Posten behaupten werden wie in der Natur und unsre kleine Erde mit den andern Planeten um ihre Lebendigmacherin herumrollen wird;* es wird die Zeit kommen, wo der kleinste

* Das System des Preußen Kopernikus wurde am spätesten im Kirchenstaate angenommen, und Galilei war zu dieser Zeit kaum geboren. Man kann das Folgende für eine Prophezeiung auf ihn halten.

Nebelstern Sonne sein wird und ein hellerer Morgen in unsern Kerker einbrechen, bis wir uns endlich alle Bande abstreifen und des ewigen Daseins, unsers Eigentums, als echte Kinder Gottes genießen, in unaussprechlicher Wonne, sonder Grausen vor den armseligen Schreckwörtern Tod und Zerstörung.

Es war besser, daß Millionen Sonnen sind, um nur Zahl zu nennen, als eine, die zu ungeheuer gewesen sein würde! Die Billionen Planeten hätten sich zu oft darumher einander verfinstert und die rasende Masse von Feuer sie verzehrt.

Alles Wesen besteht aus unergründlich Kleinem. Was unendlich klein ist, kann nur wenig Kraft und Bewegung haben. Um freier und gewaltiger zu sein, paart es sich mit seinesgleichen und vermehrt sich bis zu Sonnen- und Planetensphären, die sich durch die Himmel wälzen und schweben für uns in unbegreiflicher Fülle von Wonne; paart sich mit seinesgleichen und anderm, was es wie zum Fuhrwerk oder gleichsam Reittier brauchen kann. Und dies hat's auch wieder gut, indem es an der Lust des Edlern teilnimmt und für seinen Dienst reichlich versorgt wird.

Das Zusammengesetzte aber aus Verschiednem ist in Betrachtung des Einfachen eine wahre Kleinigkeit. Was sind alle Vögel, Tiere und Fische gegen die unermeßliche Luft, das blendende Gewimmel der Gestirne und gegen Meere und Erden in ihrer ursprünglichen Reinheit? Zusammengerottete winzige Sonderlinge! Die großen Massen allein leben und schweben in ewiger angestammter Wonne und Glückseligkeit: nur wir Heterogenen leiden und sind elend und plagen uns mit unsrer Erhaltung, immer in der jämmerlichen Furcht, zu vergehen. Mitteldinger zwischen Sein und Nichtsein! Zusammengeballte Grenzen des Verschiednen! Die sich mit Träumen plagen und ihre eigentliche Natur nicht finden können; und auf das kranke Gewinsel zerrütteter Kreaturen horchen, da uns das ewige Licht in die Augen blitzt, Meere in die Ohren rauschen und alles augenblicklich in uns strebt, sich mit dem großen Mächtigen wieder zu vereinigen.

Die Toren glauben, sie kämen einmal in eine ganz andre Welt, wo keine Sonne wäre, weder Mond noch Sterne, noch Meer und Land wie bei uns, und sie hätten vielleicht dort doppelte goldne Hüften, wie hier nur eine Pythagoras hatte.

Unsre Philosophen nehmen sich sehr in acht, wenn sie von Seele reden, auf Erde, Wasser, Luft und Feuer zu kommen, vermutlich, um sich nichts zu vergeben. Nicht also die Griechen! Wir zucken die Achseln deswegen über sie? Je erhabner der Mann, desto eher der Kinder Spott!«

Demetris Wangen wurden röter in diesem lyrischen Taumel; ich rief ihm zu: »Mäßigt Euren Schwung, wenn ich nachfolgen soll!

Etwas Besonders, Adler oder Mensch und zum Beispiel Alexander zu sein nach gewonnenen Schlachten«, fügt ich leise hinzu, »macht doch auch große Freude und kömmt einem angenehmer vor, als wenn man sich zu unendlich kleinen Teilchen von Erde, Luft und Wasser und Feuer denkt. Jedes einzelne Wesen wird seine Existenz bloß durch andre gewahr; je reiner es sich damit vereinigt, desto größer wahrscheinlich seine Glückseligkeit. Alles in der Natur strebt deswegen, sich in andres zu verbreiten.«

Demetri. Bei solchem Einfachen gibt's kein Teilchen; jedes, wenn man sich es auch denkt, gehört so zum Ganzen, daß das Ganze zusammengenommen nichts Bessers ist. Das Teilchen ist wie das Ganze und das Ganze wie das Teilchen; eins wirkt und regt sich wie das andre, jedes Gefühl blitzt durch das ganze All. Was das eine angeht, das geht auch das andre an; es ist eins so mächtig, so ungeheuer und unermeßlich groß, wenn man eine solche Größe annehmen will, wie das andre. Die Meere und Tiefen von ursprünglichen

Elementen sind es, woraus wir immer neu strömen und zusammenrollen; und unsre Urnatur ist unendlich göttlicher und erhabner als das augenblicklich zusammengeballte Eins verschiedner Kräfte; nach dem hohen Plato nur eine Stockung im unsterblichen Flusse der Glückseligkeit.

Ardinghello. Aber daß etwas sein muß, was das Weltall zusammenhält, ist wohl klar genug! eine unbekannte Ursache an und für sich, doch bekannt in ihren Wirkungen; ein Wesen, das die andern Elemente zusammenbändigt von ihrem Schlafe zum Leben, zur Existenz, zur Harmonie und Einheit.

Wenn ich meinen Körper betrachte und bedenke, daß ich ihn selbst soll zusammengearbeitet und gebildet haben, und doch nichts davon weiß oder, welches einerlei ist, daß das erste Menschenpaar dies soll getan haben: so dünkt mir augenscheinlich, daß ich nicht von mir selbst abhange und daß eine unbekannte Ursach im Spiel ist. Anfang und Ende ist für keines Menschen Kopf und ebenso unbegreiflich, wie Verschiednes ein lebendiges Eins macht. Unsre offenbare Willkür, der vorher bestimmte Endzweck aller unsrer Sinnen zum Beispiel, das Forterhalten der Gattungen, bleibt unerklärlich und übersteigt die feinste Philosophie.

Demetri. Vielleicht wird sich dies noch aufhüllen.

Wir erkennen uns bloß als Zusammensetzung, als Wirkung und nicht als Ursache. Bei uns ist sie mit unserm Verstand eins, und es findet da kein Gezweites statt; bei andern Dingen läßt sie vielleicht den Sonnenstrahl, so wie ihn unser grobes Auge blickt, nicht in ihre Verborgenheit. Rein existiert sie bloß in ihrer ursprünglichen Vortrefflichkeit, schwebt im Genuß ihrer selbst: und vermischt erkennt sie nur die Vermischung.

Liebe und Krieg ist ewig auf den Grenzen verschiedner Natur; jene nennen wir Ordnung, Leben, Schönheit, und wie die Namen alle lauten. Wie Kinder scheuen wir Tod und Vergehen; wir würden bei beständiger

Dauer in immer einerlei Zusammensetzung vor Langerweile endlich auf ewiger Folter liegen in unsrer kleinen Eingeschränktheit. Die Natur hat sich aus eignen Grundtrieben dies Spiel von Werden und Auflösen so zubereitet, um immer in neuen Gefühlen selig fortzuschweben; und unser Beruf ist, dies zu erkennen und glückselig zu sein. Pythagoras hatte recht: die Welt ist eine Musik! Wo die Gewalt der Konsonanzen und Dissonanzen am verflochtensten ist, da ist ihr höchstes Leben; und der Trost aller Unglücklichen muß sein, daß keine Dissonanz in der Natur kann liegenbleiben. Die höchsten Granitfelsen der Alpen und des Kaukasus zermalmen endlich die Regen des Himmels und die Katarakten der Eisdecken auf ihren Gipfeln, und unsre Jahrtausende sind Momente der Ewigkeit. Kommen wir einmal zum Teil in den Mittelpunkt des Ozeans und der Erdkugel, so kommen wir auch in Sonnen und Gestirne und werden eins damit.

Jedes Element hat nach höhern und mindern Graden von Regsamkeit die Eigenschaft, zu leben, zu empfinden; und die mancherlei Proportion gibt jedem einzelnen Dinge seinen besondern Urcharakter. Dem Affen ein wenig Licht und Luft mehr im Urton: und er stünd auf der Leiter der Schöpfung über den Homeren und Zenonen, freilich alsdenn auch in andrer Gestalt. Unser Gehirn scheint der hohe Rat der Republik zu sein, sich augenblicklich zu bewegen und die neuen Erscheinungen und Gefühle der Sinnen aufzunehmen und darnach für das kleine Ganze zu sorgen.

Wer hat die Elemente so untersucht, daß er einem allein das Leben und Denken zuschreiben will? Warum sollten nicht alle mehr oder minder dazu fähig sein und die ganze Natur leben, denken und empfinden?

Der Mensch macht ein Ganzes aus, und es ist alte Pedanterei, denselben nur in zwei ganz entgegengesetzte verschiedne Hälften zu teilen, wie man hernach bei allen Tieren und der kleinsten Mücke tun muß. Aber

Gewohnheit zwingt alles unter ihre eiserne tyrannische Herrschaft, bis auf die sich frei wähnendsten philosophischen Häupter, die davon nichts träumen.

Ardinghello. Auf einen Hieb fällt kein Baum, geschweige eine Zeder, die so viele Jahrhunderte, durch alle bekannte Zeitalter steht und mit ihrem immer grünenden Gipfel jedem Sturm trotzt. Die Menschen werden heutzutag schwerlich glauben, daß das Beste von ihnen nur Sonne war und die Planeten erleuchtete; sie sind zu stolz dazu geworden. Geschweige daß ihre Körper nur eine gewisse Ordnung seien, Wohnungen, Gasthöfe der Elemente, die augenblicklich durch sie reisten, sich nur Momente aufhielten, sie lebendig, vollkommner und bequemer für die nachfolgenden machten.

Demetri. Und doch muß auch dem Dümmsten auffallen, daß er alle Woche wenigstens ander Fleisch und Blut hat; daß ihn sein Magen jeden Tag ein paarmal an neuen Ersatz erinnert; daß er stündlich stirbt und wieder aufersteht; immer etwas anders ist, immer ist wie das Wetter, das er sieht und einatmet. Und was wollt Ihr mit allen bekannten Zeitaltern? Habt Ihr vielleicht den Aristoteles gelesen?

Ardinghello. Seine metaphysischen Schriften nur durchgeblättert! teils, weil sie mir zu weitläuftig und gleich anfangs mit Fleiß dunkel und rätselhaft geschrieben schienen, und teils, weil ich für wahr hielt, was Xenophon beim Eingange der *Denkwürdigkeiten* vom Sokrates meldet, nämlich: die Metaphysiker wären ihm vorgekommen wie Rasende, da die berühmtesten derselben schnurstracks sich entgegenstehende Meinungen behaupten. Die ganze Wissenschaft sei zu nichts nütze; und er hätte sich verwundert, wie es ihnen nicht offenbar wäre, daß unser Verstand darüber nichts Gewisses erfinden könnte. Die menschlichen Dinge allein machten uns genug zu schaffen.

Demetri. Auch beim Sokrates ist nicht alles Gold! Dies

war zuverlässig in die Luft gesprochen, ohne hinlängliche Überlegung. Das Allgemeine können wir wissen, aber nicht das Besondre. Ohne Arbeit und Mut wird dem Menschen nichts Großes verliehen. Wer weiß, wie viele Jahrhunderte noch dazu gehören, ehe wir in Erkenntnis der Natur so weit gelangen, als unser Verstand reicht, und das höchste Ziel berühren! Viele verzweifeln daran, nur etwas Wahres zu finden, und wollen immer im Finstern herumtappen; aber es kommen Augenblicke, wo sie erschrecken, ein bloßes Nichts zu sein, ohne sich mit der Natur zusammen zu denken. Harmonie mit dem Weltall ist das höchste Gut! und welcher gute Kopf will sein Leben lang zu dem Gesindel gehören, das die Wetterfahne aller Meinungen ist? Jeder muß hier endlich so weit, als er kann; und es hilft da kein Sträuben. Unsre Bestimmung, wenn wir eine haben sollen, kann keine andre sein, als die verschiednen Naturen des Weltalls in der Zusammensetzung zu fassen, woraus wir bestehen. Der Mensch selbst ist gleichsam eine herumwandelnde Metaphysik; wer wollte sich nicht damit beschäftigen? Sie ist die erste und höchste aller Wissenschaften.

Wenn wahr ist, wie es denn allen Schein der Wahrheit an sich trägt, was Alkibiades vom Sokrates in Platons *Gastmahl* erzählt, so hat auch hierin der, den das Orakel (vielleicht hauptsächlich deswegen, was Ihr eben aus den *Denkwürdigkeiten* von ihm angeführt habt!) zum Weisesten erklärte, doch auch hierin seine Schuldigkeit beobachtet. Er stand einst im freien Felde vom Morgen an, den ganzen Tag über und die Nacht durch, unbeweglich auf einem Flecke in dem allertiefsten Nachdenken versunken und verloren: und betete die *Sonne* an, als ihre reine volle Feuersphäre über die östlichen Gipfel Strahlen des Lebens wehte.

In den geringsten Wissenschaften und Künsten herrschen verschiedne Meinungen; und es ist natürlich, daß in der höchsten die mehrsten herrschen, weil alle zum steilen Gipfel wollen und nur äußerst wenige dazu genug Atem in der Brust, Stärke in den Knochen und ausdauernden Mut und Verstand gegen alle die Gefahren haben, die in den halsbrechenden Pfaden auf sie lauern.

Nutzen? Soll man denn alles des Mauls und Magens wegen tun? und macht Erkenntnis der Wahrheit nicht schon an und für sich glückselig? ist sie nicht die höchste Glückseligkeit? Gehört das Vergnügen, die Freude nicht zu Nutzen?

Freilich muß jeder den Weg endlich selbst machen. Es muß erst einer wissen, wo der Ätna liegt, eh er hinauf will. Und dann ist für uns die Reise durch die Scylla und Charybdis die kürzeste, und durchaus zu Pferd ist nicht möglich. Oder: man muß ohngefähr so weit sein, als sie selbst waren, ehe man die Systeme großer Philosophen vollkommen versteht; und ferner sie nicht auf den ersten Seiten vollkommen begreifen wollen; man muß sie erst ganz kennen, ehe man nur etwas von ihnen in allem seinen Verhältnis einsieht.

Das System des *Aristoteles* liegt, es ist wahr, noch zum Teil da im Chaos; aber binnen zweitausend Jahren hat sich kein beßrer Architekt gezeigt. Er trug allen philosophischen Reichtum jener glücklichen Zeiten zusammen und brütete darüber wie ein Gott. Seine physischen und metaphysischen Werke sind ein langwieriges Studium, und es läßt sich in einem Gespräche davon kein Auszug machen. Ihr müßt sie selbst lesen; und es wird Euch Lust sein, zu sehen, wie er die Natur herumarbeitet und bis auf ihre kleinsten Bestandteile zergliedert, wenn Ihr auch nur den Tiefsinn des Menschen an ihm bewundern solltet.

Für jetzt nur noch einige Rhapsodien nach ihm und gegen ihn, und Launen und Einfälle. Stellt Euch das Universum wie eine Laute vor, worauf ich Euch nach augenblicklicher Lust und Liebe vorphantasiere. O nichts ist reizender und lockender dazu! es ist der schönste Gegenstand meiner Poesie in der Einsamkeit. O es macht mich glücklich, und mich überläuft wieder zuweilen ein menschlicher Schauder, wenn ich bedenke, was ich vielleicht schon war und ferner sein werde! was ich jetzt bin und den folgenden Morgen, die folgende Stunde schon vom neuen anfange zu sein. Übrigens genieß ich jeden Moment der Spanne meines gegenwärtigen Lebens, so gut ich kann, und ergebe mich Kleinigkeit in die Umwälzungen der ungeheuern Massen.

Was Demetri darauf ferner sagte, davon mehr nur den Inhalt als seine Worte, insoweit ich denselben gefaßt habe. Ich blieb bis jetzt noch immer der Meinung des Sokrates, daß auch die beste Metaphysik ein schönes Gebäude sei, welches bloß in der Luft schwebt, und daß man sich nur damit beschäftigen müsse, um sich nichts weismachen zu lassen und seinem Vergnügen in dieser Rücksicht ungestört nachzuhängen.

»Die Sinnen allein zeigen uns«, begann er vom neuen,* »daß etwas außer uns da ist: Verstand selbst ist die Wurzel der Sinne. Von Sinn und Verstand alle unsre Erkenntnis; und was finden wir da?

In uns gekehrt die wunderbare Sicherheit, daß wir Wirkliches und kein Nichts sind, und allen Grund zu denken und zu handeln. Außer uns Sonne, Mond und Sterne im unermeßlichen Äther, und Luft und Meer und Land voll unzählbarer lebendiger Dinge.

Doch solche Menge Verschiedenheiten entdeckt nur das Auge, unser reichster, aber auch flachster Sinn; wir haben einen andern, der tiefer dringt und zu einfachern kömmt: das Gefühl. Kein Tier kann ohne

* Ich habe dieses jugendliche Gespräch, eine Streiferei in die Metaphysik damaliger Zeit, wo Aristoteles noch auf dem Throne saß, des Zusammenhanges wegen nicht ausgelassen. Wohl uns, wenn wir ein paar Jahrhunderte höher stehen! Ein Barbar aus Pommern, einer von der Themse hätte schon den tiefsinnigsten Griechen viel vergeblichen Kopfbrechens ersparen können.

dasselbe, aber ohne die andern Sinnen bestehen.
Und dieser Sinn erkennt?
Warm und Kalt und Feucht und Trocken.
Nichts weiter! denn alles übrige fällt in eins von diesen; daraus besteht die unendliche Mannigfaltigkeit des Weltalls.
Doch werden wir auch mit diesem so mächtig ergreifenden Sinne nur Oberflächen gewahr; allein tiefer in die Natur der Dinge können wir nicht eindringen, wenn wir nicht sie selbst werden. Und dann hört aller Sinn auf; wir sind es selbst und schweben im Genuß ohne alle wissentliche Unterscheidung.
Warm und trocken ist das *Feuer.* Warm und feucht die *Luft.* Kalt und trocken die *Erde.* Kalt und feucht das *Wasser.* Mit Flamme und Eis fängt Stockung und Zerstörung an, daraus keine Zeugung.
Wenn *Feuer* sich in *Luft* verwandelt, braucht es nur die Feuchtigkeit anzunehmen, und so, wenn *Wasser* sich in *Erde*, nur die Trockenheit. *Wasser* wird *Luft* durch die Wärme; *Luft* wird *Wasser* durch die Kälte. *Feuer* verwandelt sich in *Erde* durch die Kälte, *Erde* in *Feuer* durch die Wärme. Leicht ist dann der Übergang einer Natur in die andre und leicht Werden und Zeugen. Wenn aber *Feuer Wasser* werden soll und *Wasser Feuer, Luft Erde* und *Erde Luft:* dann ist ein doppelter Damm durchzustürmen; allein der Schleichweg ist bald gefunden. *Feuer* wird erst entweder *Luft oder Erde*; und so bleibt der Übergang auch bei den andern immer leicht.
Daraus alle die sonderbaren Erscheinungen! Und so verändert sich ewig in sich die Welt, begattet sich mit sich selbst und bringt neue Geschöpfe hervor und Blumen und Früchte.
Dies sind die vier Elemente, die der gemeine Menschenverstand durch alle Zeiten anerkannt hat; und sie sind die Grundverschiedenheiten nicht nur für das Gefühl, sondern auch für die übrigen Sinne, die alle

verschiedene Abarten desselben sind und darauf beruhen.

Daß die Luft wieder so verschieden sein könne, als wir die Erde erkennen, wer will dies leugnen? und so das Wasser, und vielleicht noch das Feuer; wer hat die Elemente so untersucht? und wie wenig wissen wir noch von den Erden? Genug, daß der Übergang eines Elements in das andre gefunden ist.

Doch warum suchen wir Vervielfältigung der Elemente! Es hat Philosophen gegeben, die behaupteten, daß das Weltall, welches wir zusammen mit einem Namen Natur nennen, durchaus eins und dasselbe sei; die alle Evidenz leugneten, um ihren Verstand an einem Mutterwesen zu weiden, das bloß reiner Stoff und nichts von allem andern ist, was wir kennen, sondern alles zugleich in jedem Punkte; andern Menschen schier ebenso undenkbar wie Alles aus Nichts und Nichts aus Allem, das es auch bedeutet.

Die ältesten der Art blieben jedoch noch bei einem Elemente. Heraklit meinte, das *Feuer* sei der gemeinschaftliche Quell aller Dinge: und Thales das *Wasser*; beide aus dem heitern Ionien, von den Griechen, sonderbarlich! für die frühesten echten philosophischen Köpfe anerkannt und der erste als Stammvater aller eigentlichen Weisheit zum Sprichwort bei ihnen durch alle Zeiten geworden. Das organische Wasser, zum Beispiele der Mensch, ersaufe in dem einfachen Wasser; und das organische Feuer verbrenne in dem Feuer, das die Lust verliert, etwas anders zu sein. Feuer, Luft und Erde sei Wasser, und Wasser sei Erde, Luft und Feuer, und alles eins und dasselbe. Feuer sei heiß und kalt, und Wasser sei naß und trocken.

Andre suchten in der Folge den Widerspruch wenigstens im Ausdrucke zu vermeiden und setzten für irgendein Element überhaupt: *Eins ist Alles und Alles Eins.*

Nach dem Aristoteles war Xenophanes der erste, der

dem Wesen seine eigentliche Reinheit gab, aber auch nichts weiter darüber bestimmte, sondern nur mit erhabner Stirn in den unermeßlichen Äther hin schaute und sagte: *Das Eins ist Gott.*

Parmenides, sein Schüler, brütete nach ihm mehr darüber und suchte zu beweisen, daß Wesen der Vernunft nach notwendig *nur Eins* sein könne, für die Sinnen aber müsse man zwei Ursachen: *Kalt* und *Warm*, annehmen. *Kalt* sei das *Unwesen* und *Warm* das *Wesen*. Andre setzten dafür das *Dicke* und *Dünne*; nämlich das Wesen dehne sich aus und ziehe sich ein; und daraus alles Werden und Zeugen, alle Erscheinungen. Wenn es sich verdünne, werd es Luft und Feuer; und verdickt sei es Erde und Wasser; aber alles im Grund eins und dasselbe.«

Ardinghello. Wenn also die unendliche Ausdehnung, außer den einzeln Bewegungen, durchaus sich einmal recht einzöge, so würden wir vielleicht alle zusammen mit ihr den allergrößten Stein ausmachen und die Welt als ein Diamant im leeren Raume hangen.

Demetri (ein ander Gesicht annehmend). Wer weiß, was geschehen kann! Zeit hat sie nun in der Ewigkeit genug dazu, zur Kurzweil sich in allerlei Gestalten zu verwandeln.

Diese Philosophen gaben übrigens keine Ursache der Veränderung an und ließen noch Ruh und Bewegung unerörtert.

Wer beweisen will, daß aus Einem Alles sei, muß erst dartun, daß aus Allem Eins werde; und so weit hat es noch keine Chemie gebracht.

Wenn bloß Eins ist, so muß es in Ruhe sein; denn ohne Reiz keine Bewegung, und das Gleichförmige reizt nicht. –

In den Elementen liegen die Quellen der Bewegung. Sie ist allen eigen, und keins hat sie als einen besondern Vorzug; nur scheint das Feuer einen weit höhern Grad von Reizbarkeit dazu zu haben als Erde, Luft und Wasser. Alles in der Natur regt sich von selbst und hat Freiheit, Erkenntnis und Begierde. Jeder Teil, den wir von einem ihrer unvermischten Ganzen annehmen, hat alle innerliche Eigenschaften des Ganzen; ihre Wesen sind unendlich zart, verbreiten und verlieren sich ineinander, unergründlich allen unsern Sinnen. Je mehr das Kleine einerlei Art beisammen, desto größer seine Macht und Stärke; und so kann Erde, Luft oder Wasser das Feuer überwältigen, und so unterliegt beim Menschen der sogenannte Geist der Materie. Doch nur im Einzeln kann dies geschehen, denn im Weltall selbst herrscht Geist unermeßlich und ohne Schranken. Geist bringt die Welt in Ordnung und Schönheit nach seiner Natur, und selbst in uns fuhr er deswegen; und dadurch hat der Mensch Gewalt über den Erdboden.

Bewegung ist Wirksamkeit der Kraft auf einen Gegenstand. Wo Kraft und Gegenstand ist, ist auch Bewegung. Wo doppelte Kraft aufeinander wirkt: Liebe oder Krieg, Neues-Werden oder Abprallung.

Gedanke ist Anfang und Ziel der Bewegung, Anfang und Mittel und Ende der Bewegung zusammen Handlung. Alles in der Natur hat das Vermögen, zu denken und zu empfinden, und das Selbstgefühl ist Grund und Boden; denn alles, was ist, hat Kraft, wodurch es ist, was es ist.

Und folglich hat das System des *Anaxagoras* seinen guten Grund in der Natur. Verstand hat die Welt gebildet: nur in allem auf seine eigne Art. Verstand ist prüfende und unterscheidende Fassung des Ganzen; Verstand, in der Zusammensetzung, das Meer, wohin alle Empfindungen laufen, sich begegnen und sich läutern; und besteht selbst nur aus empfindender Kraft. Er ist der eigentliche Kern jedes einzelnen Lebendigen, jedes Ganzen, das schlechterdings an und für sich mit einer ersten Empfindung beginnen und sich mit gleichartigen und andern Wesen paaren und hernach zusammenschaffen und bilden mußte. Wenn nun Verstand ursprüngliche Empfindung ist, so ist er auch der Schöpfer von allem Individuellen.

Der erste Trieb in jedem Lebendigen ist das Vergnügen oder nicht allein und vereinzelt zu sein. Der zweite weitere Erkenntnis und größere Kraft zugleich: dadurch erhob sich die vereinzelte Natur vom Wurm an bis zum erhabnen, freien, vielfassenden und verbindenden klaren Menschen, der deswegen die Sprache und alle Künste erfand. Der dritte, ungeheure, der alles unglücklich macht, die ganze Welt zu erkennen und sie sein zu wollen; und in der Tat tobt immer das dunkle Gefühl in uns auf, sie einmal gewesen zu sein und wieder zu werden.

Ardinghello. Ich erstaune über Eure kühnen Behauptungen, und es wird mir vieles Nachdenken kosten, deren Wahrheit oder Falschheit zu finden.

Wenn Feuer sich in Luft verwandelt: bleibt es Feuer oder nicht? Und ferner: so wie nur eine gewisse Materie ist, die Licht hat, und eine, die Ton hat, so kann es ja auch eine geben, wenn man das Wort hierbei brauchen darf, die nur denkt und Verstand hat, Ursache der Bewegung ist, immer wirkt und nie leidet, bis das ganze Gebäude um sie her zusammenfällt.

Demetri. Wenn Feuer sich in Luft verwandelt, so entsteht eben ein neues Ganzes aus Luft und Feuer. Und so sind wir selbst ein Ganzes aus verschiednen Elementen, so rein und harmonisch verschmolzen, daß wir in uns bei gesundem Zustande durch das feinste Bewußtsein nichts unterscheiden.

Wenn nicht jede Art von Element sich selbst regte und bewegte, so würde jeder Leichnam ewige Mumie sein und der Wind immer von Osten her wehen.

Was den Verstand betrifft, so nimmt Aristoteles selbst, wie Plato, nach dem Anaxagoras, dessen Meinung ich freilich nach meinem eignen Begriff erklärte, eine eigne Materie für den Verstand an und unterscheidet sie von aller andern, und sogar von der Seele, die, wie er sagt, im ganzen Körper sich befindet. Die Seele des Auges ist das Sehen, die Seele des Ohrs das Hören und so die des Gefühls das Fühlen. Die Seele des Baums ist, daß er wächst und seine Nahrung mit den Wurzeln einsaugt. Sie ist in allem Lebendigen dieselbe. Kraft in Ausübung ist ihm Seele, und kein Körper, kein Element ohne Seele. Aber Verstand hat seine eigne Natur, behauptet er, die nicht leidet. Das Auge kann verblendet, das Ohr betäubt werden, der Verstand hingegen von dem tiefsten Denken unbefangen auf das leichteste übergehen. (Vielleicht nur bei dem Fürsten der Philosophen! Andre müssen wenigstens ein Schachspiel dazwischensetzen.) Und doch soll derselbe ein besonder eigen Teilchen, wie er sich ausdrückt, nur der menschlichen Seele sein, und sagt, diejenigen hätten recht, die ihn darin den *Ort der Formen* nennten; *Denken, Urteilen* wäre *Aufnehmung, Schaffung von Formen.* Die sinnliche Kraft der Seele könne nicht ohne Körper bestehen, der Verstand aber davon abgesondert werden; er sei sich allein Materie. Nur sei er leidend und vergänglich, insofern er etwas denke und sich an etwas erinnere; gleichsam wie der *Sonnenstrahl, wenn er an den Dingen Farbe wird.* Das Denken aber und Erinnern mache sein Wesen nicht aus; an und für sich selbst denk er nichts, und so sei er unsterblich.

Folglich ist die Seele, als Verstand betrachtet, nur unsterblich, insofern sie nichts denkt.

Dies ist wohl eine von den schwachen Seiten seines Systems, um den Vorrang des Menschen vor andern Tieren zu erklären; und hierin weicht er ab vom Anaxagoras, der seinen Verstand allem Lebendigen zuschreibt.

Wenn der Verstand nur unsterblich ist, insofern er nichts denkt, so ist alle andre Materie auf eben die Weise unsterblich, nämlich insofern sie außer der Zusammensetzung gedacht wird; und wenn ich den Verstand auf eine andre Art erklären kann, so brauch ich keinen Gott, den Knoten des Drama aufzuhauen. Kurz, es ist ein Schlupfwinkel, worin wir nicht weiterkommen.

Der Beweis, womit Anaxagoras, Plato und Aristoteles das Dasein des Verstandes dartun, ist: es muß ein Wesen geben, das unvermischt ist und alles durchdringen kann, damit es Gewalt darüber habe und erkenne.

Fürs erste also ist jedes Element in seiner Reinheit unvermischt; und so Haufen Elemente in ihrer Reinheit beisammen.

Sind die Elemente an ursprünglicher Feinheit verschieden, so ist, nach aller Erfahrung, wahrscheinlich das Feuer oder Lichtelement das feinste. Folglich hätte das Feuer alle Eigenschaften, die sie zu ihrem Verstand erheischen.

Ist dies Seele, was, nach dem allgemeinen Begriff, andres durchdringt, so kann man auch mehrere Arten von Seelen annehmen. Feuer durchdringt die Luft; Luft und Feuer durchdringen das Wasser; und Feuer, Wasser und Luft durchdringen die Erde, und bändigen sie nach ihrem Wohlgefallen, und bequemen sich wieder als der Grundfeste freundlich nach ihr. Und so überhaupt eins nach dem andern. Herrschen ist Wohltun, alle andre Gewalt Tyrannei. Wer weiß, ob der Gegensatz von Feuer und Erde nicht zu stark ist, ob Erde nicht zu grob und Feuer zu fein gegeneinander sind, um vollkommen aufeinander zu wirken? Ob nicht Mittel dazwischen sein müssen? (Wie zum Exempel in den mildern Erdstrichen; in Griechenland, dem Klima der Schönheit.)

Überhaupt sagt uns alles, daß da die höchste Vollkommenheit und Glückseligkeit ist, wo die höchste Fülle. Wenn die Zusammensetzung so harmonisch, so proportioniert ist, daß jedes Element sich regen kann nach seinen Kräften, entsteht der höchste Verstand; eins erkennt das andre auf diese Weise am reinsten und vollkommensten. Und dies möchte wohl der Aristotelische Verstand sein, der durch alle die feinen Röhren des menschlichen Gebäudes im Gehirne sich absondert; die reinsten Verschiedenheiten von Feuer, Luft und Wasser und Erde kommen hier lauter zusammen und machen ein göttliches Ganzes, wie in unendlichen Massen die Welt ist.* Bei den andern Tieren sondern sie sich nur nicht so rein und in der Fülle und Proportion ab, von Urbeginn durch den Druck der umgebenden Kräfte daran verhindert.

Ardinghello. Aber die ersten Geschöpfe Paar und Paar, Tier und Mensch, und Gras und Baum, wo leitet Ihr und Aristoteles diese her?

Demetri. Wie unser Verstand in der Zusammensetzung Wissenschaften und Künste aus verschiednen Erfahrungen der Sinnen bildet, aus Empfindungen, die mit Bewegung und Sturm und Aufruhr in uns kommen, eine Iliade, einen Ödip, so kann er auch von Anbeginn mit Hülfe der ganzen Natur die Gestalten der verschiednen Gattungen gebildet haben. Man muß bei Zeugung und Untergang allezeit auf Elemente kommen, die unzerstörbar sind und aus welchen alles Zusammengesetzte wird.

Unser Erdboden hat ohne Zweifel, nach Vernunft und Naturgeschichte, einmal in einer weit glücklichern Lage zu Entstehung der Geschöpfe geschwebt als jetzt. Und wer weiß, ob nicht die edelsten nach Aufhörung derselben untergegangen sind? Die Geschöpfe sind ihrer Natur nach nicht in einem Lande und wahrscheinlich nicht auf einmal entstanden.

Aristoteles braucht gewöhnlich das Gleichnis: Der

* Auch einige Alten hatten diese Idee: vom Licht käme das Auge, von der Luft das Ohr her, vom Wasser Geruch und Geschmack und von der Erde das Gefühl.

Mensch und die Sonne erzeugt den Menschen; doch erklärt er sich etwas deutlicher hierüber in seiner Lehre von Gott und der Zeugung. Und sehen wir nicht, daß die Sonne noch jetzt Ursache des Frühlings und der Begattung ist? Warum sollte sie nicht auch im Anfange bei den ersten Geschöpfen Hülfe gewesen sein? Jedes Geschöpf wächst aus seinen Elementen hervor, und die Sonne löst mit ihrer Wärme deren Kräfte, daß sie frei wirken können.

Jedoch haben immer über die Entstehung des Einzeln die alten Weisen die sonderbarsten Meinungen behauptet. Einige nahmen für jedes Geschöpf ein verschieden Element an, und nicht allein für jedes Geschöpf, sondern für jedes Glied desselben. Da waren zum Beispiel verschiedne Elemente für den Menschen, die sich wieder für Kopf und Hand und Fuß abteilten und zerstreut in der Natur lagen. Die Weiber sammelten dieselben bei der Begattung in sich, wo sie sich alsdenn zu einem Ganzen vereinigten. Freilich die leichteste Art, das Rätsel aufzulösen! wenn noch andre Schwierigkeiten dadurch gehoben würden. Wie geht es zu, daß ein Weib immer so vollkommen alle Teile sammelt, und nicht bloß Kopfteile oder Herzteile oder Arm- und Beinteile? Und so genau alle von derselben Proportion? Und wie halten sich diese Teile in den Speisen auf, wovon sie sich nähren? Das Herz eines Alexander in Tauben und Hasen, und Prokoli und Blumenkohl, und anderm Fleisch und Gemüse, wovon Olympia ihre Mahlzeiten hielt? Der Kopf Homers in Hühnern und Gänsen und den Fischen des Ionischen Meers? Offenbare Albernheiten!

Andre glaubten, der Same jedes Individuums wäre von Ewigkeit im Weltall und folglich nur eine gewisse Anzahl von Menschenkernen, Löwen- und Adlerkernen, die kommen und wieder gehen und jedesmal sich in die vorhandne Materie kleiden. Zum Beispiel: Alkibiades war einmal da zu Athen und so ein andermal zu Rom und Konstantinopel und Lappland und Peru. Es gehörte nur Glück oder Unglück dazu, daß er von diesem oder jenem Winde da- oder dorthin geführt und von einer Königin oder Magd aufgefangen und geboren wurde; und seine Individualität änderte sich jedesmal nach den Umständen.

Diese Meinung hat weniger Schwierigkeiten. Aber aller Same ist zusammengesetzt: und wie erhält sich die Zusammensetzung in der unaufhörlichen Zermalmung desselben, die wir bei allem Einzelnen in der Natur sehen? Und noch finden wir überall, daß Same wird und nicht ist.

Im Gegenteil ist sehr wahrscheinlich, daß, wenn alles, was auf unsrer Erdkugel Mensch werden könnte, auf einmal wirklich Menschen und unzählbare Scharen von Völkern wäre und man sie an einen neuen Ort, in andre Planeten versetzte: daß, sag ich, vielleicht wenig von derselben übrigbleiben und wir alsdenn erkennen würden, daß sie, samt allen Tieren, Pflanzen und Bäumen, nur ein runder Klumpen Kirchhof gewesen sei, wo die Lebendigen von den Toten aßen. Und ist's nicht augenscheinlich, daß immer ein neu gesundes Paar aus den Früchten von wenig Hufen Landes alle andre Zonen bevölkern könnte?

Kurz, jedes Einzelne ist nur durch die zusammengesetzte Form das, was es ist; jede Art von Wesen ist sich übrigens gleich. Und die Form entsteht durch die innre Proportion verschiednen Wesens mit Hülfe der äußern Dinge.

Ardinghello. Also könnte die Erdkugel möglicherweise zu ebenso ungeheuern Scharen Eseln, Maulwürfen, zu einem unendlichen Mückenschwarm werden als zu unzählbaren Völkern von Menschen; und Mann und Weib sind weiter nichts als Anlaß zu neuen Männern und Weibern, wozu sich die Elemente von selbst bilden? Der Mensch zum Beispiel ist also nur eine gewisse Proportion verschiedner Elemente? Ein Knabe von dreißig Pfund bestünd ohngefähr aus sechszehn Pfund Erden und Salzen, dreizehn Pfund Wassern und einem Pfunde Lüften und Feuern; und der einzige Unterschied zwischen ihm und einem Kälbchen wäre, daß dies etwa nur ein halbes Pfund Lüfte und Feuer zu seinen Bestandteilen habe! Dies allein veränderte die Form und machte Sokraten und Platone zu Kälbern und Kälber zu Platonen und Sokraten?

Der Schluß daraus, ist er nicht, daß alle Geschöpfe die Gegenstände nur nach ihrer Form empfinden und beurteilen und wir so vielerlei Wahrheit von demselben Dinge haben, als verschiedne Gattungen schon von Tieren sind? Jedes handelte und dächte nach seiner Form und hätte nach derselben seine Begierden; und es gäbe überhaupt keine allgemeine Wahrheit, und die ganze Welt sei ein Tollhaus?

Also wär es wohl keine Fabel mehr, daß Medea einen Greis in kleine Stücke zerhacken und wieder jung machen könnte, wenn sie nur den gehörigen Grad der Wärme träfe, wodurch sie sich wieder zu einem harmonischen Ganzen zusammenzögen?

Demetri. Richtig, mein Freund, wenn sie den gehörigen Grad der Wärme träfe und wieder hinzubrächte alle Augenblicke, was vom gehörigen Wesentlichen abdünstete, wie im Mutterleibe geschieht, und die vorige Lebenszeit schon abgedünstet wäre.

Die zusammengesetzte Form ist nur das Mittel: das Wesen selbst erkennt, wie vom Urbeginn, die Wahrheit. Alle Sinnen fassen nur einseitig: Verstand das Ganze, und der reinste am vollständigsten. Die Tiere sind nur dadurch verschieden, wie der Mensch, daß sie mehr oder weniger, vollkommen geläutert oder minder vollkommen, davon besitzen. Und eben dieser ist die erste gegebne Proportion ihrer ganzen Zusammensetzung.

Ardinghello. Aber wieder alle Gattungen von Tieren und Pflanzen, Paar und Paar von dem Grashälmchen an bis zum Menschen? Männchen und Weibchen, wie wollt Ihr dies erklären?

Macht der Verstand in den Elementen allein Mann und Weib, so muß einmal, nach dem komischen Einfall des Aristophanes beim Plato, Mann und Weib bei allen Gattungen zusammengewachsen gewesen sein und ein Ganzes gebildet haben: sonst bleibt's unerklärlich, wie die Geschöpfe sich aus sich selbst so verschieden und doch paarweise sollten geformt haben.

Demetri. Man kann gewiß leichter über diese Dinge schreiben als ein Gespräch führen! Dort läßt man solche Fragen aus, und ich habe noch bei keinem Weisen hierüber eine Antwort aus bloßer Vernunft gefunden. Weil ich aber einmal, wie einst der Platonische Sokrates, die Löwenhaut umgeworfen habe, so will ich aushalten.

Alles, was ich darauf sagen kann (fuhr er lächelnd fort), ist folgendes: Wenn ich keine Menschen- und Eselelemente, keine Nasen- und Lippen- und Lefzenelemente anzunehmen Ursach finde, so find ich es eher notwendig, männliche und weibliche Elemente in der Natur anzunehmen. Der Mann ist der vollkommenste, der ganz aus männlichen Elementen zusammengesetzt ist, und das Weib vielleicht das vollkommenste, welches nur gerade so viel weibliche Elemente hat, um Weib bleiben zu können; so wie der Mann der schlechteste ist, der gerade nur so viel männliche Elemente hat, um Mann zu heißen.

Männliche und weibliche Elemente machten außerdem am begreiflichsten die Natur lebendig und erklärten die ewige unaufhörliche Bewegung und den wütenden Trieb zur Begattung, welche Aristoteles für die Bestimmung jedes einzelnen Dinges hält, am besten. Liebe, Hochzeit, Ehe und Ehescheidung: daraus bestünde die Welt. Ferner wäre das Rätsel aufgelöst, welches noch niemand, soviel ich weiß, berührt hat, warum von jedem Geschlechte, fast durch alle Tiere, ohngefähr soviel von dem einen als andern geboren würden.

Wem dies nicht gefallen sollte, der könnte jedoch noch immer annehmen, daß zu einem Ganzen ein Paar gehört und daß der Verstand von Anfang an alles paarweise hervorgebracht hat, ohne daß eben das Zusammengewächs mehr als jetzt nötig war: in einer solchen bequemen Lage von Materialien zu Schaffung seines mächtigern Ganzen befand er sich.

Ardinghello. Ihr geht wie ein echter Kretenser, Zögling des Minos, mit dem schönen Geschlecht um! Ich glaube, daß ein Mädchen wie ein Mann immer ein unnatürliches Ding sei und daß die tapferste Amazone selbst unter einer Phryne stehe. Ich will Euch hierüber zu keiner neuen Hypothese treiben; wiederholen wir noch einmal Euer Hauptstück.

So von allem Wirklichen abgesondert mag es wohl endlich leicht sein, zu denken, Verstand des Menschen hat den Menschen hervorgebracht, und ebenso, Verstand jedes Dinges hat das Ding hervorgebracht, durch Hülfe einer Kraft, die allem Raum schafft, sich nach Willkür oder Verlangen zu bewegen: allein sich die Sache auch nur einigermaßen sinnlich vorzustellen ist gewiß ohne Vergleich schwerer.

Nehmen wir einmal, wie der Verstand des ungebornen ersten Kindes sich das Auge gebildet hat, nur eins fürs erste.

Wozu braucht er das Auge?

Zum Sehen.

Kann er nicht sehen ohne dasselbe?

Allerdings; da er alles durchdringt, berührt er an und für sich auch gewiß die Sonnenstrahlen oder wird ihre Wirkung gewahr auf Oberflächen.

Was will er also damit?

In einen Körper eingeschlossen sich eine Öffnung für dieselben machen.

Gut. Warum schließt er sich aber in einen Körper ein, da er ohne Auge sehen kann? und demnach auch ohne Ohren hören, ohne Zunge schmecken, ohne Nase riechen und ohne Finger und andre Glieder fühlen? Es scheint, er ist des Herumvagierens müde und will einmal einen steten Punkt haben; oder eine Portion Verstand haßt die andre, wie sich Spinnen, und verlangt abgesondert ihr eigen Nest; oder er will weder unendlich groß noch unendlich klein beisammenbleiben, sondern in bequemer Anzahl und ergötzlichem Maße, wie die feinen Wollüstlinge unter Griechen und Römern nur soundso viel Gäste an ihren Tafeln verlangten; oder überhaupt, er kann die Materie in allen Arten von Zusammensetzungen nicht besser genießen, als wenn er sich selbst in sie hineinsteckt; oder endlich das Schicksal zwingt ihn dazu, ob dies gleich für ein Wesen, das alles durchdringt und folglich nicht gebunden werden kann, ungereimt ist. Kurz, dem mag sein, wie ihm will: er macht alles auf einmal zusammen, sich in größerm Umfang, und wie Pygmalion, seine Geliebte. Nach Euern Begriffen ist freilich Verstand selbst so verschiedner Gattung, als Elemente sind; und nur einer ist der König. Also der menschliche Verstand selbst macht einen Bund aus von verschiednen Elementen; und jedes präsidiert darin im Namen der übrigen seiner Gattung und dringt auf besondern und eignen Genuß dafür.
Warum aber ist der Verstand des Kindes, wenn es fertig oder völlig ausgebildet ist, nicht mehr so gescheit, als er im Anfang war?
Demetri. Das ist er und bleibt es, durch alle Stufen des menschlichen Alters derselbe; alle Teile, die abgehen, ersetzt er wieder und bedient sich überdies seiner neuen Sinnen. In der Komposition selbst, deren Ursprung ich schon auf verschiedne Weise berührte, muß er freilich erst Erfahrung sich erwerben. Verstand

kömmt von stehen*; er muß alsdenn lange vor den Dingen einer Gattung gestanden haben, ehe er sie vollkommen mit seinen Sinnen durcherkennt und sich davon ein Ideal bildet.
Einige Alten behaupteten auch, daß er schon lange studiert habe, bevor er ein so herrliches Ganzes wie den Menschen ausklügelte; es ließ sich dieses aus der auffallenden Ähnlichkeit, größern und mindern Vollkommenheit der Teile von Tieren schließen. Die Pythagoräer nahmen nach dem Aristoteles als einen Grundsatz an: Speise und Raub ist eher gewesen, als was sich davon nährt; und wahrscheinlich! je ausgearbeiteter die Speise, desto leichter der Übergang zu höherm Leben. Kein vernünftiger Arzt wird daran zweifeln, daß der Mensch selbst die beste Kost für den Menschen wäre. Wer weiß, ob die Welt jetzt so vollkommen ist, als sie sein kann. Obgleich ewig, mag sie doch Kind, Jüngling und Mann, Jungfrau und Matrone zur Abwechslung werden; denn sie ist nicht ganz vollkommen, solange noch Unvollkommenheit darinnen da ist.
Ardinghello. Von Menschenfressern also hätten wir die eigentliche Verklärung zu erwarten, das tausendjährige Reich? Ein starker Kontrast mit den Schulen der Weisen!
Demetri. Aus dem scheußlichsten Dünger, wenn ich ein verkehrtes Gleichnis brauchen darf, wachsen die schönsten Blumen und Früchte. Wir schätzen unsern Körper viel zuwenig; und doch muß jeder fühlen, daß ihn ein Händedruck, Kuß und Umarmung von einer schönen Person ganz anders ergreift als der wohlstilisierteste ciceronianische Brief von bloßem Geist oder einer, die er nicht kennt.
Ardinghello. Wir schweifen aus; wieder zur Sache!

* Im Griechischen, was hier im Original gebraucht wird, von schwimmen.

Warum wissen wir aber nicht, daß der Verstand die Teile ersetzt, die er im Körper nicht festhalten kann und die demselben durch die Zeit abgehen?

Demetri. Wir wissen nur durch unsre äußern gröbern Sinnen; und dahin dringt keiner.

Ardinghello. Erstaunliche Richtigkeit und ein Gefühl von Maß, das das der Goldwaage zentillionenmal übersteigt, gehört gewiß dazu, ein Bein nicht kürzer und länger gleich im Anfang zu machen als das andre, und so einen Arm wie den andern, und Auge wie Auge; und so die Zähne und die Rippen in höchst genauer Proportion; und dann zu vergrößern und zu erhalten! Und dies sind nur grobe Sachen gegen anders bei Insekten.

Demetri. Er ist auch nicht umsonst so fein! und es gelingt nicht immer; die Alkibiaden und Phrynen sind bei jeder Tierart selten.

Ardinghello. Auf einer andern Seite betrachtet, ist's nun wieder gar nichts Außerordentliches und Erhabnes; weil er wie ein Affe alles nur nachahmt, wie er's vor sich findet, und gar nichts ändert: so recht im alten Schlendrian der lieben Gewohnheit versunken und verloren. Er gibt sich gar nicht mehr die Mühe, etwas Neues zu erdenken.

Demetri. Woher wißt Ihr das? Und doch schon genug, wenn er sich so wohl befindet! Er kann nicht mehr als die Materie aufs beste verarbeiten, in die er kömmt. Die Natur geht äußerst langsam und bedächtig in ihren Fortschritten, sie hat unendliche Jahrtausende vor sich und wir nur einen Augenblick Lebensdauer in der Komposition, sie zu beobachten.

Ardinghello. Mich deucht, Ihr hättet schon gesagt, im Anfange wär alles besser gewesen. Vielleicht sind wir doch von der Höhe des Bogens herunter!

Aber Freund, warum kann der Verstand den Körper nicht umändern, wenn er ungestaltet, häßlich oder krank ist? warum nicht verjüngen?

Wolken, lieber Demetri, nichts als Wolken und metaphysische Träume! Nehmen wir lieber doch noch die gewöhnliche Meinung an, die Ihr kurz vorhin verwarft. Ich glaube, daß, so wenig sich der Mensch jetzt selbst hervorbringt, er von Ewigkeit sich nicht selbst hervorgebracht hat. Er ist! aber es muß allezeit ein mächtiger Wesen ihm den ersten Stoß und die Bequemlichkeit zum vollen Dasein verschaffen.

Die vier Aristotelischen Elemente allein werden nie in allen möglichen Zusammensetzungen mehr als die vier Aristotelischen Elemente sein; es gehört gewiß noch etwas anders zu meinem Ich und deinem Du.

Wenn wir etwas ohne fernern Grund annehmen, warum sträuben wir uns, alles, was wir nicht anders erklären können, ohne fernern Grund anzunehmen?

Jedes Individuum ist von Ewigkeit der Form nach da in der Natur und von allem andern unterschieden; und keine Urform läßt sich weder schaffen noch zerstören. Nur gehört ein höher Wesen dazu, sie in die Bequemlichkeit zu setzen, daß sie sich in ihre höchste Fülle verbreite. Wie unendlich vieles wird bloß Blüte oder Frucht, ohne zum Baume zu gedeihen!

Auch gibt Aristoteles selbst nicht undeutlich zu verstehen, daß er derselben Meinung anhange; die menschliche Seele oder überhaupt der Mensch, dessen Form sie enthält, ist ihm eine von Ewigkeit fertige Vollkommenheit. Und so war jedes lebendige Ding der Form nach oder in seinem ersten Keime unzerstörbar von Ewigkeit da, und die Sonnenwärme, oder sein Gott, löst es nur von den Banden und setzt es in freie Wirksamkeit, wo es so lange genießt und leidet, als es sich mit seinem neuen Umkreis halten kann oder bis es die umgebenden Kräfte wieder in seinen unzerstörbaren Punkt zurückdrängen. Deswegen sagt der Weise auch, es gibt nur wenig Menschen, die göttlichen Verstand haben. Und gewiß, denen, in deren Urkraft er nicht liegt, kann denselben keine Bildung und Erziehung geben. Wer fühlt dies nicht durch all sein Wesen, wenn er einen ursprünglichen Laffen und Toren vor sich hat? Er war von Ewigkeit Tor, und weder Sparta noch Rom wird ihn je zu einem Brutus oder Leonidas umschaffen. Theophrast konnte sich in seinem neunundneunzigsten Jahre noch immer nicht genug verwundern, woher unter demselben Himmelsstriche und bei derselben Erziehung die Menge von verschiednen Charaktern herkäme. Sobald man dies annimmt, hört die Verwunderung auf oder verliert sich in die Unbegreiflichkeit alles Daseins, dem größten aller Geheimnisse.

Wir sind, was wir sind und werden nie etwas anders werden. Wohl dem, der edel und herrlich ist! Er bleibt es ewig.

Demetri. Erhaben; wenn's nur wahr wäre und nicht dieselben Schwierigkeiten stattfänden! Anaxagoras hätte schon klüger deswegen in der Verzweiflung alles: Knochen, Haare, Nägel, Klauen, für von Ewigkeit fertige Vollkommenheiten gehalten, wenn dem Stagiriten bei der Seele so etwas in Sinn gekommen wäre, als Ihr von ihm meint. Schwerlich kann ein arabischer Hengst je in Dänemark wiedergeboren werden und ein Epaminondas in einem Großmogulschen Serail! Inzwischen wird dieser bezaubernde stolze Glaube an persönliche Unsterblichkeit, die man freilich alsdenn auch jedem Wurm wie Alexandern und Cäsarn zuerkennen muß, noch lange herrschen.

Jedoch ist es Zeit, von diesen Dunkelheiten auf den Aristotelischen Gott zu kommen, den König der Elemente, der alles auflöst und aus seiner Trägheit in die Freiheit, zu handeln, setzt.

»Eine Bewegung«, sagt der Weise, »muß die erste oder muß ewig sein, die durch keine andre hat können hervorgebracht werden. Sie bedarf der Regung nicht von etwas anderm, sondern ist selbständig, immer in Wirklichkeit und nie bloß in Möglichkeit, sonst würde aller

Grund von Leben und andrer Bewegung fehlen. Sie ist schlechterdings notwendig, und man muß sie an und für sich annehmen.

Wir können uns keine andre Bewegung in sich selbst ewig denken als die kreisförmige, und kreisförmig ist sie der Vernunft und der Tat nach.

Sie bewegt, von nichts bewegt, für sich das Begehrliche und Verständliche.

In ihr schwebt der Himmel und die Natur. Ihr Leben ist das beste, so wie wir es nur kurze Zeit haben; denn sie bleibt immer dieselbe, welches uns unmöglich ist. Ihre Wirksamkeit ist Wollust; durch sie ist das Wachen, die Empfindung, das Denken das erfreulichste. Hoffnungen und Erinnerungen stammen davon.

Das Denken an und für sich selbst gehört zum Besten an und für sich selbst und das abgezogenste zum Vortrefflichsten. Der Verstand denkt sich aber durch Annehmung von Verständlichem; und verständlich wird er berührend und denkend, so daß Verstand und Verständliches dasselbe; denn das Fassende des Verständlichen und des Wesens ist Verstand. Er wirkt im Haben, so daß jenes mehr als dieses, was der Verstand Göttliches zu haben scheint, und die Betrachtung ist das Erfreulichste und das Beste.

Wenn also Vollkommenheit ist, wie wir zuweilen beschaffen sind, so ist Gott immer verehrungswürdig; wenn Höheres, noch verehrungswürdiger. Und so verhält es sich.

Auch herrscht wahrhaftig Leben in ihm; denn Wirksamkeit des Verstandes ist Leben, und er ist die Wirksamkeit. Die Wirksamkeit aber an und für sich ist sein bestes und immerwährend Leben. Und wir sagen, daß Gott ein immerwährend bestes lebendiges Wesen sei, so daß Gott Leben und beständige immerwährende Dauer hat. Denn das ist Gott. –

Das Gute und Beste ist aller Natur Zweck. Sie gleicht einer Armee mit ihrem Feldherrn, und das Wohl be-

steht in der Ordnung. Vögel, Tiere und Pflanzen und was schwimmt, hat seine gewisse; keins aber scheint füreinander, sondern es ist *Eins*, wofür alles geordnet ist. –
– Alles in der Natur hat wieder etwas Böses in sich, insofern es nicht das Eins ist, auf welches sich alles bezieht. Wir alle nehmen Anteil an Gott, und er macht das Ganze.« –
Kurz, es ist eine allgemeine Bewegung, die alle Elemente zu ihrem Vergnügen in Ordnung erhält und macht, daß sie sich ihrer Natur nach zu einzelnen Ganzen formen, und *jedem von sich mitteilt wie ein Hausvater seinen Kindern, Sklaven und Tieren.* Jedes ist glückselig nach Art seiner Bestandteile und trägt so die Übel seiner Zusammensetzung. Gott allein ist ewig im Genuß seines reinen Wesens, wie jedes nur die wenigen Momente seiner höchsten Kraft und Einheit.
Darauf folgert er: »Es sind so viel Götter als selbständige kreisförmige Bewegungen, der Fixsternhimmel faßt sie, und alle insgesamt machen nur *einen.*« –
Wenn Wesen verschieden ist, so muß wohl eine Art davon das beste und mächtigste sein. –

Die Sonne hatte sich geneigt, und wir stiegen vom Gewölbe der Rotunda wieder hinab.
Ich beschloß auf der Treppe:
»Jeder versteht sich selbst am besten; und so mag auch Aristoteles am besten verstanden haben, was Wahres und Erträumtes in seiner gestirnten Nacht von Worten liegt. Über Wesen, dessen Begierde und Scheu, Ruhe und Bewegung und Entstehen des Einzelnen werden wir uns noch lange vergebens die Köpfe zerbrechen und die erhabensten Männer Schwachheiten vorbringen. Wenn alles in der Welt so begreiflich wäre, wie wir verlangen, so würden wir nicht halb so glücklich leben und vor Langerweile über aller der Klarheit und Deutlichkeit vergehen. Es müssen Wunderdinge für

uns sein! Wir müssen Rätsel haben, wie die Kinder, um das, was in uns denkt, damit zu beschäftigen.«

Wir traten wieder in das *Pantheon*. Und um diese Zeit muß man es sehen, wann die stille Dämmerung sich einsenkt! Da fühlt man unaussprechlich die Schönheit des Ganzen; die Masse wird noch einfacher für das Auge und erquickt es lieblich und heilig. Dann ist es so recht der weite hohe schönheitsvolle Zauberkreis, worin man von dem Erdgetümmel in die blauen heitern Lüfte oben wegverzückt wird, und schwebt, und in dem unermeßlichen Umfange des Himmels atmet, befreit von allen Banden.

Wir setzten uns in den süßesten Punkt und genossen.

Nach langer Stille umschlang mich Demetri zärtlich und sagte einige Worte über die ehemalige *Minerva* des Phidias (Tochter aus dem Haupte des Zeus, Verstand aus dem Wesen) und die griechische *Venus* hier (Lust der Sinnen, Wonne des Daseins) – und fuhr gerührt dann weiter fort:

»Gott ist entweder die ganze Natur oder ein Teil der Natur, oder die Natur besteht für sich aus ewiger notwendiger Bindung und Lösung verschiedner Wesen, und es ist kein Gott, sondern lauter Schicksal.

Daß Gott die ganze Natur selbst sei, ist der älteste Glaube.

Daß er ein Teil der Natur sei, der jüngere; das edelste beste Leben darin, wie Aristoteles sagt; ein Wesen, das sich von selbst in sich, seinen Einheiten, wenn ich mich so ausdrücken darf, immerfort bewegt, ganz aus Tätigkeit besteht. Dessen Charakter gerad es ist, nie gebunden zu werden, es sei von was es wolle; das lieber das Böse freiwillig täte als das Gute gezwungen, wenn es ein Böses für dasselbe geben könnte. Das vermöge dieses Charakters alles andre löst, was sich seiner minder regsamen Natur nach bindet; kurz, eine unendliche Unruhe in der unendlichen Uhr der Zeit.

Anaxagoras führte zuerst diesen Glauben ein, Plato verschönerte ihn mit Dichtungen, Aristoteles plagt sich, denselben in ein vernünftig System zu bringen, scheint aber mit sich selbst darüber noch nicht einig. Verstand dünkt ihm das Göttlichste unter allem, was wir kennen; und dies zwar wegen des Denkens, welches keine zufällige Eigenschaft, sondern immer rege Wirksamkeit, selbständig Leben sei, indem es dem Verstande sonst beschwerlich werden müsse.
Wenn aber der Verstand das Göttlichste und selbständige Wirksamkeit sein solle, so könn er, dünkt ihm ferner, nichts anders als sich selbst denken; denn er würde, wenn er etwas anders dächte, zu einer bloß zufälligen Eigenschaft, und könnte denken und nicht denken, außer dem, daß er sich erniedrigte.
Ich sehe nicht ein, was uns ein solcher Gott hilft, auf was für Art er alles bewegt, wie er sich den Geschöpfen mitteilt. Und was ist dann Materie, was sind Elemente? Wo kommen sie her? und wie sind sie mit ihm in Zusammenhang, Ordnung und Schönheit? Wenn die Natur selbst lebt und wirkt und ihre notwendige Art zu sein hat und alles Einzelne aus sich hervorgeht und sich selbst forthilft: wozu brauch ich einen Gott? und welch ein Greuel, im andern Fall, das höchste Lebendige, das sich mit dem Tode gattet? Lauter Lücken und Mängel, die nach seinem System nicht auszufüllen sind und wobei wir wieder von vorn anfangen müssen.
Hypothesen? und Hypothesen? Aber es kömmt darauf an, welche die denkbarste und vernünftigste ist! Einer, der keine Lust hat, auch für sich zu glauben, was man will, oder blinde Fenster der bloßen Ordnung wegen an einem Gebäude verträgt, wo gerade das beste Licht hereinbrechen und die schönste Aussicht sein sollte, kann nicht eher Ruhe finden.«
Ardinghello (für sich). Die Müdigkeit wird's ihn schon endlich lehren!

Demetri. Daß alles ewig ist, in sich sein wird, was es war, müssen wir wohl ohne fernern Grund annehmen, denn es ist die Grenze des Nichts.

Wie es aber verschieden ist? sich bindet und scheidet? Was alles will und nicht will? Darüber hat mir das System noch keines Philosophen Genüge geleistet.

Ruhe und Bewegung! Wer davon die eigentlichen Ursachen entdeckte, würde den Kapitalschlüssel zum Palaste der Wahrheit und ihrem innersten Kabinette finden.

Bewegung ist Streben nach Genuß oder Flucht vor Leiden. Genuß ist Berührung. Ruhe deren möglichste Fülle und Werden eines neuen Ganzen, das wieder nach Berührung trachtet. So fühlt sich das Wesen und taumelt von Zone zu Zone, durch alle Himmel des Weltalls.

Nehmen wir die einfachste Substanz von Leben, die Einheit von irgendeinem Element an und denken sie uns allein und abgesondert weit außer der Welt in den leeren Raum hin.

Vorstellen kann sie sich nichts, weil sie nichts um sich hat. Innerliches Leben, Verstand in Ausübung, Gedächtnis, Einbildung findet nicht statt, weil sie ganz ohne Teile ist und sich nicht regen kann; ein Etwas wie das Nichts und der letzte Begriff von Tod; ein Punkt von Selbstbewußtsein mag in ihr stecken.

Nun gesellen wir dieser Substanz eine andre zu:

Erster Ursprung von Gefühl.

Nehmen wir nach dem Demokrit in beiden Urform an und denken sie uns zum Exempel vollkommen rund.

Und sie werden nicht satt werden, sich umeinander zu bewegen und sich zu berühren.

Platt oder eckicht:

Und sie werden aneinander festhangen, weil sie nicht herum können.

Eckicht und rund beisammen:

Vermischte Empfindung, Freude und Leid.

Denken wir nun das Weltall als himmelunendliche Menge solcher Substanzen mit ewigem Streben nach neuem Genuß, an Stoff und Feinheit und Form zentillionenfach verschieden und ähnlich und gleich, und daraus notwendigerweise von selbst die beste Ordnung zur allervollkommensten und mannigfaltigsten Berührung, und wir werden, glaub ich, uns der Erklärung des Rätsels nähern und einigermaßen obenhin begreifen lernen, warum die Gestirne in Flammen sich wälzen, die Winde rasen, die Meere toben, die Erden fest halten und daß der Strahl in einen Pulverturm glücklicher sein kann als Herkules bei allen seinen Liebeshändeln.

Man könnte auf diese Weise aber wohl doch noch die sonderbare Meinung des Xenophanes und seiner Schüler Parmenides und Melissos erklären, daß *Eins Alles und Alles Eins* sei. Nämlich, aller Grundstoff ist sich gleich, nur die Form seines unendlichen Wesens verschieden.

Des Exempels wegen; denn was wissen wir Bestimmtes hierüber mit unsern groben Sinnen? In den Sonnen rund, in der Luft rund und halbrund, im Meere platt und eckicht, in der Erde platt. Und Platt käme unserm Gefühle kalt und trocken vor, und Rund in heftiger Bewegung heiß und trocken, und so weiter. Das Platte werde wieder platt und eckicht, Erde Meer. Wasser durch Ausdünstung zu Wolken und Regen. Und das Runde und Halbrunde endlich ganz rund, wie auf unsrer Erde im großen sich Berg und Tal und Ebne umändert. Das Runde übrigens herrsche wegen seiner leichten Bewegung. Und so mache sich das Wesen in *möglichster* Lust die Ewigkeit zu kurzer Zeit.

Gewiß bleibt's allemal, daß Verschiedenheit und Änderung, die unsre Sinnen am Wirklichen empfinden und wir Qualität, Organismos nennen, bloß in innrer Form besteht und daß man ohne Form alles nur einerlei, *ein* Wesen denken muß.

Alle Form ist ferner Wirkung und kann sein und nicht sein; das Wesen allein ist notwendig und ewig.

Wie dies Eins aus seiner Formlosigkeit zu Form gekommen wäre und sich in unendliche Gestalten verwandelt? Wie gesagt, durch Streben nach Genuß, um lebendig zu sein, aus Ekel vor Tod, an sonst unendlicher Langerweile; durch Bewegung, Ausdehnung und Anziehung, bis ins Innerste uns freilich unbegreiflich, die wir jedoch durch die ganze Natur wahrnehmen und Forscher bis auf den Embryon verfolgen, wo sie Sinn und Erfahrung verläßt. Wenn wir Anfang von Zeit annehmen wollen, so ginge sie hier aus der Ewigkeit hervor, und es hätte seine Richtigkeit: Gott schuf die Welt aus Nichts.

Das Problem wäre aufgelöst, wie die Welt Eins sei und doch verschieden, und Ruhe und Bewegung in ihren ersten Lagerstätten gefunden.

Also sinnlich und jedermann faßlich gesprochen!

Im Anfange war Alles Eins, das Wesen so zart zerflossen, fein und dünn wie der Raum schier.

Und es regte sich; da ward Form.

Aus der unvollkommnen ging die vollkommnere hervor; und so entstanden die Elemente: Wasser, Luft, Erde, Feuer; Pflanzen, Tiere und Mineralien.

Alles wechselt miteinander ab und geht wieder in das Eins zurück. *Vater Äther, aller Lebengeber!*

Und so wird und vergeht ewig alles, was ist.

Das Holz zum Exempel brennt und wird Feuer, Rauch und Erde. Feuer und Rauch wird Luft, und Luft wird Wasser; und jedes kehrt wieder zurück, wo es herkam. Erde, Wasser, Luft und Feuer wird Pflanze, Pflanze Tier, Tier und Pflanze das Herz einer Victoria Colonna, der Kopf eines Machiavell. Form und Wesen, und Wesen und Form! das sind die zwei Pole des Weltalls, um welche sich alles herumdreht.

Die bildende Kraft liegt in dem Wesen und ist ein Streben nach Genuß.

Es bleibt wahr, was den Alten ohne Sinn so oft ist nachgesagt worden: *Gott der größte Geometer.*

Wenn Wesen an Wesen sich fühlt, entsteht das reinste Bewußtsein.

Wenn es sich zu den ersten Formen bildet, entsteht das abgezogenste Denken. Das Wesen berührt sich und wird verständig, indem es Verständliches zu sich nimmt; und kann nichts anders als sich selbst denken, wie Aristoteles tiefsinnig sagt. Denken überhaupt ist Verwandlung des Wesens in Formen; und Wesen muß alles selbst werden, was es denkt.

Wenn Wesen sich zu Idealen formt, entsteht Phantasie.

Wenn es die Ideale in sich und die Formen außer sich befestigt, Gedächtnis. Sonnen und Planeten und Kometen sind nichts anders in der großen Welt: Formen in Bewegung, Denkmale von Leben.

Alle Gefühle, alle Arten von Leidenschaften, Schmerzen und Vergnügen sind nur verschiedne Formen in dem Wesen.

Ohne diesen fruchtbarsten aller Grundsätze von reinem Wesen und Form, ohne Kontinuum, das alle mögliche Formen wird, scheint die ganze Welt, aller Zusammenhang, Erhalten, Wachsen, Zeugen, Vergehen, der Mensch, sein Denken und Empfinden, sein Dichten und Trachten, kurz, alle Art Verwandlung völlig unerklärlich.

Die Vollkommenheit des Weltalls besteht in allen möglichen Arten von Formen.

Alle Geschöpfe sind bloß Gedanken Gottes und des höchsten Vergnügens in ihrem Maße fähig.

Gott dachte: »Es werde Licht!« und es ward Licht.

Daß Gott demnach als Griechen gegen sich, die Trojaner, streitet; als Paris sich, die schöne Helena, verführt; Stier, und Hund und Zwiefel, und das Verächtlichste, nach unsern Begriffen, wird, sich selbst ißt und verdaut, darf uns wenig kümmern; denn dieses folgt wohl aus den meisten eingeführten Systemen. Die alten Ägyptier verehrten vielleicht Gott erhabner, als der heutigen Menschen Verstand reicht; und wir sind gegen sie, was unsre Häuslein gegen ihre Obelisken und Pyramiden. Gott ist unendlich Eins, und in jedem Punkt Eins, und Eins in jedem angenommnen Maße, das dann Verhältnis in Bewegung und Verbindung nach seiner Realität und Form zueinander hat.

Wie er unendlich wirkt und ist, allgegenwärtig, erhaltend und über seine Schöpfung erhaben, was weiß 1
der Mensch! das geht nicht in uns, wie er ein Ganzes sei nichts außer ihm; solche Gewalt und Schönheit ist der verschwindenden Kleinheit allzu unermeßlich. Wir erliegen und können nur anbeten, bewundern und erstaunen.

Aber den Grund und die Wahrheit von allem andern Lebendigen haben wir in uns, wovon die Sinnen nur die Oberflächen oder einzelne Äußerungen empfinden; oder das Wesen hat die Regeln von allem in sich, wie es Verschiednes wird und ist.

Wesen, als das erste, ohne Form, und Form in Bewegung, gedacht, ist weder Verstand noch Körper; beide können nicht ohne Form bestehen, handeln nicht, sondern sind Handlung, Wesen in Form, und Wesen an und für sich in beiden gleich. Jedes kann die Folge von dem andern in dem Wesen sein, wie ein Gedanke von dem andern; denn beides, Gedanke und Körper, samt dessen Bewegung ist von demselben Wesen Tat. Wesen vollendet ein zusammengesetztes Ganzes in Folgen von Handlungen, eine Salaminische Schlacht, einen Olympischen Jupiter, wie Geschöpfe. Sein Bewußtsein, das auf einmal alle Folgen faßt, gibt die Einheit.

Daß Gott unendlichen Verstand habe und unendliche Welten ausmache, scheint ein Widerspruch; denn alle Form ist Schranke. Gewiß dünkt mir schon, daß ich, und so jeder andre Mensch, und jedes andre lebendige Geschöpf nicht immer lauter Wesen in Form sei. Die

Freiheit, etwas anzufangen, Ursache von einer Wirkung zu sein und nicht zu sein, sich von der Stelle zu bewegen oder nicht zu bewegen, Form anzunehmen und nicht anzunehmen, welche nicht kann geleugnet werden, wenn nicht alles von einem grundlosen Schicksale gepeitscht handeln soll, erfordert ein reines Wesen ohne Form, einen Mittelpunkt der Sammlung.

Und dies ist das Heilige (welches einige Alten für Feuer, Ursprung der Lebenswärme hielten, weil Feuer wäre: Wesen in seine größte Freiheit verbreitet), wovon alles in jedem lebendigen Eins ausgeht, sinnlich wird und erscheint und in dessen Liebesschoß sich alles wieder einsenkt; vor dessen Sein und wunderbarer Allmacht, Despotismus und allertiefstem Gehorsam jede Philosophie verstummt, nur erkennt: es ist, und ihm seine Art zu handeln ablauert.

Manches in der erhabnen Beschreibung des Aristoteles von Gott scheint hierauf zu passen.

Dies ist das unbegreiflich Göttliche, was in allem lebendigen Einzeln verdaut und Körper wieder zu reinem Wesen auflöst, sich selbst und dieses wieder nach Form seines gegenwärtigen Eins verwandelt, neue derselben Art erzeugt und auf deren immer größere Vollkommenheit und mehrere Freuden denkt.

Wenn Eins Alles ist, so ist jede Form desselben ursprünglich freie Handlung; denn es läßt sich kein Grund denken als seine Lust, warum es aus sich so mancherlei wird. Und Allgenuß seiner Kraft ist die höchste Freiheit.

Das Wesen hat also die Welt nach seiner Lust aus sich erschaffen und in mannigfaltige, für uns unendliche Formen geordnet. Wie? und ob auf einmal oder nacheinander? können wir nicht ergründen. Soviel wissen wir, daß sich die Schöpfung durch immerwährende Erneuerung immerfort erhält. Genug; die erste Form muß einen Anfang gehabt haben, weil keine notwendig und ewig ist. Unendliches läßt sich nur von *einem*

Wesen denken, und der Verstand kann nur in *einem* seine Ruhe finden.*

Durch Wirken und Gegenwirken ist das All in schönem Leben. Das Wesen äußert immer seine Kraft, so wie immer die Sterne leuchten und umeinander durch die Himmel schweben. Auch wann wir schlafen, bewegen wir unsern Erdball um seine Sonne. Wie vieles andre mag das Wesen in uns tun, ohne daß wir uns dessen bewußt sind und wofür die Sinnen keine Sprache haben! Unsre innige Vereinigung mit dem Ganzen herrscht immerfort, und wir sind nur zum Schein ein Teil davon; jedes besondre Ding ein Spiel, ein Mutwille des Wesens, und kann keinen Augenblick ohne das Ganze bestehen.

Das ist eine ganz andre Hoffnung, Sicherheit von Unsterblichkeit, wann ich Stürme durch die Atmosphäre brausen höre und in mir fühle: bald wirst auch du die Wogen wälzen und mit dem Meer im Kampf sein! Wann ich den Adler in den Lüften schweben sehe und denke: bald wirst auch du in mächtigem Fluge so über dem Rund der Erde hangen! als Komet durch die Himmel schweifen, Sonne Welten beglücken! und, stolzer Gedanke! wieder in das Meer des Wesens der Wesen einströmen!

Aber auch das Verächtlichste werden?

Wer weiß alles, woran das Wesen seine Freude hat? Offenbar erscheint es uns in unendlichen Gestalten.

* Über Pro und Contra in diesen Dingen sind wir jetzt durch gründlich denkende Männer, die es sich zum Hauptgeschäfte machten, besser im klaren. Demetri hat die Idee des Xenophanes (damals in Rom, wie es scheint, noch ziemlich unbekannt), die schon längst vor diesem da war und in den neuern Zeiten (nach dem Cartesianischen Beweise) in Europa, mit bewunderten Systemen darüber, allgemein angenommen wird, auf seine Art behandelt. Ich wollte nichts daran umändern und den ersten rohen Entwurf lassen, weil es immer wenigstens ein künstlerisches Vergnügen macht, auch des Geringsten eignen Gang wahrzunehmen.

Und dann könnten wir noch für so viel Genuß ein wenig leiden, für so lange Herrschaft kurze Zeit dienen.
Eins zu sein und Alles zu werden, was uns in der Natur entzückt, ist doch etwas ganz anders als das Schlaraffenleben, welches, vernünftigerweise und aller Erfahrung nach undenkbar, bezauberte Phantasien sich vorstellen.
Und warum sollten wir nicht in der ewigen Natur noch verehren, was wir immer wirksam, schön und gewaltig darin empfinden? Die ersten Ausgesandten – Diener Gottes? – uns sinnlich vereinigen mit den höhern Schwestern und Brüdern? Nur Verstand von wenigen dringt durch all das prächtige Getümmel durch bis zum Throne des Herrn! Warum wollen wir die Welt nicht nehmen, wie sie ist?
Aber wir alle sind über kurz oder lang mit der Gegenwart nicht zufrieden, und das Wesen trachtet immer nach Neuem. –
So viel mögen wir wohl auch bei dem hartnäckigsten Zweifler herausgebracht haben, daß etwas außer uns ist, unermeßlich unsern Sinnen; und da Anfang aus Nichts der Realität nach unmöglich ist, notwendig und ewig; und daß dies Wesen, bis auf das alleräußerste aufgelöst, entweder durchaus einerlei sein muß oder verschieden.
Wenn verschieden, so muß eine Art davon, wo nicht das Höchste, Beste und Mächtigste, doch wenigstens so gut sein als die Art Wesen, die in uns (und allem Lebendigen) denkt und Verstand hat. Und wo nicht verschieden, so muß es wenigstens wieder ebenso gut sein, da es alles ist. Und da wir augenscheinlich nur geringe Kleinigkeiten sind gegen das *Universalwesen entweder unsrer Art* oder das *Wesen überhaupt*, so wär es arg, wenn wir es nicht als etwas Höheres verehren wollten.
Das letztere wäre dann die *allerreinste Weltmonarchie.*

Und darauf beruhte vielleicht (denn wer kann die farbenwechselnden Einbildungen der Hohenpriester und Schriftgelehrten darüber bestimmt ansagen?) das jüdische System und das geheime ägyptische und noch das christliche. Jesus, der Stifter des letztern, wäre mit seiner göttlichen Natur Symbol des unendlichen Wesens in Formen,* da das unendliche Wesen ganz und vollkommen, ohne Widerspruch kein Mensch in Person sein kann. Die alten Ägyptier mochten bei Verehrung verschiedner Geschöpfe und Gewächse ähnliches denken. Und noch andre alte morgenländische Religionen scheinen davon auszugehn.

Das erstere wäre entweder *reine Weltaristokratie*, jedes Element nämlich so göttlich als das andre; wo nach dem Homer Juno, Neptun und Apollo den Zeus binden könnten. Oder *aristokratische Weltmonarchie*; ein Element unter den andern der König. Oder *demokratisch-aristokratische Weltmonarchie*; Tiere und Pflanzen schon der Form nach von Ewigkeit da, wie Ihr oben selbst meintet.

Aus diesem haben die Griechen ihre reizenden Dichtungen und schönen Göttergestalten geschöpft; und die erhabensten Philosophen dieser gefühlvollen Nation, wie selbst Aristoteles und Plato, konnten sich davon nicht losmachen. Wenn ein großer Haufe zusammen glaubt, kann er leicht einen guten Mann überwältigen! Durch Lesung ihrer Meisterstücke von Poesie und Beredsamkeit und bezaubernden sinnlichen Vorstellungen wissen wir aus unserm eignen Glauben nicht mehr recht klug zu werden. Wer ihren Nektar rein und unverfälscht von der athletisch schönen Ursprache gekostet hat, kann sich schwerlich in anderm Getränke berauschen. Die Namen ihrer

* Das Intelligibile, wie Leibniz in seiner Verteidigung der Dreieinigkeit, per nova reperta logica, sagt; so wie Gott der Vater das Intellectivum und der Heilige Geist, der von beiden ausgeht, die Intellectio.

Gottheiten ertönen noch immer von den Lippen der Edlern des aufgeklärten Europa und erheitern die Gesichter der Zuhörenden, auch verhunzt und entstellt.

Gesetzt noch das Allerausschweifendste und Letzte, es gäbe gar kein Universalwesen, die Welt bestünde aus lauter *unteilbaren Stäubchen, keins dem andern gleich,* die sich gatten und scheiden: so müßten wir doch billig Hochachtung vor der wiewohl komischen und bunten ungeheuern Menge haben, obgleich diese Meinung bei keinem, der den Abgrund des Äthers anschaut, und fühlt und denkt, Ernst sein kann, sondern ein grillenhaftes Nadelspitzensystem ist.

Und dies wäre denn *Weltdemokratie* oder das eigentliche atheistische System, welchem nun wohl einige unentschieden anhangen, in der Verzweiflung, sich Gott als ein frei wirkendes Ganzes vorzustellen, da sie alles in der Natur verschieden und in notwendiger Verbindung sehen. Sie selbst aber müssen sich folglich als ein erstaunliches Rätsel vorkommen und, auch noch so bescheiden, mehr einbilden als Sonne, Mond und Sterne. –

Sich des Daseins freuen unter allen Formen und Gestalten, diese dazu vervollkommnen, und sie zernichten, sobald sie nicht mehr dazu taugen oder in Sklaverei taugen können, und alle Traurigkeit fliehen, predigt die Natur. Und dann, nichts Unnützes heischen und beginnen.

Alles Wesen ist frei, sobald es frei sein will; das ist, es kann für sich allein handeln und reißt sich los, sobald es kein Vergnügen mehr in der Verbindung hat. Tyrannei dauert höchstens überall nur bis auf den Grad, wo die letzte Lust wegfällt. Unser kleines Ganzes verliert sich bald mit allen seinen Folgen im Unendlichen; aber Wesen kann von keinem Gott vernichtet werden. Dies ist der Grundpfeiler des Adels und der Stärke bei tiefen Gefühlen. Zertrümmre mich tausendmal mit

Blitzen und Wetterkeilen! ich stehe immer jung wieder auf. Aber du verlangst nichts von mir, was ich dir versagen könnte; und ich kann dir nichts zuwider tun. Was ich tue, tu ich durch dich.

Ardinghello. Ihr seid auf eine andre Weise zu der göttlichen Sicherheit und Furchtlosigkeit gekommen, weswegen die Lehre des Epikur so geschwind um sich griff, dessen Atomen nach Zufall und abwechselnder Lust und Unlust alles hervorbringen und wieder zerstören, Menschen, Mücken und Elefanten, Fische und Sterne, und womit er den beschwerlichen Herrn und Aufseher, der alles beobachtet und von allem Rechenschaft verlangt, aus der Natur verbannte, den alberne Philosophen und Physiker, nach seinem Bedünken, zu Auflösung ihrer Knoten herbeirufen, damit er niederschlage, wenn's anziehen, und aufhebe, wenn's in die Höhe steigen soll.

Das beste für den, der Zweifel hat, bleibt immer, sich zur Partei der edelsten Menschen von allen Nationen zu halten.

Ob diese aber den ältern oder jüngern Glauben gehabt habe und habe oder zu welchem von den drei Systemen sich die Vernunft neige, werden wohl allezeit die mehrsten gegenwärtigen Stimmen entscheiden. Denn notwendige verschiedne Natur, die das Zusammengesetzte bildet, ist nicht schwerer zu begreifen als Anfang desselben von *einem* Wesen.

Wie hat sich Euer Eins geregt? Vermutlich verschieden! Vorher war es etwa in der Aristotelessischen Bewegung, da sich Leben nicht wohl ohne Bewegung denken läßt. Und irgendwo! Denn ganz konnt es nicht Form werden. Und welcher Teil Form und Körper geworden wäre, den müßte wahrscheinlich das Los getroffen haben; denn Verstand war noch nicht da; der kann nur werden, wenn schon mehr Formen da sind, welche das Wesen in seinem Bewußtsein vereinigt.

An Grenzenloses will ich gar nicht denken; denn unendliche – Realität – sind ein paar Wörter, die man wohl zusammen sprechen und schreiben, aber nicht denken kann. Und Euer formloses Wesen, fein wie Äther und Raum schier, müßte schon eine Lücke im Unendlichen machen, wenn es sich nur in einen Zentner Gold zusammenzöge, geschweig in eine reiche Mine, in ganz Peru, da ging gewiß ein Sonnensystem Größe von Formlosigkeit zugrunde. Und ich seh Euern Beweis noch nicht ein, daß keine Form notwendig und ewig wäre, worauf lediglich Euer Eins beruht. Die Frage woher? bleibt so gut bei *einem* Wesen als bei mehrern; und wie ich Eins notwendig und ewig annehme, kann ich ihrer Zentillionen annehmen. Und dann müßt es sich verzweifelt plagen, eh es die mancherlei Qualitäten nur für unsre Sinnen herausbrächte; wer weiß, ob es nicht noch Geschöpfe mit andern Sinnen gibt! mit einem rednerischen Exempel: von Holz in Feuer, Rauch und Asche; und, es läßt sich nicht anders erklären, mit täuschender, selbst wahrhafter Schilderung von dem Regenten in uns ist's nicht genug getan. Was den Verstand oder das Wesen betrifft, das in uns denkt, so könnte Anaxagoras gar wohl recht haben und das feinste Wesen sich nach den andern richten müssen (die, wie Ihr selbst bewiesen habt, nichts weniger als tot sind), wenn es dieselben brauchen will, ohne daß wir eben wissen, wie es zugeht. Man kann freilich das Liebesgeheimnis nicht bis ins Innerste aufdecken, wie Verschiednes ein lebendiges Eins wird, und so fortdauert, und zusammen handelt; aber ebenso schwer läßt sich das Wesen, welches Gedanke und Verstand, und das, welches Körper wird, als Eins erklären. Qualität ist so etwas Sonderbares, daß es bloße verschiedne Art von Ausdehnung und Anziehung nicht überall hervorbringen kann. Der Verstand bleibt dabei ein Blindgeborner, trotz aller möglichen Anwendung von Figur und Dauer; und sie ist allein Gegenstand der Empfindung. Jede voll Majestät in ursprünglicher Reinheit eigne Substanz und Vollkommenheit der Natur, welche Völker von lebhaftem Sinn und scharfem Gefühl, deren Vernunft Ursachen für Augen und Ohren mit Einbildungen nie ganz umtauscht, immer als göttlich verehrten; denn Glaube ohne Empfindung ist Grille. Ihr habt oben, um Eure Gesinnung auch mir so wie andern zu verbergen, aus Scherz gesagt: Wer beweisen will, daß aus Einem Alles sei, muß erst dartun, daß aus Allem Eins werde. Widerlegt Euch nun im Ernste.

Und dann behaupten die Spötter, Vorsehung, Plan von *einer* allmächtigen Regierung in der Welt wäre nicht so auffallend sichtbar, und Propheten, Apostel und Geschichte hätten uns mehr dawider als dafür hinterlassen. Es stünde mit uns nicht besser, weil sie dagewesen wären, und sie selbst möchten lieber in Athen zu den Zeiten des Perikles leben und in dem alten Rom als in dem neuern, wo es auch am frömmsten da zuging.

Ihr sagt, der Verstand könne nur in *einem* einzigen notwendigen unendlichen Wesen, das Alles ist, seine Ruhe finden; und ich weiß nicht, wie es zugeht: mir klopft das Herz vor Angst und sausen die Ohren, je länger ich darüber nachdenke. Es bleibt immer einerlei, es mag werden, was es will (ein Herr ohne Untertanen, Widerspruch! oder der selbst sich in seinen Geschöpfen lobpreist oder selbst bestraft), und kann seinem Schicksal der gräßlichen Einöde nicht entrinnen; ist schlimmer daran, als die alten Feen in den Ritterbüchern, die sich bei widrigen Begebenheiten die Augen zerweinen, daß sie sich nicht ermorden können. Alle Lust und Pracht und Herrlichkeit der Welt wird zum Gaukelspiel und schwindet zurück, für uns in ein Unding.

Aristoteles ertrug nie ein solches Wesen und sträubt sich dagegen aus allen Kräften; und mich dünkt, der Hohe, Edle hatte recht.

Es fällt uns schwer, bei Betrachtung des Weltalls Sinn und Verstand in reiner und keuscher Verbindung zu bewahren. Die einen lassen lediglich und allein nur Verstand gelten und ziehen, wo möglich, alle Natur aus: und die andern halten sich zu sehr an die sinnlichen Vorstellungen und taumeln mit ihrer Einbildungskraft herum in Paradiesen und Höllen. Hohe Schönheit ist ein Gewächs auf seltnem Boden und wird nur Glücklichen zur Beute.

Und glücklich die Gesellschaft, die einen solchen freudenreichen Glauben nach Klima und Verfassung für ihr Dasein auf diesem Erdenrund bekommen hat oder selbst erwählt! Sei er auch, um alle zu befriedigen, eine mystische Komposition von Weltmonarchie, Aristokratie und Demokratie. Ihr werden Männer, die mit der Natur und dem Volke gelind umgehn, und sie den Philosophen hold sein. Warum sollten wir, wenn das vorige Zeitalter barbarische Begriffe hatte, uns auch damit schleppen? Der Mensch kann nichts Göttlichers als Verstand ergründen, muß man wohl der Schule des Anaxagoras zugeben; auch bleibt er in ihm mit Sinnen samt Vernunft die höchste Regel der Wahrheit, und gegen ihre vereinigten Aussprüche gilt weder Verjährung, Wunder noch Zeugnis.

Je mehr man das Weltall und seine Verbindung damit kennt, desto vortrefflicher die Religion.

Und wer den reizbarsten, innigsten Sinn für die Schönheiten der Natur hat, ihre geheimsten Regungen fühlt, deren Mängel nicht vertragen kann und denselben abhilft nach seinen Kräften: der übt aller Religionen Wahrstes und Heiligstes aus. Sein Tempel ist das unendliche Gewölbe des Himmels; sein Fest jede schöne Sommernacht, ein herrlicher Aufgang; und er bringt seine Opfer dar an Menschen, an Tiere, die ihrer bedürfen, an alles Lebendige.

Metaphysik hat Gott allein, sie ist sein Ehrenamt! sagte derselbe Dichter Simonides, welcher sich so klug

über die Frage: Was ist Gott? beim weisen Hieron aufführte. Aristoteles will dies zwar nicht zugeben und meint: Gott wäre nicht so neidisch; sie sei die Glorie des Menschen und es einem freien Mann unanständig, sie nicht zu erforschen. Plato aber, sonst so stolz gegen die leichten geflügelten heiligen Dinger, wie er die Dichter nennt, gestand, obgleich bei einer andern Gelegenheit, demütig: Simonides habe selten unrecht; er sei ein verständiger und göttlicher Mann gewesen.
In den Sonnensystemen des Orion, der Milchstraße steigen wir vielleicht zu einer höhern Religion auf.
Demetri. Solch ein Angriff gefällt mir! Das ist eine Gymnastik des Verstandes und auf beiden Seiten Gewinn; entweder geübte nacktere gelenkere Wahrheit oder Befreiung von dem schädlichen Übel der Falschheit. Wer weiß, was Menschen sind und was er selbst ist, der verwundert sich weder über Ost noch West, sondern untersucht ferner fort getrost, woraus sie beide bestehen.
Ardinghello. Aber die Säulen hüllen ihre jungfräuliche Schönheit schon ins Dunkel, und oben ist kaum noch Dämmerung. Der Pförtner wartet, die Tür zu schließen. Wer unrecht hat (drückt ich ihn zärtlich und traulich bei der Hand), will immer das letzte Wort behalten.
Demetri. Nur die Hauptpunkte! Das übrige ein andermal, welches überdies hauptsächlich auf eines jeden Gefühl beruht und womit hinüber und herüber Mutwille kann getrieben werden.
Wie ich merke, habt Ihr von Belvedere noch nicht ganz Abschied genommen! Inzwischen spielt Ihr trefflich die Rolle, die ich bei der Pyramide; nur daß ich schon da zu Hause war, wo Ihr vielleicht erst einkehrt.
Ohne Eins, das sich in verschiedne Formen verwandelt, bleibt alles völlig unerklärlich; ich mag darüber nicht wiederholen, was ich schon gesagt habe. Und dann:

Gott ist nicht Mensch, Anthropomorphit! und Ihr selbst müßt Eure Menschheit ablegen, wenn Ihr ihn denken wollt, und Eure stolzen republikanischen und spartanischen Gesinnungen.
Und doch können wir schon in unserm Pünktchen, Plätzchen von Formen nach dem Aristoteles, Ideen groß und klein, also irgendwo darin, erdenken, umbilden, aufbewahren und wieder neu beleben. Reines Wesen kann in bloßem Bewußtsein harren, das ist sein Leben, aber auch Formen in sich schaffen und sammeln, das ist sein Geschäft und seine Lust.
Woher es ist, unendlich? Wie es war, wüst und leer? wie der erste Gedanke in ihm entstand? und Körper? *hier ist's noch immer finster auf der Tiefe;* Abgrund, wir versinken, und Abgrund! Ewigkeiten! Ewigkeiten! Kein Untertaucher, nicht die berühmtesten der Schulen von Syme*, vermochten zu entdecken.
Aristoteles hat nicht zuviel gesagt, wohl Simonides. Aber Freunde werden wir sein, solange wir leben, und selige Stunden miteinander haben.

* Syme ist das Vaterland der Untertaucher in der Levante, eine kleine Insel mit einer Stadt bei Rhodi, dem großen Magazin der türkischen Seemacht. Niemand erhält das Bürgerrecht, ohne vorher Beweise seiner Geschicklichkeit im Untertauchen gegeben zu haben. Hernach werden sie in die Häfen weit und breit herum verschrieben und untertauchen. Gleichsam Akademien und Hallen von Metaphysikern; nur daß sie bei ihrer auch gefährlichen Kunst glücklicher sind und öfter Verlornes ergründen und fest packen als Plato und Leibniz.

Fünfter Teil

Terni, Jenner.

Neid und Eifersucht sind die Dornen im Rosengarten der Liebe.

Ich habe von Rom abreisen müssen, der Herzog ruft mich zu Geschäften. Aber ich erkenne wohl, der Kardinal wollte mich fort; er hatte schon längst ein Auge auf mich und fand bei meinem Aufenthalte nicht seine Rechnung.

Ich reise vorwärts und meine Phantasie rückwärts; Herz und alle Freude ist in Rom geblieben. Zähren des tiefsten Gefühls rannen unaufhaltbar hervor mit ihren letzten heißen Seelenblicken; wir schieden aus glühender Umarmung. O sie liebt mich, groß und edel! Erhabnes Wesen!

Ich befinde mich hier in einer Wasserwelt; die Fluten rauschen, und Ströme stürzen sich mit donnerndem Gebrüll von den Gebirgen: und doch ist mein Sinn nur wie im Taumel gegenwärtig. Das Wetter ist außerordentlich lau und warm für die Jahrszeit; aller Schnee auf dem Apennin schmilzt. Die Nera ist mächtig angeschwollen, und der königliche Velino reißt sich wie eine Sündflut aus seinem See schräg übers Gebirg herab, setzt alle Gärten und Felder der Terner in Überschwemmung und verheert sie mit seinem Schutte.

Rührend ist bei dem fürchterlichen Schauspiel, wie die hülflosen Menschen so gut und freundlich und gesellig gegeneinander bei der allgemeinen Not werden und jeder erkennt, wie wenig er für sich selbst vermag.

Im schmalen Tal, an der Nera, vor dem Einschusse des Velino, liegt ein Dörfchen von wenig Häusern, Torrosina, wie in einem kleinen Kessel. Nachdem ich die ganze Lage besehen hatte, so fand ich, daß die Terner weit weniger und fast nichts leiden würden, wenn man oben auf dem Gebirge den Velino dahin führte, daß er in die Felsenkluft, wo die Nera furchtsam hervorschleicht, sich mit seinem Tartar stürzte. Außerdem gewännen sie noch das ganze breite Bett des Flusses an die zwei Miglien lang für ihre Waldung; und der senkelrechte Sturz selbst würde an Höhe und Schönheit seinesgleichen nicht in Europa haben, da er jetzt nur gemach schräg herabrauscht. Weil aber Grund und Boden den Torrosinern gehört, so müßten sie denselben ihnen abkaufen, welcher jedoch an und für sich keinen Wert hat, da er lauter Felsen ist, und den etwanigen zukünftigen Schaden zu ersetzen versprechen, der für sie entstehen könnte, wenn die Nera bei großen Wassern vor der einbrechenden Gewalt des Velino sollte zurückgehalten werden.

Ich ging darauf in die Ratsversammlung von Terni und machte mein Gutachten als ein Werksverständiger bekannt. Alle, keiner ausgenommen, gaben dazu ihren Beifall; und dieser und jener sagte, daß er dies schon längst auch gedacht hätte. Und siehe da, man schickte kluge Redner zu den Torrosinern ab, und der ganze Anschlag wurde mit wenig Kosten genehmigt.

Aus Furcht, daß es diesen gereuen möchte, will man sogleich Hand ans Werk legen und oben das kurze neue Bett ausgraben, welches ich diesen Morgen half abstecken.

Die Sache wegen Verlegung des Velinosturzes ist alt und wurde schon zu Ciceros Zeiten verhandelt. Es scheint, die Torrosiner sind gutherziger geworden, daß sie jetzt so bald nachgaben; oder der große Schaden und Jammer der Terner hat sie mehr als jemals ergriffen und zum Mitleiden bewogen, da ihr zukünftiger Verlust gegen dieser ihren doch nur äußerst klein sein kann und vergütet werden wird.

Perugia, Jenner.

Ich streiche durch alle die himmlischen Gegenden ohne rechten Genuß, und nur ergreift mich noch des Wasserelements Sturm und Aufruhr und die Luft mit ihren Gewittern und Wetterstrahlen.

Der Ort enthält einen Schatz von Gemälden, und sie und die prächtig gepflasterten Straßen und schönen Paläste und Tempel zeigen allein noch den ehemaligen Wohlstand der Freiheit.

Für jetzt flüchtige Anzeige einiger Raffaele auf meinem Wege.

Fuligno hat deren zwei, die allein wert sind, in dies Paradies zu reisen. Im Nonnenkloster delle Contezze ein Altarblatt, welches die Madonna vorstellt, vom Himmel herniederschwebend, wie sie der heilige Franziskus, Hieronymus, Johannes der Täufer und ein Kardinal anbeten. Es ist aus des Meisters bester Zeit. Welche Gestalten, welche Charakter! Wie ist alles so rein bis aufs Haar bestimmt! Echte klassische Arbeit.

Der Kopf der Madonna ist einer der schönsten welschen weiblichen Köpfe. Wie klar die Stirn, wie reizend das lichte Kastanienhaar nach den Ohren weggelegt, der bräunliche Schleier wie sanft und lieblich, in den holden herniederblickenden Augen welche Güte! wie schön die großen Augenlider, vollen jugendlichen Wangen mit Schamröte überzogen, wie jungfräulich, wie süß der völlige Mund, das zarte Kinn, und die Nase wie edel herein! welch ein schönes Oval und wie reizend auf der rechten Seite herum im Schatten gehalten! wie reizend schwellen die Brüste unter dem roten sittsamen Gewand hervor!

Welch eine feurige, eifrige Frömmigkeit und Wahrheit im Kopfe des Heiligen von Assisi und welch ein schöner kniender Akt! Wie kräftig der Kopf des heiligen Hieronymus gemalt und in welchem feierlichen Ernste von Betrachtung! Johannes ist ein echter wilder Eremit, der sich nicht auf bürgerliche Höflichkeiten versteht und dreust sagt, was er denkt. Der Kardinal bloß Porträt voll Bewunderung.

Der Engel unten mit dem Täfelchen ist trefflich gemalt, nur weiß man nicht, was er soll, weil man vergessen hat, es daraufzuschreiben.

Das Kolorit in den Köpfen ist täuschend abgewechselt, wie die Natur tut. Die Figuren sind alle in Lebensgröße und die Madonna noch darüber, um sie zur ersten Person zu erheben. Sie ist am lebendigsten und wirft Glanz um sich wie Sonne. Unten ist freies Feld und ein Flecken, wo die Heiligen sich beisammen befinden, sie anrufen und anbeten und in Betrachtung verloren sind.

Im Dom eben hier am Ende des linken Kreuzgangs ein Halbbogen, worin Madonna mit dem kleinen Christus zur Linken und dem kleinen Johannes zur Rechten vor sich; zwei holde nackte Bübchen in schöner Bewegung. Hinter ihr zur Rechten der heilige Joseph und zur Linken der heilige Antonius und auf beiden Seiten neben ihr zwei Jungfrauen. Alle sind in kniender Stellung, außer den Kindern. Die drei Weiber haben treffliche Gewänder; besonders ist das Mädchen zur Linken, von welchem man den bloßen linken Fuß sieht, ganz wollusterregend und göttlich, so zeigt sich das Nackende und die schöne Form des Unterleibs, der vollen Hüften und Schenkel; das Gewand macht eine ungekünstelte Falte zwischen den Schenkeln und zieht sich im Knien an; das lüsterne Auge des Meisters sah diesen Reiz der Natur ab. Die jungen Brüstchen schwellen lockend über dem Gürtel hervor. Die Kleidung von allen dreien ist rot, griechisch, wie leichte Hemder.

Die Gesichter sind voll Huld, und die Madonna hat besonders etwas mütterlich Süßes in Aug und Mund und blickt in stiller Entzückung nieder.

Alle sind vertieft in die Kinder, die aufeinander kindlich zeigen und sich freuen. Der Kopf des heiligen Joseph ist zugleich gemalt wie vom Tizian nebst dem herrlichen Ausdruck. Der heilige Antonius allein weicht sehr von den andern ab und ist mittelmäßig durchaus,

als ob er ihn nur weggejagt hätte, um fertig zu werden. Alles andre ist mit Liebe entworfen, und es herrscht die stille Raffaelische Empfindung.
Nach Rom kann man Raffaelen zu Perugia am besten kennenlernen. Das meiste von ihm ist hier in der Kirche des heiligen Franziskus. Überhaupt will ich Dir in Perugia nur drei Stücke von ihm vorzüglich empfehlen, eins aus seinem Knabenalter, eins aus seiner Jünglingschaft und eins, das er wenig Jahre vor seinem Tode vollendete, in einem Nonnenkloster vor der Stadt, welches zum Teil alles übertrifft, was er je aus sich hervorgebracht hat; das übrige wirst Du leicht einmal selbst finden.
Die zwei erstern sind bei den Franziskanern; das jüngste, in der Capella degli Oddi, stellt vor die Himmelfahrt der Madonna. In der Luft empfängt sie der Heiland, ihr Sohn, mit Engeln, die Musik machen, und krönt sie; unten stehen die zwölf Apostel an ihrem offnen Sarge. In der Einfassung, die auf dem Altar ruht, sind noch drei ganz kleine Gemäldchen angebracht: der Englische Gruß, die Anbetung der Heiligen Drei Könige und die Beschneidung. Alles ein himmlischer Inbegriff einer Menge schöner Gestalten, die in seiner Seele aufblühten.
Der Kopf der Madonna ist heilig und selig im neuen Schauen; in einigen Engelsgestalten süße Anmut, besonders der mit der Handtrommel eine wahre Volkslust. Aber das Wunderbarste sind die zwölf Apostel; welche Charakter schon Paulus, Petrus und Johannes! Paulus hat viel von seinem Aristoteles, Johannes von dem aufblickenden Jüngling beim Bramante.
In dem ersten Gemäldchen unten erscheint der Engel der Madonna in einem korinthischen Tempel. Sie betet und blickt erhaben vor sich hin, ohne ihn anzusehen; in einem Landschäftchen davor zeigt sich Gott der Vater und der Heilige Geist als Taube.
In der Anbetung der Heiligen Drei Könige sind eine

Menge Figuren, worunter einige voll Ausdruck mit Erstaunen. Die Hütte in zerfallnen Ruinen und das Landschäftchen ist kindlich angenehm und erfreulich.

Die Beschneidung ist das beste unter den kleinen. Ein ionischer Tempel; die zwei Priester mit trefflichen Köpfen voll Charakter und Ausdruck, und die Seitenfiguren gefühlt und gedacht.

Das Ganze ist freilich äußerst hart und die Formen unausgebildet; alle Natur arbeitet bei ihm nur auf das erste Bedürfnis: gestaltlos; aber das Wesentliche, wobei man das andre bei Anfängern übersehen soll.

Das zweite ist die *Abnehmung vom Kreuze.* Das Gemälde hat zehn Figuren, fünf Männer und fünf Weiber, mit dem toten Christus und der in Ohnmacht gesunknen Mutter, die viel größer sind als im vorigen, ohngefähr zwei Drittel Lebensgröße.

Es ist in zwei Gruppen geordnet; die eine macht der von zweien getragne Tote und Joseph von Arimathias und Magdalena und hinten vermutlich noch Johannes: und die andre die Mutter mit den Jungfrauen; der den Leichnam bei den Beinen hält, verbindet sie beide.

Die Hauptfiguren leuchten gleich hervor, der tote Jüngling, die schöne Magdalena voll Schmerz, und die Mutter. Besonders aber ist die Gruppe der letztern das Vortrefflichste. Alle Gestalten sind voll Seele, jede lebt, und empfindet dabei nach ihrem Charakter. Die Mädchen, welche die Mutter fassen, sind wie die drei griechischen Grazien; vorzüglich hat das, welches den Kopf derselben hält, eine Gestalt so tiefen großen Gefühls und hoher Schönheit durchaus in Formen und Bekleidung, daß man sie gleich zu einer Euripidischen Polixena brauchen könnte.

Über die ganze Szene verbreitet sich ein sanftes Abendlicht.

Dies war seine letzte Arbeit, bevor er nach Rom kam;

und man sieht darin, wie sich seine Kunst schon ihrer Vollkommenheit nähert. Sie ist das Höchste aus dieser Zeit von ihm.

Ich kann hier nicht unterlassen, ein Gemälde von Correggio anzuführen, welches dieselbe Szene vorstellt und in der Johanniskirche zu Parma in einer Seitenkapelle befindlich ist. Nach meinem Gefühl hat er alle übertroffen und erhält den Preis wie ein Sophokles: so streng und einfach und rührend, mit Verleugnung seiner sonstigen blühenden Farbenpracht und lächelnden Manier behandelt er die Begebenheit.

Erblaßt und ausgestreckt liegt der göttliche Jüngling da. Magdalena sitzt an seiner Seite und vergießt für sich in Wehmut versunken heiße Tränen, wie eine untröstlich Geliebte; und der Schmerz der zärtlichen Mutter an seinem Haupte über das entsetzliche Schicksal grenzt an des Todes Bitterkeit. Ein trübes Regenlicht um sie her; alles in Lebensgröße.

Man soll nie bei Bewunderung des einen schülerhaft gegen andre ungerecht sein. Raffael, selbst Märtyrer für Amorn, hat ferner nie das Entzücken der Liebe, den höchsten Vorwurf vielleicht für alle bildende Kunst, mit so tiefem Seelenklang und heitrer Phantasie zugleich ausgedrückt als der bei seinen Lebenstagen unberühmte hohe Lombard, Ariosts Nachbar, in seiner Io; wenn ihm auch die antike kleine *Leda*, mit der im Stehen sich Zeus als Schwan begattet (welche treffliche wollüstige Gruppe Ihr zum Zeichen Eurer freien Denkungsart öffentlich gerade vor dem Eingange der Markusbibliothek aufstelltet), Anlaß zur ersten Idee davon gegeben haben sollte.

Das dritte und Hauptgemälde von Raffael zu Perugia ist in dem Nonnenkloster zu Monte Luce, welches er drei Jahre vor seinem Tode vollendete. Ein Altarblatt, die Figuren völlig in Lebensgröße.

Es stellt wie das erste vor die Himmelfahrt und Krönung der Muttergottes; aber alle Spur von seines

Lehrmeisters enger und schmaler Manier ist hier verschwunden. Die zwölf Apostel stehen um den Sarg, statt der Madonna mit Blumen, Rosen, Lilien, Nelken und Schaßminen, angefüllt, und blicken erstaunt auf, wo ihr Sohn sie von Wolken emporgetragen mit Engeln empfängt und krönt.

Die Mutter ist eine der frischesten weiblichen Gestalten, noch blühend wie eine Jungfrau, doch voll edlem Ernst, wie eine Matrone, und heißer wunderbarer Empfindungen der Seligkeit, im Taumel neuer Gefühle, wie vom Erwachen, alles groß an ihr und herrlich schön. Sie faltet die Hände kreuzweis an die Brüste und blickt durchaus gerührt mit entzücktem Aug auf ihren Sohn. Ihr Gesicht ist nach ihm hingewandt, und man sieht ganz die rechte Seite und vom linken Auge nur den heißen Blick; große schwarze Augen mit einem zarten Bogen Augenbraue, und dunkelblondes Haar unter dem langen grünen Schleier, der sich hinter dem rechten Ohr hinabzieht.

Christus ist feurig im Gesicht, wie ein sonnenverbrannter Kalabrier aus seinem starken Bart um die Kinnbacken, und sein ausgestreckter rechter Arm voll Kraft und Nerve, womit er ihr den Kranz aufsetzt. Der Engel mit Blumen in der Rechten an ihm hat einen Kopf voll himmlischer Schönheit, sonniglich entzückt; es scheint ihm überall Glanz aus seinem Gesicht hervorzubrechen.

Die Anordnung durchaus ist reizend und bildet das schönste Ganze. Madonna ist oben in der Mitte, Christus zu ihrer Linken, an beiden ein Jüngling von Engel bekleidet, unter diesen bei jedem ein zart nackend Bübchen, und über allen der Heilige Geist in einem dichten Duft von gelbem Himmelsglanz.

Die Auffahrt geschieht ganz gemach auf einer dunkeln dicken Wolke mit lichtem Saum und hat nicht das leichte Schweben wie in andern Gemälden davon; aber eben dadurch gewinnt die Handlung Natur und

Majestät. Raffael hatte eine sehr reine klare Empfindung, die ihn minder fehlen ließ als andrer scharfer Verstand.

Je länger man den Christus betrachtet, desto mehr findet man etwas übernatürlich Göttliches, das sich nur gütig herabläßt; das Demütige der Madonna vor ihm stimmt einen nach und nach dazu. Es ist etwas erstaunlich Mächtiges und Gebieterisches in seinem Wesen, das mehr im Ausdruck liegt als den Formen selbst; wunderbare Strenge und Güte miteinander vereinbart. Ich habe noch wenig neuere Kunstwerke gesehn, die den Eindruck in der Dauer immer tiefer und tiefer auf mich gemacht hätten. Je mehr man nachdenkt und fühlt und Gestalt nachgeht, desto wahrer findet man diesen Christuskopf. Ich kann von diesem Gemälde nicht wegkommen und möchte tagelang mit Wonne daran hangen. Hoher göttlicher Jüngling, der du warst, Raffael! Unsterblicher, empfang hier meine heißeste aufrichtigste Bewunderung, und nimm gütig meinen zärtlichen Dank auf. Es gehört unter das Höchste, was die Malerei aufzuzeigen hat, diese Mutter und dieser Sohn und die vier Engel um sie her; und ich kann mich nicht von der Herz und Sinn ergreifenden Wahrheit und Hoheit wegwenden. Die zwei Hauptfiguren sind ganz wunderbar groß gedacht, in der Tat Pindarische Grazie und des Thebaners Schwung der Phantasie bis in die Draperien, die mächtige Falten werfen. Welch ein Arm, Christus aufgehabner rechter mit den weiten Ärmeln! wie ganz vollkommen gezeichnet und gemalt, und welche wetterstrahlende Wirkung tut er in der ganzen Gruppierung! und wie bescheiden zeigt sich daneben das Nackende der Mutter und füllt leicht das blaue Obergewand! So kräftig hat er nichts anders gemalt, und nirgend anderswo sind seine Formen so vollkommen reif, stark in der Art Schönheit, die ihm eigen war.

Die Apostel unten sind schwach und matt dagegen und

nur wie verwelkend sterblich Fleisch, des Kontrasts wegen, aber durchaus vortreffliche Männergestalten, besonders Petrus und ein andrer im Vordergrunde, in Bewegung und Leben.

Mit denen in der Verklärung sind in drei Gemälden allein sechsunddreißig Apostel; und in jedem sehen sie anders aus und keiner wie der andre; und doch scheinen die meisten trefflich zu sein und zu passen.

Die Malerei ist wie die Musik; zu denselben Worten können große Meister, kann einer allein ganz verschiedne Melodien machen, die alle doch in der Natur ihren guten Grund haben: es kömmt nur darauf an, wie man sich den Menschen denkt, der sie singt.

Nehmen wir zum Beispiel ein Lied der Liebe!

Bei denselben Worten wütet ein Neapolitaner: und ein andrer im Gletschereise der Alpen bleibt ganz gelassen.

Außerdem lieben wenige immer überein stark schon bei derselben Person; und es wird anders geliebt bei einer Blonden und Schwarzen, einer Sizilianerin von zwölf Jahren und einer nordischen Patriarchin. Und diese selbst lieben wieder anders Knaben, Jünglinge, Männer und Greise.

Dichter und Maler und Tonkünstler nehmen von allem diesen das Vollkommenste, was am allgemeinsten wirkt, welches aber weder Rechenmeister noch Philosoph zu keinem Zeitalter bestimmt festsetzen konnten. Und dies hat die Natur sehr weislich eingerichtet; sonst würde unser Vergnügen sehr eingeschränkt sein oder bald ein Ende haben.

Die Kuppel des Correggio zu Parma in der Johanniskirche, welche Christus' Himmelfahrt vorstellt, gehört zu einer besondern Gattung der Malertaktik und macht ein eigen Kunstwerk aus, das sich mit dem des Raffael, was malerische Wirkung betrifft, nicht vergleichen läßt, ohne diesem unrecht zu tun.

Man erstaunt dort, wenn man in den Kreis tritt, und

wurzelt am Boden fest wie bezaubert, und sieht: einen wirklichen Jüngling von übernatürlichen Gaben in ferne Höhen steigen, von dienstbaren Sturmwinden emporgetragen, die liebkosend mit seinem weiten Purpurmantel spielen.

Selbst Apelles und Zeuxis und die ganze griechische Zunft würden dem Götterfluge mit entzückender Bewundrung nachschaun und keiner das Herz haben, zu sagen: anch' io son pittore!

Florenz, Jenner.

Ich habe mich unterwegs länger aufgehalten, als ich wollte, und auf meinem Gute bei Cortona verschiedne Anstalten zu Pflanzungen und beßrer Einrichtung der Gebäude gemacht. Die Kunstsachen, die ich in Rom teils ankaufte, teils schon bei dem Kardinal vorrätig fand, waren vor mir angekommen.

Der Herzog empfing mich heiter und freundschaftlich und bezeugte alsdenn seine große Freude darüber, so wie Bianca und die andern Damen und Herrn vom Hofe.

Man stand hier noch im Handel über eine nackende Venus vom Tizian und wartete nur auf meine Entscheidung. Sie ist ungezweifelt ganz von seiner Hand; und der Kauf wurde gleich richtiggemacht.

Jetzt laß ich in der Galerie, die mein alter Lehrmeister Vasari erbaut hatte, ein Zimmer für das ausgesucht Vollkommenste zubereiten, das seinesgleichen hernach wohl schwerlich in der Welt haben wird, Belvedere ausgenommen.

Von der *griechischen Venus* will ich den neuen untern linken Arm vom Ellenbogen an wieder abnehmen lassen, weil er allzu schlecht ergänzt ist; der rechte von der Schulter an ist zwar auch nicht zum besten, doch will ich noch damit warten. Es ist ein Wunder, daß dies hohe Meisterstück so glücklich brach, daß die

Teile nichts gelitten haben und alle so gut ineinander passen. Die Figur der Göttin selbst ging in dreizehn Bruchstücke und das Ganze in die dreißig Trümmern.

Der Kopf ist am Halse angesetzt und etwas klein in Proportion, wie aber bei andern griechischen weiblichen Bildsäulen; jedoch ganz von demselben Marmor, derselben Arbeit; der Zug des Halses paßt so trefflich und alles harmoniert so bis auf die allerschönsten Füßchen, daß an seiner Echtheit zur Figur keinen Augenblick zu zweifeln ist. Ein Gesicht voll hohem Geist und ionischer Grazie! Die Nase schießt nur ein klein wenig von der Stirn ab, nicht den dritten Teil wie ein Strahl im Wasser. Der Leib ist die frischeste, kernigste, ausgebildete Wollust; Brust und Schenkel schwellen markicht vorn und hinten. Sie hat durchaus den süßesten überschwenglichen Reiz eines soeben reif gewordnen himmlischen Geschöpfes vor der ersten Liebesnacht, welches Vater Homer mit dem Wundergürtel hat ausdrücken wollen.

Sie hat ein Grübchen im Kinn: Zeichen von Fülle und Kraft zugleich und Reifheit der göttlichen Frucht, und nur halb eröffnete oder zugehaltne Augen, die das Innre nicht erkennen lassen wollen, sprödiglich.

Kurz, es ist Erscheinung eines überirdischen Wesens, von dem man nicht begreift, wo es herkömmt; denn es hat hienieden keine Leiden ausgestanden, alles ist zur Vollkommenheit ungestört an ihm geworden. Selbst der schönste und edelste Jüngling unter den Sterblichen muß sich vor ihm niederwerfen; und das Höchste, was er verlangen kann, ist ein Moment, nicht Huldigung auf ein ganzes Leben.

Schönheit, zur Reife gediehen und gedeihend, noch ungenossen. Das sich regendste Leben wölbt sich sanft hervor in unendlichen Formen und macht eine entzückende ganze. Adel, für sich bestehend, blickt aus den süßen lustseligen Augen, ein sonnenheißer Blick von Liebesfülle; flammt die Stirn herab, schwebt auf dem Munde, wo Stolz und Zärtlichkeit zusammenschmelzen.

Die Mitte des Oberleibs ist kräftig und gar nicht dünn; die Schultern sind völlig so breit wie die Hüften und gehen noch darüber hinaus, sanft vom Halse herabgesenkt. Der Unterleib hat zwei zarte Einwölbungen, bis wo die Höhen der Freuden sich heben. Die Schenkel steigen wie Säulen hernieder und verbergen den Eingang der Lust mit einem gelinden Druck.

Die Waden sind straff und voll bis an die Kniekehlen, ohne auszuschweifen.

Sie erscheint von den Seiten her schmal und von dem Rücken breit; alles Fleisch lebt, und nichts ist leer und müßig.

Aus dem Ganzen spricht jungfräulicher Ernst und Stolz, nichts Lockendes; es ist Inbegriff höchster weiblicher Liebesstärke. Sie blickt auf wie eine Jugendgöttin, von den Edelsten angebetet.

Sie erhält den ersten Preis unter den weiblichen antiken Schönheiten. Ihr Gesicht schon für sich, das glücklich ganz unversehrt blieb, ergreift unaussprechlich reizend, mehr als irgendein andres, ist gewiß ursprünglich in der Natur selbst voll Geist und hohem eigentümlichen Wesen aufgeblüht und stammt wahrscheinlich von einer Lais oder Phryne. Bei der Niobe und ihrer schönsten Tochter, bei der Juno und einer kolossalischen Muse in Rom mag man mehr Erhabenheit finden; aber sie haben den lautern Quell von Leben nicht, der den Durst nach aller Art von Glückseligkeit im Menschen erquickend stillt. Hier ist alles beisammen, Körperreiz und Seelenreiz, Feuer und Schnelligkeit der Empfindung und heller ausgebildeter Verstand bei jedem Vorfall in der Welt.

Doch was verschwend ich Worte darüber; komm und sieh! und fühle! und traure herzinniglich, daß sie nicht den Mantel von Dir sich umwirft, Dich zu begleiten.

Tizians Venus wird eine schlimme Nachbarin an ihr erhalten.

Diese ist eine reizende junge Venezianerin von siebzehn bis achtzehn Jahren, mit schmachtendem Blick, aufs weiße widerstrebende Sommerbett, im frischen Morgenlichte, faselnackend vor innrer Glut von aller Decke und Hülle, bereit und kampflüstern hingelagert, Wollust zu geben und zu nehmen; die, anstatt die Hand vorzuhalten, schon damit die stechende und brennende Süßigkeit der Begierde wie abkühlt und mit den Fingerkoppen die regsamsten gefühligsten Nerven ihres höchsten Lebens berührt.

Bezaubernde Beischläferin und nicht Griechenvenus, Wollust und nicht Liebe, Körper bloß für augenblicklichen Genuß.

Ihre Formen machen einen starken Kontrast mit der griechischen. Wie das Leben sich an dieser in allen Muskeln regt und sanft hervorquillt und hervortritt: und bei der Venezianerin der ganze Leib nur eine ausgedehnte Masse macht! Aber es ist schier nicht möglich, ein schmeichelnder und sich ergebender und süß verlangender Gesicht zu sehen.

Sie neigt den Kopf auf die rechte Seite, sonst liegt sie ganz auf dem Rücken. Das linke Bein in schöner Form ist reizend gestreckt, und das erhobne rechte Knie läßt unten die süße Fülle der Schenkel sehen. Der Kopf hat die Gestalt nach der Natur, ist aber, hingelassen nachdenkend mit dem zerfloßnen Körper, matt und wenig gebildet gegen die Griechin.

Die Blumen in der Rechten geben Hand und Arm durch den Widerschein bezaubernde Farbe und drükken den Leib zurück. Ihr Haar ist kastanienbräunlich und lieblich verstreut über die rechte Schulter mit einem Streif auf den linken Arm. Der Schatten an der Scham und die emporschwellenden Schenkel davor im Lichte sind äußerst wollüstig, so wie die jungen Brüste. Die großen gräulichtbraunen Augen mit den breiten Augenbrauen blicken in Feuchtigkeit. Sie ist lauter Huld, es recht zu machen in reizender sömmerlicher Lage, und gibt sich ganz preis, und wartet mit gierigem Verlangen furchtsamlich auf den Kommenden. Man sieht's ihr deutlich an, daß das Jungfräuliche schon einige Zeit gewichen ist, und sie scheint nur Besorgnis vor mehrern zugleich zu haben wegen der Eifersucht.

Tizian wollte keine Venus malen, sondern nur eine Buhlerin; was konnt er dafür, daß man diese hernach Göttin der Liebe taufte? Sein Fleisch hat allen Farbenzauber, ist mit wahrem jugendlichen Blut durchflossen; was er darstellen wollte, hat er besser als irgendein andrer geleistet.

Unter den Antiken aber, die ich mitgebracht habe, ist ein himmlischer Bube, ein *junger Apollo*, welcher stark mit der Göttin wetteifern wird. Er lehnt sich mit der Linken an einen Stamm mit über den Kopf geschlagner Rechten; die ganze Stellung ist voll Reiz, besonders der schlanke Zug der rechten Seite. Das Gesicht blüht wonniglich selig und edel in seiner Gottheit auf. Das Leibchen ist äußerst zart gehalten, und doch regt und bildet sich alles. Es ist eine wahre Wollust, Venus und ihn zugleich von hinten zu sehen, das Weibliche und üppig Bübliche des Gewächses; Venus ist ein Schwall von hinten, etwas speckicht: Apollo lauter süßer Kern. Ebenso kernfleischig spaltet sich sein Rücken; die Schenkel sind am vollsten und schier zirkelrund. Die zwei Hände muß ich ergänzen lassen und noch die Nase.

Der Ausdruck ist bezaubernd; er empfindet in sich und sinnt in Stille. Erste Ahndung von Verlangen in Ungewißheit, und doch mit dem entzückendsten Blick der Liebe.

Zwei junge Ringer aus einem Block Marmor gehören unter die gelehrtesten Arbeiten, die uns aus dem Altertume übrig sind. Sie sind im schönsten Moment eines

Ringspiels verflochten, und es kann dazu keine auserlesenere Stellung geben. Die angestrengten Sehnen zeigen ihre Kraft in höchster Stärke und doch nicht schroff, und nichts erscheint gekünstelt, wie unsre Meister schon bei Körpern in Ruhe prahlen.

Noch hab ich Bruchstücke von einem *Merkur*, wo zum Ganzen nur die Hände fehlen. Das Gewächs ist zart und schlank, der Kopf voll Schönheit und Kraft und stellt einen klugen sinnreichen Jüngling dar. Er trägt einen Helm, wie einen Teller, mit Flügeln; die Haare waren abgeschnitten, und es sind kleine Löckchen wieder daraus geworden.

Von Gemälden, deren viel sind, will ich Dir nur ein Paar von Raffael anführen:

Papst Julius den Zweiten. Man kann nichts Wahrers von Gestalt sehen; und wie gemalt! Es hält sich neben dem besten Tizian. Erhabenheit und Scharfsinn im Nachdenken bilden ein Ideal von Heiligem Vater. Welch ein gediegnes festes Feuer in der ganzen Arbeit! Der schöne herabfließende Bart wie herrlich aufgesetzt! Hände, Stellung im Stuhl mit beiden aufgestützt, alles vortrefflich. Es ist die Natur. Die Stirn ist stark beleuchtet und geht hervor, und so fällt noch Licht auf den Bart; ein Meisterstück auch hierin.

Das zweite ist ganz klein, wenig über einen Fuß lang und breit und von ihm die größte Seltenheit, jedoch mit aller Liebe in seiner besten Zeit vollendet.

Gottvater sitzt auf einem Adler in den Lüften, von zwei Engeln, wovon besonders der rechter Hand wunderschön ist, an den Armen leicht gehalten; und unter ihm sind die vier Evangelisten mit ihren Tieren; dann Wolken, dann Erde mit Bäumen. Um den Ewigen vergeht eine Glorie andrer geflügelter Buben im Glanze.

Der Kopf ist lauter Erhabenheit, ganz derselbe des Michelangelo in der Capella Sixtina, welcher die Sonne schafft. Das Nackende der Brust bis auf die bekleideten Schenkel in seiner Kleinheit vollkommen wie

eine schöne Antike. Er stützt die Füße auf den geflügelten Stier und Löwen und sieht jovialisch gut und stark und mächtig in die Bestien und Menschen. Haar und Bart fliegen im Winde. Ein himmlisch Bildchen; reizende apokalyptische Laune!
Bianca freute sich darüber kindlich; und ich hab ihr damit ein Geschenk gemacht, weil ich's für mich erkaufte. Der Herzog nahm es übergnädig auf, und sie drückte mir eifrig die Hand dafür.
Die Schlaue stellt sich hochschwanger. Jetzt will er ihr einen Palast in eine unsrer angenehmsten Gegenden bauen lassen; und ich wurde gerufen, alles zu besorgen.

Florenz, Februar.

Florenz gefällt mir nicht mehr; ich gehöre nicht zu dem Hasengeschlechte, das nirgends am liebsten ist, als wo es geheckt ward. Unsre großen Männer haben wir gehabt; Tacitus sagt mit Recht, daß nach der Schlacht bei Actium in Rom kein großer Mann mehr aufstand. Wo der Bürger nichts mehr zu sagen hat, da ist es mit der Vaterlandsliebe eitel Ziererei.
Ein so großer Freund ich auch von Geschäftigkeit bin, so ekelt mich doch die bloße Schuster- und Schneider- und Tuchknappengeschäftigkeit an. Romulus, der hohe Geist, verbot aus gutem Grunde jedem Mitgenossen seiner Republik die niedern Handwerke; und dies wurde hernach so zur Sitte, daß noch jetzt im dritten Jahrtausend die Teutschen und Spanier und Franzosen dieselben schier allein noch in den Ruinen der alten Herrlichkeit treiben. Sokrates wollte den nicht zum Gefährten durchs Leben, der auf Geld und Gut erpicht zu nichts Edlerm Muße hätte; und bei den stolzen Ottomanen kann der Überwundne und Sklave noch heutzutag alle Schuld deswegen aufs Schicksal schieben.

Florenz macht einen starken Kontrast mit Rom, alles regt und bewegt sich, und läuft und rennt und arbeitet; und das Volk kömmt einem trotzig und übermütig und ungefällig vor gegen das Stille, Große und Schöne der Römer. Der Römer überhaupt hat gewiß einen höhern Charakter. Die Politiker mögen die menschlichen Ameisenhaufen rühmen und preisen, sosehr sie wollen, und diese selbst auf ihre Arbeitsamkeit sich noch soviel einbilden: Maul und Magen, denn dieserwegen geschieht's doch, ist wahrlich nicht, was den Menschen über das Vieh setzt! Wo nicht gemeinschaftliche Freiheit der Person und des Eigentums und Rang in menschlicher Würde vor seinen Nachbarn der erste Trieb und das Hauptband einer bürgerlichen Gesellschaft ist, veracht ich alles andre, und jedes Verdienst kömmt in kurze Berechnung.

Der Boden trägt freilich auch viel hierzu bei; Rom hat das Mark von dem mittlern Italien und Toskana die Knochen, nach dem alten Sprichwort. Auch erhebt die Gegend nicht so, und Florenz fehlen die majestätischen römischen Fernen.

An unserm Hofe herrscht eine unerträgliche Langeweile; alles muß sich in den Ton des Monarchen stimmen.

Der Minister ist geschwind schon ein Chamäleon geworden und nimmt alle Modefarben an. Verschiedne von meinen angegebnen Einrichtungen sind wieder abgeändert, und die andern werden nachlässig betrieben. Alle Heilungsmittel eines Hippokrates sind vergeblich, wo die Natur sich nicht selbst hilft. Ich muß auf und davon, weil ich das Verderben nicht mehr mit Augen ansehen kann. Wenn man nichts Bessers weiß, so mag es sich ertragen lassen; o Griechenland und Rom, wie glücklich macht ihr unsre Phantasie und elend unser wirklich Leben! Aber wo soll ich hin in dem ganzen jetzigen Italien? Da ist keine Ausflucht, keine Sphäre für einen gesunden Kopf und Arm zu

handeln. Mut und Geschick schmachtet überall ohne Gegenstand und Ausübung wie im Kerker.
Um noch einmal von dem leidigen Minister zu reden: so hat der Fuchs ein paar bestialische Grundsätze angenommen, von welchen der erste ist: man dürfe nie gescheiter scheinen als der Herr; und der zweite: alle guten Köpfe, denn jeder ist ihm ein Dorn im Auge, besonders Gelehrten, in der Ferne halten.
Für einen, der gern im trüben fischt, hätte sie kein Machiavell besser ausdenken können. Und bei den meisten Höfen erkennt man gleich daraus, daß da keine Philippe, Alexander, Cäsarn und Mark Antonine herrschen.
Es kann eben keiner höher, als ihm die Flügel gewachsen sind.

Florenz, Februar.

Unser Karneval ist mit einer wirklichen ungeheuern Tragikomödie beschlossen worden, die mir aber all mein Eingeweide, Galle und Lunge und Leber und Herz empört hat, so daß ich hier keine bleibende Stätte mehr finde.
Bianca, wie ich Dir schon geschrieben habe, stellte sich die ganze gehörige Zeit vom Herzoge schwanger an, spielte ihre Rolle meisterlich und wählte dies festliche Geräusch, weil zugleich die erkauften Weiber auf dem Lande die Mutterwehen nahe fühlten, niederzukommen. Eine Woche lang tragodierte sie die Geburtsschmerzen, und der gute Herr war zitternd und zagend für ihr Leben bange. Endlich trat gegen Mitternacht die alte abgefäumte Kupplerin von Amme mit dem eben gebornen Knäblein, welchem der Mund mit Wachs verklebt und verbunden war, daß es nicht schreien konnte, in einer Schachtel unter dem Mantel, wie mit Gerät, zur Tür in einem Nebenzimmer herein und winkte das verabredete Zeichen. Bianca rief als-

denn mit Hand und Mund zum Herzoge, der mit dem Kopf in Armen am Fenster stand: »Geht, geht, o Teurester! o weh! ich fühle mich in der Entbindung.«
Er ging freudig fort mit den eifrigsten Wünschen.
Der Komödie wurde bald ein Ende gemacht. Die Alte tat das Kind heraus, nachdem sie das übrige der Szene täuschend zubereitet und die Gebärerin laut genug geächzt hatte, zog ihm das Wachs aus dem Munde, und dies fing an zu schreien. Sie eilte zum eingebildeten Papa und zeigte und frohlockte: »Euch ist ein Löwe, ein Löwe geboren, ganz Euer Gepräge! O seh Eure Hoheit das derbe gewundne Gemächtchen, wie es den Heldensamen verkündigt!«
Ich beschreib es Dir aristophanisch, weil es sich geradeso zugetragen hat. Ihm war es Götterwonne, etwas Lebendiges von sich zu erblicken, was er noch nie schaute; und er krähte vor Jubel, gleichsam wie ein Hahn, ohne weiter ein Wort hervorbringen zu können.
Dies ist eine Posse, welche jedoch große Folgen haben kann, die wir heiß durch die Kammerjungfer erfuhren. Diese und die Alte mögen sich vor der Hochstrebenden in acht nehmen, wenn sie nicht bald den Styx und Phlegeton wollen sieden und brausen hören.
Der andre Auftritt aber ist gräßlich.
Don Paolo, der Gemahl der Isabella, kam vor wenig Tagen von Rom und nahm einen gewissen Scherz und Leichtsinn an über ihre vorige Aufführung, bis er sie täuschte und sie froh sich wieder mit ihm versöhnt glaubte.
Gerade dieselbe Nacht, wo Bianca ihre Farce spielte, so wunderbar fügen sich die Begebenheiten! führte er sie nach seinem Schlafgemach; sie hatte zwar Anstand, ihn zu begleiten, und hielt einigemal ein; ihr Geist mochte ihr Schicksal vorausahnden! Doch folgte das ergiebige Geschöpf endlich seinem Händedruck und hielt die racheheißen für liebewarme.

Im Zimmer umarmt er sie und küßt sie und sinkt wie unenthaltsam mit ihr aufs Bett. Als sie auf der Breite desselben so hingestreckt liegt, wird ihr hinten ein Strick um den Hals geworfen von einem gedungnen Mörder und sie mit langer Marter erdrosselt. O du Elender! warum nicht kurz mit Gift, mit einem Dolchstich, wenn du sie doch aus der Welt schaffen wolltest?
Sie wurde die andre Nacht schon zu ihrer Familie in die Kirche San Lorenzo begraben; und man sprengte aus, sie sei plötzlich an einem Steckfluß gestorben. Allein ihr schwarzes Gesicht war jedem, der sie zu sehen bekam, ein unverwerflicher Zeuge der Tat.
Ihre Verwandten schweigen; aber Florenz murrt laut und bejammert das scheußliche Ende ihres noch so blühenden Lebens.*

März, bei Cortona.

Der Herzog hat mir erlaubt, den künftigen Frühling hier auf meinem Gute zu sein; doch unter der Bedingung, daß ich zuweilen nach Florenz komme und den schon angelegten Palast der Bianca besorge. Übrigens hab ich dort eine gute Partei für mich zurückgelassen, und in manchem Hause lebt die Hoffnung, mich zum Gemahl und Schwiegersohn zu erhalten.
Polyb und die Gegend ist nun mein Geschäft, und zur Abwechslung bau und pflanz ich. Der deutliche

* Eine gleichzeitige handschriftliche Chronik meldet dabei, jeder habe gesagt: che bisognava aver rimediato prima, che il padre, e il Granduca Francesco, il Cardinale, & altri suoi fratelli si servissero del mezzo suo per cavarsi le lor voglie, e con le altre donne della cità menandola tutta notte fuori vestita da Uomo, e voler poi, ch'ella fusse stata santa senza il marito. Und macht den Beschluß mit ihr, nachdem sie von den andern schier ein gleiches erzählt hat: e questo fu il misero fine delle figliole del Duca Cosmo de Medici.

Sinn mancher Wörter in der Taktik der alten Griechen und Römer hat mir anfangs bei ihm zu schaffen gemacht; doch bin ich bald durchgedrungen und damit zu Rande gekommen. Dies ist ein Geschichtschreiber, wie sie sein sollen; der das verstand, worüber er schrieb, noch zur rechten Zeit lebte und Menschen und Örter kannte.

Unter allen Heldenzügen ergreift mich keiner so wie der des Hannibal durch Italien; und es geschieht nicht bloß deswegen, weil ich Land und Boden und die Geschichte der kriegenden Völker besser kenne. Der des Alexander durch Persien ist romantischer und hat mehr barbarisches Getümmel um sich; aber der des Afrikaners hat mehr Einheit, Nerve und Kernathletengeist; und es ist ein ganz ander großes Naturschauspiel, zwei solche Republiken sich in den Haaren liegen zu sehn als einen bloßen Darius und Sohn Philipps.

Von seinem Satz an über den wilden schnellströmenden Rhodan unter Avignon und kühnem Marsch durch die reißenden Wetterbäche, über den hundertjährigen Schnee und das schneidende Eis der gräßlichen tiefen Täler und himmelhohen Alpenklippen dünkt mich in jeder Schlacht nur ein olympisches Faustbalgerspiel zu sehen. In der bei der Trebbia, am Trasimenischen See, besonders am Aufidus, packt er überall mit seinem tapfer gebildeten Haufen so gewandt seinen starken ungelenken Gegner und wirft ihn zu Boden, und schlägt ihm Zahn und Nase und Ohren und Backen in einen blutigen Brei zusammen. Er verstand die Kunst zu siegen wie keiner, behandelte Armeen von Hunderttausenden vor und mitten und nach der Schlacht wie einen einzelnen Mann, an jedem Fleck, bei jeder Schwäche voll Vorsicht, Bewegsamkeit, Mut und Schlauheit und Gegenwart der Seele: bis auf so einfache Grundsätze hatte er das weitläuftige Kriegshandwerk von der ersten Jugend an gebracht. Halb-

götter erkennt man erst recht bei wichtigen Zeitpunkten.
Welche Reihe Taten nacheinander! Was sind Millionen Menschen gegen diesen einen, die ihr Leben lang nicht eine einzige solche Stunde haben! Ein Heldengedicht möcht ich singen über ihn von den Pyrenäen an bis wo die Scylla um den Fuß des Apennin rauscht.
Wie ein echter unbezwinglicher rächerischer Löwe streift er Italien durch, reißt Rinder und blökende Herden nieder; und das vom Homer schon verbrauchte Gleichnis ist zum erstenmal wahr geworden.
Das römische Volk, das seine Bildsäulen in die Straßen stellte, wo sie am furchtbarsten gesehen wurden, und sich hernach seinetwegen noch an den Mauersteinen von Karthago ereiferte, zeigt den Mann auch bei dem Feind, und anders als die ungerechten Horaze und Liviusse; und Virgil krümmt dem Überwinder bei Cannä mit seiner Hofspötterei der Dido kein Haar.
Der Ausbund von Karthaginenser ging dem römischen Staatskörper auf das Herz los; und außerdem kannt er die Menschen gut genug, um zu wissen, daß jeder seine größten Feinde in der Nähe hat: und fand es so bei den welschen Galliern.
Die Schlacht an meinem See ziert mir hier die Gegend ganz anders aus als Konstantins Schlacht vom Raffael das Vatikan. Die furchtbaren Wörter, die wunderbar davon noch immer übriggeblieben sind, als Ponte Sanguinetto*, Ossaja**, Spelonca***, gehen mir immer wie eine Brandfackel in die Seele, wenn ich da herumreite, so daß ich zuweilen vor Hitze und Ungeduld nicht auf dem Pferde bleiben kann und herunter in ein Wirtshaus muß, um einen frischen Zug zu tun von Römergrimm, der hier ins Gras biß und noch die Weinfelder düngt.

* Blutbrücke, gleichsam wie Po- und Tiberbrücke.
** Knochenberg.
*** Das Mordloch.

Treve, April.

Ich schreibe Dir im Fluge, weil ich Dich künftigen Sommer bei mir haben muß, um Dir die Schönheit und den Reiz auch meiner Gegenden zu zeigen und sie mit Dir zu genießen, glücklicher noch, als ich mit Dir die Lombardei an Deinem Lago genoß. Mache Dich beizeiten auf und kehre bei meiner Tante zu Florenz ein, wo wir uns treffen werden.

Ich lag bei Passignano, nicht weit von meiner Wohnung, auf einer fruchtbaren Anhöhe, wo man den See überschaut, unter hohen Ulmen und Eichen, zwischen alten Ölbäumen und Zypressen und blühenden Wipfeln, den neuen Gesang der Nachtigallen um mich, noch früh am Morgen; und tat nichts als hören und betrachten in Freude, wie ein Kind ohne weitere Gedanken; doch ahndeten süße Regungen in meinem Herzen entzückende Dinge.

Und sieh!

auf einmal reitet aus dem Hohlwege, mit einem Boten voran, ein junger Ritter hervor auf einem kastanienfarben königlichen Rosse, dem auf einem andern ein Mohr folgt. Eine Engelsgestalt der Jüngling, wie er näher kam in rundem Hut mit Federbusch, kurzem spanischen scharlachnen Mantel, Halbstiefeln, die vollen Schenkel und den schlanken Leib in weiches Leder gekleidet, ein blitzend Schwert über den Rücken an seinen Lenden und Pistolen im Sattel.

Ich kannte das halbversteckte Gesicht und wußte mich nicht dreinzufinden. »Ist sie es, oder täusch ich mich?« fuhr ich schnell auf, wie der reizende Ritter bald bei mir war.

Er erblickte mich, hielt ein mit lächelnder Verwundrung, sprang vom Pferde: und Fiordimona und ich hielten uns umschlungen mit wonneglänzenden Blikken, gierigen Seelenküssen.

Ich schrieb ihr noch von Florenz aus; auch sie begab

sich ohne weitere Nachricht auf eins ihrer Güter in der Nachbarschaft, wovon sie mir nie etwas gesagt hatte, und kam nun, mich zu überraschen und zu einer Lustreise abzuholen. Zu Perugia, wo sie den Tag zuvor eintraf, saß sie gegen Morgen noch in der Dunkelheit auf und war bei mir in wenig Stunden.

Sie blieb nur zwei Göttertage bei mir; alles, was zu Cortona Liebe fühlen kann, geriet schon im Vorübergehen bei ihrer Annäherung in eine solche Feuersbrunst, daß wir uns plötzlich in der Stille davonmachen mußten, damit meine Wohnung nicht wie Lots Haus belagert würde.

Fiordimona veränderte ihre Kleidung in etwas, und ich gab ihr andern Hut und Mantel, um weniger bemerkt zu reisen. Sie scherzte selbst über ihren vorigen Putz und daß die Weiber ihn nie vergessen könnten, und so verkappten wir noch ihre Mohrin. Ich nahm meinen jungen treuen Schweizer Häl, einen Gemsjäger aus Wallis von den Quellen des Rhodan, mit mir; und Paar und Paar zogen wir in der Nacht ab. Vorher schrieb ich an den Herzog eine notwendige Lüge und an meine Tante um ein paar starke Wechsel.

Zu Perugia weideten wir uns inniglich, nach eingenommenem Frühstück, an den Raffaelen, welcher ihr Liebling ist, und den Werken seines Lehrmeisters. Ritten dann die Höhen herab nach den anmutigen Tälern und über die Johannisbrücke, worunter der Tiberstrom reißend in rauschenden wilden Fluten wegschießt, und hielten Mittagsrast auf dem schönen Hügel Assisi im heiligen Kloster.

Die Nacht blieben wir in Foligno. Den Morgen darauf zogen wir durch das reizende Tal, das an malerischen Schönheiten und Fruchtbarkeit seinesgleichen nächst der Lombardei vielleicht nur wenig auf dem ganzen Erdboden hat, und schieden uns bei Treve abgeredetermaßen.

Sie begab sich wieder auf ihr Gut, welches nicht weit davon liegt und wo wir zusammenkönnen, wenn wir wollen.

Mein Lustörtchen hat die schönste Lage der ganzen Gegend und ist an einen runden, nicht hohen Berg die Hälfte herum gebaut, der einen weiten Olivenwald ausmacht. Die Menschen scheinen sich wie Vögel in die Bäume mit ihren Häusern obenhin genistet zu haben. Man übersieht von hier aus das ganze Tal von Spoleto bis Fuligno, Assisi und Perugia, und der Flecken heißt mit Recht der Redeplatz (la Ringhiera) von Umbrien.

Fiordimona hat ihren Aufenthalt in üppigen Gärten von Fruchtbarkeit und Lieblichkeit bei den Quellen des Clitumnus (le Vene), die am Fuß des höchsten Bergs im ganzen Umkreis, Campello, aus einem Felsen kommen, mit vielen uralten Feigenbäumen bewachsen, in unzählbaren Sprüngen. Es ist ein unaussprechliches Vergnügen, wie das klare, kristallhelle, frische gesunde Naß aufquillt, von der Macht zu zarten Bläschen getrieben, unter dem erfreulichen Schatten, alles innerlich sich regt und bewegt und die Fülle von selbst auf ebner Fläche fortrinnt. Nahe dabei wallen sie in Bächen zu den Gärten Fiordimonens hinein und drängen sich da in einen lebendigen Teich zusammen, dessen Ufer hohe Ahornen, Pinien, Lorbeern, Reben und Haselstauden beschatten; und aus diesem strömt der Clitunno schon ein ansehnlicher Fluß, voll schneller Forellen, so daß ich in Italien keine so starke Quellen kenne.

Etwa tausend Schritte davon steht ein kleiner Tempel mit korinthischen Säulen zierlich in der Ferne, obgleich aus spätern Zeiten, dem Flußgott zu Ehren, der den Römern ihr Vieh so weiß machte. Auch haben wirklich alle Rinder dieses Tals ein glänzendes Silberweiß und sind außerordentlich gutartig mit ihren ungeheuern großen Hörnern. Der Strom, denn diesen

Namen darf man ihm wohl geben, bleibt das ganze lange Tal durch kristallhell.
Ich gebe mich in meinem Wirtshause für einen Maler aus; und wahrlich ist da genug zu malen und zu zeichnen an Menschen, Vieh und den Bergen mit ihren herrlichen Formen und Tinten, wenn mir Zeit dazu übrigbliebe. Die ganze Nächte steck ich bei Fiordimonen, und wir müssen zuweilen unsern Brand bei der heißen Witterung in dem lieblichen See des Clitunno abkühlen, denn sie schwimmt wie ein Fisch, von zarter Kindheit dazu angelehrt; wo wir die Schwäne von ihrem Schlummer aufwecken, deren sie eine Herde darauf hat. Dieser König der Wasservögel ist ihr Lieblingsvogel; und wo gibt es auch einen schönern? und ein lockender lebendiger Bild der Lust, wenn sie ihre Hälse umflechten und Entzücken leis kreischen und zusammengirren und mit ihren Flügeln schlagen, daß der Gesang der Nachtigall davor verschwindet und zu geschwätzigem und unaufhörlichem Getön wird. Die meisten läßt sie wild fliegen; sie kennen das Plätzchen und kommen immer wieder.
Morgen geht die Woche schon zu Ende, seitdem wir hier sind; Himmel, wie schnell! Wir wollten nur einen oder zwei Tage haltmachen, aber es war gar zu erfreulich. Sie läßt alles zurück, und die Mohrin, und begleitet mich allein. Übermorgen in der Nacht brechen wir heimlich auf und streichen weiter; im Hause glaubt man, daß sie nach Rom reise.

Terni, Mai.

Ich bin im Himmelreiche! Wie ein paar kühne Adler jagen wir durch die weiten Lustreviere! Freiheit, Quellenjugend und feurige Liebe und Zärtlichkeit!
Gestern abend kamen wir durch den rauhen Wald und das wilde Gebirg von Spoleto hier an, und diesen Morgen sind wir gleich nach dem neuen Sturz des

Velino in aller Frühe ausgezogen. Wir wollten ihn zuerst von oben betrachten.

Der Weg dahin ist voll reizender Aussichten; die Berge wölben sich immer einer höher als der andre weiter fort gen Himmel, um gleichsam dieses Paradies ganz von der irdischen Welt abzusondern. Die Sonne ging eben auf, als wir nach der Höhe zu ritten, gerade über dem Gebirg den Felsenriß hinein, worin eine herrliche See von befruchtendem Taunebel in der Mitte schwamm.

Der Wasserfall ist nun eine entzückende Vollkommenheit in seiner Art, und es mangelt nichts, ihn höchst reizend zu machen. Ein starker Strom, der feindselig gegen ein unschuldiges Völkchen handelte, muß sich, gebändigt durch einen tiefen Kanal stürmend, in wilden Wogen wälzen, mit allerlei süßem lieblichen Gesträuch umpflanzt, als hohen grünen Eichen, Ahornen, Pappeln, Zypressen, Buchen, Eschen, Ulmen, Seekirschen, und in die greuliche Tiefe senkelrecht an die zweihundert Fuß hinabstürzen, daß der Wasserstaub davon noch höher von unten heraufschlägt. Alsdenn tobt er schäumend über Felsen fort, breitet sich aus, rauscht zürnend um grüne Bauminseln, und hastig schießt er in den Grund von dannen, zwischen zauberischen Gärten von selbstgewachsnen Pomeranzen, Zitronen und andern Frucht- und Ölbäumen.

Sein Fall dauert sieben bis acht Sekunden oder neun meiner gewöhnlichen Pulsschläge von der Höhe zur Tiefe. Das Aufschlagen in den zurückspringenden Wasserstaub macht einen heroisch süßen Ton und erquickt mit nie gehörter donnernder Musik und Verändrung von Klang und Bewegung die Ohren, und das Auge kann sich nicht müde sehen.

Fiordimona jauchzte vor Freude in das allgewaltige Leben hinein und rief außer sich unter dem brausenden Ungestüm: »Es ist ein Kunstwerk, so vollkommen in seiner Art als irgendeins vom Homer, Pindar oder

Sophokles, Praxiteles und Apelles, wozu Mutter Natur Stoff und Hand lieh.«
Gewiß aber läßt es sich mit keinem andern vergleichen und ist einzig in seiner Art; die große Natur der herrlichen Gebirge herum, der frische Reiz und die liebliche Zierde der den Sturz vor dem Fall umfassenden Bäume, das einfache Ganze, was das Auge so entzückt, auf einmal ohne alle Zerstreuung, so wollüstig verziert und doch so völlig wie kunstlos, nährt des Menschen Geist wie lauter kräftiger Kern.
Wir saßen alsdenn wieder auf und ritten dem Velino oben weiter entgegen, bis wir eine kleine Stunde vor dem Sturz an seinen See kamen, worin er sich klarwäscht. Die Mannigfaltigkeit des Stroms von hier aus, der bald langsamere, bald schnellere Lauf, das mit schöner Waldung eingefaßte Bett überall, der See in seiner Rundung von einem Amphitheater sich nacheinander verlierender höchster Gebirge umlagert; alles, das fruchtbare Tal der Szene, der ehemalige Streit der Nachbarn um ihn, macht diesen Wasserfall immer wunderbarer und ergreifender.
Man hat ihn schon abgemalt und zeigte mir gestern bei unsrer Ankunft die Kopie von dem Original. Aber gemalt bleibt er immer ein armseliges Fragment ohn alles Leben, weil kein Anschauer des Gemäldes, der die Natur nicht sah, sich auch mit der blühendsten Phantasie das hinzuzudenken vermag, was man nicht andeuten kann. Und überhaupt ist es Frechheit von einem Künstler, das vorstellen zu wollen, dessen Wesentliches bloß in Bewegung besteht. Tizian zeigt klüglich allen Wasserfall nur in Fernen an, wo die Bewegung sich verliert und stillezustehen scheint.
Terni selbst, das Vaterland des ersten Geschichtschreibers Tacitus, liegt äußerst angenehm zwischen lauter Gärten. An der Nordseite erhebt sich noch ein Bogen von Hügeln mit lustigen Landhäusern, meistens zwischen Ölbäumen, die einen kleinen Wald aus-

machen.
Aus der Nera, worin der Velino seinen Namen verliert, werden eine Menge Kanäle abgeleitet, die die Stadt und alles Land herum, unter immer lebendigem Rauschen, zur höchsten Fruchtbarkeit bewässern.
Tivoli hatte einen so großen Reiz für die alten Römer, weil es nahe an Rom lag, und wegen der weiten Aussicht in die Ebnen herum bis ans Meer. Es hat etwas Feierliches, was Terni nicht hat. Aber dies hat im Grunde größere Natur um sich her und läßt an Fruchtbarkeit mit Tivoli gar keine Vergleichung zu; dieses ist dürres und ödes Land meistens und Terni lauter Mark.
Die Römer verstunden zu leben! Sie genossen den wahren Reiz von jedem und wußten zu wählen aus tausenderlei Erfahrungen. Scipio der Jüngere wählte Terni, dessen Landsitz man noch zeigt, der Ältere Cajeta und seine erhabne Tochter Cornelia das Misenische Vorgebirg, welche letztern Örter wegen des Meers freilich über alles gehen; denn nichts ist doch lebendiger als das Meer und hat mehr Mannigfaltigkeit und Bewegung. O wie freu ich mich, das alte glückselige Bajä bald zu finden!
Die Terner erweisen uns alle Ehre, und dies setzt Fiordimonen nicht wenig in Verlegenheit; sie befürchtet, erkannt zu werden; und außerdem wollen sich ihre mutwilligen Brüste, stolz auf ihre junge Schönheit, mit aller Kunst nicht vollkommen verbergen lassen. Dies macht mich oft lächeln und sie erröten. Wir begeben uns deswegen platterdings in keine sitzende Gesellschaft und sind gegen Abend wieder nach dem Wasserfall unten hingeritten; morgen eilen wir weiter.
Unten ist man recht der Mutter Natur im Schoß und genießt die Höhen und Tiefen der Erde, ihr Schaffen und Wirken und die Fülle ihres Lebens. Ein enges Tal von neuen und äußerst reizenden Kontrasten; welsche

Milde und Schweizerrauheit vereinbart. Himmelan strebende Gebirge, donnernder Wassersturz, hereinbrausende wilde Fluten; und daneben: die zarten Pomeranzen- und Ölbäume, Lorbeerngänge, süße Reben und Feigen; und mittendrin im Felsen eine *Kapelle der heiligen Rosalia,* die Bildsäule der Heiligen, die auf einem weichen Lager ruht, mit Blumen bekränzt, um sie her leisschwebende Engel.

Portici, Junius.

Die Freude läuft mir durch alle Glieder, daß Du mich besuchen willst; o ein Götterjahr, dies Jahr in meinem Leben! Ich habe meiner Tante schon geschrieben, Quartier für Dich bereitzuhalten; bei meiner Ankunft hoff ich Dich zu Florenz zu treffen. Die nächsten Tage werden wir von hier abreisen.

Von unsern Abenteuern hätt ich Dir so viel zu erzählen, daß ich jetzt nicht wüßte, wo ich anfangen sollte; ich verspar es, bis wir Herzen und Seelen mündlich gegeneinander ausschütten. O welch ein Jubel, mit Dir noch durch die bezaubernden Plätze von Umbrien zu streichen! Fiordimona und ich sind nun völlig ein Wesen, so zusammengeschmolzen von tausendfachem Entzücken; alles Hohe und Schöne, Kühne und heroisch Erduldende der menschlichen Natur ist in ihr vereinbart. Endlich werden wir denn doch noch das Band der Ehe der bürgerlichen Ordnung wegen tragen; aber wahrlich nicht deswegen, daß es uns zusammenhalten soll. O sie ist der glückliche Hafen aller meiner stürmischen Wünsche! Wir kennen uns nun von innen und außen bis auf unsre geheimsten Regungen.

Unsre Reise war eine immerwährende Augenlust. Wir haben den Weg über Monte Cassino genommen. Hier fühlt man erst recht die Schönheit von Italien und hat sinnlich vor sich, wie sich der Apennin in seiner ganzen Majestät durch dessen Mitte lagert, zur Erfrischung mit seinen luftigen und waldichten Gipfeln für den Sommer und reizenden Tälern und Ebnen an beiden Meeren für den Winter. In weiten Kreisen türmt sich immer ein Gebirg über das andre, und das Farbenspiel geht in unendlichen Höhen und Tiefen durch alle Töne in süßen und furchtbaren Harmonien.

Der heilige Benedikt hat trefflich für seine Schar gesorgt, und die Mönche zu Monte Cassino leben wie die Fürsten. Jeder hat seine drei Bedienten, das Kostbarste vom Lande zu essen und zu trinken und schläft in weichen Betten auf Stahlfedern. Das übrige versteht sich von selbst; aus Vorsorge bereitete ich meiner Fiordimona eine Krankheitsschminke und gab sie für meinen Bruder, einen Sänger, aus, der seiner Gesundheit wegen in die Bäder von Bajä zöge. Und kaum so sind wir durchgekommen; denn die schelmischen Faune witterten doch die blühende Gesundheit und das Fleisch wie Mandelkern unter dem angestrichnen Gelb.

Ihr prächtiges Kloster liegt auf einem steilen Absatze von einem der höchsten Berge, von unten wie eine Burg des Zeus, nur daß umgekehrt von oben das Wetter des Jahrs wenigstens ein paarmal da einschlägt, und wird in kurzer Ferne von einem stolzen Amphitheater von Gebirgen umgeben, wo die Sonne bei ihrem Untergang immer neue zauberische Schauspiele hervorbringt.

Wir haben uns nur einen Tag zu Neapel selbst aufgehalten und sind gleich aufs Land hieher gezogen, wenn man es Land nennen kann, denn Portici ist gleichsam nur Vorstadt; bewohnen den Garten einer jungen Witwe, von Tarent gebürtig, die mit Recht den lieblichen Namen Candida Graziosa führt, im besten Punkt, dies wirkliche Paradies zu beschauen; denn von Neapel aus ist das göttliche Meer zu eingeschlossen.

Die Stadt selbst sieht man hier am wahrsten und besten; sie ist so recht ein Sitz des Vergnügens, voll Adel, voll der lebhaftesten Menschen, rundum in Schönheit und Fruchtbarkeit! zu strenger und erhabner Weisheit ist's fast nicht möglich, hier zu gelangen. Zur Linken die reizende Küste von Sorrent; dann die Fahrt nach Elysium Sizilien; dann die Insel der Freuden des Tiberius, Capri; dann die unendlichen Gewässer breit und offen, wo sich das Auge verliert; und daneben und darüberhin die alten Feuerauswürfe der Insel Ischia, und Procida, und den entzückenden Strich Hügel des Pausilipp, und das Gebirg der Kamaldolenser; welche bezaubernde Mannigfaltigkeit! Darunter wieder das Gemisch von unzählbaren Felsenhütten von Neapel, wo eine halbe Million Menschen sich gütlich tun; und bei uns, hinter dem schüchternen Portici, in schrecklicher Majestät Vesuv. Ein echter wonneschäumender Becher rundum, dieser große Meerbusen!

Hier schwimmt alles und schwebt in Lust, im Wasser, am Ufer und auf den Straßen. Die Feuermassen scheinen dies Land der Sonne näherzurücken; es sieht ganz anders als die übrige Welt aus. Gewiß waren alle Planeten ehemals selbst Sonnen und sind nun ausgebrannt, und Neapel ist noch ein Rest jener stolzen Zeiten. Man glaubt in der Venus, im Merkur, einem höhern Planeten zu wohnen. Immerwährender Frühling, Schönheit und Fruchtbarkeit von Meer und Land, und Gesundheit von Wasser und Luft.

Gleich die erste Woche haben wir uns mit der ganzen Gegend und der besondern Art Menschen bekannt gemacht; und den dritten Tag schon waren wir oben auf dem Vulkan und genossen den Anblick der höchsten Gewalt in seinem Krater, die man auf Erdboden schauen kann. Die Risse von unten heraus, trichterförmig, gehen über alle Macht von Wetterschlägen, auffliegenden Pulvertürmen und Einbrüchen stürmenden Meeres. Erdbeben, die Länder bewegen wie Winde

Wasserflächen, sind dagegen nur schwache Vorboten. Man glaubt in die Wohnung der Donnerkeile wie ein Schlangennest hineinzusehen, so blitzschnell ist alles aus unergründlicher Tiefe gerissen, von Metall bespritzt und Schwefel beleckt: ein entzückend schaurig Bild allerhöchster Wut.

Sein Gipfel besteht aus lauter Schlacken; dies gibt ihm von fern eine haarichte Riesengestalt. Dann wächst lauter Heide; und dann in der Mitte fangen Gärten und Bäume an.

Der Vesuv ist augenscheinlich ein uralter Berg, dessen Krater einst zusammenstürzte, wovon die Risse noch an der Somma zu sehen sind. Alsdenn hat er sich vom neuen durch viele Ausbrüche wieder aufgetürmt. Vorher war es ein einziger Berg; jetzt mag er nicht so schön mehr sein, aber desto furchtbarer.

Wir sind mehr als einmal oben gewesen, so hat uns dies Schauspiel und die Aussicht ergötzt.

Unser Aufenthalt im Garten der Candida hat uns großes Vergnügen gewährt, aber auch viel von unsrer Freiheit benommen und ist Ursach, daß wir früher zurückreisen, als wir wollten. Nebenan bewohnt einen andern die Geliebte des Sohns vom Vizekönig, eine reizende Spanierin, kaum sechszehn bis siebzehn Jahre alt, sogenannte Gräfin von Coimbra. Diese brennt vor Leidenschaft gegen Fiordimonen; und Candida hat sich mit weniger Geschmack, aber besserm Instinkt in mich und meinen jungen Bart vergafft. Beide sind wir so belagert. Coimbra ist eifersüchtig auf mich und Candida auf Fiordimonen, und der Sohn vom Vizekönig ward es endlich auf uns beide und schöpfte Verdacht gegen alle. Die Komödie fing sich damit an.

Wir kauften gleich bei unsrer Ankunft in Neapel eine Laute und Zithar zum Zeitvertreib; und die erste Nacht in Portici hielten wir einen Wechselgesang. Coimbra ward entzückt schon von der Stimme Fiordimonens, die, möcht ich sagen, wie ein Arm so stark

aus ihrer Kehle strömt mit aller Geschmeidigkeit und Mannigfaltigkeit, vom leisen Lispel bis zum Sturm und in Läufen von erstaunlichem Umfang, jeder Ton perlenrein und herzig.
Den andern Abend hörten wir ein Lied von unsrer Nachbarin, wozu sie sich auf einem Psalter begleitete. Ihre Stimme ist nur schwach, einfach und von wenig vollen Tönen, aber silbern und süß von Empfindung; was sie sang, war ein Meisterstück spanischer Poesie, und wir haben davon nur die ersten Strophen behalten.

Quando contemplo el cielo
de innumerables luces adornado;
y miro hazia el suelo
de noche rodeado
en sueño y en olvido sepultado:
El amor y la pena
despiertan en mi pecho un ansia ardiente,
despide larga vena
los ojos hechos fuente,
Oloarte, y digo al fin con voz doliente:
»Morada de grandeza
templo de claridad y hermosura,
el alma, que a tua alteza
Naciò, que desventura
la tiene en esta carcel baxa escura? –«*

* Wenn ich den Himmel betrachte, mit unzählbaren Sternen ausgeziert, und nieder auf den Boden schaue, von Nacht umgeben, in Schlaf und Vergessenheit begraben:
So erwecken Kummer und Liebe in meiner Brust eine heiße Bangigkeit, und die Augen, zu Quellen geworden, vergießen einen Bach von Tränen, Oloarte, und ich sag endlich mit klagender Stimme:
»Aufenthalt der Herrlichkeit, Tempel der Klarheit und Schönheit, welch ein böses Schicksal hält die Seele, für deine Höhen geboren, in diesem tiefen dunklen Kerker? –«

Der Jüngling war vermutlich bei ihr; denn wir hörten hernach sprechen und seufzen und Stille zu Kuß und Umarmung in der dichten Laube.

Ach, es war in der Tat ein schöner Abend! Kühlender Duft senkte sich nieder und hüllte nach und nach das Gebirg ein, alles wurde verwischt, und Form dämmerte nur unten, indes oben die reinen vollkommnen Sterne blinkten. Wir meinten, wir müßten uns sogleich mit dem Liede der holden Spanierin emporheben und unsre Stelle verlassen. Es ist unten doch alles so Nichts, wenn es nicht von dem klaren himmlischen Licht seine Gestalt empfängt!

Dann ging der stille Mond am wilden dampfenden Vesuv auf; dunkel lag das Meer noch in Schatten und erwartete mit unendlichen leisen plätschernden Schlägen seine Ankunft. Die Menschen kühlen sich ab in den Fluten, machen Chorus und scherzen und genießen weg ihr Dasein.

Es ist entzückend, wie man die Erde mit sich gen Osten unaufhaltbar fortrollen sieht und die ganze Harmonie des Weltalls fühlt!

»Du bist glücklich, Mond«, seufzte Fiordimona; »du läufst deine Bahn ewig fort, dein Schicksal ist entschieden!

Ach Gott, wer wüßte, was das Licht wäre, das so schön leuchtet, und es erkennen könnte! Es ist doch gewiß ein heilig Wesen; und tot ist es nicht, weil es sich so schnell fortbewegt!

O wer in den großen Massen, Himmel und Meer und Mond und Sternen, Frescobaldi, an Deinem liebevollen Herzen immer so schweben könnte! Was dies für eine Ruh und Seligkeit ist! Man atmet so recht aus und schöpft mit jedem Zuge Lust und Erquickung!«

Denke noch zu solchen Wonnelauten, unmittelbar von ihren Quellen, Kuß und Blick und Umarmung der Erhabnen!

Coimbra machte hernach mit uns Bekanntschaft und

redet uns zuerst an, als wir einander auf einem Spaziergange begegneten; ein durchaus gefühlig zartes Wesen, worin aber kühne Blitze von Leidenschaften herumkreuzen. Wörtliche Liebeserklärung erfolgte bald, wie Fiordimona sich, zu unerfahrner Jüngling, bei Händedruck und schmachtenden Seufzern und Blikken bezeugte. Fiordimona spielte ihre Rolle trefflich, um sich nicht erkennen geben zu dürfen und Tätlichkeiten bis zu unsrer Fortreise abzuhalten; und wir sind während der Zeit in der ganzen Gegend herumgestrichen und wenig anders zu Hause geblieben, als zu schlafen. Das Quartier wollten wir nur im höchsten Notfall ändern, wegen Anlaß vielleicht zu gefährlichen Auftritten.

Am meisten sind wir zu Bajä, am Pausilipp und einige Tage an der Küste von Sorrento gewesen. Von allen diesen Zaubereien mündlich weitläuftig.

Zu Bajä ist ein Wunder der Natur an dem andern; und in der alten Römer Zeiten war noch dabei ein Wunder der Kunst an dem andern, wovon die herrlichen Ruinen außer den Beschreibungen der Dichter zeugen. Was der Archipelagus sein muß, wo das immerwährende Leben so um unzählbare Inseln herumwallt, wie hier nur um drei oder vier! Glückliche Griechen! wenigstens zwei Drittel bewohnten und bewohnen noch schöne Seeküsten.

Das *Grabmal Virgils,* an dessen Echtheit man keinen Grund zu zweifeln hat, ist in der Tat ein rührender Winkel, der innerste Punkt des alten Parthenope; der Mittelsitz der Ruhe von der See her, die Spitze des Winkels von der Bucht. Ich wünschte selbst an einem solchen Ort meine Asche; ohne Pomp, still, ein kleines Gemäuer. Es liegt gerad am Pausilipp in der Höhe über der vor alters durchgehauenen Grotte nach Pozzuolo. Die Pinien schienen allemal voll Ehrfurcht sich zu seinem Schatten zu neigen und nur leis zu bewegen, um seinen Schlummer nicht zu stören. Es ist schön, eine solche Stelle zu haben, wo sich die Erinnerungen an einen großen Menschen alle lieblich zusammensammeln!

Das Denkmal an der mit so warmer und heller Empfindung gewählten Stätte ist mit mancherlei Gesträuch bekränzt; Efeu und wilde Weinranken schlingen sich überall herum; und auf der Decke selbst, wo in den vielen Jahrhunderten sich eine Schicht Erdreich festgesetzt hat, grünt es am dichtesten. Ein Lorbeer steigt in der Mitte stolz hervor, der nur nicht lange dauern wird, weil alle Reisenden, Dichter, Prinzen und Damen davon abbrechen, um Anteil an dem Ruhme des Unsterblichen zu haben.

Man genießt hier Neapel und den erfreulichen Meerbusen in einem der schönsten Gesichtspunkte.

Sorrent liegt von Bergen eingeschlossen in einem kleinen Tal, das die Form wie ein Hufeisen hat. Es ist das bezauberndste Plätzchen des weiten Paradieses der Gegend, wohinein das Meer noch eine besondre kleine Bucht macht. Dessen Ufer sind hohe senkelrechte Felsen, so daß es wie auf einer Bühne sich zeigt. Man muß aus der See eine halbe Stunde lang auf einem Wege von Terrassen hinansteigen. Die niedlichen Häuser und Palästchen stecken in einem Gartenwald von Öl-, Pomeranzen-, Zitronen- und Fruchtbäumen; hier wachsen die köstlichsten Melonen.

Der Vesuv ist davon in seiner einfachsten, allergrößten und furchtbarsten Gestalt zu sehen, so stolz und erhaben, daß die höchsten Alpen davor verschwinden. Er sieht aus wie ein Wesen, das sich selbst gemacht hat, alles andre ist wie Kot dagegen, und der Dampf aus seinem offnen Rachen ist im eigentlichsten Verstand entsetzlich schön. An keinem andern Orte möcht ich seine Feuerauswürfe betrachten; es muß ein wahres Bild rasender Hölle sein. Unten am Fuß sind die Menschen mit ihren Wohnungen wie unschuldige Lämmer, die er sich zur Beute herschleppte; und die alte

Mutter, die See, zieht vergebens zärtlich rauschend heran, sie zu retten.
Ein entzückender Morgen, wie wir wieder Portici hinüber schifften! Ein leichter Nebel deckte dasselbe wie eine zarte Bettdecke. Auf dem Gewässer waren tausend Nachen, die unbesorgten Fische zu fangen, welche aus ihren Tiefen sich dem neuen Lichte näherten. Leis wallend, wie ein unermeßlicher Lebensquell, verlor sich das Meer in ein Chaosdunkel, woraus Capri kaum sichtbar in grauem Duft noch hervortrat. In blassem Purpur rötete sich auf den Apenninen der Himmel, und der Vulkan atmete schrecklich der Sonn entgegen in majestätischer Ruhe seinen schweren Dampf aus, der sich an den Seiten herabwälzt. Und nun steigt sie empor in Strahlenglut, vollkommen und unveränderlich, der Geist ihrer Welt, die alles mit Liebe faßt, und in ihrem Glanze spielen die Wellen.
Was mir übrigens an Neapel doch nicht gefällt, ist, daß man weder Sonne noch Mond und Morgen- und Abendstern im Meer auf- und untergehen sieht.
Nachschrift: Wir müssen fort, noch heute. Coimbra brennt in lichterlohen Flammen und drang gestern in einem herzbrechenden Briefe darauf, Fiordimona solle sie entführen. Candida schlich sich diese Nacht, aller feinen Wendungen überdrüssig, in mein Zimmer schier nackend und überraschte mich mit Fiordimonen, deren Geschlecht sie erkannte. Und Häl, der so treue, daß er selbst seinen Genuß bei dem Kammermädchen der Spanierin drangibt, verkündigt uns Mord und Tod und die ausgestellten Wachten und Posten des getäuschten Liebhabers.

Diesen letztern Brief erhielt ich erst zu Florenz von seiner Tante, einer jungen Witwe ohne Kinder, voll Geist und Anmut im Umgang und mannigfaltigen Reizen. Ardinghello war noch nicht wiedergekommen bei meiner Ankunft daselbst, und sie erteilte mir anfangs über sein Ausbleiben zweifelhafte Nachrichten von fürchterlichen Begebenheiten, die sich hernach nur zu gewiß bestätigten. Doch vorher etwas von mir und meiner Reisegesellschaft! Ich habe aus seinen Briefen alles weggelassen, was meine Angelegenheiten betraf, um die Geschichte nicht zu verwickeln und weitläuftig zu machen.

Auch ich stand auf dem Punkte, mich zu verheuraten, als meine Geliebte von der Seuche weggerafft wurde, die von Trient nach Verona und von da nach Venedig kam und sich hernach durch die Lombardei verbreitete. Ich folgte nun mit Begier der Einladung meines Freundes, um mich von den traurigen Gegenständen zu entfernen, und sagte davon Cäcilien.

Sie konnte gleich vor Ungeduld nicht bleiben, die Reise mitzumachen. Noch hatt ich ihr immer nicht entdeckt, daß ich alles von ihr und Ardinghellon wußte; ich scheute die Lage, in welche mich dies versetzen würde. Nur gab ich ihr zuweilen von ihm Nachricht, mit Verschweigung seiner Liebesgeschichten, und sie hatten sich auch einander selbst geschrieben, welche Briefe mir aber nicht in die Hände gekommen waren, so daß ich nicht wußte, was für Wendungen er bei ihr brauchte und wie sie zusammen standen. Ich mochte mich nicht mehr dreinmischen und einem Tauben predigen, ließ aber nun doch, gewissermaßen dazu genötigt, der Sache ihren baldigen Ausgang.

Cäcilia beredete gleich ihren Vater und ihre Mutter zu einer Wallfahrt nach Loretto. Von ihren Brüdern war einer zu Korfu, und der andre blieb zu Hause. Und so brachen wir denn in der Geschwindigkeit zusammen auf. Sie nahm ihr Söhnchen mit, einen kleinen Engel. Wie ein Vogel, der dem neuen Frühling zueilt, war alles an ihr.

»O unsern Ardinghello muß ich doch auch gleich sehen!« hieß es zu Florenz. Das Gerücht war schon in der Stadt, daß er einen jungen Anverwandten des

Papsts ermordet und sich darauf aus dem Staube gemacht habe. Ich sagt es ihr geradezu, damit sie bei keinem andern durch ihre Leidenschaft Verdacht erregte. »O Gott!« war ihr Wort; und blaß wie eine Lilie und verstummend begab sie sich beiseite. Ihre Eltern befürchteten darauf, sie habe die Krankheit. Sie litt Todesqualen, als sie ferner erfuhr, die Tat sei um Mitternacht vor dem Palaste der Fiordimona geschehen. Die Unglückliche liebte ihn wahrhaftig, und von Grund der Seele.

Sonderbarerweise hielt sich in demselben Gasthofe Fulvia mit ihrem Gemahl auf; sie hatten Genua wegen der bürgerlichen Unruhen verlassen, worin schon verschiedne Edle dort ihr Leben einbüßten. Ein allgemeines Strafgericht schien wirklich über Italien nach dem Ausspruch der Gottesgelehrten wegen seiner Sünden und Bosheiten verhängt. Auch sie führte ihr Söhnchen, das sie aus voller mütterlichen Liebe selbst säugte, bei sich. Eine wahrhafte Bacchantinfigur, wie von einem griechischen Basrelief oder einer alten Gemme weg ins wirkliche Leben gezaubert! Die Glut schlug aus ihren schwarzen Augen, und ihre Lippen schienen berauscht zu dürsten. Auch sie mußte das Gerücht von Ardinghellon erfahren haben. Doch lief dabei noch ein andres herum: der Kardinal, Bruder des Großherzogs, habe den Anverwandten des Papsts ermordet, und nicht Ardinghello. Dieser sei entwichen, vermutlich, um nicht in Verhaft genommen zu werden und die Schuld für den mächtigen Kardinal zu büßen. So schwebten wir zwischen Furcht und Hoffnung.

Fulvia machte sich nach Rom auf, obgleich vor kurzem erst aus dem Kindbette und von der von Genua nach Florenz gemachten Reise ermüdet, und wir bald ihr nach, um an die Quelle zu gelangen. Ich ging gleich zu Demetrin, welcher von nichts weiter etwas wissen wollte, als was jedermann sagte, ob ich ihm gleich meine Freundschaft mit Ardinghellon aus deutlichen

Proben anzeigte. So schlau und sicher betrug er sich. Auch glaub ich, daß Ardinghellos Tante der ganzen Begebenheit kundig war; aber beide liebten ihn schier wie sich selbst, und bei solchen Gefahren kann man nicht genug behutsam sein.

In Rom erfuhren wir noch, daß der Kardinal sich dieselbe Nacht, wo der Anverwandte des Papsts sei ermordet worden, die Hände und Arme von zwei der geschicktesten Chirurgen habe verbinden lassen, die ihm mit starken Wunden wären verhauen gewesen. Tags darauf hab er und Fiordimona Wache vor ihre Zimmer bekommen, seien aber bald wieder davon befreit worden; nur hätte der Papst ohne weitere Untersuchung Fiordimonen von Rom verbannt und auf ihre Güter verwiesen. Die Sache läge so vertuscht, und man laure Ardinghellon doch als dem Täter auf und habe Kundschafter allerorten nach ihm ausgesandt.

Gewissere Nachricht konnten wir nicht erhalten. Wir reisten von Rom ab nach Loretto und hielten uns Sommer und Herbst in den Gebirgen des Apennin auf; Cäcilia und ich mit tiefer Trauer in der Seele, daß der Kardinal unsern Liebling heimlich möchte aus dem Wege geräumt haben. Nach und nach wurden wir vertrauter über diesen Punkt; sie gestand mir endlich von selbst ihre Leidenschaft und faßte Mut auf meine tiefe Treue, weinte wie ein Kind über ihre unseligen Schicksale und daß sie endlich hatte, wo sie ihr angeschwollnes Herz erleichtern konnte. So umschlang uns beide das Band einer vertrauten und innigen Freundschaft.

Endlich im November erst empfing ich einen Brief von diesem, der schon im August geschrieben, aber von Demetri oder seiner Tante, denn von der letztern kam er zu mir, verspätet worden war. Mir dünkte, als ob ich von einem fürchterlichen Traum erwachte und den Glanz der Morgenröte schaute, als ich die Züge seiner Hand erblickte.

Brindisi, August.

Meine widerwärtigen Schicksale erheben mich mehr, als daß sie mich niederschlagen sollten; je stärker der Widerstand, desto gedrungner und geschwellter regt sich alles in mir. Ich glaubte schon in Genuß und Ruhe zu sein, und jetzt erst beginnen meine Arbeiten. Ich seh in ein neues Leben hin, und das hohe Getümmel ergreift meine Sinnen. Gut, daß ich nicht wie ein Kind hineinkomme! Das Leben des Jünglings ist Liebe, das Leben des Mannes Verstand und Tat.

Ach, daß ich Dich nicht noch einmal sprechen durfte! Wir kamen bei Nacht zu Rom an; ich schickte Hälen mit meinen Pferden voraus und wollte mit Fiordimonen auf ihr Gut alle Vene nachfahren, um uns dort zu vermählen. Sie hatte deswegen in der Stadt verschiednes zu besorgen und mitzunehmen; aber es ist alles nun zerstört und zerrissen. Ich versteckte mich auf die drei oder vier Tage bei Demetrin, damit mich der Kardinal nicht wittern möchte; sie hatte mir manches erzählt, wie er sie mit seiner Liebe verfolgte und daß sie ihn nicht leiden könnte.

Die zweite Nacht kam ein fürchterliches Donnerwetter ohne Regen über Rom, und es schmetterte Schlag auf Schlag, als ob alles untergehen sollte. Statt daß ich sonst große Freude an diesen Naturbegebenheiten habe und mich daran nicht satt hören und sehen kann, wurde mir diesmal selbst bang im Herzen. Der Mensch ist ein sonderbares Wesen und voller dunkeln Gefühle, die kein Philosoph aufklärt; es war gewiß Ahndung dessen, was mir bevorstand. Ich warf meinen Mantel um mich und nahm den bloßen Degen auf alle Gefahr unter den Arm und ging fort, um Fiordimonen in der schrecklichen Nacht nicht allein zu lassen; in ihrem Palaste waren den Sommer über nur ein paar alte Bedienten und Frauen zurückgeblieben. Sie hatte mir den Schlüssel zu einer Seitentür gegeben.

Ich eilte, und ging oft wieder langsam, und hielt im Schritt ein. Endlich kam ich in das kleine Gäßchen an den Garten, wo ihr Schlafzimmer ist, und wurde plötzlich angefallen mit einem Dolchstoß in die Seite. Ich sprang zurück, Blitze machten die Finsternis hell und zum Tage; erblickte den Mörder, der mir nicht ausweichen konnte. Er rennte noch einmal auf mich zu, mich zu unterlaufen, und ich stieß ihn auf der Stelle nieder. Bei diesem allen wurde kein Wort ausgesprochen, indes der Donner um uns brüllte, daß die Erde dröhnte.

Kaum war dies vorbei und ich im Begriff, den Leichnam wegzuschleppen, so tritt eine andre verkappte Gestalt auf und setzt mit Tigersprüngen auf mich ein, daß ich mit Not den Augenblick erhasche, mich zur Wehre zu stellen. »Vermaledeite Brut!« hört ich die Stimme meines Kardinals, der in die vorgehaltne Klinge mit der Brust lief, die ich bepanzert fühlte. Erstaunt und erschrocken über alle die Folgen, tat ich nichts als ihn von mir abhalten, gebrauchte meine ganze Stärke und war bald so glücklich, daß ich ihm den Degen herausschlug, hieb ihn auf die Hände, womit er in Raserei mein Gewehr fassen wollte, schonte sein Leben und lief dann davon und durch Nebenwege wieder zu Demetrin.

Diesem erzählt ich gleich, was geschehen war, und vertraute ihm das Hauptsächlichste meiner Geschichte mit Fiordimonen; und sein großer edler Charakter erhielt hier Gelegenheit, sich zu zeigen. Er verbarg mich unerforschlich und half mir die folgende Nacht fort, nachdem wir erfuhren, daß der Ermordete, den wir zuerst für einen Banditen hielten, selbst Vetter des Papsts, der jüngere B***, sei. Auch dieser war wütend in Fiordimonen verliebt, ob sie mir gleich nie etwas von ihm gesagt hat. Meine Wunde ging nur gestreift über die Rippen weg; das Stichblatt vom Degen im Arm hielt den Stoß auf, und wir brauchten dazu keinen Chirurgen. Tolomei verkleidete sich mit mir in einen Franziskaner, und so sind wir die Pontinischen Sümpfe zu Fuß durch und von Capua durch Kalabrien nach Brindisi. Heroen, echte wie Theseus und Perithoos, wie Orestes und Pylades, Demetri und er. O der Mensch kann groß sein in jedem Zeitalter, und das Edle in seiner Natur bleibt immer irgendwo noch auf Erdboden!

Fiordimona dauert mich; was kann das Feuer dafür, daß es brennt? Demetri hat kurze Nachricht vom fernern Erfolg an Tolomeien nach Brindisi gegeben, unter andern Dingen, die er ihm meldete, dies wie im Vorbeigehen, wenn ohngefähr der Brief sollte aufgefangen werden: sie und der Kardinal haben des Mordes wegen Arrest bekommen. Um alles noch zu tun, was ich kann, hab ich selbst an den Heiligen Vater geschrieben, und an den Großherzog, und noch an den Kardinal; und ihnen allen die Natürlichkeit und Notwendigkeit der Begebenheit und meine Unschuld vorgestellt.

Und nun dann hinein in die Wasserwelt; o wie klopft mir das Herz! O Vaterland, Vaterland, daß ich dich in Ketten und Banden sehen muß und von dir scheiden! Lebe wohl, schönes Italien, lebe wohl! Lebe wohl, Venedig, Genua und Rom! O du warst es wert, stolzes Land, vor allen andern einmal die Herrschaft über die Welt zu haben!

Umarm und küsse Cäcilien statt meiner; das himmlische Geschöpf wird an keines andern Brust besser aufgehoben und glücklicher sein als der meines Freundes. Befürchtet keine Sünde; der Größte der Halbgötter gab Iolen mit der empfangnen Frucht seiner Liebe seinem eignen Sohne zur Gattin. Lucinde, du allein brennst mich auf dem Herzen; aber ich will alle Verfolgungen des erzürnten Himmels dulden, wenn ich's büßen kann.

Lebt wohl, ihr Höhen des Apennin und ihr entzückenden Täler! wohl, du königlicher Po, und du, Tiber und Arno! ach, und ihr klaren Quellen des Clitumnus! Ein günstiger Wind schwellt die Segel, und ich flieg Ionien entgegen. Ich reiße mich von Eurem Herzen, o all Ihr Lieben, um Eurer würdig zu sein.

Ardinghello

Fiordimona war leider an allem schuld; sie mochte nun erkennen, wohin ihr schönes System führe. Sie hatte vermutlich erst dem Neffen des Papsts Gehör gegeben, und hatte dann dem Kardinal Gehör gegeben, und suchte beide loszuwerden, wie sie Ardinghello mit ganz andrer Lust und Freude und Schönheit und Inbrunst an sich fesselte; und dieser ließ sich in jugendlichem Taumel von ihren überschwenglichen Reizen fangen. Die verwegne Reise nach Neapel machte sie wahrscheinlich deswegen, um die erstern ganz von sich abzubringen, welche vielleicht auch den Weg zu den Quellen des Clitumnus wußten, und den Ardinghello in aller möglichen Lust ungestört zu genießen. Ein Weib kann seine Natur nicht verleugnen: sie kam den folgenden Winter mit Zwillingen von beiderlei Geschlecht nieder und fand es doch ihrem Stande gemäß, den Vater derselben als Gemahl zu besitzen.

Die Mohrin mußte unter den heftigsten Drohungen ohne Zweifel dem Kardinal ihre Reise mit Ardinghellon anzeigen, konnte aber nicht sagen, wohin. Und zu Rom und alle Vene wurde voll Rache auf ihre Zurückkunft gelauert. In der Leidenschaft hatte das zärtliche Paar seine Maßregeln nicht behutsam genug genommen.

Ardinghello wurde allgemein bedauert, und auch Fiordimonen tadelte man nicht sehr: sie machten miteinander das vollkommenste Paar aus, das man weit und breit hätte finden können. Das Verständnis der letztern mit dem Neffen und dem Kardinal ließ sich durch den Ausgang nur mutmaßen und blieb außerdem im verborgnen; ihre seltne Schönheit und hohe Naturgaben und Reichtümer sprachen übrigens für sie, und das Geschwätz der Weiber hielt man für Neid und gewöhnliche Lästerung. Jeder Triumph hat seine Schmählieder vom Pöbel hinterdrein; dies ist in der Natur. Der Mann im Purpurhute schwieg hierüber weislich und sagte nicht mehr, als was er sagen mußte, ins Ohr dem Richter. Ich habe hernach in lauter neuem Vergnügen vergessen, sie hierüber auszuforschen. 1

Von den Gütern des Ardinghello wurde nichts eingezogen, der Kardinal mußt es doch groß finden, daß er sein Leben schonte, da er es in seiner Gewalt hatte; und seine Tante übernahm deren Verwaltung, als Schwester seines Vaters. Sie verkaufte einen Teil davon und tilgte die Schulden; der Edle hatte manchem Mann von Talent aus der Not geholfen und in eine bequemere Verfassung gesetzt, welches nun bekannt wurde.

Erst den Frühling darauf erhielt ich wieder kurze Nachricht von ihm; ein Brief war unterdessen mit einem venezianischen Schiffe verlorengegangen, das im Sturm bei Korfu scheiterte.

Im Hafen zu Scio, Mai.

All mein Wesen ist Genuß und Wirksamkeit; heiter der Kopf, immer voll heller Gedanken, reizender Bilder und bezaubernder Aussichten, und das Herz schlägt mir wie einer jungen Bacchantin im ersten ganz freien Liebestaumel.

Diagoras durchstreicht mit mir den Archipelagus, damit ich jeden gefährlichen Paß und alle Häfen kenne. Von Smyrna sind wir ausgelaufen, den langen Golfo durch, nach Mytileni, Tenedos, an den Dardanellen herum, nach Stalimene, den herrlichen Posten Skyros und von hier ferner in jeden guten Hafen der Cykladen. Jetzt sind wir an den Küsten von Asien und wer-

den bis Rhodos, in den Golfo von Makri segeln und von dort nach Ägypten. Die Arbeit wird mir leicht; denn er hat von seinem Alten die trefflichsten Karten, woran wir wenig verbessern können.
Überall weiß mein edler Führer, wo die neuern Helenen, Aspasien und Phrynen stecken, und hat mit mancher schon in Korsarenehe* gelebt; Liebesgötter umgaukeln uns, sooft wir einlaufen.
Demetri hat einen glücklichen Geburtsort gehabt. Scio ist die schönste Stadt aller griechischen Inseln; und die Rebenhügel und Täler und Gärten zwischen den Gebirgen im Innern des Landes mit ihren Pomeranzen-, Zitronen- und Granatenhainen, von klaren herabstürzenden Bächen erfrischt und belebt, sind entzückend und bezaubernd.
Jedoch so schön ist alles, wie Du längst weißt, unter diesem seligen Himmel; fast immerwährender Frühling, und für die Sommerhitze kühle Nächte; dichte Schatten, spielende Seelüfte, Menge von Quellen und Überfluß an gesunden und erquickenden Früchten.
Paradies der Welt, Archipelagus, Morea, Karien und Ionien, o daß ich würdig werde, eurer ganz zu genießen!
Die Griechen sind noch immer an Gehalt und Schönheit die ersten Menschen auf dem Erdboden, ihre Liebe zur Freiheit und ihr Haß gegen alle Art von Unterdrückung noch ebenso wie bei den Alten. Sobald sie nur ein wenig Luft bekommen von der ungeheuern Masse des Schicksals, die sie drückt, wie regt sich alles und ist Leben und Feuer! und wie halten sie an, wie blitzschnell durchdringt ihr Verstand bei Gefahr, übersieht das Ganze und schlägt den rechten Weg ein! Die Mainotten auf den Gebirgen von Sparta sind noch nie bezwungen worden, sie und Montenegriner, Illy-

* Ist in den griechischen Häfen so im Gebrauch, wie bei den Engländern die Soldatenehe.

rier und Karier Helden wie ihre Urväter bei Plataia.
Kunst und mildere Sitten sind nur Ausbildung und machen weder eigentlichen Kern noch Genuß aus.
Und der Hang zur Freude, zur Lust, zu Gesang und Tanz, wie klopft er dennoch ebenso in ihren Adern! und wie mächtig das Gefühl für Schönheit!
O Du und Cäcilia, Ihr meine Geliebten, eilt hervor aus Euern Sümpfen!

Ardinghello

Im Herbste schrieb er mir von Sizilien aus, in dessen Gewässern er herumkreuzte und reiche Beute machte, »am Fuß der Säule des Himmels, des stürmigen Ätna, aus dessen hohlen Eingeweiden die lautersten Quellen unergründlichen Feuers geworfen werden«.
Ulazal, der berühmte Kalabreser, das Schrecken der Mittelländischen See, welcher die türkische Flotte anführte und schon verschiedenemal die Spanier schlug, hatte ihn mit Freuden aufgenommen. Er tat sich bald hervor durch Verstand und Tapferkeit; bekam alsdenn eine Galeere unter seine Befehle, worin meistens italienische Renegaten und Griechen dienten; und es wurde durch Vermittelung des Diagoras, des Sohns vom Admiral, so unter der Decke getrieben, daß er nicht einmal seinen Glauben abschwören durfte und man dies für geschehen annahm. Er und dieser junge Held, sein Todesbundesfreund, streiften nun jeder mit einem kleinen Geschwader als raublüsterne Adler an den Küsten von Kalabrien, Sizilien und Spanien herum.
Den Winter darauf machten sie den Anfang mit Ausführung eines der kühnsten und feinsten Plane. Der alte Ulazal und besonders sein Sohn galten alles bei dem jungen Sultan Amurath. Diese begehrten die Inseln Paros und Naxos, um eine italienische Kolonie hier anzulegen. Beide waren durch Krieg schier unbewohnt geblieben. Die wenig übrigen Griechen wollte man reichlich wegen ihrer Besitzungen entschädigen und an

andre Örter verpflanzen, und zwar deswegen, weil die Abkömmlinge ihre eigne Religion auszuüben verlangten und damit weder stören noch darin gestört sein wollten. Es wären in diesem Jahrhundert mancherlei Sekten unter den Christen entstanden, die sich einander bis aufs Blut haßten und verfolgten, unter andern eine, die sich Todesleugner nennten und glaubten, daß die Natur ein ewiger Quell von Leben und der Trieb alles Daseins Freude sei; deren Meinungen mit der Lehre Mahomeds in wesentlichen Punkten übereinkämen. Zu dieser hielten sich die edelsten und reichsten Jünglinge und Frauenzimmer und hofften am ersten unter seiner Herrschaft Schutz.
Ein Held aus ihnen, einer von ihren Anführern, habe flüchten müssen, diene bei ihnen und verrichte seinen Grundsätzen gemäß die tapfersten Taten. Eine Menge würde diesem nachfolgen, wenn sie Sicherheit für ihre Personen und ihr Eigentum wüßten. Der große Vorteil für sein Reich dabei wäre augenscheinlich; außerdem dürften wohl wenige Muselmänner an Feuer im Gefecht gegen die sogenannten Orthodoxen ihnen gleichkommen.
Amurath wollte den Ardinghello sehen.
Dieser trat auf in männlicher Jugend und Schönheit, kühn, als ob er selbst ein Sultan wäre, und gefällig wie vor einer Semiramis. Sie sprachen Neugriechisch miteinander, und Amurath blieb von ihm bezaubert; sie waren schier von gleichem Alter, und Ardinghello schmeichelte lieblich und mächtig seiner geheimsten Denkungsart.
Sie erhielten, was sie wollten.
Ardinghello schrieb gleich an Demetrin, den er bei seiner Schwäche faßte. Jeder Mensch, auch der festeste Charakter, hat seinen Grad von Schwärmerei; die reinste Vernunft so wie die geringste Insektenseele, ihre Ebbe und Flut unter dem Mond. Und sandte geheime sichre Werber aus nach Venedig, Genua, Florenz mit

starken Summen zu Reisegeldern. Er kannte die vortrefflichste Jugend in allen diesen Städten, und sein Name schon allein war genug Verführung.

Den neuen Frühling bewegte sich alles in den lustigen Inseln. Sie befestigten zuerst die Häfen von Paros und machten besonders den Hafen Nausa, wo die größten Flotten sicher liegen, ganz unüberwindlich. Demetri kam bald mit zwei Schiffen voll jungen tapfern Römern und blühenden Römerinnen in den zauberischen Gegenden seiner Geburt an, und Künstlern: Architekten, Bildhauern, Malern, äußerst mißvergnügt vorher über ihren Lebenswandel, und hatte seinen Abzug mit wunderbarer Klugheit bewerkstelligt.

Sie brachen Marmor in den reichen Gängen des Bergs Kapresso zu Tempeln, öffentlichen Palästen und Versammlungshallen; das alte Athen unter dem Perikles schien wieder aufzuleben. Und es lebte wirklich und verklärt auf. Nach Vertrag und Übereinkunft mit dem Ardinghello und Diagoras predigte Demetri erst insgeheim Auserwählten seine neue Religion; die mehrsten andern fielen hernach diesen bald bei, und endlich alle. Tolomei tat Wunder mit seiner Schönheit und einschmeichelnden Zunge. Wir waren meistens lauter unbefangne Jugend.

Ein neues *Pantheon* wurde *der Natur* aufgeführt, *ein Tempel der Sonne und den Gestirnen, ein Tempel der Erde, ein Tempel der Luft und einer auf einem Vorgebirg in die See hin thronend dem Vater Neptun*, und dann noch *ein Labyrinth* angelegt *von Zedern und Eichen* zur künftigen schauervollen Nacht für Zweifler *dem unbekannten Gotte*. Der Tempel der Erde, der Tempel der Luft und das Labyrinth kamen nach Naxos, der Tempel der Erde in ein entzückendes Tal.

Während der Zeit hatte Fiordimona den größten Teil ihrer Güter zu Gelde gemacht und überraschte mit einem kleinen Kastor und einer kleinen Helena den glücklichen Ardinghello; sie ward von der Coimbra begleitet, die sich mit List und Gewalt zu Neapel mit ihr einschiffte, und einer auserlesnen Schar.

Ich konnte Cäcilien nicht länger widerstehen, ihrem Gram und Kummer. Sie schien dieselbe nicht mehr, die sie bei den großen Szenen ihres Lebens war; aber eben dies machte sie mir immer liebenswürdiger. Nach dem Tode meiner Braut und unsrer Reise glaubte man in Venedig allgemein bei unserm vertrauten Umgange, und selbst ihre Brüder und Eltern, daß wir uns bald vermählen würden. Sie verkaufte unter allerlei Vorwand ihre reichsten Güter; wir segelten, wie zu einer Lustreise, aus der alten Residenz des heiligen Markus nach Ancona, schifften uns dort ein nach Smyrna und kamen auch an. Welch ein Auftritt, Ardinghello, sie und ich! So hat die Freude ihren Nektarrausch noch in wenig Herzen ergossen.

Alles ging nach Wunsch, nur Fulvia war unglücklich. Sie flüchtete auf einem Schiffe Genueser, dem man nachsetzte. Es kam bei dem Golfo von Tarent zu einem mörderlichen Gefechte, wo sie die volle Ladung eines Mörsers traf und in Trümmern zerfleischte. Die jungen Helden schlugen sich jedoch durch und langten an, und brachten zugleich die Nachricht: Lucinde sei zu Lissabon, vermählt mit dem Florio Branca, welchen der König zum obersten Admiral seiner ganzen Schifffahrt gemacht habe.

Gabriotto band dem Ardinghello nichts auf, als er ihm erzählte, ein portugiesischer Prinz sei der wahre Vater von Lucinden. Dieser war vor kurzem auf den Thron gestiegen und ließ nun die provenzalische Frucht seiner Liebe aufsuchen, weil er mit seiner Gemahlin ohne Kinder blieb. Und Lucinde kam schon vorher in der klösterlichen Einsamkeit wieder zu sich von ihrer Leidenschaft, wofür sie genug gebüßt hatte, und ließ ihren wohl größtenteils verstellten Wahnsinn. Sie ward wie im Triumph mit einem prächtigen

Schiff unter Bedeckung von andern abgeholt. Die Großen des Reichs lagen der himmlischen Schönheit bald zu Füßen; aber das edle Herz wählte seine erste Liebe.

Ihre Ehe war äußerst glücklich; sie zeugten viel Söhne und Töchter, von welchen jene der Vater zu Helden bildete und diese die Mutter durch ihr unvergleichliches Beispiel zu trefflichen Wirtschafterinnen und frommen, zärtlichen und keuschen Frauen.

Ardinghellon war ein ander Los beschieden, eine andre Glückseligkeit, von mancherlei Stürmen und Gefahren durchwütet.

Mazzuolo brachte mit einem starken Trupp Florentinern Emilien noch in seine Arme, und er schien für jetzt Mahomed im Paradiese bei lebendigem Leibe.

Demetri ward zum Hohenpriester der Natur von allen einmütig erwählt. Ardinghello zum Priester der Sonne und der Gestirne, Diagoras zum Priester des Meers. Fiordimona zur Priesterin der Erde und Cäcilia zur Priesterin der Luft. Coimbra und ich pflegten und warteten das Labyrinth.

Demetri und Ardinghello und Fiordimona setzten Gesänge auf aus dem Moses, Hiob, den Psalmen, dem Hohenlied und dem göttlichen Prediger; und aus dem Homer, dem Plato und den Chören der tragischen Dichter und ihrer eignen Begeisterung im Italienischen für sich und die andern Priester und Priesterinnen und die Gemeinde, und erfanden heilige Gewänder in echter alter ionischer Grazie und Schönheit. Und die Feierlichkeiten ergriffen bei dem Reize für Aug und Ohr noch mit den starken Bildern aus wirklicher Natur den ganzen Menschen, daß alle Nerven harmonisch dröhnten wie Saiten, von Meistern gespielt, auf wohlklingenden Instrumenten. Alles leere Pöbelblendwerk ward verworfen, und wir wandelten in lauter Leben.

Darauf richteten wir unsre Staatsverfassung ein nach

Rom und Griechenland und studierten fleißig dabei die *Republik* des Lykurg, des Plato, die *Politik* des Aristoteles, und den *Fürsten* vom Machiavell, um uns vor diesem zu bewahren. Platons doppelten Bürgerstand, wo die eine Klasse die Ehrenstellen haben und die andre den Ackerbau treiben soll, vermieden wir weislich, behielten aber die Gemeinschaft der Güter gegen den Aristoteles. Der Haufen Übel, den wir dadurch verbannten, war allzu groß, und der scharfsinnige Prüfer aller zu seiner Zeit bekannten Republiken schien uns hierin die Vorurteile der Erziehung nicht genug abgelegt zu haben. Inzwischen fand noch immer Eigentum statt, nämlich öffentliche Belohnungen; und jedem blieb, was er mit sich brachte, bis ans Ende seiner Tage.

Ferner waren die Weiber nach dem erhabnen Schüler des Sokrates, jedoch auch nur gewissermaßen, gemeinschaftlich, und so die Männer; das ist: jedes hatte völlige Freiheit seiner Person, und alle Gewalttätigkeit wurde hart bestraft. Für gute Ordnung war dabei wohl gesorgt; Männer und Weiber wohnten voneinander abgesondert. Den Weibern und Kindern überließen wir ganz Naxos, die schönste Perle aller Inseln, von den Alten schon wegen ihrer Fruchtbarkeit und Lieblichkeit das kleine Sizilien genannt. Ihr Wein und ihre Früchte haben an Köstlichkeit ihresgleichen nicht auf dem weiten Erdboden. Schade nur, daß sich jener nicht verführen, nicht einmal auf die See bringen läßt, ohne sogleich zu verderben. Wahrer Nektar, dem Himmel unentwendbar! Alles schien für uns, von der Natur selbst, schon vorherbereitet. Naxos hatte keinen Hafen für Schiffe, nur die Barken der Verliebten können anländen: hingegen Paros deren fünf, rundum einen immer schöner als den andern.

Für die Jugend, bevor sie mannbar ward, hatte man noch andre Einrichtungen getroffen.

Auch die Weiber hatten Stimmen bei den allgemeinen

Geschäften und wurden nicht als bloße Sklavinnen behandelt, doch nur zehn Prozent in Vergleich mit den Männern. Fiordimona, die unbegreiflich allein – wer kann des Menschen Charakter fassen? – dem Ardinghello treu blieb, hatte dies durchgesetzt, wie noch andres Amazonenhafte für ihr Geschlecht; daß sie zum Beispiel auch Schiffe ausrüsteten und auf Streifereien ausliefen. Sie waren Mitglieder vom Staate, obgleich die schwächern; und ihnen blieb das Recht, gut- oder nicht gutzuheißen, besonders was sie selbst betraf. Übrigens war immer der Hauptunterschied, daß die Männer erwarben und sie bewahrten.

So schwang die Liebe in allerhöchster Freiheit ihre Flügel; jedes beeiferte sich, schön und liebenswürdig zu sein, und konnte sich weder auf Geld und Gut noch Pflicht und Schuldigkeit verlassen. Was die Bevölkerung betraf, wollten wir uns in der Folge nach dem Spartaner richten, von welchem die erstaunte Priesterin zu Delphi nicht wußte, ob sie ihn als Sterblichen oder Gott begrüßen sollte; die Kinder gehörten dem Staate, und der Tod dünkte uns bei weitem nicht das größte Übel.

Kurz, wir vermieden alle die Unbequemlichkeiten, die Aristoteles und zum Teil schon Aristophanes in seiner weiblichen Volksversammlung bei solchen Einrichtungen berühren.

Um jeden Tempel, auf Bergen und Anhöhen, mit den Aussichten auf die reizenden Inseln umher, war ein schöner Hain gepflanzt, bestimmt noch außer Festen zur Erziehung der Jugend. Nebenan führte man nach und nach Gymnasien auf. Wir hielten die Übung des Körpers für die Hauptsache, welcher alsdenn die Bildung des Geistes durch zweckvollen Unterricht und im Umgange leicht nachfolgt. Alle Tugenden und Künste müssen sich allemal nach dem gegenwärtigen Staate richten, wenn sie wirken und Nutzen bringen sollen, oder überhaupt jede Tugend nach der Person.

Binnen wenig Jahren hatten wir schon *alle Cykladen* im Besitz und starken Einfluß auf dem festen Lande. Bei den Griechen, fast durchgehends heitern Sinnes, rotteten wir in gesellschaftlichen Gesprächen bald den Aberglauben aus und verschafften ihren Geistlichen auf anständigre Weise Unterhalt. Die Türken, die sich um uns, mitten im Meer, wenig bekümmerten, ließen wir in der Meinung, die verschiednen Tempel seien nur für verschiedne christliche Heiligen, als für den Heiligen des Feuers, der Wasser, der Lüfte. Überhaupt herrschte über diesen Punkt, die Fortpflanzung und andre bei uns unerhörte Verschwiegenheit; wir schienen durchaus ein Orden dieser Tugend. Auf allen Fall hielten wir uns des Schutzes vom Sultan für versichert.

Wir machten uns die gesellschaftlichen Bürden so leicht wie möglich zu ertragen und genossen alle Wonne dieses Lebens unter dem milden Himmelsstrich bei den ersprießlichen und allgemein beliebten Gesetzen; und das Ganze fügte sich immer lebendiger zusammen und wuchs zur reifen Schönheit durch neue auserwählte Ankömmlinge, worunter sich die schönste und heldenmütigste griechische Jugend aus beiderlei Geschlecht befand, die wir mit Behutsamkeit in unsern Geheimnissen einweihten. Kriegerische Schiffahrt und Handlung zwischen Kleinasien, dem Schwarzen Meer und den westlichen Ländern, und höchste Freiheit, süßes Ergötzen und frohe Geschäftigkeit im Innern, darauf zweckte alles; durch jene erhielten wir Sicherheit und verdienten Schutz, und durch beides gewannen wir Sklaven und Sklavinnen und Überfluß an allen Bequemlichkeiten. Bei aller dieser Seligkeit glaub ich jedoch, daß auf dem ganzen Erdboden kein andrer Platz war, wo man sich so wenig vor dem Tode scheute.

Jeden Frühling war allgemeine Versammlung, worin wir die nötigen neuen Einrichtungen oder Abänderungen für das ganze Jahr trafen; sie wurde mit feierlichen Spielen und Lustbarkeiten beschlossen.

Kurz, wir kamen beieinander, so verschieden auch mancher vorher dachte, in folgenden Grundbegriffen überein: Kraft zu genießen, oder, welches einerlei ist, Bedürfnis, gibt jedem Dinge sein Recht, und Stärke und Verstand, Glück und Schönheit den Besitz. Deswegen ist der Stand der Natur ein Stand des Krieges.

Das Interesse aller, die sich in eine Gesellschaft vereinigen, bildet darauf Ordnung, stiftet Gesetze und innerlichen Frieden; alles richtet sich dabei, wie bei jedem andern lebendigen Ganzen, immer nach den Umständen.

Der beste Staat ist, wo alle vollkommne Menschen und Bürger sind; und diesem folgt, wo die mehrsten es sind. Hier wird kein Nero gedeihen! Derjenige Mensch und Bürger ist vollkommen, welcher seine und seines Staats Rechte kennt und ausübt.

Jedes hat fürs erste das Bedürfnis zu essen, zu trinken, mit Kleidung und Wohnung sich zu schützen und zu sichern, die Wahrheit von dem Notwendigen einzusehen und, wenn es mannbar ist, das der Liebe zu pflegen. Vermag es nicht, sich dieses friedlich zu verschaffen, so darf es dazu die äußersten Mittel brauchen; denn ohne dasselbe erhält es weder sich noch sein Geschlecht.

Auf gleiche Weise geht es hernach mit den Bequemlichkeiten und Freuden des Lebens. Ein armer schwacher Staat mag sich an den ersten rohen begnügen; allein dieses ist zur Glückseligkeit nicht hinlänglich. Der starke und tapfre hat zu mehrerm Recht, eben weil er weitre Bedürfnisse hat. Das beste Instrument gehört dem besten Virtuosen, das königlichste Roß dem mutigsten und geübtesten Bereiter. Land für Themistoklesse und Scipionen, für Praxitelesse und Horaze keinen Mönchen und Barbaren.

Wirkliche (nicht bloß eingebildete und erträumte) Glückseligkeit besteht allezeit in einem unzertrennlichen Drei: in Kraft zu genießen, Gegenstand und Genuß. Regierung und Erziehung soll jedes verschaffen, verstärken und verschönern.

Der Krieg richtet greuliche Verwüstungen an, es ist wahr; bringt aber auch die wohltätigsten Früchte hervor. Er gleicht dem Elemente des Feuers. Es ist nichts, was den Menschen so zur Vollkommenheit treibt, deren er fähig ist. Das goldne Jahrhundert der Griechen kam nach den Schlachten gegen die Perser. Das goldne Jahrhundert der Römer war mitten unter ihren Bürgerkriegen, und ihr Geist fing an zu erschlaffen bei dem langen Frieden unter Augusten. Florenz ragt in den neuern Zeiten hervor bei innerlichem Tumult und Aufruhr.

Die höchste Weisheit der Schöpfung ist vielleicht, daß alles in der Natur seine Feinde hat; dies regt das Leben auf! Sterben ist nur ein scheinbares Aufhören und kömmt beim Ganzen wenig in Betrachtung. Alles, was atmet, und wenn es auch Nestor wird, ist ohnedies in einer kurzen Reihe von Tagen nicht mehr dasselbe.

Ruh und Friede ist ein herrlicher Stand, zu genießen und sich zu sammeln; aber der Mensch, ohne gereizt zu werden, träge, versinkt dabei in Untätigkeit. Besser, daß immer etwas da ist, das ihn aus seinem Schlummer weckt. Wir sollen einander bekriegen, weil kein höher Geschöpf es kann.

Was das ganze menschliche Geschlecht betrifft, durch Meere und Gebirge und Klima, durch Sitten und Sprachen abgesondert, welcher Kopf will es in Ordnung bringen? Die Natur scheint ewig wie ein Kind in das Mannigfaltige verliebt und will zu jeder Zeit deswegen rund um die Erdkugel Skythen, Perser, Athen und Sparta.

Das besondre Geheimnis unsrer Staatsverfassung, welches nur denen anvertraut ward, die sich durch Heldentaten und großen Verstand ausgezeichnet hatten, bestand darin: der ganzen Regierung der Türken in diesem heitern Klima ein Ende zu machen und die Menschheit wieder zu ihrer Würde zu erheben. Doch vereitelte dies nach seligem Zeitraum das unerbittliche Schicksal.

Anhang

Variantenverzeichnis

1. Varianten der Nachlaßaufzeichnungen

Seiten- und Zeilenzahlen am linken Rand beziehen sich durchgehend auf unseren Neudruck der Erstausgabe von 1787. Die variierenden Textstellen der Aufzeichnungen des Nachlasses sind kursiv gedruckt. Textstellen, die Heinse unverändert in den Roman übertrug, werden gekürzt wiedergegeben. Die Quellen (Bd. VII sowie VIII/I und VIII/II der Ausgabe der »Sämmtlichen Werke« Heinses von Carl Schüddekopf, unveröffentlichte Nachlaßteile und die »Mitteilungen aus Heinses Nachlaß« von Walther Brecht) sind mit Band- und Seitenzahlen in runden Klammern angegeben. Kürzungen und Zwischenbemerkungen des Herausgebers erscheinen stets in eckigen Klammern.

10,31–35 *Wer sie machte, hat ganz die* lebendige Pferdsnatur und *ihre verschiedenen Vollkommenheiten im Gefühl gehabt.* (VII, 206) *[...]* vier *fürtrefliche junge muthige Hengste. Die Köpfe sind verschieden, und jeder hat* seinen *eignen* Charakter. *[...] Sie* schnauben und *sind ungeduldig*, daß sie im Zügel gehalten werden. (VII, 206 f.)

15,26–33; 16,1–6 Tizian hat den *reellen Anfang* von der Malerei *gehabt*, ohne welchen alles andre nicht bestehen kann. Es ist freilich da, [...] nicht die Künstler. Tizian *ergriff* alle, die keine Maler *waren*, und diese selbst im *Hauptheil* der Malerei, *welcher* platterdings die Wahrheit der Farbe ist, so [...] kann keine Malerei bestehen; *wohl* aber ohne Zeichnung. (VIII/I, 476)

18,4–6 Christus mit seinen Aposteln *als das Unbekannte sitzt am Tische* im Mittelgrund, *und unbedeutend, bloß deswegen, weil er da seyn muß.* (VII, 204)

18,13–27 *ein* Stück *von viel* Laune, und die *Geschichte ist* darin erzählt wie eine spanische romantische Novelle. (VII, 203 f.) Die Hauptfiguren sind ein Tisch mit Spielleuten, die auf lieblichen Instrumenten Musik machen. *Paul spielt eine Viola d'Amour*, Tizian *den Baß*, Bassano, Tintorett andre Instrumente. Sie sind meisterhaft gemalt, haben treffliche Gestalten *und* passenden Ausdruck, und *schön drappiert.* Am Tische der Braut ist eine Sammlung der ersten Menschen *seiner* Zeit; alles voll [...] heiter, *und schier Claudisch, so meisterhaft ist sie gemahlt und so wohl hat sie sich erhalten.* Architektur *und* Gefäße [...] sehr gut. Die Beleuchtung *ist etwas verwirrt,* breitet *aber doch das Stück* auseinander und *scheint sehr* natürlich. (VII, 204)

18,31–19,27 *Es stellt die* Familie des Darius *vor* beim Alexander *und* seinen Helden. Man *könnte dieß* den Triumph der Farben nennen, [...] mehr Lieblichkeit *derselben* ist nicht möglich schier zu zeigen. Außerdem herrscht noch Wahrheit *und Natur* in allen Köpfen, [...] es wäre der Sieg eines Helden der *neuen* Zeiten, so ist es ein wahrhaftes *Meisterstück. Die* Architektur im Hintergrunde gibt den Ton zum Ganzen, und es gehörte *ein Genie und ein* so tiefes Gefühl [...] auf einem solchen weißen Grunde die Gesichter [...] durchaus reizend, *und* die Gesichter *sehr* lebendig und von wunderbarer Frischheit. Alexander [...] der freilich eher *Damen* gefallen kann als die Welt bezwingen. Daß er [...] gekleidet ist, *ist zu einförmig und macht einen* großen roten Fleck bei längrer Betrachtung; doch hebt es ihn als Hauptfigur *hervor. Der Held,* Parmenion *soll es vermuthlich sein,* hat einen herrlichen Kopf und ein zauberisches gelbes Gewand. Die Prinzessinnen haben schön geflochten blondes Haar. *Der Großen Figuren mögen etwa zwanzig seyn, noch guckt herein ins Gemähld ein fürtreflicher Pferdskopf auf der linken Seite; und auf der rechten sind noch einige herrliche Köpfe von Zuschauern. Auf der Ballustrade oben sind eine* Menge Figuren *im Hintergrunde, aber natürlich ganz klein und schwach gehalten.* Man kann dies wohl das prächtigste und *zauberischste* Gemälde nennen, was Farben betrifft, *in der Welt*; mit jedem Blick quillt neuer Genuß daraus fürs Auge. (VII, 195 f.)

20,5–12 *Wir* sind so weit von der Natur abgewichen [...] die ihn hemmt und hindert. (VIII/I, 477)

21,27–29 Glück ist *das* größte *Gut, was uns in dem Leben begegnen* kann, *ein anders, das ihm gleich ist, und ohne welches das erstere nicht bestehen kann, ist sich mit Klugheit aufführen. Sagt Demosthenes.* (VIII/I, 474)

23,15–19 *Katull hatte völlig Recht davon zu sagen*
Peninsularum, Sirmio, insularumque
[...] uterque Neptunus.
Quam te libenter quamque laetus inviso. (VII, 223)

26,2–14 *Venedig von* der Brenta *sieht* aus wie *ein sichrer* Zufluchtsort von dem Lande weggeprügelter und weggescheuchter furchtsamer Hasen, die sich [...] anländen können. *Schön ist es nicht; die spitzen Thürme, und paar Kuppeln sind ein Elend gegen Rom, Neapel und Genua. Es ist ein unzukommlich Hasennest; aber* eben weil es unüberwindlich und unzukommbar *ist, trägt* es, vom *unendlichen* Meer umgeben, eine gewisse Majestät an sich. (VII, 190 f.)

28,2–8 *Einen* Palladio *immer schöner als den andern*, eine heitre Seele voll des Vortrefflichsten *des Alterthums mitgetheilt von sich und diesem*, soviel sich *schicken konnte seinen* Zeitverwandten. In *der Stadt selbst ist unter so vielen nur ein einziger* ausgebaut, (VII, 212 f.)

28,12–14 *Die Brücke* über den Bacchilion *ist eine der schönsten Sachen, die er je gemacht hat. Der Bogen ist von keinem Zirkel, sondern Ellipsenförmig, welches ihr einen reizenden Contur und eine ungemeine Leichtigkeit, wie einen beherzten Amazonensprung darüber giebt.* (VII, 213)

28,17–25 *Das Rathhaus ist mehr ein jugendliches Werk, als daß es viel Eindruck auf mich gemacht hätte.* Die Fassade, *obgleich* an und für sich richtig und schön, *gleicht* doch nur einer Schminke, die einer *ältlichen* Matrone aufgetragen *ist. Die* Bogen derselben *correspondieren* nicht *mit* denen des gotischen Gebäudes, das überall schief *durchguckt. Julius Romanus hatte gewiß*, damals schon älter und erfahrner *und unterrichteter*, mehr Geschmack gezeigt, als er eine meisterhafte gotische dazu erfand. (VII, 214)

29,2–15 Schönheit ist, was Vergnügen wirkt; was bloß Schmerz *stillen soll*, braucht eigentlich keine Schönheit an und für sich zu haben. So geht's mit den Gebäuden, *die* bloß Ungemach *abhalten sollen.* So *bald schön Wetter* ist, mag ich in keinem bleiben und will ins freie Feld. *Schönheit an Gebäuden bleibt schier Unnatur.* Alles muß auf Ungemach *und Krankheit und* Bedürfnis von Zusammenkünften *calculiert* werden; *und* dies bestimmt hernach *die Proportionen der Gebäude. Harmonie,* Übereinstimmung mit jedes Zweck macht dessen Schönheit, wenn man *es* so nennen *will. Was* sollen uns alle die *überflüssigen Zierrathen*? (VIII/I, 545)

29,25–34 *Stein ist ungelenk, und hat an und für sich keine Form. Holz* hat seine natürliche Form in Stamm und Zweigen, *und Verschiedenheit nach der Gattung der Bäume. Je* weniger man von der natürlichen Form *abzunehmen braucht,* desto *ursprünglicher bequemer und gefundner ist* ihre Schönheit; so übertrifft eine Säule immer einen Pilaster. *So ahmen die Gewölbe die Aeste nach. Die Aeste ahmten besonders die Gothen in ihren Kirchen nach. Die Kuppeln ahmen platterdings Stein nach und kein Holz. Die Rotunda würde schöner seyn, wenn die Säulen nicht darin wären; dann wäre es eine ungeheure Grotte, aber doch erschrecklich gefährlich anzusehn.* Das *übrige der Baukunst* bezieht sich *alles bloß* auf Zweck und hat *mit der* Natur *selbst* wenig zu schaffen. (VIII/I, 546)

32,20–25 *Die* Etsch *reißt sich, wie ein Alpenkind, wild aus dem Gebürg* wellenschlagend *mitten durch* in Schlangenkrümmungen. *Es gehen vier Brücken darüber; [. . .] die letztre, von den Scaligern angelegt, geht nach einer kleinen Festung hinan und hat drey Bogen von welchen der höchste letztre an der Festung eine erstaunliche Weite hat, die die des Ponte Rialto noch übertrift.* (VII, 217)

33,3–10 *Es gieng aus dem Thal des Gebürgs* ein leichter *kühler Wind* und *[...]* (VII, 223) *[...] die Wogen* brachen sich ergötzend *in weiten Schlägen* übereinander und schäumten. (VII, 224) *[...] und so* der See sich ausbreitete *mit seinen wirklichen Meereswellen. Virgil beschreibt ihn meisterhaft teque* Fluctibus et fremitu assurgens, *Benace*, marino. (VII, 223)

34,5–17 *Das neuere (volgare) Griechische ist* von dem alten *(letterario) ganz verschieden, mehr*, als das Italienische *vom* Lateinischen. *Sie* haben für die gemeinsten Sachen andre Wörter als Brot, Wein *pp.* In einem *Stück* von Thessalien ist es fast wallachisch, halb latein*isch*, *Griechisch*, türkisch. *Die* Mundarten sind *noch weit* mehr *und stärker verschieden*, als bei *dem alten. Die Spartaner* sprechen zum Beispiel *das* χ wie *das französische ch aus.* (VIII/I, 428) Die Evangelien und Episteln *können sie noch in dem* Griechischen des Neuen Testaments *verstehen*; aber vom *Homer*, Plato *äußerst* wenig *oder nichts.* (VIII/I, 429)

38,24–36 *Es haben wohl wenige die* Theorie ihrer *Kunst so* innegehabt unter *allen Mahlern* und Bildhauern als *Albrecht Dürer. Welch* ein erstaunliches Studium *findet man nur in seinem Werk von der Proportion! Er wußte aufs klarste, worin das Wesentliche der Schönheit besteht, aber er hatte [nie] die erhabnen Menschen, einen Alcibiades, Perikles, Plato, Pindar, und keine Aspasia, Lais und Phryne gesehen. Das hohe in aller Kunst hängt* gar zuviel von Glück und Zufall ab. Wir *können* das Lebendige nicht anders nachbilden, als bis wir es entweder selbst gelebt oder mit unsern Sinnen in ergreifender Wirklichkeit empfunden *haben.* (VIII/I, 472)

45,7–22 *Das Stück ist voll Natur und Schönheit; und macht ein entzückendes Ganzes.* Die Szene schon *ist* äußerst lebendig; *wie herrlich die Landschaft*, welche Lokalfarben [...] blaue Felsen! der Mörder *ist* voll *Feuer und Mörderausdruck und* räuberischem Wesen in Gestalt und Stellung und jeder Gebärde bis auf *die* Kleidung und *sein* Kolorit! der Heilige [...] niedergeworfen! der, welcher flieht, *ist* ebenso täuschend in allen Teilen, *und ein Bild der Todesangst.* Die drei Figuren machen einen vortrefflichen Kontrast in Stellung, Charakter und Kolorit und den Gewändern. *Das Nackende ist meisterhaft, und die Beleuchtung und der* Ton im ganzen *unter und neben und zwischen den Bäumen* hält es *schön beysammen.* (VII, 194 f.)

51,33–36 *Herrlicher Sonnenaufgang* am Ende *des Gebürgs* bei Verona. (VII, 222)

52,6–31 Breit *liegt* der See da im Morgenduft und die *Berge* im dünnen Nebel; ein leises Wehen *kräuselt in der Mitte* die Wellen *und macht ihn lebendig*, und weckt seine Schönheit wie auf*; er zieht sich hinten ins Thal hinein. Die eine Insel liegt lieblich in röthlichen Strahlen und sonnt sich. Eine Barke wallt* leicht mit voll geschwelltem Segel *darüber hin. Die Häuserchen* am Ufer *allein scheinen* zu schlummern mit ihrer Unbeweglichkeit und weil die Menschen noch nicht heraus *sind.* Die unabsehliche Kette *von Gebürgen liegt* wie eine neue Welt *da*, als ob sie bestimmt wäre, lauter Titanen zu tragen. Süßer *rötlicher* Dunst *bekleidet* glänzend den östlichen Himmel, und die *dünnen* wollichten Wölkchen *schweben* still um den *heitern* Raum des Äthers, worin *die Vögel entzückte Flüge zur Lust machen.*

Der See ist würklich einer der schönsten, die ich *je* gesehen habe, so reizend sind dessen Ufer *und majestätisch* und wild, *und* mit *so vielem mancherleyen Farbenspiel* und Licht und Schatten *erhebt sich das Gebürg. [...]* Die Halbinsel Sirmio liegt in der Tat da wie der Sitz einer Kalypso, *einer Alcina*, um von da *die ganze Gegend* zu beherrschen, und hat das prächtige Theater von ungeheuren Gebirgen vor sich. (VII, 222 f.)

54,8 f. *Isabella*, die *dritte vermählt* mit dem *Römer Orsini, war äußerst reizend* (VII, 175; vgl. auch VII, 144: *Donna Isabella [...] Gemal* Orsini *Herzog von Bracciano*)

54,12–16 *Ihr Mann war meistens in Rom, sie beklagte sich darüber, und daß sie weder von Eis noch Marmor wäre, und fieng allerley Liebeshändel an, so daß sie binnen wenig Jahren ohne Mann zwey Töchter gebahr, die allo Spedale degl' Innocenti geschickt wurden.* (VII, 175)

54,22–24 *und sprach noch* Spanisch, Französisch *und lateinisch. Sie spielte eine Menge* Instrumente, *sang und improvisierte.* (VII, 175)

55,7 *Madonna* Lucrezia *Frescobaldi* (VII, 176)

54,34–36 *Era un arca di scienze.* Fu amata dal Cosmo [...] carnale seco (VII, 175)

58,12–22 *Seine erste* Tochter Maria *ließ er* mit Gift *vergeben,* weil *sie mit einem Pagen, dem jungen Malatesta* zu tun hatte; *der hernach 12 Jahr im Gefängniß bleiben mußte, endlich nach* Kandia *flüchtete, wo sein* Vater *General der Venezianer war; und von Meuchelmördern dort umgebracht wurde*; (VII, 175)

121,5–14 *Uluzal.* Es ist närrisch, [...] zu verteidigen, und *saugen oben drein noch mit* allerlei Auflagen aus. Sie werden also [...] zur Partei der Sieger. (VIII/II, 112)

133,20–28 *Wenig haben den Zügel heftiger Leidenschaften* so am sichern Griff, daß sie auf halsbrechenden Wegen nicht *mit ihnen* davonrennen [...] die Reste *der* Verwegnen vom Felsen waschen. (VIII/II, 176)

136,13–40; 137,15–37 *Geschichte der* Bianca *Capello.* *Das* Haus Salviati *hatte* eine Bank *zu* Florenz *und Venedig. In dieser hatten sie einen Kassierer* Bonaventuri, *einen schönen und tapfern jungen Menschen.* Dieser verliebte sich in *die* Tochter eines venezianischen Edelmanns, *der gerad seinen* Palast gegenüber hatte. *Das Mädchen* glaubte, er *habe selbst* Anteil *mit* an der Bank und *ließ sich* unter Versprechung der Ehe *mit ihm in einen Liebeshandel ein. Sie* schlich sich *Nachts aus dem Hause, und sie schliefen bey einander.* Einst, da sie auch die *Thür angelehnt* hatte, kam *wie gewöhnlich* früh der *Becker, um* den Mägden zu sagen, daß *sie ihr Brod fertig mächten; und wie er die Thür angelehnt fand:*

so schloß er sie zu. Wie sie alsdenn kam, so konnte sie nicht hinein. Sie kehrte halbtodt zurück; ihr Geliebter rief ihre alte Aufwärterin, die davon wußte, und pfiff, aber diese hörte nicht, und so giengen sie mit einander durch nach Florenz [...], wo sie *bey seinem Vater die Magd machte. Hier sah sie* der Herzog *im* Fenster *und verliebte sich in sie. Sie wohnte zwischen S. Marco und der S. Anunziata. Sein Hofmeister ein* Spanier, und *seine* Frau machten *die Sache richtig, mit Namen Mondragone.*

Der Großherzog machte ihren Mann zum Guardaroba maggiore und schenkte ihm einen prächtigen Palast in Via Maggio, wo er mit *seiner Frau* in allem Überfluß lebte, *die noch höchlich in ihn verliebt war. Dieser machte sich an eine andre reizende Edelfrau Signora Cassandra Bongianni, aus einem der ersten Häuser [...]* Der Herzog *hörte dieß unbemerkt; und* ließ ihn *vom Ricci umbringen; ohnweit S. Spirito bey seinem Pallaste*, wo er sich noch tapfer wehrte. (VII, 173 f.)

Ihre Tochter *Pellegrina war* mit Ulyß Bentivoglio verheuratet. (VII, 155)

Man muß gestehen, daß Bianca Capello, die Florentiner und den Herzog Franz fürtreflich cujoniert hat. Die Herzogin Johanne aber von Österreich *war freylich ein wüstes Weib, klein, blaß und häßlich von Gesicht. Den 5 Junius 1578* zwei Monate *noch nicht* nach dem Tode der *Herzogin heurathete er sie* in geheim. *Ein* Jahr darauf *öffentlich bekannt gemacht* allen Höfen. *Nach* Venedig *einen Gesandten geschickt*, den Grafen Sforza von Santa Fiore: und sie läuteten alle Glocken der Stadt *und schoßen* die Kanonen *los* und erklärten die *Bianca vera* e particolar figliola della Republica, e cio inconsiderazione di quelle preclarissime e singolarissime qualita, che degnissima la fanno di ogni gran fortuna. *Den 12. October 1579 wurde sie* als Tochter von *S. Marco* noch einmal öffentlich *mit* ihm *vermählt.* (VII, 155)

143,30–144,4 Kein hoher Geist, [...] lieber Wasser und Brot. (VIII/II, 111)
Am Hof eines schlechten Fürsten kann keiner ausdauern, ohne schlechte Streiche zu begehn; es ist platterdings nichts anders zu tun für einen Edeln, der *sein Leben* retten will, als zu fliehen. So hätte Seneca unter dem schicklichsten Vorwand erst Agrippinen und dann den Nero verlassen *sollen*, wenn er ein *Philosoph*, wie sich gebührt, hätte bleiben wollen. *Aber* es gefiel dem Herren zu herrschen: er blieb bei den Tigern und duckte sich *zuweilen* unter ihre Klauen. (VIII/II, 110)

144,24–145,2 *Am Hof eines schlechten* Fürsten kann keiner ausdauern, ohne schlechte Streiche zu begehen. (VIII/II, 110) *Ein Löwe ist schön, ob er gleich nicht dem Menschen nützlich ist, und so jedes Element im Aufruhr.* Die Sokratische Philosophie hat *das Fatale*, daß *sie alles* auf den *Menschen* und die Gesetze des Staats bezieht und nichts an und für sich betrachtet*; ein herrlicher Bürger war der Alte, aber dadurch hat er alle Naturmenschen gegen sich aufgebracht. Er war Athenienser mit Haut und Haar.* (VIII/II, 109) Nero *war gewiß ein Mensch voll Kraft*, der *aber* immer *in einem* Taumel *von Genuß* lebte und selten *recht* klar sah und bei *Verstand war. Unendlich über alle unsre schachmatte Fürsten mit ihrer Moral erhaben.* (VIII/II, 122)

145,17–146,20 Man betrachtet eine Gesellschaft von Menschen, die man einen Staat nennt, am besten als ein Tier, das [...] gesund sein *muß*, *um* für sich auf die Dauer zu *existieren, und* von außen *Stärke und* Klugheit, um sich gegen *seine* Feinde zu erhalten. *Kein Theil darf abgesondert für sich darinnen bestehen, sondern muß immer mit dem Wohl des Ganzen zusammenhangen; sonst ist er ein Bendelwurm im Leibe, oder ein gelähmtes Glied, oder der kalte Brand und so weiter.*
Das Wohl des Ganzen ist das erste Gesetz, [...] wo nur ein Teil sich wohl *befindet, ist* ein Ungeheuer, *nicht einmal ein Wechselbalg*, eine Mißgeburt, *das sich nicht mit*

etwas lebendigen in der Natur vergleichen läßt. Ein Despot, das ist ein Mensch, der ohne Gesetze [...] ist kein Kopf am Ganzen des Staats, sondern *eine Laus,* ein Ungeziefer, *Blutigel, Wespe, Mücke,* das sich nach Lust an seinem Blute nährt; oder *wollt ihr* lieber: ein Hirt, weil doch dies das beliebte Gleichnis ist, der seine Schafe schiert [...] zu seinem *besten. Der* Staat ist endlich ein Tier, [...] das *sich selbst regiert, wie* ein *Ulysses gegen* andre.

Eine reine Aristokratie, wo *mehrere herrschen* nach ihrem Gutbefinden, ohne Gesetze aus dem *Wohl* des Ganzen, *höchstens* nur [...] viel Ungeziefer auf dem Leibe statt eines, *hungrige Hirten, die die Kühe nicht allein melken und Ochsen schlachten, sondern noch an Pflug spannen und abschinden; und das edle Roß am Wagen binnen kurzer Frist zu Tode peitschen.*

Ein Staat, *der nach menschlicher Vernunft* vollkommen für alle und jeden *seyn soll, muß eine* Demokratie sein; oder mit andern Worten: das Wohl des Ganzen muß allem andern vorgehn. *Glaubst du, Philodespot, um den glimpflichsten Namen zu brauchen, daß der Soldat glücklich ist, der seine Jugend unter Stock und Ruthe wie ein Gefangner bey Wasser und Brod dahinhungert? glaubst du, daß es der Bauer ist oder Fabrikant, der sich vom Morgen bis in die Nacht abarbeitet? Und daß die Staatsverfassung nicht besser ist, wo der eine weniger unsinnig schwelgt, und die Tapferkeit, die edelste Tugend, besser belohnt wird?* (VIII/II, 77 f.)

147,35–148,3 *Da sagen sie zwar selbst, ein Fürst ist* nur *der* erste *Bediente in seinem Staate, und hat eine große Last* auf sich; *und wollen damit den Unwissenden Staub in die Augen streuen: wie ist* einer Bedienter, dem niemand befiehlt, [...] nach Willkür ohne Gesetze straft? (VIII/II, 78 f.)

148,18–149,10 Jedes Wesen darf von Natur um sich greifen, soviel es Macht hat, [...] Gehorche nicht, wenn du *kannst. Daß der* Sultan zu Konstantinopel *herrscht,* da es *ihm Millionen* Sklaven erlauben, wie *kannst* du das *ihm* übel *nehmen*? Willst du über nichts herrschen? Ist nicht jeder Mensch ein Sultan, wenn er kann, nicht *jedes Thier, wenn es kann*? Die Verständigen werden freilich nie gehorchen, wenn sie nicht müssen*; und ein despotischer Staat enthält so klar als zwey mal zwey vier ist mehr Narren und Dummköpfe in sich, als gescheidte Leute.* Gehorchet nicht [...] immer antworten: Daß der Löwe *wieder* starke Tiere zerreißt und ihr Blut aussaugt, *das* ist *nun einmal* so in der Natur und erhält ihn und macht ihn glücklich. Daß *aber der Sultan* über Millionen *herrscht*, ist Stelzenwerk und macht *ihn* im Grunde unglücklich; denn *er lebt* nur im Traum und Nebel, ohne eigentlichen Genuß. Der Zufall hat *ihn* obenan geschleudert, und nicht *seine* Kraft hingestellt. *Er füllt seine* Sphäre nicht aus und *ist* immer in einem ohnmächtigen Streben, Gefühl von Schwäche; *hat* den Anschein von Held und Sieger und das Innre von einem niedergetretnen Überwundenen! (VIII/II, 108 f.)

149,24–27 *Es steckt gewiß* ein böses principium im Menschen, *woher sonst* alle die Schlechtigkeiten, *wenn ein reiner Geist allein* in ihm *herrschte?* (VIII/II, 176)

150,32–151,13 Karl der *fünfte voll* Ehrgeiz und kalter *langsamer Ueberlegung* kam zu früh zur Regierung von großen Reichen, um ein Mann von natürlichem Gefühl bleiben zu können. Er *gieng auf* dem Welttheater mit den Menschen um wie hernach in der Einsamkeit mit seinen *Maschienen*; und es gehörte [...] Geboren zu Anfang des Jahrhunderts, hat *er die* ganze erste Hälfte desselben durchgeherrscht, und [...] wie ein Vogelsteller einem Gramsvogel im Garn die Brust eindrückt. (VIII/II, 112)

159,4–37 *Das Colisaeum liegt* auf dem herrlichsten Platze, [...] Es ist rührend und *gräßlich* zugleich, wie *die* Zwergenkel der heroischen Urväter [...] sie doch nicht zugrund richten konnten. Die eine Hälfte der *äußeren* Einfassung ist weggetragen, [...] die andre steht noch, ein weiter *Bogen* in hoher grauer Majestät mit lauter Quaderstücken von Felsen und dreifachen festen *Colonnen* übereinander mit *schönen Korinthischen Pilastern* oben gekränzt. Die *Zusammenfügungen hat* das Maulwurfsgeschlecht überall durchlöchert, um die metallnen Pflöcke herauszuholen; und die breiten Sitze von *gebackenen Steinen* stehen *noch zum Theil in* Trümmern, [...] Gras und Kraut und *Gesträuch grünt* und blüht überall, wie auf einem Anger von fruchtbarem Boden. *Auf der Arena sind in der Rundung 14 Altäre angelegt 7 auf jeder Seite und das ganze Oval ist ein grüner Rasen. Bey dem einen Eingang hat sich im zweyten Stockwerk ein Eremit eingenistet, und seine Einsiedeley mit dem Gärtchen umfassen hohe Lorbeerbäume.* Eine solche Gestalt hat jetzt das ehemalige Wunder der *Welt und erschüttert* noch den kühnsten der heutigen Erobrer. Herum trauern [...] und niedern Gewölben. (VIII/II, 18 f.)

162,19–36 Die Pyramide ist ein gar *herrliches Werk; sie* steht ewig jung da, [...] grade gegen die vier *Weltteile; die* Seite nach der Stadt gegen Norden. [...] Der Geist und das Leben ist doch weg aus dem *Menschen; sein* Name bleibt indessen immer etwas. Wie das zarte Schwarz *dem Marmor* so lieblich läßt! Sie steigt hervor so natürlich wie ein Gewächs, *wie die stolzeste Frucht der Erde. Die* ägyptische Nachahmung schlägt alle römische *Grabmäler nieder.* (VIII/II, 42)

163,1–164,3 *San Paolo fuor delle mura.*
Macht einen wunderbaren Eindruck von verschiednen Empfindungen! [...] Man hat hier *Roms Macht* und Ruin beisammen. (VIII/II, 40) *Das Ganze* ein Oblongum; *die ersten Christen hatten noch nicht die abgeschmackte Form vom Kreuze. Was geht auch Christen das Kreuz an? sie denken ja nur an den Gekreuzigten; zu viel Ehre fürs Kreuz allein und in der That gedankenlose affectierte Mönchsehrerbietung ist es überall, selbst bey S. Peter, der dadurch geschändet wird.* (VIII/II, 41 f.) Die

vierzig gestreiften haushohen korinthischen Säulen und die vierzig *kleinere glatte* machen, mit *den breiten* mittlern, fünf Gänge, die ihresgleichen in der Welt nicht haben. Unter den gestreiften sind *24* von parischem Marmor *von* höchster Schönheit. Das *Dach* und *Obergebäude mit* den acht Fenstern macht damit einen *starken* Kontrast, der aber doch einfach ist und *hierin gewissermaaßen mit* dem Untern *correspondiert;* und dies gibt dem Ganzen eine *fürchterliche* Größe; *die Schönheit* muß, vom Schicksal unwiderstehlich genötigt, den wilden Barbaren dienen*; so steht wirklich Christus in naupengeheuerlichem Bart und Haar und gräßlicher Gebehrde mit der Schäferschaufel auf der linken Schulter, und zu beyden Seiten von Schaaren Mönchen umgeben in alter Mosaik an der goldnen Wand vor dem Hauptaltar.* Der Boden *besteht* aus Marmortrümmern, worin hier und da noch Fetzen von Inschriften sich befinden. [...] dreißig Porphyrsäulen *an 6 großen und zwey kleinen Altären;* alle, *bis auf drey oder vier* aus einem Stück, *mit schlechten modernen Kapitälern. Der Hauptaltar sieht wirklich recht ursprünglich christlich aus, geformt nach Bischoffs Mützen.*
Uebrigens thut der herrliche freie *Raum ungemein* wohl zwischen den Säulen, samt der uneingeschränkten Höhe *unter dem Dache; und ich bin ohne allen Vergleich gerner da als in der Peterskirche; und so muß hier jeder Mensch aufgeräumt und empfänglich werden. [...]*
Die 80 Colonnen sind alle aus einem Stück, *das Laubwerk an* den *24 gestreiften* von parischem Marmor *schön; sie sind bräunlich gefleckt, einige durchaus bräunlich sehen wirklich aus wie ungeheure Eichenstämme.*
In der Tribüne stehen noch *6 ungeheuer große Säulen von* Granit und vier ebenso große von Marmor. *Alle zusammen ruhen bloß auf Sokeln. An Säulen bleibt diese Kirche* die höchste Pracht der Welt, und nichts übertrifft sie. Man mag von *der Schönheit* nicht weggehn*; die* ganze Seele stimmt sich *darin wunderschön.* (VIII/II, 40 f.)

164,19–25 *Vom* Monte Testaccio *hat man reizende Aussichten hin überall. Die* Pyramide *steigt so wild bewachsen natürlich auf wie einer der schönsten schroffsten Felsen;* die mit Efeu *behangne Mauer eine Augenlust. Die grünen Rebenhügel in der Nähe, in der Ferne die Gebürge von Frascati, Tivoli und dem Sabinerlande im blauen Duft, dünstig beleuchtet.* (VIII/II, 43)

166,29–168,2 *Christus am Kreuz mit* der Mutter und dem Johannes *unten* auf beiden Seiten, *sie* rechts, *er* links; und *unter* den Armen des Gekreuzigten *zwey schwebende* Engel in einem Gewitterhimmel voll Dunkelheit und *blutrothem* Feuergewölk.

Der Christus und die Madonna sind die erhabensten tragischen Gestalten, die *ich in* Malerei gesehen habe. Christus ist ein leidender *Pyrrhus*, Alexander, *Caesar und Hannibal*, und was man Großes und *Erhabnes* von Menschheit kennt. [...] die Mutter eine Cornelia, voll *Feuer und* Geistesstärke und Größe.

O wie verschwinden alle Madonnen und wie ist selbst *Raphael klein* dagegen und gewöhnlich! Stellung von ihr, *Blick, herabgehaltene ausgebreitete* Rechte, voll Kraft und Zorn angehaltner linker Arm, Daum und *Zeigefinger auf ihn* gerichtet *ausgebreitet*; der Wurf des blauen Mantels über das rote Gewand: alles harmoniert. *Ich habe nie etwas fürtreflichers gesehen. Schade daß die Figuren nur etwa einen Fuß groß sind.*

Johannes sinkt vor Schmerz zusammen mit übereinandergeschlagnen auf die Brust gelegten Händen, *doch sind er und die Engel gegen die zwey Hauptfiguren unbedeutend.*

Welch Meisterwerk [...] zugleich Leben und *Schmerz* durchaus in Einheit.

Man fühlt wirklich hier etwas von dem, was Vasari *sagt, es* ist, als ob ein himmlischer kraftvoller Genius [...] und *ihnen* gezeigt hätte, wie ein Christus am Kreuz und eine *Madonna dabei* vorzustellen sei.

Der Engel zur rechten hält die rechte Hand an den

Backen, als ob er Kopfweh hätte; und der andre stützt den Kopf auf Wolken liegend in beyde Hände, seinen Schmerz nicht ertragend.
Christus ist meisterhaft angenagelt und *er legt und* bewegt sich gerade dazu, wie es sich schickt.
Madonna ist ein *determiniertes* Weib, noch in *frischer Blüthe, das seiner Kraft und Verstandes und Vorzugs vor andern* bewußt *ist zürnt* über die *Ungerechtigkeit, die* man an *ihrem* Sohn ausübt, [...] Feuerblick: *aber eine* solche Festigkeit und *Erfahrung von Nothwendigkeit in dieser Welt* hat, um erhabner *dabey,* als eine Niobe, *wahrhaftig wie eine Göttin* dabeizustehen und anzuschauen. (VIII/I, 363–365)

169,15–24 *Erhaben, ist* ein höher Wesen, das in uns eindringt mit Empfindungen, Gedanken, *oder Handlungen. In Poesie verträgt sich selten damit ein Schwall von Worten. Kurze Bewegung ist es, von großer Wirkung.* Pracht läßt sich wohl damit vereinigen; aber Pracht ist nicht Erhabenheit. *Das nackende Erhabene fährt wie ein Blitz in die Seele, und* versetzt den Menschen unter die Götter, *und Geruch und Geschmack von Nektar und Ambrosia durch entzücken ihn in süßen Harmonieen.* (VIII/I, 470)

171,6–37 Ein neues *Ganzes auf* die wahrste und lebendigste Weise *einem* Menschen in die Seele *zu* bringen *(mit Worten),* ist Kunst. *Der beste Vorwurf dazu* für den Dichter sind Handlungen, oder Bewegungen im Zeitraum, weil seine Zeichen, das sind Worte, nur nach und nach können gehört werden. *Heutiges Tages könnte man den Unterschied machen zwischen geschriebner und hergesagter Poesie mündlich, und der geschriebnen schon Beschreibungen erlauben. Inzwischen bleibt ausgemacht, die Poesie ist fürs Gehör, und die Mahlerey fürs Auge*; aber doch kann *der Dichter* immer auch *mit seinen willkürlichen Zeichen* Dinge *nebeneinander, Körper* darstellen, *wo sie ihm in Wurf kommen, und er ihrer nicht entbehren kann.* (VIII/I, 541) *Homers Gedichte bleiben immer dunkel, weil er die Scene bey Kleinasien* für bekannt *annahm.* (VIII/I, 541) Wer denkt an Zeit, wenn ich einem mit Worten etwas beschreibe und dieser getäuscht dasselbe dabei sich vorstellt? *Lessings Grundgesetz der Poesie ist also eine Sophisterey.* Bei jedem Genusse *scheinen* wir ewig *zu seyn, und* die Zeit nicht mehr zu fühlen. *Das Lebendige ist ihr höchstes und dieß geht nach Graden. Das Todte ihr letztes und niedrigstes.* (VIII/I, 505)

Die Zeit des Lebens ist kurz: *und* wer uns ein *Ganzes am* geschwindesten in die Seele bringt, erhält den Vorzug. *Unter dessen* wenn *einer gar* zu große Begierde hat, ein neues Ganzes zu wissen: so behilft er sich auch mit dem mangelhaftesten Mittel, bis er ein *besseres weiß. Ein* Dichter muß [...] unterliegen*; und nur ein Narr geht nackend und wehrlos mit einem andern geharnischten und mit Pistole und Degen bewafneten einen Wettkampf ein*: und geradeso geht's dem Maler im Gegenteil mit Handlungen, *wenn er sich mit dem Dichter einläßt. Wenn dieser gescheidt ist, so begnügt er sich mit der todten Natur, und jener mit Handlungen; und hier und da ersieht der eine und der andre seinen Vortheil und thut einen Ausfall in das andere Reich.*

Die Poesie ragt mit ihren willkürlichen Zeichen über alle *schwesterlichen Künste* hervor. Kein Maler [...] auf seinem *Stückchen* Leinwand; *wie* kein *Musiker den Donner, den Windlärm, Kanonenschall.* (VIII/I, 541 f.)

172,11–173,35 Geschichtmaler ist ein wahrer Widerspruch, [...] Und gesetzt auch, einer stellte mir eine *Begebenheit z. B. vom Scipio* mit lauter Porträten *vor*, so wahr und *treflich*, als ob sie alle *Van Dyk oder* Tizian gemacht hätte: was weiß ich dadurch mehr als den Moment? [...] Und wo ist der Zauberer, der mir aus einer Tat oder aus tausend Taten das Gesicht nur eines Mannes darstellt, *wie es war*, das er noch nicht sah, *geschweige dessen ganzen Körper mit allen seinen Knochen, Adern, Nerven, allen Formen der Theile und*

Zügen der Gestalt? Dazu gehört der Gott *Mosis, und* kein Sterblicher. *Also* alles, was der Maler erfinden kann, ist Ideal von Gestalt dieser oder jener Klasse von Menschen, oder Gattung von Geschöpfen, *Schönheit oder Häßlichkeit der Formen und des Wuchses überhaupt, und Wohlklang, Harmonie der mancherley Bewegungen und Farben fürs Auge.* (VIII/I, 538)

Jedes Werk der bildenden Kunst mit dem Ausdruck von Leidenschaft *ist eine* unaufgelöste Dissonanz. Das vollkommenste historische Gemälde [...] ein quälendes Fragment, das weder Herz noch Geist *befriedigen kann. (Im Apollo)* (VIII/I, 527)

Es bleibt ausgemacht: das Vortrefflichste *in der bildenden Kunst* ist das schöne Nackende; mit dem Ausdruck geht's hernach wie bei der Musik: er ist die Blüte der Vollkommenheit, aber nicht eigentlich die Vollkommenheit selbst. *(Wie z E. der Ausdruck der Worte vom Stabat mater den Pergolesi noch nicht zum größten Komponisten macht.)* Jeder Sinn hat sein eignes Element, worin der Ausdruck nur schwimmt. Die Poesie *arbeitet für* alle, *und* doch ist auch die Sprache und Harmonie *derselben ihr* Grundstoff. [...] eine einzige vortreffliche *antike* Statue ohne Kopf und allen *Ausdruck geht* bei dem *wahren Kenner über* all euer Fratzenwesen von unreifen Gesichtszügen *und* noch so affektiert geworfnen Gewändern [...] ihre gehörige Anzahl *und Ordnung* von Rippen und Knochen, und Muskeln, und Augen, Mäulern *und* Nasen und Ohren. Mit einem *Wort*, die Schönheit nackender Gestalt ist der Triumph *der* Kunst; [...] vor diesen Musen. (VIII/I, 512 f.)

174,11–175,2 Die Bildhauerei ist eigentlich für einzelne *Figuren, die* Malerei hat die Not *erfunden, um* mehrere *vorzustellen. Der* Bruder des Phidias, *Panänus*, malte *die Schlacht bey Marathon, die er selbst* in Stein nicht vorstellen konnte, [...] Die Malerei ist eine beständige Lüge, und *alle* ihre Erhobenheit und Tiefe erkünstelt. Wir lassen uns täuschen, weil völlige Wahrheit und

Wirklichkeit *schwer und schier* unmöglich ist, und geben uns zu unserm eignen Vergnügen alle Mühe, die *Köpfe von Tizian und Van Dyk* rund und hervorgehend und die Fernen und Mittelgründe *des Claude* im gehörigen Abstand zu sehen. Ihre eigentlichen Gegenstände sind *noch*, wo die *Farbe einen* vorzüglichen Teil ausmacht. *Die überwundne Schwierigkeit (hauptsächlich Neuheit)* machten sie *im Anfang* unter dem Zeuxis und *Parasius* so reizend; und gewiß ist's, daß die Farbe *ungemein* viel zur *Täuschung beiträgt; und auf* den ersten *Moment frappiert auch* ein gemaltes *Bild den* Verständigen mehr als eine ebenso vortreffliche Statue in ihrer Art; aber wenig *Zeit macht das gemahlte Bild* dagegen ganz verschwinden. (VIII/I, 522)

175,9–176,31 *Die Malerey* muß *sich vor* allem hüten, *was die* Bildhauerei *auch* darstellen kann; *so wie diese* sich davor hüten *muß, was die* Poesie *vorstellen kann*: denn jede bleibt überwunden, sobald sich *auch* nur ein gewöhnlich guter Meister *darin* an den Kampf macht. [...] Malerei enthält sich alles dessen, was sich *hauptsächlich und desto mehr was sich* bloß durch Form zeigt, und so wie die Bildhauerei noch der Geschichten, wo man das Ganze nicht mit einem Blicke herausnehmen kann. *So ist ihr dreyfaches Reich;* Dienste und Gefälligkeiten *können* sie sich übrigens *sehr* gern erzeigen. *Es giebt auch wirklich Ganze, die sie drey nur in Gemeinschaft vollkommen darstellen können.*

Apelles nahm sich *sehr* wohl in acht, kein bloßes Porträt vom Alexander zu machen; [...] Dies mußte *Lysipp wohl* bleiben lassen. Aber *die Bildhauerkunst* behält doch immer den Rang, [...] die Form, am vollkommensten. Bei Weibern, es ist *wahr, ist* die Farbe auch sehr reizend; allein sie ist doch bloß ein seichter Augengenuß, der nicht in *die andern Sinne und* den ganzen Menschen so eindringt wie die Form. (VIII/I, 523)

Das *Klaßische ist* das gedrängt Volle, wenn *man* alles Wesentliche und Bezeichnende von einem *Gegenstand* herausfühlt [...] oder irgendeinem Teil am *Leibe* bei einem Künstler den großen Mann erkennen, wie aus der Klaue den Löwen. Phantasie [...] und macht den Virtuosen. (VIII/I, 489 f.)

Der schöne Mensch im bloßen Gefühl seiner Existenz ohne *Affekt und* Leidenschaft [...] in dieser *Verfassung liegt* die reinste Harmonie der Schönheit, und sie paßt am allerbesten zu dem gänzlichen Mangel an Bewegung *bey den Werken der bildenden Kunst.* Alle Leidenschaft *und jeder Affekt* zieht, leitet unsre Betrachtung von ihren schönen körperlichen Formen ab. (VIII/I, 525)

Zur Schönheit selbst gehört der Charakter oder das, wodurch sich eine Person von der andern unterscheidet*; individuelles Wesen. Körperliche* Schönheit mit lebendigem Charakter ist das Schwerste der Kunst.

Bei Gruppen von Figuren sind Spiele, *muthwillige Spiele*, die wenig bedeuten, die besten Handlungen, weil sie von der Schönheit [...] am wenigsten abziehen*; die Tänze am besten vor allen.* Die entzückendste Handlung für den *Betrachtenden ist* freilich, wo gerad ein Körper den andern genießt: Kuß, Umarmung, *wirkliches Beylager; die bequemste Lage zum Genuß von ein paar Verliebten ist die vollkommenste aller Gruppen für zwey Personen.* (VIII/I, 526)

177,10–23 Wenn das Kunstwerk eine Geschichte *vorstellen* soll: so muß der Ausdruck herrschen; [...] aufgeopfert werden. *Aber* Geschichte, Szenen aus Dichtern bleiben immer die letzten Vorwürfe der bildenden Kunst; weil sie dieselben nie ganz und nie so mit dem ergreifenden Leben *vorstellen* kann wie ein *Thucydides* und Homer. Der bildende Künstler [...] nur die Körper alsdenn; *denn* augenscheinlich hat *jener* das Ganze und er nur den Teil. (VIII/I, 526 f.)

178,1–4 *Eine* lebendige Gestalt von einem Charakter sich vorzustellen, [...] wenige noch bis dato geleistet haben. (VIII/I, 527)

178,27–179,30 Nach Platons *Erklärung ist* die Schönheit

die ursprüngliche Idee der Dinge in Gott. Und die Seelen, die sein Anschauen genossen und diese Ideen erkannten, schaudern, [...] und die Tränen rinnen über ihren *gegenwärtigen nichtigen* Zustand. Doch stärkt sie wieder ihre ewige Natur, [...] und alles ist in seiner mannigfaltigen Wahrheit und ursprünglichen Schönheit.

Nie geboren *seyn, geht über alles Loos pp.* (VIII/II, 157 f.)

Nicht geboren werden übertrifft alle *menschliche* Glückseligkeit; und wenn du da sein *wirst; ist*, je geschwinder, je besser, wieder dahin zu *wandern*, wo du herkömmst. Sobald die Jugend *nur da seyn mag* mit ihren tollen Streichen, wer *kann* sich mit aller Arbeit *davon los winden*? wer steckt nicht in *Mühseeligkeit*? (VIII/II, 97; vgl. auch VIII/II, 169: *Nie* geboren *seyn geht über alles Loos; diesem am nächsten ist, auf das geschwindeste* wieder dahin zu kehren, wo *man herkömt. Ist der Reiz der Jugend weg und ihr leichter Sinn, ihre leichte Unbedachtsamkeit: wer seufzt nicht unter der Bürde von Leiden, wer wird nicht abgehärmt? Hader, Partheylichkeit, Streit und Verderben! Endlich erreicht uns das bejammerte bewehklagte Alter, kraftlos, gesellschaftlos, freundelos, und bleibt als Uebel über alle Uebel.*)

179,37–180,2 *Die Zeit des Lebens ist kurz, und* wer *uns* ein *Ganzes am* geschwindesten in die Seele bringt, *erhält* den Vorzug. (VIII/I, 541 f.; vgl. auch S. 171,6–24.)

180,17–184,13 Alle bildende *Kunst ist* am Ende bloß Oberfläche. [...] was kann dies zum Exempel nicht für vielerlei *ausdrücken?*

Bei einem Volke von Stummen, da möchten die bildenden Künste in der Tat viel vermögen; [...] mit der Sprache ausdrücken, *wobey* sich besonders bei den *Edelsten* am wenigsten die Gebärden ändern, die, wie *Winkelmann und der gescheidte Lessing am* Laokoon *bemerkt, auch* bei den heftigsten Gefühlen *gar wenig* von außen *sich* regen, läßt sie ihnen vielleicht gerade das Schlechteste übrig; und *sie* kann oft so wenig von einem Sokrates *und Plato*, Lykurg *und Alexander* und Epaminondas darstellen als von einem *Pacchiarotti oder einer Gabrieli*, oder *einem Pugnani und Kramer.*

Nehmen wir vollends, wie *sauer auch* dies Schlechteste muß nachgeahmt werden, und welch eine unerträglich mechanische Übung auch für *große Menschen dazu* gehört, ehe sie es *bis* zur Vollkommenheit bringen; und daß das meiste Wirkliche der bildenden *Kunst jämmerlicher* Wust und Unsinn ist: so *können wir sie immer stehen lassen.*

Ihre besten Gegenstände [...] den Menschen sollen sie dem Dichter *überlassen.*

Und also können wir gewissermaßen die Griechen übertreffen, [...] aller Stillstand *ist im Grunde todt.*

Es ist eine Kleinigkeit, einen *Sokrates* von außen auch vortrefflich zu malen und zu bildhauen, gegen das herauszuholen, was in *ihm* steckt. (VIII/I, 555–557)

Wer behaupten wollte, daß die bildende Kunst über Poesie, Beredsamkeit und Philosophie ginge, müßte behaupten: daß eine Statue oder Brustbild *z. B. von* Homer, Pindar, *Sophokles*, Demosthenes, *Plato*, oder nehmen wir *neuers*, daß ein vollkommen, wie möglich auch, getroffnes Bild in Farbe oder Stein von *Göthe, Moses u.s.w.* über ihre Schriften ginge. Und gewiß möcht ein Gott mehr daran haben, wenn sie mit Haut und Haar so wären wie *sie, welches* jedoch menschlicher Hand unmöglich: aber *ein Mensch*, ein Sterblicher muß *ein großer Phantast seyn, wenn er das Wort haben will. Man* schaue einen Sokrates an, [...] Wir können an uns selbst nicht im Spiegel *sehn*, auch in dem [...] Die ganze bildende Kunst ist ein vages unbestimmtes Wesen, das seinen Hauptwert eigentlich von der Schönheit der Formen und *der Konturen erhält*; und dann [...] wer jenes nicht schon in sich hat, kann bei diesem wenig fühlen und *erkennen. Ich* leugne übrigens gar nicht, daß eine erstaunliche Phantasie und Fülle von Leben dazu gehört, sich einen Alkibiades, Perikles oder die Aspasia so vorzustellen, und ihre Bilder durch die spätere Kunst lange Zeit nach ihnen so *merklich* zu *machen, wie* sie lebendig waren und handelten; denn in der *Tat hat* es *keiner auch* noch getan. Allerlei Gestalten träumen mag man sich *wohl; aber* Wahrheit, physiognomische mit Leib und Leben [. . .] von der Natur selbst *zu abconterfeyen, geht* über des Menschen Kräfte; [. . .] Unser Bestes *ist* noch die allgemeinen Züge der Leidenschaften und andern *starken* Empfindungen, die sich in Bewegungen besonders von außen *zeigen.*

Ich habe von dem Menschen, außer der *fleischlichen* Vermischung, hauptsächlich Genuß durch seine Reden und Handlungen, [. . .] Man stelle sich seinen Freund auch in dem interessantesten Moment der *freundschaftlichen Liebe* auf einmal wie zu einer Büste versteinert, *wie* unveränderlich mit seinen Mienen und Gebärden vor! Mit Erinnerung der Worte aller vor und nach dem Moment wird das Bild gewiß *löblich* in die Seele leuchten und *jeder Zeit* einen Freudenschauer erregen. Aber wie die Erinnerung sich schwächt, wird es nach und nach immer weniger bedeuten und bei *dem* Gedanken an *tausend* andre Szenen endlich leer und sogar Spott werden: statt daß nur ein herzlicher Brief von demselben immer neu die Seele erquickt, sooft *man nöthig hat, ihn* wieder durchzulesen. Was soll nun [. . .] nichts von ihr aus der Geschichte wissen? Geschieht dies bei wirklichen Menschen; was wollt Ihr [. . .] in ihr erregen, wie ein *reiner Akord* auf einem wohlklingenden Instrumente. Und solche Schönheit [. . .] lebendiger vorstellt.

Die Handlung kann höchstens nur dienen, [. . .] und der Körper nicht der Handlung wegen da*; zB. Apollo, der Erzengel Michael von Guido, Fortuna.* (VIII/I, 513 bis 515)

184,32–185,33 Alle bloß bildende Kunst macht auch den *geistreichsten Besitzer* über kurz oder lang zum Tantalus. [. . .] um des unerträglich Toten, Unbeweglichen einmal ledig zu werden. Und *so* finden *wir auch zu Rom, daß die* aufgeheitertsten *Kaiser, Antonin* und Mark *Aurel, des* steinernen Volkes *wirklich schon* satt *waren. Und* so ist *alles* steinerne und gemalte Volk bei den *neuern* Römern bloßer Prunk, und man sieht [...] daß es doch nur eitel Träumerei ist.

Die beste Kunst ist ein bloßes *Denkzeichen* verfloßnen Genusses oder Leidens, *die dem Anschauer* lediglich Anlaß gibt, sich das Ganze wieder vorzustellen und in sein Gedächtnis zurückzurufen. *Mehr kann sie nicht leisten.* Welch ein Abstand von Poesie und ihrer Gewalt über die Herzen! (VIII/I, 494; vgl. auch VIII/I, 496: *Alle Kunst ist weiter nichts, als ein Merkmal zur Erinnerung des* verfloßnen Genusses *hauptsächlich* für den Künstler selbst, *und dann für diejenigen, die gleiches genoßen haben.*)

186,10–18 In der Natur haben *wir alles* beisammen*; alle unsre* Künste teilen sich *doch* nur *einzeln* in *sie. Die* Malerei *kann keine Bewegung vorstellen, und* die Poesie *keine körperliche Gestalt. Und die* Musik *nicht das Windsausen durch den hohen Wald.* (VIII/I, 537)

186,33–187,22 Das höchste Leben ist das schwerste in allen Künsten, sowohl in *der Malerei als Poesie:* Sturm in der Natur, Mord zwischen Mann und Mann, *und der Moment der Seelenvermischung* zwischen Mann und *Weib. Das* Tote kann auch *der Fleiß vorstellen*, aber das Leben nur *das Genie.* Wen beim Ursprung [...] noch eine erhabne Handlung hervorbringen. O *glücklicher, dem aus dem Himmel Einer die gnädige Natur zum Geiste stahl!* Schönheit ist Leben in Formen und jeder Regung, und nichts Totes *hat Schönheit als in einer äußerst fernen Aehnlichkeit vom* Leben.

Warum ist der Torso schön, [...] warum *die mediceische* Venus? [...] Warum Apollo, warum der *Borghesische* Fechter? [...] Warum Laokoon, *warum die* Niobe? Weil [...] unterliegt. Der Dichter *zeigts* mit Worten an, der *Maler mit* dessen *Oberfläche.*

Zu der Zeit, wo die Menschen am mehrsten lebten und genossen, [. . .] dies ist die Geschichte *der Kunst* in wenig Worten. (VIII/I, 506 f.)

189,8–23 *Soll ein Künstler die Alten bey der Susanna schön oder häßlich zeigen?*
Den Attila *mit tugendhaften Gesichtszügen? Und so den* Heliodor? *Sind dieß nicht Fehler selbst bey Raphaeln?* (VIII/I, 504)
Jede Vollkommenheit *oder Tugend im Menschen* zeigt sich von außen *an seinem Körper* durch *eine besondere Art von* Schönheit; *jede* Unvollkommenheit *oder jedes Laster* durch *eine besondere Art von* Häßlichkeit. *Da nun* die mehrsten Begebenheiten in der Welt *einen* Kampf zwischen Tugend und Laster *ausmachen: so ist es unüberlegt, wenn man dem Historienmahler so gar die Schilderung des Lasters versagen will; oder soll* er das Laster schön *vorstellen? oder* ist er deswegen ein Kotmaler, wenn er es häßlich *vorstellt? Die* Geschichte soll auch bei dem Maler nicht bloß *eine Augenweide, sondern nebst dem Vergnügen zugleich Lehre und Warnung seyn. Ihr* dieses nehmen wollen heißt sie zum schalsten *leersten* Zeitvertreib machen. (VIII/I, 503)

191,34–192,9 *Vom* Monte Testaccio *hat man* reizende Aussichten hin überall. *Die* Pyramide *steigt so wild bewachsen natürlich auf [. . .] Die grünen Rebenhügel in der Nähe, in der Ferne die* Gebirge von Frascati, Tivoli und dem Sabinerlande *im blauen Duft, dünstig beleuchtet. S.* Paul und *die* Tiber; Steffano rotondo *(linker Hand) Obelisk, S. Giovanni.* Wasserleitungen, *Pignen,* Kolisäum *mit dem Hintergrunde von Sabina sind schon fertige reizende Landschaften.* Grabmal der Metella. *Frascati. Nach der Stadt:* Villen, *Peterskuppel, Pignen, Cypressen,* Pietro Montorio *reizend im Gebüsch, Monte Mario und die Stadt, entzückende einzelne Plätzchen und Gemäuer. Gerad gegenüber nach dem Thor* Portese *romantische Villa. Soracte in ganzer Größe fern.* (VIII/II, 43; vgl. auch S. 164.)

195,4–14 Wenn *ich Landschaftsmaler wäre, ich* malte ein ganzes Jahr weiter nichts als Lüfte, und besonders Sonnenuntergänge. [...] Es ist die *wahre* Poesie der Natur. Gebirge, [...] Feuerwerke von Lichtstrahlen, *Giganten*, Krieg und Streit, flammende Schweife wechseln *immer* mit neuen Reizen ab, wenn [...] untersinkt. (VIII/I, 561 f.)

205,20–207,1 Die *Christliche Kirche.*

Ein geistig Bild der Religion; *alle* die *ersten* Personen des Alten und Neuen Testaments *und der christlichen Kirche* beisammen, *jeder ohngefehr* nach *seinem Charakter. Gott* der Vater *steht* obenan als Architekt [...], die Mutter voll Zärtlichkeit neben ihm, *weil sie auch dabey war; die Patriarchen* und Apostel umgeben ihn [...] Und unten *existieren und* handeln noch die ersten *Kirchenlehrer auf* der Grundlage des Gebäudes.

Die *Hauptköpfe sind Vorstellungen* von der lebhaftesten *Jünglingsimagination mit einer entzückenden Wahrheit und Vollkommenheit.* Die *vier Kirchenlehrer* gehen mit ihrer Kraft *und Bestimmtheit vor* allen andern *heraus.* Wenn irgend ein [...] gewiß Raffael. Seine *Gestalten* sind *alle* mit einer Quelle von Leben hervorgefühlt und *jede von der andern verschieden* bis auf eine eigne Art von *Grazie* im Ausdruck *die von demselben Ursprung zeugt.*

Die Schule von *Athen.*

Ist eben wieder so ein geistig Bild der Philosophen beisammen. *Hier ist aber schon mehr Traum als Wirklichkeit.* Pythagoras fängt an, Sokrates folgt, *hernach* Plato, *alsdenn* Aristoteles *und Archimed.* (VIII/I, 378) Die Gruppe *vom Archimed* mit den vier Jünglingen ist *wirklich ein entzückend* Bild von einem Meister mit seinen Schülern; die Aufmerksamkeit zweier, die Verwunderung und *die* Begeisterung des *Aufblickenden göttlich hingezaubert; der* eine studiert; der andre begreift; [...] der's auch lernte.

Für ein *Gymnasium wärs* ein wahrer Zauber und würde

jederzeit die Seele zur Empfänglichkeit stimmen. *Und weiter soll auch die Malerey nichts bewirken. [...]*
Der *Parnaß*
Ist eben so ein geistig Bild der Poesie. *Ein paar Gruppen von reizenden Mädchen*, die *verschiedne* Dichter *begeistern;* die besten *sind hier* zugegen *bis auf* die theatralischen, *und jeder hat ohngefehr so etwas, was ihn bezeichnet. [...]*
Homer improvisiert, von Begeisterung hingerissen; Apollo ist mit seinen schönen Augen verzückt in himmlische Phantasien; *Ovid lächelt schalkhaft. Aus der* Laura *leuchtet eine frohe schöne zärtliche keusche Seele; Petrarca ist verliebt und kann sich nicht ausdrücken;* Sappho *blickt voll lyrischem Feuer auf in reizender Attitüde. Die* Musen *sind alle zärtliche sich anschmiegende Dinger, Horaz ein Hofmann, Pindar ein zahmer Wilder. Die Scene, der Parnaß selbst ist elend; [...]* (VIII/I, 379 f.)
Die *Gerechtigkeit.*
Drey schöne allegorische Figuren: Klugheit, Stärke zur Rechten, Mäßigkeit zur Linken, *mit Buben. Unten Decretalen pp.* (VIII/I, 381)

207,17–212,27 Die Schule von Athen ist *ein ungemein heiter und rührend Bild; und die Haupthandlung stellt* den *Vorzug* der Aristotelischen *vor der Platonischen Sekte vor. Die übrigen alle sind vereinzelt; Pythagoras zuerst, dann* Sokrates, *dann* Plato, *dann* Aristoteles, *dann die Cyniker*, und Archimed. Epikur und Zeno *sollten freylich auch da seyn.* (VIII/I, 392)
Schöne Gescheidte Gestalten, als vom Plato *und* Aristoteles, *Pythagoras, Archimed und* Bembo. *Man ist mit Lust darunter und wünschte, daß sie lebten.* (VIII/I, 379)
Die Gruppen *in der Schule* sind schön zusammengehalten, und jede richtet sich nach dem Philosophen, der Unterricht erteilt. (VIII/I, 380)
In die antiken Gewänder hat er sich gut hineingedacht,

und man merkt nichts *affectiert und* Gezwungnes. (VIII/I, 380)

Zusammengedrängte Jahrhunderte *machen ein* einzig Bild für die Phantasie. (VIII/I, 381)

Heliodor.

Ist vielleicht die schönste Allegorie *der neuern* Zeiten. Das Ganze teilt sich in drei Gruppen und *macht großen Effect.* Die Gruppe der Engel mit *dem Heliodor* gehört unter Raffaels *Triumph, die Engel* sind *voll Natur,* er hat sie vermutlich *an ein paar zürnenden* feurigen römischen Buben *im Sprung abgesehn. Heliodor* und seine Gefährten schreien; und es *thut trefliche Wirkung,* ob sie gleich gegen *Lessings Abstractionen* dazu *wie natürlich die Mäuler aufsperren. Der* Engel zu Pferde in der Kirche *bleibt immer* ungereimt, aber *Raphael drückt gut unwiderstehliche* Gewalt *und* Schnelligkeit *damit aus.*

Die Gruppe von Weibern neben dem *Pabst macht* einen reizenden Kontrast; die Köpfe der *beiden, die* mit den Händen zeigen, sind die schönsten, und *auch* der dritte daneben hat einen *erstaunlichen* Ausdruck. *Der Pabst* schaut voll Majestät, als ob seine Befehle gut ausgeführt würden. Der *Hohepriester* bittet *voll* Zuversicht und Ergebung. Der Bube, *der* auf den Säulenfuß *steigt, ist* sehr pittoresk, wie überhaupt *das Ganze.*

Es ist ein ungeheurer Unterschied, wenn man Raffaelen nach *neuern Meistern* sieht; bei ihm lebt alles und bedeutet, und greift ein ins Ganze; *wie affectiert fad, todt, grimasiert sind die Hundejungen in ihren Fratzenbilderchen, die über ihn das Maul rümpfen!* Man kömmt bei ihm *einmal zu* einem verständigen Menschen, *nachdem man lange Zeit mit Tollhaus Narren hat umgehn müssen.* (VIII/I, 381 f.)

Attila.

Macht auf mich *sehr geringe* Wirkung. Ich finde darin kein recht zusammenhängend *Ganzes und* zuviel Kompliment auf Leo den Zehnten, [...] Attila sieht viel zu gütig aus für einen *Hunnenkönig, und* Leo zu feist für einen Heiligen, *und* die Apostel [...] zu nah in der *Luft; sie* bitten eher, als daß sie drohen sollten, und halten *die* Schwerter wie die Weiber. *Winkelmanns oder Belloris unlebendig gelehrte platonisch seyn sollende Grillen hierbey halt ich keiner Widerlegung würdig;* *[...]*

Inzwischen machts mit den Porträten, Pferden und verschiednen Gewändern eine *herrliche* Wandverzierung für einen geistlichen Fürsten, und es *bleibt* darin *viele* natürliche Gestalt für Verstand und *Auge. Domenichino hat zu Grotta ferrata seine Trompeter daraus abgesehen. Die Scene paßt nicht übel.*

Das Wunder bei der *Messe.*

Herrliche Köpfe, gutes Kolorit, und ausgedrückt wie man so etwas unnatürliches ausdrücken kann; stille Verwunderung, und der Priester *schämt sich.* Es *herrscht darin eitel* Glaube. *Der Kopf des Pabstes im Profil ist wirklich unvergleichlich im Kolorit und Ausdruck. Sonst sind noch andre schöne Köpfe da, [...] und man nur die Kunst des Malers bewundern muß, solche Scenen so meisterhaft vorzustellen. Es* sind *wieder darin viel* Porträte; *das fürtrefliche darin ist die* Einheit *und ein sanftes Ideal im Ausdruck.* (VIII/I, 383)

Petrus *im Gefängnisse.*

Raphaels Genie selbst hat dabey wenig zu thun gehabt. An Gestalt ist nichts darin, als die gewöhnliche von Petrus, der Engel, woran nichts besonders, und die von einem Soldaten auf der Treppe *im Mondschein, welche sehr gut mit plötzlichem Schrecken über unerwartete Erscheinungen ist. Sonst* ist *es* ein *schönes* Spiel von Licht und Schatten. *Ein frappanter Kontrast [...] vom Engel;* wozu *eben* kein *außerordentlich Talent* gehörte, und *welches auch ein gewöhnlicher Mensch hätte machen können.* Das Ganze *ist jedoch in treflicher Einheit* meisterlich *gedacht.* (VIII/I, 381)

Incendio del Borgo.

Fürtrefliche Figuren darin, *bis auf das* Wunder *welches sich in keiner Vorstellung der bildenden Kunst gut ausnimmt, weil man nichts so gesehen hat; die* bildende Kunst *ist immer mehr für den äußern Sinn, als den Verstand. Das Weib* mit dem Krug auf dem Kopfe ist eine göttliche Figur, eine Amazone unter den modernen Weibern, voll *Natur* und Frischheit in *ihrem Kontur* und reizend *bekleidet mit* dem vom Wind angewehten Gewande. *Nur gefällt mir das aufgesperrte schreyende Maul nicht recht an ihr, es ist mehr gemacht als natürlich.* Die knienden *Weiber* sind gleichfalls *herrlich* und die Gruppe des *Sohns der* seinen Vater *trägt*, mit dem *jungen* Buben daneben Meisterwerk*; aber doch gefällt mir all sein Nackendes nicht recht. Welch ein Abstand [...] gegen Bildhauerey. Der* Kerl, *der* herabspringt, *ist wie* geschunden. *Der* Tumult der Weiber und Kinder, *weinend, schreyend und* flehend und erschrocken, *ist herrlich*, und es gibt da schöne Gestalten. *Am* Nackenden ist er gescheitert; *es* muß *meisterhaft* koloriert sein, wenn es *Effect machen* soll. (VIII/I, 384)

Leo der Vierte, *der* auf das Evangelium schwört. *Er hat den besten Kopf,* man kann gutes Gewissen nicht *besser* ausdrücken *in großem* kräftigen, freien Charakter. Herrlicher Blick gen Himmel! [...] Er war in der Tat ein *schönes* stilles tiefes Wasser, worin sich die beste Natur rein abspiegelte.

In der Schlacht bei Ostia ist das Beste *der Soldat mit grünen Hosen, geharnischt; schade nur, daß er gelitten hat. Ein* christlicher Held, *natürlicher wie Grandison.* Das übrige in diesem Stücke *bedeutet nicht viel*; der *Pabst hat* eine fromme Schafsgestalt. (VIII/I, 391)

Krönung Karls des *Großen.*

Karl ist wie ein ächter dummer Junge vorgestellt, und paßt *auch in der That* so gut zu dieser Szene, die *außerdem* mit viel Empfindung und Feinheit ausgeführt *ist. Es* sind in diesem *Stück verschiedne* ganz vortreffliche Köpfe, besonders unter den Bischöfen und *den* geharnischten Schweizern. Die Gescheitesten sitzen am

weitesten davon, und um die Handlung her, *klug und fein* und zum Teil mit *ernsthaftem heitern* Nachdenken. Die Bischofsmützen sind *äußerst fatal, und* ihr Weiß in doppelter gerader Reihe [...] Mannigfaltigkeit hinein. Es ist viel zusammengedrängte Pracht darin *und läßt viel denken. Karl* sieht wie ein alter Schweizerkorporal *aus mit* abgestutztem Haare *knieend.* (VIII/I, 393)
Die *Gerechtigkeit, obgleich* wenig bedeutend, *schlägt* mit ihrer *bloßen* Wahrheit *alle die andern Figuren nieder. Beine und Hände zeichnete Raphael immer fürtreflich. Und so die Caritas. Diese zwey sind allein von ihm; ein reizend Bild voll Naivetät.* (VIII/I, 386)
[...] Uebrigens sieht alles in diesem Zimmer aus, als ob Raffaels warmes Leben kalt geworden wäre. [...] *Er ist* ganz lebendig: hier sind's nur seine Masken. Es fehlt die Bestimmtheit in allen *Theilen, die* feinen entscheidenden Züge *alle,* die nur von der schöpferischen Phantasie allein unmittelbar in die Hand quellen. Man muß sich zwingen, die Personen *sich* wirklich *vorzustellen*; bei ihm kann man nicht anders. *Uebrigens bleibt es ein Großes Ganzes* vortrefflich angeordnet*; und nach* der Verklärung *eine der größten Kompositionen. Konstantin* drückt noch Zorn aus und die Freude regt *sich über* den Sieg. *Die Schüler haben ihn vermuthlich verhunzt, Raphael hatte ihn gewiß göttlich gefaßt.* (VIII/I, 386) *Constantin hat keinen Charakter, oder einen faden; doch ist* die Gruppe mit dem Reiter vor sich, dessen Pferd er verwundet, *gut* ausgedacht. (VIII/I, 385)
In der Schlacht
Sind die Hauptfiguren *das Beste. Der* Kopf des Maxentius *ist ein armseeliger Kerl, schlecht und grausam und elend überhaupt, und* jetzt in *Zorn und* Verzweiflung und gänzlicher Ohnmacht und der Gefahr, überall umzukommen. Sein Pferd und wie er *sich daran* hält, *fürtreflich. Der* Strom und die darin schwimmen, in die *Barken* steigen wollen und sie umwerfen, *meisterlich.*

Das andre ist ziemlich verwirrt, bloße Nachahmung, leere Phantasie, ohne Wirklichkeit vor sich. Zu volle Haufen, der Feind zu flüchtig, ohne allen Widerstand. *[...]*
Es bleibt aber *immer vielleicht* die erste Schlacht. *Eben* wegen *der Köpfe, und der* Wahrheit *darin; Selbst Constantin repräsentirt doch noch bey seiner faden Freude einen Keiser. [...]*
In dem Gemetzel hinten sind einige Köpfe wirklich meisterhaft und voll Ausdruck; besonders der vom Pferde heruntergebohrt wird. *Das übrige sind leere Balgereyen.* (VIII/I, 385) *Das Accident mit dem* gefallnen *Sohn* mit der Fahne *ist nicht übel.* (VIII/I, 386)
Die drei übrigen *Stücke kommen* wenig in Betrachtung. (VIII/I, 384)
Anrede Konstantins mit *dem Kreuz* in der *Luft.*
Ist nach den Anreden Trajans *und andrer Kaiser auf Basreliefen. Das interessanteste darauf sind einige Porträte, als* die zwei *Buben* unter *Konstantinen. Der Zwerg mit seinem Schaamfutteral und Hoden ist in der That ein muthwilliger Bubenspaß hier.* (VIII/I, 385)

212,37–214,30 Ich betrachte *diese Gallerie* als die Schule Raffaels *in eigentlichem* Verstande, den trefflichen Meister [...] die Schwingen versuchen. *Verschiedne Bilder bringen ungemeine Schönheit in die biblischen Erzehlungen, und können jungen Leuten Anleitung geben, sich ähnliche Vorstellungen zu machen.* (VIII/I, 377 f.)
Die größten Meister der neuern Zeit *sind Michel Angelo an* Richtigkeit im Nackenden [...] *Doch* hat er *kein* Gefühl für schöne Form [...] und war *gar zu* arm an Gestalt. *Er hatte wenig Gemeinschaft mit andern Menschen, und wußte also auch wenig, was sie freut.*
Raffael *war* lauter Herz und Empfindung, und eine Quelle von Leben und Schönheit, *wies* wenig Sterbliche *je waren.* Edel und [...] was zu unsern Zeiten am Menschen sichtbar ist, *hat* er in seiner Gewalt. An Gestalt [...] im Nackenden hat er *zuweilen* ihren Reiz ge-

fühlt *und übergetragen. Sein* Fehler ist seine Gefälligkeit überall, [...] in seinen Köpfen von Attila und *Heliodor ist* Grazie und Gefälligkeit. *Die Charaktere, die* für sich bestehen, einen Apollo, *einen Herkules, und* diesen *Ähnliche hat* er *nie erreicht.* Sein Nackendes *an* den Teilen, die *man nicht* sieht, ist wie aller andern [...] seine feste Hand. Die *Vollkommensten unsrer Antiken kennt* er nicht; und sein Vortrefflichstes [...] sie nachgeahmt hat. *Sein Nackendes*, wenn er sich auch noch so sehr *geplagt hat, freut einen nicht*; es ist nicht wieder andre Natur *geworden. Bis auf* Arme *und Beine und* Hände *und* Füße, *die er in Gewalt gehabt hat.* (VIII/I, 399 f.)

Man sieht recht im Vatikan, daß *Raphael* mit den *fürtreflichsten* Personen seines Zeitalters umging und ihre Gestalten, Mienen und Gebärden, Stellungen und *Bewegungen seiner* Kunst eigen machte. Welche *Köpfe: Archimedes*, Aristoteles, Plato, Pythagoras *und Sokrates*! Um sie so *wahr* zu *fassen, gehört* gewiß ein verliebter Umgang mit großen Männern *darzu.* Sappho, Laura, die drei *obern* Musen *nach dem Ovid*, welche Gestalten! Und wieder welch ein *naives*, unschuldiges, *machtloses*, unbehülfliches und doch unbesorgtes Wesen in seinen Kindern *zB. in seinem* Burgbrande!

Die Schönheit von Ausdruck und Empfindung hat er verstanden wie keiner. Auch dem [...] bei ihm *zuweilen bloße* Manier, *als im Attila und Heliodor*, wo sie sich *gar* nicht hin schicken. *Seine schöne* Seele hat sich von Kindheit an dazu gewöhnt.

Gefühlvolle Gestalten, [...] nicht das Hauptwerk in einer historischen Komposition ausmachen, *so hat der Maler seine Kunst dabey verfehlt.* (VIII/I, 410)

216,23–217,13 *Die Luft thut* keine gute *Wirkung, die* Schatten *sind* alle schwarz, *die Harmonie der* feinen Tinten *ist ganz* verschwunden. (VIII/I, 388) *Gesellschaft fürtreflicher Menschen, wovon jeder gern* helfen *möchte* voll *Gutherzigkeit, aber nicht kann.* Auch die Notleidenden sind edle Seelen, und *das* kniende *Mädchen besonders* mit dem königlichen Profil *(wahrhaftige Römerin) macht* die Szene *äußerst rührend.* Der beseßne Bube ist ein gutes Kind, *und* der Kopf hat in der Tat den Ausdruck, als ob ihm ein *Teufel* etwas angetan hätte. (VIII/I, 387)

Der Arm *des Besessenen* ein Meisterstück von *lebendiger* Wut; *das Nackende von Christus, dem knieenden Weib besonders kömt gut hervor.* (VIII/I, 388) Der Kopf *von dem Weib, das den Besessenen* mit der Hand hält, voll *erhabner* Angst und blasser Melancholie *ist rührend zu Thränen.* (VIII/I, 387) *Der* göttliche Jüngling *ihr Anführer oben* auf dem Berge *in Einsamkeit und Betrachtung voll himmlischer Schönheit ist verzückt,* und ihn umschweben die *weisesten Gestalten der* größten *Wesen unter den Menschen* der *Vorwelt. Die* eingeschlummerten Begleiter *erwachen von* der Glut der Begeisterung.

Jeder Kopf ist äußerst rein und bestimmt *und* individuell voll Physiognomie und *Schönheit.* (VIII/I, 387) *Die Köpfe sind* alle Natur aus der römischen Welt und *deßwegen täuschen sie* so sehr. Ein Fremder kann *dieß* nicht *genießen so,* wie einer, der diese kennt. (VIII/I, 388)

218,25–219,26 *Raphaels Psyche.*

Ein Malerscherz *über* ein kokettes Weib, *das* keine reizende Schwiegertochter haben will und sie endlich haben *muß.*

Die ganze Familie der Götter ist modern. [. . .]

Raphael und seine Schüler *haben* sich auf Kosten des reichen Kaufmanns Chigi von *Siena einen Spaß gemacht, und* Johann von Udine *einen Frühling genossen. Das Ganze durchaus spricht wenig oder nichts; höchstens Vignetten zu dem pretieus erzählten Mährchen des Apulejus. Die* Allegorie *der Liebesgötter* ist das Sinnreichste. *Zeus* und Amor *das wollüstigste. Zeus und Venus schön.* (VIII/I, 393 f.)

Galathea mit Naivität im Blick, aber *doch etwas dump-*

fes, unausgefühltes in der Phisiognomie, nicht klar und rein *wie die* Köpfe in der Verklärung. Die drei fliegenden Bübchen *schön in reizenden Konturen. Zärtlichkeit und Empfindung der ersten Liebe hat er ausdrücken wollen.*

Die Composition erstaunlich vernachläßigt in der Ausführung, und auch wenig Mühe im Ausdenken. (VIII/I, 388)

224,28–35; 225,1–30 *Die Eifersucht ist gewiß eine* unnatürliche Leidenschaft und entsteht ganz allein aus armseliger *Schwäche oder* Vorurteil. Brüder und Helden, jeder wert, ein Mann zu *sein, machen* sich eine Freude *daraus ein* schönes Weib gemeinschaftlich *wie einen kernhaften Braten* zu *theilen. Der Schwanz ist weiter nichts als eine andre Zunge unten am Bauche, und wenn er ein zart Gefühl hat, so schmeckt er die Verschiedenheit der Fotzen wie jene die Weine. Und warum soll er mit guten Freunden nicht in Gemeinschaft essen und trinken? An einer guten jungen Fotze können sich Dutzend Schwänze in einem Abend satt kosten und satt lecken. In einer bürgerlichen* Gesellschaft sollte platterdings auch gesellschaftliche Liebe und Freundlichkeit *sein. Eins* und ein ist wahrlich [...] auch immer ihre *Rechte. Der Schwanz und die Fotze sind warlich ein eben so delicat Bündel Nerven als wie die Zunge; und bei* der großen Mannigfaltigkeit wäre es Unsinn, *sich* jederzeit *an Wasser und* Brot zu *begnügen.* Jeder Mensch existiert für sich, und in keinem andern; [...] Jedes vereinigt sich mit dem andern, *wies* die Gelegenheit *giebt. Die Zunge genießt allerley, der Schwanz nur Fotzen, und die Fotze nur Schwänze, und wir wollen sie noch überdieß nur eins und eins zusammenpaaren, und dieß auf Lebenszeit?* O ihr Armseligen, [...] Daß dies die reine wahre Lust ist, mit seiner ganzen Person, so wie man ist, wie ein *Element einzig und unzertheilbar*, lauter Gefühl und Geist, [...] ohne *wie Brey* auf demselben Flecke klebenzubleiben. Sobald etwas ganz genossen [...] sich ewig lebendig und unsterblich erhält. (VIII/I, 434 f.)

227,16 f. *Boccaz war unter beyden* am mehrsten Mensch und der Klügste. *Er genoß das Leben, und wickelte sich durch die Welt, wies am besten gehn wollte. [...]* (VIII/I, 426)

227,37–228,15 *Dante war* ein Mann wie ein *Fels, voll* hohen Ehrgeizes, *deßwegen seine* Theologie und *Philosophie, er* wollte über die *berühmtesten seines* Zeitalters hervorragen. Wenn er Kraft genug gehabt hätte, *sie* zu verachten, und einen bessern Plan zu seinem Gedichte *genommen hätte, als so ein* gotisches Gewirr, so wär er *der welsche* Homer, *oder ein ebenso originaler Mann für Italien wie Homer für Griechenland.* Er hat Stärke [...] und männliche Würde*; und Adel und Herrschungsgeist. Der Fürst unter den welschen Dichtern wird er deßwegen immer bleiben. Die* Schicksale nach seiner Verbannung *haben* ihm nicht Ruhe und Heiterkeit genug *gelassen.* (VIII/I, 425 f.)

Petrarca geht *meistens* in der Luft *mit den Füßen über der Erde.* (VIII/I, 426) *Großes hat er ganz und gar nichts sonst gethan, seine Poesie erhebt sich über andre, weil er beständig* in guter Gesellschaft *lebte.* (VIII/I, 425)

239,18–241,24 Das Ganze vom Laokoon zeigt einen Menschen, der *gezüchtigt und* gestraft wird [...] Sein ganzer Körper zittert und bebt und brennt schwellend unter dem folternden tötenden *Gifte.*

Seine Phisiognomie mit dem schönen gekräuselten Barte [...] von einem *herrlichen* Menschen weggefühlt, [...] sein Vergnügen achtet, und *der den* besten Stand *dazu* in der bürgerlichen Gesellschaft gewählt hat; [...] das ganze Geschlecht von ihm wird vertilgt. Es leidet ein mächtiger Feind und Rebell der Gesellschaft und der Götter, [...] Die Schlangen vollziehen den Befehl des Obern feierlich und naturgroß in ihrer Art, wie *Legionen,* die *Städte* verwüsten.

Das Fleisch ist wunderbar lebendig [...] Er hat ausgeschrien und ist *in dem Moment*, wieder Atem zu holen. [...] und die Drachen werden bald hernach mit ihm vollends kurzen Prozeß machen.
Selbst die Schamteile des Alten richten sich empor von der allgemeinen Anspannung, Hodensack und Glied, *doch ohne Schwellung*. Die *ganze* linke Seite *ist ein Wunder von Ausdruck; die Stellung wohl heraus gefühlt; kurz es ist ein Non plus vltra in seiner Art. Die* Söhne haben gerade so viel Ausdruck, als ihnen gebührt, *ohne dem Ganzen zu schaden*. Der eine ist *todt*, und der andre leidet noch *nicht und* entsetzt sich bloß*; der Alte* zieht alle Aufmerksamkeit auf *sich. An seiner linken Hand kommen mir die Finger ein wenig zu geknöchelt vor, so wie die Zehen an den Füßen; vielleicht solls Krampf von Schrecken und Leiden und Anstrengung ausdrücken. Der* rechte Arm *ist erträglich gezeichnet und geformt; aber* welcher andre will sich in das lebendige warme Fleisch und die ganze Natur hineinfühlen? *er ist kalt und trocken und ohne Gefühl.* (VIII/I, 282–284)
Die andre Schlange fliegt mit grimmigem Satz rechts her, *fährt mit unwiderstehlicher Gewalt um des Vaters rechten* Arm, der sie abhalten *will*, schwingt sich geschwollen *hinterm Rücken* an der Seite über dessen *linken, um* den rechten Arm des *ältern Sohns* beim Ellenbogen, windet sich *über* den obern Arm, und schlingt sich dann um den *untern, und* macht einen *vollkommnen fürchterlichen* Knoten darum her, *und* schießt nach *der Hüfte* des Vaters mit dem Kopfe, [...] es ist geschehen, die Tat *erfüllt*. (VIII/I, 296)
[...] die eine umflicht sie alle drey von der linken Seite durch die Beine, kuppelt sie wie Raub und Beute zusammen, umschlingt dem *letztern Sohn den* linken Arm und *hinterm* Rücken herum den andern und *setzt den* giftigen scharfen Zahn *in die zarte Seite*. (VIII/I, 295 f.)
Der ältere Sohn steht auf dem rechten *Bein, der* Vater sank auf *den Altar und sitzt ganz mit dem rechten*

Schenkel, weil er sich nicht mehr halten konnte; *und der jüngere Sohn steht* mit dem linken Fuß auf den Zehen, und die Schlange hält ihn oben an den Altar gelehnt noch aufrecht, *deren Kopf er ohnmächtig mit der kleinen linken Hand die Brust her aus dem Biß heben wollte.* (VIII/I, 296) *[...] sie werfen* die Gewänder ab, *um* zu entfliehen. (VIII/I, 295)

243,3–28 Der *Torso.*

Ist das Höchste von einem *Ringerkörper; er* ruht und sitzt auf seinem Löwenfell. *Schönrer und vollfleischigerer Kernstärke, und* alles *in lebendigster* Form *abgewogen* mit dem feinsten Wahrheitsgefühl, *findet man* nichts mehr übrig von alter *Kunst. Er* senkt die rechte Seite und hatte *wahrscheinlich* den linken Arm *über den Kopf geschlagen. Das Brustbein* ist so zart gehalten und mit *sanfter* Fettigkeit überzogen, daß man es kaum merkt. Brust und Schultern und *Stärke* vom Rücken herum sitzen über der schlanken Mitte ganz *erdrückend* und *unüberwindlich.* Die Schenkel sind lauter *Mark.* Alles ist an ihm in Fluß und Bewegung*; und doch ists der allersanfteste Contur.* Man sieht alle Teile und ihre *Kraft* und *Stärke, und* doch tritt *kein* Knochen scharf hervor. Es ist recht das höchste Vermögen in höchster Bescheidenheit und Schönheit. (VIII/I, 282)

Und wer weiß ob er nicht ein *nackend* Geschöpf der Lust auf seinen Armen *wiegte? Gewiß waren sie aufgehoben, wie man an der Bewegung und den Stummeln derselben sieht, und an dem Zapfen in dem rechten Schenkel am Knie oben, und dem Zapfen im linken auf der äußern Seite am Knie, umsonst sind sie gewiß nicht da, und zu welcher andern Bedeutung? Auch ist die Nerve des linken Arms im Rücken zum Tragen gespannt.* (VIII/I, 308) *Eine Fotze, die seinen Schwanz aushalten kann, ohne zersprengt zu werden, genießt die Liebe mit vollem Munde armsdick, und muß die glückseligste* Sphäre der Welt an dieser Achse *seyn, denn sie muß* ganz in Entzücken schweben und hangen und von aller andern Berührung frei und los sein, *so daß sie keine mehr fühlen kann.* – (VIII/I, 308)

243,32–244,16 *Bey dem farnesischen* Herkules *ist das Ideal von Kraft und Stärke so weit getrieben, wie die Tugend wo sie anfängt Laster zu werden. [...] und der Mensch, der ihn hervorgebracht hat, hat gewiß den Herkules gefühlt; in der Physiognomie sitzt ein unüberwindlicher Stahlgeist, oder wenn man sagen könnte, Gottheit von Eichen Strenge und Kraft und Stärke und Festigkeit. Die Brust hat zu viel Fleisch für einen so abgearbeiteten Kerl, wie Herkules seyn mußte, der Frost und Hitze, und alle Ungemächlichkeiten des Lebens überstanden hatte und aushielt.* (VIII/I, 500)

244,22–31 *Der* Stier *ist ganz alt bis auf die vier untern* Beine, *welche* neu *sind, und vielleicht* das größte *Meisterstück von* allen Tieren aus der Zeit der Griechen. Man kann kein natürlicher Ochsenfleisch *sehen, Myrons* Kuh *konnte nicht* besser *seyn. Wahrhaftige* wilde *Stiernatur.* (VIII/I, 482)

Der Hintere besonders vom Toro ist ganz wunderbar *natürlich; und die* Stellung, *die ganze* Bewegung durch *alle Glieder des Leibes bis an den Kopf.* (VIII/I, 483)

245,13–246,31 Der sogenannte *Antinous*

hat die Gestalt von einem Menschen der auf etwas sinnt, oder empfindend zur Erde *blickt*, als ob er sich *besinne*, zu welchem Mädchen er gehen wolle; und [...] recht kräftig *und* zartnervig und anhaltend im Genuß aus. *Eine ächte atheniensische jugendliche Schönheit voll geistigen Reizes und süßer lieblicher Hoheit.*

Die Formen am Unterleibe sind *noch* nicht *ganz heraus*, und er muß *noch ein wenig im Ringen* zusammengeschlungen und *im Klopffechten durchwamst* werden. *Uebrigens ein göttlicher junger Bursch, so recht Kernstärke.* Die *Brust vom* rechten *Arm schwillt wirklich* milchig; und ich kenne nichts Verführerischers für ein Weib zur Umfassung. Mit [...] vielleicht verhauen. (VIII/I, 281 f.)

Der so genannte Antinous.
Ein junger Held, der sinnt, wie er einen Kampf mit dem besten Verstand abmachen soll. Der Zug des Denkens ist über dem rechten Auge, wodurch der Knochen *desselben weit* schärfer hervorkömmt als *beym linken; das* Heroische sitzt in der *Kraft geschwellten* Stirn [...] und *wie hervorblüht.*
Das Bild hat kein Zeichen, *woraus man erkennen* könnte, *wen es* vorstellen *sollte. Nach dem etwas kleinen kraußen Kopf und der gedrängten Fülle in allem würd ich es für einen jungen Herkules halten, [...]* (VIII/I, 294 f.)
Apollo. Es ist eine Erhabenheit *im Ganzen,* besonders aber im Kopfe, die *den Menschen ganz* niederblitzt. *Viel Stärke in der Nase, und der übergetretenen Stirn an den Augen. Göttliche* Schönheit in allem von den *leichten gehörig langen Haaren nachläßig zusammengewunden* bis zu den schlanken behenden Schenkeln und *Beinen. Stand* und Blick, und Lippen voll Verachtung *zeigen von seiner* Hoheit. (VIII/I, 280) Die Augen sind selig, *voll Seele, wie ölicht,* leicht aufzutun und zu schließen, *zwey halbe Zirkelbogen, die sich groß durchkreuzen von oben und unten. [...] sein kleiner kurzer* Oberleib zu den langen Beinen macht ihn zu einer ganz besondern Art von Wesen und gibt ihm *in der That etwas übermenschliches. Es bleibt gewiß ein* erstaunliches Werk *menschlicher* Erfindung [...] Unsichtbarkeit *hervorgeholt* und in *zartem* Marmor festgehalten [...] und die höchste *Klugheit.*
Der rechte Arm vom Ellenbogen an scheint schon alt restauriert zu seyn; er ist nicht so fleischig und schön, wie das andre.
Alles, was Apollo hat, ist *Individuell* und läßt sich *außer dem Ausdruck nicht* übertragen. (VIII/I, 281)

247,15–29 *Seine Stellung ist etwas* gespannt*; wenn man ihn mit dem Antinous sieht, und die Stellung nimmt, wo man beyde zugleich im Auge hat, so ist jener ganz Na-*

tur, die in ihrer Kraft und naiven Bescheidenheit da steht, *und er* gerade wie *auf dem Drat* ein Seiltänzer; *doch kömmt dieß auch daher, daß er von da in einen schiefen Standpunkt kömt, von daher er nicht darf gesehen werden. Sein* Kopf *steht* offenbar auf der rechten Schulter, *und wenn er ihn* von seiner Richtung zurechtdrehte, so wär es *ganz* abscheulich *und eine Mißgeburt. Wenn man ihn aber aus dem rechten Standpunkt ansieht, das ist* von der linken *Seite, wohin* er schaut, *so* ist es *wahrer* Apollogang *und Bewegung. Sie ist also gewiß nur auf diesen Punkt gemacht und darf nur daraus angesehen werden; hier sieht man* ihn fortschreiten, sieht das Gesicht ganz, und *es* kömmt *nach der Perspectif gerad* in die Mitte.

Ein wahrer Gott des *Lichts, man* darf sich ihm nicht viel nähern; er kann keinen Flecken leiden, und man müßte bei ihm immer *erschrecklich* gescheit sein und *sich vernünftig aufführen.* (VIII/I, 310 f.)

248,3–13 *Das einzige, was ich daran auszusetzen habe, ist, daß er mir nicht genug griechische Phisiognomie, oder wohl gar keine hat, sondern viel mehr* etwas Neronisches *in seinem ganzen Wesen. Er ist schier etwas* hager *vor Stolz,* und *sieht mehr* ärgerlich, *als glücklich aus. Nach dem Homer ist er aber doch gewiß gebildet;* (VIII/I, 281)

253,33–254,14 *Der alte* Campus Martius *muß einer der begeisterndsten Plätze in der Welt gewesen seyn, und [...] Strabo beschreibt ihn kurz; sagt aber genug, um sich eine bezaubernde Idee von seiner alten Herrlichkeit zu machen. Man fühlt jedoch* das Herz *stärker schlagen, wenn man noch dabey* die *alte* römische Jugend *selbst* auf *den grünen Wiesen unter dem* Schatten *der hohen* Platanusse *in der Phantasie sich herumbalgen und* ihre kriegerischen Spiele *treiben sieht, der Tyber schnell und tiefwirbelnd daran vorbeyströmt,* die Ufer hieben und drüben mit schönem Gesträuch bewachsen; und in der nahen *Ferne die* Hügel von Monte Mario bis zu Pietro Montorio *wie ein majestätisch Theater der Natur sich herumlagern*, wo der Edeln *Herz* mit erhebenden Schauern die Geister von Brutussen, Camillen und Scipionen gegenwärtig *fühlen mußte. Und in der That, man braucht in keinem Colisäum, oder* Theater *des* Pompejus, *Marcellus* und Balbus *geseßen zu haben, [...] um etwas Unsterbliches dort gegenwärtig zu glauben;* (VIII/I, 548)

254,23–26 *Der Fluß zeigt sich hier in seiner größten Schönheit, so wie das Amphitheater der Hügel; und die Gärten, und Pignen, Cypreßen,* Lorbeern *und* Eichen *herum, die Stadt und Sanct Peter auf der einen Seite, und die Gebürge von Viterbo auf der andern, und rückwärts von Tivoli geben mahlerische reizende Aussichten.* (VIII/I, 549)

255,23–36 *Es ist* ein sonderbares Ding *um die Kunst*; sie scheint ganz ihren Weg für sich zu gehn. Wenn man [...] sollte schließen *können, welche* Popanzen müßten die Römer *zu Constantins* Zeiten gewesen sein gegen die unter Trajans, *wie man aufs komischste sich die Vorstellung an einem Monumente zugleich machen kann, nehmlich Constantins Triumphbogen.* Was konnte *der arme* Alexander dazu, daß er keinen Homer fand bei seinem Leben, überhaupt *keinen Dichter*, der ihn besang? (VIII/II, 19 f.)

256,29–257,4 *Rotunda. Porticus; es ist* als ob man in das schönste Plätzchen eines Waldes [...] gepflanzt hätte.
Wie breit und mächtig einen dann *die Rotunda* selbst umfaßt [...] und der *dunkle* Raum dahinter, wie das Allerheiligste der Gottheiten. (VII, 83)
Was *das* für eine Ruh ist! wie einen [...] mit Liebesarmen *umfaßt, nicht umfaßt*, wie ein leiser Schatten einen umgibt, so daß man das *Gebäude nicht* merkt! [...] und unten Schönheit. (VIII/I, 198)

259,16 f. Tempel der Minerva Medica. *Form ein Zehneck. Eine* der *mahlerischesten* Ruinen *in Rom.* (VII, 70)

259,19–21 *S.* Bernard. *Die runde antike Form ist alles;*

schön gewölbt; sechste Theil vom Zirkel. Nach der Rotunda. (VII, 81)

259,27–32 *So klein sie ist: so giebt ihr der weite* Bogen *Großheit. Ganz umgekehrt wie bey St. Peter, wo der kleine halbe Zirkel der Decke* des mittlern Schiffs *die ganze ungeheure Kirche kleinlich macht. Die Verzierung des Gewölbes besteht aus lauter Achtecken.* (VII, 81)

260,34–261,2 *Die* Rotunda *ist oben* äußerst flach gehalten *und das Loch sehr weit; dieß giebt ihr etwas ungemein majestätisches, so daß die ganze Peterskirche dagegen zum Zwerg wird mit ihrem halben Zirkeldache. Man* steigt *dazu* auf *43* Stufen*; der großen mögen ohngefähr nur ein Dutzend seyn.* Wenn man *von oben hinein sieht, ist es* wie ein runder hoher Turm. (VII, 87 f.)

267,7–15 *(*Zeus, der alles faßt, [...] Mutter, *Brüder und Schwestern?)* [Sophokles, »Antigone«, 487] (VIII/II, 93) Welcher Menschen *Uebermuth Zeus* hemmt [...] Monden *der Götter*! Unalternd [...] untertan. [Sophokles, »Antigone«, 607–613] (VIII/II, 93)

268,11–24 *Jedes* Gefühl muß *einem* sagen, daß er etwas Getrenntes von einem Ganzen ist [...] Als *Mensch sucht er* dies am ersten bei *einem* andern Menschen [...] Aber auch hier wird der Mensch *endlich sein* Ganzes nicht finden. Es ist also klar, daß uns entweder der Tod mit diesem vereinigt oder [...] wieder dahin bringen muß. (VIII/II, 127 f.)

269,6–8 Welches der König der Elemente ist, *die* Luft oder *das ursprüngliche* Feuer, muß noch ausgemacht werden. (VIII/II, 166)

269,33–270,6 Alle verschiedne *Arten von Wesen* in der Natur sind göttlich, *das ist frey, für sich wirkend. Dieß ist Realbegriff der Gottheit; und in dieser Rücksicht ist nicht ein Gott, sondern deren eine unzählbare Menge; und die Griechen nahmen Hauptgötter nach den vier Elementen an. Wie* alle diese Kräfte *wirken, da gehört noch mancher Newton dazu, bis wir nur den Schein davon berichtigen; bis zu Grundbegriffen werden wir*

nie gelangen.
Alle diese Kräfte untereinander *vermengt ohne* Ordnung und Schönheit *für uns* nennen *wir Materie. Jede einzelne beysammen: Element.* (VIII/II, 183)

273,37–274,4 *Alles, was lebt, ist in Bewegung:* Die Meere und Tiefen *von Elementen* sind es, woraus wir immer neu strömen und zusammenrollen. *Wir sind vereinigte verschiedene Theile, von denen keins sich selbst kennt. und bloß in andrer Verbindung sich gewahr wird. Unsre* Urnatur ist *unendlich erhabner* als das augenblicklich zusammengeballte Eins verschiedner Kräfte, *woraus wir bestehen.* (VIII/II, 80)

274,34–275,15 *Es ist ein ewiger Kampf in der Natur, und wo die streitenden Partheyen gleich mächtig sind,* nennen *wirs* Ordnung, *Form,* Schönheit *und Leben,* und wie die Namen alle *weiter heißen.* Wie Kinder [...] in immer einerlei *Composition* vor Langerweile endlich auf ewiger Folter *liegen. Die* Natur hat [...] in neuen Gefühlen *ewig* selig fortzuschweben; und unser *Urberuf* ist, dies zu erkennen und *glücklich* zu sein. Pythagoras hatte *ganz* recht: die Welt [...] Die höchsten Granitfelsen *von Wallis und Uri* zermalmen endlich die Regen des Himmels *und Katarakten* der Eisdecken *über ihnen,* und unsre Jahrtausende sind Momente der Ewigkeit... (VIII/II, 159)

275,30–33 Wer hat die Elemente so untersucht, [...] Warum *könnten* nicht alle [...] und die ganze Natur leben *und* denken und empfinden? (VIII/II, 167)

279,32–37 *Den 3. April.* [1786]
Ich habe dieses *freye, wilde Stück Philosophie* damaliger Zeit, [...] des Zusammenhanges wegen nicht *ausmerzen wollen.* Wohl uns, [...] Ein Barbar aus *Pommern hätte den aufgeheitertsten* Griechen, *den ewigen Zierden der Menschheit,* viel *tollen* Kopfbrechens ersparen können. (VIII/II, 187)

281,20–23 *Schwer zu errathen bleibts immer, wie* Thales *und* Heraklit *auf den Gedanken kamen, von* Wasser *und* Feuer *alles herleiten zu wollen.* (VIII/II, 184)

300,3–12 *Abends* muß man *sie sehen, da* fühlt man unaussprechlich die Schönheit des Ganzen; die Masse wird noch *einiger* für das Auge und erquickt es lieblich und heilig. (VII, 83) *Ein weiter hoher Schönheitsvoller* Zauberkreis, worin man von *der Wirklichkeit* in die *blauen Lüfte* oben wegverzückt wird, [...] befreit von allen Banden. (VII, 87)

301,21–25 Wenn die Natur selbst lebt und wirkt und ihre *ewige oder* notwendige Art zu sein hat [...] und welch ein Greuel, im andern Fall, das höchste Lebendige, das sich mit dem *lautern* Tode gattet*!* (VIII/II, 203)

302,1–305,29 Daß alles *von Ewigkeit* ist, *und an und für* sich sein wird, *wie* es war, *muß ich* wohl ohne *weitern* Grund annehmen, denn es ist die *äußerste* Grenze des *Nichts. Was aber alles will, darüber* hat mir das System noch keines Philosophen Genüge geleistet*; und wir werden damit nach unzählbaren Hypothesen wieder von vorn anfangen müssen.*

Ruhe und Bewegung! Wer [...] ihrem *heiligsten* Kabinette finden. *Ich habe schon lange so etwas von einem Systeme der Berührung gewittert, dem allgemeinsten von allen. Bewegung* ist Streben nach *Genuß; und Ruhe wirkliche Berührung.*

Nehmen wir die einfachste *Substanz, die* Einheit von irgendeinem Element an und denken sie uns allein und *abgesondert in* den leeren Raum *hinein. Vorstellen* kann sie sich nichts, weil sie nichts um sich hat. Innerliches *Leben findet* nicht statt, [...] der letzte Begriff von Tod; *höchstens* ein Punkt *Nacht* von Selbstbewußtsein mag in ihr stecken.

Nun [...] Gefühl. Nehmen wir nach dem Demokrit in beiden Urform an, *denn figurlose Stäubchen sind eine Grille;* und denken sie *uns vollkommen* rund. Und sie werden *sich ewig umeinander bewegen und berühren. Platt* oder eckicht: Und sie werden aneinander *festhangen; eckicht* und rund [...] Freude und Leid.

Denken wir uns nun das Weltall als *eine unendliche* Menge solcher Substanzen [...] an Stoff und *Einheit* und *Form verschieden, und* daraus *von selbst nothwendig die* beste Ordnung zur *allervollkommensten Berührung und mannigfaltigsten: und wir werden mit der Nase auf die* Erklärung des Rätsels *stoßen; und endlich* begreifen lernen, warum [...] die *Fluthen* toben, die Erden fest halten und daß der Strahl in *einem* Pulverturm glücklicher sein kann [...] die sonderbare Meinung des *Parmenides* erklären, daß Eins Alles und Alles Eins sei. Nämlich, aller Grundstoff ist sich gleich, nur die Form seines unendlichen Wesens verschieden. Des Exempels *wegen: in* den Sonnen rund, in der Luft rund und halbrund, [...] trocken, und so weiter. Das Platte werde wieder platt und *eckicht, Wasser* durch Ausdünstung zu Wolken und Regen, [...] und Tal und Ebne umändert.

Das Runde übrigens herrsche wegen seiner leichten *Beweglichkeit; und die Natur strebe nach und nach innerlich und äußerlich endlich einmal ganz rund zu werden. Heraklit hätte dann Recht, das Eins wäre Feuer.*

Gewiß bleibt's allemal, daß *Grundverschiedenheit bloß in Form bestehen kann;* und daß *ein ächter metaphysischer Kopf,* ohne Form alles nur einerlei, ein Wesen denken *muß. Das Licht ist nur durch die Form der Theile von einem Stück Holz und Metall verschieden.* (VIII/II, 188–190; vgl. auch VIII/II, 204: Gewiß *bleibt immer*, daß Verschiedenheit und Änderung, die unsre Sinnen *als Qualitäten empfinden, bloß in Form* besteht, *nur in den zärtesten Maßen für das feinste Gefühl aller Art; und* daß man ohne Form alles nur einerlei, Ein Wesen denken *kann.*)

Wie dies Eins aus seiner Formlosigkeit zu Form gekommen *wäre? ebenfalls wie jetzt und immer* durch Streben nach *Genuß. Und wenn* wir Anfang von Zeit annehmen wollen, [...] Gott schuf die Welt aus Nichts.

So viel ich weiß, hat jedoch keiner diese Erklärung von

dem Eins gegeben, und Aristoteles beschwert sich darüber, daß sie es ohne allen Beweis annehmen; und widerlegt sie mit den angeführten Gründen. Und so hätten wir denn wider Vermuthen und Hoffen endlich alles! Das Problem wäre aufgelöst, wie die Welt Eins sei und [. . .] in ihren ersten Lagerstätten gefunden. (VIII/II, 190 f.)

Den 8 April. [1786]

Also sinnlich und jedermann faßlich gesprochen!

Im Anfange war Alles Eins, *lauter untheilbare Stäubchen.*

Und es regte sich; [. . .] Wasser, Luft, *Feuer, Erde.*

Alle wechseln miteinander ab und *gehen* wieder in das Eins *zurück.* (Vgl. VIII/II, 101: *Weite Erde und Aether des Zeus! Du Erzeuger der Götter und Menschen, [. . .]*)

Und so wird und vergeht [. . .] brennt und wird *Erde und Feuer, Feuer wird* Luft, und Luft wird Wasser; und jedes kehrt wieder zurück, wo es *herkam.*

Form und Wesen, [. . .] um welche sich alles herumdreht, *und die noch Niemand erklärt hatte.*

Die bildende Kraft [. . .] ein Streben nach Genuß. *Alles in der Natur wacht auf, und schlummert wieder.*

Es bleibt wahr, [. . .] Gott der größte Geometer.

Den 9. April. [1786]

Wenn Wesen an Wesen [. . .] das reinste Bewußtsein.

Wenn es sich [. . .] das abgezogenste Denken. *Der Verstand* berührt sich und wird verständig, indem *er* Verständliches zu sich nimmt; und [. . .] Aristoteles tiefsinnig *sagt.*

Wenn er sich zu Idealen formt, entsteht Phantasie.

Wenn *er* die Ideale [. . .] befestigt, *Gedächtnis.*

Alle Gefühle, alle Arten von Leidenschaften, [. . .] verschiedne Formen in dem Wesen.

Ohne diesen fruchtbarsten aller Grundsätze von reinem Wesen und *Form bleibt* die ganze *Welt, Erhalten*, Zeugen *und* Vergehen, der Mensch, sein Denken und Empfinden, sein Dichten und *Trachten völlig unbegreiflich.*

Die Vollkommenheit [...] Arten von Formen. (VIII/II, 192 f.)

308,3–27; 309,1–35 *Und durch ewiges* Wirken und Gegenwirken ist das All in schönem Leben. Das Wesen äußert immer seine Kraft, [...] und wir sind nur zum Schein ein Teil davon; jedes besondre Ding *nur* ein Spiel, ein Mutwille des *Wesens. Was sollen uns endlich alle die prächtigen Kanonenschüsse ohne Kugeln, bey denen das treffen unmöglich ist!* (VIII/II, 202)

Das ist eine ganz andre Hoffnung, [...] bald wirst auch du in mächtigem Fluge so über dem Rund der Erde *hangen. Aber* auch das Verächtlichste werden? Wer weiß alles, [...] in unendlichen Gestalten. *Stein und Metall ist vielleicht im stärksten Genuß glücklicher, als der Sonnenstrahl durch die Himmel schießt, an Planeten aufprallt, und in die Unermeßlichkeit zerstäubt; Stier und Hirsch und Maykäfer im Lenz Gefühl der Lust, bey Vergessenheit aller Gedanken und Sinne, eben so glücklich, als Häupter mit Königskronen, Bischoffsmützen, Lorbeerzweigen, und Herzen mit Ordensbändern. Eins* zu sein und Alles zu werden, [...] anders als das Schlaraffenleben, *was,* [...] Phantasien sich vorstellen, *und worauf hin? auf kaum erfundne Buchstaben, von allerley Leuten zusammengesetzt, in fremden Winkeln?*

Warum sollen wir nicht *lieber* in der *jeden Moment* ewigen Natur *selbst* verehren, was wir *offenbar gewaltig, rein, und wirksam* darin empfinden? *Warum etwas Unbekanntes, das wir doch nicht denken und durch keine Beschreibung fassen können?* Warum wollen wir die Welt nicht nehmen, wie sie *ist, und immer träumen, es stäk etwas bessers dahinter? aber* wir alle sind über kurz oder lang [...] nach Neuem.

Ardinghello. So viel mögen wir wohl auch [...] und da Anfang aus *Nichts unmöglich* ist, notwendig und ewig; und [...] einerlei sein muß oder verschieden. Wenn verschieden, so [...] die Art Wesen, die in *uns denkt* und Verstand hat. Und wo [...] alles ist. Und da wir *offenbar* nur geringe Kleinigkeiten sind [...] als etwas Höheres verehren wollten. (VIII/II, 199 f.)

311,5–13 *Und* gesetzt noch das Allerausschweifendste [...] die Welt bestünde aus lauter unteilbaren Stäubchen, keins dem andern *gleich, entweder ohne Form, oder jedes mit plastischer Form,* die sich gatten und scheiden: so müßten wir doch billig [...] obgleich diese Meinung bei keinem, der *nur Wasser und Luft sieht,* und *darüber* denkt, Ernst sein kann, sondern ein grillenhaftes Nadelspitzensystem ist. (VIII/II, 200 f.)

311,23–312,4 Sich des Daseins freuen unter allen Formen und *Gestalten, und* diese *zerreißen,* sobald sie nicht mehr dazu *taugen, predigt* die Natur. Und dann, [...] und beginnen. Alles Wesen ist frei, sobald es *allein aus sich selbst handelt. Substanz* kann von keinem Gott vernichtet werden. Dies ist [...] bei tiefen Gefühlen. Zertrümmre mich *Centillionenmal* mit Blitzen und Wetterkeilen! [...] Was ich tue, tu ich durch dich.
παντα το ἕν. (VIII/II, 201; vgl. auch VIII/II, 203: Alles Wesen ist frei, sobald es frei sein will; [...] Tyrannei dauert höchstens überall nur bis auf den Grad, wo die letzte *Last wegfällt. Substanz* kann von keinem Gott vernichtet werden. Dies ist der Grundpfeiler des *pp.*)

317,21–26 *Um Rhodes liegen verschiedne kleine Inseln, wovon*
Symio ehemals Syme
berühmt ist wegen seiner Untertaucher. *Männer und Weiber üben sich darin von Kindheit an; und* Niemand erhält das Bürgerrecht, ohne vorher Beweise seiner *Geschicklichkeit gegeben* zu haben. Hernach *reisen* sie *darauf* herum. (Nachlaßheft 24, Bl. 37, nach Brecht, 129)

320,9–322,3 *Rafaello al Convento* delle Contezze. *Den 13. Julius* [1783]. *Es ist der Mühe* wert, *deßwegen allein nach Fuligno* zu reisen. *Die* Madonna, *der* heilige Franziskus, *der Heilige* Hieronymus *welche Figuren,* welche Cha-

rakter! Wie ist alles so rein bis aufs Haar bestimmt! Echte *griechische* klassische *Arbeit. Im* Kopf der Madonna ist *alles himmlische vereinigt, was bey den* schönsten *weiblichen welschen Köpfen hier und da angetroffen wird.* Wie klar die Stirn, wie reizend das lichte Kastanienhaar nach den Ohren weggelegt, der bräunliche Schleier wie sanft und lieblich, in den *hold* herniederblickenden Augen welche Güte! wie schön die großen Augenlider, *die* vollen jugendlichen Wangen mit Schamröte überzogen, wie jungfräulich, wie süß der völlige Mund *und* das zarte Kinn, und die Nase wie *unschuldig* herein! welch ein schönes Oval und wie reizend auf der rechten Seite herum *bis auf den Hals in* Schatten gehalten! wie reizend [...] hervor!
Welch eine *welsche* feurige, eifrige Frömmigkeit und Wahrheit im Kopfe des Heiligen *Franciscus, und* welch ein schöner kniender *Abt!* Wie kräftig *ist* der Kopf [...] voll Bewunderung. Der *Engel mit* dem Täfelchen ist *herrlich* gemalt, nur weiß man nicht, was er soll, weil *vergessen worden ist*, es daraufzuschreiben.
Durch den linken Schenkel der Madonna, und den rechten des Kindes geht ein starker Riß, doch schadet es wenig, weil es an den minder bedeutenden Theilen ist. Das Kolorit in den Köpfen ist täuschend abgewechselt, wie die Natur tut, *Madonna ganz weiblich, voll Empfindung erröthend, Francesco jugendlich männlich schön, Hieronymus kräftiger Greis, der Kardinal trockner etwas beinerner Kopf. Engel und Kind in gehöriger Zartheit und Fülle.* Die Figuren sind alle in *Lebensgröße, die* Madonna noch *etwas* darüber, *vermuthlich* um sie *zugleich dadurch* zur ersten Person zu erheben.
Sie *schwebt hernieder auf natürlichen grauen Wolken mit Engeln umgeben, von denen man die fernen Köpfchen in den Reflexen der Wolkenfarbe sieht; folglich ist die Glorie ganz begreiflich grau in grau. Die Madonna* ist *in vollem lebendigen Kolorit* und wirft *einen* Glanz um sich wie *eine Welt.* Unten ist freies Feld und ein

Flecken, wo die Heiligen sich beisammen befinden, *und* sie anrufen und anbeten und in *ihrer* Betrachtung verloren sind.

Im Dom

Am linken Kreuzgang am Altar linker Seite des mittlern großen ist ein *tondo oder eine tazza, oder* Halbbogen *von Raphael gemahlt, eine der seltensten Mahlereyen. Eine* Madonna mit dem kleinen Christus [...] und auf beiden Seiten *zu Ende* zwei Jungfrauen *vermuthlich Marien.* Alle *haben knieende Stellungen*, außer den *Bübchen.* Die drei Weiber haben *fürtrefliche Drapperien besonders das* Mädchen zur Linken, von *der* man *den linken* Fuß sieht, *ist* ganz wollusterregend und göttlich, so zeigt sich das Nackende und die *schönen Formen* des Unterleibs, der vollen Hüften und Schenkel; das Gewand macht eine *ganz natürliche* Falte zwischen den Schenkeln und zieht sich im Knien *an. Die* jungen Brüstchen schwellen *reizend unter* dem Gürtel hervor. *Alle drey Weiber haben rothe Gewänder*, wie leichte Hemder. Die Gesichter sind voll *Reiz und Grazie*, und die Madonna hat *wirklich etwas süßes* in *Blick* und Mund, *wie vom Correggio* und blickt in stiller Entzückung nieder.

Alle sind vertieft in die Kinder, die *aufeinander zeigen* und sich freuen. Der Kopf des heiligen Joseph [...] und es herrscht *durchaus* die *süße stille tiefe* Raffaelische Empfindung. (VII, 115–118)

322,15–323,28 *Nella* Capella degli Oddi. *[...] Das Ganze* stellt vor die Himmelfahrt *Mariä; oben* empfängt sie der *Heiland mit* Engeln, die Musik machen, und krönt sie; *und* unten stehen die zwölf Apostel an ihrem offnen *Grabe. Und in drey* Gemäldchen *unten ist erst* der Englische Gruß, *alsdenn* die Anbetung der Heiligen Drei Könige und *dann* die Beschneidung. Alles (VII, 127, Zeile 7 f.: [...] ein *göttlicher* Inbegriff einer Menge *jugendlicher* Gestalten, die in seiner Seele aufblühten.) *ist* ein *wahrer Schatz von* Gestalten *und Schönheiten*, die *ent-*

zückendsten Blüthen eines himmlischen Geistes. Welche Heiligkeit im Kopfe der Madonna *und zugleich Gefühl von Seeligkeit, welch ein Reiz* in einigen *Engelsgestalten, besonders* der mit *dem Tympanon!* Aber das *interessanteste* sind *doch* die zwölf Apostel; welche *Charakter Paulus*, Petrus und Johannes! Paulus hat viel von seinem Aristoteles, Johannes von dem aufblickenden Jüngling beim Bramante *in der Schule von Athen. Wie wahr und lebendig sind die Gestalten aus seiner Seele hervorgegangen.*
Die drey kleinen Gemäldchen unten *sind äußerst interessant. Der* Engel *erscheint* der Madonna in einem *prächtigen* korinthischen Tempel. Sie betet und blickt *mit Majestät* vor sich hin, ohne ihn anzusehen; in einem Landschäftchen *in der Mitte* zeigt sich Gott [...] das Landschäftchen ist *voll Naivetät.*
Die Beschneidung [...] zwei Priester *fürtreflich, herrliche Köpfe* voll Charakter und Ausdruck, und die Seitenfiguren *treflich* gefühlt und *gedacht. Die Arabesken, wenn man sie so nennen kan, denn sie bestehen aus bloßen Linienzügen, theilen sie reizend ab.*
Der Kopf neben dem Petrus, die neben Paulus ganz göttlich. Das Ganze ist *auf Holz, und wohl erhalten bis auf einige Sprünge, wo der Gips auf dem Grunde besonders in der Figur rechts am Ende zum Vorschein kömt.*
Abnehmung vom Kreuze *im Dom von Barocci.*
Man kan nichts weiter davon sagen, als daß es viel Grazie in der Farbe und eine äußerst leichte und angenehme Manier hat. An Gestalt und Charakter ist gar nicht zu denken. Welch ein Johannes, welch ein Christus, welche Madonna, welche Marien! Doch sind die letzten noch die besten. Man kann wirklich weiter nichts davon sagen, [...] (VII, 127 f.)

324,32–326,34 *Raphael bey den Nonnen* zu Monte Luce. Himmelfahrt und Krönung der *Maria. Die Jünger,* zwölf Apostel *finden* den Sarg *voll Blumen,* Nelken und Schaßminen, *während sie oben* ihr *Sohn mit* Engeln empfängt und krönt. *Es ist wunderbar, da Raphael die Apostel so oft gemacht hat, daß er ihnen immer andre Gesichter gab, und doch so treffende, daß sie immer passen. [...]*

Madonna ist eine der frischesten weiblichen Gestalten, *voll Matronenreiz und* edlem *Ernst und* heißer wunderbarer Empfindungen der Seligkeit, *noch* im Taumel neuer Gefühle, wie vom Erwachen. *Nicht Mädchen, aber Weib so frisch und* blühend wie eine Jungfrau, *alles groß und* herrlich schön. Sie faltet [...] Ihr Gesicht ist *im Profil gehalten, man* sieht ganz die rechte Seite und vom linken Auge nur den heißen Blick; große schwarze Augen, *weit aufgeblickt mit vielem Weiß, und ein zarter schwarzer* Bogen Augenbraue, und *Kastanienhaar* unter dem langen grünen Schleier, der sich hinter dem rechten Ohr hinabzieht. *Die Wange und das Kinn sind rundlich und völliglich. Der Kopf macht ein länglicht Oval und ist fürtreflich gemahlt.*

Christus *sieht recht* wie ein sonnenverbrannter *Enthusiast aus Kalabrien* aus, *in* seinem starken Bart um die Kinnbacken, und *derbem rechten aufgehobnen Arm. Der* Engel mit *aufgehobner Rechten voll Blumen an* ihm hat einen Kopf voll himmlischer Schönheit *recht* sonniglich *wollüstig,* es scheint ihm überall Glanz aus seinem Gesicht hervorzubrechen.

Unter den Aposteln sind fürtrefliche Köpfe und Figuren, [...] Das nackte Engelchen an der Madonna ist ein Meisterstück von treflich gemahltem Nackenden und ein reizender Bube. [...] Oben ist ein dichter Duft von gelbem Himmelsglanz *wie ein gelblichtes Feuer, und* der Heilige Geist *schwebt zu oberst als Taube darinnen. [...] Der* Auffahrt *könnte man etwas mehr Schwebung und Leichtigkeit wünschen; allein auch das Gemache trägt zur* Majestät *der* Handlung *bey.* Raffael hatte eine sehr reine klare Empfindung, die ihn minder fehlen ließ als *der stärkste* Verstand.

Die Kirche ist ein helles niedliches Oblongum mit sechs Seitenaltären [...] Je länger man den Christus betrachtet, *je* mehr findet man etwas übernatürlich Göttliches, das sich nur gütig herabläßt; das Demütige der *Madonna stimmt* einen nach und nach dazu *vor ihm.* Es ist etwas erstaunlich Mächtiges und *gebietrisches* in seinem Wesen, das mehr im Ausdruck liegt als *der Physiognomie. Es ist eine* wunderbare *Severität* und Güte miteinander vereinbart. Ich habe noch *nichts* gesehn, *was* den Eindruck *auf die* Dauer immer tiefer und tiefer auf mich gemacht *hätte.* Je mehr man [...] diesen Christuskopf. *So ist es mir noch bey keinem ergangen. Der Kopf ist der nähmliche der Physiognomie nach, wie in der Verklärung, hat aber unendlich mehr Feuer und Wahrheit im Kolorit. Je mehr ich dieß* Gemälde *ansehe, desto mehr entzückts mich und* ich kann *nicht davon* wegkommen*; ich* möchte tagelang mit Wonne daran hangen. Hoher [...] Raffael! *Empfange Unsterblicher hier* meine [...] Dank auf. Es *ist* das Höchste, [...] und dieser *Sohn, ich* kann mich [...] Hoheit wegwenden. (VII, 130–132) *Diese* zwei *Figuren* sind ganz wunderbar groß gedacht, in der Tat Pindarische Grazie und *sein* Schwung der Phantasie bis *auf* die *Drapperie. Wie* mächtige Falten *wirft Christus Unter und Obergewand!* Welch ein Arm *sein aufgehobner* rechter mit *dem Aermel*! wie *meisterlich* gezeichnet und gemalt, und *welchen Effect macht* er in der ganzen Gruppierung! und wie *zeigt sich modest* das Nackende *an* der Mutter und *fällt besonders* leicht *und reizend* das blaue Obergewand! (VII, 133)

326,37–327,4 *[...] das untere ist alles* schwach *dagegen und wie sterblich* Fleisch. *Die Anordnung ist reizend. Madonna in der Mitte zur rechten, Christus zu ihrer Linken, an beyden ein Jüngling von Engel bekleidet, unter diesen bey jedem ein nackend Bübchen und oben der heilige Geist. Alles im kräftigsten Tizianischen Kolorit gehalten.* (VII, 132 f.)

328,30–329,24 *Venus*
besteht in allen aus 32 Stücken, die Figur ohngefehr aus 16. Der rechte *Arm ist augenscheinlich ganz neu* von der Schulter an, *und schlecht; der linke* vom Ellenbogen *an. Der* Kopf ist am Halse angesetzt und etwas *klein, wie bey den meisten* griechischen weiblichen *Statuen; aber* ganz von demselben Marmor, derselben Arbeit; der Zug des Halses paßt so *herrlich, alles harmoniert bis* auf die *reizenden* Füßchen. *Die Größe ist fünf Fuß französisch.* Die Nase schießt *etwas* von der Stirn *ab, wie* ein Strahl im Wasser. *Die Gestalt ist durchaus die größte Uebereinstimmung mit der Natur; ein Gesicht voll Geist und hoher witziger Grazie, ein* Leib *voll frischer saftiger äußerst ausgebildeter* Wollust. *Füßchen und Beine in zarter süßer Nacktheit eine Phryne. Brüste und Hinterer* schwellen *schmal von den Seiten her und breit und* markicht *von* vorn und *hinten.*
Venus hat ein tief eingedrücktes Grübchen im Kinn: *ein entzückend* Zeichen von Fülle und Kraft zugleich und Reifheit der göttlichen Frucht. *Und kleine halb nur* eröffnete oder zugehaltne Augen, die das Innre nicht erkennen lassen wollen, sprödiglich. (VII, 157 f.)

329,25–330,19 *Erscheinung* eines [...] hat *keine Leiden hienieden* ausgestanden [...]. Selbst *ein Alcibiades,* der schönste und edelste Jüngling *der* Sterblichen [...] sanft *in unendlichen Formen hervor,* und macht [...] Liebesfülle, *brennend süß, und doch zart, wie Nektar oder Konstantia),* flammt *wie ein Strahl* die Stirn herab, *und* schwebt auf dem Munde, *der wie eine frische Knospe aufgeht. Wie der lebendige Geist [...] nach den Ohren zu.* Die Mitte des Oberleibs [...] dünn; *pariser schön. Die Schenkel und Arschbacken sind so recht handfüllig, zur Wollust reif, und ein Bräutigamsbissen.* Die Schenkel steigen [...] hernieder, *außer daß sie* den Eingang der Lust mit einem *zarten* Druck *verbergen. Der Bauch* hat zwei zarte Einwölbungen *und die Schaam tritt davor auf und hinein wie scharf abgeschnitten. Der*

Nabel ist gerad in der Mitte zwischen Brust Zitz und Oefnung oder Ende der Schaam und geht tief ein. Die Schultern sind völlig so breit wie die Hüften und *treten* noch darüber hinaus. *Sie hängen* sanft vom *Hals herunter* gesenkt. Die Waden [...] bis *in die Kniekehle, und schweifen gar nicht aus. Das Köpfchen ist wirklich zu klein zu dem Leibe.* Aus dem Ganzen [...] Stolz, *und gar* nichts *Lockendes. Inbegriff von [...] Leibes[Liebes]-stärke ohne Sprödigkeit und Locken. Ein Weib, das ähnliche Züge hätte, würde, wenn sie sich verheurathen müßte, aus der Ehe eine Atheniensische Demokratie machen.* Sie blickt auf wie eine Jugendgöttin, von den Edelsten angebetet, *und sieht, was es giebt, aus dem Bade, wo sie in den Zweigen etwas von fern rauschen oder sich regen hörte.* (Nachlaßheft 32, Bl. 163 f., ebenso IV, 401–403)

331,1–22 *Venus Tizians darüber. Eine* reizende [...] schmachtendem *Blick, bereit* hingelagert [...] und mit den *zarten Fingerspitzen* die [...] Nerven *des* höchsten Lebens berührt [...]. Körper *und nicht Geist und Seele.* Ihre *Form macht* einen starken *Unterschied von* der griechischen. Wie das Leben sich an dieser [...] bei der *Venezianischen alles* nur eine ausgedehnte *Form ist*! Aber [...] ein *einschmeichelndes und ergebendes* und süß *verlangendes* Gesicht zu sehen. (Nachlaßheft 32, Bl. 165 f., ebenso IV, 403 f.)

331,11 f. *an der Schaam, in deren Ritze gerad die zwey ersten Finger der linken Hand* mit den *Koppen hinein fühlen,* (VII, 159)

331,23–332,8 *Venus legt* den Kopf auf die rechte Seite, sonst liegt sie ganz *gerad* auf dem Rücken. *Gesicht, und rechtes Knie und rechte Hand sind mit jugendlichem Blut durchfloßen.* (VII, 166; vgl. auch VII, 164 f.: *Venus Tizians* liegt *gerad auf dem Arsch, und ein klein wenig kömt noch die* linke *Seite hervor. Die Mitte sollte mehr angezeigt seyn; so ist sie gar zu los gelassen bis zur Schlappheit. Aber ein rechtes Wollustferkel von den*

Hüften bis zu den Kniekehlen um den Hintern herum liegt sie *da. [...]* Sie neigt *ein wenig* den Kopf *vorwärts.*) Das linke Bein *hat eine der reizendsten Konturen;* und das erhobne rechte Knie läßt unten die *ganze wollüstige Form und Farbe vom* Schenkel sehen. Der Kopf *wahre* Gestalt, *aber* matt und *ungeformt* gegen die *griechische; ganz* hingelassen *gestreckt zerflossen nachdenkend. Die* Blumen in der Rechten geben *der Hand* durch den *reflex ein schönes Kolorit,* und drücken den *Körper* zurück. (VII, 158) Ihr Haar ist *blond,* kastanienbräunlich und *schön* verstreut über die rechte Schulter, *und ein* Streif auf den linken Arm. Der Schatten an der Scham, *in deren Ritze gerad die zwey ersten Finger der linken Hand mit den Koppen hinein fühlen,* und die emporschwellenden Schenkel *vorn* sind äußerst wollüstig. *Die* großen *braunlich grünlichen* Augen mit den breiten *Augenbraunen liegen im Wasser.* Sie ist lauter *Hurenhuld,* es recht zu machen. (VII, 159) *Die* Lage *ist äußerst reizend und sömmerlich wollüstig. Die Mezzotinten sind Violet. Sie* gibt sich ganz preis, und wartet *mit Verlangen* furchtsamlich *geil* auf den Kommenden. Man sieht's ihr deutlich an, daß *schon alles* Jungfräuliche *durch und weggevögelt* ist, *es ist nur Schaam da* vor mehrern zugleich, *wenn sie auf einmal kommen sollten.* (VII, 158 f.)

332,16–30 *Apollino*

restauriert ein Stückchen im linken Schenkel; die ganze Nase; an dem übergelegten Arm die Hand; die linke Hand vom Knöchel an, doch sehr brav restauriert, der ganze Arm. Herrliche Attitüde, besonders *reizender Wurf* der rechten Seite*; wollüstiger süß und* kernfleischig *gespaltner* Rücken. *Das* Gesicht blüht wonniglich selig und edel in seiner Gottheit *auf. Die* Schenkel sind am vollsten und schier *rund. Es* ist eine wahre Wollust, Venus und ihn zugleich von hinten zu sehen, das Weibliche und üppig Bübliche des Gewächses; Venus ist ein *ordentlicher* Schwall von hinten, etwas speckicht: Appollo lauter *zarter* süßer Kern. (VII, 158)

332,35–333,5 *Die* Ringer. *Der schönste* Moment eines Ringspiels. *Es kann keine* auserlesenere Stellung geben. Die *Muskeln* zeigen *stärker, das ist, angestrengter ihr Leben,* und doch nicht schroff und *gewaltthätig.* Aus einem *Stück* Marmor. (Nachlaßheft 32, Bl. 167, ebenso IV, 404)

332,35–333,12 *Die* Ringer *sind äußerst ausgearbeitete Jünglingskörper und ein Meisterstück des größten Künstlers, so herrlich Fleisch, so wohl alles verstanden in der Muskelbewegung, so schöne wahre Gestalten besonders des heroischen Siegers; Schade daß die Nasen fehlen. Welch eine andre Kraft, als im Apollino; wie markicht ist der Arsch und Rücken des Obern; und welche volle straffe Sehnen haben die Schenkel! es ist ein göttliches Werk, und ein reizender Akt. Schade, daß sie nicht in Lebensgröße sind.* (VII, 164)

Merkur *ist ein gescheidter pfiffiger witziger Bube,* voll Schönheit und *jugendlicher* Kraft. *Er hat* einen Helm, wie einen Teller, mit Flügeln, *abgeschnitten Haar, wo* kleine Löckchen *wieder geworden sind, und ist durchaus antik, obgleich in verschiedne Stücke zerbrochen bis auf die Hände. Das Gesicht ist völliglich schön, und der Körper* zart und schlank. (VII, 163 f.)

337,26–338,16; 338,28–35 Der Gemahl der Isabella *entschloß sich endlich, sie hin zu richten. Er* kam, *und gieng den 11 Jul. 1576 mit ihr nach Cerreto Guidi mit der Madonna Lucrezia Frescobaldi. Er that als ob er des Nachts bey ihr schlafen wollte, und* sie *hatte* Anstand, *ließ es aber doch zu. Wie sie zu ihm ins Schlafzimmer kam, liebkoste er ihr* und küßt sie, *e di poi la distese sopra del letto, con finta di volersi congiungere seco, ma fu diversamente per la povera signora. Posta che fu a giacere, mentre che stava supina, gli fu nesso di dietro un laccio al collo, e strozzata, benche durassero grandissima fatica.* Sie wurde *hernach* begraben, *und war ganz schwarz, so daß es der ganzen Stadt verdroß, und jeder sagte,* [vgl. Heinses Fußnote zu S. 338,16, übereinstimmend mit VII, 176:] che bisognava [...] senza il *marito; e questo* fu il misero fine delle figliole del Duca Cosmo de Medici. (VII, 176)

340,24–34 *es kam zur* Schlacht *und er schlug sie. Der Ort ist ohne Zweifel* an *der* See *gewesen bey* Ossaja, *weil da die Pläne am bequemsten für zwey große Armeen ist. Die Römer flüchteten alsdenn über den Berg bey* Spelonca, *[...] Daß kurz vor Passignano bey* Sanguinetto *die Hauptschlacht gewesen ist nicht wahrscheinlich,* (VII, 135 f.) *[...] die vielen tausende Erschlagene düngen vermuthlich noch das Feld, und ich habe mit meiner foglietta Wein nella casa del piano wahrscheinlich mich noch mit altem* Römergrimm, *der ins* Gras biß, *gestärkt. Die Wörter* Ossaja *und die Brücke* Sanguinetto *klingen ganz homerisch bey einem* frischen Zug *in heißer* Hitze. (VII, 135)

341,9–13 *Bis an das Dorf* Passignano *geht man immer an niedren Hügeln hin, die von der See hundert und zuweilen zweyhundert Schritt abstehen, und der Raum ist mit herrlichen* alten Ölbäumen, *Ulmen mit Reben, hohen* Eichen *und* Zypressen *bepflanzt, und unten wächst meist Hanf. Die* See *giebt gegen Toricella oder nach Perugia zu einen mahlerischen Anblick;* (VII, 134)

343,4–344,2 *Treve liegt ganz fürtreflich* an *einem* runden *Hügel* die Hälfte herum gebaut, *fünf Miglien von Fuligno. Es sieht aus, als ob die* Menschen *wie die* Vögel *sich in* Bäume *und an Häuser auch in die Höhe hätten nisten wollen. Es* heißt mit Recht *la* Ringhiera *o Loggia dell' Umbria, weil es über* das ganze Tal von Spoleto *herrscht, und man von da Perugia, Assissi, Fuligno und Spoleto mit vielen andern Ortschaften sieht. Der ganze übrige* Berg *ist ein reiner* Olivenwald *durchaus.* (VII, 115)

Das entzückendste Schauspiel aber auf der ganzen Reise macht der Clitumnus, *welcher* am Fuß des höchsten Bergs *der Gegend*, Campello, aus einem Felsen *von hun-*

dert Schritten in einer Menge Quellen, *deren ich über ein Dutzend gezählt habe, hervorsprudelt.* (Vgl. auch VII, 115: *Der Ort, wo* die Quellen des Clitumnus *entspringen, heißt deswegen* le Vene.) *Der* Felsen *ist* mit vielen uralten Feigenbäumen bewachsen, *die sich in dessen Risse und Spalten fest eingewurzelt haben, und alles lieblich beschatten. Der mittelste Quell ist der stärkste.* Es ist *eine wahre hohe Lust zu zu sehen,* wie das klare, *krystallhelle Naß* aufquillt, *in der Stille in* Bläschen *aufschwillt,* alles innerlich sich regt und bewegt und die Fülle von *sich selbst* auf ebner Fläche fortrinnt. *Gleich wenige Schritte von den Quellen drängt er sich zu einem kleinen* lebendigen Teich, *der voll der frischesten zarten Lorbeerstauden ist,* und aus diesem strömt *er* schon *wie* ein ansehnlicher Fluß, *und wird binnen wenig Schritten* so *stark* daß *ich* keine *andere* so *volle* Quellen kenne, *als die der Vauclüse, die aber schon als ordentliche Bäche aus den unterirrdischen Felsengrotten hervor strömen. Sein Wasser* bleibt das *ganze Tal* durch kristallhell, *und deßwegen wuschen und badeten die alten Römer ihre Opferthiere darin. Und es war ein Lobspruch auf den Clitumnus, wenn sie sagten, daß er das* Vieh *weiß mache. Die Ochsen in dieser Gegend* haben *auch wirklich* ein glänzendes Silberweiß und sind außerordentlich gutartig. *Ich habe viele Menschen von so gütigen Mienen gesehn, und dieß waren immer die wackersten Bedienten und die bravsten Unterthanen.*

Wenn das Tempelchen auch nicht dem Clitumnus erbaut war, so dünkt es einem doch schön, es hier zu denken. Die Bauart ist offenbar aus *den* spätern Zeiten, *vielleicht schon der Gothen. Die* Säulen *selbst verschieden, die mittlern schuppicht, die zwey folgenden schraubenförmig gestreift.* (VII, 114)

345,3–347,22 *Den 10 Julius.*

Früh Morgens um 7 Uhr nach der Kaskade ausgezogen. Weg voll reizender Aussichten *dahin*; die Berge [...] der andre *himmelhoch* weiter *fort, als ob sie* dieses

Paradies ganz von der irdischen Welt *absondern wollten.* Die Sonne ging eben auf, als *ich* nach der Höhe zu *stieg,* gerade [...] See *von Nebel und Dunst* in der Mitte *des Gebürgs* schwamm.

Der Wasserfall *ist eine* entzückende [...] senkelrecht *über* zweihundert Fuß *hoch* hinabstürzen, daß der Wasserstaub *darinn* noch höher von unten *hinauf* schlägt. Alsdenn tobt er [...] schießt er *weiter* in den Grund [...] von selbstgewachsenen *Orangen und* Frucht- und Ölbäumen. Sein Fall *dauert acht* Sekunden *oder gewöhnliche* Pulsschläge [...] erquickt mit nie *gehörter Musik* und Verändrung von *Ton* und Bewegung [...] nicht müde *sehen. Es* ist ein Kunstwerk [...] Homer *oder* Pindar oder *Sophokles, wozu die* Mutter Natur Stoff und Hand *lieh. Er läßt sich* mit keinem andern vergleichen [...] die liebliche Zierde der *ihn umfassenden* Bäume *oben vor seinem Fall,* das *simple* Ganze, was das Auge [...] doch so *ganz* wie kunstlos, *überblickt,* nährt des Menschen Geist wie lauter kräftiger *Kern. Die* Mannigfaltigkeit des *andern Stroms, des bald langsamen bald schnellern Laufs, und gerad immer recht,* das *reizende* Bett überall, *so weit man hinkömt,* der See in seiner Rundung [...] höchster Gebirge *eingefaßt, das* fruchtbare *Tal, wodurch er rinnt, der Streit* der Nachbarn um ihn, *alles* macht *ihn* immer *interessanter. Gemalt* bleibt er immer ein armseliges *Fragment, weil* kein *Zuschauer* des Gemäldes, der *das Original* nicht sah, *sich das hinzudenken kann, da* man *es* nicht andeuten kann. Und überhaupt ist es Frechheit von einem *Mahler,* das vorstellen zu wollen, dessen *Wesentliches in* Bewegung besteht. *Poussin mahlte sehr* klüglich *die Wasserfälle meistens in der Ferne,* wo *ihre* Bewegung sich verliert und *sie* stillezustehen *scheinen.*

Terni *selbst liegt* äußerst angenehm zwischen lauter Gärten. An der Nordseite erhebt *sich ein* Bogen von Hügeln mit lustigen Landhäusern *und meistens Ölbäumen besetzt,* die einen kleinen Wald ausmachen. *Das*

beste gehört der Familie Canali, [...] Die Nera *fließt auf der Römischen oder südlichen Seite hart an dem Thor noch in der Stadt weg; und gleich darunter aus ihr. Von ihr werden verschiedene* Kanäle abgeleitet, die die Stadt *selbst* und *die Gärten außer ihr herum bewässern. Das Wasser, ob es gleich weißlicht aussieht, ist doch rein und trinkbar [...]*
Tivoli hatte einen so großen Reiz für die alten Römer, weil es nahe an *der Stadt* lag, und wegen *der Aussicht* in die *Römische Campagna* bis *zur See hin.* Es hat etwas Feierliches, [...] um sich her und *mehr Abwechslung, und an Fruchtbarkeit läßt Tivoli* gar keine Vergleichung zu; *es* ist *ein* dürres und ödes *Land; da* Terni lauter Mark *ist. Die* Römer verstunden zu leben! [...] wählte *Terni, der* Ältere Cajeta *und Puzzuolo; welches freylich* des Meers *wegen* über alles *geht*; denn nichts [...] hat mehr Mannigfaltigkeit *in* Bewegung. (VII, 102–104)

347,31–348,5 *Nachmittag um 19 Uhr nach der Kaskade* unten. *Hier* ist man recht der Mutter [...] der Erde, *und* ihr Schaffen und Wirken [...] und Schweizerrauheit vereinbart. *Himmelstrebende* Gebirge, donnernder Wassersturz, [...] süße *Reben, zarte Pappeln* Feigen, *Melonen.* (VII, 108)

348,3–8 *In diesem Garten ist eine der schönsten Lorbeeralleen, die ich gesehen habe. Ein Gang der besten Pomeranzen Bäume, und viel Wein* und Feigen. *Ein wohlgebautes Kapellchen in den* Felsen *mit einer Statue* der heiligen Rosalia, *und einigen Engeln um sie herum; sie liegt* auf einem *Küßen* mit Blumen bekränzt. (VII, 110)

348,32–349,12 Hier fühlt man erst recht die Schönheit von *Italien durch* dessen Mitte *sich der Apennin* lagert *und das von beyden Seiten das Meer umfließt.* (VII, 67 f.) *Herrliches Gebürg auf beyden Seiten vor S. Felice, linker Hand eine Landschaft mit Waldung und hohem Gebürg dahinter, als ob sie Claudius geschaffen hätte; und sie verändert sich verschiedene mal zu einer neuen; rechter Hand* der Apennin in seiner ganzen Majestät *und Furchtbarkeit; die Riße geben ihm ein schrecklich Ansehn, die Formen sind hehr und groß. In der Ferne* türmt sich immer *in weiten Kreisen* ein Gebirg über das *andre, das* Farbenspiel *blau und Nebel und Gewitterwolken ist eine wahre Augenwollust.* (VII, 67)

Die Mönche zu *M.*[onte] C.[assino] *thun platterdings weiter nichts als Fressen und Saufen und in den Stuhlbetten liegen.* (VII, 68)

349,37–350,23 *Neapel* ist so recht ein *wollüstiges Nest fürs menschliche Geschlecht;* zu strenger *oder* erhabner Weisheit ist's fast nicht möglich, *da* zu gelangen. *Es ist, als ob man immer einen Venusleib nackend vor sich hätte. Am besten und wahrsten sieht mans zu Portici. Vor sich linker Hand die* Küste von *Sorrent, die* Fahrt *weiter zur rechten* nach *dem schönen* Sizilien; *darauf* die Insel der Freuden des Tiberius, Capri; *alsdenn das unermeßliche Meer,* wo sich das Auge verliert *in einer weiten unendlichen Fläche;* und *nun* die alten Feuerauswürfe der Insel Ischia, und Procida und *den schönen Bord der See, den Strich* Hügel *von* Pausilipp, *denn* das *hohe* Gebirg *des* Kamaldolenser *Klosters, und nun darunter* das Gemisch von *unendlichen* Felsenhütten von Neapel, wo *sich 4 bis 5 hunderttausend Menschen* gütlich tun; und *hinter einem voll* schrecklicher Majestät *der Vater* Vesuv, *und darunter um einen das schüchterne Portici.* (VII, 56)

Es schwimmt alles und schwebt in Lust.

So rein und zart und voll und härtlich, wie das schönste Mädchenfleisch; Und auch die kleinste Welle zeigt stolz in ihrer Bewegung, daß sie eine Tochter des Oceans ist.

Es thut einem leid daß der Dienst der Diana aufgehört hat, um es noch menschenfestlicher zu machen. (VII, 65)

Diese Feuermassen *geben ihm den Rang eines Landes eines höhern* der Sonne *unserm* Planeten. (VII, 64)

350,33–351,16 *Sein Crater zeigt die stärkste Gewalt* die man auf *dem* Erdboden schauen kann. Die Risse von unten heraus, trichterförmig *in die Höhe*, gehen über alle Macht von *Wetterschlag und aufgesprungnen* Pulvertürmen und *Einbruch* stürmenden Meeres. Erdbeben, die Länder bewegen wie Winde *Wasserfluthen*, sind dagegen nur schwache Vorboten. *Der schauerliche blitzschnelle Strich empor aus der Tiefe durch die Felsenmaßen, von Schwefel und zerfloßnem Metall bespritzt und bedeckt, giebt* ein entzückend schaurig Bild *von* allerhöchster *Wut. Die Kegelspitze ist von* Schlacken *bedeckt, und* gibt ihm von fern eine *rauhe* haarichte Riesengestalt. *An Portici und Resina sind schöne* Gärten *voll* Bäume *wie Hayne. Oben* wächst lauter Heide; *die Spitze trägt gar nichts.* (VII, 59)

Der Vesuv ist augenscheinlich ein uralter Berg, dessen Krater einst *zusammenfiel*, wovon die *Risse an* der Somma *augenscheinlich zeugen; der Vesuv hat sich alsdenn* vom neuen *daraus* durch viele *Ausbrüche aufgethürmt.* Vorher war es einziger Berg *wie der Aetna*; jetzt *sieht er zwar* nicht *mehr so schön*, aber desto furchtbarer *aus.* (VII, 58 f.)

351,25 *Violante Coimbresa [...] Violante* Gräfin von Coimbra. (VII, 59)

353,4–33 *Wenn der* Abend *sich nieder senkt, und der* Duft *die Gebürge einhüllt, alles* verwischt *wird, nach und nach seine* Form *und Gestalt verliert, und ins Chaos zu fallen scheint, indes die* reinen vollkommnen Sterne *oben ewig blinken: dann mein ich, ich müßte* sogleich *mich* emporheben, *das Grobe ausziehen* und *meine* Stelle verlassen. Es ist *unten alles* so Nichts, wenn es nicht von dem klaren himmlischen Licht seine Gestalt empfängt; *und doch fühlen wir nur im Dunkeln unsre Existenz ganz.* (VII, 68)

Der Mond *gieng neben dem* Vesuv auf *mit seinem stillen Licht, wie ein weiser Mann neben einem feurigen Jüngling, wie ein Sokrates neben einem Alexander, der*

den Clytus ermordete. (VII, 68)
Dunkel liegt das Meer *unten und erwartet* mit unendlichen leisen plätschernden Schlägen seine Ankunft. *Der Vesuv liegt still im Meer, und die andern Gebürge stehen da voll Ehrfurcht.*
Und die Menschen *baden und singen und scherzen und fühlen bloß ihr Glück.* (VII, 65)
Es ist entzückend, wie man die *Erde gen* Osten [...] Harmonie des Weltalls fühlt! (VII, 65)
Du bist *glücklich; du* läufst deine Bahn ewig fort, dein Schicksal ist entschieden. (VII, 65)
Ach Gott, wer wüßte, was das Licht wäre, [...] weil es sich so schnell fortbewegt!
O wer in den großen Massen, [...] und Sternen *seyn kann ohne von den kleinen zerrissen zu werden!* Was *das* für eine Ruh und Seligkeit ist! Man atmet so recht aus. *Alles andre hinieden ist doch jämmerliche Sorge, und Stück und Flickwerk.* (VII, 66)

354,18–24 Zu Bajä ist ein Wunder [...] wovon die herrlichen *Ruinen zeugen. O was der Archipel pp.* (VII, 59)
Was der Archipelagus sein muß, wo das immerwährende Leben so um *die* Inseln herumwallt! (VII, 68)

354,28–355,9 *Es* ist in der Tat ein rührender Winkel. *Schade, daß die Asche heraus ist. Es ist gerad* der innerste Punkt *von dem* alten Parthenope; *das Centrum* der Ruhe von der See her, *weßwegen sich die Menschen an die Hügel angenistet haben*, die *innerste* Spitze des Winkels von der Bucht. Ich wünschte selbst an *einen* solchen Ort meine Asche [...] Gemäuer. (VII, 63 f.)
Gerad oben am *Gewölbe des Eingangs der Pausilippischen* Grotte *dem Vesuv direkt gegenüber. Auf* der Höhe *genießt man Neapel [...]* (VII, 63) Die Pinien *schienen voll* Ehrfurcht sich zu *ihm* zu neigen und *sich nicht* zu bewegen, um seinen Schlummer nicht zu stören. (VII, 64)
Es ist schön *einen Punkt* zu haben, wo sich die Erinnerungen an einen großen Menschen alle lieblich zusammensammeln. (VII, 63)

Das *Monument ist mit äußerst viel* Empfindung *angelegt, und liegt einsam in einem tiefen, im tiefsten Winkel des Weingartens. [...] Ulmenstauden*, wilde Weinranken, *Brombeergesträuch*, Efeu *schlingt* sich überall herum; *und oben ist eine* Decke *von* Erdreich *angeflogen*, (VII, 63)

355,14–356,17 *Auf der Höhe genießt man* Neapel und den *Krater* in einem der schönsten Gesichtspunkte. (VII, 63)
Surrent liegt von Bergen eingeschlossen in einem kleinen Tal *fast* wie ein Hufeisen. *Oben sind die schönsten Aussichten, und unten alles voll* Öl-, Pomeranzen- *und andrer Fruchtbäume, wo man sich hineinverstecken kann.* Es ist *ein kleines Paradies*, wohinein das *Meer eine Bucht* macht. Dessen Ufer sind *hohe Felsen*, so daß es wie auf einer Bühne *da liegt*. Man muß aus *dem Schiff einen langen Weg auf* Terrassen *angelegt* hinansteigen. *Auch die Berge sind mit Wein und Oel bepflanzt, und verschiedne bis auf die Höhen überall, als gerad der, woran es im Theater liegt. Rechts macht der* Vesuv *eine einzige herrliche große und doch vermittelst der Somma dahinter mannichfache* Gestalt. *Auf seiner Spitze kann man den herausgerissenen Kessel in seiner schroffen lebendigen Form recht sehen, wie einen scharfen Kegelschnitt. Die Masse des alten Vulkans erscheint hier fast noch ganz in monarchischer Majestät; und der jetzige feuerspeyende Gipfel liegt nur wie ein neuer Ausbruch wie ein junger Sohn im Schooß seines Vaters in dem großen Kreis der Somma, wovon die Hälfte oben versank. Wie ein Tyger oder eine fürstliche Chimäre liegt er unter den Bergen da*, und der Dampf aus seinem offnen Rachen ist *schön gräßlich*. An keinem andern Orte möcht ich *ihn Feuer speien sehn*; es muß ein wahres Bild rasender Hölle sein. Unten *liegen die Pallästchen und Häuserchen von Portici und Resina mit ihren Menschen* wie unschuldige Lämmer, die er sich zur Beute *her geschleppt*; und die alte Mutter *das Meer* zieht vergebens zärtlich rauschend *mit ihren Wogen*

heran, sie zu retten. (VII, 61 f.)
In der Tiefe deckt das Portici *ein leichter Morgennebel* wie eine zarte Bettdecke. *Und auf der See sind* tausend Nachen *und fangen* die unbesorgten Fische, *die* aus ihren Tiefen sich dem neuen Lichte *nähern. Das Meer verliert sich leis* wallend, wie ein unermeßlicher *Lebensquell in* ein Chaosdunkel, woraus Capri kaum sichtbar in grauem Duft noch *hervortritt.* In blassem Purpur *rötet* sich auf den Apenninen der Himmel, und der Vulkan *atmet stolz* der *Sonne* entgegen in majestätischer Ruhe seinen *schwarzen* Dampf *aus. Und* nun steigt sie empor in Strahlenglut, vollkommen und unveränderlich, der Geist ihrer Welt, die alles mit Liebe faßt, und in ihrem *Glanz* spielen die Wellen. (VII, 60)

365,7 u. 35 f. *l'Argentiere* Korsarenehe, *wie in Engelland Soldatenehen.* (Nachlaßheft 24, Bl. 25; vgl. Brecht, S. 128)

371,23–34 *Naxia, ehemals Naxos.* Naxos *ist eine der glückseeligsten* Inseln *des Archipelagus. Die* Alten *nannten sie* das kleine Sizilien. *Nur kann kein Schiff hier* anländen, *bloß kleine Nachen. [...] Korn, Oel, Feigen und Wein sind immer hier im Überfluß. [...] Der* Wein *[...] il est si delicat qu'on ne peut le transporter, même aux îles les plus voisines. Athenäus vergleicht ihn mit* Nektar. (Auszug aus Choiseul-Gouffier, »Voyage pittoresque de la Grèce«, von 1782, in Heinses Nachlaßheft 24, Bl. 27; vgl. Anm. zu 365,9–15; 365,24–366,1; 368,5 f. u. Brecht, S. 128)

2. *Varianten der drei »Fragmente einer Italiänischen Handschrift aus dem sechszehnten Jahrhundert«*

Drei teilweise Vorabdrucke des »Ardinghello« erschienen in Heinrich Christian Boies Zeitschrift »Deutsches Museum« als »Fragmente einer Italiänischen Handschrift aus dem sechszehnten Jahrhundert«, 1. »Künstlerbacchanal«, Juni 1785, S. 473–515; 2. »Ueber Raphael«, September 1785, S. 206–232; 3. »Ueber Antiken vom ersten Range«, Februar 1786, S. 89–113. Sie wurden, mit Ausnahme der folgenden Varianten, fast unverändert in die Erstausgabe des »Ardinghello« von 1787 übernommen; in unserem Neudruck nach Seiten und Zeilen: S. 157,11–197,25; S. 204,2 bis 220,32 u. 319,34–328,9; S. 230,20–253,21.
Die variierenden Textstellen aus dem Museumsvorabdruck [M] sind im folgenden kursiv gedruckt.

157,21 f. Meine Tränen rinnen auf die heilige *stille* Asche der *Heroen*,

158,14 f. Rom ist weit, glänzend und groß in *herrlichen* Fernen,

159,19 f. mit korinthischen *Platten* oben gekränzt.

160,10–14 der vierte ist mit *platten* korinthischen *Säulen* geziert, *welche Serlio falsch für von zusammengesetzter Ordnung hält,* und [...] Palme.*) [Fußnote:] **) Serlio hat zuerst den Plan vom Amphitheater aufgenommen. Des Godets, ein Franzose, hat mit unsäglichem Fleiß alle dessen Theile abgezeichnet und abgemessen; und Ritter Karl Fontana that dasselbe nach ihm, ohne wahrscheinlich etwas von ihm zu wissen. Das Innre machte dieser nach seiner Einbildung, und stellte viel unnütze Sachen vor. Das Zelt oben darüber, und wie es aufgespannt wurde, beschreibt er sinnreich. Maffei giebt das Innre am besten nach dem Amphitheater von Verona; nur fehlt er, daß er die Toskanische Verzierung daran finden will.*
[Vgl. Nachlaßheft 21, Bl. 19, statt *und Ritter Karl Fontana [...] finden will*:] *Der Kavalier* Karl Fontana [...] zu wissen. Das *Innere* machte *er* nach [...] aufge-

spannt wurde, *hat* er *sehr* sinnreich *beschrieben. Marchese* Maffei *beschreibt* das *Innere sehr gut* nach [...] Verona. *Nur fehlte* er darin, daß [...] finden will.

160,24 erheischt, *die erste Ordnung dorisch und nicht toskanisch, wie einige wollen. Die Dreischlitze fehlen, um eine Gleichheit in den Gesimsen des Gebäudes zu haben, aber der Raum ist da; ebenso fehlen bei der jonischen die Zahneinschnitte und die Eier im Kapitäl.*

164,7 gelegen haben; *unglücklicher Mann*!

165,1 die großen *Geiger und Sänger.*

165,36 Ein Landsmann von mir,*) [Fußnote:] **) Ein Florentiner.*

167,6 und Größe*; wenn man profan und menschlich sich, des Sinnlichen und der Kunst wegen, über Religionsgeheimnisse ausdrücken darf.*

170,17 Alle Kunst ist *Vorstellung* eines Ganzen [In M steht durchgehend *Vor*stellung und *vor*stellen für Darstellung und darstellen in der 1. u. 2. Aufl.]

180,15 Hier wurd er *endlich* erbittert

180,34 bei *dem Fürtreflichen* [In M durchgehend *fürtreflich* für vortrefflich.]

189,28–30 An Ausdruck und Bewegung von Leidenschaften [...] Gesichtern und Gestalten. [Fehlt in M.]

192,22 f. bändigt *das Meer* mit

196,16–26 *Man ent* .... kleidete die Jungfrauen [...] wie Sphären herumwälzten. [Fehlt in M.]

196,28 f. kein *reizender* Schauspiel

196,32–36 *jeder Jüngling warf* .... alle Kleidung von sich [...] vor Wonne. [Fehlt in M.]

197,2–20 *wo* .... – eine wahrhaftige Phryne [...] zurückgekehrt. [Fehlt in M.]

197,22 schwärmten, *einige vor, andre nach,*

204,4 f. in das Vatikan *eingequartiret* und genösse

204,6 oben *über dem* Belvedere

205,10 f. aber Welt und Nachwelt hat *diese Handlung von Despotismus* gerechtfertigt.

206,16 von *höchster* Schönheit

207,12–14 seinem *verliebten* Lächeln und *halbzugedrücktem wollüstigen* Blick

210,12 als bildende Kunst, *oder den leibhaften Sinn*;

211,14 um die Handlung her, *klug und fein*, und zum Teil

212,24 f. *nach den Anreden Trajans. Einige*

212,26 f. zwei Jünglinge unter Konstantin. *Der Zwerg mit seiner schaamlosen Bekleidung am Unterleibe ist an der Stelle und diesem Ort in der Tat ein frecher Scherz von Julio Romano, der damals freilich kaum zwanzig Jahre hatte; doch ist der Affe auf dem Elephanten mit seiner Onanie von Raphaelen selbst, bei der Anbetung der heiligen drei Könige in den Tapeten, noch unanständiger.*

215,5 f. von *höchster Fürtreflichkeit* und Schönheit

216,15 vieles *bei der Beschauung* aus

219,20 *Galathea*

220,25 hervorbringen, *als sie nun thun, wo man wenig mehr als die Kunst betrachtet*?

220,33 *Aus einem andern Briefe, der Gemeinschaft der Materie wegen; obgleich vieles dazwischen vorkömmt, was den Schreiber in andre Stimmung setzt.*

230,35–231,1 findet diese *nur in der Gesellschaft der Menschen;*

234,3 den Kitzel *verschlaffter* Sinnen.

235,28 das Problem *von Zeus Gestalt* aufgelöst,

235,31 Apelles *in Stein und Farbe*,

236,17 f. in Versen und *Prosa beschrieben*,

236,35 f. sie *argwohnten*, der Laokoon

240,28 das *höchst* lebendige warme Fleisch

241,13 linker Seite *der Gruppe* her

241,17 den *scharfen Giftzahn* ein

242,23 f. *In dieses* Meisters

242,29 von Tizian**)* [Fußnote:] **) Zu Venedig in der Kirche S. Giovanni e Paolo.*

243,24–28 *in den Schenkeln ....* Glückseligste Sphäre [...] frei und los sein! [Fehlt in M.]

243,34 sind *seine* Formen

244,4 und *nach* Hüften und Seiten.
247,21 f. seiner *Wendung* zurechtdrehte,
249,31 f. der Liebesgöttin zu *Korinth und Athen*
250,8–12 *ihre Schönheit in Augenschein zu nehmen:* .... wird es [...] diese Lebensart erwählen. [Fehlt in M.]
250,17 f. *mit Abscheu von* .... Phrynen und Bathyllen [Fehlt in M.]
250,20–22 *konventionelle* .... Geschwätz [...] Drachen mit Tauben paaren. [Fehlt in M.]
250,27–30 *kein Künstler* .... kann [...] nicht schmelzen sollte. [Fehlt in M.]
251,14 f. hätten wir *für dieselbe* damit ihre Religion
320,11 ein *großes* Altarblatt,
320,23 Wangen mit *Röte durchzogen*, wie
320,25 f. Oval *das ganze Gesicht*, und
320,36 voll *Verwunderung*.
321,11 eben *an diesem Orte* am Ende
321,17 f. Alle, *außer den Kindern, sind in knieender Stellung*.
322,3 Empfindung. *Nirgendwo hab ich dies Gemälde angeführt gefunden, wenn man auch allen Quark anzeigte.*
323,25 die *reizende* Magdalena
323,26 f. das *Schönste*. Alle Gestalten
324,26–31 *in seiner Io.* wenn ihm auch die antike kleine Leda [...] haben sollte. [Fehlt in M.]
327,2 durchaus *fürtrefliche erfahrne* Männergestalten,

3. Varianten der zweiten Auflage von 1794

Zusätze und inhaltliche oder stilistische Änderungen der 2. Auflage sind im folgenden kursiv gedruckt. Nur orthographische und lautstandsmäßige Unterschiede sind nicht verzeichnet.

[Titelseite:]

Ardinghello, und die glückseeligen Inseln. Zweyte, rechtmäßige, verbesserte Auflage. Erster Band. Lemgo, im Verlage der Meyerschen Buchhandlung, 1794.

[Vorwort zur 2. Auflage:]

Bey der neuen Auflage dieses Werks ist zu erinnern, daß es 1785 fertig war. Einige Jahre nach Erscheinung desselben haben sich Begebenheiten zugetragen, die der Herausgeber, so plötzlich, nicht ahnden konnte. Man betrachte also manches nicht gegen ihn aus dem verrückten Gesichtspunkte. Auch hat er Gedanken, darin zerstreut, in spätern berühmten Schriften angetroffen; einen und den andern, seiner Meinung nach, zu weit getrieben.

Er will sich hiermit nur von dem vielleicht sonst künftigen Vorwurfe befreyen, daß er sie daraus genommen habe; und weiß wohl, daß mehrere über gleiche Gegenstände ähnlich und gleich empfinden und urtheilen können.

Eine Menge Druckfehler, die ein Nachdrucker häßlich vermehrte, sind ausgemerzt, und einige Stellen ergänzt und berichtigt worden.

Und nun Ardinghello überlaß ich dich deinem Schicksal. Unter welschem Himmel erzeugt, und in teutschem Wind und Wetter aufgewachsen, magst du darin bestehen, oder vergehen.

vor 7,1 *Vorbericht zur ersten Auflage.*

7,10–12 Römer, während er [. . .] Besitz nahm [dieser Nebensatz in der 2. Aufl. hier eingeschoben], einen glücklichen Herbst dort zubrachte.

9,24 f. schöner *Blüte, um* Mund

11,24 mit euch und *dem* Tizian

13,10 f. mancher Bube *holt ein* Stück

13,37 der *Cypernwein* in Italien

17,31 an *diese* jugendlichen *Ausfälle* auf

19,1 Wahrheit *des Ausdrucks* in

24,28 f. soll ihm *forthin* bleiben.

30,22 f. ihm nicht gefällt?

Die Kunst wird, außer dem Reichthum an schönen Formen und Begebenheiten in der Natur, schon geweckt im Menschen durch vortrefliche Mittel zur Darstellung. Die Obelisken, Pyramiden, Tempel in Aegypten hatten ihre Entstehung schon den Marmor- Granit- Porphyr- und Jaspisgebirgen am rothen Meer zu verdanken. Der leichteste Gegenstand in der Natur reizte hernach; zum Beyspiel zu Syene die Wendung der Sonne, und die Anzahl der Tage im Jahr zu bestimmen. So gab der Parische Marmor den Griechen Gelegenheit, die menschlichen Formen nachzuahmen; so ihre Sprache zu verschiednen Sylbenmaaßen und Gedichten. So werden wir von der unsrigen zum Gesange gelockt; und zum Bauen vom Reichthum an Baumaterialien. Verschiedne Mittel, als Holz, Backstein und Marmor, veranlassen schon verschiedne Formen.

Ein Umstand allein

30,24 und *Römern war* ein Tempel

30,25 f. *eine Wohnung,*

30,30–33 groß; und die *Säulen richteten sich nach der Proporzion.* Jeder Bürger

34,5–27 *Man kann wohl sagen, daß wir kein größer und vollkommner Ganzes vom menschlichen Leben haben, als die griechische Sprache, wenn man sie vom Homer an zusammennimmt bis auf unsre Zeiten.*

Im Homer steht sie schon als ein starker junger saftiger zweige- und laubvoller Baum da; in den tragischen und komischen Dichtern Athens, dessen Philosophen und Rednern, in höchster Schönheit und Fruchtbarkeit, so wie noch nie etwas menschliches erschienen ist: und bey den

Neugriechen zusammengeschrumpft, verwachsen, und ästezerbrochen, bepfropft mit mancherley fremdartigen, und doch noch groß und reich; in einem Alter von drey tausend Jahren.

Die feinen Ausbildungen, die geschmeidigen Darstellungen aller Verschiedenheit der Natur sind, so wie die Wirklichkeit selbst, in den Zeiten der Barbarey verloren gegangen. Die Neugriechen haben keinen Dativum in ihren Declinazionen, und ihre Verba sind steif geworden. Das Futurum wird mit dem Hülfsworte Wollen gemacht, das reiche Perfectum ist verschwunden, und der erste Aorist darein verwandelt. Sie haben keinen Dual, kein Medium, keine Verba in Mi, sogar keinen Infinitiv mehr. Die Participia sind verunstaltet; die Präposizionen ohne Regierung fast: ihrer bloß acht an und für sich haben alle den platten Accusativum hinter sich; und die Partikeln bringen wenig Geschmeidigkeit mehr hervor.

Und doch hat die Sprache noch Wohllaut und mannigfaltigen Klang; schöne ursprüngliche Form, aber wenig Beweglichkeit. Die Italiänische ist aus der Römischen weit mehr von Leben und Geist gebildet; das Neugriechische aus dem alten lange nicht so bearbeitet. Vieles darin sieht aus wie zerschmettert und versetztes Bruchstück, und manches ist noch völlig so wie bey dem alten.

Ich brachte dem Ardinghello *bald* alles bei, was zum täglichen Leben gehört; *obgleich die gemeinsten Dinge bey den Ueberfällen verschiedner Völkerschaften hauptsächlich ihre Benennungen verändert erhalten haben. So heißt zum Beyspiel jetzt: Brod, Psomi; Wasser, Neron; Wein, Krasy; der Leib, Kormi; die Thür, Porta; der Weg, Strata; das Haus, Spiti; Chrysaphi, Asimi, Gold und Silber.*

Ueberhaupt lieben die Neugriechen das I; und man findet oft das alte Wort, wenn man es wegthut, als bei Mati Auge; Avti, Ohr.

Die Evangelien und Episteln versteht man so ziemlich

noch im Griechischen des Neuen Testaments, aber vom Xenophon und Plato wenig. *Die Geistlichen, Vornehmern, und Kaufleute reden, was man* Schriftsprache nennen *kann. Die* größte Barbarei ist eigentlich auf den Inseln, weil *diese mehr* als das feste Land von den Fremden überschwemmt wurden; auch weichen die Sitten hier mehr von den alten ab.
Der Mundarten sind vielleicht mehr, als bey den Alten; und so gehts mit der Aussprache. Die jetzigen Spartaner sprechen zum Beyspiel Ch aus, wie die Franzosen.

40,30 in *einen* stillen
51,33 begrüßten *vielstimmig* den
53,37 Orakelsprüche, *erkennt* seinen
54,28 wie *die* Sonne
62,1 immer *durchgeh*, trotz
62,3 aber *in Geheim* ihre
69,4 f. und *nahm ein* Instrument
76,37 nach *den Fenstern.*
83,34–36 und *Hemder und Strümpfe.*
84,1 *die Tränen* vergoß
101,10 und *daß* man
104,9 an den *in* Liebe
112,17 nach *langer Zeit* vor zwei
113,18 f. aber *eher auch* nicht
115,15–17 Geschichte *wisse. Auch* sie woll
135,20 f. ihrem *Wesen* ordnet,
137,19 noch *lange* wehrte.
137,32 und *vorzügliche* Tochter
137,36 f. einmal *ihm öffentlich angetraut.*
139,35 Ziel, *dreyßig* Schritt
140,23 f. mit *gegenwärtigem* Auge
140,30 rechten *Zitz*, so
140,35 mir *schwoll* die Hand
144,16 in *Zukunft äußerst* angenehm
149,5 *geschleudert, nicht* deine
149,11 aller *Traulichkeiten* Lust

154,31 f. er *plumte* hinein.
160,23 f. die *ungeheure Festigkeit* erheischt.
162,20 f. das *Grün* von
169,21–23 Pracht ist nicht Erhabenheit. *Erhaben im höchsten Grade, was die Kräfte des Menschen unendlich übersteigt.* Überall füllt es die Seele mit Entzücken, *Schauder* und Erstaunen,
195,23 f. ebensoviel *Künstler, Demetri, Tolomei* und
199 [Titelseite:]
Ardinghello, und die glückseeligen Inseln. Zweyte, rechtmäßige, verbesserte Auflage. Zweyter Band. Lemgo, im Verlag der Meyerschen Buchhandlung 1794.
208,31 f. bittet *voll* Zuversicht *in* Ergebung.
209,9 Dir *dagegen*, daß
209,20 Gestalt, *und* bitten
212,6 f. den *Sieg. Der* Kopf
218,37 möchte *sonst er* selbst
224,9 auf *so lang es* will
230,33 f. und *Schatten. Herz* und
236,14 f. der Torso, *der* Laokoon
237,20 Geschichtschreiber *der Natur* hat
238,9 keinen *wahren* Endzweck
246,25 Unsichtbarkeit *hervorgehohlt*, und
263,30–32 dagegen *sträubt.*
Mit den griechischen Gottheiten
270,11 Tiere, *Pflanzen*, Metalle
276,24 f. nur *durchblättert*! teils,
277,13 sein *Lebelang* zu
279,35 f. Barbar aus *Preußen*, einer
283,34 Kraft. *Es* ist
286,29 Feuer *nicht* zu fein
290,30 reinste *Verstand* am
292,8 f. seines *mächtigen* Ganzen
297,24 einem *Großmogulischen* Serail!
308,12 davon*; und* jedes
311,7 f. lauter unteilbaren Stäubchen, *größer oder kleiner, und verschieden in ihrer Form, ohngefähr wie die*

Buchstaben, die sich gatten und scheiden *und von selbst Sinn oder Unsinn hervorbringen*: so müßten
311,37–312,1 tausendmal mit *deinen Wetterstrahlen*! ich stehe
314,37 hatte *Recht.**) [Fußnote:] **) Das Scharfsinnigste gegen das formlose Wesen findet man kräftig dargestellt im ersten Buche des Lucrez; an welchen Demetri und Ardinghello bey ihrer Unterredung nicht gedacht zu haben scheinen. Sein Nihilum ist gerade dasselbe.*
316,6 heiligen *Wesen*, wie
316,9 f. göttlicher *Mann.*
In den Sonnensystemen
318,30 f. dem *Einflusse* des Velino
320,18 die *Stirnen*, wie
331,36 Die großen *grünlichtbraunen* Augen
338,25 *Polybios* und
340,35 **Blutbrücke.*
343,11 f. mit Recht der *Balcon* von Umbrien.
346,33 f. Vaterland *des Geschichtschreibers* Tacitus,
359,11 f. vor *ihr* Zimmer
368,15 f. Palästen *mit* Versammlungshallen;

Anmerkungen

Anmerkungen zum Text

7,7 *Cajeta:* das heutige Gaëta zwischen Rom und Neapel.

7,20 *Fiordimona:* die weibliche Hauptfigur im zweiten Teil des Romans, vgl. S. 203 u. 220–230.

9,14 f. *Bucentoro* oder Bucentaurus, Staatsschiff des Dogen, des Oberhaupts der Republik Venedig.

9,17 f. *den Dogen [. . .] vermählen:* Alljährlich am Himmelfahrtstag fuhr der Doge mit der gesamten Regierung der Republik Venedig auf das offene Meer hinaus und warf, als Sinnbild der Vermählung der Republik mit dem Meer oder eigentlich ihrer Herrschaft über beide Ufer der Adria, einen goldenen Ring in die Fluten. Die Sitte soll seit der Regierung des 26. Dogen, Pietro Orseolo II. (991–1008), bestanden haben.

10,3 *Pindar:* griechischer Nationaldichter des 5. Jh.s v. Chr., schuf Preislieder auf Sieger in den olympischen Spielen; vgl. Anm. zu 22,18 u. 23,21.

10,6 *Tapeten:* Gemeint sind prunkvolle Wandteppiche mit figürlichen Darstellungen. Die Bezeichnung Tapete oder Teppich, aus dem gleichen lateinischen Wort tapes, bedeutete noch im 18. Jh. ein und dasselbe; vgl. S. 214,32 f. *Raffaels Tapeten* u. S. 233,31 f. *die Schwelgerei der Perser, die ihre Schlafzimmer mit Tapeten belegten.*

10,20 *Paul von Verona:* Paolo Caliari, gen. Veronese (1528–88), Maler, seit 1553 in Venedig tätig.

10,26 f. *das komische Approbatum* bezieht sich auf die gelehrten Äußerungen der in Anm. zu 10,30 erwähnten deutschen Kunstkritiker über die antiken Pferdestandbilder auf der Markuskirche.

10,28 *die Pferde vor der Markuskirche:* Vier vergoldete Bronzerosse, vermutlich römisch, 1. Jh. n. Chr.; sie wurden nach der Plünderung Konstantinopels, 1204, nach Venedig gebracht und noch im 13. Jh. über dem Hauptportal der Markuskirche aufgestellt. Heinses Beschreibung stammt zum größten Teil wörtlich aus seinen italienischen Reiseaufzeichnungen (vgl. die entsprechenden Varianten dieses Bandes).

10,30 *jener ganzer Troß* spielt hier möglicherweise auf die von Etienne-Maurice Falconet (»Bemerkungen über das Standbild Marc Aurels und über andere Gegenstände der schönen

Künste«, 1771) ausgelöste Kontroverse um die Vorbildlichkeit der antiken Rosse an. Hierzu äußerten sich Goethe 1776 in seinem Aufsatz »Nach Falconet und über Falconet« und Herder 1777 im »Denkmal Johann Winckelmann«.

11,5 *Fra Bartolommeo:* eigtl. Baccio della Porta (1472–1517), Maler, tätig in Florenz, seit 1500 Dominikanermönch.

11,13 *Cimabue:* eigtl. Cenni di Pepo (nachweisbar von 1272 bis 1302), Maler, tätig in Florenz. Gemeint ist hier wohl die thronende Madonna mit Engeln und Propheten vor Goldhintergrund (Florenz, Uffizien), um 1280/85 für den Hochaltar der Kirche Santa Trinità in Florenz gemalt.

11,13 f. *das Non plus ultra:* das Unübertreffbare.

11,20 *Zeuxis und Apelles:* griechische Maler des 4. Jh.s v. Chr.

11,24 *Tizian:* Tiziano Vecellio (1488/90–1576), Maler, tätig in Venedig.

Raffael: Raffaello Santi oder Sanzio (1483–1520), Maler und Architekt, tätig in Florenz und Rom; vgl. S. 204–220.

12,15 *Aspasia, Phryne:* griechische Hetären (4. Jh. v. Chr.). Aspasia wurde die Frau des Perikles.

12,16 *Pallas:* Athene, Schutzgöttin der Stadt Athen und der Weisheit.

13,1 *Merceria:* Marktplatz oder Markthalle in Venedig.

13,3 f. *Zufall:* etwas, was jemandem unausweichbar als Glück oder Unglück zufällt; hier veraltet für Unfall.

13,28 *Broglio:* der an der Wasserseite gelegene Teil des Markusplatzes, auf dem sich in früheren Zeiten die Vornehmen der Stadt trafen, um ihre Angelegenheiten zu besprechen, was »Brogliomachen« genannt wurde.

13,33 f. *dem Bündnisse bei Cambrai:* Zur Liga von Cambrai (10. Dezember 1508) gehörten Kaiser Maximilian I., König Ludwig XII. von Frankreich, König Ferdinand V. von Spanien und Papst Julius II. Sie war angeblich gegen die Türken, in Wirklichkeit gegen Venedig gerichtet. Nach wechselhaften Kämpfen kam es 1516 zum Frieden von Brüssel.

13,34 f. *dem Überfalle [. . .] Macht:* 1570 überwältigte die türkische Seemacht die Venezianer und nahm die Insel Zypern ein. Der Seesieg bei Lepanto 1571 brachte Zypern nicht an Venedig zurück.

13,37 *Cyperwein:* der berühmte Wein der Insel Zypern.

14,3 *Nobile:* Angehöriger des italienischen Hochadels.

14,8 *das süße Königreich, die Insul der Liebe:* Zypern, bis 1489 ein Königreich, war im Altertum der griechischen Liebesgöttin Aphrodite geweiht.

14,9–11 *dem Sultan [. . .] vergönnte:* Der trunksüchtige Sultan Selim II. (regierte 1566–77) überließ alle Regierungsgeschäfte, außer der Eroberung Zyperns, seinem Großwesir Mohammed Sokolli.

14,10 *Silen:* Hauptsatyr im Gefolge des Weingottes Dionysos. *Cilicien:* Kilikien, kleinasiatische Landschaft nördlich von Zypern, seit 1474 türkisch.

14,14 *Famaugusta:* Famagusta, Hafenstadt im Osten der Insel Zypern, von 1489 bis 1571 venezianisch.

14,21 f. *Papst Alexander der Dritte:* Im Jahre 1177 weihte Alexander III. den Ring der Vermählung des Dogen mit dem Meer und erkannte damit Venedigs Seeherrschaft an.

14,23 *Kolumb:* der Genuese Cristoforo Colombo (1451–1506), der nicht für Genua, sondern im Dienst Portugals und Spaniens Amerika entdeckte.

14,25 *dem portugiesischen Heinrich:* Heinrich der Seefahrer (1394–1460), Infant von Portugal, gründete in Sagres mit Hilfe von italienischen Seeleuten die erste bekannte Seefahrerschule der Welt und rüstete Expeditionen aus.

14,26 *Amphitrite:* Gattin Neptuns, vornehmste Göttin des Meeres.

14,35 *phrygische Mütze mit Hörnern:* kegelförmige, hohe Mütze, auch Mitra (so die Bischofsmütze) genannt, mit nach vorn gelegter Spitze, Amtsabzeichen des Dogen. Valerius Flaccus spricht in den »Argonautica« (II, 272) von den vor Wollust geschwellten »cornua mitra« des Bacchus (ebenso in Lessings »Laokoon«, IX); hier jedoch im Sinne von »dem Dogen die Hörner aufsetzen«, insofern ihm das Meer, seine Braut, nicht treu bleibt (vgl. S. 14,15 f.).

15,3 *Archipelagus* oder Archipel, die Inselwelt zwischen Griechenland und Kleinasien.

15,4–14 *Es ist genug [. . .] Herz:* Heinse bezieht sich auf die Vermählung Caterina Cornaros (1472), aus einem führenden Handelshaus Venedigs, mit Jakob II., König von Zypern. Caterina, Tochter der Republik, wurde mit einer Mitgift von 100 000 Dukaten ausgestattet. Nach dem Tod Jakobs (1473), wahrscheinlich durch venezianisches Gift, wurde Caterina von venezianischen Beratern bevormundet und schließlich gezwungen, dem Thron zugunsten der Republik zu entsagen. Man holte sie 1489 feierlich nach Venedig zurück.

15,5 *Zechinen:* in Venedig geprägte Goldmünzen, wegen des letzten Wortes der Inschrift auf ihrer Rückseite »Sit tibi Christe datus quem tu regis iste ducatus« (Dir, Christus, sei dieses

Herzogtum gegeben, welches du regierst) auch Dukaten genannt.

15,7 *die Residenz der Venus:* Zypern (vgl. Anm. zu 14,8).

15,19 *die Mauren:* in der 2. Auflage *die Mauern.*

15,26–33; 16,1–6 *Tizian [. . .] Zeichnung:* Diese Ausführungen über Tizian hat Heinse aus seinen italienischen Reiseaufzeichnungen übertragen (vgl. Varianten).

16,10 *Michelangelo:* Michelangelo Buonarroti (1475–1564), Architekt, Bildhauer, Maler und Dichter, tätig in Florenz und Rom. Heinse bezieht sich hier auf den Gegensatz zwischen der venezianischen, überwiegend vom Kolorit her bestimmten, und der römisch-florentinischen, überwiegend vom Aufbau des menschlichen Körpers und der Raumkonstruktion her bestimmten, Schule; zu Michelangelo vgl. S. 164–166.

17,37 *was es:* 1. u. 2. Auflage *was sie.*

18,2 *Hochzeit zu S. Giorgio Maggiore:* Hochzeit zu Kana von Paolo Veronese, 1562/63 für das Refektorium des Klosters San Giorgio Maggiore, Venedig, entstanden, heute in Paris, Louvre. Vgl. Tafel 1.

18,4–28,25 *Christus [. . .] dazu erfand:* Die hier eingeflochtenen Beschreibungen von Gemälden, Bauten und Landschaften stammen aus Aufzeichnungen von Heinses Rückreise von Rom über Florenz und Verona im Sommer 1783 (vgl. Varianten).

18,18 *Bassano:* Giacomo da Ponte, gen. Bassano (1515–92), Maler, tätig in Bassano, von Tizian und Tintoretto beeinflußt.

18,19 *Tintorett:* Jacopo Robusti, gen. Tintoretto (1518–94), tätig in Venedig.

18,31 f. *Familie des Darius beim Alexander:* von Paolo Veronese in den Jahren zwischen 1560 und 1570 für die Familie Pisani gemalt, heute in London, National Gallery. Vgl. Tafel 2.

19,20 *Parmenion:* Feldherr Philipps von Mazedonien und Alexanders des Großen (um 400 bis 330 v. Chr.).

19,28 f. *Hingang zum Tempel [. . .] von Tizian:* entstanden zwischen 1534 und 1538 für die Scuola della Carità in Venedig, heute Galleria dell' Accademia.

20,2 *jene glückseligen Inseln:* Zu diesem Titelmotiv des Romans, hier zum erstenmal von Heinse enthusiastisch herausgestellt, vgl. Anm. zu 23,21–26 und »Die Insel-Utopie bei Heinse«, in Baeumer, »Heinse-Studien«, S. 36–48.

21,27–29 *Glück [. . .] brauchen:* notiert Heinse in seinen Aufzeichnungen frei nach Demosthenes (vgl. Anm. zu 26,26 u. Varianten).

22,18 f. *Homer* (Ende des 8. Jh. v. Chr.), *Pindar* (518–446 v. Chr.), *Sophokles* (496–406 v. Chr.), *Euripides* (um 480 bis 407 v. Chr.).

22,22 f. *Aristoteles* (384–322 v. Chr.), *Plato* (427–347 v. Chr.), *Xenophon* (430–355 v. Chr.).

23,15 *Catull:* Gaius Valerius Catullus (87–54 v. Chr.), Carmina XXXI, 1–3. Die ersten Zeilen dieses Gedichts finden sich unter den *Augenblicklichen Bemerkungen* in Heinses Aufzeichnungen seiner Rückreise, Verona am 10. August 1783.

23,20–26 *nach dem Pindar [. . .] umwinden:* Wörtliche Übersetzung der 2. Olympischen Ode, V. 70–74, »Zur Burg des Kronos, auf der Insel der Glückseligen, umweht von ozeanischen Lüften [. . .]«. Der bekannte Topos »Insel der Glückseligen« (vgl. Anm. zu 20,2), von Heinse hier ausgelassen und in den Titel des Romans aufgenommen, hat seinen Ursprung in den fast gleichlautenden Versen, 168–172, von Hesiods »Erga«, »Zeus, der Kronide, ließ sie hausen am Rande der Erde [. . .] auf den glückseligen Inseln und bei des Ozeans Strudeln [. . .]«. Vgl. auch Pindars 5. Olympische Ode, V. 17, »Zeus auf den Hügeln des Kronos wohnend«; Horaz, 16. Epode, V. 41 f., »Nos manet Oceanus circumvagus: arva beata / Petamus, arva divites et insulas«; bei Schiller, »auf erhabnem Sitz / Schwingt Kronion« (in »Der Triumph der Liebe«) und »in Kronions Saal« (in »Das Ideal und das Leben«); Goethe übertrug 1772 Pindars 5. Olympische Ode und schrieb am 10. Juli 1772 an Herder aus Wetzlar: »Ich wohne jetzt in Pindar, und wenn die Herrlichkeit des Pallasts glücklich machte, müßte ichs sein.«

24,6 *Mincio:* Abfluß des Gardasees, mündet in den Po.

24,25 *Ardinghello:* (›ardere‹ brennen, ›gelarsi‹ zu Eis verhärten, gefrieren; vgl. Heinses einleitende Fabel, S. 7, vom *Feuer, worin edle campanische Gefäße gehärtet wurden.*) Nach Walther Brecht (S. 13–15) gab es, neben einer in Florenz einflußreichen Handelsherren- und Bankierfamilie der Ardinghelli vom 13. bis 16. Jh., im toskanischen San Gimignano ein kriegerisch-gewalttätiges Adelsgeschlecht der Ardinghelli seit dem ausgehenden Mittelalter, das 1353 seine Vaterstadt, in Streitigkeiten mit den Ghibellinen, Florenz in die Hände spielte und von dem Heinse wahrscheinlich den ihm passenden, bedeutungssymbolischen Decknamen für seinen Helden übernommen hat, der im Roman eigentlich Prospero (vgl. S. 138,8 f.) Frescobaldi (vgl. Anm. zu 54,4–27 u. S. 143,22) heißt.

25,10 f. *Vicenza [. . .] Palladio:* Andrea Palladio (1508–80), Architekt, Hauptvertreter der italienischen Hochrenaissance, errichtete in Venedig, in seiner Geburtsstadt Vicenza und im Gebiet um Venedig mehrere Gebäude nach antikem Muster (vgl. S. 27 f. u. 32).

25,30 *ein Dichter aus Neapel:* Jacopo Sannazaro, vgl. Anm. zu 26,16.

26,2 *Brenta:* mündet gegenüber Venedig in die Adria.

26,11 f. *Faden der Ariadne:* Ariadne, die Tochter des Königs Minos auf Kreta, gab dem athenischen Helden Theseus ein Knäuel Garn, das er abrollte und mit dessen Hilfe er nach seinem Abenteuer mit dem Minotaurus den Rückweg aus dem Labyrinth fand.

26,16 *Sannazar:* Jacopo Sannazaro (1456–1530), erhielt für sein neulateinisches Epigramm von sechs Versen zum Lob Venedigs (aus dem hier der Vers S. 25,34 stammt) vom Großen Rat in Venedig die fürstliche Belohnung von 600 (nicht 6000) Dukaten.

26,19 *Doge Peter Ziani:* Pietro Ziani (1205–29), der 42. Doge Venedigs, verlegte den zeitweiligen Regierungssitz des Dogen von Konstantinopel nach Venedig zurück.

26,26 *Demosthenes:* glänzendster Redner Griechenlands (348 bis 322 v. Chr.).

26,28 *Dido:* nach der Sage Gründerin Karthagos, verschmäht von *Äneas*, dem sagenhaften trojanischen Helden und Ahnherrn der Römer.

27,9 *Anzolo Falier:* einer der damaligen neun höchsten Staatsbeamten (Prokuratoren von San Marco) in Venedig, aus denen der Doge gewählt wurde. Diese Geschichte findet sich in der »Antica pianta dell' inclita città di Venezia« (Venedig 1781, S. 10–15) des Tommaso Temanza, dessen Werk Heinse in Venedig studierte (SW VII, 211). Zur Lage einer Stadt am Meer äußert sich Aristoteles in der »Politik«, VII, 5, 1326b, u. VII, 6, 1327b.

28,10 *Palast Cornaro am Kanal:* Palazzo Corner, gen. Ca' Grande, 1537 bis nach 1561 von Jacopo Sansovino für Jacopo Cornaro, einen Neffen Caterinas (vgl. Anm. zu 15,4 bis 14), errichtet. Sansovinos Palast, Hauptwerk der venezianischen Architektur der Renaissance, wurde im 18. Jh. Palladio zugeschrieben.

28,10 f. *die Kirchen [. . .] in Venedig:* San Giorgio Maggiore, 1566 von Palladio begonnen, nach seinem Tode (1580) vollendet und 1610 geweiht; il Redentore, 1577 von Palladio begonnen, 1592 geweiht.

28,12 *Brücke zu Vicenza:* Gemeint ist die von Giovanni Battista Albanese 1621–23 erbaute ponte di San Michele über den Retrone, die zu Heinses Zeit Palladio zugeschrieben wurde.

28,17 *Rathaus:* Palazzo Pubblico oder della Ragione, sog. Basilica des Palladio in Vicenza. Der spätgotische Bau wurde seit 1549 (vollendet 1617) von Palladio von zweigeschossigen Loggien umgeben; Hauptwerk Palladios. Vgl. Tafel 3.

28,23 *Julio Romano:* Guilio di Pietro de' Gianuzzi, gen. Giulio Romano (1499–1546), Architekt und Maler, Mitarbeiter Raffaels. Giulio Romano hatte im Jahre 1542 Entwürfe zur Umgestaltung des Palazzo della Ragione eingereicht; vgl. Heinses ausführliche briefliche Beschreibung seiner Werke (SW X, 241–254).

29,2–34 *Schönheiten [. . .] wenig zu schaffen:* Übertragungen aus Heinses italienischen Reiseaufzeichnungen (vgl. Varianten).

29,32 f. *Säule:* Basis, runder Schaft mit leichter Schwellung (Entasis) und Kapitell.

Pilaster: Wandpfeiler, aus der Wand mehr oder weniger flach hervortretender Pfeiler, ebenfalls in Basis, Schaft und Kapitell gegliedert.

30.27 *Olymp:* Berg in Nordgriechenland und nach der griechischen Mythologie der Sitz der Götter.

32,15 f. *Triumphpforte vom Palladio:* Porta delle Scalette nahe dem Campo Marzio am Aufgang zum Monte Berico, 1595, vermutlich nach Entwürfen Palladios, erbaut; also erst 20 Jahre nach der Romanhandlung.

32,20–25 *Etsch [. . .] Rialto:* Übertragungen aus Heinses Reiseaufzeichnungen von 1783 (vgl. Varianten).

32,23 *Brücke der Scaliger:* Ponte Scaligero; unter den Skaligern, dem Geschlecht della Scala (1220–1387), erlebte Verona seine höchste Blüte. Seit 1405 stand Verona unter der Herrschaft Venedigs.

32,25 *Brücke Rialto:* Ponte di Rialto, 1588 bis 1591 von Antonio da Ponte erbaut, nachdem u. a. Michelangelo und Palladio Entwürfe angefertigt hatten.

32,34 *Sirius und Orion:* Sternbilder, Hundsstern und Jäger mit Gürtel.

33,9 f. *Fluctibus [. . .] marino:* Vgl. das genaue Vergil-Zitat (»Aeneis«, I, 246) in den Varianten.

33,21 *Brescia:* Stadt in der nördlichen Lombardei, westlich vom Gardasee.

34,5–17 *Vom Neugriechischen [. . .] wenig:* teilweise Übertragungen aus Heinses italienischen Aufzeichnungen (vgl. Varianten).

34,11 *wallachisch:* rumänisch.

34,30 *Pelasger:* vorindogermanische Bevölkerung, nach Homer in Thessalien, nach späteren griechischen Schriftstellern in ganz Griechenland.

34,31 f. *Perikles:* Vgl. Anm. zu 38,34.

34,33 *Kratylos:* Platons Dialog über die Sprache, in dem die hier folgenden Einzelheiten behandelt werden.

34,35 *Archon Euklid:* Unter diesem obersten Staatsbeamten (nach dem höchsten Archon wird auch jeweils das betreffende Jahr benannt) wurde in Athen 402 v. Chr. die hier besprochene Orthographiereform eingeführt.

35,19 f. *Demosthenes:* Vgl. Anm. zu 26,26.

35,20 *Aristophanes:* bedeutendster griechischer Komödiendichter (445–385 v. Chr.).

36,17 f. *Athen [. . .] Alexanders:* ungefähr von 500 bis 323 v. Chr.

36,30–33 *Satire der Wolken [. . .] der Eltern:* Aristophanes richtete seine Komödie »Die Wolken« (um 423 v. Chr.) gegen die Dialektik der Sophisten und des Sokrates. Der Philosoph Sokrates hatte behauptet, daß er ein daimonion (*Dämon*) als göttliche Stimme des Gewissens in sich trage. In der Komödie läßt Aristophanes den ungeratenen Pheidippides seinen Vater Strepsiades verprügeln unter der satirisch-dialektischen Begründung, daß auch er einst aus »Liebe und Sorge« von ihm Prügel erhalten habe und er diese jetzt doppelt zurückgebe, da ja die Alten bekannterweise zum zweiten Mal, also doppelt, Kinder seien.

36,34 f. *Denkwürdigkeiten des Sokrates:* In seinen »Denkwürdigkeiten« oder »Erinnerungen« (»Memorabilia«) an Sokrates versuchte der athenische Geschichtsschreiber und Schriftsteller Xenophon (um 430 bis 355 v. Chr.), Sokrates als Muster der Weisheit und Tugend hinzustellen.

37,6–8 *Aristophanes [. . .] Euripides:* Wie Aristophanes mit seinem Angriff auf Sokrates in der satirischen Komödie »Die Wolken« keine Schuld an der Verurteilung und am Tod des Philosophen hatte, so sei er auch nicht mit seiner Komödie »Die Frösche« schuld daran, daß die Athener dem Euripides ihre Gunst entzogen und er in Mazedonien starb. In den »Fröschen« läßt Aristophanes den verstorbenen Euripides im Dichterwettstreit mit dem ehrwürdigen Aischylos unterliegen.

37,12 *im Feste [. . .] Proserpina:* Ceres, die römische Göttin des Ackerbaus, ist identisch mit der griechischen Demeter, der Erdmutter. Ihre Tochter ist Persephone, lateinisch Proserpina. Von Pluto als Braut in die Unterwelt entführt, bedeutet ihre Entführung und Wiederkehr symbolisch Tod und Wiedergeburt, neue Fruchtbarkeit der Natur. Das Fest der Wiederkehr und Vereinigung von Mutter und Tochter, die Thesmophorien im Monat der Aussaat, hat der Komödie »Die Weiber am Thesmophorienfest« des Aristophanes, auf die sich Heinse hier bezieht, den Namen gegeben. In dieser Komödie sitzen die Frauen schonungslos zu Gericht über den Weiberfeind Euripides.

37,37 *Demosthenes* (vgl. Anm. zu 26,26) war besonders wegen seiner leidenschaftlichen und scharfen Reden bekannt, in denen er die Athener zum Freiheitskampf gegen Philipp von Mazedonien aufrief.

38,1 *Dionys von Halikarnaß:* Dionysius von Halikarnassos, Nacheiferer des Demosthenes und dessen attischer Redekunst, kam 30 v. Chr. als griechischer Lehrer der Rhetorik nach Rom. Sein Hauptwerk im rhetorischen Stil ist die »Römische Urgeschichte« (bis 264 v. Chr.).

38,21–36 *Über die Verhältnisse [. . .] Apelles:* Albrecht Dürer (1471–1528) »Underweysung der messung mit dem zirckel und richtscheyt, in Linien ebnen unnd gantzen corporen . . .« (1. deutsches Lehrbuch der perspektivischen Geometrie) 1525; »Hierinn sind begriffen vier bücher von menschlicher Proportion . . .« (Proportionslehre) 1528. Auf letzteres Werk bezieht sich Heinse. Seine Ausführungen über Dürer stammen z. T. aus den *Augenblicklichen Empfindungen und Gedanken* seiner italienischen Aufzeichnungen (vgl. Varianten).

38,22 f. *der beiden großen Florentiner:* Leonardo da Vinci und Michelangelo.

38,34 *Perikles* (um 500 bis 429 v. Chr.), der Staatsmann, unter dem Athen zur höchsten Blüte gelangte. Die schon auf S. 12,15 genannte Hetäre *Aspasia* war seine Geliebte und spätere Frau. Im Haus des Perikles wurde der mit ihm verwandte *Alkibiades* (um 450 bis 404 v. Chr., athenischer Staatsmann und Feldherr) erzogen. Die ebenfalls auf S. 12,15 genannte *Phryne* war, wie Aspasia, eine wegen ihrer Schönheit und künstlerischen Bildung berühmte Hetäre.

38,35 f. *Phidias,* griech. Pheidias (um 498 bis 432 v. Chr.), und *Praxiteles* (370–330 v. Chr.), die berühmtesten Bildhauer, *Apelles* (4. Jh. v. Chr.), der bekannteste Maler der Griechen.

39,6 *verlorner Sohn am Troge:* Kupferstich, um 1496.

39,6 f. *Trebern:* Die Treber (Mehrzahl) sind Rückstände beim Bierbrauen und Weinkeltern.

39,7 f. *Proserpina [. . .] holt:* Die Entführung auf dem Einhorn, Eisenradierung, um 1516, meist fälschlich als Raub der Proserpina gedeutet.

39,8 f. *Diana [. . .] prügelte:* Kupferstich, bekannt unter dem Titel »Die Entscheidung des Herkules«, 1498/99.

39,31 f. *Dithyrambengesang:* Dithyrambe, altgriechisches ekstatisches Kultlied, ursprünglich auf Dionysos (*Bacchus*), den Gott des Weines, auch mit Musikbegleitung vorgetragen.

43,13 *der große C***:* wahrscheinlich Namensfiktion von Heinse.

43,25 f. *Kirche S. Zeminiano:* die Kirche San Geminiano am Markusplatz, 1557 von Jacopo Sansovino mit neuer Fassade versehen, 1807 unter Napoleon abgetragen.

44,26 f. *Santi Giovanni e Paolo:* Neben dem Markusdom ist San Giovanni e Paolo eine der berühmtesten Kirchen Venedigs, im 14./15. Jh. im gotischen Stil erbaut.

45,3 *Peter, der Märtyrer:* um 1530 von Tizian gemalt, Altar im linken Seitenschiff der erwähnten Kirche San Giovanni e Paolo. Heute ist dort eine Kopie des 1867 verbrannten Originals. Die hier folgende Beschreibung hat Heinse, nur leicht verändert, seinen *Augenblicklichen Bemerkungen* von seiner Rückreise über Venedig am 3. August 1783 entnommen (vgl. Varianten). Vgl. Tafel 4.

46,26 *Maria Formosa:* Kirche zwischen San Marco und San Giovanni e Paolo.

46,28 f. *Orion, Adler, Schwan und Wagen:* Sternbilder der nördlichen Halbkugel.

48,13 *Sirene:* Sirenen bedeuten lockende Gefahr. Nach der antiken Sage sind sie Mädchen mit Vogelleibern. Auf einer Insel im Meer locken sie Seefahrer mit süßem Gesang an und saugen ihnen das Blut oder die Seele aus.

50,16 f. *die griechische Venus zu Florenz:* berühmte Statue der ehemaligen Sammlung Medici, Florenz (heute Florenz, Uffizien), römische Kopie nach einem griechischen Werk des späten 4. Jh.s.

51,33–52,31 *Die Vögel [. . .] vor sich:* Übertragung aus Heinses *Augenblicklichen Bemerkungen* von seiner Rückreise über Verona und entlang des Gardasees im August 1783 (vgl. Varianten).

51,35 *Monte Baldo:* Gebirgsstock der italienischen Südalpen zwischen dem Gardasee und dem Etschtal.

52,16 *Sirmio:* Städtchen auf der gleichnamigen, S. 23,17 erwähnten Halbinsel am südlichen Ende des Gardasees.

52,29 *Sitz einer Kalypso:* Die Nymphe Kalypso wohnte auf der einsamen und schönen Insel Ogygia, wo sie vergeblich versuchte, den schiffbrüchigen Odysseus bei sich zu behalten.

54,4–27 *mein Vater [. . .] entwandt ist:* Brecht (S. 17–19, 182 f.) hat nachgewiesen, wie Heinse Namen und Einzelheiten der von ihm erfundenen Personen aus florentinischen Chroniken und skandalös aufgebauschten Familiengeschichten der Medici entnommen hat. Zwischen den Familien der Frescobaldi und der Medici sowie der Albizzi und der Medici bestanden langjährige Feindschaften, z. B. zwischen Rinaldo degli Albizzi und Cosimo I. (1519–74), im Roman »Cosmus«; dieser kam 1537 als Herzog an die Regierung, seit 1570 Großherzog. Über Isabella, die dritte Tochter Cosimos I., zitiert Brecht (S. 22) aus den sensationellen und obskuren »Fatti tragici«, mit denen Heinses italienische Reiseaufzeichnungen und die hier entsprechenden Romanstellen (vgl. Varianten) fast wörtlich übereinstimmen. Heinse hat lediglich die Person und Liebeshändel von Ardinghellos Vater mit der verheirateten und sittenlosen Isabella als eigene Erfindung in seine Quellenauszüge hineingewoben. Das italienische Zitat, S. 54,34 f., aus den »Fatti tragici«, und in Heinses Reiseaufzeichnungen in erweiterter Form zitiert, besagt, daß Isabella von ihrem Vater Cosimo I., nach in der Stadt umlaufenden Gerüchten, in blutschänderischer Weise geliebt worden sei. Die Verlautbarung S. 54,16 f., daß von den unehelichen Töchtern Isabellas *wenigstens die erste meine* [Ardinghellos] *natürliche Schwester* sei, ist eine weitere Quellenänderung Heinses, in dessen Reiseaufzeichnungen es heißt, *daß sie* [Isabella] *binnen wenig Jahren ohne Mann zwey Töchter gebahr, die allo Spedale degl' Innocenti geschickt wurden.* Ihr Mann, der Römer Paolo Orsini, den sie mit 16 Jahren geheiratet hatte und der als Heerführer im Dienst mehrerer Päpste kämpfte, ließ sie im Alter von 23 Jahren, am 11. Juli 1576, auf dem Liebeslager erdrosseln. Heinse schildert ihren Tod auf S. 337 f. in allen Einzelheiten wörtlich nach den Quellenauszügen seiner Aufzeichnungen, aber dem Romangeschehen entsprechend auf den Februar verlegt.

54,34 f. *Fu amata [. . .] seco:* »Geliebt von ihrem Vater Cosmus in einer Art und Weise, daß er, nach dem Gerücht in der Stadt, käuflich-blutschänderische Beziehungen mit ihr gehabt habe.« Dieses italienische Zitat hat Heinse aus seinen Aufzeichnungen aus der Skandalgeschichte um Isabella Medici entnommen (vgl. die vorhergehende Anm. und die entsprechenden Varianten).

55,4 *Levante:* Länder des östlichen Mittelmeers.

55,7 *Tante Lucrezia:* Als *Madonna Lucrezia Frescobaldi* begleitet sie, in Heinses Aufzeichnungen aus den »Fatti tragici«, nichtsahnend Paolo und Isabella Orsini am 11. Juli 1576 nach Cerreto Guidi, wo letztere ermordet wurde. Nach denselben Aufzeichnungen Heinses (vgl. Varianten) ist diese Lucrezia die zweite Tochter Cosimos I. und erste Frau des Herzogs von Ferrara, *welcher sie wegen Ausschweifungen umbringen ließ.* Im Roman wird sie öfters genannt, ihr schmähliches Ende aber ist weggelassen.

55,11–13 *Augustus [. . .] in seinen Julien:* die Frauen des römischen Geschlechtes der Julier. Die erste Julia (gest. 54 v. Chr.) war die Tochter des Julius Cäsar und die Frau des Pompeius, die zweite Julia (39 v. Chr. bis 14 n. Chr.), Tochter des Augustus aus zweiter Ehe und dreimal verheiratet, wurde wegen Sittenlosigkeit von Augustus verbannt, ebenso deren Tochter, die dritte Julia (18 v. Chr. bis 28 n. Chr.).

55,23 *Arno:* durchfließt Florenz.

56,4 *Georg Vasari:* Giorgio Vasari (1511–74), Architekt, Maler und Künstlerbiograph, seit 1554/55 in Florenz im Dienst Cosimos I. aus Rom nach Florenz zurückgerufen, wo ihm bedeutende Arbeiten der Malerei und Architektur übertragen wurden. Während seine Gemälde nur den Epigonen der großen Meister seiner Zeit erkennen lassen, erwarb er sich mit einigen Bauten, wie den bekannten Uffizien in Florenz, einen gewissen Namen. Am berühmtesten wurde er durch seine Künstlerbiographien »Le vite de' più eccellenti Architetti, Pittori et Scultori Italiani . . .« (Florenz 1550, zweite veränderte Ausgabe 1568), die Heinse neben anderen Werken als Quelle für seine Kunstbeschreibungen benutzte und oft kritisch anführt.

56,7 *Boreas:* Nordwind im Mittelmeergebiet. In der griechischen Sage wurde er als alter Mann mit langem Bart und barbarischen Zügen dargestellt.

56,30 f. *Scipio [. . .] Marius:* Scipio Aemilianus Africanus der

Jüngere (185–129 v. Chr.), siegreicher Heerführer der Römer im Krieg gegen Karthago. In seinem Heer diente der spätere Feldherr Marius (156–86 v. Chr.).

57,18–20 *Keine Schrift [. . .] kennt:* Seine Auffassung von der Erkenntnis als einer Wiedererinnerung entwickelt Platon in seinem Dialog »Menon«.

57,19 *Trismegist:* Hermes Trismegistos (der »Dreimalgrößte«), griechischer Name des mit Hermes identifizierten ägyptischen Gottes Thoth, des angeblichen Begründers der Alchimie und anderer magischer Wissenschaften. Die ihm zugeschriebenen hermetischen Bücher (»Corpus Hermeticum«) über das geheimnisvoll ›abgeschlossene‹ Wissen der alten Ägypter wurden im Mittelalter besonders von den Alchimisten hochgeschätzt. Die Echtheit dieses berühmten Mysterienwerkes wurde schon früh in Frage gestellt.

57,22 f. *Hieroglyphen [. . .] Obelisken:* Die meisten der 13 von den römischen Kaisern nach Rom geschafften ägyptischen Obelisken (vgl. Anm. zu 254,11) sind mit Hieroglyphen, Schriftzeichen der altägyptischen Bilderschrift, versehen, die erst im 19. Jh. entziffert wurden.

58,12 *Kandia:* die größte Stadt Kretas, vom 13. Jh. bis 1645 eine Kolonie Venedigs.

58,14–23 *General Malatesta [. . .] eingebüßt habe:* Heinses Vorlage (vgl. Varianten) in seinen Aufzeichnungen stimmt mit den »Fatti tragici« und mit dem »Diario Fiorentino« von Francesco Settimanni vom 19. November 1557 (vgl. Brecht, S. 178) größtenteils im Wortlaut überein und besagt: *Seine* [Cosimos] *erste Tochter Maria ließ er mit Gift vergeben, weil sie mit einem Pagen, dem jungen Malatesta zu thun hatte; der hernach 12 Jahr im Gefängniß bleiben mußte, endlich nach Candia flüchtete, wo sein Vater General der Venezianer war; und von Meuchelmördern dort umgebracht wurde; von welchen den Thätern wieder der Vater ermordete.* In diese Quellengeschichte fügt Heinse als neues Motiv für Ardinghellos kommenden Rachemord den Dienst und Tod des fiktiven Vaters, Astorre Frescobaldi (S. 54,4), als Hauptmann unter dem General Malatesta in Kandia ein; vgl. auch die Ehebruchgeschichte der Brüder Malatesta mit Francesca da Rimini im 13. Jh. in Dantes »Inferno«, 5. Gesang.

59,9 *Zwillingsgestirn:* drittes Sternbild des Tierkreises.

61,13–26 *wie Petrarca [. . .] Augen machte:* Vgl. S. 228,13–15. Nachdem Francesco Petrarca (1304–74) am 6. April 1327 seine

Geliebte Laura zum erstenmal in der Kirche von Santa Clara zu Avignon gesehen hatte, pries er mehr als dreißig Jahre lang ihre Schönheit in formvollendeten Gedichten unerfüllter, leidvoller Liebessehnsucht und himmlischer Verklärung, die das Muster der Liebeslyrik der Renaissance und, von Opitz vermittelt, auch der deutschen Dichtung des 17. Jh.s wurden.

63,15 *Palladium:* das Heiligtum der Pallas Athene (vgl. Anm. zu 12,16).

66,13 *Johann Bellini:* Giovanni Bellini (um 1430 bis 1516), Begründer der venezianischen Schule der Hochrenaissance, Lehrer von Tizian.

66,22 *Schwertfeger:* Waffenschmied (eigentlich Schwertpolierer).

68,36 f. *babylonischen Weiden [...] hangen:* möglicherweise im Anklang an Psalm 137,1 f.: »An den Flüssen Babylons saßen wir und weinten, [...] an den Weiden dort hangen unsere Harfen.«

70,2 *a la Mora:* Ein Spiel, bei dem zwei Spieler in schneller Bewegung und gleichzeitig ihre Hand vorstoßen, dabei einen oder mehrere Finger dieser Hand ausstrecken und zugleich beide eine Zahl raten, welche die Summe ihrer gleichzeitig ausgestreckten Finger ausmacht.

72,14–33 *Mark Anton [...] Kleinigkeiten:* eine wahrscheinlich von Heinse im Stil der Novellatori des 15. und 16. Jh.s erfundene oder umgeänderte Geschichte verschmähter Liebe, wie er sie aus Girolanni Tiraboschis »Storia della letteratura Italiana« (Modena 1772 f.) im 21. Nachlaßheft und anderswo aufgezeichnet hat (vgl. Brecht, S. 29–33).

76,32 f. *den frechen fescenninischen Scherz:* feszenninische Verse: Nach Livius, Plinius, Horaz u. a. angeblich nach der etruskischen Stadt Fescennia benannte altlateinische bäuerliche Festlieder und Hochzeitsgesänge in derb-ausgelassener Sprache.

77,8 *die Girandola:* radförmig sprühender Feuerwerkskörper.

79,37 *bei dem Sieg über die türkische Flotte:* 1571 bei Lepanto (vgl. Anm. zu 94,24 f.).

80,20 *Bartolus und Baldus:* Bartolus de Sassoferrato (1314–57), berühmter Rechtsgelehrter in Bologna, Pisa und Perugia; Baldus de Ubaldis (um 1327 bis 1400), sein Schüler.

80,28 f. *die Namen S. Marco Giovanni e Paolo:* Marco weist hier nicht auf Mark Anton, der nicht der Vater war, sondern auf die dem hl. Markus geweihte Stadt Venedig; in die dortige Kirche San Giovanni e Paolo hatte Cäcilia den Ardinghello zum ersten Stelldichein bestellt (vgl. S. 44–46).

82,34 f. *Die Romanze aller Romanzen auf die Insel Rhodos:* Pindars 7. Olympische Hymne von 464 v. Chr.

83,22–32 *Seine Reise [. . .] einherschreitet:* Heinse selbst unternahm seine Italienreise, wenn auch aus Mangel an Geld, ebenfalls zu Fuß.

84,19 *Heinrich Stephan:* Henricus Stephanus (franz. Henri Estienne, 1528–98), mit 20 Jahren gab er Anmerkungen zum Horaz heraus, in den folgenden Jahren die griechischen und römischen Klassiker.

85,20 *Bocchetta:* Apenninpaß nördlich von Genua.

85,21 *Schläfe:* veralteter Plural für ›Schläfen‹ (zu dem Singular ›Schlaf‹ für ›Schläfe‹).

85,25 *die Thetis Homers:* griechische Meernymphe, Tochter des Nereus, Gemahlin des Leleus, Mutter des Achilles. Zu ihrer Hochzeit mit dem irdischen Peleus waren alle Götter geladen, mit Ausnahme von Eris, der Göttin der Zwietracht. Thetis kommt im Zusammenhang mit Achilles in Homers »Ilias« häufig vor.

86,10 *Stanzen [. . .] vom Pulci:* Luigi Pulci (1432–84) schrieb »Il Morgante«, ein Ritterepos in 28 Gesängen, in der für die italienische Hochrenaissance typischen Form der stanza, d. h. in acht jambischen Elfsilblern (Ottaverime). Heinse schrieb als erster eigenständige Stanzen in deutscher Sprache und hängte sie 1774 als ein erotisches *Heldengedicht* seinem Frühwerk *Laidion oder die Eleusinischen Geheimnisse* an.

86,26 *Saturnus:* etruskisch-römischer Bauerngott, nach griechischem Mythos auch alter König von Latium in einem goldenen Zeitalter.

86,27 *Hesperien:* Abendland, Italien, Latium, die Landschaft um Rom.

86,27 f. *Phalaris:* Tyrann von Akragas oder Agrigent (570–554 v. Chr.) herrschte grausam über Sizilien *(die goldne Insel der drei Vorgebirge).*

86,29 *keine Cäsarn [. . .] düngten:* Vgl. Anm. zu 147,30 f.

86,36–87,5 *vom Ideale [. . .] Volkswitz:* Heinse bezieht sich hier auf die Tradition, daß Homer, der Dichter der »Ilias« und der »Odyssee«, aus dem kleinasiatischen Ionien (Smyrna) stamme, er lehnt jedoch die Deutung des Namens Homers als »blind« durch den Historiker Ephoros (um 408 bis 330 v. Chr.) ebenso ab wie die beliebte antike Porträtdarstellung Homers als blinden, nach innen schauenden Dichter.

87,15 *aus der goldnen Zeit:* Anspielung auf Vergils Gedicht über das Landleben »Georgica« und seine bukolischen »Eklogen«.

87,23 *Apollo:* Neben seinen Funktionen als Heil-, Vegetations-, Orakel- und Schutzgott tritt er vor allem als Gott der Künste (Gesang und Musik) und der Wissenschaften und als Anführer der Musen hervor; Dichter und Sänger betrachten sich als seine Priester.

87,27 *Boccadoro:* aus ital. ›bocca di oro‹, Goldmund, dem Namen des hl. Chrysostomus entsprechend. Nach Brecht (S. 33 f.) könnte Heinse den Namen aus den ihm bekannten Novellensammlungen der Novellatori übernommen haben, in denen der Name, etymologisch spielend, besonders auf Boccaccio bezogen wird.

87,30 *Pindars* Χρυσέα φόρμιγξ Απόλλωνος: »Goldene Leier Apollons«, die Einleitungsworte der ersten Pythischen Ode Pindars, dem Hieron zu Ätna gewidmet.

88,4 f. *Heiliger Kolumbus:* Vgl. Anm. zu 14,23.

88,5 *Andreas Doria:* Andrea Doria (1468–1560), berühmter Admiral und Staatsmann. Heinse benutzte die Geschichte Genuas des Genuesen Uberto Foglietta (1518–81, vgl. Heinses Nachlaßheft 21) und übersetzte (Nachlaßheft 10, Bl. 17) das »Elogium Andreae Auriae«, den Bericht über Andrea Doria, aus Fogliettas »Clarorum Ligurum Elogia«, seinen Berichten über berühmte Genuesen (vgl. auch Brecht S. 7 u. 83). Aus demselben »Elogium Andreae Auriae« übersetzt Heinse ein lateinisches Lobeszitat in seinem Brief aus Rom vom 18. Dezember 1782 an Friedrich Heinrich Jacobi, wenn er den *Andreas Doria* als einen *Seehelden* schildert, *welchem Neptun zu seiner Zeit den Dreyzack übergab*, und wenn er Jacobi einen *Abguß* von *der Büste des Andreas Doria* verschaffen möchte (SW X, 213; und Brecht, S. 7 f.).

88,5 f. *mit den Themistoklessen und Scipionen:* Themistokles (um 527 bis 459 v. Chr.), athenischer Staatsmann und Kriegsheld der Perserkriege. Scipio Africanus der Ältere (237–183 v. Chr.) und Scipio Aemilianus Africanus der Jüngere (185–129 v. Chr.), römische Feldherren und Staatsmänner aus dem Geschlecht der Cornelier, die durch ihre erfolgreichen Feldzüge gegen Karthago die Weltstellung Roms begründeten. Heinse führt hier, wie auch weiterhin (z. B. S. 88,30), die Namen irgendwelcher großen historischen Persönlichkeiten, verallgemeinernd im Plural, als klassische Beispiele großartigen Menschentums an.

89,1 f. *Marchese S*** [. . .] Fregosa:* Marchese S*** von Heinse erfundener Name; Fregosi, eine der herrschenden Familien in Genua vom 14. bis 16. Jh.

89,13 *Miglien:* Plural von ital. ›miglia‹, Meilen.

89,26 f. *Epithalamium:* Hochzeitslied der Griechen und Römer.

90,36 f. *die Hochzeit [. . .] der Thetis:* Vgl. Anm. zu 85,25.

91,20 *anapästischen Rhythmus:* Der Anapäst, dreiteilig, zwei unbetonte und eine betonte Silbe, ist der einzige griechische Versfuß, der einen reinen Takt enthält und sich daher, leicht und lebendig, besonders zum Einzelgesang eignet.

91,32 *Der Sohn der Thetis:* Achilles, auf dessen Rolle im Kampf um Helena und Troja sich die folgenden Zeilen beziehen.

92,16 *Inseln des Tyrrhenischen Meers:* zwischen dem südwestlichen Italien und nördlichen Sizilien.

92,18 *den jungen Themistokles:* Vgl. Anm. zu 88,5 f.; hier ist der junge Bräutigam gemeint.

92,22–25 *ihre Vorfahren [. . .] Ehre haben:* Vgl. Anm. zu 14,23.

93,10 *dem Vatikanischen Apollo:* Apoll vom Belvedere, genannt nach seinem Aufstellungsort in einem Teil des Vatikanischen Palastes. Diese römische Marmorkopie nach einer vermutlich von Leochares 330/320 v. Chr. geschaffenen Bronzefigur galt seit Winckelmann als »das höchste Ideal der Kunst unter allen Werken des Altertums« (»Geschichte der Kunst des Altertums«; vgl. Heinses ausführliche Beschreibung S. 246–248).

94,24 f. *Johann Andreas Doria [. . .] besiegen half:* Giovanni Andrea Doria (1539–1606), Sohn des Neffen *des großen alten* Andrea Doria (vgl. Anm. zu 88,5), war genuesischer Befehlshaber der unter Juan d'Austria (1547–78) vereinigten Flotte des Papstes, Spaniens und Venedigs, die in der Seeschlacht von Lepanto oder *bei den Echinadischen* [jetzt Curzolarischen] *Inseln* (vgl. S. 119,14) am 7. Oktober 1571 die türkische Flotte vernichtete.

94,30 *Fünf Dreiruderige:* Auf die antike »Triere« zurückgehendes Segelschiff mit drei Ruderreihen übereinander auf jeder Seite. – Die hier folgende Schilderung des Seegefechts mit den Piraten geht nach Brecht (S. 7–12) auf Heinses Quelle, Uberto Fogliettas (vgl. Anm. zu 88,5) »Historiae Genuensium libri XII« (Genua 1585), zurück. Auch hier wird Ardinghello fiktiv, als Lebensretter Giovanni Dorias, mit den Ereignissen um große geschichtliche Persönlichkeiten verbunden (vgl. S. 96,13–16).

94,34 *Scirocco:* Schirokko, warmer Südostwind im Mittelmeergebiet.

95,8 f. *die provenzalischen Gewässer:* vor der südöstlichen Mittelmeerküste Frankreichs, dem Gebiet des heutigen Nizza.

95,27 *nach dem Stesichoros:* nach den Worten des griechischen Heldendichters Stesichoros (um 600 v. Chr.) in Sizilien.

96,15 *Damaszenersäbel:* zuerst in Damaskus hergestellter Säbel mit hart-elastischer Stahlklinge, die mit eingeätzten Mustern verziert ist.

97,35 f. *Hafen von Villafranca:* Villefranche-sur-Mer, früher italienisch Villafranca, kleine Stadt mit einer Burg und einem guten Hafen, der die Stadt Nizza im 17. Jh. gegen Piraten schützen sollte.

99,1 *Ulazal* oder Uluzal (so im Nachlaßheft 61), korsischer Renegat und Pirat im Dienst der Türken, im Roman ein Kalabrese, aus Korsika stammend. Nach Heinses Quellen, Fogliettas »Libri quattuor de sacro in Selimum« und »De expeditione Tunetana« (vgl. Brecht, S. 9 f.), ist Uluzal ein den Türken verbündeter Korsar in den Kämpfen um die Insel Zypern. Gegen diesen »Ulucciali« läßt Schiller im »Don Carlos« (III,7) den Marquis Posa um Malta kämpfen.

99,6 f. *Bastard [. . .] Biondello:* Adorni, eine alte Familie zu Genua im 14. bis 16. Jh., Feinde der Fregosi (vgl. Anm. zu 89,1 f.). Diese beiden Geschlechter wechselten sich in der Herrschaft von Genua ab, bis die Stadt 1528 selbständig wurde. Biondello, ital. ›der Blonde‹.

99,34 *Apostrophe:* Abwendung des Redners von seinen Zuhörern und direkte Anrede an abwesende Personen, Götter oder belebte Dinge, hier an die Schönheit.

101,16 *Brentasümpfen:* Vgl. Anm. zu 26,2.

103,5 *Ambrosia und Nektar:* Speise und Trank der Götter; hier der Genuß der Liebe.

106,8–11 *göttlicher Plato [. . .] frei sind:* In seinen römischen Aufzeichnungen von 1782/83 (Nachlaßheft 10, Bl. 16) sieht Heinse dieselbe freie Liebe angeblich in der *Republik Platos*, in dessen utopischem Werk »Politeia«, verwirklicht.

106,14 *Smyrna:* griechisch-ionische Küsten- und Handelsstadt, einer der angeblichen Geburtsorte Homers, im ausgehenden Mittelalter genuesisch, seit 1402 türkisch.

106,25 *Sohn des Kalabresers Ulazal:* Vgl. Anm. zu 99,1. Diagoras, als Sohn Ulazals, nach Brecht (S. 10) eine Erfindung Heinses, ebenso der Name der Mutter.

106,32 f. *die Säulen des Herkules:* nach altgriechischer Anschauung verschiedene Randpunkte des Erdkreises, am bekanntesten die westlichen Säulen (Felsen) der Straße von Gibraltar.

108,17 f. *ein provenzalisch Lied:* südfranzösisch-norditalienisches Liebeslied aus der Zeit der Troubadours, 11. bis 14. Jh.

108,29 *Florio:* Vgl. Anm. zu 113,14 f.

108,31 f. *heilige Magdalena [. . .] zu Marseille:* Gemeint ist die 1214 auf der gleichnamigen Felsenhöhe im Süden des Alten Hafens erbaute Schutzkapelle Notre Dame de la Garde.

109,28 f. *von Raffael auf dem Stuhl:* das Gemälde »Madonna della sedia«, um 1514, Florenz, Pitti.

109,32 *Antonio Allegri:* gen. Correggio (um 1489 bis 1534). Gemeint ist wohl die früher als Hauptwerk Correggios gefeierte, heute in ihrer Autorschaft umstrittene Magdalena in Dresden, Gemäldegalerie.

112,24 *Antibes:* befestigter Seehafen an der französischen Mittelmeerküste.

112,33 *Küssen:* ältere Nebenform von ›Kissen‹.

113,14 f. *Florio Branca:* Heinse hat den in den genuesischen Adelsfamilien der Adorni und Fregosi beliebten Vornamen »Branca« als Nachnamen für Lucindes Bräutigam gewählt (vgl. Brecht, S. 11).

114,24 *Charitinnen:* bei den Römern Gratiae (Grazien), Göttinnen der Anmut, Heiterkeit und Lieblichkeit.

115,26 *das Catullische Da mihi basia mille:* Zeile aus dem Gedicht des Zyklus der frühen Lesbia-Lieder, »Vivamus, mea Lesbia, atque amemus [. . .]« des Gaius Valerius Catullus (87–54 v. Chr.), der besonders wegen seiner Liebeslieder auf Lesbia Clodia, die Schwester des Volkstribunen Appius Claudius, bekannt ist.

116,22 f. *aus dem Herodot [. . .] Königstochter:* Märchen im 2. Bd. der historischen Werke Herodots (um 490 bis 425 v. Chr.), in dem der Tochter Cheops' nachgesagt wird, sie habe sich von jedem ihrer Liebhaber einen Stein schenken lassen und davon eine der drei großen Pyramiden erbaut.

116,32 *Georgien und Cirkassien:* Landschaften im Gebiet des Kaukasus, vom jungen Heinse oft, im literarischen Stil der Zeit, als Länder utopischen Liebesglücks genannt.

117,10 f. *Lucinde von Montefeltro:* Montefeltro, Herzogsgeschlecht in Urbino, Grafschaft in Norditalien; in Dantes »Inferno«, 27. Gesang, und »Purgatoria«, 5. Gesang, genannt. Vor- und Familienname werden von Heinse ohne Bezug auf historische Personen verwendet. Ebenso sind die Namen *Ful-*

via Fregosa (zur Familie der Fregosi vgl. Anm. zu 89,1 f.), *das Haus S**** und *Sophia von Montefeltro* hier frei erfunden.

119,1 *an den Ufern des Varo:* Varo, bis 1860 Grenzfluß zwischen Italien und Frankreich, mündet südwestlich von Nizza ins Meer.

119,10 *Johann von Austria:* Vgl. Anm. zu 94,24 f.; ein unehelicher Sohn Karls V. und der Regensburger Bürgerin Barbara Blomberg; Oberbefehlshaber der vereinigten christlichen Flotte in der S. 94,25 erwähnten und im folgenden ausführlicher behandelten Seeschlacht von 1571 *bei den Echinadischen Inseln* oder Lepanto gegen die Türken. Nach Brecht (S. 9 f.) ist Heinses Quelle Fogliettas »De sacro foedere in Selimum«, im »Thesaurus antiquitatum et historiarum Italiae« I, 1061 B.

119,22 *die Reiger:* die Reiher, Storchvogelart.

119,24 *Großvezier:* Großwesir, unmittelbar dem Sultan unterstehender höchster Verwaltungsbeamter der Türkei.

120,12 *zu Rhodi:* auf der Insel Rhodos.

120,15 f. *Colonna [. . .] Drittelsiegs:* Marc Antonio Colonna, Herzog von Paliano (gest. 1584), besiegte unter Juan d'Austria, als Führer der päpstlichen Macht zusammen mit den Spaniern und Venetianern, die Türken in der Seeschlacht bei Lepanto (vgl. Anm. zu 94,24 f.) und feierte bei seiner Rückkehr einen prunkvollen Triumph nach dem antiken Vorbild siegreicher römischer Feldherren. Daher Heinse *zu Rom im Triumph [. . .] wegen seines Drittelsiegs* (vgl. Brecht, S. 11, für Heinses wahrscheinliche Quelle).

120,18 *der flüchtige Kalabreser:* Gemeint ist der erwähnte Renegat und Pirat Ulazal.

120,27 f. *der Heilige Vater Pius:* Papst Pius V. (1566–72).

120,28 f. *Philippen:* Philipp II. (1527–98), Sohn Karls V.; König von Spanien, den Niederlanden, Mailand, Neapel und Sizilien.

121,5–14 *Es ist närrisch [. . .] Partei der Sieger:* Wörtliche Übertragung aus Heinses Aufzeichnungen von 1783 bis 1786 (vgl. Varianten).

123,25 f. *der Musen und der Minerva:* Musen, Göttinnen der schönen Künste und Wissenschaften; Minerva, Göttin des Lehrens und Lernens.

125,2 *Semiramis und Laura:* Semiramis, die sagenhafte Königin von Babylon; Laura, die von Petrarca besungene Geliebte; beide als höchste Beispiele berühmter Frauen genannt.

125,17 f. *zwischen einer Scylla und Charybdis:* Diese beiden aus der »Odyssee« bekannten und die Seeleute bedrohenden Ungeheuer an Meeresengen (wie der von Messina) stehen schon früh sprichwörtlich für eine Zwangslage, in der man dem einen oder dem anderen von zwei Übeln nicht entrinnen kann.

126,16 *Vor dem Tyrannen von Toskana:* Großherzog Cosimo (*Cosmus*) I.

126,20–22 *bei der Camilla Martella [...] sprechen kann:* Im Nachlaßheft 82, Bl. 38, hat Heinse aus einer noch nicht näher bestimmten Quelle notiert: *Nach dem Tode der Eleonore heurathete er* [Cosimo I.] *Camilla Martelli, (eines Privatmanns Tochter), und zeugte mit dieser eine Tochter [...]* Weiter heißt es hier: *Cosmus starb ex diuturno morbo, quo amisso vocis sua laboraverat* (vgl. Brecht, S. 116 f.).

126,24 *Tiberius auf der Insel Capri:* Tiberius Claudius Nero (42 v. Chr. bis 37 n. Chr.), römischer Kaiser (14–37 n. Chr.), zog sich 26 n. Chr. aus Enttäuschung über den römischen Senat auf die Insel Capri zurück.

126,25 *Nero in beiderlei Gestalt:* die Ausschweifungen der beiden Kaiser ›Tiberius‹ Claudius Nero und Claudius Caesar ›Nero‹ (37–68 n. Chr.).

126,26 f. *Hippokrates:* griechischer Arzt (um 466 bis 377 v. Chr.), Begründer der antiken wissenschaftlichen Medizin.

126,27 *Machiavell wird den jungen Tarquinen:* Tarquinius Priscus (angeblich 616 bis 579 v. Chr.) und Tarquinius Superbus (angeblich 534 bis 510 v. Chr.), sagenhafte Könige der römischen Frühzeit. Hier sind die Großherzöge von Florenz gemeint, denen Nicolò Machiavelli (1469–1527), wie in seinen Werken »Discorsi« und »Il Principe«, als ein neuer Hippokrates lehren soll, wie weit sie in ihren Ausschweifungen gehen können.

126,31 *Der neue Herzog:* Großherzog (Francesco) Franz I. (1574–87), Sohn Cosimos I.

126,32 *berühmte Bianca:* Bianca Cappello, zweite Gemahlin Franz' I. Die berüchtigte Geschichte ihres Lebens bringt Heinse in einer ausführlichen Fußnote auf S. 136 f.

126,34 *Aphrodite [...] Paphos:* Paphos, Stadt phönizischer Gründung auf Kreta, Kultort der Aphrodite. Hier ist die Bezeichnung auf Cäcilia, die Geliebte Ardinghellos in Venedig, angewendet; daher *Aphrodite des adriatischen Paphos.*

130,1 *Lais und Phryne:* ihrer Schönheit und ästhetischen Bildung wegen berühmte griechische Hetären (4. Jh. v. Chr.).

130,30 *Lucca:* Stadt zwischen Genua und Florenz, nördlich von Pisa, im folgenden (S. 136,6–8 u. 137 f.) wegen ihrer berühmten Mineralbäder von Bedeutung. Vgl. auch Heinrich Heines Reisebericht von seinem Aufenthalt in Lucca.

130,33 *Mare [. . .] fede:* Meer ohne Fische, Frauen ohne Scham, Männer ohne Treue.

131,3 *Diomed:* Diomedes, einer der größten griechischen Helden vor Troja, im 5. Buch der »Ilias« besungen.

133,20–28 *Aber auch ich [. . .] waschen!:* aus den Aufzeichnungen von 1783 bis 1786, unter Umsetzung in die erste Person Singular, fast wörtlich in den Roman übernommen.

134,5 f. *daß Cosmus gestorben war:* Im Nachlaßheft 82, Bl. 38, notiert Heinse *Cosmus starb 1574, alt 55 Jahre, den 21. Maerz; u. regierte 38 Jahr.*

135,22 *Antäus:* Der lybische Riese Antäus (Antaios), Sohn des Poseidon und der Gaia (Erde), gewann, wenn er beim Ringen stürzte, durch die Berührung mit seiner Mutter stets neue Kraft und wurde von Herkules nur dadurch überwunden, daß dieser ihn über der Erde in der Schwebe hielt und erwürgte.

135,25 f. *Omphale [. . .] drehen machte:* lydische Königin; Herkules leistet ihr Sklavendienste, um sich von der Schuld des Mordes an Iphitos zu befreien. Omphale läßt ihn zur Erniedrigung Wolle spinnen.

135,33 *der Kardinal:* Ferdinand (vgl. Anm. zu 152,4).

136,3 *der junge Herzog:* Großherzog (Francesco Medici) Franz I. (vgl. Anm. zu 126,31).

136,13–40; 137,15–37 *Bianca [. . .] angetraut:* Den Auszug *Aus einer gleichzeitigen Handschrift* hat Heinse aus seinen Reiseaufzeichnungen zusammengestellt (vgl. Varianten), die er aus einer oder mehreren florentinischen Handschriften des 16. Jh.s entnommen hatte (vgl. Brecht, S. 17–21, 38, 170–172, 182 f.).

137,7 *von einer neuen Art olympischen Spielen:* Die Wiederaufnahme der olympischen Spiele durch den französischen Baron de Coubertin von 1896 in Athen nimmt Heinse hier in den Bädern von Lucca als ein Renaissancefest unter dem tyrannischen Francesco de Medici vorweg. Heinse hat solche Feste mit Wettrennen, Pferderennen, Tänzen, Schauspielen und dichterischen Darbietungen in Siena und Mantua (hier *von undenklichen Zeiten her* um Vergils *antike Bildsäule*) selbst erlebt und in Briefen geschildert (vgl. SW X, 141 u. 237). Vgl. die Fortsetzung von Heinses Auszügen *Aus einer gleichzeitigen Handschrift* in den Varianten.

137,23 *Johanne von Österreich:* österreichische Erzherzogin, erste Gemahlin Franz' I., starb 1578.

137,27 *den Grafen Sforza von Santa Fiora:* Sforza, mailändisches Adelsgeschlecht der Renaissance.

138,8 f. *Prospero:* Ardinghellos wirklicher Name im Roman ist *Prospero Frescobaldi* (vgl. S. 143,22 u. Anm. zu 54,4–27).

138,34 *Mazzuolo:* Im Kap. XVIII von Lessings Laokoon-Schrift, aus dem Heinse sich Notizen machte (SW VIII/I, 543), wird der Maler Francesco Mazzuola erwähnt, der aber 1575, als Ardinghello sich in Florenz aufhielt, bereits 35 Jahre tot war.

138,35 *Epicharmos:* griechischer Komödiendichter aus Megara, Sizilien (um 550 bis 460 v. Chr.). Der Ausspruch (Poiemata 250) lautet: »νᾶφε καὶ μέμνασ' ἀπιστεῖν· ἄρθρα ταῦτα τᾶν φρενῶν«, »Sei besonnen und eingedenk des Mißtrauens, denn diese sind die Gelenkteile des Verstandes.«

140,2 *die adriatische Zauberin:* die aus Venedig stammende Bianca (vgl. S. 136 f.).

140,30 *Piez:* (franz. pièce, ›Stelle, Fleck‹) hier die Brustwarze (in der 2. Aufl. *Zitz*).

141,10 *Elis:* Im mittleren Teil der Küstenlandschaft Elis im westlichen Peloponnes lag Olympia; dort wurden alle vier Jahre die griechischen Nationalspiele abgehalten.

142,35 f. *die Gesetze des Judenlykurgs:* Wie der sagenhafte Lykurgos die Gesetze Spartas erließ, so spricht Heinse hier von den zehn Geboten des Moses als *Gesetze des Judenlykurgs* und meint wohl besonders das 6. und 10. Gebot.

143,2 f. *Und ihr Vater [...] mit ihr:* Heinse bezieht sich hier auf Isabellas blutschänderisches Verhältnis mit Cosimo I. (vgl. Anm. zu 54,4–27).

143,4 f. *Alexander [...] Lukrezia:* Papst Alexander VI. (1431 bis 1503), seine Söhne Juan und Cesare Borgia, letzterer wegen seiner Grausamkeiten, und seine Tochter Lukretia, wegen ihrer Ausschweifungen berüchtigt.

143,9 *Magus:* Weiser, Gelehrter.

143,13 f. *Imperatoren Claudius und Nero:* Appius Claudius (zwischen 500 u. 400 v. Chr.), rücksichtsloser Gewaltherrscher in Rom, wie später Claudius Caesar Nero (37–68 n. Chr.).

143,22 *Prospero Frescobaldi:* Hier gebraucht Heinse zum erstenmal den vollen Namen Ardinghellos (vgl. S. 138,8 f. u. Anm. zu 54,4–27).

143,30–144,4 *Kein hoher Geist [...] ihre Klauen:* Diesen Abschnitt in direkter Rede hat Heinse, wenig verändernd, aus seinen Düsseldorfer Aufzeichnungen von 1783 bis 1786 zusammengesetzt (vgl. Varianten).

143,36–144,1 *Seneca [. . .] Nero:* Agrippina die Jüngere (16 bis 59 n. Chr.), Mutter Kaiser Neros. Der Stoiker Seneca war enger Berater an ihrem Hofe und leitete die Regierung des jungen Nero, bis er in Ungnade fiel und, der Verschwörung verdächtigt, sich selbst den Tod geben mußte.

144,24–145,2 *bei einem trefflichen Fürsten [. . .] zu herrschen:* aus drei verschiedenen Teilen der Aufzeichnungen von 1783 bis 1786 zusammengestückelt (vgl. Varianten).

144,32 *des alten Patrioten:* Sokrates.

145,2 f. *die Geschichte [. . .] Virginia:* Als der mächtige Appius (vgl. Anm. zu 143,13 f.) der Virginia, Tochter des römischen Plebejers Virginius, nachstellte, erstach der Vater seine Tochter, um sie vor Schande zu bewahren. Vgl. denselben Bezug, jedoch im Gegensatz zu Heinse in positiver Wertung, in Lessings »Emilia Galotti«, V, 7.

145,4 f. *Sylla, Augustus und Tiberius:* Lucius Cornelius Sulla (138–78 v. Chr.), römischer Prätor und Diktator. Gaius Octavius Augustus (63 v. Chr. bis 14 n. Chr.), erster römischer Kaiser, anfangs grausam. Tiberius Julius Caesar (42 v. Chr. bis 37 n. Chr.), Stiefsohn und Nachfolger des Augustus; nach Tacitus übte er eine strenge, despotische Herrschaft aus.

145,13 f. *borstige Ungeheuer:* Für den englischen Staatsphilosophen Thomas Hobbes (1588–1679), der Heinse beeinflußte, sind »Leviathan« und »Behemoth«, in Hobbes' gleichnamigen Werken, die Ungeheuer des Parlaments und der Kirche.

145,17–146,20 *Man betrachtet [. . .] allem andern vorgehn:* Im Original der Aufzeichnungen von 1783 (vgl. Varianten) erscheinen diese staatspolitischen Ansichten Heinses gegen den fürstlichen Absolutismus bei weitem radikaler und demokratischer.

146,9 *Ulysses:* Ulixes, der lateinische Name des griechischen Helden Odysseus.

146,14 *Hyder:* Nebenform für Hydra, die von Herkules getötete neunköpfige Wasserschlange.

146,22 f. *der allgemeine Verstand der Gesellschaft:* entweder der »common sense« der englischen Aufklärung oder eher Rousseaus »volonté générale«, in seinem Hauptwerk »Contrat social« von 1762, als »Gemeinwille« und Garantie des individuellen Lebens und Eigentums in einem demokratischen Staat.

146,34 f. *den gordischen Knoten:* der kunstvolle Knoten an dem alten Streitwagen der phrygischen Könige in deren Hauptstadt Gordion. Wer ihn auflöse, sollte nach der Sage König von Kleinasien werden. Alexander der Große durchschlug ihn 334 v. Chr. mit dem Schwert.

147,30 f. *düngt die Felder [. . .] führte:* Bei Cicero (»De officiis«, 3, 21) heißt es von Cäsar: »ipse autem socer in ore semper Graecos versus de Phoenissis habebat [. . .]. Nam si violandum est ius regnandi gratia violandum est; aliis rebus pietatem colas« (Euripides, »Phönizierinnen«, 524 f.). Vgl. denselben Ausdruck S. 86,29.

147,35–148,3 *sie stellen sich an [. . .] Gesetze straft?:* Hier abgeschwächter Auszug aus denselben politischen Aufzeichnungen wie S. 145,17–146,20.

148,6 f. *Xerxes [. . .] Themistoklessen:* Xerxes (um 519 bis 465 v. Chr.), seit 486 persischer König, wurde 479 im Feldzug gegen Griechenland in der Schlacht bei Salamis von Themistokles (um 525 bis 460 v. Chr.) geschlagen. Zu *Themistoklessen* und den im folgenden verwendeten Pluralen der Namen vgl. Anm. zu 88,5 f.

148,8 *die Camille:* Marcus Furius Camillus, erfolgreicher Konsulartribun und Diktator im frühen Rom des 4. Jh.s v. Chr. In der späteren römischen Geschichtsschreibung wurden seine Person und seine Taten idealisiert und ausgeschmückt.

148,18–149,12 *Jedes Wesen [. . .] gespießt zu werden:* Diese aus den Aufzeichnungen von 1783 bis 1786 übertragenen Thesen des unbegrenzten Machtmenschen sind nur in den Verbformen und Personalpronomen geändert und so zu einem eingeschobenen fiktiven Dialog umgestellt (vgl. Varianten).

149,21 *Pisistrat:* Peisistratos (gest. 528 v. Chr.), weitsichtiger und milder Tyrann von Athen, der besonders die mittleren und unteren Stände förderte und die spätere überragende Stellung Athens begründete.

149,22 *Theseus:* sagenhafter, kühner Nationalheld und Wohltäter der Athener.

Cyrus: der ältere Kyros, erster König (558–529 v. Chr.) und Organisator des Perserreiches.

Romulus: sagenhafter Gründer Roms, ihm wurde die Einrichtung des römischen Staatswesens mit Senat, Volksversammlung, Patriziern und Plebejern zugeschrieben.

149,24–27 *ein böses principium [. . .] unerklärlich blieben:* aus Machiavellis »Discorsi« von Heinse in seine Aufzeichnungen von 1783 bis 1786 aufgenommen (vgl. Varianten und Brecht S. 77, 189).

149,29–33 *allemal folge [. . .] Cäsar:* Commodus Lucius Aurelius (161–192 n. Chr.); Publius Cornelius Scipio Africanus der Ältere (237–183 v. Chr.); Publius Cornelius Aemilianus Africanus der Jüngere (185–129 v. Chr.); Tiberius Sempronius Gracchus (162–133 v. Chr.) und Gaius Sempronius Gracchus (153–121 v. Chr.), deren Herrschaft, im Gegensatz zu der des ›weisen‹ Kaisers Marcus Aurelius Antonius von 161–180 n. Chr., in Tyrannei ausartete. Gaius Marius (156–86 v. Chr.) Konsul, Feldherr und Organisator des römischen Heeres (vgl. Anm. zu 56,30 f.); zu Sulla vgl. Anm. zu 145,4 f.; Gnaeus Pompejus (106–48 v. Chr.), Konsul, Feldherr, unterlag dem Gaius Julius Caesar (100–44 v. Chr.), i. J. 48 bei Pharsalus.

149,35 f. *einen Staat [. . .] zugleich:* so nach der Staatstheorie des Aristoteles gefordert und in Sparta verwirklicht.

150,22–28 *aus beiden Brutussen [. . .] Porsenna:* Heinse bezieht sich hier einmal auf den Cäsarmörder Marcus Junius Brutus (neben Cassius), sodann auf den sagenhaften Bericht über die Einführung der römischen Republik (um 510 v. Chr.). Der ältere Brutus (Lucius Junius) wurde nach der Vertreibung des letzten römischen Königs, Tarquinius Superbus, aus etruskischem Geschlecht, zusammen mit dem republikanisch gesinnten Tarquinius Collatinus, einem Vetter des Tarquinius Superbus, erster römischer Konsul. Seine Söhne ließ er, wegen Beteiligung an einer Adelsverschwörung zugunsten der Tarquinier, hinrichten. Der etruskische König Porsenna brachte die vertriebenen Tarquinier mit Waffengewalt vorübergehend wieder nach Rom zurück. Mit der Bemerkung *Unsre Tarquine* [vgl. auch Anm. zu 126,27] *hatten wir schon verjagt* bezieht sich Heinse auf die Vertreibung der Medici aus Florenz und Toskana im Jahr 1527. Sie wurden zwei Jahre später, wie es hier heißt, *von einer unendlich größern Macht*, nämlich der Macht Kaiser Karls V., den republikanischen Florentinern *wieder aufgebunden*.

150,31 *der heidnische toskanische König:* der Etrusker Porsenna (vgl. vorhergehende Anm.). Die Etrusker, lat. Tusci (Adjektiv: tuscanicus), sind die Vorfahren der Toskaner. Das wissenschaftliche Interesse an den Etruskern beginnt mit der Renaissance.

150,32 *der orthodoxe Karl der Fünfte* (1500–58), römischer Kaiser deutscher Nation, König von Spanien. Unter seiner Herrschaft erreichte das habsburgische Weltreich seine größte Ausdehnung. Der hier erwähnte Feldzug nach Algier (1541) war einer der wenigen nicht erfolgreichen Kriege Karls. 1556 entsagte er der Herrschaft, zog sich in die Einsamkeit eines spanischen Klosters zurück und beschäftigte sich hier mit Kompassen, Uhren und mathematischen und astronomischen Instrumenten. Die allgemeine negative Beurteilung Karls entnahm Heinse wörtlich seinen Aufzeichnungen von 1783 bis 1786 (vgl. Varianten). Die Feststellung, daß Karl *Unsre Freiheit [. . .] vernichtete* (S. 151,10–12), bezieht sich im Roman auf dessen (Anm. zu 150,22–28) erwähnte Unterwerfung des republikanisch gewordenen Florenz und die Einsetzung des Alessandro de Medici als Herzog, der Karls uneheliche Tochter Margarete (spätere Herzogin von Parma) heiratete.

151,13 *Gramsvogel:* Krammetsvogel, Wacholderdrossel.

151,34 f. *Cortona [. . .] Trasimenischen See:* Cortona, ursprünglich etruskische Stadt, nordwestlich von Perugia an einem Berghang über dem fruchtbaren Tal der Chiana, seit 1412 zu Florenz gehörend. Südlich von Cortona der Trasimenische See, berühmt durch Hannibals siegreiche Schlacht gegen die Römer 217 v. Chr. im 2. Punischen Krieg.

152,4 *der Kardinal Ferdinand* war bis zum Tod seines Bruders Franz I. (1587) Kardinal und wurde dann Großherzog (gest. 1609). Als seinen Geburtstag verzeichnet Heinse (SW VII, 174) *den 20 Junius 1550.* Zwei Seiten weiter heißt es: *Ferdinand Kardinal von Medici hatte die Caecilia Farnese, Tochter des Kardinals Farnese zur Favoritin.* Zu Heinses Quellen vgl. Brecht, S. 182–185.

152,28 *Emilia:* keine geschichtliche Beziehung. Von Heinse erfunden.

153,24 *Philomelen:* Philomela, sagenhafte athenische Königstochter, von ihrem Schwager Tereus entehrt und verfolgt, verwandelten die Götter sie in eine Nachtigall.

154,5 f. *Jene Königin der Amazonen:* Gemeint ist Calistrada (Talistrada) in der sagenhaft ausgeschmückten Geschichte Alexanders des Großen.

154,11 *Parzen:* römische Geburts- und Schicksalsgöttinnen.

154,17 *Ispahan:* Haupt- und Residenzstadt des Schahs von Persien, im 16. Jh. eine der bedeutendsten Weltstädte.

157,11–197,25 *Ich bin mit dem Kardinal [. . .] den Tarpejischen Felsen:* Der folgende Teil des Romans bis zum Ende des ersten Bandes wurde von Heinse in der von Heinrich Christian

Boie herausgegebenen Zeitschrift »Deutsches Museum«, Juni 1785, als I. Teil, *Künstlerbacchanal. Fragment einer Italiänischen Handschrift aus dem sechszehnten Jahrhundert*, veröffentlicht (vgl. Varianten).

157,16 f. *ein neuer [. . .] Marius:* Der große römische Feldherr Gaius Marius (vgl. Anm. zu 149,29–33) wurde nach seinem Sieg über die germanischen Kimbern und Teutonen als der dritte Gründer Roms gefeiert (der erste war Romulus, der zweite Marcus Furius Camillus, der die Gallier besiegte, die um 390 v. Chr. Rom zerstört hatten).

157,18 *Monte Palatino:* der älteste bewohnte und später vornehmste Stadtteil der sieben Hügel Roms mit den Palästen der Kaiser, besonders die domus Augustana.

157,29 *Kapitol:* Campidoglio, einer der sieben Hügel Roms, oberhalb des Forum Romanum gelegen und im antiken Rom religiöses und politisches Zentrum der Stadt.

158,25 *Tivoli, Palestrina, Frascati und Albano:* berühmte kleinere Städte in der Umgebung von Rom.

158,26 f. *Nettuno, Ostia und Civitavecchia:* Häfen in der Nähe Roms.

158,27 *Hannibal:* karthagischer Feldherr, bedrohte im 2. Punischen Krieg (218–201 v. Chr.) Rom.

159,4–37 *Gestern früh [. . .] Gewölben:* Hier folgt die erste einer Reihe von stilistisch überarbeiteten Übertragungen Heinses aus seinen italienischen Reiseaufzeichnungen von 1780 bis 1783, unter der Überschrift *Beschreibung einiger Gegenden und Tempel und Palläste von Rom flüchtig auf der Stelle einmal für die Zukunft zur völligen Ausarbeitung.* (Vgl. Varianten.)

159,4 *Kolisäum:* Kolosseum, Colosseo (benannt nach einem in der Nähe gestandenen Koloß des Nero), römisches Amphitheater, ab 72 n. Chr. unter Vespasian mit drei Arkadengeschossen errichtet, unter Titus viertes Geschoß hinzugefügt und im Jahre 80 geweiht. Bau für Gladiatorenkämpfe, sportliche Wettspiele und Theateraufführungen mit über 50 000 Sitzplätzen, die sich in einzelne Ränge mit jeweils eigenen Zugängen gliedern. An Tragmasten, die die Außenmauern überragten, konnte ein Zeltdach über die Arena gespannt werden. Seit dem Mittelalter wurde das Kolosseum als Steinbruch verwendet (u. a. für den Bau des Palazzo Venezia und des Palazzo Farnese), seit 1750 durch Weihung zum Gedächtnis der hier getöteten Märtyrer vor weiterer Zerstörung bewahrt. Vgl. Tafel 5.

160,5 *Palme:* der Palm (lat. palma, Handfläche), altes Maß von 8–10 cm.

160,9 f. *dorischer, ionischer und korinthischer Ordnung:* griechische Säulenordnungen, in der römischen Baukunst gerne in der Reihenfolge ihrer Entstehung übereinandergestellt.

160,20 *Titus und Domitian:* Söhne des Kaisers Vespasianus und selbst römische Kaiser: Titus Flavius Vespasianus 79–81 n. Chr., Titus Flavius Domitianus 81–96 n. Chr.

160,25 *Amphitheater von Verona:* im zweiten Viertel des 1. Jh.s n. Chr. für etwa 22 000 Personen errichtet und heute noch zu Aufführungen verwendet.

160,28 f. *Pyramide des Cestius:* Grabmal des römischen Prätors Gaius Cestius Epulo (gest. um 12 v. Chr.) neben der Porta San Paolo in Rom; S. 162,19–36 eingehender beschrieben.

160,31 *Septizonium des Severus:* Prachtbau, vielleicht Nymphäum, vom römischen Kaiser Lucius Septimus Severus (146–211 n. Chr.) am Palatin errichtet; unter Papst Sixtus V. im Jahr 1589 abgebrochen.

160,32 *Circus Maximus:* der größte Zirkus in Rom, unter den Königen zur Veranstaltung von Wagenrennen angelegt, später öfter erweitert, so unter Cäsar, Nero, Domitian und Trajan, faßte unter Augustus etwa 60 000, unter Constantinus (312–337 n. Chr.) etwa 185 000 Personen.

161,1 f. *Circus Flaminius, Agonalis, Florealis, Vaticanus [. . .] Sallust und Nero:* Zirkusse im antiken Rom.

161,2 *Sallust:* Gaius Sallustius Crispus (86–35 v. Chr.), erster kunstmäßiger Geschichtsschreiber der Römer, dessen Gartenanlagen (horti Sallustiani) besonders berühmt waren.

161,7 *Metellus:* Quintus Caecilius Metellus Numidicus schlug Jugurtha (vgl. Anm. zu 161,22), war aber gezwungen, sein Kommando dem Marius (107 v. Chr.) zu übergeben.

161,13 f. *Trajan [. . .] Decebalus:* Marcus Ulpius Traianus, römischer Kaiser von 98 bis 117 n. Chr., besiegte in zwei Kriegen (101/102 und 105–107) die Daker (Thrakier) unter ihrem König Decebalus, der sich selbst den Tod gab.

161,17 *Kommodus:* Commodus Lucius Aelius Aurelius, römischer Kaiser von 180 bis 192 n. Chr., trat selbst als tiertötender Herkules in Gladiatorenkämpfen auf.

161,18 *Lampridius:* Aelius Lampridius, im 4. Jh. n. Chr. einer der scriptores historiae augustae, beschrieb das Leben des Commodus und anderer Kaiser.

161,22 *Jugurtha* (160–104 v. Chr.), König von Numidien, führte erfolgreiche Kriege gegen Rom. Von Marius besiegt, wurde er von seinem Schwiegervater ausgeliefert und in Rom, im Carcer Mamertinus, erdrosselt.

161,25 f. *nach dem Aristoteles:* »Poetik«, VI, 1449b.

161,31 *Miltiades* (um 540 bis 489 v. Chr.), athenischer Feldherr und Sieger in der Schlacht bei Marathon gegen die Perser.

162,17 *Stoiker:* Die um 300 v. Chr. von Zenon aus Kition begründete griechische Philosophie der Stoa vertrat das Ideal des naturgemäß und frei von Affekten, nach Vernunft und Tugend lebenden Weisen. Den von Heinse hier angeführten Grundsatz einer von Mitleid freien Milde vertrat vor allem der römische Philosoph Seneca (4 v. Chr. – 65 n. Chr.).

162,19–36 *Die Pyramide [. . .] darnieder:* Pyramide des Cestius (vgl. Anm. zu 160,28 f.). Heinses Beschreibung folgt seinen Reiseaufzeichnungen (vgl. Varianten); *mitten zwischen den Ringmauern:* durch Kaiser Aurelian wurde das Grabmal in die Stadtmauer eingebaut. Die mit weißen Marmorplatten umkleidete Pyramide hat eine Höhe von 36,6 m. Sie ist bis heute in ihrer äußeren Form vollständig erhalten. In der Erstausgabe des *Ardinghello* ist die Cestius-Pyramide als Vignette auf dem Titelblatt des 2. Bandes (vgl. S. 199) abgebildet.

162,35 f. *römische Grabmäler [. . .] Hadrian:* die monumentalen Rundgräber der Caecilia Metella (um 50 v. Chr.) an der Via Appia, des Kaisers Augustus (gest. 14 n. Chr.) auf dem Marsfeld und das Mausoleum Hadrians am Tiber, der späteren Engelsburg, in der von Hadrian (gest. 138 n. Chr.) bis Septimus Severus (gest. 211) alle römischen Kaiser bestattet wurden (vgl. S. 164,4–9).

163,1–164,3 *über die alte Via Ostia [. . .] geschmeidig:* Die Via Ostia verband Rom mit der Hafenstadt Ostia am Meer. Der folgende Bericht über die Paulskirche ist von Heinse aus Teilen der (Anm. zu 159,4–27) erwähnten *Beschreibung* seiner Reiseaufzeichnungen zusammengestückelt (vgl. Varianten).

163,1 f. *Sankt-Pauls-Kirche:* San Paolo fuori le mura, Grabkirche des hl. Paulus und bis zum Neubau von St. Peter (16. Jh.) größtes christliches Gotteshaus der Welt. Errichtet Ende 4. bis Mitte 5. Jh., Kreuzgang 1. Hälfte des 13. Jh.s; 1823 brannte die Kirche ab, 1854 war der Wiederaufbau bzw. Neubau vollendet. Die Kirche ist eine fünfschiffige Säulenbasilika mit Querhaus (*ins Kreuz*), das der Längsrichtung des Baues (*Oblongum*) jedoch keinen Abbruch tut. Ursprünglich bestimmten kannelierte (*gestreifte*) Marmorsäulen im Mittelschiff und ein offener Dachstuhl den Raumeindruck der Kirche. Vgl. Tafel 6.

163,17 *von parischem Marmor:* auf der Kykladeninsel Paros im Ägäischen Meer (seit dem 6. Jh. v. Chr.) gebrochener Marmor.

164,2 *Iphigenien in Tauris:* Iphigenie, die von Artemis nach Tauris gerettete Tochter des Agamemnon (vgl. die gleichnamigen Dramen des Euripides und Goethes).

164,7 *Manen:* die Seelen der Verstorbenen (lat. manes, die Guten).

164,10 *Mummius:* Lucius Mummius plünderte und zerstörte als römischer Konsul 146 v. Chr. Korinth und brachte viele Kunstwerke dieser Stadt nach Italien.

164,19–25 *die mit Efeu [. . .] Monte Testaccio:* Weitere zerstückelte Auszüge aus Heinses Reisebeschreibung der Cestius-Pyramide (vgl. S. 162,19–36).

164,24 f. *Monte Testaccio:* »Scherbenberg« im Süden Roms am Tiber, durch Aufschüttungen antiker Scherben entstanden.

165,2–10 *Seine Capella Sixtina [. . .] sagen:* Sixtina, die päpstliche Privatkapelle im Vatikan, 1473–81 unter Papst Sixtus IV. erbaut, mit Wandmalereien (1481–83) von Botticelli, Ghirlandaio, Perugino, Signorelli u. a. Weltberühmt sind die Dekkenfresken (1508–12) Michelangelos mit der Schöpfungsgeschichte (vgl. Tafel 7), der Geschichte Noahs, Sibyllen und Propheten und die Altarwand (1534–41) mit dem Jüngsten Gericht von Michelangelo (zu letzterem vgl. S. 166,19–26).

165,6 *Sibyllen:* heidnische Prophetinnen, welche, zusammen mit den Propheten im Bild Michelangelos, die Hoffnung auf Erlösung darstellen.

165,11–35 *Der elende Florentinerschmeichler Vasari [. . .] lernt sich nicht:* In der folgenden Auseinandersetzung um Michelangelo und Raffael stützt sich Heinse in Einzelheiten auf Vasaris Werk »Le vite de' [. . .] pittori« (vgl. Anm. zu 56,4). Heinses negative Bemerkung über Vasari stimmt überein mit seiner Eintragung im 21. Nachlaßheft, verzeichnet bei Brecht, S. 87, *Giorgio Vasari [. . .] übertrieben Lob der Florent[iner].* In den »Vite« beginnt Vasari sein ausführliches Kapitel über Michelangelo mit einem Lobpreis auf den toskanischen Künstlergenius und auf Florenz, wo Malerei, Bildhauerkunst und Architektur für die gesamte Welt ihre Vollendung gefunden hätten. (Vgl. »Le opere di Giorgio Vasari«, mit neuen Anmerkungen und Kommentar hrsg. von Gaetano Milanesi, Bd. 7,

Florenz 1881, »Le vite [...]«, S. 136. Im folgenden wird stets diese Ausgabe zitiert.)
Mit *dem alten Kunstdespoten* ist aus dem vorhergehenden Zusammenhang Michelangelo gemeint, dessen und Raffaels Stil der zeitgenössische Vasari nachzuahmen suchte und deren Werk er in seinen »Vite« pries. Die folgende Bemerkung, *wie er* [Michelangelo] *den Raffael verfolgt hat*, entspricht einem Sachverhalt, den Vasari zu Beginn seiner Ausführungen über Raffael berichtet, wonach dieser mit der Hilfe von Bramante (vgl. Anm. zu 190,15 f.) heimlich die noch nicht ganz vollendeten Werke Michelangelos in der Sixtinischen Kapelle studierte, seine eigene Figur des Propheten Isaias in San Agostino umänderte und Michelangelo hierüber seinen Unwillen gegen Bramante und Raffael richtete (vgl. »Le opere di Giorgio Vasari«, Bd. 4, Florenz 1880, »Le vite [...]«, S. 339 f.).
Der *Venezianer Bastian* ist der wegen der Schönheit seiner Farben berühmte Maler Sebastiano Luciani, gen. del Piombo (1485–1547), dem Michelangelo den Entwurf sowie die *Umrisse* der Figuren eines Wandbildes mit der Geißelung Christi (1516–24) in San *Pietro* in *Montorio* (Franziskanerkirche des 15. Jh.s am Gianicolo in Rom) geliefert haben soll, damit Raffaels Kunst in Zeichnung und Kolorit übertroffen werde. Diesem – von Vasari in der Vita Sebastianos überlieferten Zusammenhang – liegen Heinses hier folgende Bemerkungen zugrunde: *und dieser* [Sebastiano del Piombo] *sollte mit seinem Kolorit den Pfeil* [Michelangelos gegen Raffael] *vergiften.*

165,32 f. *Und endlich konnte Raffael wohl von Michelangelo lernen, aber Michelangelo nicht von ihm:* entspricht im ersten Teil dieser Behauptung der wiederholten Feststellung Vasaris in seinen Ausführungen über Raffael (Bd. 4, S. 315, 340 f., 374 bis 378).

166,4 *Marcus Tullius Cicero [...] Clodius:* Cicero (106–43 v. Chr.), bedeutendster Redner Roms, unterdrückte als Konsul im Jahr 63 die Verschwörung Catilinas und wurde 58 wegen der gesetzwidrigen Hinrichtung der Catilinarier, auf Veranlassung Cäsars, durch den verbrecherischen Volkstribun Publius Clodius Pulcher (»der Schöne«) verbannt.

166,29–168,2 *Christum am Kreuz [...] anzuschauen:* Nach Vasari (Bd. 7, S. 275) hat Michelangelo für die mit ihm befreundete Dichterin und Großherzogin von Pescara, Vittoria Colonna, einen *Christum am Kreuz* entworfen; die Komposition ist nur in Detailzeichnungen erhalten, doch in mehreren Kopien überliefert. Heinse beschreibt eine Kopie von Marcello Venusti (um 1512 bis 1579), Rom, Galleria Doria Pamphilj, vgl. Tafel 8. Die ausführliche Beschreibung des »Christus am Kreuz« hat Heinse wenig verändert aus seinen Reiseaufzeichnungen von 1780 bis 1783 übernommen (vgl. Varianten).

167,4 f. *Tiberius Gracchus [. . .] Cornelia:* Tiberius Sempronius Gracchus setzte sich als Volkstribun 133 v. Chr. für die verarmte, niedere Bevölkerung Roms ein und wurde im folgenden Jahr von politischen Gegnern getötet. Seine Frau Cornelia, Tochter des Publius Cornelius Scipio, des Zerstörers von Karthago, und Mutter der beiden Tribunen Tiberius und Gaius, galt als das Idealbild einer gebildeten Römerin.

167,9 *Apelles* (4. Jh. v. Chr.), berühmter griechischer Maler, der nach Plinius' »Naturalis historia« (XXXV, 36, 85) als einziger Alexander malen durfte; vgl. Heinses Bezug auf Plinius auf S. 175,25–31.

168,1 *Niobe:* Tochter des Tantalos und Frau des Amphion, Königs von Theben. Als sie der Leto gegenüber mit ihrem Kinderreichtum prahlte, wurden ihre 14 Söhne und Töchter von Apollo und Artemis, den einzigen Kindern Letos, getötet. Niobe selbst wurde in einen Stein verwandelt.

168,22 *Enakskindern:* Riesen des Alten Testaments.

169,15–24 *»Erhaben?« [. . .] die Götter:* Heinse überträgt hier in geringer Veränderung die einleitenden Sätze aus seinen Reiseaufzeichnungen, überschrieben *Augenblickliche Empfindungen und Gedanken oft gar zu einseitig, aber doch immer mit etwas wahrem, Zur weitern Ueberlegung* (vgl. Varianten).

170,23 f. *Aristoteles [. . .] auf Handlungen ein:* Aristoteles definiert die Poesie als ποιητικὴ τέχνη, dichterische Handfertigkeit (ποιεῖν, machen, schaffen).

170,27 *Virgils Georgica:* Publius Vergilius Maro (70–19 v. Chr.) schrieb von 37 bis 29 die »Georgica«, ein künstlerisch bedeutendes Lehrgedicht über den Landbau in geschickten Vergleichen und der Schilderung lebensnaher Episoden des bäuerlichen Lebens.

170,27 f. *die Natur der Dinge des Lukrez:* Titus Lucretius Carus (um 96 bis 55 v. Chr.); sein unvollendetes philosophisches Lehrgedicht »De rerum natura« gibt eine auf Demokrits Atomlehre fußende Darstellung seines Meisters Epikur über das Wesen der nach ewigen und mechanischen Gesetzen entstandenen und vergehenden Welt ohne Einwirkung übernatürlicher Mächte und ohne ein Fortleben nach dem Tod.

171,6–37 *Ein neues Ganzes [. . .] Donner und Orkan:* Heinse läßt hier und auf den folgenden Seiten seine italienischen Künstler im Jahr 1575, bis in wörtliche Übereinstimmungen, Lessings Grundsätze des »Laokoon oder Über die Grenzen der Malerei und Poesie« von 1766 diskutieren: die Malerei stellt das Nebeneinander von Körpern im Raum dar und wählt den fruchtbarsten Moment, die Dichtung das Nacheinander der Handlung in der Zeit, sie setzt Beschreibung in Handlung um. Heinse hat diese Ausführungen aus fünf verschiedenen Teilen seiner Reiseaufzeichnungen von 1780 bis 1783 zusammengestückelt. Vgl. hierzu die entsprechenden Varianten; zu Heinse und Lessings »Laokoon« vgl. Terras, »Heinses Ästhetik«, S. 45–86, 146–155.

172,7–9 *Proportionen [. . .] Pythagoras:* Der griechische Philosoph Pythagoras (um 580 bis 500 v. Chr.) erklärt als Prinzipien des Seienden die Zahlverhältnisse oder »Proportionen«, die zugleich die Harmonie der Welt und der in ihrer Bewegung tönenden Himmelskörper bezeichnen.

172,11–173,35 *Geschichtmaler [. . .] vor diesen Musen:* Fortsetzung der Ausführungen über die Grenzen von Malerei, Bildhauerkunst und Poesie, aus vier verschiedenen Teilen der in Anm. zu 169,15–24 erwähnten *Augenblicklichen Empfindungen und Gedanken* von Heinses Reiseaufzeichnungen fast wörtlich übertragen (vgl. Varianten).

173,27 f. *die Schönheit [. . .] Kunst:* Grundsatz Johann Joachim Winckelmanns in seinen »Gedancken über die Nachahmung der Griechischen Werke in der Malerey und Bildhauerkunst« (Dresden 1755).

174,10 *Monte Giove:* Berg des Jupiter; hier eine Weinmarke.

174,11–178,4 *»Die Bildhauerei [. . .] geleistet haben:* Die weiteren Auszüge zu den Grenzen von Bildhauerei und Malerei, aus den *Augenblicklichen Empfindungen und Gedanken* der Reiseaufzeichnungen, sind von Heinse sorgfältig überarbeitet (vgl. Varianten).

174,15 *Schlacht bei Marathon,* 40 km von Athen entfernt, in der die Athener 490 v. Chr. die Perser besiegten.

174,15 f. *Der Bruder des Phidias, Panäos:* Phidias (vgl. Anm. zu 38,35 f.) schuf die in Delphi als athenisches Weihegeschenk für den Sieg bei Marathon aufgestellte Gruppe von Erzstatuen. Mit Panäos meint Heinse nach Plinius' »Naturalis historia« (XXXV, 57) den athenischen Maler Panainos, der die Darstellung der Schlacht bei Marathon in der Stoa poikile, der bunten, mit Bildern verzierten Halle, an der Agora, dem Marktplatz Athens, um 460 v. Chr. malte.

175,27 *Lysipp:* Lysippos, griechischer Bildhauer der 2. Hälfte des 4. Jh.s, berühmt wegen seiner lebendigen Alexander-Statuen.

175,29 *Kastor und Pollux:* die Dioskuren, »Söhne des Zeus« und der Leda, als heldische Helfer verehrte Zwillingsbrüder.

176,32–34 *nicht, wie einige Antiquare [. . .] bei der See:* Gemeint ist Winckelmanns Maxime »edle Einfalt, stille Größe« und ihre Begründung in seinen »Gedancken über die Nachahmung«. Auch hier werden (wie S. 171,6–37 u. 208,20–23) Renaissancekünstlern des 16. Jh.s ästhetische Erkenntnisse des 18. in den Mund gelegt.

177,2 *Thais [. . .] Persepolis:* Thais, eine berühmte athenische Hetäre und die Geliebte des Alexander, soll (wie auch Heinse, SW VIII/I, 146, vermerkt) diesen veranlaßt haben, 331 v. Chr. Persepolis, die Nebenresidenz der persischen Könige, aus Rache für die Zerstörung Athens durch die Perser (480 v. Chr.) zu verbrennen.

177,5 *Clodius [. . .] und die Faustinen:* Publius Clodius Pulcher (»der Schöne«), unruhiger und verbrecherischer Volkstribun (vgl. Anm. zu 166,4). Annia Galleria Faustina, Gemahlin des Kaisers Antoninus Pius, der 138 bis 161 n. Chr. regierte, und Mutter der jüngeren Faustina, der Gemahlin des Marcus Aurelius (Kaiser 161–180 n. Chr.)

177,17 *Herodot* (um 490 bis 425 v. Chr.), erster großer Geschichtsschreiber der Griechen, besonders der Perserkriege.

177,28 *Medeen:* Medea, Tochter des Königs Aietes von Kolchis, übte Rache an ihrem Gatten Jason, der sie verstieß, indem sie ihre beiden Kinder tötete.

177,30 *Agesander:* Hagesandros, griechischer Bildhauer (wohl 1. Jh. v. Chr.). Die berühmte Gruppe des Laokoon ist nach Plinius' »Naturalis historia« (XXXVI, 37) die gemeinsame Arbeit der rhodischen Bildhauer Hagesandros, Athanodoros und Polydoros (vgl. S. 236–242).

177,34 *Hekuba:* Gemahlin des Priamus, Königs von Troja, Mutter von Hektor und Paris. Nach dem Fall Trojas gerät sie in Sklaverei und wird nach dem Tod in einen Hund verwandelt.

178,8 *des Erzbischofs della Casa:* Giovanni della Casa (1503 bis 1556), glänzender Rhetoriker und gewandter Schriftsteller, wurde

1544 Erzbischof von Benevent; bekannt durch sein Sitten- und Umgangsbuch »Galateo, ovvero de' costumi«, das seit 1558 oft gedruckt wurde.

178,27–179,30 *Nach Platons Erklärung [...] zusammen wohnen:* wörtlich übertragene Auszüge aus Heinses Düsseldorfer Aufzeichnungen von 1783 bis 1786 (vgl. Varianten). Heinse läßt Ardinghellos enthusiastische Rede über die Schönheit mit einer wörtlichen, gekürzten Wiedergabe aus Platos Dialog »Phaidros«, 249d, 5–9, beginnen; hier S. 178,28–35.

179,21–24 *nicht geboren werden [...] wo du herkömmst:* Worte des Chors in Sophokles' »Ödipus auf Kolonos« (V. 1224 bis 1227), die Hölderlin 1799 als Motto dem 2. Band seines Romans »Hyperion« voransetzt und die in Heinses Aufzeichnungen mehrmals vorkommen (vgl. Varianten). S. 179,31 f. spielt Heinse auf dieses Zitat als Sophokles' Summe seines Lebens an.

179,37–189,23 *Wenn wahr ist [...] Zeitvertreib machen:* Diese Ausführungen über bildende Kunst, Poesie, Lebensausdruck und Natur hat Heinse wieder zum größten Teil und überarbeitend aus verschiedenen Stücken der *Augenblicklichen Empfindungen und Gedanken* seiner italienischen Aufzeichnungen von 1780 bis 1783 zusammengestellt (vgl. Varianten).

181,2 f. *Lykurg und Epaminondas:* Lykurgos, sagenhafter Gesetzgeber Spartas; Epaminondas (um 418 bis 362 v. Chr.), thebanischer Feldherr, der die Spartaner besiegte.

181,35 f. *Ariost, Machiavell:* Zeitgenossen der italienischen Renaissance, Ludovico Ariosto (1474–1533), Dichter des »Rasenden Roland« (»Orlando furioso«, 1516), den Heinse in Italien in deutsche Prosa übersetzte; Niccolò Machiavelli (1469 bis 1527), dessen machtpolitische Werke, die »Discorsi« (1531) und »Il principe« (1532), Heinse exzerpierte und verwendete.

182,24 *Ödipe und Iphigenien:* (Plural) Hier sind die Dramen des Sophokles und des Euripides gemeint, in denen das Schicksal des thebanischen Königs Ödipus, der unwissend seinen Vater tötete und seine Mutter heiratete, und die verhinderte Opferung Iphigenies in Aulis durch ihren Vater Agamemnon dargestellt sind.

182,26 f. *Raffael, Correggio und Tizian:* Der Maler und Kunstschriftsteller Anton Raphael Mengs (1728–79), dessen Ansichten Heinse zum Teil übernahm, nennt Raffael den Meister des Ausdrucks, Correggio den Maler von Licht und Schatten und Tizian den unübertroffenen Künstler der Farben. Mengs glaubt, daß sich diese Qualitäten nie in einem einzigen Maler vereinigt finden (Mengs, »Gedanken über die Schönheit und über den Geschmack der Malerei«, Leipzig 1875, S. 30; zitiert nach Terras, »Heinses Ästhetik«, S. 81 f.).

184,34 *Tantalus:* kleinasiatischer König, der in der Unterwelt ewig hungern und dürsten muß, während er bis zum Kinn im Wasser steht, das dauernd von seinem Mund zurückweicht, und die herrlichsten Früchte über ihm hängen und seinen Händen fortwährend entgleiten.

184,34 f. *Venus vom Praxiteles:* Gemeint ist das berühmteste Werk des griechischen Bildhauers Praxiteles (vgl. Anm. zu 38,35 f.) um die Mitte des 4. Jh.s v. Chr., die Aphrodite von Knidos (vgl. die römische Kopie in Rom, Vatikan, Museo Pio-Clementino).

185,11 f. *Alkibiades [. . .] entzwei:* Heinse bezieht sich hier auf die Beschuldigung der Feinde des Alkibiades, die ihm den Hermen-Frevel von unbekannten Tätern in der Nacht vor der Ausfahrt der athenischen Flotte zu der später fehlgeschlagenen sizilianischen Expedition von 415 v. Chr. zuschrieben.

185,15–18 *Plutarch [. . .] Argos:* Das Zitat des griechischen Schriftstellers Plutarch (46 bis um 120 n. Chr.) im »Perikles«, 2, einer seiner (46 erhaltenen) »Vitae parallelae«, vergleichenden Lebensbeschreibungen, in denen jedesmal ein berühmter Römer mit einem ähnlichen Griechen zusammengestellt ist, lautet: »Kein wohlgebildeter Jüngling möchte allein vom Anblick des Zeus in Olympia und der Hera in Argos danach verlangen, ein Phidias oder Polyklet zu werden.« Phidias' Statue des Zeus in Olympia und Polyklets Hera in Argos, beide im 5. Jh. v. Chr. aus Gold und Elfenbein geschaffen, werden von Plutarch und anderen antiken Schriftstellern als Meisterwerke der Bildhauerkunst gepriesen.

185,19 *Horaz:* Ode IV, 2, »Pindarum quisque studet aemulari«, V. 19 f., »Dicit et centum potiore signis / Munere donat« (Und sie reicher lohnt durch den Sang, als hundert / Statuen könnten).

185,21 *Antonin und Mark Aurel:* Antoninus Pius (Kaiser 138 bis 161 n. Chr.), »der Gütige«, und Marcus Aurelius (Kaiser 161–180), »ein Weiser auf dem Thron«, wurden wegen ihres Sinns für Bildung, Sittenstrenge und Einfachheit gerühmt.

186,2 *seine ersten Gemälde im Vatikan:* die Ausmalung der »Stanza della Segnatura«, vgl. Anm. zu 204,29–205,3.

186,3 f. *er trachtete [. . .] Kardinalshut:* Vasari vermerkt lediglich, daß Papst Leo X. sich mit der Absicht trug, Raffael in Anerkennung seiner Leistungen und Fähigkeiten den Kardinalshut zu verleihen.

187,8 f. *der Torso [. . .] Monte Cavallo:* Zum Torso vgl. Anm. zu 236,1 f. Die Kolosse sind zwei 5,6 m hohe Statuen von Rossebändigern (oder Dioskuren) auf dem Quirinal, später Monte Cavallo (Pferdeberg) genannt. Römische Werke der Kaiserzeit nach griechischen Originalen des 5. Jh.s; sie standen bis 1589 vor den Thermen Konstantins auf dem Quirinal, anschließend vor dem zuerst päpstlichen, dann königlichen Quirinalspalast.

187,9 *unsre Venus:* Vgl. Anm. zu 50,16 f.

187,12 *Apollo:* Vgl. Anm. zu 93,10.
der Fechter: Vgl. Anm. zu 236,1 f.

187,14 *Laokoon:* Vgl. Anm. zu 236,26–242,4.
Niobe: Vgl. Anm. zu 238,35 f.

188,13 *Parrhasius:* Parrhasios (5. Jh. v. Chr.), griechischer Maler.

189,12 f. *den Maxentius [. . .] Konstantin, einen Attila, einen Heliodor:* In den Stanzen des Raffael im Vatikan (vgl. Anm. zu 204,29–205,3) sind u. a. dargestellt: die Schlacht Konstantins des Großen gegen den weströmischen Gegenkaiser Maxentius 312 n. Chr. an der Milvischen Brücke, nördlich von Rom, wobei Maxentius im Tiber ertrank; die sagenhafte Zurückweisung des Hunnenkönigs Attila 452 aus Italien auf Grund des unerschrockenen Auftretens von Papst Leo I. (vgl. S. 209,8–27); die Vertreibung des Tempelräubers Heliodor (Makk. 2, 5) aus dem Tempel in Jerusalem (vgl. S. 208).

189,25–27 *nach dem Aristoteles [. . .] Dionys:* Aristoteles vergleicht diese griechischen Maler des 5. Jh.s v. Chr. im 2. Kapitel seiner »Poetik«. Aus antiken Beschreibungen näher bekannt ist uns eigentlich nur Polygnotos von Thasos.

190,5 *Epaminondas:* Vgl. Anm. zu 181,2 f.

190,15 f. *Bramante [. . .] vorstelle:* Donato Bramante (um 1444 bis 1514), Baumeister und Maler, begründete die klassische Architektur der italienischen Hochrenaissance und begann den Bau der Peterskirche, als der junge Raffael, der – entgegen Vasaris Meinung – nicht mit Bramante verwandt war, schon in Rom wirkte. Zu den Stanzen Raffaels gehört auch das Gemälde der Philosophie, *der Schule* von Athen (vgl. S. 206–208), in dem der *Archimedes* (vgl. Anm. zu 206,9), nach Vasari, die Züge Bramantes trägt.

190,36 *Insel Scio [. . .] die Giustiniani:* Letztere sind eine italienische Familie, von der Zweige in Venedig, Genua und Neapel ansässig waren und die im 15. Jh. Staatsbeamte, Humanisten und Dichter hervorbrachte. Die Insel Scio (auch Chio), im sog. Archipelagos (vgl. Anm. zu 15,3) zwischen Lesbos und Samos gegenüber Smyrna, erhielt Petrus Giustiniani 1363 vom griechischen Kaiser Andronico zum Geschenk, sie blieb bis 1566 im Besitz der Familie.

191,6 *Demetri:* griechischer Name, von Heinse ohne erkennbaren geschichtlichen Bezug verwendet.

191,9 f. *wie Diogenes [. . .] zu Korinth:* Diogenes aus Sinope (4. Jh. v. Chr.), Hauptvertreter der kynischen Philosophen. Seine einfache Lebensweise und sein satirischer Freimut veranlaßten viele Anekdoten über ihn; so z. B., daß er dem grausamen Tyrannen Dionysios dem Jüngeren von Syrakus nach dessen Vertreibung 344 v. Chr. und Verbannung in Korinth, wo er sein Leben mit Unterrichtgeben fristete, vorhielt, er sei dieses Glückes nicht wert. Der Grieche Demetri wird von Heinse hier und S. 168,27–32 als Typ eines (kynischen =) zynischen und proletarischen Philosophen dargestellt.

191,15 *Tolomei:* Vgl. Anm. zu 191,6 und Brecht S. 16, Anm. 2.

191,16 *Brindisi:* Hauptstadt der gleichnamigen süditalienischen Provinz, mit dem besten Hafen an der Westküste der Adria.

191,34–192,9 *Monte Testaccio [. . .] Sabinerlande:* Übernahme aus Heinses *Beschreibung einiger Gegenden und Tempel und Palläste von Rom* von 1783 (vgl. Varianten).

191,34 *Monte Testaccio:* Vgl. Anm. zu 164,24 f.

192,2 *Pyramide:* Vgl. Anm. zu 162,19–36.

192,3 *Sankt Paul:* Vgl. Heinses ausführliche Beschreibung S. 163 f.

192,3 f. *Steffano rotondo:* die Rundkirche San Stefano Rotondo aus dem 5. Jh.

192,4 *alte Wasserleitungen:* Reste der elf Wasserleitungen, die Rom während der Kaiserzeit mit Wasser versorgten, vom 4. Jh. v. Chr. bis zum 1. Jh. n. Chr. erbaut.

Kolisäum: Vgl. S. 159 f.

192,4 f. *Grabmal der Metella:* Vgl. Anm. zu 162,35 f.

192,5 *Pietro Montorio:* Vgl. Anm. zu 165,11–35.

Porta Portese: (Porta Portuensis) eines der drei westlichen Stadttore des päpstlichen Rom.

192,8 f. *Frascati, Tivoli und dem Sabinerlande:* Vgl. Anm. zu 158,25. Das gebirgige Sabinerland liegt nördlich von Tivoli.

192,17 f. *unvollendeten Peterskuppel des [. . .] Michelangelo:*

Dieser Zustand der Kuppel entspricht dem Zeitpunkt der Romanhandlung. Nach dem Tode Michelangelos (1564) blieb der Bau der Kuppel unterbrochen und wurde erst um 1588 bis 1590 von Giacomo della Porta nach Michelangelos Entwürfen vollendet.

192,27 f. *ihr Scipionen [. . .] Cornelien:* Zu Scipionen vgl. Anm. zu 149,29–33, zu Camille Anm. zu 148,8. Lucretia, Gemahlin des Tarquinius Collatinus (vgl. Anm. 150,22–28), wurde nach der Sage von Sextus Tarquinius, dem Sohn des Tarquinius Superbus, entehrt, tötete sich selbst und wurde Anlaß zur Vertreibung der Tarquinier aus Rom. Zu Cornelien, dem Geschlecht der Cornelier vgl. Anm. zu 88,5 f.; Cornelia, die Tochter des Scipio Africanus und Mutter der Gracchen (vgl. Anm. zu 149,29–33), als Muster einer Römerin gepriesen.

194,29 f. *August [. . .] hervorgebracht:* Vergil (70–19 v. Chr.), der erste und berühmteste römische Dichter der augusteischen Zeit, und Horaz (65–8 v. Chr.), der bedeutendste römische Lyriker, standen als Zeitgenossen des Augustus (63 v. Chr. bis 14 n. Chr.) diesem zuerst nicht freundlich gegenüber, vor allem auch, da sie durch die Landverteilung des Augustus an seine Kriegsveteranen ihre Güter verloren hatten. Beide wurden jedoch von Augustus, dem Begründer des römischen Kaisertums und Förderer der römischen Tradition, begünstigt. So gab Vergil mit seinem Epos »Aeneis« ein Modell römischen Nationalgeistes, während Horaz in seinen Römer-Oden (III, 1–6) und im »Carmen saeculare« Augustus und das erneuerte Römertum besang.

195,4–14 *Wenn ich [. . .] untersinkt:* wörtlich übernommene Eintragung aus den italienischen Reiseaufzeichnungen vom 13. Mai 1783. Das Heinsesche *ich* des Originals wird hier lediglich mit der Zwischenbemerkung *rief Demetri* verändert (vgl. Varianten).

195,21–197,25 *Wir gingen [. . .] Felsen:* Das hier geschilderte *Bacchanal*, das den Roman zu seiner Zeit besonders berühmt und berüchtigt machte, gab das Modell für ähnliche Feste in der romantischen Literatur, z. B. in Tiecks »Franz Sternbalds Wanderungen« (II, I, 5).

195,29–33 *Sie hätten [. . .] wollten:* Möglicherweise bezieht sich Heinse hier auf einen Hinweis in Juvenals sechster Satire (163 f.) über die römischen Frauen. Dort ist jedoch mehr von der Keuschheit als von einer *gewissen Lustbarkeit* die Rede.

196,30 *Villa Sacchetti:* In dieser Gegend nicht nachweisbar; möglicherweise ist der am Tiberufer in der Via Giulia gelegene Palazzo Sacchetti gemeint.

196,32 *Thyrsusstäben:* Thyrsosstab, Rohrstab mit einem Pinienzapfen und Bändern, mit Efeu und Weinlaub umwunden, Abzeichen des Dionysos (Gott des Weins) und seines Gefolges.

197,14 *Penthesilea:* Königin der kriegerischen Amazonen, im Kampf um Troja von Achilles getötet, der sich in die sterbende Penthesilea verliebte.

197,25 *Tarpejischen Felsen:* der Westabhang des Kapitols in Rom, von dem sich nach der Sage Lucius Tarpeius, der Gegner des Romulus, herabstürzte. Später vollzogen die Römer bei bestimmten Verbrechen die Hinrichtung durch Herabstürzen von diesem Felsen.

204,2–220,32 *Der Oktober [. . .] der Menschheit:* Dieser Teil des Romans (einschließlich des Teils S. 319,34–328,9) wurde als 2. *Fragment einer Italiänischen Handschrift aus dem sechszehnten Jahrhundert*, unter der Überschrift *2. Ueber Raphael*, im »Deutschen Museum«, Juli bis Dezember 1785, veröffentlicht (vgl. Anm. zu 157,11–197,25).

204,6 *Belvedere:* (ital., schöne Aussicht) der auf der Höhe des Vatikans unter Innozenz VIII. (1484–92) von Giacomo da Pietrasanta erbaute Gartenpalast mit der umfangreichen antiken Skulpturensammlung. Die berühmtesten Antiken der Sammlung (vgl. S. 236,14 f.) sind in dem Hof, dem Cortile ottagono oder Cortile del Belvedere, aufgestellt (nicht zu verwechseln mit dem von Bramante entworfenen, ebenfalls Cortile del Belvedere genannten, gewaltigen Hallenhof, der den Palazzo del Vaticano und das Belvedere verbindet).

204,22 *dem wilden und kühnen Papst Julius:* Julius II. (1443 bis 1513), vorher Giuliano della Rovere, 1503–13 Papst, als der dritte Gründer des Kirchenstaates bezeichnet wegen seiner heftigen politischen und militärischen Kämpfe, in denen er die Vertreibung der Franzosen aus Oberitalien erlangte. Er war berühmt als Förderer der Künste (Bramante, Michelangelo, Raffael).

204,28 *Die berühmtesten Künstler:* Pietro Perugino (um 1450 bis 1523), Baldassare Peruzzi (1481–1536), Lorenzo Lotto (um 1480 bis 1556) und Sodoma (1477–1549) waren vor Raffael, seit etwa 1503, mit der Ausstattung der Räume beschäftigt.

204,29–205,3 *in den Stanzen [. . .] Theologie:* Mit den Stanzen (ital. stanza, Zimmer) sind hier die im Auftrag Julius' II. von Raffael, seinen Schülern und Nachfolgern ausgeschmückten Gemächer des Vatikans gemeint: Stanza della Segnatura (1508 bis 1511), Stanza d'Heliodoro (1512–14), Stanza dell'Incendio (1514–17) und Sala di Costantino (nach 1520). Raffaels Tätigkeit daran begann Ende 1508, er war damals 25 Jahre alt, mit den Wand- und Deckengemälden in der Stanza della Segnatura, mit den genannten vier Darstellungen der *Theologie* (Disputa des Sakraments, vgl. S. 205,20–206,5 u. Tafel 9), *Philosophie* (*Schule von Athen*, vgl. S. 206,6–29; 207,17–208,3 u. Tafel 10), *Poesie* (*Parnaß*, vgl. S. 206,30–35) und *Gerechtigkeit* (S. 206,36–207,16).

205,5–9 *Julius [. . .] ausmalen:* Vgl. Vasari, Bd. 4, S. 332 f.

205,20–219,26 *Die Theologie [. . .] Umrissen:* Die folgenden Ausführungen über die Stanzengemälde Raffaels hat Heinse aus den italienischen Aufzeichnungen seiner *Beschreibung verschiedner Gemählde in Rom meistens an Ort und Stelle gemacht auf der Flucht zur Stärkung der Rückerinnerung* zusammengesetzt. Seine Exzerpte, die in Einzelheiten zum Teil mit Vasaris Biographie Raffaels (Bd. 4, S. 311–386) übereinstimmen, hat er stilistisch sorgfältig überarbeitet (vgl. Varianten).

206,9 *Archimed:* Archimedes (287–212 v. Chr. in Syrakus), der bedeutendste antike Mathematiker, Physiker und Mechaniker.

206,28 *Sein heiliger Gregorius:* Gregor der Große, Papst von 590 bis 604 und einer der vier großen Kirchenlehrer in Raffaels *Theologie*.

206,30 *Parnaß:* Gebirge in Mittelgriechenland, dem Apollo und den Musen geweiht.

206,33 *Laura:* Vgl. Anm. zu 61,13–26.
Sappho: bedeutendste griechische Lyrikerin (um 600 v. Chr. auf der Insel Lesbos).

207,26 *Kardinal Bembo:* Pietro Bembo (1470–1547), vielgelehrter italienischer Humanist und Dichter, Sekretär des Papstes Leo X., erhielt 1539 von Papst Paul III. den Kardinalshut.

207,27 *Epikur:* Vgl. Anm. zu 312,7–13.
Zeno: Vgl. Anm. zu 226,6.

207,30 f. *Bramante mit dem jungen Herzoge von Mantua:* Nach Vasari (Bd. 4, S. 331) stellt der sich herabbeugende Jüngling hinter Euklid den Herzog von Mantua, Federigo II., dar. Dies ist aber zu bezweifeln, da Federigo II., 1500 geboren, erst 1519 Herzog wurde. Vasaris Vermutung, daß die Figur des Archimedes den Bramante darstellen soll, dürfte eher zutreffen.

207,35 f. *Platonici [. . .] sapientiae:* Die Schüler Platons sind

Meister der theoretischen Erörterung, aber nicht Erklärer der Natur oder Lehrmeister der Weisheit.

208,11 *Heliodor:* Die Vertreibung des Tempelräubers Heliodor aus dem Tempel zu Jerusalem, Fresko in der Stanza d'Eliodoro, von Raffael und seinen Schülern gemalt (vgl. Tafel 11). Die Bemerkung (S. 208,20–23), daß *gegen die Theorie einiger Antiquaren [. . .] Heliodor und seine Gefährten schreien*, richtet sich gegen Winckelmanns und Lessings Auffassung, daß der antike Künstler im Laokoon das Schreien nicht darstellen wollte. Vgl. auch Anm. zu 176,32–34.

208,29 *Julius:* Papst Julius II., er starb 1513, ein Jahr nach der Vollendung dieses Gemäldes.

208,36 *zu der Zeit:* 1513.

209,9 *Attila:* Fresko in der Stanza d'Eliodoro, 1513/14 großenteils von den Schülern Raffaels ausgeführt. Thema ist die Begegnung Attilas und Leos I. 452 am Mincio-Fluß (vgl. Anm. zu 189,12 f.). Der von Heinse erwähnte Leo X. (Giovanni de Medici) ist der Nachfolger Julius' II. Leo X. hatte eigentlich das Thema dieses Bildes zur Erinnerung an die Vertreibung der Franzosen aus Italien gewählt.

209,28 *Wunder bei der Messe:* »Die Messe von Bolsena«, dieses Fresko der Stanza d'Eliodoro, vergegenwärtigt das Blutwunder eines an der Transsubstantiation zweifelnden deutschen Priesters, das sich 1263 ereignet haben soll und zur Einführung des Fronleichnamsfestes Anlaß gab. Das vom Blut durchtränkte Kelchtuch wurde als Reliquie nach Orvieto überführt und 1506 durch eine Wallfahrt Julius' II. (hier im Bild) verehrt.

209,37 *Petrus, befreit aus dem Gefängnisse:* »Die Befreiung Petri« in der Stanza d'Eliodoro. Das Thema der wunderbaren Befreiung des Apostels ist der Apostelgeschichte (12, 6–11) entnommen. 1512 pilgerte Julius II. nach der Basilika San Pietro in Vincoli in Rom, die der Erinnerung an jenes Wunder gewidmet ist, um seinen Dank für die Befreiung des Kirchenstaates von den Franzosen auszudrücken. Das zeitgeschichtliche Ereignis wird in die Darstellung einbezogen, indem Petrus unverkennbar die Züge Julius' II. trägt.

210,8 *Burgbrand:* »Der Brand im Borgo«, in der gleichnamigen Stanza dell' Incendio, von Raffael entworfen und großenteils von seinen Schülern ausgeführt (vgl. Tafel 12). Nach einer Erzählung des »Liber Pontificalis« wurde ein 847 im Borgo, in der Nähe St. Peter ausgebrochener Brand durch das Kreuzzeichen Leos IV. gelöscht (vgl. Vasari, Bd. 4, S. 359).

210,19 *Äneas, der seinen Vater rettet:* Nach Vergil rettete Äneas seinen alten Vater Anchises aus dem brennenden Troja, indem er ihn auf den Schultern forttrug (vgl. Vasari, Bd. 4, S. 359).

210,27 *Leo der Vierte, welcher auf das Evangelium schwört:* »Der Rechtfertigungseid Leos III.«, in der Stanza dell' Incendio. Es handelt sich hier nicht um Papst Leo IV. oder um Leo X., wie Vasari (Bd. 4, S. 360 f.) meint, sondern um Leo III., der sich in Gegenwart Karls d. Gr. durch einen Eid von den falschen Beschuldigungen des Neffen des verstorbenen Papstes Hadrian I. reinigt.

211,2 *Schlacht bei Ostia:* »Seeschlacht bei Ostia«, Fresko in der Stanza dell' Incendio, ohne sichtbaren Anteil Raffaels ausgeführt. Der hier von Heinse genannte Papst ist Leo IV., auf dessen Gebet die feindlichen Schiffe der Sarazenen 849 im Hafen von Ostia durch einen Sturm versenkt wurden.

211,6 *Krönung Karls des Großen* durch Papst Leo III., Fresko in der Stanza dell' Incendio. Papst Leo X. ließ sich und den französischen König Franz I. in den Hauptpersonen porträtieren, zum Gedächtnis an sein Zusammentreffen mit Franz in Bologna 1515/16 und um anzudeuten, daß die weltliche Macht von der geistlichen abhänge; daher auch Heinses negativer Eindruck von der *einfältigen Figur* Karls in diesem Bild.

211,23 *Im vierten und letzten Zimmer:* Dieses ist ein größerer Saal, Sala di Costantino, der die im folgenden beschriebenen drei Gemälde mit Szenen aus dem Leben Kaiser Konstantins des Großen enthält, die ihn als Begründer der weltlichen Macht des Papstes erweisen sollen. Die Bilder wurden von den Schülern Raffaels, Giulio Romano (vgl. Anm. zu 28,23) und Giovanni Francesco Penni (vgl. Anm. zu 211,29), ausgeführt.

211,29 *Fattore:* Giovanni Francesco Penni, gen. »Il Fattore« (um 1488 bis 1536), Schüler und Mitarbeiter Raffaels, beteiligte sich, zusammen mit Giulio Romano, an der Fertigstellung der Fresken im Vatikan und in der Farnesina.

212,1 *Schlacht Konstantins:* Vgl. Anm. zu 189,12 f. u. Tafel 13; mit *der Verklärung* meint Heinse Raffaels Gemälde »Transfiguration« (vgl. Anm. zu 216,18).

212,22 f. *Die Anrede Konstantins* stellt die Ansprache Konstantins an sein Heer vor der Schlacht gegen Maxentius dar (vgl. Anm. zu 189,12 f.), in der ihm, nach der Erzählung des Eusebius, unter der Erscheinung des Kreuzes am Himmel mit der (eigentlich griechischen) Inschrift »In hoc signo vinces« der Sieg versprochen wurde.

212,24 f. *Anreden Trajans auf Konstantins Triumphbogen:* Ansprache Trajans an seine Soldaten, Relief auf der Südseite des Konstantin-Bogens in Rom (vgl. Anm. zu 255,30–33).

212,28 *Schenkung Konstantins:* Darstellung der sog. Schenkung Roms und seiner Umgebung an den Papst, aus der die Gründung des Kirchenstaates abgeleitet wurde. Der römische Humanist Laurentius Valla (1407–57) hatte in seiner Schrift »De donatione Constantini Magni« die Fälschung der Schenkung nachgewiesen. Hutten hatte Vallas Schrift vier Jahre vor der Fertigstellung dieses Gemäldes mit einer Widmung an Leo X. im Druck herausgegeben.

212,31–37 *Vor den Stanzen [. . .] Arabesken:* Mit *Logen* sind die Loggien gemeint, offene Arkadenreihen im Vatikan, nach Plänen Raffaels ab etwa 1518 mit 52 Deckenbildern aus dem Alten und Neuen Testament und Ornamenten und *Arabesken* an den Wänden und Pfeilern verziert.

213,5–19 *Man kann [. . .] aufs lebendigste:* Zu diesem Vergleich Raffaels und Michelangelos und zum folgenden Urteil über Raffael vgl. Vasari, Bd. 4, S. 375–378.

214,15–17 *welch ein unschuldiges [. . .] im Burgbrande!:* Vgl. Vasari, Bd. 4, S. 359 f.

214,31 f. *Sankt Johann im Lateran:* Die mit dem päpstlichen Lateranspalast verbundene Basilika San Giovanni in Laterano wurde von Konstantin gegründet und nach mehreren Erneuerungen Mitte des 17. Jh.s durch Francesco Borromini umgebaut; Hauptfassade von Alessandro Galilei 1733–36.

214,32–216,16 *Raffaels Tapeten [. . .] nur ahnden:* 1515/16 fertigte Raffael zehn Kartons zu Bildteppichen mit den Taten der Apostel an, die bei festlichen Gelegenheiten im Sockelgeschoß der Sixtinischen Kapelle aufgehängt werden sollten. Sechs der in Brüssel, in der Werkstatt des Pieter van Aelst, gewebten Teppiche schildern das Leben Pauli, vier das Leben Petri. Sieben der Kartons, d. h. der *Originale*, befinden sich in London, Victoria and Albert Museum; die Teppichfolge wird in Rom, in der Pinacoteca Vaticana bewahrt, spätere Folgen befinden sich in Mantua und Lissabon. Die einzelnen Themen der Teppiche sind: Der wunderbare Fischzug, Die Schlüsselübergabe, Die Heilung des Lahmen, Der Tod des Ananias, Die Steinigung des Stephanus im Beisein des Saulus (des späteren Paulus), Die Bekehrung Pauli, Die Blendung des Zauberers Elymas, Das Opfer zu Lystra, Die Befreiung Pauli aus dem Gefängnis, Die Predigt Pauli in Athen (auf dem *Areopag*).

Der Kindermord (vgl. Tafel 14) und *Die Auferstehung* gehören zu der sog. zweiten Teppichserie *aus dem Leben Jesu*: zehn Teppiche, in derselben Brüsseler Manufaktur nach Entwürfen der Raffael-Schule gefertigt; die Entwürfe zum Kindermord werden Tommaso Vincidor (gest. 1536) zugeschrieben. Diese Teppiche befinden sich noch heute in der Galleria degli Arazzi des Vatikans, wo zu Heinses Zeiten auch die Raffael-Teppiche der ersten Serie aufbewahrt wurden.

216,18 *Verklärung:* »Transfiguration«, bis 1797 auf dem Hochaltar von San Pietro in Montorio in Rom, heute Rom, Pinacoteca Vaticana. Raffael verbindet die Darstellung der Verklärung Christi auf dem Berg Tabor, in der oberen Bildhälfte, mit der Geschichte von dem mondsüchtigen Knaben, den die zurückgebliebenen Jünger nicht heilen können, in der unteren Bildhälfte. Letztes Werk Raffaels, 1518–20 entstanden, vollendet wohl von Giovanni Francesco Penni und Giulio Romano. Vgl. Tafel 15.

217,5 *Geister der Vorwelt:* Moses und Elias, die Christus umschweben.

218,25 f. *Geschichte der Psyche in der Farnesina:* Die Villa Farnesina, im Stadtteil Trastevere in Rom, wurde 1508 bis 1511 für den Bankier Agostino Chigi aus Siena von Baldassare Peruzzi erbaut und mit Fresken von Raffael und seinen Schülern ausgestattet. Die Gewölbefresken der Galerie im Erdgeschoß, von Raffael entworfen und um 1517 vollendet, zeigen Szenen aus der Geschichte »Amor und Psyche« aus Apuleius' »Metamorphosen« IV, 28 – VI, 24. Vgl. Tafel 16.

218,30 f. *das vom Apulejus [. . .] lukianisch behandelte:* Das Original der märchenhaften Geschichte von Amor und Psyche in den »Metamorphosen« (oder »Der goldene Esel«), von Lucius Apuleius ungefähr 155 n. Chr. geschrieben, wurde fälschlich dem witzig-satirischen Lukian aus Samosata (um 120 bis 180 n. Chr.) zugeschrieben.

218,35 *Poussin*, Nicolas (1593–1665), französischer Maler, Hauptvertreter des französischen Klassizismus, malte heroische und ideale Landschaften sowie antike Bildthemen.

219,2 *Chigi von Siena:* Vgl. Anm. zu 218,25 f.

219,9 *der welsche Amsterdamer:* Agostino Chigi, reich wie ein Amsterdamer Kaufmann.

219,18 *Johann von Udine:* Giovanni da Udine (1487–1564), italienischer Maler, von Raffael bei der Ausschmückung des Vatikans und der Farnesina beschäftigt. In der Farnesina malte er die Girlandeneinrahmungen, aus Blättern, Blumen und Früchten, die die einzelnen Bildfelder der »Amor und Psyche«-Geschichte trennen (vgl. Vasari, Bd. 4, S. 367 f.).

219,20 *Galatee:* »Der Triumph der Galathea«, von Raffael um 1511 gemaltes Wandbild in der Farnesina. Das Thema basiert möglicherweise auf Polizianos 1476 erschienenem Gedicht, »Stanze per la Giostra del Magnifico Giuliano de Medici« und stellt die Nymphe Galathea, umschart von Tritonen und Nereiden, auf einem von Delphinen gezogenen Muschelwagen dar.

219,30–32 *daß sogar Vasari [. . .] ansah:* Vgl. Vasari, Bd. 4, S. 335 f.

219,32 f. *ein andrer Unwissender dieselben [. . .] in Kupfer stach:* Giorgio Ghisi, italienischer Kupferstecher (1520–82).

219,34 f. *Ariosts Gartenhause:* Ariost (vgl. Anm. zu 181,35 f.) konnte sich erst im Alter ein kleines Haus mit Garten in Ferrara kaufen.

220,21 f. *Sibyllen in der Kirche alla Pace:* Fresko der vier Sibyllen an der Frontwand der Chigi-Kapelle in Santa Maria della Pace, Rom, von Raffael um 1513/14 ausgeführt.

220,24 *Sophonisbe:* Tochter des karthagischen Feldherrn Hasdrubal, ursprünglich mit dem Numiderkönig Masinissa verlobt, dann aus politischen Gründen mit dessen Gegner Syphax vermählt. Als Scipio 201 v. Chr. nach der Gefangennahme des Syphax die Auslieferung der inzwischen dem Masinissa angetrauten Sophonisbe forderte, gab ihr dieser den Giftbecher.
Kleopatra: ägyptische Königin (51–31 v. Chr.).
Cornelia: Vgl. Anm. zu 167,4 f.

220,25 *Coriolan:* Gnaeus Marcius Coriolanus, Held der römischen Sage. Als er, wegen extremer aristokratischer Ansichten verbannt, mit Hilfe der Volsker Rom zu erobern suchte, wurde er durch seine Mutter und seine Gattin zur Umkehr veranlaßt und von den Volskern getötet.

221,20 *Monte Mario:* (auch Marino) Berg am Tiber, nordwestlich von Rom, erhielt seinen Namen nach der dort gelegenen *Villa* des Mario *Me*[l]*lini* (Zl. 26), heute Observatorium und meteorologisches Museum.

223,3 *jener Weise:* Epikur; vgl. Anm. zu 312,7–13.

224,28–225,30 *Was die Eifersucht [. . .] unsterblich erhält:* Die folgenden Ausführungen über freien Liebesgenuß stellen erheblich abgeschwächte Auszüge aus ungehemmt pornographischen Aufzeichnungen Heinses von seiner italienischen Reise dar, die unter dem Titel *Allerley, Gut und Schlecht, doch meistens interessant* zusammengefaßt sind (vgl. Varianten).

224,36 *Hieron beim Xenophon:* »Hieron«, ein Nebenwerk des griechischen Schriftstellers Xenophon (um 430 bis 355 v. Chr.), Dialog zwischen Hieron I., Tyrann von Syrakus (der von 478 bis 467 herrschte), und Simoned, in dem das Los des Tyrannen und das des Privatbürgers verglichen werden. Hieron weist auf die Nachteile, unter denen jener zu leiden hat, wogegen Simoned zeigt, wie ein gut regierender Tyrann sich bei seinem Volk beliebt machen kann.

226,6 *Zeno* der Ältere (um 490 bis 430 v. Chr.), griechischer Philosoph aus Elea in Unteritalien, lehrte das Sein als Einheit und Ruhe, gegenüber dem Nichtsein als Vielheit und Bewegung.

226,35 *Abbati:* (Plural, Äbte) Titel der Weltgeistlichen in Italien.

227,14–228,19 Das folgende Gespräch über *die drei großen Lichter der welschen Literatur, den Dante, Petrarca und Boccaccio* fußt auf Heinses Notizen (Nachlaßheft 21, Bl. 25–27) aus Bd. 3 der italienischen Literaturgeschichte von Tiraboschi (vgl. Anm. zu 72,14–33) und ist teilweise aus entsprechenden Aufzeichnungen von Heinses italienischer Reise zusammengesetzt (vgl. Varianten).

227,35 *die Komödie des Dante:* Die »Divina Commedia«, Hauptwerk des italienischen Dichters Dante Alighieri (1265–1321), ist die Geschichte der visionären Wanderungen des Dichters durch die drei Reiche des Jenseits: Hölle, Fegefeuer und Paradies. Das Werk ist mehrschichtig, eine Ebene ist autobiographisch. Hier verwertet der Dichter einige Erlebnisse, um auf diese Weise Zeitkritik zu üben und sich mit seinen Feinden auseinanderzusetzen, denen er verschiedene Stellen in der Hölle oder im Fegefeuer zuweist, während seine Freunde häufig einen Platz im Paradies erhalten.
Aufgrund seiner politischen Einstellung als Anhänger der Guelfen (päpstliche Partei) wurde Dante 1302 aus Florenz verbannt, als die Gegenpartei der Ghibellinen (Anhänger der Hohenstaufen und des Kaisers) an die Regierung kam. Er starb in der Verbannung, ohne je wieder nach Florenz zurückgekehrt zu sein.

228,8 *gotisches Gewirr:* Gotisch galt seit Vasari bis gegen Ende des 18. Jh.s allgemein als barbarisch.

228,13 *Petrarca:* Vgl. Anm. zu 61,13–26.

228,15 *Boccaccio:* Giovanni Boccaccio (1313–75), Renaissancedichter und Humanist in Florenz, in späteren Jahren mit Petrarca befreundet, besonders bekannt durch seine Novellensammlung des »Decamerone«.

229,23 *Semiramis:* griechischer Name einer sagenhaften und wegen ihrer Schönheit berühmten Königin von Assyrien.

229,32 *Villa Medicis:* für Kardinal Ricci 1544 von Annibale Lippi erbaut, wurde 1580 von Kardinal Ferdinando de Medici (vgl. Anm. zu 152,4) gekauft. Sie liegt am Fuße des Monte Pincio.

230,1 *Petrus:* (griech., Fels) einer, dem man felsenfest vertraut.

230,7 *Belvedere:* Vgl. Anm. zu 204,6.

230,9 *Apollonios:* griechischer Bildhauer (1. Jh. v. Chr.), Schöpfer des berühmten Torso vom Belvedere (vgl. Anm. zu 236,1). *Agesander:* einer der Schöpfer der berühmten Laokoon-Gruppe im Vatikan (vgl. Anm. zu 177,30).

230,19–253,21 *Rom, Dezember [. . .] unsers Angesichts:* Unter der Überschrift *3. Ueber Antiken*, als dritte Fortsetzung des *Fragments einer Italiänischen Handschrift aus dem sechszehnten Jahrhundert*, im »Deutschen Museum«, Januar bis Juni 1786, veröffentlicht (vgl. Anm. zu 157,11–197,25).

230,20 *Scirocco:* der S. 94,34 erwähnte warme Südostwind.

230,21 f. *Tramontana:* aus den Bergen kommender Nordwind in Italien.

231,18 f. *in dem glänzenden Zeitalter [. . .] worin Sokrates aufwuchs:* die Glanzzeit Athens unter Perikles (500–429 v. Chr.). Sokrates (469–399 v. Chr.) gab seinen erlernten Beruf der Bildhauerei auf, um Philosoph zu werden.

231,23 f. *Welcher gutartige Jüngling [. . .] sein wollen:* Heinse wiederholt hier gekürzt das Zitat aus Plutarchs »Perikles« 2, 1 (vgl. Anm. zu 185,15–18).

231,26 f. *Nach der Schlacht bei Plataia bis in den Peloponnesischen Krieg hinein:* die Zeit von 479 v. Chr., der für die Griechen siegreichen Entscheidungsschlacht in den Perserkriegen (492 bis 448 v. Chr.) bei Plataia, bis zum Peloponnesischen Krieg zwischen Athen und dem von Sparta geführten Peloponnesischen Bund (431–404 v. Chr.).

231,32 f. *Solon [. . .] Halbreitern:* Solon, athenischer Gesetzgeber (um 640 bis 561 v. Chr.), gliederte die Bürgerschaft nach dem Naturalwert des Einkommens in vier abgestufte Klassen: Pentakosiomedimnen (Fünfhundertscheffler), Hippeis (Reiter) mit mindestens 300 Scheffeln, Zeugiten (Halter eines Ackergespannes) mit mindestens 150 Scheffeln (1 Scheffel: 100–200 Hektoliter) Ertrag, Theten (Lohnarbeiter) mit geringerem Einkommen.

232,2–5 *Die erhabnen Sieger [. . .] Würde geblieben:* Der mächtige Perserkönig Xerxes (herrschte von 486 bis 465 v. Chr.) wurde 479 von Themistokles zur See bei Salamis, von Pausanias und Aristides in demselben Jahr zu Lande bei Plataia (vgl. Anm. zu 231,26 f.) und von Kimon um 468 am Fluß Eurymedon in Pamphylien besiegt. Im Zug der vorher durchgeführten demokratischen Verfassungsreform des Kleisthenes von 508 v. Chr. wurde die Klasseneinteilung des Solon abgeschafft. Der bisherige aristokratische Rat der Ältesten, der *Areopag,* wurde von Kleisthenes auf die Tätigkeit eines ehrwürdigen Gerichtshofes beschränkt, während ein neuer Rat von 500 Volksvertretern (Senat) von nun an die Beschlüsse der Volksversammlung vorberiet. Mit dieser vollständigen Demokratisierung setzte bald auch die Herrschaft der Massen und der Einfluß von Demagogen ein.

232,6–8 *Lukian [. . .] Zeus Tragikos:* Lukian (vgl. Anm. zu 218,30 f.) kritisierte in seinem Dialog »Zeus Tragikos« (»Zeus als tragischer Held«) und in seinen anderen satirischen Schriften die Gebrechen seiner Zeit, vor allem den religiösen Wahn, die Nichtigkeit der Tagesphilosophen, die Eitelkeit der Rhetoren und die Leichtgläubigkeit des Publikums.

232,9 *Der Lehrer des Weltbezwingers:* Aristoteles, er wurde 342 v. Chr. auf drei Jahre der Lehrer des 14jährigen Alexanders des Großen.

232,20 *der Stagirit:* Beiname des aus der makedonischen Stadt Stageira stammenden griechischen Philosophen Aristoteles.

232,22 f. *Mein Nachbar hier mit seiner dreifachen Krone:* der Papst mit seiner hohen, mit drei Kronen geschmückten außerliturgischen Kopfbedeckung, der Tiara.

232,33 *Venus von Tizian:* Vgl. S. 331 f.

233,10 f. *an die hundert metallne Kolossen der Insel Rhodos:* Auf der griechischen Insel Rhodos befand sich in spätgriechischer und römischer Zeit eine bedeutende Bildhauerschule. Die Kolosse, überdimensionale Statuen, erhielten ihren Namen von dem »Koloß von Rhodos«, einer 34 m hohen Bronzestatue des Sonnengottes, 285 v. Chr. von Chares, einem Schüler des Lysippos, gegossen. Die Statue zählte zu den Sieben Weltwundern. In der von Heinse benutzten »Naturalis historia« des Plinius (vgl. Anm. zu 236,26–242,4) heißt es von den Kolossen auf Rhodos, »sunt alii centum numero in eadem urbe colossi« (XXXIV, 42).

233,11 f. *die manchen hundert Meisterstücke von Lysipp:* Lysippos (vgl. Anm. zu 175,27) legte nach Plinius (XXXIV, 17,37) vom Honorar für jedes Werk ein Goldstück in eine Sparbüchse, in der nach seinem Tod sein Erbe 1500 Goldstücke gefunden haben soll.

233,13 *Delphi:* zentrale Orakel- und Kultstätte im mittleren Griechenland, als nationales Heiligtum der Griechen seit dem 7. Jh. v. Chr. durch zahllose Weihegeschenke und Denkmäler geehrt.

Elis: Landschaft im westlichen Peloponnes mit der Feststätte von Olympia, bzw. Name für die Feststätte selbst.

233,14 *Gnid:* griech. Knidos. Stadt an der südlichen Westküste Kleinasiens, mit einer berühmten Ärzteschule und der ebenso berühmten Venus von Knidos des griechischen Bildhauers Praxiteles (4. Jh. v. Chr.).

Ephesos: uralte Stadt in Kleinasien, seit 1100 v. Chr. von Griechen besiedelt. Der prachtvolle Artemis-Tempel war eines der Sieben Weltwunder.

233,17 *Lucull:* Lucius Licinius Lucullus (117–57 v. Chr.), römischer Feldherr, bekannt durch seine Feinschmeckerei.

233,27 *Girgent:* in der römischen und neueren Zeit Agrigent genannt, die griechische Stadt Akragas, um 570 v. Chr. an der Südküste Siziliens gegründet; unter den z. T. noch erhaltenen Ruinen von zehn Tempeln der größte dorische Tempel überhaupt, der des Olympischen Zeus.

233,28 u. 36 *Xenophon [. . .] Kyropädie:* »Kyropaideia«, ein pädagogisch-politischer Tendenzroman des Xenophon (um 430 bis 354 v. Chr.), der älteste abendländische Roman überhaupt. In der Einkleidung einer Lebensgeschichte des älteren Kyros, des ersten Perserkönigs (gest. 529 v. Chr.), entwickelt Xenophon seine Ansichten über den idealen König.

234,21 *Phidias und Polyklet:* Vgl. Anm. zu 185,15–18.

234,24 *Praxiteles:* Vgl. Anm. zu 38,35 f.

234,33 *Reden des Demosthenes:* Vgl. Anm. zu 26,26 u. 37,37.

234,34 *Cicero:* Vgl. Anm. zu 166,4.

235,18 *Lacrimae Christi:* (lat., Tränen Christi) am Vesuv wachsender roter Dessertwein.

236,1 f. *Der Torso, der Farnesische Herkules, der (Borghesische) Fechter:* Ersterer ein antiker Marmortorso eines sitzenden Mannes, Werk des Bildhauers Apollonios (1. Jh. v. Chr.), Vatikan, Museo Pio-Clementino (vgl. S. 243 u. Tafel 18); der Farnesische Herkules, nach Lysippos von dem inschriftlich genannten athenischen Bildhauer Glykon (wohl 3. Jh. n. Chr.) kopierte Kolossalstatue, bis 1787 im Hof des Palazzo Farnese aufgestellt, heute Neapel, Museo Nazionale (vgl. S. 243 f. u. Tafel 19); der Fechter, eine Statue des griechischen Bildhauers Agasias (um 100 v. Chr.), bis Anfang des 19. Jh.s im Besitz der Familie Borghese (Villa Borghese) in Rom, heute Paris, Louvre.

236,14 *Apollo:* Vgl. Anm. zu 93,10.

236,14 f. *Laokoon:* Vgl. Anm. zu 236,26–242,4.

236,15 *sogenannte Antinous:* Marmorstatue eines Hermes, sog. Antinous im Belvedere, vermutlich Kopie der Hadrians-Zeit nach einem griechischen Original der Mitte des 4. Jh.s v. Chr.; Vatikan, Museo Pio-Clementino. Schon Winckelmann wandte sich, in der »Geschichte der Kunst des Alterthums«, gegen die Benennung Antinous. Zur Deutung der neueren Forschung als Hermes vgl. auch S. 246,3–6. Antinous, Liebling des Kaisers Hadrian, ertrank 130 n. Chr. im Nil, und Hadrian ließ ihm einen Tempel errichten und Statuen aufstellen. Über die verschiedenen antiken Statuen des Antinous und dessen Verhältnis zu Hadrian berichtet Heinse sehr ausführlich im Brief an Gleim aus *Rom, vor dem Peterstage* [17]*82* (SW X, 176–183; vgl. Heinses Beschreibung S. 245 f.).

236,22 f. *Leonhardt da Vinci:* Leonardo da Vinci (1452–1519), italienischer Maler, Bildhauer, Baumeister, Zeitgenosse Michelangelos und Raffaels.

236,26–242,4 *Laokoon [. . .] obenan stehen:* Die wohl im 1. Jh. v. Chr. entstandene Marmorgruppe (vgl. Anm. zu 177,30) war am 14. Januar 1506 in Rom in Anwesenheit Michelangelos in einem zugemauerten Gewölbe aufgefunden und im Vatikan (heute im Museo Pio-Clementino; vgl. Tafel 17) aufgestellt worden. Heinse setzt sich auf den folgenden Seiten mit den Verlautbarungen des Plinius in seiner enzyklopädischen Naturgeschichte (»Naturalis historia« XXXVI, 37 f.) über die Laokoon-Gruppe auseinander und übersetzt wörtlich das Urteil des Plinius über die Statue, »opus omnibus et picturae et statuariae artis praeferendum« (XXXVI, 37) als *ein Werk, allen anderen der Malerei und Bildhauerkunst vorzuziehen.* Die Meinungen Winckelmanns über die Laokoon-Gruppe in seinen »Gedancken über die Nachahmung der griechischen Werke in der Malerey und Bildhauerkunst« von 1755 und Lessings in seiner Schrift »Laokoon oder über die Grenzen der Malerei und Poesie« von 1766 schließt Heinse ein. Die Ansicht, daß die Laokoon-Gruppe *aus dem Zeitalter des Geschichtschreibers der Natur,* d. h. des Plinius, stamme, verwirft er. Gaius Plinius Secundus (der Ältere), der Verfasser der genannten »Naturalis historia«, lebte von 23–79 n. Chr. In seiner Bemerkung, *daß die Gruppe aus der schönsten Blüte der Kunst stammt,* folgt Heinse wörtlich Winckelmanns (»Geschichte der Kunst des Alterthums«, Dresden 1764, S. 170) falscher Ansetzung der Entstehung des Werkes in der Zeit Alexanders d. Gr.

237,4–9 *im Schwindel des Paradoxen [. . .] verfertigt:* Vielleicht eine Anspielung auf den »Paradoxographus Vaticanus«, eine anonyme Sammlung von 67 paradoxographischen Exzerpten, in denen u. a. auch Polyklet als Quelle angeführt wurde. S. 237,6 bis 9 entspricht wörtlich Plinius, XXXVI, 37, »Ex uno lapide eum ac liberos draconumque mirabiles nexus de consilii sententia fecere summi artifices«.

237,10 *aus zwei Stücken:* Die Gruppe war im originalen Zustand aus sieben, vielleicht acht, einzelnen Teilen zusammengesetzt.

237,11 *Agesander und seine Freunde:* Vgl. Anm. zu 177,30.

237,20 *der Geschichtschreiber:* (2. Aufl. *der Geschichtschreiber der Natur)* Plinius (vgl. Anm. zu 236,26–241,4).

237,27 f. *die Wolkenbrüche von Feuerasche aus dem Vesuv erstickten ihn:* Plinius kam während der Erforschung des verhängnisvollen Ausbruchs des Vesuvs 79 n. Chr. ums Leben, bei dem die beiden Städte Pompeji und Herculaneum vernichtet wurden.

237,37–238,1 *silbenstecherischen Verdachts:* Anspielung auf die silbenzählende Praxis der Merker im Meistergesang, die beim Preiswettsingen die Verstöße des Vortragenden gegen das Regelbuch, die Tabulatur, notierten.

238,17 *den Olympischen Jupiter:* die Zeus-Statue des Phidias in Olympia (vgl. Anm. zu 38,35 f. u. 185,15–18), von Plinius, XXXVI, 18, ebenso herausgestellt.

238,24 f. *die zwei andern Triumvirn:* Mit den Triumvirn, den Mitgliedern einer sonst politischen Dreimännerkommission im antiken Rom, sind hier und nach Plinius, XXXVI, 37, die beiden Mitschöpfer der Laokoon-Gruppe, Athanodoros und Polydoros (vgl. Anm. zu 177,30), gemeint.

238,35 f. *die Gruppe [. . .] der Niobe:* eine großplastische Gruppe, von ursprünglich 15–17 Figuren, der Niobe und ihrer sterbenden 14 Kinder (vgl. S. 168,1). Die berühmteste und als einzige annähernd vollständig erhaltene Gruppe aus zehn Figuren, nach neuerer Forschung möglicherweise das Original aus dem 1. Jh. v. Chr., wurde 1583 in Rom beim Lateran gefunden und befindet sich seit 1777 in Florenz, in den Uffizien.

239,2 *im Hygin:* Gaius Julius Hyginus (63 v. Chr. bis 14 n. Chr.), Freigelassener des Kaisers Augustus, nach 28 v. Chr. Präfekt der palatinischen Bibliothek bei gleichzeitiger Lehrtätigkeit. Seine Werke sind verloren, sie wurden in der Antike mit großer Hochachtung genannt. Hyginus hatte auch einen Kommentar zu Vergil geschrieben, aus dem Heinse die hier folgende Version der Laokoon-Geschichte wörtlich überträgt (Vergil, Aeneis, 2, 199–231).

239,12 *die Phrygier:* Bewohner der kleinasiatischen Landschaft um Troja.

239,15 *Servius* (um 400 n. Chr.), lateinischer Grammatiker und Kommentator der Werke Vergils. Die von Heinse zitierte Erklärung: Servius, Aeneis 2, 201. Die hier gegebene eingehende Beschreibung der Laokoon-Gruppe setzt sich aus zwei verschiedenen italienischen Reiseaufzeichnungen Heinses von 1780 bis 1783 zusammen, von denen er die ersteren fast wörtlich übernommen hat (vgl. Varianten).

240,1–10 *Es leidet [. . .] Atem zu holen:* Wenn Winckelmann (in seinen »Gedancken über die Nachahmung der griechischen Werke«) in Laokoon den »Schmerz des Körpers und die Größe der Seele [. . .] gleichsam abgewogen« und »wie die Tiefe des Meers allezeit ruhig« ausgedrückt sieht, spricht Heinse hier, in bewußtem Gegensatz, von *dem fürchterlichen Untergange des herrlichen Verbrechers [. . .] wie Wogen im Meere bei einem Sturm.* (Vgl. Max L. Baeumer, »Das Dionysische in den Werken Wilhelm Heinses«, Bonn 1969, S. 117–119.)

240,24 f. *der rechte Arm des Laokoon* wurde als weit nach oben ausgestreckter Arm im 16. Jh. durch Baccio Bandinelli und Giovanni Angelo Montorsoli rekonstruiert. Michelangelos Versuch, einen ebenfalls nach oben gerichteten, jedoch rechtwinklig geknickten Arm zu ergänzen, blieb unvollendet und wird heute neben der Gruppe im Vatikan ausgestellt. Im Jahre 1905 entdeckte man ein im Ellenbogen stark geknicktes Armfragment mit Schlange, das, inzwischen als Originalstück erkannt, seit 1960 der Gruppe eingefügt ist: Laokoons rechter Arm führt demnach nicht weitausholend nach oben, sondern ist im Ellenbogen so stark eingeknickt, daß die Hand den Hinterkopf berührt.

242,4 f. *Der an seiner Wunde Sterbende des Ktesilas:* Ktesilaos bei Plinius (XXXIV, 75 f.) genannt und wahrscheinlich identisch mit Kresilas (Plinius XXXIV, 74, vgl. auch Anm. zu 242,9 f.), griechischer Bildhauer der Mitte des 5. Jh.s v. Chr., dessen »vulneratum deficientem« man ansah, wieviel Odem er noch in sich hatte. Die folgenden Berichte Heinses über berühmte Kunstwerke stammen ebenfalls aus Plinius' »Naturalis historia«, XXXIV.

242,7 f. *der Hinkende [. . .] Pythagoras:* Statue des Bildhauers Pythagoras von Rhegion (5. Jh. v. Chr.). Rhegion, lat. Rhegium, griechische Stadt auf der Südspitze Italiens; Leontini, griechische Stadt auf der Ostseite Siziliens. Wenn Heinse von dem Hinkenden hinzufügt, *dessen Geschwüres Qual die Betrachtenden zu empfinden meinten*, dann sind diese Worte die wörtliche Übersetzung von Plinius, XXXIV, 59, »cuius ulceris dolorem sentire etiam spectantes videntur«. Lessing hat in seinem »Laokoon« vorgeschlagen, in der Statue des Hinkenden den verwundeten Philoktet zu erkennen, der nach der Sage von den Griechen, auf der Fahrt nach Troja, auf der Insel Lemnos ausgesetzt wurde, weil er an einer übelriechenden Schlangenbißwunde litt.

242,9 f. *die Verwundeten Amazonen:* berühmte Amazonengruppe in Ephesos, in einem Künstlerwettstreit unter Beteiligung der größten Meister der griechischen Hochklassik, u. a. Phidias, Kresilas und Polyklet, entstanden (vgl. Plinius XXXIV, 35).

242,10 f. *Hund des Lysipp im Kapitol:* Bronzestatue des Lysippos. Plinius, XXXIV, 38, berichtet, daß sie im Gemach der Juno im Capitolinischen Jupiter-Tempel aufbewahrt wurde und die Wächter unter Androhung der Todesstrafe darauf achten mußten, daß sie nicht beschädigt wurde.

242,17–23 *der Landsmann Pindars [. . .] bringen:* Der griechische Maler Aristides (4. Jh. v. Chr.) stammte wie der lyrische Dichter Pindar aus Theben. Plinius, XXXV, 98, berichtet, daß Alexander der Große Aristides' Gemälde der Zerstörung einer Stadt mit der an ihren Wunden sterbenden Mutter an seinen Geburtsort nach Pella überführen ließ.

242,18 *Attalus:* Attalos II., König von Pergamon (159–138 v. Chr.), kämpfte im dritten makedonischen Krieg als Anhänger Roms in Griechenland. Nach der Einnahme von Korinth kaufte er, nach Plinius, XXXV, 100, nur »unam tabulam eius centum talentis«. Vorher lobt Plinius das Gemälde »eines Kranken« des Aristides.

242,24 *Schlacht mit den Persern:* Gemälde des Aristides für den Tyrannen Mnason von Elateia. Nach Plinius, XXXV, 99, erhielt Aristides für jede der *hundert Figuren* des Bildes zehn Minen. Von dessen Farbenanwendung meinte Plinius zuvor (XXXV, 98), sie sei ein wenig zu hart (»durior paulo«).

242,28 f. *Peter der Märtyrer:* Vgl. Heinses Beschreibung S. 45,3 bis 22 sowie Anm. dazu.

242,31 f. *das größte Meisterstück [...] Bädern:* Die Laokoon-Gruppe wurde in der Nähe der Trajans-Thermen auf dem Esquilin gefunden.

242,36 f. *der verstümmelte Herkules:* Gemeint ist der Torso vom Belvedere (vgl. Tafel 18, Anm. zu 236,1 f. u. die hier folgende Beschreibung Heinses), der zu Heinses Zeit als Herakles galt.

243,2 *die Gnidische Venus:* Vgl. Anm. zu 233,14; von Plinius, XXXVI, 20 f., mit höchstem Lob ausgezeichnet.

243,3–248,14 *Der Torso [...] von Marmor:* Vgl. Tafel 18. Die Beschreibungen der antiken Statuen des Torso, des Farnesischen Herkules, des Farnesischen Stieres und des Apollo im Vatikan sind aus zehn verschiedenen und sorgfältig überarbeiteten Auszügen aus Heinses italienischen Aufzeichnungen von 1780 bis 1783 zusammengesetzt. Die derben und z. T. pornographischen Bemerkungen über den *Torso* (vgl. Anm. zu 236,1 f.) sind im Roman abgeschwächt (vgl. Varianten).

243,4 f. *der dreifache Geryon:* Geryoneus, nach griechischer Sage ein dreileibiger Riese auf der Insel Erytheia, den Herakles mit einem Pfeil tötete und dessen Rinder er erbeutete (die zehnte der zwölf ›Arbeiten‹ des Herakles).

243,32 *Der Farnesische Herkules:* Vgl. Anm. zu 236,1 f. u. Tafel 19.

243,34 *Cestusschläge:* lat. caestus, von römischen Boxern verwendeter Lederriemen, der um Hand und Handgelenk gewunden wurde und häufig mit Blei oder Eisen verstärkt war, um wirkungsvollere Schläge zu erzielen.

244,2 *im Farnesischen Hof:* Der Hof des Palazzo Farnese in Rom, der für Kardinal Farnese von Antonio da Sangallo d. J. (1483–1546) begonnen, nach seinem Tod 1546 von Michelangelo fortgeführt wurde.

244,8 f. *nach dem Ideale des Sophokles:* Herakles in Sophokles' Tragödie »Die Trachinierinnen«, vor 416 v. Chr.

244,11 *Iolen:* Iole, Tochter des Königs Eurytos zu Oichalia, wurde dem Herakles als Gemahlin versprochen. Als der König sie ihm verweigerte, zerstörte Herakles sein Reich, tötete ihn und seine Söhne und führte Iole mit Gewalt mit sich fort.

244,22 f. *dem Farnesischen Stier:* Marmorgruppe, Kopie des 2.–3. Jh.s n. Chr. wohl nach der von Plinius erwähnten Gruppe der lydischen Bildhauer Apollonios und Tauriskos (Mitte des 1. Jh.s v. Chr.), stellt die Söhne der Antiope dar, die Dirce an einen wilden Stier binden. Plinius, XXXVI, 34 f., lobt die Statue als aus »einem Block« geschaffen; 1546/47 wurde die Kopie in den Caracalla-Thermen in Rom gefunden, die in den Besitz der Farnese gelangte und sich seit 1826 im Museo Nazionale in Neapel befindet, vgl. Tafel 20.

244,26 *Myrons Kuh:* nicht erhaltene Statue des attischen Bronzegießers Myron (5. Jh. v. Chr.), der wegen der Natürlichkeit seiner Tierbilder bekannt war. Plinius, XXXIV, 57, führte Myrons Standbild der Kuh als besondere Berühmtheit auf. Goethe versuchte 1818 in seiner Abhandlung »Myrons Kuh«, einen Rekonstruktionsplan der Statue zu geben.

244,33 f. *Herkules und der Fluß Acheloos als Rind:* Nach griechischer Sage rang der Flußgott Acheloos in wechselnder Gestalt als Schlange und Stier mit Herakles um den Besitz der Deianeira.

245,10–12 *der Apollonios [. . .] Keulenschwingers:* Vgl. Anm. zu 236,1 f.

245,13 f. *Antinous [. . .] Meleager:* Zahlreiche antike Statuen und Reliefs zeigen Antinous (vgl. Anm. zu 236,15) teils als schönen schwermütigen Jüngling, teils als jungen Held mit Attributen von Göttern (Dionysos, Vertumnus). Meleager, griech. Meleagros, erschlug nach der Sage einen wilden Eber, der die Umgebung der Stadt Kalydon verwüstet hatte und dessen Fell Meleagros seiner Geliebten Atalante schenkte. Vgl. Tafel 21.

245,15 *andern Bilde:* Gemeint ist wohl die Statue des Meleagros nach Skopas, ebenfalls im Vatikan, Museo Pio-Clementino.

246,4 *Sohn der Maja:* Hermes.

246,11 *Apollo:* Vgl. Anm. zu 93,10 und die dort erwähnte Beschreibung Winckelmanns sowie Tafel 22.

246,34 f.; 247,1 *Marmor karrarischer [. . .] wurde:* hochwertiger, rein weißer Marmor aus Carrara in Italien, von dem Plinius, XXXVI, 14, sagt, daß er »kurz zuvor« (»nuper vero«) entdeckt worden war.

247,1 *parischer* Marmor (vgl. Anm. zu 163,17) wurde nach Plinius, XXXVI, 14, von den meisten griechischen Bildhauern verwendet.

247,29 f. *so erhaben [. . .] Menschheit:* Vgl. die fast wörtliche Übereinstimmung mit Winckelmanns Beschreibung des Apollo: »Über die Menschheit erhaben ist sein Gewächs« (»Geschichte der Kunst des Alterthums«, Dresden 1764, S. 392).

248,7 f. *Der Kopf des Perikles und auch des Alexander:* Ersterer ist eine römische Kopie einer Perikles-Büste des Ktesilaos (vgl. Anm. zu 242,4 f.), heute in London, Britisches Museum; der Alexanderkopf ist ein hellenistisches Original des 2. Jh.s v. Chr. aus Pergamon, heute in Istanbul, Archäologisches Museum.

248,27 f. *der Apollo des Leontinischen Pythagoras:* die von Plinius, XXXIV, 59, erwähnte Statue des Pythagoras von Reghion (vgl. Anm. zu 242,7 f.).

248,29 *den Pythischen Drachen:* ein auf dem Parnaß hausender Drache, der von Apollo getötet wurde. Plinius, XXXIV, 59, spricht von der genannten Statue des Pythagoras, die den Apollo darstellt, wie er die Pythonschlange mit seinen Pfeilen tötet.

248,33 f. *vom Perikles bis zum Tod Alexanders:* derselbe Zeitraum, von ungefähr 500 bis 323 v. Chr., wie auf S. 36,17 f.

249,30 *chiischer Jungfrauen:* von der griechischen Insel Chios im Ägäischen Meer.

249,34–36 *eine Menge [. . .] Girgent:* Vgl. Anm. zu 11,20 u. 233,27. Als Zeuxis im Auftrag der Agrigentiner das Bild einer nackten Helena für den Hera-Tempel von Kroton malte, soll er nach Plinius, XXXV, 64, aus einer Menge nackter Jungfrauen fünf als Modelle ausgesucht haben, um von jeder die hervorragendsten Qualitäten ihrer Schönheit in seinem Bild zu vereinigen.

250,1 f. *der Malernestor lebt an der Grenze von hundert Jahren:* Gemeint ist Tizian, der nach der Zeitsetzung des Romans im Jahr 1575 gerade 98 Jahre alt war, folgt man dem von Vasari überlieferten Geburtsdatum 1476/77. Die neuere Forschung hat das Geburtsdatum auf 1488/90 korrigiert.

250,3 *Raffael:* Nach einer – auch von Vasari tradierten – Überlieferung soll Raffael auf Grund seines unsoliden Lebenswandels jung gestorben sein.

250,5 f. *gotischen Moral [. . .] gotische Kunst:* Vgl. Anm. zu 228,8.

250,16 f. *von der Venus des Praxiteles und seinem Liebesgott:* Die Venus von Knidos (vgl. S. 243,2 u. Anm. zu 233,14) und der Eros von Paros sind Statuen des Praxiteles, die Plinius, XXXVI, 20–22, rühmend hervorhebt.

250,17 f. *von Phrynen und Bathyllen:* Die Hetäre Phryne (vgl. Anm. zu 38,34) soll nach Plinius, XXXIV, 70, als Geliebte des Praxiteles für dessen Statue der »Fröhlichen Buhldirne« Modell gestanden haben. Dem schönen Liebling Bathyllos, den Anakreon (um 550 v. Chr. geboren) in seinen Liebesliedern besang, wurde auf Samos, wo er geboren war, eine Statue errichtet.

250,26 *allein mit allein:* allein mit einem, oder: mit nur einem allein.

250,32–35 *sich auf die Seite [. . .] Gnidischen:* Koer, Bewohner der griechischen Sporadeninsel Kos (Koos) im Ägäischen Meer. Heinse bezieht sich hier auf die Geschichte bei Plinius, XXXVI, 20 f., wonach Praxiteles den Bewohnern von Kos zum gleichen Preis eine bekleidete und eine unbekleidete Venus-Statue zum Kauf anbot und jene die bekleidete Venus als ehrwürdiger vorzogen, während die Bewohner von Knidos die viel wertvollere nackte Venus (vgl. S. 250,16) erstanden und mit diesem Kauf weltberühmt wurden.

251,29 *wie Amphibia mit eigen erfundner malerischer Tracht:* Anspielung auf die »Amphibii« des 9. Jh., die (nach Fr. Mézeray, »Histoire de France«, 1643–51) wohl geistliche Kleidung trugen, aber weder Mönche noch Geistliche (clerici) sein wollten.

253,34 *Campus Martius:* das alte Marsfeld in Rom, ursprünglich Heerschau- und Versammlungsplatz zwischen dem Quirinal und Capitol, mit dem alten Circus Flaminius, von den römischen Kaisern mit öffentlichen Prachtgebäuden und Tempeln (z. B. dem Pantheon) geschmückt. Die folgende Beschreibung (bis S. 254,26) hat Heinse, stark gekürzt, seinen italienischen Aufzeichnungen entnommen (vgl. Varianten und Plinius, XXXIV, 40 f. und XXXVI, 70–74).

254,11 *der Sonnenobelisk:* einer der beiden Obelisken, die Kaiser Augustus aus dem syrischen Heliopolis (Stadt des Sonnengottes) oder Baalbeck (der Gott Baal mit Helios gleichgesetzt) nach Rom schaffen und auf dem Campus Martius aufstellen ließ (vgl. Plinius, XXXVI, 70–74). Der Obelisk stürzte nach einem Brand ein und wurde 1792 unter Pius VI. vor dem Palazzo Montecitorio, dem Sitz des Tribunals »Curia Innocenciana« wiedererrichtet.

254,12 *Theater vom Pompejus und Balbus:* Lucius Cornelius Balbus, verdienstvoller Soldat unter dem Feldherrn und Triumvirn

Gnaeus Pompeius sowie Konsul unter Octavianus. Die nach Pompeius und Balbus genannten Theater aus dem 1. Jh. v. Chr. lagen im Herzen der römischen Altstadt bei der Piazza di Campo dei Fiori bzw. bei der Piazza Argentina. Im Mittelalter wurde der Palazzo Pio in und über den Ruinen des Pompeius-Theaters erbaut.

254,29 f. *von den Rostris und dem Tempel des Romulus:* der Tempel und die Rostren (Rednertribünen) auf dem Forum des alten Rom; Rostra, nach den eisenbeschlagenen Schnäbeln erbeuteter Kriegsschiffe, mit denen die Rednerbühnen geschmückt waren.

254,30 *Monte Palatino:* Vgl. Anm. zu 157,18.

254,31 f. *Quelle der Juturna [...] beim Anfang der Cloaca maxima:* Letztere ist der älteste und bedeutendste Abzugskanal Roms (vgl. Plinius, XXXVI, 104–107), durch den die sumpfigen Niederungen zwischen den Hügeln trockengelegt wurden. Die Quelle der Juturna liegt auf dem Forum Romanum, in der Nähe des Vesta-Tempels. Aus ihr wurde das Wasser für alle staatlichen Opfer geschöpft. Auf diese Tatsache bezieht sich Ardinghellos folgendes Gedenkopfer auf das heidnisch-antike Rom (S. 255,8–14).

255,16–28 *die drei noch übrigen Trimphpforten [...] Konstantins:* die Ehrenbogen der Kaiser Titus (Kaiser von 39–81 n. Chr.), *Septimius* Severus (193–211 n. Chr.) und *Konstantin* der Große (306–337 n. Chr.).

255,23–36 *Die Kunst [...] ihn besang:* Leicht veränderter Auszug aus Heinses italienischen Aufzeichnungen (vgl. Varianten).

255,29 *unter Trajans:* Trajan, römischer Kaiser von 98 bis 117 n. Chr.

255,30–33 *des christlichen Kaisers Bogen [...] des Siegers von Dazien:* Konstantin der Große erhob das Christentum zur Staatsreligion. Am Konstantins-Bogen, 312 bis 315 in Rom errichtet, finden sich Darstellungen aus der römischen Geschichte vom 1. Jh. n. Chr. bis zur Zeit Konstantins, und an der westlichen Schmalseite des Bogens ein Relief mit Darstellungen der Taten Trajans in den Feldzügen gegen die Daker; die Darstellungen wurden von einem Bauwerk des Trajan für den Konstantins-Bogen übernommen (vgl. die entsprechenden Darstellungen auf der Trajans-Säule in Rom).

256,10 f. *der Jupiter und die Minerva des Phidias:* der Zeus in Olympia und die Athena Parthenos auf der Akropolis; vgl. Anm. zu 185,15–18. Plinius, XXXIV, 54, schildert die beiden Statuen als die großartigsten Werke der Antike.

256,21 *Rotunda:* (ital. rotonda, Rundbau) Das Pantheon in Rom ist der größte Rundtempel und Kuppelbau der Antike. Der erste Bau wurde 27 v. Chr. geweiht (vgl. Anm. zu 259,2) und brannte 110 n. Chr. ab; der noch heute bestehende Bau wurde während der Regierung des Kaisers Hadrian neu errichtet (um 120 bis 125 n. Chr.) und seit 609 als Kirche (Santa Maria ad Martyres, zum Gedächtnis Marias und aller Märtyrer, dann Santa Maria della Rotonda) benutzt (vgl. Tafel 23). Auf dem Dach dieses Tempels findet das lange pantheistische Gespräch zwischen Ardinghello und Demetri (S. 261–317) statt. Die Vignette des Pantheons schmückt das Titelblatt der Erstausgabe des 1. Bandes des Romans (vgl. S. 3).

256,27 *Paulskirche:* Vgl. Anm. zu 163,1 f. u. Tafel 6.

256,29–257,4 *Wenn man [. . .] Schönheit:* Ardinghellos Schilderung des Pantheons entspricht wörtlich Heinses eigenen Eindrücken aus zwei verschiedenen Reiseaufzeichnungen (vgl. Varianten und Heinses Brief aus *Rom, den 15 September* [17]*81*, SW X, 139 f.).

257,22 f. *Minerva [. . .] des Phidias:* weder als Phidias-Werk noch als Kopie der Athena Parthenos (vgl. Anm. zu 256,10 f.) nachweisbar, doch reicht die Erwähnung der Minerva und einer *Venus* im Pantheon in der Rom-Literatur nachweislich bis ins 16. Jh. zurück.

257,27 *Scudi:* Plural von ›Scudo‹, alte italienische Silbermünze.

257,27–32 *Konstantin [. . .] verziert war:* Konstantin III. war nur ein Jahr (641) byzantinischer Kaiser. Sein Sohn Konstantius II., der 668 in Syrakus ermordet wurde, raubte 663 die vergoldeten Bronzeziegel des Pantheondaches, die er nach Konstantinopel bringen ließ. 1632 ließ Papst Urban VIII. aus den Bronzebalken des Dachstuhls der Vorhalle 80 Kanonen gießen.

257,33 f. *nach dem Plinius* (XXXIV, 13) waren die Säulenkapitelle des Pantheons aus syrakusischer Bronze angefertigt.

257,36 *Giallo antico:* gelber Marmor aus Siena.

258,4 f. *drei freistehenden Säulen:* heute noch erhaltene Reste des Tempels des Mars Ultor (Rächer) aus dem Jahr 2 v. Chr., von Augustus auf dem von ihm angelegten Forum erbaut.

258,5 *Campo Vaccino:* Im mittelalterlichen Rom wurde das verwahrloste Forum als Weideplatz für Kühe gebraucht und entsprechend »Campo Vaccino« genannt.

258,5 f. *Bogen des Titus:* Ehrenbogen auf dem Forum Romanum, verewigt den Triumph des Titus in seiner Zerstörung Jerusalems 70 n. Chr. (vgl. Anm. zu 255,16–28).

258,17 *Palme:* der Palm (lat. Palma, Handfläche), altes Maß von 8–10 cm.

258,23 f. *Karyatiden, wovon Plinius spricht:* Statuen in Menschengestalt, die an Stelle von Säulen oder Pfeilern das Gebälk eines Bauwerks, hier nach Plinius, XXXVI, 38, des Pantheons tragen.

258,27 f. *die Veränderung [. . .] Kaiser Pertinax:* Antoninus Pius herrschte von 138 bis 161 n. Chr., Marcus Aurelius Antoninus von 161 bis 180, Pertinax Helvius vom 1. Januar bis 28. März 193 n. Chr. Heute weiß man, daß der ganze Bau unter Hadrian errichtet wurde.

259,2 *Bäder des Agrippa:* von dem Feldherrn des Kaisers Augustus, Marcus Vipsianus Agrippa (63–12 v. Chr.), auf eigene Kosten auf dem Marsfeld in Rom erbaute Thermen, denen Agrippa 27 v. Chr. den ersten Bau des Pantheon hinzufügte.

259,7 f. *dem des Jupiter Maximus [. . .] und dem des Friedens:* der zuletzt von Domitian im 1. Jh. n. Chr. wieder aufgebaute Tempel und der unter Vespasian (69–79 n. Chr.) errichtete Templum Pacis.

259,10 *Portikus:* Säulenhalle mit geschlossener Rückwand.

259,16 *Tempel der Minerva Medica:* vermutlich ein Nymphäum aus konstantinischer Zeit (4. Jh. n. Chr.), benannt nach einem daselbst gefundenen Standbild der Minerva (Göttin der Weisheit) mit Schlange (Sinnbild der Medizin). Heinse übernimmt die Erwähnung des Minerva-Tempels aus seinen italienischen Reiseaufzeichnungen *zu Ende des Julius die letztern 1783* (vgl. Varianten).

259,17 *Porta maggiore:* von Kaiser Claudius im Jahre 52 n. Chr. errichtetes Tor mit doppeltem Bogen auf der heutigen Piazza di Porta Maggiore in Rom.

259,19 f. *die Kirche [. . .] Diokletians:* vom römischen Kaiser Diokletian (284–305 n. Chr.) errichtete Bäder, mit 13 Hektar die größte Thermenanlage Roms, auf dem östlichen Quirinal. Heinse vergleicht die Form der Kirche San Bernardo alle Terme, die erst um 1600 in einem Rundbau der Diokletians-Thermen eingerichtet wurde, in seinen italienischen Reiseaufzeichnungen von 1783 mit der Rotunda des Pantheon (vgl. Varianten).

259,29 *Peterskirche:* die größte Kirche der Christenheit, hat eine Mittelschiffsbreite von 22 m, gegenüber Durchmesser und Höhe von je 43,20 m im Pantheon.

260,9 *Domitian:* Titus Flavius Domitianus, römischer Kaiser von 81 bis 96 n. Chr.

260,14 *Thermen:* Verbindung von öffentlichem Bad und Sporthallen (*Gymnasien*). Die ersten Thermen wurden 27 bis 25 v. Chr. von Agrippa in Rom erbaut. Sie bildeten einen gesellschaftlichen und kulturellen Mittelpunkt der Kaiserzeit. Erst seit Kaiser Hadrian (vgl. Anm. zu 236,15) wurde um 118 n. Chr. getrenntes Baden für Männer und Frauen Vorschrift.

260,34–261,2 *Das Dachgewölbe [. . .] hoher Turm:* Diese kurze Beschreibung des Pantheons stammt aus Heinses *Schnellen Bemerkungen noch die letzten Tage in Rom [. . .] 1783* (vgl. Varianten).

261,27 *die Aldinischen und Juntischen Ausgaben:* kritisch durchgesehene und hervorragend gedruckte griechische und lateinische Klassikerausgaben in Kleinformat des Buchdruckers Aldus Manutius (um 1450 bis 1515) und seiner Familie in Venedig sowie der Buchdruckerfamilie des Filippo Giunta (span. Junta; 1450–1517), der 1497 in Florenz eine Druckerei gründete.

261,34 *Der Kernmensch:* Heinse verwendet hier sein beliebtes Wort für das Sturm-und-Drang-Genie seiner Zeit zur Bezeichnung des Renaissancemenschen im Mund des Griechen Demetri.

262,13 f. *Faden der Ariadne:* Vgl. Anm. zu 26,11 f.

262,14 f. *wegen der heiligen Inquisition:* Papst Paul III. (1534 bis 1549) ordnete eine allgemeine Inquisition zur Unterdrückung des Protestantismus an und gründete zu ihrer Durchführung die Kongregation des Heiligen Offiziums. Papst Paul IV. (1555 bis 1559) verschärfte die Inquisition und richtete ihr Haupttribunal in Rom ein. Ihre Hauptstrafe bestand in öffentlicher Verbrennung des Verurteilten.

262,35 *Bramante:* Vgl. Anm. zu 190,15 f.
Antonio da San Gallo: Vgl. Anm. zu 244,2.

262,36 *Palladio:* Vgl. Anm. zu 25,10 f.

263,2 *Palast Farnese:* Vgl. Anm. zu 244,2.

263,4 *Palast von Cornaro:* Vgl. Anm. zu 28,10.

263,14 f. *Der Papst, welcher [. . .] einweihte:* Unter Bonifazius IV. wurde das Pantheon 609 als Kirche der hl. Maria und allen Märtyrern geweiht (vgl. Anm. zu 256,21).

263,22 *Anaxagoras* (um 500 bis 428 v. Chr.), griechischer Philosoph, nimmt statt der Vielheit der Götter eine einzige bewegende und ordnende Welt-Vernunft an, den Nous, der »das feinste und reinste aller Dinge« ist. Heinse (S. 265,15 f.) nennt den Nous das *Verstandwesen*, S. 283–287 entwickelt er seinen *eignen Begriff* (S. 284,36) vom *System des Anaxagoras* (S. 283,27).

263,37 *Trismegist:* Vgl. Anm. zu 57,19. Von diesem ›dreimalgrößten‹ Hermes hieß es, daß er aus dem Flug der Kraniche *die Buchstaben erfand.*

264,4 f. *Kampf des Skamander mit dem Vulkan:* Skamander (auch Xanthos), Flußgott, ein Sohn Jupiters; nach dem 21. Buch der »Ilias« kam er im Trojanischen Krieg dem Achilles zu Hilfe und wurde deswegen von Vulcanus in Brand gesetzt.

264,34 *Religion [. . .] nach dem Cicero:* (Vgl. Anm. zu 166,4). Heinse übersetzt hier aus Ciceros Schrift »De natura deorum«, 2, 72: »Qui omnia, quae ad cultum deorum pertinerent, diligenter retractarent et tamquam relegerent, sunt dicti religiosi ex relegendo.«

265,15 f. *Anaxagoras [. . .] mit seinem Verstandwesen:* Vgl. Anm. zu 263,22.

265,17 f. *Lehrers des Perikles und Euripides:* Anaxagoras. Zu Perikles vgl. Anm. zu 38,34; Euripides (um 480 bis 407 v. Chr.), Tragödiendichter.

265,34–37 *Seine Lehre [. . .] Kratylos:* »Kratylos«, 400: »Und glaubst du nicht dem Anaxagoras, daß es Verstand oder Seele ist, welches die Natur aller Dinge ordnet und erhält?« Denselben Dialog Platons zieht Heinse zur Diskussion der griechischen Sprache heran (vgl. Anm. zu 34,33).

266,4 f. *der kühne Titan von Stagira:* Aristoteles (vgl. Anm. zu 232,20).

266,10–15 *Anfangs [. . .] Nacht wäre:* Über die Sonne heißt es im »Kratylos« (409) nur: »Die Dorier nennen sie Ἅλιος [anstatt Ἥλιος]. Nun ἅλιος kann abgeleitet werden von [ἁλίζειν] Menschen sammeln, wenn sie [die Sonne] nämlich aufgeht; oder weil sie in ihrem Lauf die Erde fortwährend umdreht [ἀεὶ εἱλεῖν]; oder weil sie die Erzeugnisse der Erde bunt vermehrt, denn bunt vermehren ist identisch mit αἰολεῖν.« Heinses folgende Interpretation geht weit über den Text dieser Stelle hinaus.

266,31 *worüber Julian noch abtrünnig wurde:* Flavius Claudius Julianus »Apostata«, der ›Abtrünnige‹ (um 331 bis 363 n. Chr.), herrschte von 361 bis 363 als römischer Kaiser. Als Christ erzogen, führte er 361 eine Art vergeistigtes Heidentum in der Form des Neuplatonismus ein.

267,7–15 *Sophokles [. . .] untertan:* Die Zitate sind aus verschiedenen Aufzeichnungen Heinses aus Düsseldorf von 1783 bis 1786 zusammengesetzt, die hier zum größten Teil Übersetzungen aus Sophokles' »Antigone« darstellen. Das Zitat *Zeus, der alles faßt [. . .] Bruder, Schwester* ist in den Aufzeichnungen als eine von zwei eingeklammerten Lesarten der Übersetzung von »Antigone«, 487, gegeben. Heinses zweite Lesart lautet: *von einer blutnähern Verwandtschaft, wo möglich, als uns die Macht des alles einschließenden Zeus ist.* Das anschließende Zitat ist Heinses kaum veränderte Übersetzung von »Antigone«, 607–613 (vgl. Varianten).

267,16–18 *Euripides [. . .] Gott!‹:* Die in Frage kommende Stelle im »Chrysippos«, Fragm. 839, lautet: »Die gewaltige Erde und der Äther des Zeus: Er, der Erzeuger der Götter und Menschen; sie [die Erde] aber gebiert, nachdem sie die feuchten Tropfen empfangen, die sterblichen Wesen.«

267,19 f. *Aristophanes [. . .] Lebengeber!‹:* In seiner Komödie »Die Wolken« (569 f.) heißt es: »Vielgepriesener, unser Vater, heiligster Äther, aller Lebenerhalter.« Zur pantheistischen Verwendung derselben Formel bei Heinse und Hölderlin (im »Tod des Empedokles«) vgl. Baeumer, »Heinse-Studien«, S. 79 f. Eine andere ähnliche Stelle in den »Wolken« (264 f.) lautet: »O Gebieter, Herrscher, unermeßlicher Luftkreis, der die Erde emporhält, strahlender Äther!«

267,21–24 *Pindar [. . .] Mutter.‹:* Anfangsverse eines Epinikion, des Siegesliedes »Nemea 6«, auf den Sieger in den sportlichen Wettkämpfen von Nemea, südlich von Korinth.

267,25–36 *Nach der [. . .] Zärtlichkeiten:* Thales (um 625 bis 545 v. Chr.), nach Aristoteles der erste ionische Naturphilosoph und griechische Philosoph überhaupt, soll das Wasser als Urstoff alles Lebendigen angesehen haben. Im folgenden verwertet Heinse die Übersetzung eines Fragmentes des Stoikers und pantheistischen Naturphilosophen Chrysippos (um 280 v. Chr.) in seinen Aufzeichnungen aus Düsseldorf von 1783 bis 1786 (vgl. SW VIII/II, 101 u. VIII/III, 395; ebenso vgl. für diese Stelle Aristoteles' »Metaphysik«, I,3, 983b, 21–28).

267,33 *Hesiodos:* Hesiod (um 200 v. Chr.), der erste griechische Dichter, über dessen Person man etwas weiß, Verfasser einer Theogonie, einer Entstehungsgeschichte der Götter.

268,3 *dreust:* dreist.

268,11–24 *Eines jeden Gefühl [. . .] bringen muß:* Fast wörtliche Übertragung aus Heinses Düsseldorfer Aufzeichnungen von 1783 bis 1786 (vgl. Varianten).

268,25 *stirbt eine Alkeste für ihren Gatten:* Alkestis, im gleichnamigen Drama des Euripides, nimmt aus Liebe zu ihrem Gatten Atmetos freiwillig den Tod auf sich, dem sie aber durch Herakles wieder entrissen wird.

268,26 f. *Regulus:* Atilius Rugulus, als römischer Konsul 225 v. Chr. im ersten (Punischen) Krieg gegen die Karthager gefangengenommen und zu Friedensverhandlungen nach Rom geschickt, widerriet nach der Sage dem Frieden und wurde, nach Karthago zurückgekehrt, wegen seiner vaterländischen Gesinnung zu Tode gefoltert.

268,37 *Pharos:* griech., ›Leuchtturm‹, nach dem ersten bekannten Leuchtturm auf der Insel Pharos bei Alexandria, um 280 v. Chr.

269,1 *Boreas:* bei den Griechen der rauhe Nordwind.

269,6–8 *Welches [. . . .] Philosophen:* Leicht verändert aus den Düsseldorfer Aufzeichnungen von 1783 bis 1786 übernommen (vgl. Varianten).

269,24–27 *Selbst in Rom [. . .] das Allerheiligste:* Vestalische Jungfrauen hüteten im Tempel der Vesta das Herdfeuer des römischen Staates.

269,33–270,6 *Alle verschiedne [. . .] erklärt:* Verschiedene Auszüge aus Heinses naturpantheistischen Aufzeichnungen unter dem Datum *Den 24 Merz 1786* (vgl. Varianten).

270,30–32 *von Uranien [. . .] zusammenhält:* Urania, Muse der Astronomie; aber auch Beiname der Aphrodite. Sie ist aus ins Meer fallenden Blutstropfen des Uranus (Himmel) entstanden. Ihr Zaubergürtel ist der Liebesgürtel der Aphrodite oder Venus und zugleich eine Bezeichnung für die Milchstraße. Diese Zeilen Heinses setzte Hölderlin 1790 seiner »Hymne an die Göttin der Harmonie« als Motto voran. Vgl. Baeumer, »Heinse-Studien«, S. 69–71.

271,34-37 *Das System [. . .] halten:* Heinses Versuch, seinen Sonnenkult und lustvolle Naturreligion griechischer Prägung mit dem modernen heliozentrischen Weltbild (die Erde dreht sich um die Sonne) des Kopernikus (1473–1543) zu verbinden, stimmt mit der übrigen zeitlichen Ansetzung des Romans für 1574 bis 1578 gut überein. Das Hauptwerk des Kopernikus, »De revolutionibus orbium coelestium«, erschien 1543. Galilei, der für die Lehre des Kopernikus eintrat, wurde 1564 geboren und wäre zur Zeit des Romans elf Jahre alt gewesen.

273,7 *doppelte goldne Hüften, wie hier nur eine Pythagoras hatte:* Der neuplatonische Philosoph Jamblichus (um 300 n.

Chr.) berichtet in seiner Schrift »De vita Pythagorica«, daß Pythagoras im fernen und sagenhaften Land der Hyperboreer (der jenseits des Nordwinds Wohnenden) dem Abaris, der von sich behauptete, er sähe dem Apollo ähnlich, seine goldene Hüfte gezeigt habe.

273,37–274,4 *Die Meere [. . .] Kräfte:* Auszug aus den Düsseldorfer Aufzeichnungen von 1783 bis 1786 (vgl. Varianten).

274,34–275,15 *Liebe [. . .] Ewigkeit:* Auszug aus denselben Düsseldorfer Aufzeichnungen von 1783 bis 1786 (vgl. Varianten).

275,7 *Pythagoras:* Vgl. Anm. zu 172,7–9.

275,25 *Zenonen:* der Philosoph Zenon der Ältere (vgl. Anm. zu 226,6).

275,30–33 *Wer hat [. . .] empfinden:* Wörtlich aus den Düsseldorfer Aufzeichnungen übertragen (vgl. Varianten).

276,28–32 *Xenophon [. . .] behaupten:* Dieser Satz Heinses entspricht dem, was Xenophon in seinen »Memorabilia« (vgl. Anm. zu 36,34 f.), I, 1, 13, von den Sophisten sagt, die mit besonderer Vorliebe über die Natur des Weltalls spekulierten. Die beiden folgenden Sätze Heinses (Zl. 32–36) entsprechen jedoch nicht den »Memorabilia« Xenophons.

277,24–34 *was Alkibiades [. . .] wehte:* Das Orakel in Delphi hatte Sokrates für den weisesten aller Menschen erklärt, während er umherging und dieses zu widerlegen suchte: Der Mensch könne nur »wissen, daß er nichts wisse«. Im »Gastmahl« (»Symposium«, 220 C–D) heißt es über Sokrates: »Er stand, bis es dämmerte und die Sonne aufging. Dann ging er weg, nachdem er zur Sonne gebetet hatte.«

278,12 *wissen, wo der Ätna liegt:* im Nordosten Siziliens, mit 3269 m der höchste Vulkan Europas.

278,13 f. *die Reise [. . .] Charybdis:* Vgl. Anm. zu 125,17 f. Hier ist die Meerenge von Messina, zwischen Sizilien und dem Festland gemeint.

278,21 *System des Aristoteles:* Aristoteles, der Begründer der eigentlichen wissenschaftlichen Philosophie, wirkte besonders durch sein wenn auch nur teilweise ausgebautes System der philosophischen Disziplinen, von denen sich Heinse hier und im folgenden auf die »Metaphysik« und »Physik« beruft (zu Heinses Beschäftigung mit der Philosophie des Aristoteles vgl. Mohr, S. 28–44).

279,35 f. *Ein Barbar aus Pommern, einer von der Themse:* Mit ersterem ist der in der 2. Auflage als *Preuße* bezeichnete Kopernikus (vgl. Anm. zu 271,34–37) und sein modernes Weltbild gemeint. Der zweite ist der englische Physiker Isaak Newton (1643–1727) mit seiner streng mechanisch-mathematischen Naturerklärung unter Weglassung jeglicher Hypothesen (»Naturalis philosophiae principia mathematica«, 1687). Newton sieht die absolute Zeit und den absoluten Raum als das »Sinnesorgan« Gottes an, in dem die physikalischen Vorgänge streng gesetzlich ablaufen und mit Sinnen und Verstand erkannt werden. Hierauf scheint sich Heinse (S. 279,19–22) zu beziehen. Diese Fußnote im Roman entspricht, ohne den versteckten Hinweis auf Newton, einer Düsseldorfer Aufzeichnung unter dem Datum *den 3. April* 1786 (vgl. Varianten).

280,3 *Warm und Kalt und Feucht und Trocken:* die vier Qualitäten bzw. Kräfte in der Physik des Aristoteles.

280,17–29 *Wenn Feuer [. . .] leicht:* Die Verwandlung der Elemente behandelt Aristoteles in seinen Schriften »Über die Zeugung und Entwicklung der Tiere« (I, 5 u. II, 4) und »Über den Himmel« (III, 5).

281,10–12 *Es hat Philosophen gegeben [. . .] dasselbe sei:* Vgl. hierzu Aristoteles' »Metaphysik«, I, 3, 984b, 1 f. u. I, 5, 986b, 14–17.

281,20–22 *Heraklit [. . .] und Thales [. . .] beide aus dem heitern Ionien:* Heraklit (um 550 bis 480 v. Chr.) und Thales (um 625 bis 545 v. Chr.) gehören neben Anaximander, Anaximenes und Diogenes von Apollonia zu den ältesten griechischen Naturphilosophen, die alle aus Ionien an der kleinasiatischen Küste stammen und nach dem ›einen‹ Element suchen, aus dem alles Vorhandene hervorgeht; nach Heraklit (Aristoteles, »Metaphysik«, I, 3, 984a) aus dem Feuer, nach Thales (Aristoteles, »Metaphysik«, I, 3, 983b) aus dem Wasser. Diese Sätze im Roman entsprechen weitgehend einer Stelle in Heinses naturphilosophischen Aufzeichnungen nach dem Aristoteles unter dem Datum *Den 24 Merz 1786* (vgl. Varianten).

281,35 f. *Eins ist Alles und Alles Eins:* Vgl. hier und zur folgenden Behandlung des ἓν καί παν (Ein und Alles) Heinses naturpantheistische Kosmogonie, seine Stellung im Pantheismusstreit und seinen entsprechenden Einfluß auf Hölderlin, zusammengestellt im Aufsatz »Eines zu seyn mit Allem – Heinse und Hölderlin«, in Baeumer, »Heinse-Studien«, S. 49–91.

281,37 *Nach dem Aristoteles war Xenophanes der erste:* Xenophanes (um 577 bis 485 v. Chr.), dichterischer Begründer der Eleatischen Schule. Aristoteles nannte ihn den ersten Einheitslehrer: »Xenophanes aber, der zuerst von diesen die Einheitslehre aufgebracht hat (denn Parmenides soll sein Schüler gewesen sein) [...] und auf das ganze Weltall seinen Blick richtete, erklärte, das Eine sei die Gottheit.« (»Metaphysik«, I, 5, 986b, 18–24.) Auch in seinen weiteren Ausführungen folgt Heinse der Darstellung der vorsokratischen Naturphilosophie im I. Buch der »Metaphysik« des Aristoteles (vgl. Mohr, S. 44–82).

282,5 *Parmenides* (um 540 bis 480 v. Chr.), der erste begriffliche Philosoph der Eleatischen Schule. Seine Lehre wird hier nach Aristoteles' »Metaphysik«, I, 5, 986b, 28 – 987a, 2, dargestellt.

282,10–15 *Andre setzten [...] dasselbe:* Einzelheiten in Aristoteles' »Physik«, I, 4, 187a–188a.

282,25–27 *Diese Philosophen [...] unerörtert:* Nach Aristoteles' »Metaphysik«, I, 4, 985a, 10–14, behandelten die genannten Philosophen die Ursachen der Veränderung und Bewegung »nur vage und ungenau«.

282,31–33 *Wenn bloß [...] reizt nicht:* Vgl. Aristoteles' »Physik«, I, 2.

283,19 f. *Liebe oder Krieg:* Nach Aristoteles' »Metaphysik« I, 4, 985a, 3 f., erklärte Empedokles »Liebe« und »Zwietracht« als Ursachen von Mischung und Trennung.

283,27 *System des Anaxagoras:* Vgl. Anm. zu 263,22. Heinse versucht auf S. 283 bis 288 die Ansichten des Anaxagoras, Aristoteles und Platon über Verstand, Seele und Naturelemente für seine eigene rauschhafte Kosmogonie zu verwenden.

284,34–285,2 *Aristoteles [...] sich befindet:* Vgl. Aristoteles' »Metaphysik«, I, 3, 984b u. I, 4, 988a.

285,2–34 *Die Seele [...] zuschreibt:* Hier mischt Heinse seine eigenen Vorstellungen mit z. T. richtigen und z. T. falschen Bezugnahmen auf Aristoteles, den *Fürsten der Philosophen* (Zl. 13). Teilweise Übereinstimmungen finden sich in »Metaphysik«, VI, 1, 1026a; IX, 1, 1046b; und in Aristoteles' Schrift »Über die Seele«.

286,6 f. *womit Anaxagoras [...] dartun:* Vgl. die »Metaphysik«, I, 4, 985a zu Anaxagoras; I, 7, 988 zu Platon; zu Aristoteles' Zusammenfassung über den reinen und unvermischten Verstand vgl. I, 8, 989b.

286,11–287,4 *Fürs erste [...] Aristotelische Verstand sein:* Heinse versucht hier Aristoteles' Kritik der naturphilosophischen Elementarlehre (»Metaphysik«, I, 8, 988b–989) für seine pantheistische Kosmogonie des *Aristotelischen Verstandes* zu verwerten.

287,20 *Ödip:* Vgl. Anm. zu 182,24.

287,22–24 *Man muß bei Zeugung und Untergang allezeit auf Elemente kommen:* Vgl. »Metaphysik«, I, 8, 989b, 15.

287,33; 288,1–3 *Aristoteles [. . .] in seiner Lehre von Gott und der Zeugung:* Vgl. seine Schrift »Über die Zeugung und Entwicklung der Tiere«.

287,34–36 *Auch einige Alten [. . .] das Gefühl:* Vgl. z. B. Empedokles, Fragm. 109, in Aristoteles' »Metaphysik«, III, 4, 1000b, 7–9: »Denn mit der Erde in uns nehmen wir die Erde wahr, mit dem Wasser das Wasser [. . .]«

288,12–19 *Einige nahmen [. . .] vereinigten:* Zur Zerstreuung der Elemente des Körpers nach dem »Timäos« und nach Empedokles vgl. Aristoteles, »Über den Himmel«, III, 2, 300b. Im Kommentar des Simplicius (Fragm. 58) zu dieser Schrift heißt es, daß die Elemente zuerst getrennt umherirrten und nach Vereinigung miteinander strebten.

288,27 *Prokoli:* Brokkoli, ital., Spargelkohl, eine Abart des Blumenkohls.

288,29 *Olympia* (um 375 bis 316 v. Chr.), Mutter Alexanders des Großen.

288,37 *Alkibiades:* Vgl. Anm. zu 38,34.

290,17–19 *Medea [. . .] jung machen könnte:* In der griechischen Mythologie überredet Medea (vgl. Anm. zu 177,28) die Töchter des alten Pelias, ihren Vater zu ermorden und zu zerstückeln, und gibt ihnen das falsche Versprechen, ihn dann mit Zauberkünsten wieder jung machen zu wollen.

291,4 f. *nach dem komischen Einfall des Aristophanes beim Plato:* »Symposium«, 189 E – 190 B.

291,14 f. *wie einst der Platonische Sokrates, die Löwenhaut umgeworfen:* »Kratylos«, 411a, 6.

291,29–33 *Männliche und weibliche Elemente [. . .] am besten:* Heinse bezieht sich hier auf Aristoteles' Diskussion der Weltentstehungslehre Hesiods und der Elementenlehre des Parmenides und Empedokles aus den Kräften und der Bewegung von Liebe und Trennung (»Metaphysik«, I, 4, 984b–985b).

292,10 f. *Zögling des Minos:* Minos, der sagenhafte Herrscher von Kreta, hatte etliche Liebeshändel; seine Geliebten kamen jedoch durch Zaubereien seiner Gattin Pasiphae um.

293,20 *Pygmalion:* sagenhafter König von Zypern (nach Ovids »Metamorphosen«, X, 243–297, ein berühmter Bildhauer), verliebte sich in eine selbstgeschaffene weibliche Elfenbeinstatue und bat Aphrodite, sein Werk lebendig zu machen. Die Göttin erfüllte seine Bitte.

294,9 f. *Die Pythagoräer [...] nach dem Aristoteles:* Das folgende Beispiel von *Speise und Raub* findet sich nicht in Aristoteles' Ausführungen über die Prinzipien der Gegensätze bei den Pythagoreern (»Metaphysik«, I, 5, 986a). Verstand, griech. νοῦς, bringt Heinse fälschlicherweise mit νάω, fließen, schwimmen, in Verbindung; in Wirklichkeit hat νοῦς mit γνῶναι und γιγνώσκω, erkennen, verstehen, den Wortstamm gemeinsam.

296,9 *Die vier Aristotelischen Elemente:* Feuer, Wasser, Luft, Erde (vgl. Anm. zu 280,3 sowie Aristoteles' »Metaphysik«, I, 4, 985b, 1; 988a, 28; 988b, 32 – 989a, 18).

296,23–27 *Auch gibt Aristoteles [...] Vollkommenheit:* Aristoteles behauptet nur die Priorität der Seele der Lebewesen (einschließlich der Tiere) als Form und Wesenheit des individuellen Körpers (»Metaphysik«, VII, 10, 1035b).

297,4 f. *Brutus oder Leonidas:* Zu Brutus vgl. Anm. zu 150,22 bis 28. Leonidas, König von Sparta, der sich 480 v. Chr. mit 300 Spartanern bei den Thermopylen bis zum letzten Mann den Persern widersetzte.

297,5–9 *Theophrast [...] herkäme:* Theophrast (um 372 bis 287 v. Chr.), Schüler und Nachfolger des Aristoteles, wurde zwar keine 99 Jahre alt, aber erreichte ein hohes Alter. Aus seinen zahlreichen wissenschaftlichen Werken ragen die »Charaktere« hervor, in denen er 30 fein differenzierte Typen, wie Schmeichler, Geizhälse, Abergläubische, in ihren Schwächen schilderte. In der Renaissance als »goldenes Büchlein« sehr beliebt, hat die Schrift besonders in der Nachbildung von Jean de La Bruyère von 1688 auf die moderne Literatur gewirkt, z. B. auch auf Christian Fürchtegott Gellerts »Moralische Vorlesungen« von 1770.

297,17–20 *Anaxagoras [...] gehalten:* Anaxagoras (Fragm. 10) sagte: »Denn wie könnte aus Nichthaar Haar und aus Nichtfleisch Fleisch werden.« Wenn Aristoteles in »Physik«, I, 4, 187b–188a, diese Auffassung des Anaxagoras angreift, daß nämlich »nichts aus etwas hervorgeht, was nicht existiert«, und daß ursprünglich »alle Dinge zusammen existierten«, so kritisiert er hier gerade an »Fleisch und Knochen«, den Beispielen des Anaxagoras, dessen Meinung. *Knochen, Haare, Nägel* wählten auch die Kommentatoren zu Aristoteles' »Physik«, so Simplicius, als Beispiele für ihre Erläuterungen.

297,20 f. *dem Stagiriten:* Aristoteles. Vgl. Anm. zu 232,20.

297,24 *ein Epaminondas in einem Großmogulschen Serail:* Zu Epaminondas vgl. Anm. zu 181,2 f. Großmogul, Titel der mohammedanischen, nordindischen Herrscher des Hauses Babur, von mongolischer Abstammung, die von ungefähr 1526 bis ins 19. Jh. herrschten. Serail, ein fürstliches mohammedanisches Schloß, besonders auch die Palaststadt des Sultans im Ostteil von Istanbul.

297,29–298,35 *Jedoch [. . .] Gott:* Aristoteles selbst spricht nicht von einem Gott, als König der Elemente oder der vier Elemente, als Beginn von Auflösung, Bewegung und Handlung. Jedoch beschreibt er in seiner »Physik«, Buch VIII, eingehend die Beschaffenheit einer ersten, ewigen Bewegung, die immer unbegrenzt und kreisförmig sein muß (VIII, 8, 262a–266a), welche die Ursache und das Prinzip jeder weiteren Lebensbewegung ist (VIII, 6, 259a) und die selbst verursacht wird durch den ersten, unbewegten Beweger (VIII, 6, 259b), den man gewöhnlich mit »Gott« gleichsetzt. In seiner »Metaphysik«, XI, 9, 1065b, definiert Aristoteles Bewegung als Verwirklichung der Möglichkeit und als totale Wirklichkeit. Die Ansichten, daß die Bewegung eine erste oder ewige, durch keine andere hervorgebracht, selbständig und in Wirklichkeit sein muß, konnte Heinse in »Metaphysik«, XII, 6 u. 7, 1072, zusammengefaßt finden; hier (XII, 7, 1072a) auch wörtlich Heinses *Bewegung in sich selbst ewig [. . .] kreisförmige, und kreisförmig ist sie der Vernunft und der Tat nach* und *sie bewegt, von nichts bewegt, für sich das Begehrliche und Verständliche.* Ebenso stimmen Heinses folgende Ausführungen im Roman, S. 298,9–35, wörtlich mit »Metaphysik«, XII, 7, 1072b, 14–31, überein.

298,36–299,4 *Das Gute [. . .] geordnet ist:* Dieser Abschnitt stimmt fast wörtlich mit Aristoteles' Anfang des 10. Kapitels seiner »Metaphysik«, XII. Buch, 1075a, überein: »Die ganze Natur enthält das Gute und das Beste als Ordnung [. . .] wie eine Armee, in der das Wohl sowohl im Feldherrn besteht als auch in der Ordnung [. . .], was schwimmt, Vögel und Pflanzen, alles ist geordnet, aber nicht in gleicher Weise [. . .], aber alles ist in eins zusammengeordnet.«

299,5–7 *Alles in der Natur [. . .] bezieht:* Aristoteles' »Metaphysik«, XII, 10, 1075a: »Alles hat Anteil am Bösen, außer dem Eins.«

299,9–15 *Kurz [. . .] Zusammensetzung:* Aristoteles' »Metaphysik«, XII, 10, 1075a: »Alles ist zu einem Ganzen geordnet, wie in einem Hauswesen den Kindern [...] alles oder das meiste angeordnet ist, den Sklaven und Tieren wenig Verantwortung für das Gemeinwohl gegeben ist und diese blindlings handeln; denn die Natur ist solcher Art für jedes von ihnen.«

299,18–20 *Es sind [...] nur einen:* Aristoteles' »Metaphysik«, XII, 8, 1074b: »Von den ersten Vorfahren wird in der Form eines Mythos der Nachwelt überliefert, daß diese [in ewiger Bewegung befindlichen Himmelskörper] Götter sind und daß das göttliche Wesen die ganze Natur umfaßt.« Vom Fixsternhimmel heißt es im Satz vorher in der »Metaphysik« ebenfalls, daß er »nur einen« ausmacht.

300,3–12 *Und um diese Zeit [...] von allen Banden:* Diese Eindrücke des Pantheons hat Heinse aus seinen italienischen Aufzeichnungen *Schnelle Bemerkungen noch die letzten Tage in Rom* zusammengestückelt (vgl. Varianten).

300,16–18 *Minerva des Phidias [...] und die griechische Venus hier:* Vgl. Anm. zu 257,22 f. Nach der griechischen Sage ist Athene (lat. Minerva), die Tochter des Zeus, aus dessen Haupt entsprungen. Nach Heinse ist sie somit *Verstand aus dem Wesen*, denn für ihn ist »Wesen« gleich »göttliches Wesen« (vgl. Baeumer, »Heinse-Studien«, S. 27–31).

300,25–37 *Daß Gott [...] der Zeit:* Zu Aristoteles' Auffassung über die Natur als Prinzip des Lebens und Ursprung der Bewegung vgl. seine »Metaphysik«, V, 4, und »Über den Himmel«, III, 2. Jedoch nennt Aristoteles die besagte ewige und immer tätige, ungebundene Bewegung und Lebensursache (»Metaphysik«, VIII) nie Gott.

301,5–15 *Verstand [...] sich erniedrigte:* Hier ist im einzelnen gemeint: Anaxagoras' Auffassung vom »Nous« (vgl. Anm. zu 263,22), dem höchsten Verstand oder der Welt-Vernunft, welche die unendlich vielen Elemente (»Homoiomerien«, Samen der Dinge) in der Natur bewegt und ordnet; Platons göttlicher Weltbildner (»Demiurg«), der die Weltseele formt, und die ewigen Urformen der Dinge, die »Ideen«, die in der Materie der Welt ein reales Dasein führen; Aristoteles' Versuch einer systematischen Erfassung der Natur mit den Begriffen Stoff (Materie) und Form (Kraft, Denken), wobei die denkende Vernunft der Gottheit die materielle Welt bewegt. Die Zeilen 5–9 beziehen sich auf Anaxagoras, von dem Aristoteles sagt, daß er die Bewegung, Trennung und Leben verursachende Tätigkeit des »Nous« als Denken erkläre (»Physik«, III, 4, 203a) und den

»Nous« als höchstes Gutes darstelle, dem das Böse entgegengesetzt sei (»Metaphysik«, I, 6, 988a; XII, 10, 1075b; XIV, 4, 1091b).

301,21–25 *Wenn die Natur [. . .] gattet:* wörtlich aus Heinses Düsseldorfer Aufzeichnungen vom 22. Juni 1786 übertragen (vgl. Varianten).

302,1–305,29 *Daß alles ewig ist [. . .] Arten von Formen:* Hier hat Heinse mehr als fünf Seiten zusammenhängender Aufzeichnungen vom *6ten April 1786*, *Den 8. April* und *Den 9. April* sorgfältig überarbeitet und, in kurze Abschnitte aufgeteilt, in das »metaphysische« Gespräch zwischen Ardinghello und Demetri auf dem Pantheon übertragen (vgl. Varianten).

302,7–13 *Ruhe und Bewegung*, als das Prinzip aller Dinge in der Natur, sowie die »Genesis«, das *Werden eines neuen Ganzen*, sind die Themen in Aristoteles' »Physik«, II, 1.

302,26 *stecken:* 1. Auflage *stocken.*

302,29 *Demokrit* (um 460 bis 370 v. Chr.), Begründer der Atomistik, der Lehre, daß alles Geschehen auf der Vereinigung und Trennung selbständiger und unzerstörbarer Elemente im leeren Raum beruhe. Die kleinen, runden Elemente, von denen Heinse hier spricht, sind nach Demokrit die Bestandteile der Seele im Körper. Empfindungen kommen nach ihm durch Abbilder zustande, die sich von den Dingen lösen, in die Sinnesorgane eindringen und die Seelenatome in Bewegung setzen. Während sich Aristoteles nur allgemein mit der Form, Lage und Wechselbeziehung der Elemente befaßt (»Metaphysik«, I, 4, 985b, 9–12), äußern sich Simplicius (im Kommentar zu Aristoteles' »Über den Himmel«) und Theophrast (»Von den Ursachen der Pflanzen«, VI, 1, 6) über die Verbindung und Bewegung eckiger, runder und gekrümmter Elemente. Aristoteles (»Physik«, I, 5, 188a) erwähnt nur kurz, daß die ersten Naturphilosophen von »eckiger, gerader und runder Form« der Atome sprechen.

303,14–17 *die sonderbare Meinung [. . .] Eins sei:* Von Xenophanes (vgl. Anm. zu 281,37) heißt es bei Platon (»Sophistes«, 242 D), daß er »die Gesamtheit aller Dinge« als »ein einziges Wesen« ansehe; bei Euripides (»Hippolytos«, I, 14,2) wird behauptet, er lehre, »daß das All eins ist«. Parmenides aus Elea (vgl. Anm. zu 282,5) erklärte das ungewordene, unvergängliche Sein als »Ganzes, Eines, Zusammenhängendes« (Fragm. 8). Melissos aus Elea (5. Jh. v. Chr.) lehrte die Unbegrenztheit sowie die Leid- und Zeitlosigkeit des alleinheitlichen Seins. Mit *Eins Alles und Alles Eins* wiederholt Heinse hier die ἓν καί παν-Formel von S. 281,35 f., um sie auf den folgenden Seiten 304–317 (vgl. auch Anm. zu 305,28 f. u. 311,23–312,4) als Thema seiner pantheistischen Welt- und Gotteserklärung zu formulieren (vgl. »Eines zu seyn mit Allem – Heinse und Hölderlin«, in Baeumer, »Heinse-Studien«, S. 44–91). Aristoteles behandelt in seiner »Metaphysik«, I, 5, 986b, im Zusammenhang mit seiner Elementenlehre, die Auffassungen des Xenophanes, Parmenides und Melissos über die unbewegte Einheit des Seins und des Weltalls; in seiner »Physik«, I, 2 u. 3, beweist er eingehend, daß die All-Einheitslehre des Parmenides und Melissos falsch sei.

303,21–32 *In den Sonnen [. . .] zu kurzer Zeit:* Vgl. Anm. zu 302,29.

304,26 *Vater Äther, aller Lebengeber!:* Aristophanes, »Die Wolken«, 569 f. (vgl. Anm. zu 267,19 f.); ebenso Euripides, »Chrysippos«, Fragm. 839: »der Äther des Zeus, Er, der Erzeuger der Götter und Menschen.«

304,32 f. *Victoria Colonna* (1492–1547), berühmte Dichterin aus dem römischen Geschlecht der Colonna. Ihre Sonette im Stil der Petrarca-Schule sind mit platonisierenden Ideen durchsetzt. Sie war mit Michelangelo befreundet und stand mit anderen berühmten Persönlichkeiten ihrer Zeit in Verbindung.

305,2 *Gott, der größte Geometer:* Der Geometer ist im Sinn der Antike und auch des Aristoteles (»Physik«, I, 2, 185a; II, 2, 194a) der Wissenschaftler, der den Raum der ›Erde‹ erfaßt oder ›mißt‹; dieses wird zwar nie von Gott ausgesagt, jedoch wird die Geometrie sogar in der Türaufschrift zur platonischen Akademie hervorgehoben.

305,6–9 *Das Wesen [. . .] wie Aristoteles tiefsinnig sagt:* »Metaphysik«, XII, 9, 1074b.

305,28 f. *Die Vollkommenheit [. . .] Formen:* In Heinses Aufzeichnungen (vgl. Anm. zu 302,1–305,29) folgt diesem Satz das griechische Zitat *πολλα και παντα το εν*, »vieles und alles sind eins«, welches eine Zusammenfügung von Aristoteles' »Physik«, I, 2, 185b, 35 u. I, 2, 185a, 23, darstellt (vgl. Anm. zu 303,14–17 u. 311,23–312,4).

305,32 *Gott dachte: »Es werde Licht!«:* 1. Mose 1,3.

305,35 *Zwiefel:* In Grimms »Deutschem Wörterbuch« (Bd. 16, Leipzig 1954, S. 1130) wird diese Ardinghello-Stelle als Beispiel für »Zwiefel, bayrisch-österreichisch für Zwiebel« angeführt. Jedoch wäre dieses das einzige süddeutsche Wort, das der Thüringer Heinse je in seinen Werken angewendet hätte;

wahrscheinlich handelt es sich aber hier nur um einen Druckfehler.

306,30 *Salaminische Schlacht:* Vgl. Anm. zu 148,6 f. u. 232,2–5.

306,31 *Olympischen Jupiter:* Vgl. Anm. zu 185,15–18.

307,17 f. *Beschreibung des Aristoteles von Gott:* Aristoteles beschreibt Gott als höchste Wirklichkeit, Denken des Denkens, ursprüngliche Kraft, reinste Tätigkeit und als unbewegten Beweger der Himmelssphären und der Welt; vgl. »Metaphysik«, XII, 7, 1072b–1073a.

308,3–309,35 *Durch Wirken [. . .] verehren wollten:* Diese enthusiastischen und pantheistischen Ausführungen sind die gekürzten und leicht überarbeiteten Düsseldorfer Aufzeichnungen Heinses vom 22. und 21. Juni 1786 (vgl. Varianten). Einen vorhergehenden kurzen Abschnitt persönlicher Naturanbetung im Pantheon hat Heinse im Roman weggelassen; er beginnt in den Aufzeichnungen *Ich kniete noch unter der weiten erleuchteten Oefnung nieder, den Blick im Himmel; und betete das Wesen der Wesen an* (SW VIII/II, 202). Zu Heinses religiöser Anschauung vgl. Baeumer, »Heinse-Studien«, S. 10–35.

308,28–37 *Über Pro [. . .] wahrzunehmen:* Die *Idee des Xenophanes* besteht für Heinse in der geschilderten aufgeklärten, monistisch-pantheistischen Gottesauffassung. Heinse glaubt, daß sich die Anschauung des Xenophanes *in den neuern Zeiten* besonders *nach dem Cartesianischen* [Gottes-]*Beweise* ausgebreitet habe. René Descartes (1596–1650) basiert seine rationalistische Philosophie auf den klaren und deutlichen Vorstellungen des Verstandes, zu denen auch die Gottesidee gehöre. Da dieser Begriff klar und deutlich im menschlichen Verstand existiere, wir ihn aber uns nicht selbst gegeben haben könnten, sei seine Ursache Gott selbst. Somit sei die deutliche und klare Idee Gott auch der Beweis für das Dasein Gottes. Andere *in diesen Dingen [. . .] gründlich denkende Männer* sind für Heinse die Philosophen Spinoza (1632–77) und Leibniz (vgl. Anm. zu 310,34–37), mit deren Welt- und Gottesauffassung er sich in den Aufzeichnungen dieser Zeit beschäftigt (vgl. auch Heinses Fußnote zu S. 310).

309,3 *Eins zu sein und Alles zu werden:* Hölderlin übernimmt diese Formel leicht verändert als Leitsatz seines Naturhymnus im »Hyperion« (2. Brief an Bellarmin). Vgl. auch den ebenso betitelten Aufsatz in Baeumer, »Heinse-Studien«, S. 44–91.

310,13–25 *Das erstere [. . .] nicht losmachen:* Über diese drei Verfassungstypen handeln Platon und Aristoteles in ihren staatstheoretischen Schriften; vgl. Anm. zu 149,35 f. u. 370,37 bis 371,4; 371,4–8.

310,14–16 *wo nach dem Homer [. . .] binden könnten:* Vgl. Homers »Ilias«, I, 396–399. Nicht Apollo, sondern Pallas Athene, zusammen mit Juno und Neptun, drohten Zeus zu binden, wurden aber durch Thetis (vgl. Anm. zu 85,25) daran gehindert.

310,34–37 *Das Intelligibile [. . .] die Intellectio:* Gottfried Wilhelm Leibniz (1646–1716), Philosoph, Mathematiker, Physiker, Historiker, verfaßte um 1669 die »Defensio Trinitatis per nova reperta logica«, die »Verteidigung der Dreifaltigkeit durch eine neue erfundene Logik«, die ein Jahr nach seinem Tod veröffentlicht wurde. In Leibnizens Fußnote zum letzten Satz heißt es, nicht ganz in der Sinngebung Heinses: »Cum enim proprie pater sit intellectivum, filius intelligibile, et spiritus s. intellectio, et in aeternis atque divinis idem sit esse et posse«, »Da im eigentlichen Sinn der Vater das Intellectivum (das auf Denken Beruhende) ist, der Sohn das Intelligibile (das Denkbare) und der Heilige Geist die Intellectio (das Denken), in der Unsterblichkeit und Göttlichkeit dem Sein und Vermögen nach jeder derselbe« (vgl. G. W. Leibniz, »Sämtliche Schriften und Briefe«, hrsg. von der Preuß. Akademie der Wissenschaften, 6. Reihe: Philosophische Schriften, Bd. 1, Darmstadt 1930, S. 526).

311,23–312,4 *Sich des Daseins [. . .] durch dich:* Diese beiden Abschnitte stellen, z. T. leicht abgeändert, z. T. wörtlich übernommen, den Abschluß der Aufzeichnungen Heinses vom *21 Jun* 1786 dar (vgl. Varianten). Dem letzten Satz folgt in den Aufzeichnungen das Motto *παντα το εν*, »Alles ist eins«, welches dem »πάντα ἕν« in Aristoteles' »Physik«, I, 3, 187a, und in seiner »Metaphysik«, V, 6, 1016a, entspricht (vgl. auch Anm. zu 303,14–17 u. 305,28 f).

312,7–13 *die Lehre des Epikur [. . .] verbannte:* Epikur (341 bis 271 v. Chr.), griechischer Philosoph, seine Naturlehre baut auf Demokrit (vgl. Anm. zu 302,29) auf. Nach Epikur entstehen die Welten durch Zusammenballung und Wiederauflösung der Atome im leeren Raum, indem einzelne Atome durch Zufall von der senkrechten Fallinie abweichen. Zwischen den Welten leben die Götter in ewiger Lust, ohne sich um Welt und Menschen zu kümmern. Daher existiert die Welt ohne Gott (*den beschwerlichen Herrn und Aufseher*) und sollen die

Menschen ohne Furcht vor Tod und Religion in glückseliger Lust leben.

312,22 f. *den drei Systemen:* Vgl. Anm. zu 310,13–25.

312,29 f. *in der Aristotelessischen Bewegung:* Nach Aristoteles ist Gott der »unbewegte Beweger« der endlichen, in sich ewig unbewegten Erde. Als Äußerung des Lebens in der Natur unterscheidet Aristoteles sechs Arten von Bewegung: Entstehen–Vergehen, Wachsen–Sichzurückbilden, Qualitäts- und Ortsveränderungen. Vgl. weiterhin »Metaphysik«, XI, 8, bis XII, 10.

312,37–313,1 *Grenzenloses [. . .] unendliche – Realität:* Vgl. Aristoteles' »Metaphysik«, XI, 10.

313,6 f. *eine reiche Mine, in ganz Peru:* Als spanisches Vizekönigreich war Peru wegen seines Silberreichtums bekannt.

313,20–26 *Was den Verstand [. . .] wie es zugeht:* Vgl. zu Anaxagoras Anm. zu 263,22 u. 283,27 sowie das von ihm überlieferte Fragm. 12, in dem es heißt: »Denn er [der Verstand] ist das feinste und reinste Wesen von allen Dingen, und er besitzt von jedem Ding jede Erkenntnis und er hat die größte Kraft.«

314,6–9 *Ihr habt oben [. . .] Eins werde:* Vgl. S. 288,23.

314,35–37 *Aristoteles [. . .] hatte recht:* Vgl. Aristoteles' Zurückweisung der Einheitsauffassung des Alls und des Wesens in »Metaphysik«, I, 8.

315,13–15 *Sei er auch [. . .] Demokratie:* Vgl. Anm. zu 149,35 f. u. 310,13–25 sowie die Verfassungslehren des Platon und Aristoteles.

315,19–23 *Der Mensch [. . .] der Wahrheit:* Vgl. zu Anaxagoras Anm. zu 263,22; 283,27 u. 313,20–26.

315,36–316,9 *Metaphysik [. . .] Mann gewesen:* Der griechische Lyriker Simonides von Keos (um 556 bis 468 v. Chr.) lebte eine Zeitlang, neben Aischylos und Pindar, an dem glänzenden Hof des Tyrannen Hieron I. (478–467) in Syrakus (vgl. Anm. zu 224,36). In Aristoteles' »Metaphysik«, I, 2, 982b bis 983a, heißt es: »Wie Simonides [Fragm. 3] sagt, ›Gott allein hat dieses Ehrenamt‹ [der metaphysischen Erkenntnis und Wissenschaft um ihrer selbst willen, die nach den vorhergehenden Worten des Aristoteles dem freien Menschen zusteht], und der Mensch solle nur das Wissen innerhalb seines eigenen Bereichs suchen. Wenn die Dichter recht hätten und die Gottheit von Natur neidisch wäre, dann müßte das in diesem Fall besonders zutreffen und alle, die in der Erkenntnis hervorragen, wären unglückselig. Aber weder kann die Gottheit neidisch sein –

denn nach dem Sprichwort [Solon, Fragm. 26] erzählen die Dichter viele Lügen – noch können wir irgendeine andere Art von Erkenntnis höher achten als diese; denn das Göttlichste ist das Wertvollste.«

In seinem »Staat«, I, 6, 331, läßt Platon den Sokrates zu dem angeblichen Ausspruch des Simonides, »Jedem die Schuld bezahlen, ist Gerechtigkeit«, bemerken: »Simonides ist ein verständiger und göttlicher Mann. Es ist schwer, ihm nicht zu glauben.«

316,30 *Belvedere:* Vgl. Anm. zu 204,6.

317,1 *Anthropomorphit:* Vermenschlicher (der Vorstellung von Gott).

317,6 *Plätzchen von Formen nach dem Aristoteles:* »Metaphysik«, VII, 3, 1029a u. VII, 10, 1035a.

317,14 *hier ist's noch immer finster auf der Tiefe:* 1. Mose 1, 2: »Und die Erde war wüst und leer, und es war finster auf der Tiefe.«

317,17 *Syme:* ital. Simi, griechische Insel zwischen Rhodos (vgl. Anm. zu 365,1) und der Stadt Knidos (vgl. Anm. zu 233,14) auf dem kleinasiatischen Festland.

317,18 *Aristoteles hat nicht zuviel gesagt, wohl Simonides:* Vgl. Anm. zu 315,36–316,9.

317,21–26 *Syme [. . .] untertauchen:* In leichter Abänderung aus dem Nachlaßheft 24, Bl. 37a, aus dem Jahr 1786 übernommen (vgl. Brecht, S. 129).

318,2 *Terni:* Stadt in Umbrien (Mittelitalien), zwischen Rom und Spoleto, im fruchtbaren Tal der Nera, 10 km südlich des Wasserfalles des Velino in die Nera, der im folgenden von Bedeutung ist.

318,12–15 *mit ihren [. . .] Wesen!:* Gemeint ist Fiordimona.

318,21–23 *Die Nera [. . .] See:* Vgl. die Anm. zu 318,2. Der in den Abruzzen entspringende Velino überschwemmte schon im Altertum – als lacus Velinus, Velino-See – die beiden Täler. 270 v. Chr. gab der Konsul Manius Curius Dentatus dem Velino eine Ableitung durch das auch im Roman (S. 318,35 f.) erwähnte Felsengebirge. Diesen Kanal oberhalb Terni ließ Papst Clemens VIII. 1596 unter dem Wasserbauarchitekten Giovanni Fontana (1540–1614) wieder eröffnen und erweitern. Heinse läßt im Roman die Ableitung des Velino durch Fontana von seinem Ardinghello um 19 Jahre vorwegnehmen (vgl. Heinses Vergleich des *alten Sturzes* mit der neuen *Ableitung* in seinen Reiseaufzeichnungen, SW VII, 354). Der hier (S. 318,30) *Ein-*

schuß und später *Sturz* genannte Wasserfall des Velino in die Nera, heute Caduta delle Marmore, besteht aus drei Fällen von 15 m, 180 m und 79 m. In seinen Reiseaufzeichnungen (SW VII, 102–113) beschreibt Heinse den Wasserfall ausführlich, ebenso die Auseinandersetzungen zwischen den Einwohnern von Terni und Torrosino wegen der Ableitung des Velino. Heinses Ausflug zum Wasserfall ist im Roman später (vgl. S. 344–348) zu einem Liebesaufenthalt von Ardinghello und Fiordimona umgestaltet.

319,1 *Tartar:* eigtl. Weinstein; hiermit meint Heinse den Kalk, den der Velino mit sich führt und absetzt (vgl. *Tartar* und *Tartarschiefer* in Heinses Reiseaufzeichnungen, SW VII, 108 f.) und der in Italien Travertin oder auch Marmor genannt wird; daher der Name dieses Wasserfalls Caduta delle Marmore.

319,25 f. *Die Sache [. . .] verhandelt:* In der von Heinse so ausgiebig benutzten »Naturalis historia« des Plinius sind bereits mehrere Ableitungskanäle des Velino genannt (III, 108); vgl. bei Plinius ebenso II, 153 u. 226, sowie Cicero, »Epist. ad Atticum«, IV, 15, 5.

319,33 *Perugia:* Hauptstadt von Umbrien (Mittelitalien), vom Mittelalter bis zum Beginn des 16. Jh.s unabhängig, die schönsten Paläste und Kirchen aus dem 13. bis 15. Jh., in letzterem Jh. häufig Residenz der Päpste, von Paul III. (1534–49) dem Kirchenstaat einverleibt, Gemälde u. a. von Perugino, eigtl. Pietro Vannucci (um 1448 bis 1523), dem Lehrmeister des jungen Raffael, und die im folgenden besprochenen frühen Werke von Raffael selbst.

319,34–328,9 *Ich streiche [. . .] anch' io son pittore!:* Dieser Teil des Romans wurde als Fortsetzung und Schluß des 2. *Fragment einer Italiänischen Handschrift aus dem sechszehnten Jahrhundert,* unter der Überschrift *2. Ueber Raphael,* im »Deutschen Museum«, Juli bis Dezember 1785, veröffentlicht (vgl. Anm. zu 157,11–197,25).

320,9 *Fuligno:* Foligno, Stadt in Umbrien, 40 km von Perugia, mit den hier besprochenen Gemälden Raffaels.

320,10–322,3 *Im Nonnenkloster [. . .] Raffaelische Empfindung:* Heinse hat die folgende Beschreibung der beiden Gemälde in Foligno, teilweise wörtlich, teilweise in geringer Überarbeitung, seinen Reiseaufzeichnungen vom 13. Juli 1783 entnommen (vgl. Varianten). Das erste, *im Nonnenkloster delle Contezze,* stellt eine Sacra Conversatione (ital., Heilige Unterhaltung) dar und ist unter dem Namen »Madonna di Foligno« bekannt; vgl.

Tafel 24. Das Gemälde, um 1511/12 entstanden, befand sich ursprünglich auf dem Hochaltar der Kirche Santa Maria in Aracoeli in Rom, seit 1565 in der Kirche des Klosters Sant-Anna oder delle Contesse in Foligno, 1797 in Paris, 1816 wieder in Italien und wird heute in Rom, in der Pinacoteca Vaticana aufbewahrt. In seinen Ausführungen über den hl. Franziskus und Hieronymus stimmt Heinse mit der Beschreibung Vasaris (Bd. 4, S. 341 f.) überein; die sinnliche Auffassung der Madonna ist jedoch Heinses eigene. *Der Kardinal* ist der Auftraggeber der Tafel, Sigismondo de' Conti, Sekretär Julius' II. Das zweite Gemälde einer *Madonna mit dem kleinen Christus,* im Dom von Foligno, nach Heinses Aufzeichnungen (SW VII, 117) beschrieben, ist als Raffael-Werk nicht nachweisbar; an der von Heinse genannten Stelle im Kreuzgang befindet sich heute eine Kopie der »Madonna di Foligno«.

322,14–324,3 *Die zwei erstern [. . .] von ihm:* Die erste der beiden Gemäldebeschreibungen fußt auf Heinses Reiseaufzeichnungen vom 15. Juli 1783 (vgl. Varianten); *das jüngste, in der Capella degli Oddi,* »Krönung Marias« (nicht *Himmelfahrt*), eines der frühesten Gemälde Raffaels (um 1502/03), noch deutlich unter dem Einfluß seines Lehrers Pietro Perugino (vgl. Anm. zu 319,33), 1502 von Maddalena degli Oddi für die Kirche San Francesco in Perugia in Auftrag gegeben, von Vasari (Bd. 4, S. 317 f.) nur kurz beschrieben, kam 1797 nach Paris, 1815 wieder nach Italien, heute in Rom, Pinacoteca Vaticana; vgl. Tafel 25. Die drei kleinen Szenen der Predella dieses Altarbildes stellen dar: die »Verkündigung«, die »Anbetung der Heiligen Drei Könige« und die »Darbringung im Tempel«. – *Das zweite [. . .] die Abnehmung vom Kreuze:* In Heinses Aufzeichnungen (SW VII, 128) ist hier von dem Gemälde der Kreuzabnahme des Malers Federigo Barocci oder Baroccio (um 1526 bis 1612) im Dom von Perugia die Rede (vgl. Anm. zu 429,27). Der Zeitrechnung des Romans folgend, bespricht Heinse an dieser Stelle die »Grabtragung Christi«, von Raffael 1507 im Auftrag der Atalanta Baglioni für die Kirche San Francesco in Perugia gemalt; vgl. Tafel 26. Unter Papst Paul V. wurde das Gemälde 1608 nach Rom in den Palast Borghese gebracht, heute Galleria Borghese. Im allgemeinen zeigt Heinses Beschreibung Übereinstimmungen mit Vasari (Bd. 4, S. 327 f.), in der Hervorhebung des Details jedoch folgt er nicht Vasari und scheint originell zu sein.

322,29–31 *Paulus [. . .] beim Bramante:* Die Vergleiche des Apostels Paulus mit *Aristoteles* und des Johannes mit *dem Jüngling beim Bramante* bzw. Archimed beziehen sich auf Raffaels Fresko der »Schule von Athen« in der Stanza della Segnatura (vgl. S. 206,6–29 u. 207,17–208,3 und die entsprechenden Anmerkungen sowie Heinses Variante, SW VII, 127).

323,19 f. *Joseph von Arimathias* erbat nach dem Bericht der vier Evangelisten den Leichnam Jesu von Pilatus und setzte ihn in einem neuen Felsengrab bei.

323,33 f. *einer Euripidischen Polixena:* Euripides schildert in seiner Tragödie »Hekabe« die Opferung der Polyxena, der Tochter des Königs Priamos von Troja und der Hekabe (oder Hekuba; vgl. Anm. zu 177,34).

324,4 *Gemälde von Correggio:* Zu Correggio vgl. Anm. zu 109,32; hier die »Kreuzabnahme«, zwischen 1520 und 1526 gemalt, ehemals in der Capella del Bono der Kirche San Giovanni Evangelista in Parma, heute in Parma, Galleria Nazionale. Vgl. Tafel 27.

324,24 f. *der [. . .] hohe Lombard:* Gemeint ist der in der Lombardei, in Correggio, geborene Maler Antonio Allegri, gen. Correggio (vgl. S. 109,31 f. *von dem Wundermanne der Lombardei*). Sein Zeitgenosse, der Dichter Ariost (vgl. Anm. zu 181,35 f.), wurde im lombardischen Reggio geboren.

324,26 *in seiner Io:* Gemeint ist Correggios Gemälde der Geliebten des Zeus, Io, die der Gott in Gestalt einer Wolke umarmt, um 1530 im Zusammenhang einer Serie der Liebschaften des Zeus, wohl im Auftrag des Herzogs Federico Gonzaga von Mantua, entstanden, war seit 1601 im Besitz Kaiser Rudolfs II., heute in Wien, Kunsthistorisches Museum.
antike kleine Leda: Leda, Geliebte des Zeus, der sich ihr in Gestalt eines Schwans näherte. Die antike Gruppe der Leda mit dem Schwan beschreibt Heinse ausführlich in seinen Aufzeichnungen von Venedig (SW VIII/I, 188–190). Das Bildwerk befand sich in dem – seit etwa 1597 als Antikensaal eingerichteten – Vorraum zur Bibliothek von San Marco, unmittelbar vor der Bibliothekstür, heute Venedig, Museo Archeologico.

324,32 *Das dritte und Hauptgemälde:* die »Krönung Marias«, Altarbild in der Kirche des Nonnenklosters Santa Maria di Monteluce, 1501/03 bei Raffael in Auftrag gegeben, jedoch erst nach dessen Tod durch seine Schüler ausgeführt. Die

Komposition, möglicherweise nach einem Entwurf Raffaels, ist in zwei Bildhälften geteilt, deren obere Giulio Romano, deren untere Giovanni Francesco Penni anfertigten. Die Altartafel befindet sich seit 1815 in Rom, in der Pinacoteca Vaticana; vgl. Tafel 28. Heinse setzt seine enthusiastische Beschreibung sorgfältig aus seinen Reiseaufzeichnungen von 1783 zusammen (vgl. Varianten).

325,21 *Kalabrier:* Bewohner der süditalienischen Landschaft Kalabrien.

326,26 f. *Pindarische Grazie und des Thebaners Schwung:* Pindar stammte aus Theben.

327,5 *Verklärung:* Vgl. Anm. zu 216,18.

327,31–328,5 *Die Kuppel des Correggio [. . .] Purpurmantel spielen:* In der 1520/21 ausgemalten Kuppel der Kirche San Giovanni Evangelista schwebt Christus, nach der Vision des Johannes auf Patmos, zwischen den Aposteln. Correggio erreicht die hier von Heinse beschriebene Wirkung, indem er alle Figuren in z. T. stark verkürzter Untersicht darstellt.

328,9 *anch' io son pittore:* »Auch ich bin ein Maler!« soll Correggio beim Anblick eines Gemäldes von Raffael ausgerufen haben.

328,12 *Cortona:* Vgl. Anm. zu 151,34 f.

328,21 *eine nackende Venus vom Tizian:* sog. »Venus von Urbino« (vgl. Tafel 29), 1538 für den Herzog Guidobaldo II. von Urbino gemalt, seit 1631 in Florenz, heute Florenz, Uffizien. Im folgenden von Heinse der »Venus Medici« gegenübergestellt.

328,25 f. *Galerie, die [. . .] Vasari erbaut hatte:* Giorgio Vasari hatte 1560 für den Großherzog Cosimo I. den Bau der Uffizien (ital. uffici, Büros) als Verwaltungsbau für die Magistraturen des toskanischen Staates begonnen; das Obergeschoß, das heutige Museum, war schon damals zur Aufnahme der reichen Kunstsammlungen der Medici bestimmt und enthielt die im folgenden besprochenen Kunstwerke.

328,30–330,37 *Von der griechischen Venus [. . .] zu begleiten:* Die *griechische Venus* ist die »Venus Medici« (Tafel 30; vgl. S. 50,16 f. und Anmerkung dazu: *die griechische Venus zu Florenz*; S. 187,9: *unsre Venus*). Der rechte und ein Teil des linken Armes sind das Werk des Bildhauers Ercole Ferrata (1610–86), der ab 1677 die in diesem Jahre von Rom nach Florenz gebrachten Antiken restaurierte. Heinse hat seine Beschreibung der Mediceischen Venus in sorgfältiger Überarbeitung aus seinen Aufzeichnungen von Florenz vom Sommer 1781 und 1783 zusammengestückelt (vgl. Varianten).

329,19 f. *Vater Homer mit dem Wundergürtel:* Aphrodites Liebesgürtel (vgl. Anm. zu 270,30–32), den diese der Hera borgte (»Ilias«, 14, 215–224).

330,26 *Niobe:* Die in den Uffizien aufgestellten Statuen der Niobe und ihrer Kinder (vgl. Anm. zu 168,1) wurden aber erst 1583, später als das Zeitgeschehen des Romans, in Rom entdeckt (vgl. Anm. zu 238,35 f.).

330,27 *Juno:* bezieht sich wahrscheinlich, wie aus den Reiseaufzeichnungen hervorgeht, auf die im 17. Jh. gefundene Statue einer Göttin, die sog. »Hera Barberini«, Rom, Vatikan, Museo Pio-Clementino; mit der *kolossalischen* Muse meint Heinse möglicherweise eine zu seiner Zeit aufgestellte Statue der Hera (?), Umbildung des Typus Borghese, ebenfalls im Museo Pio-Clementino.

331,1–333,12 *Tizians Venus [...] daraus geworden:* Die Beschreibung der Venus des Tizian (vgl. Anm. zu 328,21 u. Tafel 29) setzt sich aus drei verschiedenen Teilen von Heinses italienischen Aufzeichnungen zusammen, die anschließenden Bemerkungen über die ebenfalls in den Uffizien befindlichen Statuen des jungen Apollo, der beiden Ringer und eines angeblichen Merkur stammen, überarbeitet und gekürzt, aus denselben Aufzeichnungen (vgl. Varianten).

332,16 *ein junger Apollo:* sog. »Apollino« (vgl. Tafel 31), so auch in den Aufzeichnungen Heinses genannt, Marmorstatue, Kopie nach einer Statue des 4. Jh.s v. Chr., Florenz, Uffizien, Tribuna; aus der Villa Medici erst 1777, zusammen mit der Niobiden-Gruppe, dorthin gelangt.

332,35 *Zwei junge Ringer:* Ringergruppe, Florenz, Uffizien, Tribuna, Kopie nach einem Bronzeoriginal des 3.–2. Jh.s. Die Gruppe wurde zusammen mit der Niobiden-Gruppe 1583 in Rom gefunden, gelangte in den Besitz der Medici und kam zusammen mit der »Venus Medici« 1677 nach Florenz.

333,6 *Bruchstücke von einem Merkur:* Gemeint ist vermutlich die seit 1550 in Florenz, seit dem 18. Jh. in den Uffizien nachweisbare Jünglingsstatue wohl des 4. Jh.s v. Chr., deren Hermes-Attribute, geflügelter Hut (Petasos) und Hände mit Flöte, neuzeitliche Ergänzungen oder Erfindungen sind.

333,15 *Papst Julius den Zweiten:* Florenz, Uffizien. Das Bildnis ist neuerdings als gute zeitgenössische Kopie um 1512 erkannt;

Vasari (Bd. 4, S. 338) lobt dieses Bild wegen seiner Lebendigkeit und naturgetreuen Wahrheit.

333,25–334,5 *Das zweite [. . .] apokalyptische Laune!:* »Die Vision des Ezechiel«, Gottvater, von zwei Engeln gehalten, thront über den Evangelistensymbolen in einer Wolkengloriole, um 1518 von Raffael gemalt, Florenz, Galleria Pitti; nach Vasari (Bd. 4, S. 350) ist »Christus in der Art des Jupiter« wiedergegeben, dem entspricht Heinses Bemerkung, daß Gott *jovialisch gut und stark und mächtig* nach den Evangelisten und ihren Tieren blicke. Vgl. Tafel 32.

333,34 f. *derselbe des Michelangelo in der Capella Sixtina:* Zur Sixtinischen Kapelle im Vatikan vgl. Anm. zu 165,2–10; hier ist Michelangelos Deckenfresko der Erschaffung des Lichts gemeint.

334,10 *Die Schlaue stellt sich hochschwanger:* In Florenz notiert Heinse aus einer Handschrift: *Es ist herrlich, wie Bianca den 29 August 1576 thut, als ob sie einen Sohn gebähre* (SW VII, 144). Vgl. auch S. 136 f.

334,18 f. *Tacitus sagt [. . .] bei Actium:* Cornelius Tacitus (um 55 bis 120 n. Chr.), römischer Geschichtsschreiber, in seinem Geschichtswerk der Kaiserzeit vom Tod des Augustus bis zur Ermordung des Domitian (14–96 n. Chr.), den »Annales« und »Historiae«, über die Schlacht bei Aktium (31 v. Chr.) an der Westküste Griechenlands, in der Octavian, der spätere Augustus, durch Besiegung des Antonius und der Kleopatra die Alleinherrschaft gewann.

334,24–26 Zu *Romulus* und *seiner Republik* vgl. Anm. 149,22.

334,33 *Ottomanen:* Türken (nach Osman, dem Begründer des türkischen Herrscherhauses der Osmanen oder Ottomanen).

335,25 *Chamäleon:* eigentlich eine ihre Farbe wechselnde Eidechse. Aristoteles nennt den Menschen, der sich nach dem Wandel des Schicksals richtet, »eine Art von Chamäleon« (»Nikomachische Ethik«, I, 10).

335,29 *Hippokrates* (460 bis nach 377 v. Chr.), Begründer der wissenschaftlichen Medizin.

336,30 *abgefäumte:* abgefeimte oder abgeschäumte, also ›klare, reine‹, aber im schlimmen Sinne.

337,10 f. *Euch ist ein Löwe, ein Löwe geboren:* Aristophanes »Thesmophoriazusai«, 514 f.; daher die folgende Bemerkung *Ich beschreib es Dir aristophanisch.*

337,23 f. *Styx und Phlegeton:* der »Verhaßte« und der »Feuerflammende«; Flüsse, welche die Verstorbenen beim Eintritt in die Unterwelt überschreiten müssen.

337,26–338,16; 338,27–35 *Don Paolo [. . .] Cosmo de Medici:* Fortsetzung der Skandalgeschichte von S. 54 f., in welche Heinse die Person seines Ardinghello hineinverwoben hat (vgl. Anm. zu 54,4–27). Der Text ist zum größten Teil von Heinse aus Abschriften italienischer Handschriften übersetzt und aus seinen Aufzeichnungen übertragen (vgl. Varianten). Das italienische Zitat in Heinses Fußnote besagt, daß es nötig gewesen wäre, früher (gegen den Lebenswandel Isabellas) einzuschreiten, daß der Vater, der Großherzog Francesco, der Kardinal und andere ihrer Brüder sie gebraucht hätten, um ihre Lüste zu befriedigen, daß diese sie mit anderen Frauen der Stadt die ganze Nacht als Mann verkleidet draußen herumgeführt und dann noch verlangt hätten, daß sie ohne Ehemann wie eine Heilige hätte sein sollen [. . .] und dieses sei das elende Ende der Tochter des Herzogs Cosimo [I.] de Medici gewesen.

337,33 *Anstand:* Einhalt, den man aus Bedenklichkeit macht.

337,36 *ergiebige:* ergebene.

338,10 *Kirche San Lorenzo:* Kirche in der Stadtmitte von Florenz, die ab 1421 nach Plänen von Filippo Brunelleschi erbaut wurde. In dem Pfarrbezirk lag der Palast der Medici, die ihre Toten in der Kirche bestatteten.

338,11 *Steckfluß:* Lungenödem, verbunden mit hochgradiger Atemnot.

338,25 f.; 339,1–11 *Polyb [. . .] besser kenne:* Der griechische Geschichtsschreiber Polybios (um 201 bis 120 v. Chr.) kam als Geisel nach Rom und begleitete den jüngeren Scipio (vgl. Anm. zu 56,30 f.) auf seinen Kriegszügen gegen Karthago. Von seiner »Weltgeschichte« Roms, der Griechen und des nahen Orients (von 221 bis 144 v. Chr.) in 40 Büchern besitzen wir nur die ersten fünf Bücher ganz, von denen Buch 1 und 2 eine Zusammenfassung der Ereignisse seit Beginn des ersten Punischen Krieges enthalten. Als Begründer der pragmatischen Geschichtsschreibung bekannt, besaß Polybios, als griechischer Stratege ausgebildet und ebenso in der Kriegsführung der Römer bewandert, die doppelte taktische Sachkenntnis, die im Roman von Ardinghello erwähnt wird. Heinse legt die Schilderung des Polybios seinen folgenden Ausführungen über den Zug *des Hannibal durch Italien* zugrunde und läßt den Ardinghello hier am Trasimenischen See, dem Schauplatz des vernichtenden Sieges Hannibals über das Heer des Konsuls Flaminius (217 v. Chr.), verweilen (vgl. Anm. zu 151,34 f.).

339,11 f. *Der* [Zug] *des Alexander durch Persien:* Der Feldzug

Alexanders des Großen gegen Dareios (Darius) III. und weiter bis nach Indien (334–327 v. Chr.).

339,13 f. *des Afrikaners:* Hannibal aus Karthago.

339,16 *zwei solche Republiken:* Rom und Karthago.

339,17 f. *Sohn Philipps:* Alexander der Große.

339,19 f. *über den [. . .] Rhodan unter Avignon:* Hannibal setzte 218 v. Chr. mit seinem Heer unterhalb von Avignon in der Provence über die Rhône (lat. Rhodan) und überschritt die Alpen.

339,25 f. *bei der Trebbia [. . .] am Aufidus:* Hannibal schlug die Römer dreimal: 218 in einer Schlacht an der Trebbia, die nordöstlich von Genua im Apennin entspringt und bei Piacenza in den Po mündet, 217 am Trasimenischen See, 216 in einer Umfassungsschlacht bei Cannae, in Apulien, in der Nähe der Mündung des heutigen Flusses Ofanto (lat. Aufidus).

340,6 f. *von den Pyrenäen [. . .] rauscht:* Von Spanien her hatte Hannibal 218 die Pyrenäen überschritten und vorübergehend ganz Italien (ohne Rom) bis zur Meerenge von Messina, dem Sitz der sagenhaften Skylla und Charybdis (vgl. Anm. zu 125,17 f.) erobert.

340,10 f. *das vom Homer schon verbrauchte Gleichnis:* Im 20., 22. u. 24. Buch der »Ilias« wird der unbezwingliche und den Patroklos rächende Achilleus, als er in den Kampf gegen die Troer eingreift, als »reißender Löwe« geschildert.

340,12–23 *Das römische Volk [. . .] Galliern:* Im folgenden ist von Hannibal die Rede, dessentwegen 146 v. Chr., am Ende des 3. Punischen Krieges, das völlig besiegte Karthago bis auf die Grundmauern zerstört wurde (vgl. den dahin gehenden, wiederholten Ausspruch des Cato im Senat: »Ceterum censeo Carthaginem esse delendam.« »Übrigens bin ich der Meinung, Karthago muß zerstört werden.«). Mit *anders als die ungerechten Horaze und Liviusse* bezieht sich Heinse auf die negativen Urteile über Hannibal bei Horaz (Oden IV, 4, 49; IV, 8, 16; Epoden I, 16, 8; II, 12, 2; III, 6, 36) und im 21. Buch (über den Punischen Krieg) der römischen Geschichte des Titus Livius (59 v. Chr. bis 17 n. Chr.). Die Bemerkung *Virgil [. . .] mit seiner Hofspötterei der Dido* bezieht sich auf das 4. Buch von Vergils »Aeneis« (vgl. Anm. zu 194,29 f.), wenn Aeneas, der Ahnherr des römischen Volkes, seine Geliebte Dido, die Gründerin Karthagos, verläßt, um nach Italien weiterzuziehen, und Dido ihn zuerst verspottet und schließlich, vor ihrem Selbstmord aus verschmähter Liebe, einen Rächer (Hannibal) beschwört, der das verräterische Geschlecht des Aeneas verfolgen wird.

340,24–34; 341,2–17 *Die Schlacht [. . .] entzückende Dinge:* Schlacht am Trasimenischen See (vgl. Anm. zu 151,34 f.). Ardinghellos folgende Erörterungen der Ortsnamen, der Schlacht und der Landschaft sind in den Aufzeichnungen Heinses als dessen eigene Erlebnisse am *See von Perugia*, einschließlich des *frischen Zuges* aus der Weinflasche in der Hitze des Sommertages des *16. Julius* 1783, enthalten (vgl. Varianten).

340,25 *Konstantins Schlacht vom Raffael:* Vgl. Anm. zu 189,12 f.

341,1 *Treve:* Trevi, kleine Stadt in der Nähe von Perugia und südlich von Foligno.

341,6 *an Deinem Lago:* der Gardasee (vgl. S. 33–84).

342,11 f. *wie Lots Haus belagert:* Als Lot, der Neffe Abrahams, zwei schöne engelsgleiche Jünglinge gastlich aufnahm, belagerten die Sodomiter sein Haus, um sich der Jünglinge zu bemächtigen und sie zu mißbrauchen. Auf Befehl Gottes floh Lot mit seiner Familie und wurde so von der folgenden Vernichtung Sodoms gerettet (1. Mose 19,1–29).

342,18 *Schweizer Häl:* In Heinses Romanentwurf *Adelheit und Heidenblut* von 1783/84, Nachlaßheft 39, Bl. 1, findet sich die Eintragung *Pastor zu Winkelried Rudolph Häl.* Der Name *Rudolph Häl* erscheint ebenfalls in einer Sammlung *Teutsche Namen* im Nachlaßheft 82, Bl. 14 (vgl. Brecht S. 150 u. 162).

342,19 *des Rhodan:* der Rhône.

342,24–26 *Zu Perugia [. . .] Lehrmeisters:* Gemeint sind die auf S. 322–327 beschriebenen Werke Raffaels und die Gemälde Pietro Peruginos in Perugia.

342,30 f. *auf dem schönen Hügel Assisi im heiligen Kloster:* Assisi in der Provinz Perugia, 424 m über dem Meeresspiegel, vielbesuchter Wallfahrtsort, Geburts- und Wirkungsstätte des hl. Franziskus. Auf dem Hügel die Kirche San Francesco (Grabstätte des Heiligen, erbaut ab 1228) und das Mutterkloster des Franziskanerordens; vgl. Heinses Reiseaufzeichnungen vom 14. Juli 1783 über Assisi (SW VII, 123–125).

343,4–344,2 *Mein Lustörtchen [. . .] kristallhell:* stark verändert aus Heinses Reiseaufzeichnungen vom 12. Juli 1783 entnommen (vgl. Varianten).

343,9 *Spoleto:* Stadt zwischen Assisi und Terni, nordöstlich von Rom.

343,14 f. *bei den Quellen des Clitumnus (le Vene):* Der Clitumnus, ital. Clitunno, entspringt in der Nähe von Spoleto und mündet in den Tiber. An seiner vieladrigen Quelle liegt der Ort le Vene; ein naher Tempel, der Tempietto del Clitunno, bzw. die Kirche San Salvatore, ein Bau möglicherweise aus dem 5. Jh. n. Chr., war ursprünglich dem Flußgott (Jupiter) Clitumnus geweiht.

344,35–345,1 *nach dem neuen Sturz des Velino:* Vgl. S. 318 f. und die Anmerkungen dazu.

345,3–348,8 *Der Weg [...] leisschwebende Engel:* Hier setzt Heinse seine Beschreibung und Verwendung des Wasserfalles bei Terni fort, indem er seine Reiseaufzeichnungen vom 10. u. 11. Juli 1782 in sorgfältiger Überarbeitung übernimmt (vgl. Varianten) und in die Liebesgeschichte Ardinghello–Fiordimona einbaut.

346,30 *Tizian:* In den Aufzeichnungen seiner Reise sagt Heinse wörtlich dasselbe über den Maler Poussin (vgl. Anm. zu 218,35 u. Varianten), der aber erst 1593 geboren wurde, so daß Heinse für seinen zwischen 1574 und 1578 angesetzten Roman einen früheren Maler, hier Tizian, wählt.

347,6 *Tivoli:* das antike Tibur, 25 km nordöstlich von Rom, berühmt wegen seiner Lage, mit Villen des Maecenas, Kaiser Hadrians u. a.

347,16–19 *Scipio der Jüngere* und *der Ältere:* Vgl. Anm. zu 56,30 f. u. 149,29–33; *Cajeta:* Anm. zu 7,7; *Cornelia:* Anm. zu 167,4 f.; *das Misenische Vorgebirg:* am Westende des Golfs von Neapel.

347,22 f. *das alte glückselige Bajä:* lat. Baiae, römisches Luxusbad mit Mineralquellen in der Nähe Neapels; Lucullus, Pompejus, Julius Caesar und viele andere Große des römischen Reiches hatten dort prunkvolle Landhäuser; von Horaz allen anderen Orten vorgezogen, von Seneca als Stätte des Lasters verworfen; vgl. Heinses Beschreibung S. 354.

348,4 *Pomeranzen:* Apfelsinenart.

348,5 f. *Kapelle der heiligen Rosalia:* Die hl. Rosalia (gest. um 1160), lebte als Einsiedlerin seit ihrem 14. Lebensjahr in einer Grotte auf dem Monte Pellegrino bei Palermo auf Sizilien und wird als Patronin dieser Stadt und besonders gegen die Pest verehrt.

348,9 *Portici:* Stadt am Golf von Neapel und am Fuß des Vesuvs.

348,21 *Umbrien:* mittelitalienische Provinz mit der Hauptstadt Perugia und den anderen erwähnten Orten Trevi, Foligno, le Vene, Assisi, Spoleto und Terni.

348,32–349,12 *Unsre Reise [...] auf Stahlfedern:* Hier hat Heinse verschiedene Satzstücke eines Abschnitts seiner Reiseaufzeichnungen vom Sommer 1782 in Neapel zu einer kurzen Beschreibung des Apenningebirges bei Monte Cassino zusammengesetzt (vgl. Varianten).

348,33 *Monte Cassino:* Vgl. die folgende Anmerkung.

349,8 f. *Der heilige Benedikt [...] Monte Cassino:* Der hl. Benedikt von Nursia (Provinz Perugia), Begründer der abendländischen Mönchsbewegung, sammelte um 529 auf dem Monte Cassino bei Neapel eine Mönchsgemeinschaft, die nach der von ihm verfaßten Ordensregel lebte und zur Keimzelle des Benediktinerordens wurde.

349,17 *Faune:* mißgestaltete, lüsterne Waldgötter mit krummen Nasen, kleinen Hörnern, Schwänzen und Bockfüßen (Ursprung: Faunus, altrömischer Schutzgott der Viehzucht und des Ackerbaus).

349,33 *Tarent:* süditalienische Hafenstadt am gleichnamigen Golf.

349,34 *Candida Graziosa:* wörtlich »Reine, Anmutige«.

349,37–351,18 *Die Stadt [...] ergötzt:* Die Beschreibung Neapels, seiner Umgebung und des Vesuv ist von Heinse zum größten Teil aus sechs verschiedenen Abschnitten seiner Reiseaufzeichnungen vom Sommer 1782 zusammengestückelt (vgl. Varianten).

350,5 *Sorrent:* Stadt auf erhöhtem Felsenufer an der Südseite des Golfs von Neapel; vgl. Heinses nachfolgende Beschreibung S. 355,16–26.

350,6 f. *die Insel der Freuden des Tiberius, Capri:* Insel am Südeingang des Golfs von Neapel, auf die sich der enttäuschte Kaiser Tiberius 26 n. Chr. zurückzog, 12 Villen zu Ehren der 12 Halbgötter anlegte und dort in Üppigkeit lebte; vgl. Anm. zu 126,24.

350,10 *Ischia, und Procida:* Diese beiden dem Golf von Neapel vorgelagerten Inseln sind vulkanischen Ursprungs.

350,11 *Hügel des Pausilipp:* auch »Posilippo«, Berg aus Tuffstein, südwestlich von Neapel, benannt nach der nahegelegenen Villa Pausýlipon (griech. »Gramstillende«), die Kaiser Augustus dem Schlemmer Vedius Pollio vermacht hatte.

350,11 f. *das Gebirg der Kamaldolenser:* Der Orden der vom hl. Romuald 1018 in Camaldoli bei Arezzo gegründeten Camaldulenser besaß in der Umgebung von Neapel drei Klöster, von denen das bekannteste, unmittelbar im Norden des in der vorhergehenden Anmerkung genannten Berges Posilippo, den höchsten Punkt der Gegend nordwestlich von Neapel darstellt.

351,13 *an der Somma:* Der Monte Somma ist der Kegel des älteren Vulkans, der nördlich vom Vesuv liegt, während der südliche Teil, der eigentliche Vesuv, von jüngeren Lavaschichten und Tuffen bedeckt ist.

351,23 *des Sohns vom Vizekönig:* Seit dem 12. Jh. bildeten Sizilien und Neapel (Unteritalien) das sog. »Königreich beider Sizilien« mit der Hauptstadt Neapel. Im 16. und 17. Jh. gehörte das Königreich beider Sizilien zur spanischen Krone und wurde von spanischen Vizekönigen verwaltet.

351,25 *sogenannte Gräfin von Coimbra:* In seinen Aufzeichnungen (vgl. Varianten) notiert Heinse *Violante Coimbresa. Ximena. Violante Gräfin von Coimbra.* Coimbra ist die Hauptstadt des gleichnamigen Distrikts in Portugal, im 12. und 13. Jh. Residenz der portugiesischen Könige. Bei der Gräfin und dem Sohn des Vizekönigs handelt es sich offenbar nur um zeit- und lokalpassende Erfindungen Heinses.

352,6 *Psalter:* zitherartiges Musikinstrument des Mittelalters, das im 16. Jh. verdrängt wurde.

352,9–35 *ein Meisterstück [. . .] Kerker? –«:* Das von Heinse nicht näher benannte *Meisterstück* ist das in den Jahren 1577 bis 1580 entstandene 16strophige Gedicht »Noche Serena« A. D. Oloarte (beginnend: »Cuando contemplo el cielo«) des spanischen Lyrikers Fray Luis Ponce de León (1527–91). Dieser war Augustinermönch und später Generalvikar seines Ordens, übertrug Pindar, Horaz und Petrarca (Clemens Brentanos komisches Lustspiel »Ponce de Leon« von 1804 hat jedoch mit diesem Dichter nichts zu tun). Das vorliegende Gedicht ist eine Ode an den Sternenhimmel, sein Thema: Abkehr von der Welt und mystischer Aufblick zum Himmel. Johann Gottfried Herder hat es 1802 in seiner »Adrastea« (III) nachgedichtet: »Blick ich hinauf zu Euch, / Ihr goldnen Sterne, [. . .]« (»Sämtl. Werke«, hrsg. von B. Suphan, Bd. 23, S. 516 f.). Der in der Widmung und hier im Gedicht genannte *Oloarte* ist der Erzdiakon von Ledesma und Freund des Dichters, Diego de Loarte (oder: Olarte), der im Inquisitionsprozeß gegen Luis Ponce de León 1572 für diesen Zeugnis ablegte.

353,4–33 *Ach, es war [. . .] Lust und Erquickung:* Diese Lobpreisungen des Lichts und des Mondes hat Heinse wörtlich aus sechs verschiedenen Abschnitten seiner Aufzeichnungen von Neapel zusammengesetzt (vgl. Varianten).

354,12 *Das Quartier:* 1. und 2. Auflage *Von Quartier.*

354,18–356,17 *Zu Bajä [. . .] die Wellen:* Diese Ausführungen hat Heinse aus neun verschiedenen Teilen seiner Reiseaufzeichnungen von Neapel, sorgfältig überarbeitet, in den Roman übernommen (vgl. Varianten).

354,27–355,13 *Das Grabmal Virgils [. . .] zu haben:* Das wirkliche Grab Vergils (vgl. Anm. zu 170,27 u. 194,29 f.) ist unbekannt; dieses römische Grabgewölbe, wie Heinse es richtig beschreibt, liegt in der Gegend der älteren griechischen Ansiedlung *Parthenope* (nach einem sagenhaften Grab der Sirene Parthenope), während die neuere griechische Siedlung (Neapolis, Neustadt), nordöstlich vom *alten Parthenope*, das heutige Neapel ist. Die von *Pausilipp* ausgehende *Grotte nach Pozzuolo,* heute Pozzuoli, einer kleinen Badestadt am Golf von Neapel, ist eine Felsenstraße, die unter Augustus auf Befehl des Agrippa (vgl. Anm. zu 259,2) als Tunnel und Fahrstraße durch den vulkanischen Tuffsteinfelsen gebrochen und erst um 1442 erweitert wurde. In der Nähe des östlichen Eingangs zu dieser Tunnelstraße, auf der Höhe von Pausilipp (Posilippo), liegt zwischen Weinpflanzungen das angebliche Grabmal des Vergil.

357,10 *Trient:* ital. Trento, Hauptstadt des italienischen Teils von Tirol, im Etschtal.

357,29 *Loretto:* Loreto, berühmter Wallfahrtsort in der italienischen Provinz Ancona (vgl. Anm. zu 369,14) mit der Kirche della Santa Casa, erbaut ab 1468, in der sich das ›heilige Haus‹, nach der Legende das Haus der hl. Familie, befindet.

357,30 *Korfu:* nördlichste der ionischen Inseln, vor der albanischen und griechischen Küste, seit 1386 zu Venedig gehörend, unter dessen Herrschaft 1537 ein türkischer Angriff siegreich zurückgeschlagen wurde.

358,12 f. *Genua wegen der bürgerlichen Unruhen:* Die Streitigkeiten zwischen Bürgern und Adel dauerten in der Republik Genua auch noch weiter an, nachdem unter Andrea Doria (vgl. Anm. zu 88,5) 1582 eine Verfassung eingeführt worden war, welche die Regierungsgewalt des Dogen und die gesetzgebende Gewalt von Adel und Bürgerschaft genau festlegte. Die bedeutendste Persönlichkeit in Genua zu dieser Zeit war Giovanni Andrea Doria (vgl. Anm. zu 94,24 f.).

358,20 *Basrelief:* flaches Relief mit erhabenem Bild.

358,21 *Gemme:* Bezeichnung für geschnittene Steine, meist Edel- oder Halbedelsteine, mit vertieftem Bild.

359,13 *der Papst:* Gregor XIII. (1572–85), stärkte mehr die geistliche Macht des Papsttums, als daß er sich in weltliche Händel einließ.

360,1 *Brindisi:* Vgl. Anm. zu 191,16.

360,14 *alle Vene:* bei le Vene.

361,33 *Vetter des Papsts, der jüngere B***:* Der ganze Vorfall und die Beziehung zu Papst Gregor XIII. sind von Heinse erfunden; jedoch stammt der Papst aus dem Haus der Buoncompagno.

362,2 f. *die Pontinischen Sümpfe:* südöstlich von Rom gelegenes, von der Via Appia durchzogenes Sumpfgebiet, dessen Trockenlegung durch die römischen Kaiser, die Renaissancepäpste und auch in der neuesten Zeit unternommen wurde.

362,3 *Capua:* Stadt an der alten Via Appia nördlich von Neapel.

362,4 f. *Theseus und Perithoos* (Peirithoos), die gemeinsam die junge Helena entführen und Persephone aus dem Hades gewinnen möchten, sowie *Orestes und Pylades*, die zusammen die Ausführung der Blutrache an den Mördern Agamemnons und den Fluch des Muttermordes an Klytämnestra durchstehen, sind die beiden berühmtesten Freundespaare der griechischen Mythologie.

362,31–33 *der Größte der Halbgötter [. . .] zur Gattin:* Vgl. Herakles und Iole, Anm. zu 244,11. Vor seinem Feuertod gab Herakles Iole seinem Sohn Hyllos zur Frau.

363,3 *Ionien:* der Teil des Mittelmeeres zwischen Süditalien (vor Kalabrien und dem Golf von Tarent) und der Westküste Griechenlands, einschließlich der dem griechischen Festland vorgelagerten Inseln.

364,7 *Der Mann im Purpurhute:* der Kardinal Francesco de Medici.

364,24 *Hafen zu Scio:* Chios, Insel der Sporaden, mit gleichnamiger Stadt und Hafen, im Ägäischen Meer.

364,32 f. *den langen Golfo durch:* durch den Golf von Izmir (Smyrna) und Candarli *nach Mytileni* (Mytilene), der alten Hauptstadt der Insel Lesbos, vor der Küste Kleinasiens.

364,33 f. *Tenedos:* türkische Insel, der Meeresstraße der *Dardanellen* (zwischen der Halbinsel Gallipoli und Kleinasien) vorgelagert; nördlich davon die Insel Lemnos mit der Hauptstadt *Stalimene* (Stalamine).

364,34 *Skyros:* die größte Insel der nördlichen Sporaden, vor der griechischen Halbinsel Euböa. In Heinses Nachlaßheft 24, Bl.

32, von 1786 heißt es: *Skyros. – Dieß ist der Schlupfwinkel der Türkischen Seeräuber; die von hier aus die Europäischen Schiffe anfallen* (vgl. Brecht, S. 129).

364,35 f. *Cykladen:* Kykladen, griechische Inselgruppe im Ägäischen Meer, zu der auch Paros und Naxos gehören (vgl. S. 366–373).

365,1 *Rhodos:* südlichste Insel der Sporaden mit der gleichnamigen Stadt Rhodos.

Golfo von Makri: der Golf von Makran oder Mekran (südöstliches Bergland des Iran), heute Golf von Omân genannt, verbindet den Persischen Golf mit dem Arabischen Meer zwischen Indien, Arabien und Ostafrika.

365,7 *Korsarenehe:* Vgl. Anm. zu 365,33 und Varianten.

365,9–15 *Demetri [. . .] bezaubernd:* Nach Auszügen aus Choiseul-Gouffier (vgl. Anm. zu 368,5 f.), S. 87 f., in Heinses Nachlaßheft 24, Bl. 33. So entspricht z. B. »les vallées, arrossées par un grand nombre de ruisseaux, sont remplies d'orangers, de citronniers, de grendiers« dem Romantext *Täler [. . .] mit ihren Pomeranzen-, Zitronen- und Granatenhainen, von klaren herabstürzenden Bächen erfrischt und belebt.*

365,13 *Granatenhainen:* Granatapfelgärten.

365,21 *Morea:* seit Beginn des 13. Jh.s Name für die südgriechische Halbinsel, den Peloponnes, von 1460 bis zur Selbständigkeit Griechenlands im 18. Jh. türkisch.

Karien: die Küstenlandschaft des südwestlichen Kleinasiens.

365,24–34; 366,1 *Die Griechen [. . .] bei Plataia:* Nach Choiseul-Gouffier, Einleitung, S. VII f., im Nachlaßheft 24, Bl. 22, notiert. Z. B. entspricht »que se conserve encore l'esprit de liberté qui anima les anciens Grecs« im Roman *ihre Liebe zur Freiheit [. . .] noch eben so wie bei den Alten«.*

365,33 *Mainotten auf den Gebirgen von Sparta:* die kriegerischen und freiheitsliebenden Bewohner der gebirgig-unzugänglichen Halbinsel Mani auf dem südlichen Peloponnes, die sich als Nachkommen der alten Spartaner ansahen und den Türken gegenüber unabhängig blieben. Heinse notierte 1786 im Nachlaßheft 24, Bl. 93, *Mainotten. Corsarwesen, Hamacken* [vielleicht ›Hanaken‹, Spitzbuben, Schelme] *für Liebe* (vgl. Brecht, S. 130).

365,34 *Montenegriner:* die slawischen Bewohner des Gebirgslandes Montenegro, nördlich von Albanien, die im 15. und 16. Jh. in schweren Kämpfen ihre Freiheit gegenüber den Türken erfolgreich verteidigten.

365,34; 366,1 *Illyrier:* seit dem Altertum die Bewohner der Ostküste des adriatischen Meeres, die unter der Herrschaft Venedigs und der Türken, zum Teil als Seeräuber, eine gewisse Unabhängigkeit behaupten konnten.

366,1 *ihre Urväter bei Plataia:* die Griechen unter Pausanias in der siegreichen Entscheidungsschlacht gegen die Perser (vgl. Anm. zu 231,26 f.)

366,21 *Renegaten:* Glaubensabtrünnige.

366,33 *dem jungen Sultan Amurath:* Sultan Murad III. (1574 bis 1595).

366,33 f. *die Inseln Paros und Naxos:* die beiden bedeutendsten Inseln der Kykladen; die erstere, Paros, wegen ihres Marmors bekannt, Naxos als die größte und fruchtbarste. Beide Inseln gehörten, im Gegensatz zu Heinses Darstellung, vom 13. Jh. bis 1566 zu den unabhängigen italienischen Herzogtümern der Sanudo und Crispo, deren letzten Vertreter Sultan Selim II. absetzte und das Herzogtum einem aus Antwerpen nach Konstantinopel geflohenen Juden, Don Joseph Nasi, bis 1579, also in der Zeit des Romangeschehens, in Pacht überließ.

367,20 f. *Muselmänner [. . .] Orthodoxen:* Mohammedaner gegen die (»rechtgläubigen«) Christen der griechischen oder Ostkirche.

368,5 f. *die Häfen von Paros und [. . .] den Hafen Nausa:* Im Nachlaßheft 24, Bl. 29 f., von 1786 notiert Heinse: *Siehe Guys Reise Voyage littéraire de la Grèce. Paros. – Sie hat von allen Seiten Hafen und Buchten. Naussa ist der weiteste und bequemste.* Vgl. auch Anm. zu 366,33 f. und Brecht, S. 128. Für den letzten Teil seines Romans benutzte und exzerpierte Heinse die folgenden Werke: R. Wood and Dawkins, »The Ruins of Palmyra otherwise Tedmor in the desart«. London 1753; P. A. Guys, »Voyage littéraire de la Grèce«, 1776; Le Comte (Marie Gabriel Auguste Florens) de Choiseul-Gouffier, »Voyage pittoresque de la Grèce«, 1782.

368,14 f. *Marmor [. . .] des Bergs Kapresso:* In Heinses Nachlaßheft 24, Bd. 30, heißt es: *Zwey Carrières* [Steinbrüche] *im Berg Capresso, Mons Marpesus.* Das von Norden nach Süden die Insel Paros durchziehende Marmorgebirge ist die Marpessa der Antike.

368,16 *Athen unter dem Perikles:* Vgl. Anm. zu 38,34.

368,18–34 *Nach Vertrag [. . .] entzückendes Tal:* Ardinghellos »neue Religion der Natur« entspricht dem Inhalt des »metaphysischen« Gesprächs auf dem Dach des Pantheon in Rom (vgl. S. 261–317); die Errichtung der vier Tempel der Sonne, der Erde, der Luft und des Meeres stimmt mit der Forderung der göttlichen Verehrung der vier Aristotelischen Elemente im Pantheonsgespräch überein (vgl. S. 280–304; insbesondere S. 280,3; 287,34–36; 296,9; 297,29–31; 300,27–30).

368,26; 29 *Tempel der Sonne* sind im Nachlaßheft 24, Bl. 36, 80 u. 83, dreimal erwähnt; *ein Labyrinth* auf Bl. 30.

368,31 *dem unbekannten Gotte:* Diogenes Laertes (I, 110) berichtet von Opfern an unbekannte Götter in Athen, Pausanias (I, 1, 4) von Altären für unbekannte Götter in Athen, der hl. Paulus spricht in seiner Rede auf dem Areopag (vgl. Anm. zu 214,32–216,16) von einem Athener Altar mit der Inschrift ΑΓΝΩΣΤΩ ΘΕΩ, »einem unbekannten Gott« (Apg. 17, 23). Die Gnostiker verehren einen ἄγνωστος Θεός, einen unbekannten, unerkennbaren Schöpfergott. Zu Heinses und Nietzsches »unbekanntem Gott« vgl. Baeumer, »Heinse-Studien«, S. 113.

369,13 f. *aus der alten Residenz des heiligen Markus:* Venedig.

369,14 *Ancona:* mittelitalienische Hafenstadt an der adriatischen Küste, unter Kaiser Trajan ausgebaut, seit 1532 zum Kirchenstaat gehörig.

369,24–28 *Lucinde [. . .] Florio Branca [. . .] Gabriotto:* Vgl. die Geschichte der Lucinde von Montefeltro im 2. Teil des Romans, S. 93–134; zu Lucinde vgl. Anm. zu 117,10 f.; zu Florio Branca Anm. zu 113,14 f.; zu Gabriotto S. 114–121.

370,13 *Mazzuolo:* Vgl. S. 138 f.

370,14 *Emilien:* Vgl. S. 152.

370,24 *dem göttlichen Prediger:* das Buch »Prediger Salomo« oder »Ecclesiastes« des Alten Testaments.

370,37–371,4 *Darauf richteten [. . .] zu bewahren:* Vgl. S. 145 bis 149 sowie Anm. zu 149,21; 149,22 u. 232,2–5. *Republik des Lykurg:* Die spartanische Verfassung, der Sage nach um 880 v. Chr. von Lykurgos stammend, verband Monarchie (2 Könige), Aristokratie (5 Ephoren, ›Aufseher‹) und Demokratie (Volksversammlung und »Rat der Alten«, Gerusia); *Republik des Plato* seine utopische Staatstheorie, der »Staat« (»Politeia«, Dialog in 10 Büchern); *die Politik des Aristoteles* seine »Politika« in 8 Büchern; *den Fürsten vom Machiavell* sein Werk »Il principe« (vgl. Anm. zu 181,35 f.), in dem er den absolutistischen Gewaltherrscher darstellt.

371,4–8 *Platons [. . .] Aristoteles:* Die Philosophen, als die gegebenen Herrscher, und die kriegerischen »Wächter« bilden, ohne Privateigentum und bei gemeinsamem Besitz von Frauen, Kindern und Gütern, die bevorzugte Klasse. Bauern und Handwerker erarbeiten die materiellen Grundlagen des Staates und konstituieren die andere Klasse. Aristoteles sieht den Menschen realistischer als »Lebewesen in Gemeinschaft mit anderen« (ζῶον πολιτικόν) und läßt Ehe, Privateigentum und Sklaventum bestehen.

371,9–11 *der scharfsinnige Prüfer aller [. . .] Republiken:* Aristoteles untersuchte kritisch 158 bestehende Verfassungen, um so die beste, eine gemischte Verfassung ähnlich der spartanischen (vgl. Anm. zu 370,37–371,4) zu erreichen.

371,16–18 *die Weiber [. . .] gemeinschaftlich:* nach Platon (vgl. Anm. zu 371,4–8).

371,23–34 *Naxos [. . .] den andern:* Mit einigen Änderungen und Zusätzen von Heinse aus seinen Aufzeichnungen des Nachlaßhefts 24, Bl. 27, von 1786 übernommen (vgl. Varianten). Hier nennt er Naxos direkt *eine der glückseeligsten Inseln* (vgl. Anm. zu 20,2).

372,18 *Spartaner:* Lykurgos; zu seiner Beteiligung der Bevölkerung an der Regierung vgl. Anm. zu 370,37–371,4.

372,24 f. *Aristophanes in seiner weiblichen Volksversammlung:* Aristophanes parodiert in seiner satirischen Komödie »Weibervolksversammlung« (»Ekklesiazusai«) die politische Gleichberechtigung der Frau sowie die Güter- und Frauengemeinschaft.

373,1 f. *hatten wir schon alle Cykladen im Besitz:* Bl. 94 von Heinses Nachlaßheft 24 zeigt eine Übersichtskarte der gesamten Inselgruppe der Kykladen von Heinses Hand. Die Rückseite des Blattes weist eine Spezialkarte von Paros und Naxos auf, die nach einer Karte von Choiseul-Gouffiers Reisebeschreibung (vgl. Anm. zu 368,5 f.; Choiseul-Gouffier II, planche 32) skizziert ist und die im »Ardinghello« gebrauchten Ortsbezeichnungen enthält.

375,6–8 *Der Krieg [. . .] gleicht dem Elemente des Feuers:* Vgl. dasselbe Gleichnis der den Roman einleitenden Fabel vom Feuer (S. 7) und den Namen *Ardinghello* (Anm. zu 24,25).

375,10–16 *Das goldne Jahrhundert [. . .] Tumult und Aufruhr:* Die folgende Aufstellung der politischen Glanzzeiten Griechenlands, Roms und der italienischen Renaissance ist eine Zusammenfassung von Ardinghellos politischen Ausführungen in Florenz, S. 145–151 (vgl. im einzelnen die folgenden Anmerkungen).

375,10 f. *Das goldne Jahrhundert [. . .] Perser:* Vgl. Anm. zu 148,6 f. u. 232,2–5.

375,11–14 *Das goldne Jahrhundert [. . .] Augusten:* unter den Gracchen, Marius und Sulla, Pompejus und Caesar (vgl. Anm. zu 145,4 f. u. 149,29–33).

375,14–16 *Florenz [. . .] Aufruhr:* Vgl. S. 148–152: auf dem Hintergrund des freien Sparta, Athen und Rom die Tyrannei des großen Menschen, der türkische Sultan, die antiken Tyrannen, Machiavellis Grundsätze, Florenz unter den Medici, Kaiser Karl V. und *der ausbündig Vortreffliche* (S. 151,21 f.), Ardinghello selbst unter den Medici.

375,21 *und wenn es auch Nestor wird:* »wenn einer auch so alt wird wie Nestor«, nach Homer der weise und redegewandte Greis und König von Pylos auf dem westlichen Peloponnes, der drei Menschenalter gelebt haben soll; vgl. Heinses Bezeichnung *Malernestor* für Tizian, S. 250,2.

375,35 *Skythen:* ackerbautreibende Völker in Südrußland, die sich den Persern unter Darius I. erfolgreich widersetzten und mit den Griechen reichen Handel trieben.

376,3 f. *der ganzen Regierung der Türken [. . .] ein Ende zu machen:* In Wirklichkeit gerieten Paros und Naxos 1579, unmittelbar nach dem von Heinse angesetzten Ende des Romans, endgültig unter türkische Herrschaft (vgl. Anm. zu 366,33 f.).

376,5–7 *Doch vereitelte dies [. . .] das unerbittliche Schicksal:* Dieser Schlußsatz, der den Inhalt des Romans abrupt ins Utopische verweist, stimmt auffallend mit dem abschließenden Satz der ersten deutschen Tahitidichtung überein, mit Friedrich Wilhelm Zachariaes »Tayti oder die glückliche Insel« von 1777. Heinses Ardinghello-Roman hat mit Zachariaes Utopie nicht nur den ähnlich lautenden Titel gemeinsam, sondern auch die Verkündigung von Gleichheit, Gütergemeinschaft und paradiesischem Liebesgenuß. In »Tayti oder die glückliche Insel« lautet der letzte Blankvers: »Doch ach! der güldnen Jahre lange Reih / Ist allzu schnell entflohn!« (S. 171; vgl. Horst Brunner, »Die poetische Insel«, Stuttgart 1967, S. 123).

Anmerkungen zu den 1. Varianten (Nachlaßaufzeichnungen)

379,35 *Viola d'Amour:* ›Liebesgeige‹, Bratsche mit meist 7 gestrichenen und 7 im Einklang oder in der Oktav mitklingenden Saiten.

380,5 f. *schier Claudisch [. . .] gemahlt:* Nach der Art des Landschaftsmalers Claude Lorrain, eigentlich Claude Gellée, Le Lorrain, »der Lothringer« (1600–82), der zwar aus Lothringen stammt, aber seit 1619 in Rom lebte und gern seine heiteren Fernlandschaften mit historischen Szenen in prachtvollen Bauten ausstattete.

381,7–10 *Katull [. . .] Quam te libenter quamque laetus inviso:* »Carmina«, XXXI, 1–3.

382,23 f. *die Gothen in ihren Kirchen:* der gotische Stil; hier abfällig, im Sinn von primitiv, barbarisch gebraucht (vgl. Anm. zu 228,8).

382,25 *die Rotunda:* der runde Kuppelbau, z. B. das Pantheon (vgl. Anm. zu 256,21).

382,34 *den Scaligern:* Vgl. Anm. zu 32,23.

383,8 f. *volgare [. . .] letterario:* Volkssprache [. . .] Schriftsprache.

384,31 *Alcina:* Fee und Zauberin im 7. Gesang von Ariosts »Orlando furioso« (vgl. Anm. zu 181,35 f.).

387,33 *Bendelwurm:* Bandwurm.

388,20 *Philodespot:* griech., »den Herrn liebend«, hier Untertanenverstand.

389,23–28 *Karl der fünfte [. . .] mit seinen Maschienen:* die Geräte, mit denen sich Kaiser Karl V. nach seiner Resignation 1556 in dem spanischen Kloster San Yuste in Estremadura beschäftigte (vgl. Anm. zu 150,32).

391,11 f. *in naupengeheuerlichem Bart:* in ungeheuerlich großem oder verschlungenem Bart (»Naupe« oder »Noppe«, »Knoten oder Schlinge im Gewebe«); die Wortbildung »naupengeheuerlich« findet sich im 16. Jh. bei Johann Fischart.

391,28 *Colonnen:* Säulen (ital. colonna, Säule).

392,15 *ein leidender Pyrrhus:* Pyrrhos (um 307 bis 272 v. Chr.), König von Epiros, nördlich von Griechenland, besiegte die Römer bei Heraclea und Ausculum, aber erlitt so große Verluste, daß seine Siege in Wirklichkeit Niederlagen bedeuteten.

394,4 f. *Lessings Grundgesetz der Poesie:* Sein Grundsatz im »Laokoon oder Über die Grenzen der Malerei und Poesie« von 1766, daß die Dichtung das Nacheinander der Handlung in der Zeit darstelle und Beschreibung in Handlung umsetze (vgl. Anm. zu 171,6–37).

394,31 *Van Dyk:* Anton van Dyck (1599–1641), flämischer Maler.

395,18 *Stabat mater [...] Pergolesi:* Eine Vertonung der Sequenz »Stabat mater dolorosa« (ein alter geistlicher Gesangtext zu den Sieben Schmerzen Marias) war das letzte und berühmteste Werk des Komponisten Giovanni Battista Pergolese (1710–36). Er begründete einen neuen rührenden und graziösen Gesangsausdruck in der Barockmusik, und seine Werke wurden von Heinse im Roman *Hildegard von Hohenthal* begeistert geschildert.

396,8 *Parasius:* Parrhasios aus Ephesos, griechischer Maler; vgl. Anm. zu 188,13.

397,30 *Thucydides:* Thukydides (um 455 bis 398 v. Chr.) nahm als athenischer Heerführer am Peloponnesischen Krieg teil und schrieb dessen Geschichte, in der er die handelnden Personen in ihren Reden lebendig werden ließ und die einzelnen Charaktere als festumrissene Gestalten darstellte.

398,34 f. *Winkelmann und der gescheidte Lessing:* Heinse bezieht sich auf die Maxime der »edlen Einfalt und stillen Größe«, in Winckelmanns »Gedancken über die Nachahmung der Griechischen Werke«, als Kennzeichen der griechischen Meisterwerke, in denen der Ausdruck der Seele, auch bei den heftigsten Leidenschaften, immer verhalten ist (vgl. Anm. zu 173,27 f. u. 176,32 bis 176,34). Dieser Ansicht stimmt Lessing zu Beginn des 1. Kap. seines »Laokoon« mit Einschränkungen zu (vgl. Anm. zu 171,6 bis 171,37).

399,3 f. *Pacchiarotti [...] Gabrieli [...] Pugnani und Kramer:* Gasparo Pacchiarotti (1744–1821), berühmter Kastratensänger; Caterina Gabrielli (1730–96), aus Rom stammende Koloratursängerin; Gaetano Pugnani (1731–98), italienischer Violinist; Johann Baptist Cramer (1771–1858), frühbegabter Pianist. Von diesen zeitgenössischen Künstlern, deren Namen er im Roman allgemein durch Sänger und Geiger ersetzt, hat Heinse auf seiner Italienreise Pacchiarotti und Gabrielli selbst gehört und bewundert.

399,24 *Göthe, Moses:* Anstelle der Zeitgenossen Goethe und Moses Mendelssohn, mit dessen ästhetischen Schriften sich Heinse in seinen Aufzeichnungen beschäftigt, setzt er im Roman die Namen *Ariost, Machiavell.*

400,32 f. *Apollo, der Erzengel Michael von Guido, Fortuna:* Guido Reni (1575–1642), italienischer Maler; mit Apollo meint Heinse wohl die Gestalt des Sonnengottes in dem berühmten Fresko, der sog. »Aurora«, um 1612 bis 1614, Rom, Casino Rospigliosi Pallavicini; *Erzengel Michael:* Gemälde von G. Reni, 1635, Rom, Santa Maria della Concezione (Chiesa del Capuccini); *Fortuna:* Gemälde von G. Reni, um 1623, verschiedene Fassungen u. a. in Rom: Pinacoteca Vaticana und Accademia di San Luca.

402,29 *S. Giovanni:* die Kirche San Giovanni e Paolo in der Nähe der ebenfalls genannten Kirche San Steffano rotondo.

402,36 *Soracte:* Monte Soratte, steil abfallender Kalkberg in 7 bis 8 km Ausdehnung mit mehreren ungleich hohen Spitzen, 45 km nördlich von Rom.

404,21 f. *Decretalen:* Epistolae decretales, Sendschreiben des Bischofs von Rom, hier des Papstes Gregor X., der sie einem päpstlichen Juristen übergibt.

406,4 *Bellori:* Giovanni Pietro Bellori (um 1615 bis um 1696), Archäologe, Kunstforscher und Schriftsteller, Bibliothekar der Königin Christine von Schweden in Rom und Verfasser einer Künstlerbiographie (»Vite de' pittori, scultori ed architetti moderni«, Rom 1672). Er trat für die Übereinstimmung von Malerei und Poesie nach dem Grundsatz »ut pictura poesis« ein und wird wegen seiner platonischen Auffassung von der Kunst als Inkarnation einer ewigen und höchsten Schönheitsidee als ein Vorläufer Winckelmanns angesehen. Lessing beruft sich im 2. Kap. seines »Laokoon«, bei der Untersuchung der Streitfrage, ob Laokoon schreie, auf Bellori und sein Werk »Admiranda romanorum antiquitatum ac veteris sculpturae vestigia« (Rom 1693).

406,10 *Domenichino:* eigtl. Domenico Zampieri (1581–1641), italienischer Maler; an seinen Fresken *zu Grottaferrata,* am Fuß der Albaner Berge bei Rom, ist weniger die Komposition als, entsprechend der Eigenart Domenichinos, die Herausarbeitung und Lebensnähe der Nebenfiguren vorzüglich.

407,28 *natürlicher wie Grandison:* In Samuel Richardsons langem Briefroman »The History of Sir Charles Grandison« (1753 bis 1754, in 6 Bdn.) ist Grandison der Typ eines moralisch-vernünftigen Tugendhelden.

408,11 *die Caritas:* Gemälde Raffaels, im Roman (S. 211,27) als die *Gütigkeit* betitelt.

409,12 *Das Accident:* hier die »Neben«-Gruppe des Vaters mit seinem gefallenen Sohn im Bild.

416,32 *Klopffechten:* Schaufechten und auch Raufen.

418,28 *Strabo:* Strabon (um 64 v. Chr. bis 19 n. Chr.), bedeutendster Geograph der Antike in den 17 Büchern seiner Länderbeschreibungen »Geographika«.

419,13 *die Gebürge von Viterbo:* der bewaldete Monte Cimino, ein ehemaliger Vulkan, an dessen Fuß die Stadt Viterbo, 66 km nordwestlich von Rom.

421,22 *von Wallis und Uri:* Die Namen dieser beiden Schweizer Kantone ersetzt Heinse im Roman mit *der Alpen und des Kaukasus.*

423,21 *Heraklit [. . .] das Eins wäre Feuer:* nach Aristoteles »Metaphysik« I, 3, 984a; vgl. Anm. zu 281,20–22.

424,1–3 *Aristoteles [. . .] widerlegt sie:* in »Physik«, I, 2 f., und in »Metaphysik« I, 5, 986b; vgl. Anm. zu 303,14–17.

426,20 παντα το ἓν: »Alles ist eins«; vgl. Anm. zu 303,14–17 u. 311,23–312,4.

426,26 *Rhodes:* die Insel Rhodos; vgl. Anm. zu 365,1.

426,34 *al Convento:* im Kloster.

429,4 *Tympanon:* Handpauke; vgl. im Roman S. 322,27 *Handtrommel.*

429,27 *Abnehmung vom Kreuz im Dom von Barocci:* Kreuzabnahme Christi, 1567, eines der Hauptwerke des Malers Federigo Barocci oder Baroccio (um 1526 bis 1612) im Dom von Perugia (vgl. Anm. zu 322,14–324,3).

430,7 *Matronenreiz:* Reiz des Mütterlichen.

431,1 *Oblongum:* längliches Gebäude.

432,9 f. *fünf Fuß französisch:* ein französischer Fuß = 0,32484 m, also 1,624 m.

434,20 *Mezzotinten:* Mezzotinto (ital., halbgefärbt), Schabkunst, im 17. Jh. gebräuchliche Technik bei der Herstellung von Kupferstichen.

435,31–36 *e di poi [. . .] grandissima fatica:* »Dann legte er sie aufs Bett, als ob er mit ihr verkehren wollte; aber ganz das Gegenteil geschah mit der armen Frau. In dem Augenblick, als sie sich hinlegte und ausgestreckt auf dem Rücken lag, wurde ihr von hinten ein Strick um den Hals gewunden und sie langsam, unter der größten Marter, erdrosselt« [. . .] *und jeder sagte,* »daß es nötig gewesen wäre [. . . daß sie] ohne Ehemann [wie eine Heilige hätte sein sollen] und dieses sei das elende Ende der Tochter des Herzogs Cosimo de Medici gewesen.« Vgl. Heinses freie Übersetzung des ersten Teils des italienischen Zitats im Roman, S. 337 f.; die Übersetzung des gesamten zweiten Teils des Zitats in Anm. zu 337,26–338,16; 338,27–35.

436,12 f. *mit meiner foglietta Wein nel casa del piano:* mit meiner Bastflasche Wein im Landhaus.

436,23 *Toricella:* Ort in der Nähe des Trasimenischen Sees (vgl. Anm. zu 151,34 f. u. 340,24–34; 341,2–17.

436,29 f. *la Ringhiera o Loggia dell' Umbria:* die Rednertribüne oder der Balkon von Umbrien.

437,17 *die [Quelle] der Vauclüse:* In der Nähe des südfranzösischen Dorfes Vaucluse (des Aufenthaltsortes Petrarcas von 1337 bis 1353), 24 km von Avignon entfernt, entspringt zwischen engen, 120 m hohen, senkrechten Felsen die Sorgues, die in einer Sekunde 20 cbm Wasser ausstößt und in mehreren Bächen sich aus einer Felsengrotte ergießt.

439,1 *Familie Canali:* in Terni nicht festzustellen.

439,34 *S. Felice:* wahrscheinlich kleine Ortschaft oder Kloster, nach Heinses Beschreibung vor dem südlichen Apenningebirge und nördlich von Capua.

439,36 *Claudius:* der Maler Claude Lorrain.

440,33 *Dienst der Diana:* öffentliche Dirnen im Dienst einer Gottheit, der Jagdgöttin Diana fälschlich zugeschrieben.

441,13 *Resina:* an Portici grenzende kleine Stadt am Golf von Neapel und Südwestabhang des Vesúv.

441,37–442,1 *Alexander, der den Clytus ermordete:* Kleitos, Feldherr und Freund Alexanders des Großen, dem er in der ersten Vernichtungsschlacht gegen die Perser am Granikos das Leben rettete, wurde 328 v. Chr. während eines Trinkgelages, in einer scharfen Auseinandersetzung wegen Alexanders Einführung orientalischer Sitten, von diesem mit einer Lanze durchbohrt.

443,9 *Surrent:* Sorrent.

443,29 *Chimäre:* Ungeheuer der griechischen Sage; Löwe, Ziege und Schlange in einem.

Anmerkungen zu den 2. Varianten (Fragmente einer Italiänischen Handschrift)

445,21 *Serlio:* Sebastiano Serlio (1475–1554), italienischer Maler und Architekt; Serlios Bedeutung beruht auf seiner Schrift »Sieben Bücher über die Baukunst«, in deren 3. Buch (1540) er die Bauwerke der Antike behandelt.

445,24 *Des Godets:* Antoine Desgodets (1653–1728), französischer Architekt; von Jean Baptiste Colbert, dem allmächtigen Staatsminister Ludwigs XIV., wurde er nach Rom gesandt, um die berühmtesten Bauwerke der Antike zu erfassen. Desgodets tat dies in seinem Werk »Les Edifices antiques de Rome dessinés et mesurés très exactement« (»Die antiken Bauwerke von Rom, genau gezeichnet und vermessen«), Paris 1682. Heinses Erwähnung Desgodets' wiederholt die 2. Hälfte seines Buchtitels.

445,25 f. *Ritter Karl Fontana:* Carlo Fontana (1634–1714), italienischer Architekt, Schüler und Nachahmer Berninis; hier sein Werk »L'Anfiteatro Flavio descritto e delineato« (»Das Flavische Amphitheater [das Kolosseum], im Detail beschrieben und aufgezeichnet«), Den Haag 1725. Heinses Bemerkung über den *Kavalier Karl Fontana* und den *Marchese Maffei* im Nachlaßheft 21, Bl. 19a, stimmt fast wörtlich mit diesem und dem folgenden Text des Vorabdruckes im »Deutschen Museum« überein. Im Nachlaßheft 21 folgen Maße und Proportionen des Kolosseums aus der italienischen Vorlage.

445,30 *Maffei:* Marchese Francesco Scipione di Maffei (1675–1755), aus Verona stammender Dichter und Gelehrter in Rom. Er versuchte u. a. mit seiner Verstragödie »Merope« (1713) den einfachen Stil des französischen Klassizismus in das italienische Drama einzuführen und ssrieb ein gelehrtes Werk, »Verona illustrata« (1731/32), über die Altertümer seiner Vaterstadt, auf das sich Heinse hier bezieht. Im Nachlaßheft 10, Bl. 51a, nennt er Maffei und den Altertums- und Geschichtsforscher Lodovico Antonio Muratori (1672–1750) als *Berühmte Gelehrte des jetzigen Zeitalters* (vgl. auch die vorhergehende Anm.).

Anmerkungen zu den 3. Varianten (2. Auflage des »Ardinghello«)

450,15 *zu Syene die Wendung der Sonne:* Von Syene, dem heutigen Assuan, im Süden Ägyptens, glaubte man im Altertum, daß es unter dem nördlichen Wendekreis liege, der in Wirklichkeit weiter südlich verläuft.

451,11 f. *der erste Aorist:* die erste Zeitform der unvollendeten Vergangenheit (Aorist, griech., ›unbegrenzt‹).

451,12 *Dual:* Form des Hauptworts oder Zeitworts, welche die »Zweizahl« (duo) von Gegenständen, Personen oder Handlungen ausdrückt.

451,13 *Medium:* passivische Form des Zeitworts in aktivischer Bedeutung.

451,17 *Partikeln:* die unbeugbaren Wörter: Umstands-, Verhältnis- und Bindewörter.

454,7 *Lucrez:* Titus Lucretius Carus propagierte die Naturlehre Epikurs. Hier bezieht sich Heinse auf Lukrez' Lehrgedicht »De rerum natura«, I, Vers 127–135 u. 146–158. Die letzten Verse lauten: »Darum, wenn wir gesehen, daß nichts aus nichts entstehen kann, werden wir richtiger erkennen, woraus ein jedes Ding entsteht und wie alles geschieht, ohne daß sich die Götter bemühen.«

Dokumente zur Wirkungsgeschichte

1. Friedrich Matthisson, am 5. September 1786 [in »Morgenblatt für gebildete Stände«, 1812]

Auf den einsamen Wanderungen durch die erhabenen Trümmer der sieben Hügel, unter den Lorbeergängen der Villa Medici und an den dichterischen Ufern der heitern Wasserspiegel von Albano und Nemi entwickelten sich in üppiger Fülle die Keime zu einem Werke, wovon das vollständige Manuskript vor kurzem an eine Verlagshandlung abging [...].

Heinse taufte das Lieblingskind seiner Geisteskraft Ardinghello. Die herrlichen, aus dieser artistisch-romantischen Dichtung entlehnten »Fragmente«, wodurch das alternde »Deutsche Museum« sich unlängst wenigstens um ein volles Lustrum wieder verjüngte, berechtigten uns, der Erscheinung des Ganzen mit gespannter Erwartung entgegenzusehen.

2. Friedrich Heinrich Jacobi an seinen Bruder Johann Georg, am 5. September 1787

Heinses Ardinghello gefiel ihm [Hamann] bis über die Hälfte des ersten Teiles hinein ganz ausnehmend. »Das ist ein Mensch«, sagte er, »vor dem ich Respekt habe.«

3. Johann Georg Hamann an Friedrich Heinrich Jacobi, am 2. Dezember 1787

Was meinst Du vom 2. Bande des Ard[inghello]. Ich gehöre leider! auch zu den Armsel[igen], die keinen Begriff von Leben und Freiheit und .... haben, noch von Großheit des Charakters.

am 5. Dezember 1787

[Ardinghello] den Virtuosen und Metaphysiker, den Gesetzgeber der wüsten Kolonie des verblichenen Jahrhunderts [...].

am 8. März 1788

Hat Dir nicht Heinse d[en] zweiten Teil zugeschickt, und merkst Du nicht, warum ich darnach frage?

4. Karl Ludwig von Knebel an seine Schwester Henriette, am 24. September 1787

Du bekommst nächstens von mir einen kleinen Transport von Büchern. Darunter ist eines, das man für gefährlich hält, aber alle Herren und Damens, besonders letztere, fragen darnach mit äußerster Begierde. Es heißt: Ardinghello, ein Roman. Die Moral des Verfassers ist freilich schwankend, aber das Buch ist voll Leben und das ist genug. Moral ist, denk ich, jedes eigene Sache. Ich denke nicht, daß es Dir Böses tun wird, sondern es wird Dir Leben geben. Nur ist er wie ein fremder, hitziger Wein, der mir jetzt gut bekommt; unter andern Umständen könnt' er vielleicht zuviel tun, doch ist er tausendmal heilsamer und gesünder als die kalten, steifen, elenden lebenraubenden Dinge.

am 16. Oktober 1787

Einige Ungezogenheiten abgerechnet, wird er [Ardinghello] Dich erfreuen. Seine Liebe ist bloß von der sinnlichen Art, aber ein glühender Pinsel überall, nur oft zu sehr, und schöne Schilderungen. Die Geschichte von Boccadoro im zweiten Buch [vgl. S. 85–101] rechne ich unter das Lieblichste, Gefälligste, was ich je gelesen habe.

5. Heinrich Christian Boie an Anton von Halem, am 24. September 1787

Kennen Sie schon den Ardinghello von Heinse, dies Meisterstück der üppigsten Philosophie und Phantasie? Ich möchte dies Stück haben schreiben können und doch nicht geschrieben haben.

6. Friedrich Schiller an Ludwig Ferdinand Huber, am 26. Oktober 1787

Wenn Du ein Buch von Heinse, das sich Ardinghello nennt,

noch nicht gelesen hast, so lies es und laß es lesen. Hier [in Weimar] ist es ganz erstaunlich in Circle geraten. Du wirst ihm bald anriechen, warum. Die Damen von den Herzoginnen herunter vergöttern es.

7. Henriette von Knebel an ihren Bruder Karl Ludwig, am 4. November 1787

Du wirst mir's nicht verargen, mein Lieber, daß ich mich über Ardinghello gefreut habe; denn seine Unmoralität kann mich nichts angehen, da ich ihn nicht deswegen, weil ich auch ein Mensch bin, als meinesgleichen betrachten kann, ebensowenig als ein fremdes, vortreffliches Gewächs; denn so müßten mir die Sitten der Einwohner von Otaheiti oder den Freundschaftsinseln auch gefährlich sein. Jeden großen, vorzüglichen Menschen sehen wir doch am liebsten als freien Wilden, auf den [weder] sein Zeitalter noch dessen Sitten viel Einfluß hat. Das Buch hat mir wirklich viel Vergnügen gemacht.

8. Karl Ludwig von Knebel an seine Schwester Henriette, am 12. November 1787

Daß Dir Ardinghello gefallen hat, freut mich und Du siehst es von der rechten Seite an. Nur ist in der inneren Vorstellungsart eine gewisse Immoralität, die sich nicht ganz mit der otaheitischen oder tierischen vergleichen läßt. Es ist nämlich ein ander Ding, einen Wilden in dem freien Gebrauch seiner bloß tierischen Kräfte zu sehen, und ein ander Ding, einen Sophisten mit reizenden und einnehmenden Bildern die Sache so vorstellen zu sehen, als wenn sie wirklich das höchste Glück des Menschen sei. Letzteres ist nicht wahr und deshalb wird's uns widrig. Wir verlangen von erhöhteren Denkkräften auch erhöhtere Vorstellungsart – und der Roman ist also von dieser Seite nicht richtig. Aber sein Leben, seine schönen Schilderungen, sein warmer Pinsel mögen Dich billig erfreut haben und haben mir auch wohl getan, so daß ich mit Dir das übrige wenig achte. Den zweiten Teil sollst Du bald haben. Frau

[Charlotte] von Stein hat ihn noch. Es ist eine bunte Philosophie darin, die aber auch mit vieler Lebenswärme vorgetragen ist.

9. Friedrich von Stolberg an Anton von Halem, am 20. November 1787

Hier sende ich Ihnen den Ardinghello zurück. Es ist das Büchlein mit vielem Geist und Feuer geschrieben, aber der Geist ist ein böser Geist, das Feuer verzehrend, weder erhellend noch erwärmend. – Wenn mich das heilige Gastrecht mit den Männern von Oldenburg [Wohnsitz und Wirkungsort von Halems] zu einer Bitte berechtigt, so bitte ich: »O Ihr Männer von Oldenburg! verbrennet das böse Büchlein, wenn Euch an der Tugend Eurer Weiber, Schwestern und Kinder etwas gelegen ist! Was sollen sie mit einem Buche, welches durch sehr höhnische Seitenblicke die Religion verdächtig machen und mit mehr als epikureischer Sophisterei jede Tugend aus dem Wege räsonieren will? Mit einem Roman, dessen Held ein Erzbösewicht ist, welcher jede blutige Tat, jede Stillung schändlicher Triebe beschönigt? [...]«
Hie und da sind treffliche Anmerkungen, aber in der Seichtigkeit seiner Philosophie erkenne ich den Mann, der in der Malerei mehr Wert auf Farbenauftrag als aufs richtige Zeichnen legt. In der Stelle, wo er das sagt, zeichnet er sehr richtig die Silhouette seines Geistes. Im freien Athen hätte kein Schriftsteller ungestraft die Tugend so angreifen können, keiner ungestraft sagen dürfen, daß alle Gesetze und Moral nur Bande für den Pöbel wären; aber wir Deutsche halten nur zu oft Frechheit für Freiheit, schmeicheln den Großen und entschädigen unsre Eitelkeit durch Schmähung dessen, was gut und edel ist. Wenn das Büchlein auch wirklich mit dem Genie geschrieben wäre, auf welches es so lauten Anspruch macht, so würde ich es doch mit eben dem Unwillen, als wäre es ein genievolles Pasquill auf meinen Vater, lesen.

10. Salomon Geßner an seinen Sohn, am 26. November 1787

Kennst Du Heinse [...] sehr vermutlich ist ein neuer Roman, Ardinghello, von ihm, worin es ihm gelingt, interessante Situationen und schöne Szenen mit viel Feuer und Leben darzustellen, aber [er] sich dafür bisweilen über alle sittliche Delikatesse wegsetzt und dann auch noch hie und da über Kunst gewaltig faselt. Junge Leute, die gerne Feuer fangen, mögen Bücher der Art wohl lesen, aber ja sich dadurch nicht hinreißen lassen.

11. Friedrich von Stolberg an seinen Bruder Christian, am 27. November 1787

Ich habe neulich einen Roman von Heinse gelesen, Ardinghello und die glücklichen Inseln 1. Teil. Das Büchlein ist mit solchem Geist und Feuer geschrieben, daß ich nur sehr wenige unter unsern guten Schriftstellern kenne, denen ich ein solches Produkt zutrauen könnte. Aber es ist ein böses Buch; der Held des Romans ist ein Jüngling ohne Religion, ohne Sitten und mit leichtgewandter Beredsamkeit. Ich bin versichert, daß sein Gift mit Begierde werde verschlungen werden. Ich habe es mit Ärgernis und mit wahrer Betrübnis über den Genius unsrer Zeit gelesen.

12. F. L. W. Meyer [Rezensent], in »Göttingische Anzeigen von Gelehrten Sachen«, 1787

Diese Idealisierung eines florentinischen Jünglings von edler Abkunft, den Glut des Geistes und früh erweckte Leidenschaften eine nicht gewöhnliche Bahn des Lebens und der Kunst führen und die letzte innig mit dem ersten verweben, enthält manche schätzenswürdige Bemerkung über den Maler, Bildhauer und Dichter, die immer dem Charakter des Sprechenden angepaßt und, wo sie Widerspruch findet, mit ihrem Widerspruch der Berichtigung des Lesers überlassen ist. Sollte aber auch diese bei den mehr angenehmen als notwendig zu entscheidenden Streitfragen, welcher von mancherlei Vorzügen der vorzüglichste sei, entstehen und unter scharfsichtig gleich geteilten Schalen das Zünglein der Waage keinen Ausschlag zu geben scheinen, so hat selbst bei der vergewisserten Ungewißheit die Wahrheit gewonnen und die lebendige Darstellung hoher Schöpfungen der Natur und Kunst bleibt unverkennbar. Den Verfasser, der sich nicht genannt hat, verrät die Fülle seiner Sprache und eine durch langes Studium an Ort und Stelle erworbene Vertraulichkeit mit den unermeßlichen Schätzen Italiens. Das überhebt den Schreiber dieser Anzeige, von der Sittlichkeit der Darstellung ein Wort zu sagen. Der schrankenkundige Kämpfer bedarf keines Rats. Wenn es nach S. 120 [vgl. S. 61] das Ansehen haben möchte, als sei seinem Ardinghello unter dem heißen Himmel, mit dessen Reinheit sich Petrarcas große Seele vermählte, die vorzüglichste Ausbildung jenes Geistes zur Torheit geworden, so darf man nach S. 26 [vgl. S. 16 f.] auch vermuten, daß er wie den Künstler, so den Menschen aus seinen Verwirrungen leiten werde. Welches Publikum ihm dann noch geblieben und ob der feinere Teil desselben ebenso leicht zurückzubringen als zu verscheuchen sei, läßt sich schwer bestimmen. Freilich, können die Richter sagen, ist das Feuer, wie die Vorrede [vgl. S. 7] will, überall Feuer, aber nicht bloß wächserne Hausgötzen erliegen seiner Gewalt. Reicht die Entschuldigung, daß es die Natur verzehrend geschaffen habe, zur Rechtfertigung dessen hin, der, seiner wütenden Flamme bewußt, einen Brand an den Tempel der Grazien legte?

13. Johann Gottfried Herder an F. L. W. Meyer, im Dezember 1787

Sie irren sich sehr, wenn Sie glauben, daß mir Ihre Rezension vom Ardinghello mißfallen habe. Es war so ein lebendiger Funke darinnen, daß ich sogleich das Buch holen ließ und Nacht und Tag in einem Atem fortlas. Hintennach las ich die Rezension noch einmal und fand sie so vielseitig, wahr und treffend, daß ich mir keine bessere denke.... Der zweite Teil des Ardinghello gefällt mir bei weitem nicht so gut wie der erste. Das Gespräch auf dem Turm ist einem Teil nach unsinnige Radotage. Das geeilte Ende ist ein Pasquill aufs ganze Buch. Da kann sich jemand gleich hinsetzen und einen dritten Teil von der unglückseligen Wirtschaft mit den Weibsleuten auf den glückseligen Inseln dazu schreiben, wie jener vermutlich [der Meininger Hofprediger Johann Georg Pfranger] den 6. [anonym veröffentlichten] Akt zur Stella [Schauspiel für Liebende in fünf Akten von J. W. Goethe. 1776] schrieb. Im Ganzen ist das Buch nichts als eine Debauche des Geistes, die sich am Ende auch als eine solche zeiget.

14. Johannes Müller an Ludwig Gleim, am 3. Januar 1788

Den Ardinghello haben Sie doch? Große, kühne Natur, Nerv, Anschauen, Genußkraft, Sieg!

15. Rezension in »Allgemeine Litteratur-Zeitung«, Jena, am 12. Januar 1788

Die Personen sind mit einer bis zum Anschein des Individuellen täuschenden Wahrheit charakterisiert. [...] Was würde der Ardinghello für Zerrüttung und Elend anstiften und bei seinem eigenen feinen und lebhaften Gefühle zugleich selbst empfinden, der so wie andere Menschen, angeborene und natürlicherweise von Kindheit auf immer mehr vermehrte Bande und Verhältnisse erst zerstören müßte, um zu jener unbeschränkten Freiheit des Genusses zu gelangen?

16. Aus einer Rezension in »Gothaische gelehrte Zeitungen«, am 5. März 1788

Wer ist dieser Ardinghello? Ist es ein Subjekt, das durch gute oder schlimme Eigenschaften für die Menschheit lehrreich wird? Ein Charakter, der zur Veranschaulichung einer wichtigen Wahrheit führt? – Nein!

17. Christian Gottfried Körner an Friedrich Schiller, am 16. März 1788

Glücklicherweise bekamen wir gestern zuerst den Ardinghello. Er hat Huber und mich äußerst interessiert und wir haben alles, was dazu tauglich war, vorgelesen. Ich selbst bin noch nicht fertig damit; mir scheint es ein Pendant zum Werther abgeben zu können: Geist und Kraft im Schwelgen wie jener im Leiden. Über Kunst enthält es sehr lichtvolle Ideen. Der Ausdruck im einzelnen ist Leben und Fülle, aber der Periodenbau ist dunkel und verworren. Das Dramatische gelingt ihm weniger; besonders sprechen seine Weiber zu dichterisch in den gespanntesten Situationen; überhaupt wünschte ich diesen mehr Weiblichkeit und weniger italienischen Charakter. Eine gewisse männliche Größe und Konsequenz, die er ihnen zuweilen gibt, macht doch einen widrigen Eindruck und schadet der Wirkung des Kontrastes. Auch finde ich Nachlässigkeiten und Ungleichheiten im Stil, die leicht zu vermeiden gewesen wären.

18. Barbara Schultheß an Johann Wolfgang Goethe, am 20. März 1788

Dein Urteil [nicht erhalten] über Ardinghello freut mich: ich weiß noch kein Buch, das ich so mit empörten Gefühlen wegschmiß wie dies, das Gesicht verachtend, dem die Larve so unentbehrlich war und es dennoch bloß dastehen ließ.

Die Sprache reizte mich, ich nahm es wieder und hob heraus, was über Kunst und Gegend geschrieben war, las hin und wieder mit Vergnügen und so siehest also, daß Du mich eben unter die Unwissenden zu zählen hast und daß ich mich kaum zu jenen Jungen hinsetzen dörfte.

19. Klamer Schmidt an Jakob Friedrich Abel, im März 1788

Ardinghello hab ich verschlungen. Daß Heinse so etwas schreiben würde, ahnete ich schon vor 15 Jahren. Schon damals war jedes seiner Gespräche elektrisches Feuer, nur einer Reise bedurfte es an die Quelle der Künste, um Blitz und Schlag auf einmal hervorzubringen.

20. Ludwig Gleim an Johannes Müller, am 6. April 1788

Ebenso habe ich Heinsens Ardinghello gesucht wie einen Diamanten und erst nach langem Suchen gefunden. So ein Buch hab ich von ihm erwartet; ich kenne meinen Heinse ganz, er kann noch mehr.

21. Johann Christian Reinhart an Friedrich Schiller, im April 1788

Ardinghello hat mir unaussprechlich gefallen. Hab er Dank, daß er mir ihn kennen gelernt. Seine Bemerkungen über Kunst sind schön und neu und seine glühende Phantasie hat mich so angesteckt, daß ich oft glaubte, ich müßte mein Ränzchen packen und davonlaufen.

22. Friedrich (»Maler«) Müller an Heinse, am 12. August 1788 aus Rom

Deinen Artingello [!] habe ich mit Entzücken gelesen, welche vortreffliche Dialogen, wie kanstu nur mit so viel Gefühl und Sinn für Schönheit und Kunst in Deutschland hocken.

23. Johann Benjamin Erhard an seine (nicht näher bekannte) Freundin Wilhelmine, am 9. Mai 1788

Ardinghello ist das Produkt eines flammenden Genius, es kann mit nichts verglichen werden. Die Sprache ist meisterhaft, volltönend für das Ohr, schildernd für das Auge, bedeutend und belebend für jeden Sinn. Die Gefühle, die er erweckt, lassen dem Herzen keine Ruhe; solange man liest, muß es feurig schlagen; fast an keiner Stelle des Buchs werden wir in sanfte Ruhe gewiegt, beständig unsre Nerven durch die Kühnheit der Empfindungen und Maximen erschüttert, und wie das von der Sonne geblendete

Auge muß sich der Geist nach dem Lesen erst wieder erholen. Einen Ardinghello wünschte ich unter meinen Freunden, ich selbst möchte es nicht sein. Es ist ein herrlicher Jüngling; nichts zwar ist ihm heilig, aber er selbst ist hehr wie ein Gott, er handelt oft ungerecht und unbändig, aber nur weil er sich täuscht, den Edelmut auf der entgegenstehenden Seite des Rechts und der Mäßigung zu finden wähnte. Sinnlichkeit ist bei ihm herrschend, aber sie erniedrigt ihn nicht, sondern er veredelt sie. O es muß eine Freude sein, einen solchen Jüngling zum Freunde zu haben, ihn zu zähmen und seine sich gegen alles sträubende Kraft durch die Stimme der Weisheit zu lenken! Bei dem allen urteile ich von dem Buche im Ganzen nicht völlig günstig. Solche Schriften sind wie romantische Gegenden der Natur, wo sich Felsen auf Felsen türmen, sich reißende Ströme über sie stürzen und an ihren Klippen zerschäumen, an ihren schroffen Abhängen sich hundertjährige Fichen mit vielarmiger Wurzel anklammern: eine solche Gegend fesselt alle Sinne und erhebt unsre Seele, aber es wächst in ihr weder erquickendes Obst noch nährendes Getreide. – Doch der Mensch lebt nicht von Brot allein.

24. Johann Benjamin Erhard an Johann Karl Osterhausen, am 22. August 1788

So hatte er auch Deinen Beifall, der feurige Jüngling [Ardinghello], der nie aus dem Taumel des Enthusiasmus erwacht und nur selten besonnen ist? Wonne ist's, ihm nachzufühlen, aber Unglück wäre es, er zu werden. Auch mir gab er einen Schwung, aber mehr zum Schwindel als zum höheren Emporklimmen. Wenn es bloß darum zu tun ist, daß die Kräfte der Seele aufgeregt werden, so ist es ein vortreffliches Buch; wenn sie aber gelenkt werden müssen, so kann es zu nichts dienen, indem es zu keinem Zwecke führt. Eine hell auffahrende Flamme in dunkler Nacht ist ein prächtiger Anblick, aber nur die Flamme, welche unsre Speisen erweicht und an der wir uns zu erwärmen wagen dürfen, ist die für uns nützliche. Edler und tugendhafter ist die Stimmung, welche die Gespräche des Plato meiner Seele gaben.

25. Wilhelm von Humboldt, Tagebuch, am 7. Oktober 1788

Ardinghello ist in Mainz ein allgemein gelesenes Buch und, was aber zugleich von der moralischen Delikatesse seiner Kurfürstlichen Gnaden keinen hohen Begriff gibt, der Kurfürst hat ihn den Damen des Hofes selbst vorgelesen.

26. Aus einer Rezension in »Neue Bibliothek der schönen Wissenschaften und der freyen Künste«, 1788/89

Zu wünschen wäre es, der Verfasser [. . .] würde in diesem Buche alle philosophische Spekulationen vermieden, und sich ganz seinem dichterischen Talente und seinem lebhaften Kunstgefühl überlassen haben. Allein man findet hier nicht nur Betrachtungen über das Wesen und die Grenzen der Künste, sondern auch weitläufige Untersuchungen politischer, ja selbst metaphysischer Gegenstände. Jene scheinen zwar bei dem ersten Anblicke auf das engste mit Schilderungen und Beurteilungen von Kunstwerken verknüpft zu sein. Denn wie natürlich ist nicht der Übergang von den Empfindungen selbst, auf die Ursachen, die sie bewirken. Allein so natürlich er auch sein mag, so wird er doch nur selten dem Schriftsteller erlaubt sein, da ein jedes seinen eignen Ton, seine eigne Behandlungsart erfordert.

Schon aus diesen vorläufigen Erinnerungen wird man vermuten können, daß sich kein bestimmter Gesichtspunkt angeben läßt, aus welchem man gegenwärtiges Buch betrachten könnte. Diese Schwierigkeit wird dadurch nicht wenig vermehrt, daß abenteuerliche Erzählungen einen großen Teil desselben einnehmen, die keinen andern Endzweck als den, einer augenblicklichen Unterhaltung haben, und sich auf keine Weise als Einkleidung der andern Gegenstände betrachten lassen. [. . .] Fast ist es unnötig zu erinnern, daß es der Fabel [des Romanes] gänzlich an Einheit fehlt. Auch ist der Charakter des Helden nicht so be-

schaffen, daß er diesen Mangel ersetzen könnte; denn wer kann mit einem Egoisten sympathisieren, mit einem Manne, der nur Sinn für das Physisch-Schöne, und gar keinen für das Moralische hat? Übrigens wollen wir dem Verf. wegen dem Charakter des Ardinghello keinen Vorwurf machen, da er mit Recht darauf antworten könnte: daß ein Mann, der alle sinnliche Schönheiten so stark empfindet, wie Ardinghello, selten viel Geschmack an moralischen Empfindungen haben wird und daher nicht anders geschildert werden konnte.
Weniger Entschuldigung möchte die Sprache finden, welche Ardinghello und seine Geliebten in der Leidenschaft führen, denn diese ist äußerst gezwungen schwülstig.
[...] Zu der schätzbarsten Seite des Buchs [gehören die] meisterhaften Schilderungen und Beurteilungen schöner Gegenstände, die man nicht ohne die lebhafteste Teilnehmung lesen kann. [Auf 30 Seiten folgen auszugsweise Kunstbeschreibungen aus dem Roman selbst.]

27. Johannes Müller an seinen Bruder, am 7. Dezember 1789

Über Ardinghello hast Du ganz recht; der Verfasser ist nichts von dem allem, aber er hat seine Bildung aus der Periode, wo man darauf ausging, nicht Männer, sondern Kerls als Muster darzustellen.

28. Aus einer Rezension in »Allgemeine deutsche Bibliothek«, 1791

[...] so zeichnet sich dieser Roman unter dem großen Haufen seiner Brüder ungemein vorteilhaft aus. Ardinghello der Held desselben ist ein wahres Kraftgenie, wild, heftig, aufbrausend, voll starker Leidenschaften, groß und edel in allen seinen Unternehmungen, obgleich nach italienischer Weise rachsüchtig bis zur Ausschweifung. [...]
Nichts zieht den Leser bei diesem Werke mehr an sich als die kraftvolle üppige Diktion, die starken und feurigen Schilderungen und die kühnen Gedanken, welche alle oft

mit solcher Täuschung auf ihn würken, daß er sich aus der würklichen Welt in jenes schöne Zeitalter der italienischen Geschichte hinübergezaubert glaubt, [...] daß es scheint, als wenn der Verf. seinen Pinsel in die heißeste Glut einer schwärmerischen Künstlerbegeisterung getaucht habe. [...] Selbst die gewaltsamsten Verletzungen und Beleidigungen der moralischen Verhältnisse in der Welt, verlieren ihr Auffallendes unter den blendenden Farben, womit die feurige Einbildungskraft des Verfassers die Begebenheiten darstellet und ausmalet. Nur erst gegen das Ende dieses zweiten Bandes sieht man, was der Zusatz auf dem Titel: die glückseligen Inseln, bedeuten soll. Ardinghello hatte nämlich in Rom einen griechischen Sophisten Demetri kennen lernen, der ihn mit den Systemen der alten Weltweisen und vorzüglich des Aristoteles bekannt machte und ihm eine Zuneigung zu ihren Lehrsätzen einflößte [...] und mit Hülfe seines Freundes und Lehrers Demetri fing er an die Ideen der platonischen Republik mit einigen Modifikationen zu realisieren. Ihre Religion war reiner Pantheismus.

29. Ludwig Tieck an Wilhelm Heinrich Wackenroder, am 28. Dezember 1792

Lies doch den Ardinghello, wenn Du ihn bekommen kannst. Es ist zwar alles sehr einseitig darin, aber Du wirst viele schöne Stellen finden und man bekömmt auch in mancher Rücksicht neue Ideen.

30. Friedrich Schiller, in »Über naive und sentimentalische Dichtung«, 1795

Und so hätten wir denn den Maßstab gefunden, dem wir jeden Dichter, der sich etwas gegen den Anstand herausnimmt und seine Freiheit in Darstellung der Natur bis zu dieser Grenze treibt, mit Sicherheit unterwerfen können. Sein Produkt ist gemein, niedrig, ohne alle Ausnahme verwerflich, sobald es kalt und sobald es leer ist, weil dieses einen Ursprung aus Absicht und aus einem gemeinen

Bedürfnis und einen heillosen Anschlag auf unsre Begierden beweist. Es ist hingegen schön, edel und ohne Rücksicht auf alle Einwendungen einer frostigen Dezenz beifallswürdig, sobald es naiv ist und Geist mit Herz verbindet. Mit Herz, denn die bloß sinnliche Glut des Gemäldes und die üppige Fülle der Einbildungskraft machen es noch lange nicht aus. Daher bleibt Ardinghello bei aller sinnlichen Energie und allem Feuer des Kolorits immer nur eine sinnliche Karikatur ohne Wahrheit und ohne ästhetische Würde. Doch wird diese seltsame Produktion immer als ein Beispiel des beinahe poetischen Schwungs, den die bloße Begier zu nehmen fähig war, merkwürdig bleiben.

31. Friederike Brun, [dänische Aufzeichnungen] 1795

Welchen Geist und welche Fülle jungen, ungeschwächten Lebens, verbunden mit reifer Urteilskraft, welches tiefe Naturgefühl, welche unerschöpfliche Quelle von Schönheit faßt das Buch nicht in sich! Ich traue Heinse eine sehr schöne und reine Seele zu, die sich ganz über Zeit und Verhältnisse hinaufgeschwungen hat. Als Kunstbeurteiler steht er einzig da und übertrifft nach meiner Meinung noch Winckelmann in Hinsicht auf das Leben der Wirklichkeit.

32. Johann Georg Jacobi an seinen Bruder Friedrich Heinrich, am 21. Oktober 1804

Laidion und Ardinghello würd ich keiner [unserer Damen] empfehlen.

33. Friedrich Heinrich Jacobi, in »Was gebieten Ehre, Sittlichkeit und Recht [...]«, 1806

[...] so konnte man von Heinse als Verfasser des Ardinghello, der Laidion, des deutschen Petrons sagen: c'est un fanfaron de libertinage – un masque de cerveau brûlé. Von dergleichen Ausgelassenheiten und Ungeheuerlichkeiten, wunderlichen und widerlichen Rodomontaden in Worten und Wesen fand sich nichts in diesen Briefen [Heinses an Jacobi].

34. Friedrich Bouterwek, in einer Rezension des Briefwechsels Heinses, in »Göttingische Gelehrte Anzeigen«, 1806

Wir haben uns innigst gefreuet hier wieder so viel Treffliches von dem Manne zu lesen, der entschieden unter die ersten, originalsten, genievollsten Köpfe Deutschlands gehört, was lange nicht allgemein noch tief genug anerkannt war und jetzt beinahe vergessen zu sein scheint. Wie es möglich wurde, daß so etwas dem Verfasser des Ardinghello und der Hildegard von Hohenthal begegnen konnte, mag nur in dem ersten Augenblicke unerklärlich scheinen, in welchem wir nicht an die Zeichen der Zeit uns erinnern. Heinse schrieb nicht viel und zog darum die Aufmerksamkeit des Publikums nicht erneuert auf sich. [. . .] Das Angeführte und einiges andre macht es begreiflich, daß das lebendige Gefühl, daß Heinse eines der größten Genies Deutschlands war, nicht, wie es sein sollte, im größeren Publico herrscht, daß man es nicht lebendig genug fühlt, wie ihm keiner in feuriger Darstellung des Schönen, gezügelt von dem richtigsten Urteile, in den bildenden Künsten und der Tonkunst gleichkam und wenige wie er Naturszenen zu schildern vermochten.

35. David François de Gaudot an August Wilhelm Schlegel, am 8. Februar 1806

Ce garçon-là avec lequel j'ai beaucoup vécu en Italie et en Allemagne, a senti la nature, les arts et la littérature, mais surtout le bonheur d'une manière plus analogue à la mienne que celle d'aucun homme que j'aie connu. Sa métaphysique, sa morale (spéculative), son goût pour ce que regarde le monde, sa connaissance des hommes, la partie romanesque de ses ouvrages – je les abandonne au bras séculier et ecclésiastique; mais son imagination et sa manière de tirer et de rendre l'huile essencielle de tout –

pour une conversation ou pour un livre, non pas pour une action – me paraissent d'un prix inestimable.

36. Rahel Levin an Karl August Varnhagen von Ense, am 6. Dezember 1808

Wie ich Dir sagte, Ardinghello gefalle mir nicht, meinte ich beständig ein andres Buch, dessen Titel mir nun nicht einfällt; ist Dir so etwas vorgekommen? Vorletzte Nacht besann ich mich erst auf den wirklichen Ardinghello, weil ich mir den göttlichen Briefsteller Heinse gar nicht mit dem andern odiösen Buch zusammenreimen konnte. [...] Warum hast Du mir das Buch nicht viel heftiger empfohlen, da Du doch von Friedrich Schlegels Gemäldebeschreibungen so eingenommen bist? Wie andrer Art sind die Heinses! Dem hatte Gott seine richtigen fünf Sinne gegeben und allen ein weites Gesicht und dann den köstlichen, von Musen und Grazien bereiteten, von Apoll bewilligten dazu, der sie alle zusammenhält. [...] Goethe, glaubte ich, nur könne so etwas.

37. Johann Wolfgang Goethe, »Gespräche«, am 10. September 1815

Ich lese den Ardinghello. Gespräch über Heinse: Zügellosigkeit des Genies.

38. Johann Wolfgang Goethe, in »Erste Bekanntschaft mit Schiller« [1817 veröffentlicht]

Nach meiner Rückkunft aus Italien, wo ich mich zu größerer Bestimmtheit und Reinheit in allen Kunstfächern auszubilden gesucht hatte, unbekümmert, was während der Zeit in Deutschland vorgegangen, fand ich neuere und ältere Dichterwerke in großem Ansehen, von ausgebreiteter Wirkung, leider solche, die mich äußerst anwiderten. Ich kenne nur Heinses »Ardinghello« und Schillers »Räuber«. Jener war mir verhaßt, weil er Sinnlichkeit und abstruse Denkweisen durch bildende Kunst zu veredeln und aufzustutzen unternahm; dieser, weil ein kraftvolles, aber unreifes Talent gerade die ethischen und theatralischen Paradoxen, von denen ich mich zu reinigen gestrebt, recht im vollen, hinreißenden Strome über das Vaterland ausgegossen hatte.

Beiden Männern von Talent verargte ich nicht, was sie unternommen und geleistet: denn der Mensch kann sich nicht versagen, nach seiner Art wirken zu wollen. Er versucht es erst unbewußt, ungebildet, dann auf jeder Stufe der Bildung immer bewußter, daher denn so viel Treffliches und Albernes sich über die Welt verbreitet und Verwirrung aus Verwirrung sich entwickelt.

Das Rumoren aber, das im Vaterland dadurch erregt, der Beifall, der jenen wunderlichen Ausgeburten allgemein, so von wilden Studenten als von der gebildeten Hofdame gezollt ward, der erschreckte mich, denn ich glaubte all mein Bemühen völlig verloren zu sehen. Die Gegenstände, zu welchen, die Art und Weise, wie ich mich gebildet hatte, schienen mir beseitigt und gelähmt. [...] Die Betrachtung der bildenden Kunst, die Ausübung der Dichtkunst hätte ich gerne völlig aufgegeben, wenn es möglich gewesen wäre: denn wo war eine Aussicht, jene Produktionen von genialem Wert und wilder Form zu überbieten? Man denke sich meinen Zustand! Die reinsten Anschauungen suchte ich zu nähren und mitzuteilen und nun fand ich mich zwischen Ardinghello und Franz Moor eingeklemmt.

39. Aus einer Rezension in »Allgemeine deutsche Real-Encyclopädie für die gebildeten Stände«, 1820

Ardinghello und Hildegard. Was er [Heinse] von Bildnerei und Musik, die er beide schwärmerisch liebte, in seinem Leben erfunden, geahnet und enträtselt hatte, legte er in seinen Werken nieder, deren stürmischer bacchantischer Taumel zwar den Leser gewaltsam ergreift und dahinrafft, ein edles Gemüt aber nicht erheitern kann.

40. Karl Rosenkranz, in »Von Magdeburg bis Königsberg«, 1822

Als ich daher auf einer Auktion Ardinghello in der Originalausgabe kaufen konnte, zögerte ich nicht. Ich verschlang seine Lektüre. Der Erdgeist fuhr in alle meine Sinne. Die Macht der bildenden Kunst, die Schönheit der antiken Statuen entschleierte sich zuerst meinem Blick, aber auch der Genuß, welchen der Reiz der nackten Gestalt gewährt. Heinse unterrichtete mich, hier mit ganz andern Augen zu sehen, als ich bis dahin gewohnt war [...]. Er malte nicht mit schelmischer Lüsternheit wie Wieland, sondern predigte das Naturevangelium mit einer gewissen Andacht und Kühnheit, die mich verwirrte. Er machte nicht viel Worte, aber er entflammte die Sinnlichkeit durch die Offenheit und Keckheit seiner üppigen Situation. In den vielen Betrachtungen über die Skulptur, welche seinem Ardinghello einverleibt sind, zog er das Winckelmannsche Kunstideal zu einem naturalistischen Zerrbilde herunter. Er trat aber mit einer solchen Sicherheit, ich möchte sagen Unschuld und Begeisterung auf, daß ich ihn damals weit über Wieland stellte, dessen Agathon ich wiederholt angelesen hatte, ohne ihn je zu Ende zu bringen.

41. Georg Gottfried Gervinus an Friedrich Maximilian Hessemer, am 15. November 1824

Den Ardinghello halb gelesen – Pfui!

42. Karl Rosenkranz, in »Ästhetische und Poetische Mittheilungen«, 1827

So ist z. B. Heinses Ardinghello die teilweise sehr poetische Ausgeburt eines Geistes, welcher die Natur nicht zur Einheit mit dem Geist aufzuheben imstande war, sondern schon die unmittelbare Abspiegelung des subjektiven Eindruckes für poetisch hielt, und zwar das dringende Bedürfnis hatte, die Sinnlichkeit zu überwinden, (wovon vorzüglich die hineingebrachten griechischen Philosopheme und die trefflichen Kunstbetrachtungen zeugen), allein eigentlich nicht weiter kam, als zur Anschauung des sinnlichen Lebens, welches auch in seinen höchsten Äußerungen erscheint, denen der Geist nur geliehen werden kann. Das Buch atmet in Wahrheit einen heidnischen Geist, der in der Errichtung des Naturstaates seinen Triumph feiert.

43. Heinrich Heine an Johann Hermann Detmold, am 15. Februar 1828

Ich habe jetzt Heinses Ardinghello gelesen [...]. Ich bitte Sie, wenn Sie etwa den ganzen Heinse gelesen haben, schreiben Sie mir Ihre ganze Meinung über diesen Schriftsteller. Er ist einer jener Dämonen, die ich vielleicht jetzt repräsentiere, zu denen auch Sie gehören, und die einst den Olymp stürmen werden. Freilich die Zeit dieses Sieges ist noch lange nicht da; ich und Sie und die anderen Gleichzeitigen, wir werden mit verdrießlich abgemühtem Herzen ins Grab steigen, doch mit der festeren Überzeugung, daß die Stärkeren unser Bestreben fortsetzen werden.

44. Heinrich Laube, in »Moderne Charakteristiken«, 1835

Das Romanleben breitete sich aus nach allen Seiten. Heinse der ungestüme, wollte uns Schönheit und Freiheit, Kunst und kräftiges Leben enthüllen und gab uns seine einseitigen, manierierten, aber doch wunderbar starken Produkte: Ardinghello, Fiormina [nicht von Heinse], Hildegard v. Hohenthal.

45. Heinrich Laube, aus der Einleitung zu »Wilhelm Heinse's sämmtliche Schriften«, 1838

An Mannigfaltigkeit, Neuheit und Kraft bleibt er [Ardinghello] auch sein reichstes Buch. [...] Die Beschreibung Italiens wird zu oft bloß Staffage, Leinwandkulisse neben dem lebendigen Romanleben [...]. Seine Erfindung ist meist nur Sympathie des eigenen Wesens, Gemälde ohne Schatten – [...] an großer Geschlossenheit fehlt es eigentlich Heinse nicht, er zeichnet sich darin höchst vorteilhaft vor hundert anderen aus, daß er, ein echter Dichter, ringsum greift an Himmel und Erde, und allen möglichen Bezug des Menschen in seine Hand und seinen Willen zieht. Nur weil er dies gewaltsamer, springender tut als Goethe, so wird seine Welt und sein Stil wüster, der Stempel Goethischer Echtheit und Notwendigkeit fehlt, und die stürmische Bewegung soll die sichere ersetzen. [...] Wer z. B. in Heinses Büchern, besonders im Ardinghello, die Striche über Staat und Gesellschaft für etwas anderes halten will als für großartige Zusammenstellung und Phantasie eines durch alle Möglichkeit schweifenden Dichters, wer eine Anwendung von Heute zu Morgen, wer eine politische Weisheit darin suchen will, der möge diesen Büchern fernbleiben. Weder um solche Reife, noch um solche unmittelbare Anwendung ist es bei Heinse zu tun. Kühnheit der Spekulation, welche die trockene Ansicht erfrischen kann, Träume, deren ein weites Herz bedarf neben den engen Fesseln der Notwendigkeit, Mahnung an das Ursprüngliche, die sind zu finden, und deshalb wird er frisch bleiben wie alles, was in der Vogelperspektive über der Erde hängt, und deshalb möchte die Lektüre des politischen Heinse für ältere Leute ersprießlicher sein, denen der Rausch nicht leicht nahe tritt, als für eine Jugend, die Idealismus genug in sich hat.

46. Aus einer Rezension Arnold Ruges in »Hallische Jahrbücher für deutsche Wissenschaft und Kunst«, 1840

Beides, der sinnliche Himmel schöner südlicher Natur, und in ihm der unabhängige Gott, der schöne südliche Mensch, der sich tapfer zum Herrn und zugleich zum Freunde dieser Natur macht, gewissermaßen mittelst einer Fortsetzung des künstlerischen Einarbeitens des Geistes in die sinnliche Welt – das ist nun überall die Basis und das Element seiner Idealwelt, am ausdrücklichsten im Ardinghello.

Heinsen geht in seiner rücksichtslosen vollen Hingabe an die Welt der schönen Sinnlichkeit, der wahren und in sich gesetz-

lichen Wirklichkeit, an die himmlische Natur und an den göttlichen Menschen, welches beides er in Italien vor Augen hat, der Stern seiner neuen Freiheit auf; sein Prinzip und das Wort der neuen Zeit, »welches er Hunderten vom Maule wegnahm«, ist hier Fleisch geworden; von hier, aus dem Born dieser Befreiung des protestantischen Geistes, sprudelt ein verjüngender und erquickender Strom lebendiger Wahrheit und schöner Wirklichkeit über Deutschland, und die Pietät gegen die Natur, gegen Italien und gegen den schönen Menschen, den Genius, wurde so groß, daß viele Nachkommen die Überschätzung der Natur gegen den Menschen Italiens, des irdischen Himmels gegen Deutschland, das geistige und freie Vaterland des schönen Menschen oder des Genius gegen den ganzen Menschen und den Ernst seiner Befreiung bis zum Wahnsinn fixer Ideen ausbildeten. Wir haben in der Übersicht der Romantik diese Ausartungen beleuchtet. Bei Heinse ist die Begeisterung für Italien motiviert, völlig unbefangen und ganz begriffen, die Schwärmerei für die Natur nur die Darstellung seiner Emanzipationsidee, und auch der Kultus des Genius nur die Anschauung der Freiheitsform seiner Zeit. Auch der Genius ist die mächtige Naturquelle des Geistes, und die Natur feiert er als die Mutter der Kunst; auf diese Weise wird ihm die Natur das eigentliche Prius.
[...]
Allerdings ist dies eine Überschätzung der Natur und ein Unrecht gegen den Geist und die Kunst, dasselbe Unrecht, welches noch jetzt fast alle Kunstjünger selbst und die ganze nachfolgende Romantik in der Poesie, wie in der Politik, dem Geiste und seinen Gebilden antun; aber einesteils war zu Heinses Zeit die Anerkennung der Natur sowohl der äußerlichen Natur als der des Menschengeistes (statt ihrer theologischen Verdammung als der sündhaften Weltlichkeit und Sinnlichkeit) ein befreiender Schritt, und die Vertiefung in diese Wirklichkeit, mit dem vollen Vertrauen ihrer Berechtigung, ist in der Tat die Mutter und das Prius der Kunst; andernteils finden wir Heinse nicht

so borniert, daß er nicht das ganze Gewicht seines Strebens der Natur gegenüber geltend machen und die plastische Tat, die aus dem »erquickten Leben, aus dem an der Natur gestillten Durst« hervorquillt, sehr hoch halten sollte. Er bezeigt sich nur, ebenso wie die Maler meistenteils, übermäßig dankbar für diese Erquickung und Anregung, ohne zu bedenken, daß denn doch nicht der Trunk, sondern der Trinkende Zweck, das Gebilde der Kunst aber die Darstellung der trunkenen, der wirklichkeitstrunkenen Seele sei. [...]
Heinse denkt aber weder an die politische noch an die kirchliche Realisierung seines Ideals; er abstrahiert von dem akzentuierten Christentum und von dem wirklichen Staate, d. h. er setzt die Freiheit in die Unabhängigkeit von diesen Gestalten des Geistes, während in unserer Zeit die Deutschen die freie Durchbildung sowohl des Staates als des religiösen Geistes ernstlich vor die Hand nehmen. Weder das Spezifisch-Christliche, noch die wirkliche Verfassung der Staaten beunruhigt ihn. Religion und Freiheit ist ihm die freie Ausbildung der schönen Subjektivität, das Ausleben des Genius in vollkommenster Unabhängigkeit, vor allem auch von bürgerlichem Amt und äußerlichen Pflichten, weshalb er denn auch, und dies nicht ohne Schmerz, von dem Glück der Familie abstrahieren muß. In dieser allseitigen Unabhängigkeit gerät seine Theorie, wo sie gebildetere Verhältnisse darstellen will, als die Naturunabhängigkeit der »glückseligen Araber«, auf die griechischen Formen, und im Ardinghello bedenkt er sich keinen Augenblick, eine Platonische Republik und in griechischen Tempeln eine neue Naturreligion zu stiften. [...]
Man würde indes Heinsen sehr Unrecht tun, wenn man aus diesem Natur-Kultus und dem Dienst eines »unbekannten Gottes« etwas anderes schließen wollte, als 1) die schon oben besprochene Überschätzung der Natur, in welcher er die absolute und primitive Wirklichkeit anschaut, und 2) die Unerkennbarkeit Gottes, das Bekenntnis jener Zeit, welches nichts anderes ausdrückt, als den

Geist, welcher seine eigene Wirklichkeit und Wirkung zur Zeit noch verkannte, und darum von Gott nichts übrig behielt, als daß er wohl wäre, wenngleich eingehüllt in undurchdrungene Nacht.

Aus unserer bisherigen Erörterung ist nun wohl Heinses historische Bedeutung und spezieller so viel klar geworden, daß er sein Prinzip, die freie Durchbildung der schönen Subjektivität, eine tiefe Auffassung des Protestantismus und seiner Freiheit, konsequent in alle Gebiete überträgt; und wenn es ihm nicht gelungen ist, in großen Kunstschöpfungen abgerundete Gestalten desselben niederzulegen, so müssen wir immer doch seinen Werken, weil sie von diesem Prinzip und der Arbeit in seinem Dienste Zeugnis geben, ein hohes Interesse zuwenden. Vor allem ist im »Ardinghello oder [sic!] die glückseligen Inseln« nach allen Seiten dieses Freiheitspathos ausgebreitet. Seine Sinnlichkeit zuvörderst, wie wir sie geschildert, und der unabhängige tapfere Genuß der Welt, in welchem der schöne Mensch sich Selbstzweck ist; sodann die Natur, Kunst und Staat – in allen die Wiederherstellung der schönen Menschheit, welche selbst das Sinnlichgeistige und in allem die wahre Objektivierung des Göttlichen ist –, dieser ganze Inhalt durchdringt den sogenannten Roman. Und seine Vorliebe für diese reformatorische Idee verirrt sich von der Form der Geschichte und des Romans bis zur Ausartung in reine Kunstbetrachtung (die Schilderung der Raffaelschen Malereien) und in pure Metaphysik; ja er schließt damit: »[...] der ganzen Regierung der Türken in diesem heitern Klima ein Ende zu machen und die Menschheit wieder zu ihrer Würde zu erheben.« Also schon damals die orientalische Frage, die Auflösung des türkischen Reiches, aber freilich zu jener Zeit noch nicht als die Auflösung von Innen heraus aufgefaßt. Übrigens darf es nicht verschwiegen werden, daß die philosophische und prinzipielle oder die tendenziöse Einheit des Ardinghello keine Einheit der Geschichte, wenn man will, überhaupt keine Geschichte und nur eine fortgesetzte Fopperei des eigentlichen Romaninteresses hervorbringt, weil das Türkentum, die reine Sinnlichkeit, die fortdauernd den heiligsten Rechten des Gemüts und der persönlichen, wahrhaft geistigen Liebe ins Gesicht schlägt und nichts übrigläßt, als den allgemeinen schönen Beschäler Ardinghello, von vornherein nicht vermutet wird und in der Tat nicht wert ist, mit so viel Anstalten und immer noch mit so viel Schein gemütlicher Beteiligung produziert zu werden. Der plastische, anschaulich und leidenschaftlich interessierende Anfang des Romans erregt Erwartungen für die Aufregung und Schilderung der stärksten und schönsten Leidenschaften, die durchaus getäuscht werden.

47. Friedrich Hebbel, Tagebuch, am 13. August 1840

Heinse ist eine Feuerwolke, die Deutschland erst dann am Himmel bemerkte, nachdem sie durch einen ihrer Blitze ein paar elende Bauerhütten in Brand gesteckt hatte.

48. Richard Wagner, in »Autobiographische Skizze«, 1843

Damals [1834] war ich einundzwanzig Jahre alt, zu Lebensgenuß und freudiger Weltanschauung aufgelegt; »Ardinghello« und »Das junge Europa« spukten mir durch alle Glieder: Deutschland schien mir nur ein sehr kleiner Teil der Welt. Aus dem abstrakten Mystizismus war ich herausgekommen, und ich lernte die Materie lieben. Schönheit des Stoffes, Witz und Geist waren mir herrliche Dinge. Die damals spukenden Ideen des »jungen Europa«, sowie die Lektüre »Ardinghello«, geschärft durch meine sonderbare Stimmung, in welche ich gegen die deutsche Opernmusik geraten war, gaben mir den Grundton für meine Auffassung, welche besonders gegen die puritanische Heuchelei gerichtet war, und somit zur kühnen Verherrlichung der »freien Sinnlichkeit« führte.

49. Theodor Gräße, in »Geschichte der Poesie Europas«, 1848, unter »Erotische Literatur«

Er hat diese seine Lehren von der Emanzipation des

Fleisches, freilich poetischer und geniemäßiger als neuerdings Gutzkow in seiner in vieler Beziehung mittelmäßigen Wally, in dem berühmten Kunstroman Ardinghello (1787), der ihm vom künstlerischen Standpunkte aus allerdings eine bleibende Stelle unter Deutschlands klassischen Romanen erobert hat, niedergelegt [...].

50. Joseph von Eichendorff, in »Der deutsche Roman des achtzehnten Jahrhunderts in seinem Verhältniß zum Christenthum«, 1851

Dieses System [»In jedem Menschen wohnt ein Gott«] und die Dummheiten, zu denen es folgerecht führt, sind am schlagendsten niedergelegt in Heinses Hauptromane: »Ardinghello und die glückseligen Inseln«. Ardinghello ist der leibhaftige Repräsentant dessen, was man damals Genie nannte: jung, schön, ein rüstiger Fußgänger, Maler, Dichter und ein enthusiastischer Verehrer Homers und der Griechen überhaupt, eine Art von Don Juan, dessen Liederlichkeit aber um so widerwärtiger wird, da sie das Gemeine philosophisch ausschmückt. [...] Kein Wunder daher, daß er die Beschreibung eines Bacchanals in Rom, wo junge Künstler und Mädchen nackt miteinander tanzen, mit den Worten schließt: »und es ging immer tiefer ins Leben, und das Fest wurde heiliger«. Man sieht also, die ganze projektierte Erlösung, auf ihrem Rückgange zu dem nackten Leben und Naturdienst der Alten, um die Schönheit herzustellen, läuft auf den grassesten Egoismus des Sinnengenusses, auf eine Ästhetik der Wollust hinaus. Es ist keine Vermittlung zwischen Natur und Zivilisation, die eben versöhnt werden sollen, sondern anstatt beider wird willkürlich ein Drittes, ein bestialischer Zynismus, gestellt, der weder Natur ist, die er bedeuten will, noch moderne Bildung, von der er doch nicht lassen mag.

51. Georg Gottfried Gervinus, in »Geschichte der deutschen Dichtung«, 1853

Als Kunstwerke sind seine Romane sämtlich so unbedeutend wie Jacobis geringer als Klingers, und ganz saftlos, sobald man ihnen »den poetischen Schwung, den die bloße Begier zu nehmen fähig ist«, entzöge. Wenn man die Wollust aus dem Leben nimmt, sagt Heinse selbst, so bleibt nichts als der Tod; so ist's wenigstens hier. Im Ardinghello sind nichts als rhapsodische Briefe, voll lyrischen Taumels, Naturlaute, wilde unbestimmte Phrasen, alles in der Unmittelbarkeit und Formlosigkeit gehalten, wie es jenes Geschlecht verlangte. Daher liegt auch dem Stoffe nach der Hauptwert dieser Schriften, wie bei Jacobi und Klinger, in dem unmittelbaren Abbild des schreibenden Menschen, das wir empfangen. Im Ardinghello treten wir in eine Gesellschaft, in der jenes Wegspringen über alle Ordnungen, jener Jugendtrotz gegen die Sitte der Welt zu Hause ist. Die Ehe gilt als lebendiger Tod, und wird auch sonst bei Heinse als das furchtbarste Strafgericht, als eine vieltausendjährige Sklaverei angesehen, da sie doch die Natur selbst dem Tiere gegeben; alles in der Natur sei glücklicher als der Mensch, dem die Vernunft als ein tyrannischer Zuchtmeister beigegeben ist; Gewohnheiten und Gesetze sollen nur für den Pöbel da sein; Wegsetzen über Vorurteile ist Flug über die gemeine Welt. Daß diese Moral zuletzt auf den äußersten Egoismus, auf die gröbste Genußsucht hinausgeht, läßt sich erraten; nur daß vieles hier noch in schöne Worte und Formen gekleidet ist, was in den späteren Schriften oft viel derber und deutscher gesagt wird. [...] Demnach wagte Heinse im Ardinghello den großen Sprung über die Bedingungen unseres Daseins weg, er will das nackte Leben der Alten in insularischer Lage mit alter Religion und Naturdienst herstellen, um die Kunst herzustellen; die Helden scheinen recht für ein solches Naturleben gemacht, denn sie üben diese nackten Sitten schon vorher, und streifen an Blutschänderei nur kaum so vorüber, wie Heinse in der Vorrede zum Petron an einer Lobrede auf die Knabenliebe. Sie üben diese Sitten auch glücklich, denn obgleich es einigemal scheint, als sollte ihr leidenschaftliches Wesen das Unglück nach sich

ziehen, das blinder Trieb mit sich führt, so gleicht sich doch alles angestellte Unheil wieder aus, und die Glut, die in Abgründe riß, führt zuletzt zu paradiesischen Höhen. Wenn sinnliche Skandale zum Kunstleben nötig oder fördernd sind, so wären diese Helden wie zum Naturleben auch zum Kunstleben gemacht; aber dies muß Heinsen zuletzt selbst nicht so geschienen haben, denn das ganz sonderbare Ende vom Lied ist, daß diese Kunstjünger auf ihren Cykladen ein Seeräuberleben führen, das ihrem Wesen sehr gemäß ist, die Kunst aber gewiß völlig ausschließt.
Dies bezieht sich auf das Tatsächliche des Ardinghello, den Schiller eine Karikatur nannte; eine zweite Seite bildet das Lehrhafte, die eingestreuten Urteile über Kunst, Wissenschaft und Staat. Was die beiden letzten Gegenstände angeht, so wird niemand dort Staatsweisheit suchen, wo kein Sinn für Staatsbande ist, und keine wissenschaftlichen Aufschlüsse, wo über die Philosophie der Alten von zwei Rednern gestritten wird, die im Aristoteles »geblättert« haben, und die in unverstandenen Phrasen Funken aus sich schlagen, wie angehende Musensöhne beim Gelage tun, um mit der Rede den Wein zu verdunsten. Dagegen hat man Kunstweisheit oft in diesen Büchern gesucht, weil Sinn, Interesse, Auffassungsgabe, Phantasie und Feuer für die Kunst vielfach darin vorleuchtet.
Genauer betrachtet ist aber alles Irrlicht, wie das Gerede über Staat und Wissenschaft auch; und vergebens bemänteln die Anmerkungen das Abenteuerliche, Läppische und Ziellose des eiteln Hinundherplauderns. So viel sieht man wohl heraus, besonders wenn man Heinses Briefe und übrige Schriften hinzunimmt, daß er ein Gegner von Winckelmann ist, daß er die Natur, die Landschaft, das Genre gegen ihn verteidigt, daß er Rubens, zur großen Freude des Maler Müller und aller solcher Naturmänner, in eben der Weise hervorzieht wie Winckelmann den Raffael, daß er das Studium der Antike gegen das Studium der Natur verwirft, und die Schönheit des Jahrhunderts ebenso ergriffen haben will wie die des Altertums,

daß er das Romantische rettet neben dem Antiken, daß er sich gegen jede Einseitigkeit wehrt, Natur und Kunst, Musik und Plastik, Vollkommenes und Geringes gewürdigt und geschätzt wissen will. Dies alles wäre recht gut, wenn nicht des Wirren, Übertriebenen und Launischen so viel wäre, wenn nicht überall der verwilderte Sinn auf Trostlosigkeit in den Verhältnissen der Gegenwart stieße. Verzweifelte Ansichten ermutigen zu keinem lebenschaffenden Wirken; wer das Gute bezweckt, muß an gute Erfolge glauben. Und wenn unser Leben der Veredlung bedarf, um Kunstsinn zu empfangen, so muß man gewiß nicht mit Genrebildern in der Kunst und Genrecharakteren und wüster Natur im Leben beginnen, denn aller Zynismus ist der Kunst Verderb und Untergang.

52. Carl Leo Cholevius, in »Geschichte der deutschen Poesie nach ihren antiken Elementen«, 1854

Er [Heinse] verfolgte die sinnliche Richtung Wielands bis zu ihrer äußersten Grenze. Um das Kunstgebiet völlig zu säubern, bot er den moralischen Forderungen Trotz und verwarf mit ihnen zugleich alles, was uns sonst auf dem Wege zur Vernunftfreiheit vorleuchtet. Dagegen machte er das Sinnliche selbst zum Gehalte des Schönen und verwechselte das physische Leben der Gestalten mit dem Geistigen. Während Wieland bei seiner Liebe zur Natur nur den gewöhnlichen idyllischen Neigungen nachhing, betrachtete Heinse die Schöpfung in pantheistischer Weise. Ströme, Berge und Felsen, die aus verborgenen Tiefen hervorquellende, unbesiegbare und ewige Kraft der Elemente sind die Gottheiten, welche er anbetet. Hierin zeigt er sich von den Zeitideen ergriffen, welche Goethe in der Periode des Werther aussprach. In gleicher Weise betrachtet Heinse die Kultur als eine Verwahrlosung der reinen Menschheit, da sie mit dem Widerstande gegen die natürlichen Begierden und Leidenschaften alle Kraft und Wahrheit ausrotte. In Goethes Briefen aus der Schweiz, dem Anhange zum Werther, wird der Anblick der nackten

Gestalt des Menschen mit eben demselben Entzücken geschildert, welches Wieland den jungen Platonikern beilegt, wenn sie einer Theophanie gewürdigt werden, und dem entspricht es im Ardinghello, dem wichtigsten Romane Heinses, daß sich eine ganze Gesellschaft entkleidet, um im Anblicke der vollkommensten Schönheit zu schwelgen. Man sehnte sich nach jenem goldenen Zeitalter der griechischen Dichter, in welchem sich alle Haine mit Adonis und Venus bevölkerten, keine Kleider die Erscheinung zur Lüge machten, keine Ehen den natürlichen Zug der Liebe unterdrückten und die Kinderzeugung der vornehmste, ebenso erhabene wie beglückende Beruf wäre. Dies alles ist mit einer trunkenen Phantasie dargestellt, doch oft auch mit der keuschen Kälte der Kunstsprache und der Philosophie, wie Heinse denn auch Xenophon und Plato, Phidias und Praxiteles zu seinen Heiligen zählte. Daß aber, selbst wenn diese Verehrung der Sinnlichkeit nur als eine begierdelose Anschauung des Schönen erscheinen will, doch die Quelle des poetischen Schwunges nur in der Begierde zu suchen ist, und daß die Sehnsucht nach der gesunden, reinen Natur nur eine Verhüllung der völligen inneren Fäulnis war, beweist schon Heinses Wohlgefallen an Hofmannswaldau und an Petronius, den er 1773 übersetzt hatte.

53. Julian Schmidt, in »Geschichte der deutschen Literatur seit Lessing's Tod«, 1866

Wenn man Don Carlos als einen Vorboten der Revolution auffassen kann, so gilt das von zwei Romanen, die April 1787 erschienen, in noch höherm Grade. [Der erste Roman »Les liaisons dangereuses« von Pierre Choderlos de Laclos.] Der zweite Roman war Heinses »Ardinghello«, das Werk, an dem er seit Jahren gearbeitet, das Männer wie Gleim, Hamann, J. Müller entzückte. Das Muster des Agathon ist nicht zu verkennen; Heinse hat seinen Helden in die Spät-Renaissance verlegt; die Eindrücke seines dreijährigen Aufenthalts in Italien sind mit großer sinnlicher Kraft wiedergegeben; die Urteile über Kunst, welche mehr als die Hälfte des Buchs ausfüllen, erhalten ihren Wert durch eine gewisse Paradoxie. Die sittliche Tendenz des Romans ist zum Erstaunen, es ist eine unbedingte Apologie der Leidenschaft, wie sie sich Allwill nie hätte träumen lassen. Nur der Genuß gibt dem Leben Wert; Treue ist Wahn, Ardinghello eilt aus den Armen des einen Weibes in die des andern, für jeden, der ihm Widerstand leistet, ist ein Dolchstoß bereit, zuletzt zieht er mit seinen Weibern und gleich starkgeistigen Freunden nach den glückseligen Inseln des Archipelagus, um eine Piratenkolonie zu gründen. Und ohne Arg geht der Dichter mit, Polygamie und Aufhören aller Arbeit wird gesetzlich fixiert. Freilich findet man im Benvenuto Cellini ein ähnliches Übermaß ruchloser Sinnlichkeit, aber was bei dem Deutschen beleidigt, ist die doktrinäre Haltung. Die einzelnen Urteile variieren das Thema, daß zum Künstler nur derjenige geschaffen sei, der starke Sinne habe, und daß die einzig richtige Methode der Kunst mitfühlende Beobachtung der sinnlichen Natur sei.

54. Hermann Hettner, in »Geschichte der deutschen Literatur im achtzehnten Jahrhundert«, 1869

Künstlerisch ist der Roman unbedeutend. Einheitliche Handlung fehlt ganz und gar; es ist eine bunte Reihe von Genrebildern, Betrachtungen und Studien, die in sich keinen anderen Zusammenhang haben als die Willkür des Verfassers, die in diesen Roman alles hineinlegte, was sich eben in der Arbeitsmappe vorrätig fand. Es bewahrheitete sich, wie richtig Friedrich Jacobi gesehen hatte, als er während der Zeit von Heinses Aufenthalt in Düsseldorf einmal (Auserlesener Briefwechsel Bd. 1, S. 279) an Wieland schrieb, Heinse werde nie ein Ganzes von wahrhaft lebendiger Schönheit hervorbringen, denn sein Herz sei der echten und reinen Liebe unfähig, und bei vielem Geist und Talent und einem schätzenswerten Charakter vermöge er doch nie etwas aus der Fülle zu tun. Aber die Grundidee, das Stürmen und Flammen der Leidenschaft, ist mit rücksichtsloser Energie und mit packender Gewalt ausgesprochen; über den herrlichen Naturschilderungen liegt der leuchtende Farbenzauber der südlichen Sonne; und die eingeschalteten Kunsturteile sind von so feinsinniger Empfindung und von so eindringendem Verständnis, daß dieser Roman trotz aller seiner künstlerischen Mängel und seiner haltlosen Torheiten und Überstürzungen nichtsdestoweniger eine der denkwürdigsten und geistvollsten Schöpfungen der deutschen Literatur ist. – Ardinghello, der Held des Romans, ist der Begriff aller der glänzenden Eigenschaften, unter welchen sich die Sturm-und-Drang-Periode den gottbegnadeten Geniemenschen dachte; strahlend in männlicher Jugendschönheit, ein großer Künstler, voll brennender Leidenschaft und trotzender Kraftfülle, ein Virtuos aller körperlichen Übungen, der Abgott der Frauen. Er kennt kein anderes Gesetz als die Leidenschaft des ungezügelten Herzens und den Drang derselben, sich ganz und ungeschmälert ausleben zu dürfen. [...] Kann aber die Glut der Sinne das Herz ersetzen? Ist Sophistik der Sinnlichkeit, auch die glänzendste, jemals mit dem Wesen echter Poesie vereinbar? Herder (vgl. Zur Erinnerung an F. L. W. Meyer, 1847. Bd. 1, S. 173) nannte Ardinghello eine Debauche des Geistes. Es ist bekannt, wie sehr sich Goethe (Bd. 27, S. 34) entsetzte, als er bei seiner Rückkehr aus Italien das Rumoren wahrnahm, das Heinses Ardinghello erregte. [...] Beschränken wir, wie es meist geschieht, Heinses Bedeutung auf diese törichten Phantastereien von der sogenannten Emanzipation des Fleisches allein, so ist Heinse nur eine rein pathologische Erscheinung, nur eine eigenartige Ausgeburt jener krankhaften Freigeisterei der Leidenschaft, welche die allgemeine, wenn auch sehr vielgestaltige Krankheit der gärenden Zeit war. Doch tut man Heinse schreiendes Unrecht, wenn man ihn nicht zugleich als Kunstschriftsteller betrachtet. Als solcher ist er einer der Feinsinnigsten und Bedeutendsten unter allen seinen Zeitgenossen. [...] Es ist das Schicksal unfertiger Naturen, vorzeitig vergessen zu werden. Heinse verdient dies Schicksal nicht. Er ist ein so reichbegabter und vielseitiger Geist, daß es sich wahrlich lohnt, in ihm die Spreu und den Weizen zu sondern.

55. Johann Schober, in »J. J. W. Heinse. Sein Leben und seine Werke«, 1882

Heinse führt uns in diesem Romane durch Italien und schildert das Leben, die Natur und Kunst daselbst nach den empfangenen Eindrücken, die sein Geist so treu bewahrt hatte. [...] die Erzählung zeigt, daß Heinse seinen Lehrer Wieland in der Schilderung sinnlicher Episoden ebensoweit zu übertreffen vermochte, wie in der lebendigen Darstellung der Glückseligkeitslehre desselben.

Am eingehendsten verbreitet Heinse sich über die Kunst. Wie Lessing im Laokoon, so sucht er im Ardinghello ihre Grenzen zu ziehen, indem er das Wesen der verschiedenen Kunstzweige entwickelt, den Begriff vom Schönen feststellt und unter Berücksichtigung ihrer Entwicklung den Wert der Malerei und Bildhauerkunst entsprechend würdigt. Nach seiner Ansicht ist die Natur selbst die ewige Regel und ein Künstler muß von ihren Quellen schöpfen, wenn er neue Schönheit und neuen unsterblichen Reiz hervorbringen will. Dadurch tritt er Winckelmann entgegen, dem das Antike höher steht, und will, wie Müller, die Romantik, und wie die Holländer, die Genre- und Landschaftsmalerei berücksichtigt wissen. Heinse wagt hier den genialen Versuch, »die Gegensätze von Natur und Kunst zu versöhnen, die antike Begeisterung für schöne Form mit dem leidenschaftlichen Pathos der Romantik zu vermählen« (Allgemeine Literaturgeschichte von Dr. J. Scherr. Stuttgart II. 213). – Es ist ein wesentliches Verdienst von ihm, durch solche Darstellungsweise den Kunstroman begründet zu haben, der seit dieser Zeit eine eigene Art dieser großen Gattung geworden und selbst in Goethe durch seinen Wilhelm Meister einen Vertreter gefunden hat. – Daß Kunstjünger, die in der Darstellung des Nackten ihre höchste Aufgabe erblicken, auch bacchantische Feste feiern, wie Heinse am Schluß des dritten Teiles schildert, kann nach den vorausgegangenen Erörterungen nicht mehr überraschen. [...] Die Literarhistoriker gehen mit Heinse wegen des Ardinghello scharf ins Gericht. Julian Schmidt tadelt die doktrinäre Haltung der sinnlichen Schilderungen und hält den Roman für einen Vorboten der Revolution. [...] Ist es des Verfassers Schuld, daß man Handlung und Belehrung im Ardinghello getrennt herausgab und daß heute noch viele von demselben nur die sinnlichen Schilderungen lesen und seine geistreichen didaktischen Ausführungen überschlagen? Denn darin kann ich Gervinus nicht beistimmen, daß die wissenschaftlichen Erörterungen im Ardinghello nur Irrlichter seien, sondern halte mich, besonders in bezug auf die Beschreibungen der Kunstobjekte, an Hettners vollgültige Besprechung. Jene Beschreibungen werden für immer wertvoll sein und der Roman selbst bleibt eine lebendige Charakteristik der freisinnigen Anschauungen des vorigen Jahrhunderts, sowie ein unvergängliches Denkmal unserer Sturm-und-Drang-Periode.

56. G. Adler, in »Der Zeitgenosse«, 1883/84

Ein kommunistischer Romancier des 18. Jahrhunderts.

57. Richard Rödel, in »J. J. W. Heinse. Sein Leben und seine Werke. Nach den Quellen bearbeitet«, 1892

Heinse hatte im Ardinghello ein Werk geschaffen, dem man bis dahin kaum etwas Ähnliches an die Seite setzen konnte. Es war eine durchaus neue und eigentümliche Erscheinung, die hier in den Gesichtskreis des Lesers trat, eine Mischung von Traum und Wirklichkeit, in welcher leider das Historische von dem Phantastischen zu sehr überwuchert wurde, ein Fabelwesen von fremdartigem Ansehen, im Ganzen aber doch mehr barock-interessant als liebenswürdig-anziehend. Ohne Zweifel hat Heinse die Absicht gehabt, dem historischen Element in seinem Werke die ihm gebührende Geltung zu verschaffen. Ohne einen kulturgeschichtlichen Roman schreiben zu wollen, war er doch der Überzeugung, daß der Hintergrund, auf welchem sich die Ereignisse eines Romans abspielen sollten, ein kräftigeres und energischeres Lokalkolorit verdiente, als man bisher zu geben gewohnt war. [...] Ich wies bereits an einer anderen Stelle auf Goethes spätere Lebensgeschichte des Benvenuto Cellini hin als auf eine authentische Quelle zur Kenntnis italienischen Lebens im 16. Jahrhundert. Lesen wir diese Denkwürdigkeiten, so werden wir auf Einzelheiten stoßen, die eine frappante Ähnlichkeit mit gewissen Zügen in Heinses Roman haben. Ardinghello erinnert direkt an Benvenuto selbst. [... später] verflacht sich der Charakter des Ardinghello immer mehr, je unsicherer die historische Beleuchtung seiner Umgebung wird. In Rom, ja schon in Florenz trägt seine Erscheinung nicht mehr den Stempel bestimmter Individualität, sondern die scharfen Umrisse verlieren sich in verschwommener Allgemeinheit. Andere Persönlichkeiten treten in den Vordergrund, so der Grieche Demetri so die Fiordimona. Je mehr aber Ardinghello an Anziehungskraft einbüßt, desto mehr fesseln die eingestreuten politischen und kunstwissenschaftlichen Betrachtungen unsere Aufmerksamkeit, bis zuletzt die Stiftung des Idealstaates und die Mitteilung von dessen Satzungen dem Werke einen eigentümlichen und ganz unerwarteten Abschluß gibt.

[...] Wußte Heinse wirklich keinen anderen, keinen besseren Schluß für das größte Werk, welches er bis dahin geschaffen hatte, als einen Traum seiner Einbildungskraft, war er, der Mann von 40 Jahren, der so viel Bitteres hatte erfahren müssen, der geistreiche Schriftsteller, der die Welt kannte, töricht genug, an die Erfüllung unsinniger Hoffnungen zu glauben? Ich bezweifle das, eher möchte ich das direkte Gegenteil annehmen und das Ganze für eine Satire halten, gerichtet gegen die überschwengliche Begeisterung der Anhänger des Naturstaates. Ist es Zufall und nicht vielmehr feinste Ironie, wenn Heinse immer die eine Bestimmung in den Gesetzen seines Staates sich durch eine unmittelbar folgende vernichten läßt? So paradox es klingt, ist es doch tatsächlich, daß die Satzungen der idealen Republik sich in ihren Wirkungen gegenseitig aufheben. Die Verehrung Gottes wird verworfen, und man erbaut den Elementen Tempel, aber errichtet zugleich eine Gebetsstätte zum Dienste – des unbekannten Gottes. Man gibt den Frauen Stimmrecht, aber beschränkt es so, daß es ganz unbrauchbar wird. Man beseitigt das Eigentum – aber läßt jeden sich solches erwerben. Man proklamiert Frieden und Freundschaft – aber treibt Seeraub (oder, wie Heinse sich ausdrückt, »kriegerischen Handel«): kurz das eine Gesetz wird immer durch das andere unterdrückt, so daß es kein Wunder ist, wenn der ganze Staat zusammenbricht.

Was nun die unsittlichen Szenen anbetrifft, die der Ardinghello aufweist, so lassen sich dieselben allerdings in keiner Weise und durch kein Räsonnement entschuldigen; hier hat Heinse seiner glühenden Phantasie zu sehr die Zügel schießen lassen und leider den Totaleindruck seines Romans gestört.

58. Karl Detlev Jessen, in »Heinses Stellung zur bildenden Kunst und ihrer Ästhetik«, 1901

Es ist uns nun schlechterdings nicht möglich die Wirkung der spezifischen Eigenheiten des Ardinghello auf das breite Publikum nach Beschaffenheit und Umfang festzustellen. Immerhin sind aber Schlüsse darauf erlaubt von dem nachweisbaren Einfluß, den Heinse auf die Dichter und Literaten der Romantik und des jungen Deutschland ausgeübt hat. Die Wirkung ist wahrlich nicht gering gewesen, sie hat sogar bis in unsere Zeit hinein gedauert. Nach zwei Richtungen hin hat sich dieser Heinsesche Einfluß geltend gemacht. Einmal nach der Richtung der Emanzipation des Fleisches, der réhabilitation de la chair im Hinblick auf die antike hellenische Kultur der individuellen Freiheit der Persönlichkeit. Sodann in dem Interesse für die Kunst und ihre sinnliche Anschauung, in dem Bestreben nach ästhetischer Anschauung von Natur und Kunst, nach ästhetischer Gestaltung des ganzen Lebens zu gelangen. Beides, das ethische Ideal der freiesten, ja ungebundensten Persönlichkeit, vornehmlich in den geschlechtlichen Beziehungen, aber auch der heiße Drang nach dem Ästhetischen, dem Schönen in Natur und Kunst und nach dem Davondurchdrungensein, nach ästhetischer »Lebensführung« (wie es ja jetzt nach Ralph Waldo Emersons conduct of life heißt), beides sind Erscheinungen die ihre Wurzeln in der Kultur der Renaissance haben. [...] Wir fühlen den Widerspruch, der in Heinses Auffassung liegt, den Widerspruch zwischen lebendiger Kunst und Kunsttheorie. Es ist, als ob Heinse ihn doch auch leise gefühlt hätte. Der Ardinghello, die künstlerische Frucht der italienischen Reise, erschien 1787. Zwanglos sind ästhetische Erörterungen und Gemäldebeschreibungen in dem Werke verstreut. Eine straffere Gliederung und systematische Entwicklung der ästhetischen Formeln ist nirgends versucht, es liegt oft unverbunden da. Die Form des Romans ist nicht allein dafür verantwortlich, es war die Unmöglichkeit verstandesmäßige Formeln und die immanenten, lebendigen, individuellen, tatsächlichen Äußerungen künstlerischen Genies in Kongruenz zu bringen. Und doch, mag auch oft Kunstverstand und innerstes Kunstempfinden, wenn auch unbewußt, in Heinse im Streite gelegen haben, im Zeitalter des Rationalismus, und Heinse ist Rationalist, darf das letztere nicht über den ersteren siegen. Noch in der Hildegard heißt es: »Die hohe Kunst erfordert Verstand und Wissenschaft, und geläuterte Sinne.« Aus diesem Widerstreit zwischen Verstand und Sinnen ergibt sich alles. Daß diese lebendigen, frischen, freudigen Sinne schließlich nachgeben müssen und sich dem Verstande unterordnen, sahen wir langsam und stetig in Italien sich entwickeln. Eine echte, volle, sinnenfrische und sinnenfreudige Künstlernatur, nicht schaffend, aber wie selten eine nachschaffend, aufnehmend, einfühlend, bleibt

Heinse deshalb doch und neben Goethe wohl die interessanteste Gestalt, in der sich Kunstauffassungen und Kunstleben der damaligen Zeit widerspiegeln in unserer Literatur des 18. Jahrhunderts. [...]
Heinses schönes kunstkritisches Talent kam in Deutschland nicht zur vollen Entfaltung. Daß dies in Deutschland damals noch nicht möglich war, wird uns heutzutage schwer einzusehen, die wir der Misere des sozialen Lebens im Deutschland des 18. Jahrhunderts, wir freuen uns dessen, so weit entrückt sind. Daß aber die deutsche Literaturgeschichte den Verfasser ihres ersten Kunst- oder Künstlerromans zu würdigen hat, zumal ob seines für seine Zeit hochentwickelten Kunstgefühls, daß wir vollends in Heinse den ersten bedeutenden deutschen Kunstfeuilletonisten zu sehen haben, das schien mir einer Untersuchung und Darlegung wert.

59. Albert Geiger, in »Das literarische Echo«, 1902/03

Ein Sehnsuchtsroman.

60. Aus einer Rezension Jakob Minors in »Göttingische gelehrte Anzeigen«, 1903

So unglaublich vom moralischen Standpunkt alles das ist, was er uns mehr noch in der höfischen Gesellschaft der Hildegard von Hohenthal als unter den zügellosen Renaissance-Menschen des Ardinghello zumutet, so können wir doch dem pracht- und kraftvollen Sinnesmenschen nicht gram werden. Er behält sein Recht wie jede wahre Natur, die sich echt und ehrlich ausspricht. [...] Einer Zeit, die nach Renaissance-Menschen oder Vollmenschen sucht, die sich jenseits von gut und böse zu stellen sucht und die Lex Heinze mittels des Goethebundes bekämpft[1], muß der

1. Gegen die nach dem Berliner Zuhälter Heinze benannte Novelle vom 25. Juni 1900 zum Reichsstrafgesetzbuch (§§ 180–184), die verschärfte Strafvorschriften gegen Kuppelei, Zuhälterwesen und die Verbreitung angeblich unzüchtiger Schriften enthielt, bildete sich 1900 der »Goethe-

Dichter des Ardinghello eine ebenso willkommene Persönlichkeit sein, wie er es einstmals den Jungdeutschen war, als sie die Emanzipation des Fleisches verkündeten. Es ist erstaunlich, wie fremd uns heute Wieland anmutet, von dem Heinse ja ursprünglich ausgegangen ist; wir vertragen diese Vermischung von Frivolität mit Moral und Philosophie nicht mehr. Heinse dagegen, dem der Sinn für das, was man Moral nennt, ganz fehlt, erscheint uns um so wahrer und natürlicher, ja sogar sympathischer, je weniger er sich heuchlerisch um die Moral bemüht.

61. Paul Alfred Merbach, im Nachwort seiner Ausgabe des »Ardinghello« in »Das Wunderhorn«, Berlin [o. J.]

Der Ardinghello, die spät in Deutschland ausgereifte Frucht dieser Italienfahrt, erwuchs nicht nur aus eindringlichem Studium und Genuß der Kunst der Antike und der Renaissance, sondern ebensosehr aus der intensiv an Ort und Stelle einsetzenden Beschäftigung mit der italienischen Geschichte und Literatur. Den Bacchanten vereinigte Heinse in sich mit dem methodisch forschenden und arbeitenden Gelehrten, der aber nicht Erkenntnis, sondern innere Anschauung bietet. Eine geschichtlich glaubhafte Darstellung dieser italienischen Welt gelang ihm noch nicht – er lebte ja nicht im ›historischen‹ Jahrhundert –: gewollt hat er sie sicher und er hat direkt nach den Quellen gearbeitet. [...] So wird der Ardinghello zum Renaissanceroman, der historisch sein soll, er ist mehr als ein veredelter Abenteuerroman; dabei fehlt das Entwicklungsmoment und in der Person des Helden spiegelt sich der Feuergeist Heinses wider, der sich mit aller erreichbaren Kultur des Südens erfüllen will: so wird der Ardinghello zum typischen Bildungsroman. Eine dürftige Fabel und viel Gelehrsamkeit

bund«, eine Gruppe von Vereinen in mehreren Städten Deutschlands, mit dem ausdrücklichen Ziel, »Angriffen auf die freie Entwicklung des geistigen Lebens, insbesondere von Wissenschaft, Kunst und Literatur, gemeinsam entgegenzutreten«.

weisen noch in die Romanformen des 17. Jahrhunderts zurück, aber Heinse ist Impressionist, der nur als Künstler nicht stark genug ist, eine neue Gattungsform des Romanes aus einem neuen Wesensgesetz zu bilden; er hat einem überlieferten Typus einen neuen Inhalt unbewußt gegeben. Er hat die Renaissance begriffen; er hat Nietzsches ›Renaissancemoral‹ geschaffen ohne dieses Wort zu prägen, und von ihm geht ein großer Strom weiter bis in unsere Tage. [...] Die Wirkung des Ardinghello zeigt sich sehr bald in den nur wenige Jahre jüngeren Anfängen der Romantik. Dabei handelt es sich aber um Verschiebungen des moralischen Empfindens und um einen Wechsel des religiösen Gefühls. Heinse war auf der Suche nach einer Moral, die ihren Wertmaßstab aus dem Diesseits nahm: ihm gelang es, in dem hinreißenden Gemälde seines Ardinghello einen ästhetischen Charakter dieses Wertmessers hinzustellen. [...] Die extremen Moralideen der Renaissance, des Sturmes und Dranges, der Romantiker und des Zeitalters Nietzsches, das Ideal des souveränen Individuums, stehen miteinander in innerer Verbindung. Im ausgehenden Sturm und Drang bereitet sich manches Romantische vor; er greift zurück auf die Renaissance, wie das die Gegenwart durch den so erstaunlich ›modernen‹ Heinse tut. In ihm berühren sich geradezu die Zeitalter; er ward der Mittler für den Gedanken von dem Menschen, der so groß und schön ist, daß er die Moral nicht braucht, auf daß dieser Gedanke von der wiedererstandenen Renaissance über die Romantik bis in unsere Tage wirksam sei und werde. Das Werk aber, das so mit Recht an der Spitze der Wunderhorn-Sammlung steht, der Ardinghello-Roman – niemals sind vorher Werke der bildenden Kunst so geschildert worden wie hier, und erst Heinse wies auf die nationalen und klimatischen Eigentümlichkeiten hin, die die Entwicklung der Kunst bedingten – ist eine der großen geistigen Brücken, auf der die Ideen durch die Zeiten schreiten.

62. Walther Brecht, in »Heinse und der ästhetische Immoralismus«, 1911

Ardinghello und Fiordimona: neben den ›uomo universale singolare‹ tritt das freie Weib der Gesellschaft. So ergibt sich folgende Entwicklung. Durch das intensive Studium der Originalwerke der italienischen Renaissance gelangt der wesensverwandte Heinse in der Heimat der Renaissance selbst, als der erste, zu einem von lebendiger Anschauung erfüllten Verständnis ihrer wichtigsten Seiten. In ihm wird der Sturm und Drang reif, die Ideen der Renaissance, die auf höherer Stufe den seinen entsprachen, zu begreifen. Sein ›Genie‹ erkennt sich gesteigert wieder im Mannesideal des schrankenlosen Universalmenschen, sein ›Machtweib‹ in der donna valorosa oder der virago der Renaissance. – Hierbei finden zwei wichtige Verschiebungen statt.

Zum Verständnis der Renaissance besaß der Sturm und Drang, vor Heinse, eine Reihe unleugbar wertvolle Eigenschaften: Rousseau-Wertherschen Naturenthusiasmus, klassizistische Römerüberlieferungen, republikanische Begeisterung, Sinn für die Persönlichkeit – aber das eigentlich Erklärende fehlte ihm: die Idee des amoralischen Menschen.

Eine zweite Neuerung steht hiermit in engstem Zusammenhang. Wurde dem Titanen des Sturmes und Dranges, der auch im Kampfe gegen die Moral noch so moralisch war, die Idee der Moral genommen, so fiel er ins Bodenlose; jetzt kommt ihm, durch Heinse vermittelt, aus der Renaissance der Gedanke einer neuen Möglichkeit zu: der der ausschließlich ästhetischen Orientierung des Menschen. Und hierin liegt der Fortschritt über den Sturm und Drang hinaus.

Die Wirkung des Heinsischen Romans zeigt sich sofort in den nur wenige Jahre jüngeren Anfängen der Romantik. Hier schießen die neuen Ideen, oft mit ganz heterogenen Anregungen vermischt, üppig ins Kraut. Einige neue Arbeiten haben angefangen Licht in diese Beziehungen zu bringen, aber es sind eben nur Anfänge. Denn: es handelt sich nicht nur um die Romantik, sondern allem Anschein nach auch um andere und spätere Literaturströmungen, und vor allem: es handelt sich nicht nur um Literatur im engeren Sinne, sondern um Verschiebungen des moralischen Empfindens, die vielleicht noch tiefer liegende Veränderungen im allgemeinen Bewußtsein anzeigen: veränderte Stellung zu den unsichtbaren Dingen, Wechsel des religiösen Gefühls.

Woher kommt es, daß Heinse im Grunde immer modern war im ganzen 19. Jahrhundert, auch wenn er zeitweilig vergessen schien? Daß er unaufhaltsam immer moderner wurde, so daß er jetzt von vielen geradezu wie ein Mitlebender empfunden wird? Weil er auf der Suche war nach einer immanenten Moral, die ihren Wertmaßstab aus dem Diesseits entnehmen sollte, in dem das Göttliche erscheint, nicht von irgendwelchen Glaubenssätzen supranaturalistischer Natur, außerhalb unserer Existenz; und weil es ihm glückte, in dem hinreißenden Gemälde seines Ardinghello einen solchen Maßstab aufzustellen, der viele befriedigt: den ästhetischen. Den produzieren wir täglich selbst, er ist der diesseitigste und für ästhetische Naturen der gewisseste, den es gibt.

63. Felix Poppenberg, in »Menschlichkeiten«, 1919

Die Natur steht hier [im »Ardinghello«] voran, doch noch intensiver als mit der Natur lebt Heinse in seinen Schriften mit der Kunst, am wenigsten aber lebt er mit dem menschlichen Geschehen. Er gehört literarisch durchaus zu der Rasse der Artisten, denen eigentlich nur die künstlerischen Emotionen und Sensationen zu Schaffenstrieben werden. Bei ihnen allen spielen die »Dinge« eine größere Rolle als die Menschen, und die Beschreibung edler, kostbarer Geräte, die Assoziationskunst, die mit wesensvollen Bildern Farben, Töne, Düfte materialisiert und darstellt, ist ihnen lockender als die Schilderung menschlicher Begebnisse.

Auch Heinses Erotik und Sinnlichkeit, die den Zeitgenossen

soviel Schrecken einflößte, kommt aus der Sphäre künstlerischer Nerven. Von seelenaufwühlender Leidenschaft, von einer Hingabe an die Persönlichkeit einer Frau ist in diesem Leben kaum etwas zu merken. Er scheint eines jener Temperamente, die moderne Schriftsteller, wie z. B. Schnitzler, so interessiert, die mehr die Frissons suchen als die Gemeinschaft. [...] Heinse scheint übrigens viel weniger ein Erotiker als ein Hedoniker, der die Genußfähigkeit aller Sinne übt, sie zu einem bereichernden Zusammenklang ausbildet und dem diese Kunst der eigenen Genußpolyphonie viel mehr gilt als die Menschen, und die Frauen besonders, die ihm nur Mittel sind.

Heinse erkannte früh jenen verfeinerten raffinierten Egoismus des Künstlers, der sich vor der Schwäche menschlicher Befangenheiten, vor der Verstrickung in die Fußangel der das eigene Selbst entwurzelnden Liebe oder des unfrei machenden Mitleids energisch wahrt und zu allem Erleben die Distanz künstlerischen Anschauens hält. [...] Alle Eindrücke aus Kunst, Leben und Liebe verschmelzen ihm zu ästhetisch bereichernden Werten, wie es im Ardinghello heißt, daß durch die Beschäftigung mit der bildenden Kunst gerade das Leben mehr Stärke gewinnt. Bei Frauen hat er Begleitvorstellungen von Bildern und Dichtungen, von Basreliefs und Lukianischen Hetärengesprächen und die Courtisanencauserie in Venedig ist ihm etwas Ähnliches wie die Lektüre der Voltaireschen Pucelle.

Tabulaturen solcher Genußkunst und solchen Kunstgenusses bieten Heinses Romane dar. Sie sind nichts weniger als erzählerisch. Der Ardinghello beginnt zwar als Chronik und wirrt im Anfang die fabelhaften und abenteuerlichen Zufälle im Geschmack altitalienischer Lebensläufe durcheinander, aber es ist hier mehr die Freude am Treffen romanischer Kunstform, als die naive Fabulierlust, und bald wird dies bunte Gewebe der Liebesintrigen, der Mantel-und-Degen-Motive beiseite gelegt, und die Werke Roms und Venedigs werden zu Helden des Romans, und malerische Empfänglichkeit und Ausdruckskunst voll Unersätt-

lichkeit und Fülle zieht in den Kreis Landschaft, Gebirge, Ruinengefild und Meer und wetteifern in Wortgemälden mit der bildenden Kunst. [...]
Es wäre aber einseitig und gegenwartsbefangen, wollte man aus diesen Bänden nur Beiträge zur »Wiederkehr des Gleichen« suchen. Mannigfaltiger und ausgiebiger wird Heinses literarisches Porträt, wenn man ihn in der Gesamtheit seiner Stilzusammenhänge zeigt. Dieser Schriftsteller, der nachher so außerordentlich eigene und persönliche Modellierungen und Griffe, so unerhörte Farbenwirkungen und Beleuchtungen für seine Sprache gewann, war nämlich in seinen Anfängen durchaus abhängig von den literarischen Dialekten seiner Zeit, er übertrieb sie sogar. Seine stilistische Begabung äußert sich zunächst in einer verblüffenden Anpassungsfähigkeit an die à-la-mode-Phraseologie. [...]
Haben wir aber diese Echos du temps passé mit ihren raren und pikanten Archaismen zu Ende gehört, so versetzen uns die Briefe aus der Düsseldorfer Zeit mit ihren Nachdichtungen der Bilder aus der Galerie und der »Ardinghello« mit seinen Natur- und Kunstsuggestionen unmittelbar in eine modernem Kunst- und Naturgefühl wesensnahe Atmosphäre. [...] Die Briefe über die Düsseldorfer Gemälde und der Kunstroman »Ardinghello« mit den Dialogen vollartistischen Temperaments sind Dokumente einer Genußkultur und weiten, allen Maßen gewachsenen Verständnisses, die uns gerade heute wieder nahe berühren, fesseln und anregen.

64. Paul Kaufmann, in »Aus rheinischen Jugendtagen«, 1920

Schriften Heinses, meinte der Oheim [der Buchhändler und Verleger Karl Krebs in Aschaffenburg, 1864], dürfte ich erst lesen, wenn ich älter geworden sei. Das sei keine Kost für Gymnasiasten. »Sie schreiben Sauereien, aber recht schön und artig«, habe Heinses Gönner, der Kurfürst Friedrich Karl von Erthal, geäußert, als er dem Dichter 200 Louisdors für seinen freien Kunstroman »Ardinghello« aushändigte.

65. A. Jolivet, in »Wilhelm Heinse. Sa vie et son œuvre jusqu'en 1787«, 1922

Les défauts de cette affabulation sautent aux yeux: dans l'ensemble, elle est pauvre, sans originalité, faite d'épisodes arbitrairement groupés autour de la figure d'Ardinghello, sans qu'aucune unité intérieure les relie d'autre part, coupée de digressions esthétiques et philosophiques et de longues descriptions qui demeurent, pour la plupart, en dehors de la trame de récit.
Mais ces descriptions et ces digressions, qui nuisent, à la perfection formelle de l'Ardinghello, lui confèrent, d'un autre côté, le mérite et l'intérêt par où il nous attache. Elles nous présentent en effet d'abord le résumé et comme la quintessence de ses impressions d'Italie, en second lieu l'exposé le plus complet de sa philosophie générale de l'existence. [...] Nous aurions donc à ranger l'Ardinghello, dans la catégorie du Bildungsroman, du roman où le héros, mûri par les traverses de l'existence et les expériences manquées, finit par découvrir la forme d'activité qui convient à son caractère et à sa nature. A la schauspielerische Sendung du Meister correspondrait dans l'Ardinghello une malerische Sendung; l'une et l'autre vocation seraient reconnues comme des erreurs; annonçant Wilhelm Meister, Ardinghello à la fin du roman, place le but et le bonheur de la vie non plus dans l'art, mais dans la vie active. [...]: les changements que subit la destinée d'Ardinghello ne sont pas le résultat d'une transformation psychologique, mais le prétexte à des développements sur l'art et sur la vie. Nous connaissons les développements sur l'art; copiés sur des notes rédigées avant le roman, ils demeurent indépendants des personnages qui les exposent. Les développements sur la vie font beaucoup mieux corps avec les personnages; c'est en effet d'après sa théorie de l'existence idéale que Heinse a tracé leur silhouette. [...] Un individualisme, indépendant parce qu'il est fort, est la seule règle raisonnable de la vie.

La souveraineté de l'individu, l'héroisme et l'amour placés au delà des lois morales et sociales, voilà l'idée sur laquelle est bâti l'Ardinghello. Il importe d'indiquer où Heinse l'a puisée. S'est-elle formée dans son esprit au cours de ses lectures d'historiens et de chroniqueurs italiens? A-t-il vu le premier que la Renaissance italienne est l'époque privilégiée où a fleuri l'individu souverain? [...] Ardinghello n'est pas le virtuoso de la Renaissance, mais le Genie des Stürmer und Dränger. Cette conception aristocratique et dure de l'individu et de l'Etat, cette admiration de la bête de proie solidement armée, cette exaltation de la force, ce mépris total des êtres moins bien venus, nous avons trouvé tout cela dans des notes écrites avant le départ pour l'Italie. [...]
Parmi toutes les œuvres qu'a produit le Sturm und Drang, l'Ardinghello est celle où l'individualisme génial se présente sous sa forme la plus hardie et en même temps la plus achevée et la plus harmonieuse.

66. Herbert Eulenberg, Einleitung zum »Ardinghello«, Berlin [o. J.].

Das junge Deutschland, das die freie Liebe unter die ersten Punkte seines Wollens aufgenommen hatte, war es, das den »Ardinghello« dem losen Staub der Vergangenheit entriß und als ein ehrwürdiges Kunstwerk griechisch-deutschen Geistes der Menge neu enthüllte. Und Heinrich Laube, der als Volksaufwühler in dem schwarzen Buch der Reaktion geführt wurde, war der begeisterte Neuentdecker Heinses und Herausgeber des »Ardinghello«. Seitdem ist dieser Roman, der sich an die italienische Brusthälfte eines jeden Deutschen wendet, nicht mehr bei uns vergessen worden. Das Häuflein der Lichtmenschen unter uns, die aus der Dürre ihrer Umwelt und der Unfreiheit, die sie einpreßt, nach einem freudvolleren Liebesleben, nach einem weiteren Gesichtskreise langen, wird gern zu einem Roman greifen, der sie der Kleinheit entrückt und auf das offene Meer der Leidenschaften trägt. Etwas von der Abfahrtstimmung nach Cythera, der Liebesinsel, wie sie Watteaus berühmtes auf zephirleichten Wolken schwebendes Bild malt, umweht auch für uns Heutige noch diesen Roman des schönheitsdurstigen Heinse, der ganz in der Liebe zur Kunst und zur Freiheit getaucht ist. Auch dem republikanisch gewordenen Deutschland wird dieses Werk, das von der Schwärmerei für Rom und Florenz, da sie Herren von sich selbst wie von der Welt waren, geschwellt ist, noch vieles zu sagen haben. Wenn Romane dem Volke Lehrmeister sein sollen, in dessen Sprache sie gedichtet worden sind, so kann es dieses Werk Ardinghellos bleiben, das gleichzeitig ein Hochziel der Bildung zeigt wie ein Wunschbild sittlicher Freiheit enthüllt. Mag der Verharrende, der Freund der Ordnung, der Goetheaner solchem Wunschbild von der Freiheit des Einzelmenschen auch abgeneigt sein, er wird die überlegene Form, in der diese Ideale hier bei Heinse dargereicht werden, unbedingt würdigen müssen. Dazu kommt für den Heutigen, den Genuß dieses Buches zu erhöhen, daß es bereits verschönernden Edelrost hier und da angesetzt hat und somit auch den Strengsten kaum noch verletzen kann. Dem Bild eines verflossenen Jahrhunderts aber sollte sich jeder in der Anschauung eines Romans wie des »Ardinghello« gern hingeben. Die Zukunft eines Landes wird und kann sich, wie Bismarck, der Beharrende, immer aufs neue gelehrt hat, nur aus seiner Vergangenheit entwickeln.

67. Hugo von Hofmannsthal an Carl J. Burckhardt, am 24. August 1924

Ihre Arbeit hat mich auf meinen Romanplan gebracht; nicht Ihre Arbeit allein, hier lag eine Arbeit von Brecht über W. Heinses merkwürdige weit ausgreifende Romane, den einen ausgeführten und die noch interessanteren unausgeführten. Dieser Heinse war solch ein kühner, ausgreifender älterer Deutscher; die Romane schließen Deutschland und Italien in eines, dahinter aber noch die Levante, die griechischen Inseln, den Mittelmeerkreis. Vieles ist in ihnen verbunden (im Wollen mehr als im künstlerischen Vollbringen): deutsches Wesen und verstehende Bewunderung des Italienischen, wie bei Stendhal, allerlei sehr merkwürdige Figuren sind gegeneinander gestellt: Das alles hat mir mein Gewebe von Menschenschicksalen wieder sehr lebendig gemacht. Wir müssen darüber reden.

68. Walther Rehm, in »Das Werden des Renaissancebildes in der deutschen Dichtung«, 1924

Viel wichtiger als ein italienisch-getreues Kolorit ist für Heinse und überhaupt für das ganze Werk die neue Gesinnung: der ästhetische Immoralismus, der dem Ganzen erst den Inhalt gibt und ihm auch die geschichtlich hervorragende Bedeutung sichert. Den Ausdruck findet diese andersgeartete Geistigkeit in den einzelnen Gestalten des Romans, vor allem aber in Ardinghello und Fiordimona. Analysen sind schon mehrfach gegeben worden; stets hat man jedoch den Entwicklungsgedanken bei Ardinghello verneint. Allein es läßt sich ganz deutlich der stufenweise Werdegang vom Jüngling zum Mann feststellen, wenn auch zuzugeben ist, daß die Entwicklung nicht – und das wäre eigentlich das Natürliche gewesen – durch klar erschaubare Taten und Handlungen gekennzeichnet wird, sondern weit mehr durch theoretische Erörterungen über Kunst, Poesie und Geschichte. [...] Dies ist das Neue und verleiht Heinse die überragende Bedeutung in der Geschichte der Entwicklung des Renaissancebildes: er zum ersten Male sieht das Cinquecento in jener eigenartig fesselnden, ganz einmaligen und unwiederholbaren Beleuchtung, in der bis zum heutigen Tage diese Zeit erscheint. Er erfaßt die dort sich offenbarende neue Gesinnung, die einem andersgearteten Lebensgefühl entspricht, als Ausdruck des Menschen der Renaissance, der, jenseits ethisch-moralischer Bindungen, ganz ästhetisch eingestellt ist und nur der Ausformung seiner eigenen Persönlichkeit lebt, rücksichtslos dies Ziel verfolgend im Bewußtsein seiner geistigen Macht und seines Edelwertes. Eine Einschränkung aber macht sich notwendig. Heinse erfaßt wohl ganz klar und bewußt den die Kultur der Renaissance bedingenden Grundzug, den ästhetischen Formwillen, das überaus fein entwickelte Formempfinden. Gleichwohl ist es doch bedeutsam, daß Heinse die Kunst der Renaissance nur dort lebhaft ergreift, wo sie ihm widerspiegelt, was seinem eigensten innersten Wesen entspricht, wo sie ihm erhöhtes Mitleben mit dem Geist der Vergangenheit ermöglicht. [...] Heinse schaut die Renaissance in solcher Beleuchtung, wie späterhin der von Burckhardt beeinflußte Nietzsche, er gibt den Idealrenaissancemenschen, wie ihn dieser dann heroisiert.

69. Käte Laserstein, in »Die Gestalt des bildenden Künstlers in der Dichtung«, 1931

Das Zentrum dieses Buches ist nicht ein vorwiegend künstlerisch gestimmter Mensch, geschweige denn eine folgerichtige malerische Entwicklung, sondern ein Mensch mit übermäßigem Lebensgefühl und gesteigerter Sinnenfreudigkeit und Sinnenstärke. Wenn allerdings ein so gearteter Geist nach künstlerischer Betätigung greift, so kann es notwendigerweise nur die bildende Kunst und darin wieder die Malerei sein, die er wählt, da sie mehr als irgendeine andere Kunst die Auseinandersetzung mit der schönen Außenwelt körperlich und sinnfällig, durch Formgefühl und Farbensinn, erfordert. Ardinghello gehört nicht zu den Zufallsmalern (wie sie später gerade unter seinem Einfluß in großer Zahl erscheinen), die ihrer geistigen Konstitution nach ebensowohl bildende Künstler wie Musiker oder Dichter sein könnten. Seine malerische Erscheinung ist jedoch nicht von dem Standpunkt des Malers noch überhaupt des Schaffenden aus gesehen, sondern von dem des Lebendigen und Genießenden, für den die Kunst nicht eine eigene Anschauungsform jenseits des Tatsächlichen darstellt, sondern ein Mittel zur Steigerung des Erlebens von Dasein und Wirklichkeit.
Man kann es ein Verhängnis nennen, daß am Anfang des Künstlerromans dieser gleichsam nur in die Kunst verirrte

Künstler steht, denn das Halbkünstlertum der Nachfolger, des Sternbald, Julius und Florentin stammt, wenn auch nicht ausschließlich – die eigene Seelenlage ihrer Schöpfer und der Zeit sind mit verantwortlich –, so doch zum großen Teil von der Vaterschaft des Ardinghello her.

70. Karl Justus Obenauer, in »Die Problematik des ästhetischen Menschen in der deutschen Literatur«, 1933

Er ist so wenig reiner Künstlerroman wie Tiecks Sternbald oder Kellers Grüner Heinrich; auch da ist die Kunst nur Mittel und Weg zu einem schöneren Leben. Als Renaissanceroman gab er ein damals gewiß unerhörtes Bild einer wilden entfesselten Zeit, indem er eine extremste Bejahung der Rechte des einzelnen, ja eine Verherrlichung der Anarchie zu vertreten schien, die das: zurück zur Natur! als Aufhebung aller bürgerlichen Schranken, als Befreiung von allen Unterschieden und Satzungen zu verstehen wagte. Es war ein typisches Literatenwerk: die so anstößige Beschreibung des Künstlerbacchanals in Rom zielte auf dionysische Schauer und mänadische Entzückungen; in Wirklichkeit war sie nur Wunschtraum entfesselter Sinnlichkeit. [...]
Alles in allem wird man somit von Heinse sagen können, daß er, ähnlich wie der psychologisch unendlich feinere Stendhal, nur um der Intensität eines unbedenklichen und teilweise auch ästhetischen Genießens halber den späteren Typen verwandt ist, und daß man ihn nur mit diesen Einschränkungen zu den ersten Vertretern einer extremeren ästhetischen Lebensidee rechnen darf, die das Ethische im Sinne Winckelmanns oder der Klassik vom Ästhetischen fast ganz aussondert. Aber er ist weit davon entfernt, sich in einer künstlerischen Welt vom Leben abzuschließen: sein Verhältnis zur Kunst war keines von dauernd gleicher Ehrfurcht. Das Leben selbst, in unmittelbarer Aktion und Reaktion, Leiden und Genießen war sein Höchstes. Deshalb kann man bei ihm auch nur Ansätze zu einem ästhetischen Pantheismus finden.

71. Richard Benz, in seiner Einführung zu »Wilhelm Heinse. Vom großen Leben«, 1943 (ebenso, leicht gekürzt, in »Wilhelm Heinse. Aus Briefen, Werken, Tagebüchern«, 1958, Reclams UB Nr. 8201 [3])

»Ardinghello oder [sic!] die glückseligen Inseln« – mit diesem Doppeltitel seines Romans, der als sein Bleibendes in die Literatur einging, hat Heinse die beiden Erlebnisse zusammengefaßt, die Italien ihm schenkte: das der Geschichte und der Utopie, der wirklichen Renaissance und des idealen Griechentums. Es ist eine gewaltige Konzeption, die aber in der Ausführung Torso und Fragment geblieben ist; äußerlich zwar zu Ende geführt, aber innerlich nicht in der großartigen Spannung zusammengehalten, die die ersten Kapitel füllt. Der Dichter versuchte das Unmögliche, mit der symbolischen Handlung eines Romans zugleich seine wirkliche Kunstansicht und Kunstanschauung zu geben, wie sie an Ort und Stelle entsprang; jedenfalls vermochte er nicht, die ihm unabhängig von dem Plan der Dichtung erschienenen Kunstgedanken und Eindrücke, die bei ihm immer das Primäre waren, nachträglich in eine andere Form zu gießen und den Personen wirklich einzugestalten – er legt sie ihnen so gut wie unverändert in den Mund, wie sie sich noch in den ersten Niederschriften seiner Notizbücher finden. Dadurch zerfällt das Ganze eben innerlich in Bruchstücke, die getrennt für sich bestehen und vom Leser unabhängig voneinander aufgenommen werden, wenn sie auch zuletzt dasselbe Lebensgefühl predigen.

Der Roman selber – in Briefform aufgebaut – bringt das volle Leben des 16. Jahrhunderts in seinem erregenden Zugleich von Tatentum und Kunst, revolutionärer Philosophie und Leidenschaft zur Anschauung; ursprünglich sollte sogar Cesare Borgia als handelnde Hauptperson mit auftreten. Aber der Florentiner Ardinghello, Künstler und Edelmann, Krieger und Seefahrer, Philosoph und Abenteurer der Leidenschaft in einer Person, ist schon genugsam Inbegriff italienischer virtù, moralinfreier Tugend im

Sinne Nietzsches – man könnte ihn auch mit den Worten Stendhals charakterisieren: »Die erste Eigenschaft eines italienischen Herzens ist die Energie, die zweite das Mißtrauen, die dritte die Wollust, die vierte der Haß. Sie waren es, die den Italienern der Renaissance soviel Geist und Mut und ihren Künstlern soviel Genie gaben.« Angesichts deutscher Klassik und Romantik muß man über soviel kühne Selbständigkeit und weite Vorausnahme späterer Anschauungen staunen; aber vielleicht noch selbständiger und kühner ist die Konzeption der weiblichen Gegenspielerin, der Fiordimona: des freien Weibes, das gleich dem Manne unabhängig lebt, ihm fast an Geist und Erfahrung überlegen, wie er jenseits von Gut und Böse. In beider Taten und Worte legt Heinse seine ganze Philosophie des starken und großen Lebens, welches nicht so sehr in einem Willen zur Macht über andere gipfelt, als in der Kraftbehauptung seiner selbst, im Recht zu sich selbst, als zu einer einmaligen Erscheinung des »Wesens«, welches sich nur vollendet, wenn es alle sinnlichen wie geistigen Triebe ausbilden und ausleben kann und sich mit allem vereinigt, was als groß und herrlich ihm begegnet, allem bürgerlichen Vorurteil, aller herrschenden Moral zum Trotz.
Aber sosehr die historische Atmosphäre der Renaissance dem Gedeihen eines solchen Individualismus günstig sein müßte, verwirklichen ließ er sich in diesem dynamischen Allverlangen bisher in keiner historischen Welt und hat vielleicht nur auf einigen Thronen des Barock in kurzer glänzender Scheinherrschaft gelebt. So kommt es auch hier zu Verstrickungen und Verwicklungen, innerlich und äußerlich, welche den Ausweg in die Utopie zur notwendigen Folge machen.

72. Emil Ermatinger, in »Deutsche Dichter 1700–1900«, 1948

Es ist das Eigentümliche von Heinses Romanen, daß sie auseinanderfallen in Darstellung glühend-sinnlichen Lebens und in Erörterung und Beschreibung von Werken der

Kunst und des Geistes. »Ardinghello« gibt die Schicksale eines Florentiners des Cinquecentos und zugleich eine Schilderung italienischer Kunst und ihrer Probleme. [...] So reich, abenteuerlich und vielverflochten in ihnen das Leben erscheint, es ist dem Dichter nur wertvoll, wenn alles Erleben begleitet ist von einer sich üppig ausbreitenden Fülle von geistigen Belangen. Dabei sind beide Welten, das sinnliche Leben und der theoretisch-anschauende Geist, nicht miteinander verschlungen, wächst nicht, wie etwa im »Wilhelm Meister«, eine aus der andern heraus, bildet eine die Deutung der andern, sondern sie stehen ohne innere Beziehung nebeneinander; es ist nur ein intellektuelles Zusammensein in ihnen, keine organische Einheit. So erwecken die Romane den Eindruck des Gebrochenen, Zufälligen.

Man hat die Einheit in Heinses Genußkraft sehen wollen, und sicherlich sind die Teile der Handlung wie die theoretischen Erörterungen von der gleichen Begeisterung für die Schönheit des Lebens erfüllt, die sich unmittelbar in der Sinnlichkeit, mittelbar im Kunstwerk erschließt. Aber das ist nur eine seelische Einheit in der Person des Dichters, nicht eine ideelle und künstlerische Einheit in der Gestalt des Werkes. Man muß, wenn man die Zwiespältigkeit der Werke verstehen will, sich das Wesen des Genießens bei Heinse klarmachen. [...] Heinse war nur des besitzenwollenden Genusses fähig. So zerrann ihm das rastlos in allen seinen sinnlichen und geistigen Erscheinungen genossene Leben in den Händen, so vermochte er auch in der Welt des geistigen Schaffens den Stoff nicht zum lebendigen Bau eines wirklichen Kunstwerkes zusammenwachsen zu lassen, mußte sich mit der Zusammenstellung von glühenden und geistvollen Teilen begnügen. Das ist wohl der letzte Grund der Distanz, die Goethe empfand.

Es ist eine bloßstellerische Unfruchtbarkeit in allem Genießen Heinses, die letzten Endes zur unnatürlichen Zwecklosigkeit wird. Wie er als Mensch, soviel wir wissen, nie ein Weib an sich zu fesseln vermochte, so vermochte er in der Ohnmacht seiner selbstgenießerischen Natur auch kein

großes Werk zu schaffen. Gerade aus dieser Ohnmacht aber erklärt sich nun psychologisch auch die rastlose Gier nach Genuß. Er leidet gleichsam an einer Hungerkrankheit, die ihn zwingt, alles in sich hineinzuschlingen, dessen er habhaft werden kann: nicht nur Menschen und Kunstwerke, sondern auch Dichtungen, wissenschaftliche, philosophische Werke. [...] Alles bleibt narzissischer Selbstgenuß. Sinnlichkeit und Geist kamen nie zur lebenzeugenden Vereinigung.
Er hat versucht, aus dieser seelischen Haltung eine Weltanschauung zu begründen, die man als ästhetischen Immoralismus bezeichnet hat. Als ob es wahre Kunst ohne Sittlichkeit gäbe! In Wirklichkeit ist, was er an metaphysischen Gedanken in seinen Aphorismen zusammengestellt hat, ein Gemisch von Ideen Platos, Shaftesburys, Rousseaus und anderer, die, weil sie nur intellektuell ergriffen, nicht im Grunde der Seele erlebt sind, ohne innern Zusammenhang nebeneinander stehen. [...] Man hat diesen Menschen oft mit Goethe verglichen, und doch steht keiner ihm so fern wie Heinse. Man könnte ihn den Nietzsche des 18. Jahrhunderts nennen. Die ganze Kultur des Abendlandes hat er in unersättlicher Gier in sich hineingeschlungen; aber wenn er sie wiedergibt, ist das, was einst organische Entwicklung geistigen Lebens war, ein Haufen zusammenhanglosen Stückwerks geworden.

73. Hans Heinrich Borcherdt, in »Der Roman der Goethezeit«, 1949

Nur mit diesem einzigen Roman ragt Heinse in den Kanon der ewig bedeutsamen Werke der deutschen Literatur hinein, aber diese Dichtung ist dafür auch trotz ihrer künstlerischen Zwiespältigkeit und inneren Problematik lebendige Anregung gewesen für so verschiedene Menschen wie Hölderlin, Jean Paul, Tieck und Wackenroder, für Friedrich Schlegel und die Jungdeutschen, für Jacob Burckhardt, C. F. Meyer und Friedrich Nietzsche, für die Naturalisten und Impressionisten. Es ist die Verkündigung eines alten und doch wieder neu gesehenen Lebensideals, Verklärung dionysischen Menschentums und südlicher Sinnenhaftigkeit, zugleich ein Urbild des deutschen Geschichts- und Künstlerromans. [...] Neu ist aber auch die Herrenmoral, die hier gegenüber der Pöbelmoral ausgesprochen wird und die Heinse aus dem Geiste der italienischen Renaissance ableitet. [...] Die Renaissance ist für Heinse nicht ein apollinisches Zeitalter wie für Goethe, sondern eine dionysische Epoche, die sich in den Borgia und Medici, in Tizian und Aretino spiegelt, auch eine Welt der Schönheit, jedoch mit einem Zug ins Große. Aber diese Vorstellung von Renaissance ist nicht wie bei Jacob Burckhardt mit dem Bewußtsein des Historikers erfaßt, sondern dichterisch-visionär erschaut, indem ein Dichter intuitiv sein eigenes Lebens- und Tatideal in die Renaissance hineinprojiziert. [...] Der Reiz dieser Dichtung liegt, abgesehen von dem starken Persönlichkeitsgehalt, vor allem in der Verkündigung eines naturhaften Vollkommenheitsideals, das von vornherein gegeben ist. Damit schied ein Entwicklungsroman grundsätzlich aus. Gewiß wird sich der Held immer bewußter über die Grundlagen seiner Existenz. Das ursprünglich naive Einssein mit der Natur wandelt sich zu einem bewußten Weltgefühl, der primitive Hedonismus zum bewußten ästhetischen Immoralismus. Aber damit ist keineswegs ein grundlegender Wandel von Ardinghellos Charakter verbunden. Er bleibt im Grunde der gleiche Mensch mit den gleichen Anschauungen am Anfang wie am Ende. Daher ist auch der Ardinghello erst recht kein Bildungsroman.

[...] Für seelische Komplexe fehlen ihm [Heinse] Gefühl und Sprache. Dafür versucht er seelische Entwicklungen an intellektuellen Erlebnissen zu veranschaulichen. So bekommen die didaktischen Elemente ihre tiefere Sinngebung. Sie sind notwendig, weil es Heinse versagt ist, über das Sinnliche und Sinnlich-Erfaßbare hinaus etwas Dichterisches zu bieten. Das Intellektuelle ist daher ein notwendiger Bestandteil seines Schaffens.

74. Pierre Grappin, in »Ardinghello et Hyperion«, »Etudes Germaniques«, 1955

Le héros de Heinse ressemble à un condottiere; il traverse la société des hommes sans se croire obligé d'en respecter les règles, étant naturellement au-dessus des lois. La liberté dont il a besoin est celle du lion dans le désert; les lois ne lui servent de rien pour la défendre, sa force y suffit.
Vite il s'est aperçu que l'art auquel il pensait d'abord se consacrer ne le satisferait pas et qu'il lui fallait une vie plus active où employer son énergie. Le monde est à ses yeux un immense combat multiforme où s'affrontent des forces sans nombre et toujours renouvelées. [...] Le roman a été écrit à la veille de la Révolution Française par un individualiste révolté, en qui s'exprime la revendication de la jeune bourgeoisie. [...] Hyperion s'attaque encore au despotisme, mais surtout il essaie de construire la démocratie. Tout le problème pour lui est de savoir si et comment un peuple libéré du despotisme peut s'organiser d'une façon durable. Pour qu'une telle question devienne actuelle, il avait fallu la Révolution Française.
[...] Cependant les héros des deux romans ont le même violent amour de la vie libre et la passion de la Méditerranée, lieu d'élection de la grandeur, antidote à la léthargie du Nord. Ivres de soleil, éblouis par le bleu sans ombre de la mer Ionienne, Ardinghello et Hyperion, dans leur jeunesse triomphante, poursuivent à travers les îles de l'Archipel le mirage d'une vie héroïque et délicieuse à la fois, l'un en aventurier, l'autre en révolutionnaire élégiaque.

75. Richard Newald, in »Geschichte der deutschen Literatur«, 1957

Vom Ardinghello gehen bedeutsame Anregungen aus. Der Roman wird vom ersten Widerschein des Herrenmenschentums der italienischen Renaissance bestrahlt. Er gilt als Ausgangspunkt des Künstlerromans und Verkündigung des Immoralismus, nimmt naturalistische und impressionistische

Sehweise und Schilderung voraus und ist doch fester als die meisten Romane der Goethezeit an nahe und ferne Vergangenheit gebunden, an die Rokokowelt Wielands, Gleims und Jacobis und die utopische Darstellung des Zukunftsstaates in der Wiederaufnahme platonischer Ideen. [...] Ardinghello als Handelnder und Genießender vertritt das Ideal des Uomo universale. Der Maler erfuhr die Begründung des Menschentums in der Freiheit und der Kunst, im Genuß des Lebens, so daß ihm die Geliebte zum Kunstwerk und die bildhaft dargestellte Frauengestalt zur Geliebten werden kann. So ist ihm wie seinem Schöpfer die Bedeutung barocker Farbgebung, der Sinn für das naturhafte Dasein der Antike, für die Schönheit des menschlichen Körpers, die von Leidenschaften bewegte Natur, das von Stürmen aufgepeitschte Meer, die von Gewittern durchtoste Landschaft aufgegangen. Er schaut die Natur mit den Augen Rousseaus. Seine Frauengestalten haben Züge von Wielands Hetären und von barocken Machtweibern. Sie besitzen die Kunst, sich auszuleben. Dieses Lebensideal sah Heinse im Zeitalter der Renaissance erfüllt. Sein Held geht durch keine läuternde Entwicklung, er offenbart sein Wesen, wo ihm sein abenteuerliches Leben Gelegenheit dazu bietet, besonders wenn er die Eindrücke von Kunstwerken und Landschaften wiedergibt, die Heinses Tagebücher festhalten.

76. Ernst Rose, in »A History of German Literature«, 1960

This belated product of Storm and Stress advocated nudism and promiscuity, and had for its hero a Renaissance superman; his female counterpart advocated the same promiscuity, and demanded women's suffrage.

77. Aus dem Nachwort zur »Ardinghello«-Ausgabe, [Leipzig] ^{5}1961

Unvergessen mußte Heinse die in einem stürmisch-chaotischen Zustand, zeitweilig unter den erbärmlichsten Verhältnissen wie ein Gefangener bei Wasser und Brot, immer aber mit dem Aufblick auf den vergötterten Rousseau, verbrachte Jugend bleiben, aus der er sich erst nach und nach zu einem fast in gerader Linie verlaufenden und äußeren Erschütterungen kaum ausgesetzten Leben erhob. So darf der aus Heinses kunstgeschichtlichen Studien erwachsene, schon vor seiner Reise nach Italien konzipierte farben-, figuren- und ideenreiche Renaissanceroman »Ardinghello« als ein Akt der Befreiung von seinen quälenden Erinnerungen, vielleicht auch der Erlösung von den triebhaften Gewalten seines Innern, die ihn seit seiner Jugend heimgesucht haben, betrachtet werden. [...] In dieser seelischen Bedrängnis zeigt sich dem Dichter der Ausweg in den arkadischen Traum von einer Idylle, wie sie, einhundert Jahre früher, Nicolas Poussin gemalt hat [...]. Mit diesem sehnsüchtigen Blick auf ein schönes Wunschland in einem glückseligen Klima, verbunden mit der utopischen Vorstellung von einer aristokratischen Demokratie, hat dieser epikureische Humanist den Roman »Ardinghello«, den ersten Künstlerroman der deutschen Literatur, ersonnen und geschrieben.

78. Erich Hock, im Nachwort zur »Ardinghello«-Ausgabe, [Frankfurt a. M.] [5]1962

Die schon von den Zeitgenossen gerühmten Beschreibungen sind Zeugnisse einer im tiefsten Grunde erotischen Einswerdung mit der Schönheit der Welt. Sie sind ihrem Wesen nach momentan, vereinzelt, lyrisch. Es gibt von da aus keinen Weg zu den großen poetischen Gattungen. So nahm er [Heinse] den Roman, wie er sich als Gefäß eines vielfältigen Wissens- und Bildungsstoffs im Barock entwickelt hatte, als bequeme literarische Form – und blieb hinter der von Wieland und Goethe verfeinerten Romangestalt in einem sich von Werk zu Werk vergrößernden Abstand hoffnungslos zurück. [...] Immer wieder hat Heinse den Versuch unternommen, das Unmittelbare seiner Erfahrungsgewißheit mit gedanklichen Mitteln zu erhärten und zu klären. Es sind diese kunsttheoretischen, politischen, philosophischen Erörterungen, die die Lektüre streckenweise mühsam machen [...]. Das, was der Künstler (wie es von Raffael heißt) mit der Quellkraft des inneren Lebens aus der erfahrenen Welt ›hervorgefühlt‹ hat, im ›Durchfühlen‹ des Kunstwerks wieder in Leben zurückzuverwandeln: darin besteht die Virtuosität der Heinseschen Kunstbetrachtung. [...]

Sowenig wie das Spezifische der Künstlerexistenz hat Heinse auch die eigenständige Seinsweise der Kunst erfaßt. Was Goethe und Schiller in ihrer klassischen Zeit unter dem Scheincharakter des Kunstwerks verstanden, mußte ihm, der den Schritt vom Sturm und Drang zur Klassik nicht zu tun vermochte, stets verschlossen bleiben. Er sieht nur das eine Leben. Kunst ist ›ein Kind der höchsten Freude‹ – ›die Freude der Menschen‹ ist der Sinn der Kunst. Das erinnert an Stendhal, der das Schöne une promesse de bonheur genannt hat. [...] Zwischen Kunst und Lebenswirklichkeit kennt Heinse keinen Unterschied des Wesens, sondern nur des Grades; und vollendete Natur ergreift mächtiger als vollendete Kunst. [...]

Heinses letzte dichterische Intention, der er als Gestalter sowenig wie als Denker Genüge zu tun vermochte, ging auf die Identität des Sinnlichen und des Geistigen. Immer wieder fühlt man sich an den im Denken und Fühlen weit differenzierteren Novalis erinnert. [...] Für Heinse waren die Sinne heilig, weil wir durch sie mit dem göttlichen Weltganzen in die unmittelbarste Verbindung treten. [...]

Das Wort der Marion in Büchners »Danton«: »Wer am meisten genießt, betet am meisten«, ist ein echter Heinse-Nachklang. Der Sinn des »Ardinghello« ist die Befreiung des Menschen aus den Banden und Fesseln des ›Mechanischen‹, das heißt für Heinse: aus ›bloß bürgerlichem Verhältnis‹, ›toter Gewohnheit‹, ›Vorurteil‹. Zum ›Vorurteil‹ gehört auch die Aufspaltung des Seins in ein Diesseits und Jenseits, gegen die Demetri sich mit Heftigkeit wendet und die auf den Glückseligen Inseln als ›leeres Pöbelblendwerk‹ verworfen wird. Die Verbindungslinien zum zwanzigsten Jahrhundert mit seiner ins Übermaß gestiegenen tödlichen Macht des ›Mechanischen‹ – weit wörtlicher zu nehmen als um 1800 – sind leicht zu ziehen: zu D. H. Lawrence vor allem, der Heinseschem Fühlen auch in seiner kosmischen Religiosität verwandt erscheint, aber auch etwa zu Rilke und seinem »Brief eines jungen Arbeiters«, wo gefordert ist, die jahrhundertealte ›Entwertung des Hiesigen‹ rückgängig zu machen.

79. Henry Hatfield, in »Aesthetic Paganism in German Literature«, 1964

The novel is not only the most impressive statement of Heinse's view of the world, but his most nearly realized work of prose fiction. The hero Ardinghello combines the qualities Heinse most admired: he is the Storm and Stress Kerl, the great-souled man of Aristotle, and the universal man of the Renaissance. [...] Of the plot of the novel little need be said: erotic scenes, orgies, duels, and a battle at sea alternate with descriptions of paintings, statues, and landscapes, and with dialogues about the nature of art. On first reading it seems formless indeed; but there are integrating factors. The most intense passages are devoted to love-making and to evocations of art; these, Heinse implies, are the activities of man most highly charged with élan vital, and thus they are closely interrelated. Furthermore, his orgies are presented as pictures – ut pictura poesis – while his renderings of paintings and statues are usually erotic; the two strains are drawn together. Heinse appears in this novel as a master of German prose; the style is vividly clear; descriptions glow, particularly in the amorous passages. At times he achieves almost Joycean effects by piling up adjectives unseparated by punctuation [...] Throughout the novel, the aesthetic life is contrasted to Christian; differently put, a bacchantic existence is set off against that of the burgher or the crowd. A cult of beauty is celebrated. Only vital and joyous persons or peoples can produce beauty [...] Classical sculpture has again become, to Heinse, the highest manifestation of art, but his view of it is far different from Winckelmann's. [...] On one point, however, he is close to the high classicism of a Winckelmann. »The beautiful human being in sheer consciousness of his existence, in passionless repose, is the most suitable object for the imitation of the artist,« he wrote in Ardinghello. The words »sheer consciousness of his existence« have connotations which transcend the aesthetic: the belief that a fulfilled life contains its aim in itself. It is one of the ideas which Goethe most strongly emphasized in his essay on Winckelmann.

80. Claudio Magris, in »Wilhelm Heinse«, Triest 1968

Heinse opera con strumenti narrativi molto invecchiati. Topoi del romanzo d'avventure come il travestimento, indeterminatezza storico-sociale dei personaggi, pesanti digressioni filosofico-culturali: tutti gli elementi costitutivi dell'Ardinghello risalgono alla più farraginosa struttura barocca. [...] L'Ardinghello, sul piano strutturale, ricalca gli schemi della narrativa secentesca, del reportage ideologico-culturale alla Happel. Lungi dall'anticipare il moderno romanzo intellettuale, l'Ardinghello presenta una struttura ritardata, una costruzione da »Realencyclopädie« barocca che contiene indubbiamente motivi moderni ed originali. Fra le »idee« e i »personaggi« non v'è alcun nesso organico ma soltanto un legame fittizio ed esteriore, molto arretrato rispetto al livello medio di organicità della narrativa del tempo. [...] Nelle intenzioni dell'autore, l'Ardinghello avrebbe certo dovuto essere un Bildungsroman, cioè una risposta pedagogica alla crisi dell'epoca.

81. J. G. Robertson, in »A History of German Literature«, 1970

A strange, anomalous genius, who in 1787, after three years' residence in Rome, published his famous novel

Ardinghello, und die glückseligen Inseln. The hero of this romance is the typical heaven-stormer of the age; an artist and a dreamer, who ultimately founds on Grecian isles a free realm like the Utopian dream of Rabelais' Abbaye de Thélème. The plot of Ardinghello is in its way as extravagant as those of the early dramas of the »Sturm und Drang«, and the love-adventures are described with southern sensualism, but the book has a particular interest in that it throws shadow far into the succeeding literary period.

82. Otto Keller, in »Wilhelm Heinses Entwicklung zur Humanität«, 1972

Vieles aus seinen Tagebüchern ist in den Roman eingeflossen. So enthält der Roman die große Auseinandersetzung Heinses mit der bildenden Kunst der Renaissance und der Antike, spiegelt sich darin auch die allmähliche Lösung Heinses von der Malerei und plastischer Kunst und die Hinwendung zur Dichtung, zu der Größe Homers. Auch Heinses Ringen um Erkenntnis, um Klärung seines Verhältnisses zur Natur, zum Kosmos, sein Streben nach Fülle, nach Genuß sind in den Roman eingeflossen. So findet der Held in der Freundschaft und der Liebe, in der Begegnung mit allem Schönen der Natur und der Kunst zu Genuß, klärt sich, vertieft sich dabei auch sein Verhältnis zum Seienden. [...] Heinse, sich schon in seinen Briefen aus der Schweiz und Italien als großartiger Schilderer von Natur- und Kunsterlebnissen erweisend, entwickelt in seinem »Ardinghello« eine Sageweise von hinreißender Kraft der Unmittelbarkeit. In vielem Goethes »Werther« folgend, gewinnt Heinse doch in seinem Roman mehr epische Breite, mehr Objektivität. [...]
Heinse schafft mit seinem »Ardinghello« ein Modell, das für die weitere Entwicklung des deutschen Romans äußerst zukunftsreich ist. In dem von ihm entwickelten Stufenprinzip kann sich der Bildungsroman der klassischen und der romantischen Richtung entfalten. Im »Ardinghello« ist

eine Form entwickelt, in der sich das Streben nach ganzheitlicher Entwicklung, nach Bildung im Sinne des Humanismus der neunziger Jahre einfangen läßt. In seinen Gestalten erstrahlt eine neuartige Lebensfülle. Fiordimona und Ardinghello ergreifen durch ihr unverwechselbares Sein. [...]
In den ersten Partien von Fiordimonas Auftreten zeigen sich Anklänge an Sturm-und-Drang-Gestalten, an Goethes Adelheid oder Klärchen. Fiordimona unterscheidet sich aber wieder von diesen durch ein Moment der Klugheit und der Beherrschung. Die kraftvolle Art, wie sie das Leben zu führen weiß, ihr Weg zu Bescheidung und Demut rücken sie in die Nähe der klassischen Gestalten; doch sind in ihr ebenso Züge der emanzipierten Frauengestalten der Romantiker vorweggenommen. [...] Ardinghellos Erotik ist zwar von glühender Sinnlichkeit; doch immer webt in ihr ein Ewiges. Sie führt zur Verschmelzung mit dem Schönen in der Natur und Kunst, hebt das Ich immer wieder über sich selbst empor und läßt es die Harmonie des Kosmos ahnen. Sie ist im höchsten Sinne Weg zum Schönen, zum Wahren, zu echter Menschlichkeit. Was Heinse im »Ardinghello« darzustellen versucht, ist das Geheimnis des Lebendigen, seine Klärung und Reifung. Was er selbst gelebt hat, was in seinen Tagebüchern webt, es ist auch in seine Figuren, seinen Ardinghello, seine Fiordimona eingeflossen, gibt ihnen den Glanz. Nur so ist letzten Endes die große stilistische Wirkung dieses Werkes, seine Zeugungskraft erklärbar.

83. Klaus Hammer, im Nachwort zur »Ardinghello«-Ausgabe, Leipzig 1973

Der »Ardinghello«-Dichter Wilhelm Heinse lebte noch ganz, wie Goethe in seinen Vorarbeiten für »Dichtung und Wahrheit« die Bewegung des Sturm und Drang charakterisierte, in der »Epoche der genialen Anmaßung«. [...] Dennoch wurde sein »Ardinghello« am Vorabend der Französischen Revolution zum Katalysator einer in

Deutschland auf der Tagesordnung stehenden gesellschaftlichen Auseinandersetzung. Hier wiederholten sich, als die Bewegung längst abgeklungen war, noch einmal das dichterische Selbsthelfertum und geniehafte Originalschöpfertum des Sturm und Drang. Hier wurde die subjektive Ausnahme des Künstlertums zur ästhetischen Norm erhoben. Hier triumphierte die menschliche Natur über das christliche Sittengesetz. Ardinghellos ungehemmte Sinnlichkeit, sein unbedingter Altruismus und seine aggressive Verachtung der ständischen Gesellschaftshierarchie werden als Weg zur Selbstverwirklichung des Individuums gewiesen. [...]

Dennoch erscheint er weniger als Repräsentant »einer Zeit, die Riesen brauchte und Riesen zeugte, Riesen an Denkkraft, Leidenschaft und Charakter, an Vielseitigkeit und Gelehrsamkeit«, wie Friedrich Engels die Renaissance, die »größte progressive Umwälzung, die die Menschheit bis dahin erlebt hatte«, bezeichnete, sondern besitzt viel auffälliger die Züge eines Genußmenschen vom Typ des Don Juan. Aus der Forderung nach unbeschränkter Freiheit des Genusses erwächst seine Vorstellung von dem sich selbst verwirklichenden Individuum. [...]

Eine radikale politische Demokratie, die Aufhebung der Klassen, Gleichheit des Besitzes bzw. Gütergemeinschaft bilden die Grundlage der Heinseschen Utopie. Im Gegensatz zu den meisten Sozialutopien, die die fortgeschrittenste Produktionsweise herausstellen, steht Heinses Inselkolonie auf einer niedrigen ökonomischen Stufe. Hier wird noch Piraterie getrieben. Bei der Aufhebung der Unterdrückung der Menschheit wird nur eine Elite geistig auserwählter Menschen berücksichtigt. Die breite Masse des Volkes bleibt vom Genuß des Idealstaates ausgeschlossen. Der Wohlstand des Gemeinwesens stützt sich noch auf die Arbeit von Sklaven und Sklavinnen. Darin erweist sich die klassenmäßige Beschränktheit der Heinseschen Sozialutopie. [...]

Zwei Jahre vor Ausbruch der Französischen Revolution bekräftigte »Ardinghello« trotz aller subjektiven Übersteigerung und Verzerrung im einzelnen nachdrücklich, wie sehr die deutsche Literatur bereits das gedanklich formulierte, was in Frankreich praktische Wirklichkeit werden sollte, ohne daß es seinem Autor gelang, sich zu den letzten Forderungen in der Praxis zu erheben. Der »Ardinghello«-Dichter Wilhelm Heinse besaß noch den Optimismus des vorrevolutionären Bürgertums, der sich in der Illusion wiegt, die Lösung von Menschheitsfragen auf die Tagesordnung setzen zu können. Den Widerspruch zwischen dem auf eine totale Verwirklichung seines natürlichen Wesens drängenden Menschen und der dieses Wesen zerstörenden feudalabsolutistischen Ordnung hat zwar die bürgerliche Gesellschaft nicht lösen können, doch Heinse hebt ihn in der heroischen Illusion seiner Utopie der »glückseligen Inseln« auf. So verlieh der Roman »Ardinghello« mit seiner individualistischen Persönlichkeitsauffassung und seinem sozialen Gemeinschaftsideal, seiner realistischen Kunstbetrachtung und materialistisch-sensualistischen Weltanschauung am Vorabend der Französischen Revolution der Forderung des bürgerlichen Individuums nach Freiheit und Menschenwürde leidenschaftlich Ausdruck.

Tafelteil
zu den Bildbeschreibungen
des Romans

Abbildungsnachweis: Alinari, Florenz: 1, 3, 11, 13, 16, 18, 19, 20, 22, 25, 27, 29, 30, 32 – Anderson, Rom: 2, 7, 9, 10, 12, 14, 15, 21, 24, 26, 28 – Gabinetto Fotografico Nazionale, Rom: 8 – Gabinetto Fotografico, Sopr. Gallerie, Florenz: 31

1. Paolo Veronese: Hochzeit zu Kana. Paris, Louvre. Vgl. S. 18.

2. Paolo Veronese: Die Familie des Darius vor Alexander. London, National Gallery. Vgl. S. 18 f.

3. Andrea Palladio: Palazzo Pubblico, sog. Basilica, Vicenza. Vgl. S. 28.

4. *Die Ermordung des Petrus Martyr. Kupferstich von Henri Laurent nach Tizians Gemälde.* *Vgl. S. 45.*

5. Kolosseum, Rom. Stich von Giovanni Battista Piranesi.
Vgl. S. 159 f.

6. San Paolo fuori le mura, Rom (Innenansicht). Stich von Giovanni Battista Piranesi. Vgl. S. 163 f.

7. Michelangelo: Gott erschafft Sonne und Mond. Detail aus dem Deckenfresko der Sixtinischen Kapelle, Rom. Vgl. S. 166.

8. Marcello Venusti nach Michelangelo: Christus am Kreuz mit Maria und Johannes. Rom, Galleria Doria Pamphilj. Vgl. S. 166–168.

9. *Raffael: Disputa des Sakraments. Rom, Vatikan, Stanza della Segnatura. Vgl. S. 205 f.*

10. Raffael: Schule von Athen. Rom, Vatikan, Stanza della Segnatura. Vgl. S. 206 u. 207 f.

11. Raffael: Die Vertreibung des Tempelräubers Heliodor. Rom, Vatikan, Stanza d' Eliodoro. Vgl. S. 208 f.

12. Raffael: Der Brand im Borgo. Rom, Vatikan, Stanza dell'Incendio. Vgl. S. 210.

13. Raffael: Die Schlacht Konstantins gegen Maxentius. Rom, Vatikan, Sala di Costantino. Vgl. S. 212.

14. Bethlehemitischer Kindermord. Teilstück einer Teppichfolge nach Entwürfen der Raffael-Schule. Rom, Vatikan, Galleria degli Arazzi. Vgl. S. 215 f.

15. Raffael: Transfiguration. Rom, Pinacoteca Vaticana.
Vgl. S. 216 f.

16. Raffael: Die drei Grazien mit Amor. Rom, Villa Farnesina. Vgl. S. 218 f.

17. Laokoon-Gruppe (jetziger Zustand). Rom, Vatikan, Museo Pio-Clementino. Vgl. S. 236–242.

18. Apollonios: Torso vom Belvedere. Rom, Vatikan, Museo Pio-Clementino. Vgl. S. 243.

19. Glykon: Farnesischer Herkules. Neapel, Museo Nazionale. Vgl. S. 243 f.

20. Farnesischer Stier. Neapel, Museo Nazionale. Vgl. S. 244.

21. Hermes (sog. Antinous). Rom, Vatikan, Museo Pio-Clementino. Vgl. S. 245 f.

22. Apoll vom Belvedere. Rom, Vatikan, Museo Pio-Clementino. Vgl. S. 246–248.

23. *Pantheon, Rom (Innenansicht). Stich von Francesco Piranesi. Vgl. S. 256–259.*

24. Raffael: Madonna di Foligno. Rom, Pinacoteca Vaticana. Vgl. S. 320 f.

25. Raffael: Krönung Marias. Rom, Pinacoteca Vaticana. Vgl. S. 322.

26. Raffael: Grabtragung Christi. Rom, Galleria Borghese.
Vgl. S. 323 f.

27. Correggio: Kreuzabnahme. Parma, Galleria Nazionale.
Vgl. S. 324.

28. Giulio Romano und Giovanni Francesco Penni nach einem Entwurf Raffaels (?): Krönung Marias. Rom, Pinacoteca Vaticana. Vgl. S. 324–327.

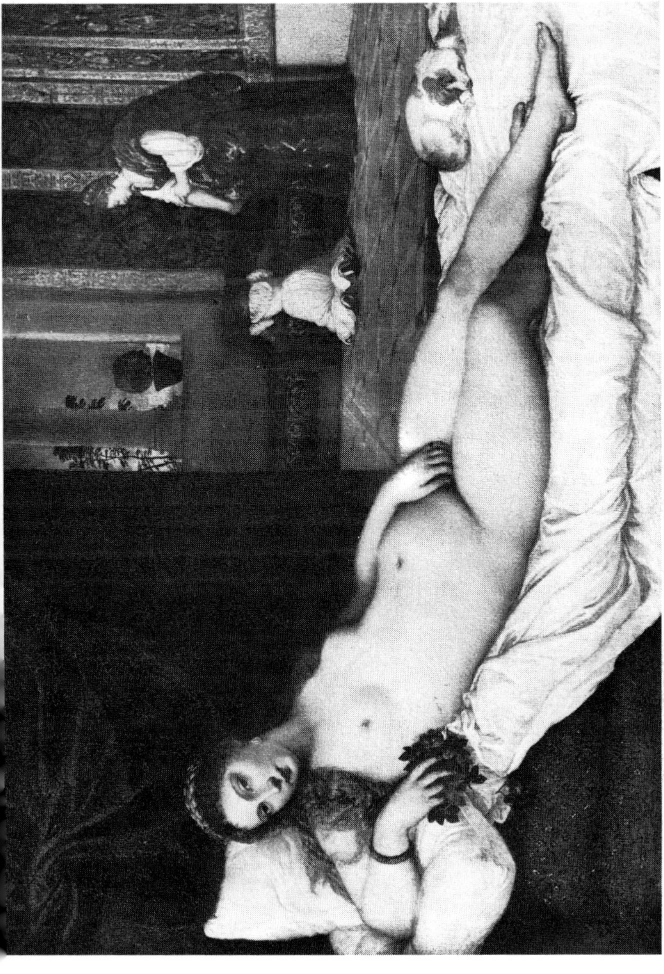

29. Tizian: Venus von Urbino. Florenz, Uffizien. Vgl. S. 328 u. 331 f.

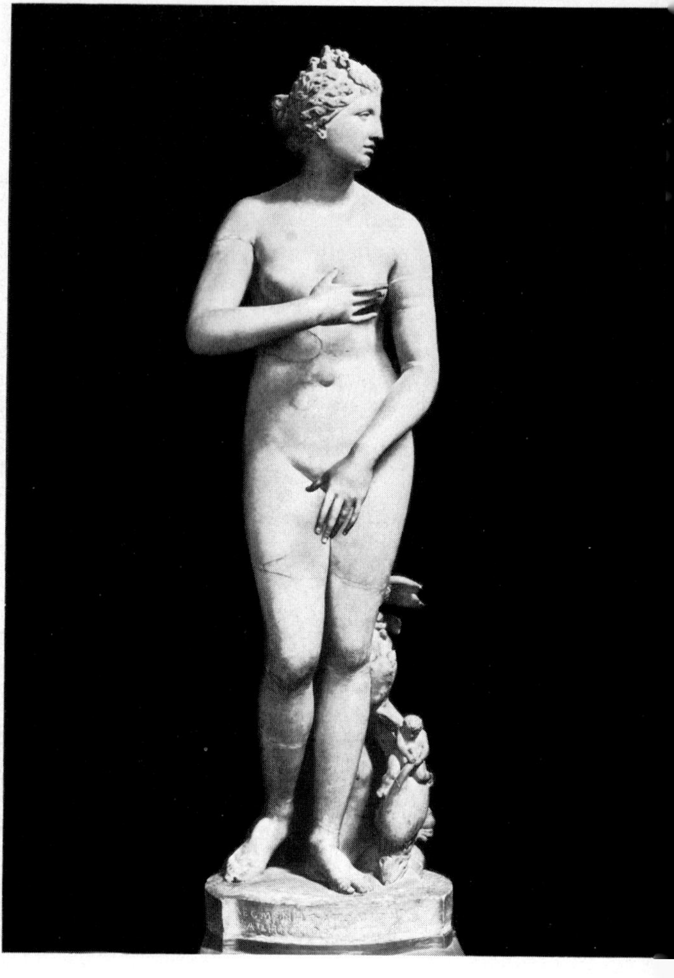

30. Venus Medici. Florenz, Uffizien, Tribuna. Vgl. S. 328 bis 330.

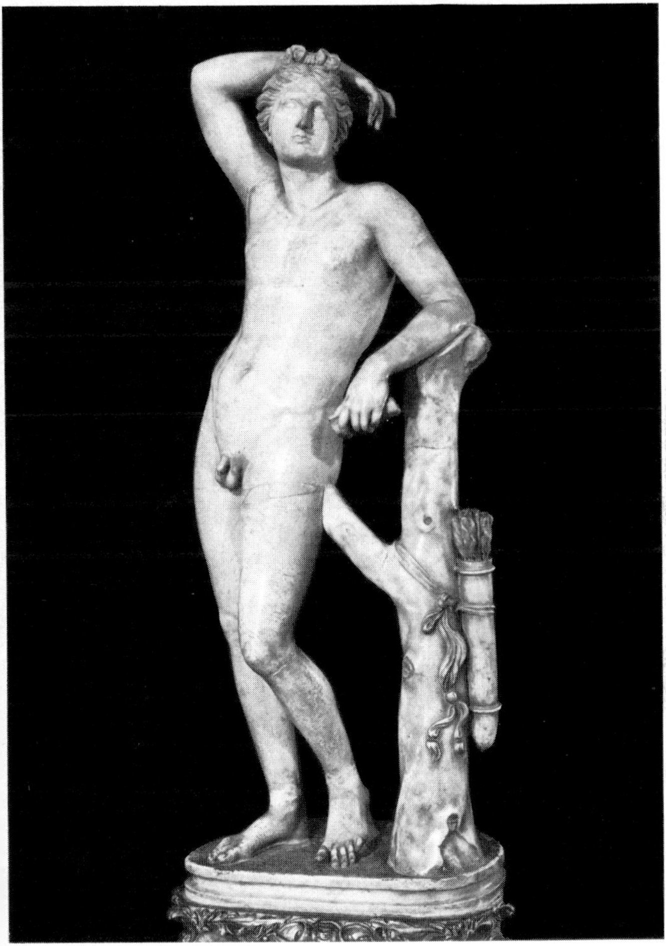

31. Apollino. Florenz, Uffizien, Tribuna. Vgl. S. 332.

32. *Raffael: Die Vision des Ezechiel. Florenz, Galleria Pitti.*
Vgl. S. 333 f.

Zum Text der vorliegenden Studienausgabe

Während alle bisherigen Nachdrucke des *Ardinghello* der zweiten Auflage des Romans, der Ausgabe letzter Hand von 1794, folgen, ist hier die ursprüngliche Konzeption des Dichters beibehalten und wird zum erstenmal der Text der Originalausgabe zugrunde gelegt, wie sie 1787 im Verlag der Meyerschen Buchhandlung in Lemgo, Westfalen, in zwei Bänden (zur Oster- und zur Michaelismesse) erschien. Der Erstdruck ist nicht so sehr durch Druckfehler entstellt, wie man bisher annahm und wie Heinse selbst glaubhaft machen wollte, als er »von der abscheuligen Menge« (Brief an Jacobi, 18. September 1787) und »von den zweymalhundert Druckfehlern« (an Gleim, 4. Mai 1788) sprach. Die immerhin 90 angezeigten Fehler der beiden Druckfehlerverzeichnisse der Erstausgabe fallen bei den damaligen orthographischen Unklarheiten und bei der uneinheitlichen Rechtschreibung innerhalb ein und desselben Druckwerkes jedoch wenig ins Gewicht. Sie wurden von Heinse in der zweiten Ausgabe korrigiert, die allerdings auch nicht von Unregelmäßigkeiten und Druckfehlern frei ist.
In der vorliegenden Ausgabe sind offenkundige Druckfehler berichtigt. Orthographie und Interpunktion wurden, bei Wahrung des Lautstandes und Berücksichtigung stilistischer Eigenheiten, behutsam modernisiert. Dabei wurde auch ungleicher Lautstand einzelner Wörter und der wechselnde Gebrauch grammatischer Formen beibehalten.
Anstelle des Fraktursatzes des Erstdruckes wird in der vorliegenden Ausgabe die Antiquaschrift verwendet. In der Erstausgabe wurde bei Namen in außergewöhnlichem Maße von Fettdruck Gebrauch gemacht. Hier gibt der vorliegende Druck nur die wesentlichen Eigennamen, Buchtitel, Gemäldebezeichnungen und alle wichtigen Texthervorhebungen Heinses in Kursivschrift wieder. Die im Original in Antiqua gesetzten, meist fremdsprachigen Wörter wurden hier nicht mehr eigens gekennzeichnet. Wie im Original

sind die langen Gesprächspartien und Dialoge in Anführungszeichen gesetzt (sofern die Sprecher nicht wie beim Dramensatz links kursiv stehen). Zitate innerhalb einer wörtlichen Rede sind durch einfache Anführungszeichen gekennzeichnet. Erläuterungen zu einzelnen Textstellen finden sich in den Anmerkungen.

Zum *Ardinghello*, wie zu den übrigen Romanen Heinses, sind keine Manuskripte überliefert. Eine kritische Ausgabe fehlt bisher. Um diesen Mangel auszugleichen und eine kritische Studienausgabe vorzulegen, wurden hier erstmalig die Tagebuchaufzeichnungen Heinses, aus denen der Roman zum größten Teil entstand, und alle übrigen inhaltlichen und stilistischen Abweichungen von der Erstausgabe festgestellt und als Textvarianten aufgenommen. Dabei wurden Abweichungen in der Orthographie und Interpunktion sowie im Lautstand einzelner Wörter nicht extra berücksichtigt. Die erste und umfangreichste Gruppe der Varianten aus den Nachlaßaufzeichnungen bringt Heinses zahlreiche Übertragungen und Überarbeitungen aus seinen privaten Notizen, seinen italienischen Reisetagebüchern und aus seinen historischen, kunsttheoretischen und philosophischen Quellen. Die variierenden Textstellen sind – wie alle Textvarianten hier und in den Anmerkungen – kursiv gedruckt. Die unverändert in den Roman übertragenen Textstellen sind gekürzt wiedergegeben. Bei bloßen Wortvarianten wurden nur das letzte vorhergehende und das erste der Variante nachfolgende Wort hinzugefügt. Kürzungen und Zwischenbemerkungen des Herausgebers erscheinen hier und in den Anmerkungen in eckigen Klammern, die Quellenangaben in runden Klammern. Als Quellen der Varianten kommen vor allem die Bände VII sowie VIII/I und VIII/II der *Sämmtlichen Werke* [SW] Heinses von Carl Schüddekopf (vgl. Literaturhinweise), die *Mitteilungen aus Heinses Nachlaß* von Walther Brecht (vgl. Literaturhinweise) und einige unveröffentlichte Nachlaßteile in Frage.

Im Juni und September 1785, zwei Jahre vor dem Erscheinen des Romans, brachte Heinse in Boies Zeitschrift *Deut-*

sches Museum drei teilweise Vorabdrucke aus dem *Ardinghello* als *Fragmente einer Italiänischen Handschrift aus dem sechszehnten Jahrhundert* heraus. Die variierenden Textstellen aus dem Museums-Vorabdruck bilden die zweite Gruppe von Varianten zu unserem Text. Die dritte und letzte Gruppe bringt die Zusätze und Änderungen der zweiten Auflage des *Ardinghello* von 1794. Im Unterschied zu dem etwas vereinheitlichten Lesetext unserer Ausgabe sind in den Varianten, um Heinses wechselnde Technik des Aufbaues und der Verbesserung des Romans deutlicher zu machen, durchweg die ursprüngliche und uneinheitliche Interpunktion und Schreibweise beibehalten. Wie aus den Varianten zum großen Teil die Textgeschichte und vor allem die Montage und das Strukturgeflecht des Romans ersichtlich werden, ist im Nachwort im einzelnen ausgeführt.

Erst die Anmerkungen ermöglichen das volle Verständnis des Textes. Einerseits bedingen die ausgedehnten kunstgeschichtlichen und naturphilosophischen Teile des Romans einen ausführlicheren und textbezogenen Kommentar. Andererseits zeigt sich, daß bei weitem die meisten im *Ardinghello* genannten historischen Persönlichkeiten in direkter Beziehung zum Romangeschehen stehen und daß die Werke und Ansichten der öfter erwähnten Autoren nachweisbar in den Roman hineinverwoben sind. So wurden die zahlreichen Anmerkungen zum Text in einem gesonderten Teil zusammengestellt. Sie geben nicht nur allgemeine Wort- und Sacherklärungen, sondern bilden zum größten Teil einen kritischen Kommentar, der den Roman in einem viel konkreteren und bedeutenderen Licht erscheinen läßt, als man ihn bisher sehen konnte. Wie aus den Varianten wird auch aus den Anmerkungen sichtbar, daß Heinse Teile aus anderen Werken übernommen und überarbeitet hat. Zu diesen Texten und Überarbeitungen sind die Quellen, in kurzen Hinweisen mit Band- und Seitenangaben, in runden Klammern angegeben. In den Anmerkungen wird außerdem regelmäßig, in kritischer Wertung und im größeren Zusammenhang des Gesamttextes, auf die jeweiligen vorhergehenden Varianten und auf Wiederholungen und Weiterführungen im Text (in runden Klammern) verwiesen. Auf solche Weise werden, sowohl im Überblick als auch in unterscheidenden Einzelheiten, zum erstenmal der wirkliche Umfang von Auslassungen, Änderungen und Übernahmen aus fremden Werken sowie der Aufbau, die Zielsetzung und die literarischen Besonderheiten des Romans deutlich. Die kritische Auswertung dieser Einzelheiten und Zusammenhänge erfolgt im Nachwort.

Zu den allgemeinen Wort- und Sacherklärungen haben die Teilnehmer eines Hauptseminars an der Universität von Wisconsin in Madison beigetragen. Der Herausgeber ist Dr. Wolfgang Hartmann und Dürten Hartmann für ihre Hilfe bei der Erstellung der kunsthistorischen Anmerkungen und der Auswahl der Bildtafeln besonders dankbar.

Literaturhinweise

Ein vollständiges Verzeichnis aller Texte Heinses und eine Gesamtbibliographie der Sekundärliteratur über Heinse und sein Werk bis 1966 sind in meinen »Heinse-Studien«, S. 195–209, gegeben.

Originalausgaben und zeitgenössische Nachdrucke

1. [Teilweiser Vorabdruck. Anonym:] Fragmente einer Italiänischen Handschrift aus dem sechszehnten Jahrhundert. In: Deutsches Museum 1785, I, S. 473–515: 1. Künstlerbacchanal; 1785, II, S. 206–232: 2. Ueber Raphael; 1786, I, S. 89 bis 113: Ueber Antiken vom ersten Range. Leipzig: Weygandsche Buchhandlung 1785/86.
2. [Anonym:] Ardinghello und die glückseligen Inseln. Eine Italiänische Geschichte aus dem sechszehnten Jahrhundert. [2 Bände.] Lemgo: Meyersche Buchhandlung 1787.
3. [Unrechtmäßiger Nachdruck von 2, anonym:] 2 Bände. Frankfurt und Leipzig [wahrscheinlich Mannheim] 1792.
4. [Anonym:] Ardinghello, und die glückseeligen Inseln. Zweyte, rechtmäßige, verbesserte Auflage. [2 Bände.] Lemgo: Meyersche Buchhandlung 1794. [Ausgabe letzter Hand.]

Neudrucke

1. In: Etui Bibliothek der Deutschen Classiker. Bd. XLIV u. XLV: W. Heinse's Ardinghello. Heilbronn: Strasser 1819.
2. Ardinghello, und die glückseeligen Inseln. Dritte, einzig rechtmäßige Auflage. Lemgo: Meyersche Buchhandlung 1821.
3. Ardinghello, und die glückseeligen Inseln. Vierte, einzig rechtmäßige Auflage. Lemgo: Meyersche Buchhandlung 1838.
4. In: Wilhelm Heinse's sämmtliche Schriften. Hrsg. von Heinrich Laube. Bd. I u. II. Leipzig: Volckmar 1838.
5. In: Wilhelm Heinse's Sämmtliche Schriften. Hrsg. von Heinrich Laube. Original-Ausgabe. Zweite Auflage. Bd. I. Leipzig: Graul 1857.
6. In: Deutsche National-Litteratur (Kürschner) 136. Erzählende Prosa der klassischen Periode. Erster Teil: v. Thümmel. Heinse. Moritz. Knigge. Hrsg. von Felix Bobertag. [Aus dem Ardinghello: Vorbericht. Erster Teil. Fünfter Teil.] Berlin u. Stuttgart: Spemann [1886].

7. In: Wilhelm Heinse: Sämmtliche Werke. Hrsg. von Carl Schüddekopf. Bd. IV. Leipzig: Insel Verlag 1902, ²1907, ³1911, ⁴1924.
8. Ardinghello und die glückseligen Inseln von Wilhelm Heinse. Berlin: Propyläen-Verlag [o. J.], ²[1921].
9. In: Das Wunderhorn. Hrsg. von Paul Alfred Merbach. Erstes u. zweites Stück. Berlin: Mörlins [o. J.].
10. Ardinghello und die glückseligen Inseln. Von Wilhelm Heinse. Hrsg. von Herbert Eulenberg. Berlin: Neufeld u. Henius [o. J.].
11. Wilhelm Heinse: Ardinghello und die glückseligen Inseln. [Leipzig:] Insel Verlag ⁵1961.
12. Wilhelm Heinse: Ardinghello und die glückseligen Inseln. Mit einem Nachwort von Erich Hock. [Frankfurt a. M.:] Insel Verlag ⁵[1962].
13. Wilhelm Heinse: Ardinghello und die glückseligen Inseln. Hrsg. von Klaus Hammer. Leipzig: Reclam 1973. (Universal-Bibliothek Bd. 532.) [Kein Vertrieb in der Bundesrepublik Deutschland.]

Übersetzungen

1. Ardinghelle et les îles de la félicité, histoire italienne du XVIe siècle. Traduit de l'allemand par les citoyens Weltzien et Faye jeune. Paris: Cramer, Bernard, an VIII [1800].
2. Ardingello i Blažennye Ostriva. Übersetzt von Mihail Petrovskij. Moskau u. Leningrad: Academia 1935.
3. Ardinghello et les îles bienheureuses. Traduit et préfacé par A. Jolivet. Paris: Aubier. Editions Montaigne, 1944.

Bearbeitungen

1. Rudolf Burghaller: Ardinghello. Drama in 5 Akten. (Dramatische Nachdichtung des gleichnamigen Romans von Wilhelm Heinse.) Berlin: Gose u. Tetzlaff [1912].
2. Die glückseligen Inseln. Ein Heinse-Buch. Ausgewählt u. gestaltet von Anton Krezdorn. Mit Zeichnungen von Walter Becker. München: Zinnen-Verlag [1943]. 142 Seiten.

Über Heinse und den »Ardinghello«

Baeumer, Max L[orenz].: Das Dionysische in den Werken Wilhelm Heinses. Studie zum dionysischen Phänomen in der deutschen Literatur. Bonn 1964.

Baeumer, Max L[orenz].: Heinse-Studien. Stuttgart 1966.

Benz, Richard: Wilhelm Heinse. Vom großen Leben. Zusammengestellt u. eingeführt von Richard Benz. München 1943. – [Neuausgabe:] Wilhelm Heinse. Aus Briefen, Werken, Tagebüchern. Hrsg. von Richard Benz. Stuttgart 1958 u. ö. (Universal-Bibliothek Nr. 8201 [3].)

Bobertag, Felix: Erzählende Prosa der klassischen Periode. Berlin u. Stuttgart 1886. (Deutsche National-Litteratur Bd. 136.) [Heinse: S. 47–160.]

Brandon, Wallace R.: J. W. Heinse and Italian Literature. In: Comparative Literature Studies 5 (1968) S. 249–258.

Brecht, Walther: Heinse und der ästhetische Immoralismus. Zur Geschichte der italienischen Renaissance in Deutschland. Nebst Mitteilungen aus Heinses Nachlaß. Berlin 1911.

Dresdner, Albert: Ardinghello und [der schwedische Bildhauer Joh. Tob.] Sergel. In: Deutsche Vierteljahrsschrift für Literaturwissenschaft und Geistesgeschichte. 11 (1933) S. 611–617.

Eichendorff, Joseph von: Der deutsche Roman des 18. Jahrhunderts in seinem Verhältnis zum Christenthum. Paderborn 1851, [2]1866.

Grappin, Pierre: Ardinghello et Hyperion. In: Etudes Germaniques 10 (1955) S. 200–213. – [Deutsche Übersetzung:] Ardinghello und Hyperion. In: Weimarer Beiträge 2 (1956) S. 165–181.

Harnisch, Käthe: Deutsche Malererzählungen. Die Art des Sehens bei Heinse, Tieck, Hoffmann, Stifter und Keller. Berlin 1938. (Neue deutsche Forschungen Bd. 179.)

Hatfield, Henry C.: Aesthetic Paganism in German Literature. From Winckelmann to the Death of Goethe. Cambridge 1964.

Hettner, Hermann: Literaturgeschichte des 18. Jahrhunderts III: Geschichte der deutschen Literatur im 18. Jahrhundert. Buch 3, Abt. 1 Die Sturm- und Drangperiode. Braunschweig 1869, [4]1894, [5]1925.

Hock, Erich: Dort drüben in Westfalen [. . .] Hölderlins Reise nach Bad Driburg mit Wilhelm Heinse und Diotima. Münster 1949. (Der Schatzkamp Bd. 9.)

Hock, Erich: Wilhelm Heinse und der Mainzer Kurstaat. In: Aschaffenburger Jahrbuch 1 (1952) S. 160–187.

Jessen, Karl Detlev: Heinses Stellung zur bildenden Kunst und ihrer Ästhetik. Zugleich ein Beitrag zur Quellenkunde des Ardinghello. Berlin 1901. (Palaestra 21.)

Jolivet, A.: Wilhelm Heinse. Sa vie et son œuvre jusqu'en 1787. Paris 1922.

Kayser, Christoph Albrecht: Über belletristische Schriftstellerei mit einer Parallele zwischen Werther und Ardinghello. Straßburg 1788.

Keller, Otto: Wilhelm Heinses Entwicklung zur Humanität. Zum Stilwandel des deutschen Romans im 18. Jahrhundert. Bern u. München 1972.

Koch, Herbert: Materialien aus Heinses Antikenbeschreibung. In: Deutschland–Italien. Festschrift für Wilhelm Waetzoldt. Berlin 1941. S. 244–285.

Kriegelstein, Elisabeth: Ästhetizismus und Übermenschentum in Heinses Weltanschauung. In: Preußische Jahrbücher 176 (1919) S. 157–180.

Kruft, Hanno-Walter: Wilhelm Heinses italienische Reise. In: Deutsche Vierteljahrsschrift für Literaturwissenschaft und Geistesgeschichte 41 (1967) S. 82–97.

Laserstein, Käte: Die Gestalt des bildenden Künstlers in der Dichtung. Berlin 1931. (Stoff- und Motivgeschichte der deutschen Literatur Nr. 12.)

Leitzmann, Albert: Wilhelm Heinse in Zeugnissen seiner Zeitgenossen. Jena 1938. (Jenaer Germanistische Forschungen 31.)

Magris, Claudio: Wilhelm Heinse. Università Degli Studi Di Trieste. 1968.

Mohr, Heinrich: Wilhelm Heinse. Das erotisch-religiöse Weltbild und seine naturphilosophischen Grundlagen. München 1971.

Montenbruck, Willi: Wilhelm Heinses Sprache bis zu seiner italienischen Reise. Diss. Köln; Lippstadt 1932.

Moore, Erna Maria: Die Tagebücher Wilhelm Heinses. München 1967.

Moore, Erna Maria: Wilhelm Heinses literarischer Nachlaß: Tagebücher oder Aphorismen? In: Monatshefte 64 (1972) S. 43–50.

Müller, Andreas: Landschaftserlebnis und Landschaftsbild. Studien zur deutschen Dichtung des 18. Jahrhunderts und der Romantik. Stuttgart 1955.

Nehrkorn, Hans: Wilhelm Heinse und sein Einfluß auf die Romantik. Diss. Göttingen; Goslar 1904.

Petitpierre, Ferdinand: Heinse in den Jugendschriften der Jungdeutschen. Diss. Bern 1915.

Petsch, Robert: Wilhelm Heinse und der ästhetische Immoralismus. In: Neue Jahrbücher für das klassische Altertum, Geschichte und deutsche Literatur 16 (1913), Bd. 31, S. 423 bis 454. – [Abdruck in:] R. P., Gehalt und Form. Gesammelte Abhandlungen zur Literaturwissenschaft und zur allgemeinen Geistesgeschichte. Dortmund 1925. (Hamburgische Texte u. Untersuchungen zur deutschen Philologie 1.) S. 483–512.

Petzold, Emil: Hölderlin Brod und Wein. Ein exegetischer Versuch. Programm. Sambor 1896/97. [Über Heinse und Hölderlin.]

Poppenberg, Felix: Heinse als Vorläufer. In: Insel-Almanach auf das Jahr 1908. S. 46–60.

Poppenberg, Felix: Heinse. In: Menschlichkeiten. Aus dem Nachlaß hrsg. von Ernst Heilborn u. Elsa Herzog. Berlin 1919. S. 133–158.

Reed, Eugene E.: The Transitional Significance of Heinse's Ardinghello. In: Modern Language Quarterly 16 (1955) S. 268–273.

Rehm, Walther: Das Werden des Renaissancebildes in der deutschen Dichtung. München 1924.

Reuss, Theodor: Heinse und Hölderlin. Diss. Tübingen; Stuttgart 1906.

Riess, Edmund: Wilhelm Heinses Romantechnik. Weimar 1911. (Forschungen zur neueren Literaturgeschichte Bd. 39.)

Rödel, Richard: Johann Jacob Wilhelm Heinse. Sein Leben und seine Werke. Nach den Quellen bearbeitet. Diss. Leipzig 1892.

Rosenfeld, Helmut: Heinses Lebens- und Kunstanschauung und die Romantik. In: Archiv für das Studium der neueren Sprachen. Neue Serie 75 (1939) S. 145–154.

Schober, Johann: Johann Jakob Wilhelm Heinse. Sein Leben und seine Werke. Ein Cultur- und Litteraturbild. Leipzig 1882.

Schüddekopf, Carl: [Einleitung zu:] Wilhelm Heinses Sämmtliche Werke. Bd. 1. Leipzig 1913.

Schurig, Arthur: Der junge Heinse. München 1912.

Sprengel, Hans Rolf: Naturanschauung und malerisches Empfinden bei Heinse. Frankfurt a. M. 1930. (Deutsche Forschungen H. 24.)

Stefansky, Georg: Theorie des Paradoxen. Eine bisher unbekannte Schrift Wilhelm Heinses. In: Euphorion 25 (1924) S. 379–389.

Stöcker, Helene: Zur Kunstanschauung des 18. Jahrhunderts. Von Winckelmann bis Wackenroder. Berlin 1904. (Palaestra 26.)

Stockum, Th. C. van: Wilhelm Heinse en zijn roman Ardinghello. In: Neophilologus 19 (1934) S. 27–37.
Terras, Rita: Wilhelm Heinses Ästhetik. München 1972.
Terras, Rita: Lessing und Heinse. Zur Wirkungsgeschichte des Laokoon. In: Lessing Yearbook 2 (1970) S. 56–89.
Utitz, Emil: J. J. Wilhelm Heinse und die Ästhetik zur Zeit der deutschen Aufklärung. Eine problemgeschichtliche Studie. Halle a. d. S. 1906.
Waetzoldt, Wilhelm: Deutsche Kunsthistoriker. Bd. 1 Von Sandrart bis Rumohr. Leipzig 1921.
Weibel, Oskar: Tiecks Renaissancedichtung in ihrem Verhältnis zu Heinse und Conrad Ferdinand Meyer. Bern 1925. (Sprache und Dichtung H. 34.)
Weigand, Wilhelm: Glossen zum Neudruck des Ardinghello. In: Insel-Almanach auf das Jahr 1906. S. 28–36.
Wiese, Benno von: Heinses Lebensanschauung im Ardinghello. In: Zeitschrift für Deutschkunde 34 (1931) S. 42–52.
Zeller, Hans: Wilhelm Heinses Italienreise. In: Deutsche Vierteljahrsschrift für Literaturwissenschaft und Geistesgeschichte 42 (1968) S. 23–54.
Zippel, Albert: Wilhelm Heinse und Italien. Jena 1930. (Jenaer Germanistische Forschungen 15.)

Zeittafel

1746 Johann Jakob Wilhelm Heinse (in seiner Jugend: Heinze) wurde am 15. Februar als Sohn des Stadtschreibers, Organisten und späteren Bürgermeisters Johann Nikolaus Heintze (1711–82) und dessen Ehefrau Barbara Katharina geb. Jahn (1718–88) in Langewiesen bei Ilmenau in Thüringen geboren.

1766 Nach dem Besuch der Gymnasien in Arnstadt und Schleusingen als Jurastudent in Jena immatrikuliert, widmet sich Heinse literarischen Interessen und schließt sich besonders dem jungen Dozenten für Literatur und Philosophie, Friedrich Justus Riedel (1742–85) an, dessen *Theorie der schönen Künste und Wissenschaften* (1767) Heinses Ästhetik in der Folgezeit weitgehend bestimmt.

1768 Heinse folgt seinem Gönner, dem als Professor der Philosophie nach Erfurt berufenen Riedel, immatrikuliert sich am 30. April an der dortigen Universität und wird weiterhin von dem 1769 ebenfalls an diese Universität berufenen Wieland und später von Gleim gefördert. Aus der Erfurter Zeit (bis 1771) stammen Gedichte, Pamphlete und kritische Beiträge Heinses zur *Bibliothek der elenden Scribenten* (1769) und zu der von Heinse und J. G. C. Gleichmann herausgegebenen Wochenschrift *Thüringischer Zuschauer* (1770), außerdem die erst nach seinem Tod veröffentlichten *Musikalischen Dialogen*, seine *Sinngedichte* (1771) und *Elysium*, die nicht erhaltene Urfassung des Laidion-Romans.

1771 Heinse wird Sekretär und Reisebegleiter zweier verabschiedeter Offiziere, die in Frankfurt a. M. und Süddeutschland vergeblich versuchen, eine Lotteriekonzession zu erhalten, und sich mit der Abfassung von zum Teil antikirchlichen Schriften durchschlagen.

1772 Durch die Vermittlung Gleims wird Heinse im September, unter dem vorübergehend angenommenen Namen »Rost«, Hauslehrer (bis 1774) in der Familie des Kriegs- und Domänenrats Valentin von Massow in Halberstadt und wird durch die Freundschaft mit der gebildeten Mutter seines Zöglings, der ihm gleichaltrigen Elisabeth von Massow, im gesellschaftlichen Umgang und künstlerisch sehr positiv beeinflußt.

1773 Anonym: *Begebenheiten des Enkolp. Aus dem Satyricon*

des Petron übersetzt, 2 Bände. *Die Kirschen* (Gedicht nach Claude Joseph Dorats *Les Cérises*, auf Veranlassung Gleims).

1774 Anonym: *Laidion oder die Eleusinischen Geheimnisse*, Roman. Anonym: *Nachrichten zu dem Leben des Franz Petrarca aus seinen Werken und den gleichzeitigen Schriftstellern*, 1. Band. Übersetzung nach Jacques François Paul Alphonse de Sades *Mémoires de Pétrarque*. Heinse lebt bis 1780 als Mitherausgeber von Johann Georg Jacobis Damenzeitschrift *Iris* im Kreis der Brüder Johann Georg und Friedrich Heinrich Jacobi in Düsseldorf; dort im Juli 1774 Begegnung mit Goethe; in demselben Jahr Beginn von Heinses Tagebuchaufzeichnungen bis zu seinem Tod (1924 bis 1925 von Albert Leitzmann als *Aphorismen* in der Ausgabe der *Sämmtlichen Werke* Heinses im Insel Verlag herausgegeben). Außerdem in der Düsseldorfer Zeit Beiträge zur *Iris* und Wielands *Teutschem Merkur* sowie Übersetzungen von zwei Satiren Ariosts und eines Teiles aus Fortiguerras *Ricciardetto* (erst 1908 in den *Sämmtlichen Werken* veröffentlicht).

1775 Anonym: *Erzählungen für junge Damen und Dichter gesammelt und mit Anmerkungen begleitet*, 2 Bände.

1776/77 *Über einige Gemälde der düsseldorfer Galerie* (Kunstbriefe, besonders über Rubens, im *Teutschen Merkur*).

1778 Anonym: *Theorie des Paradoxen* (Übersetzung nach der gleichnamigen Schrift André Morellets von 1775).

1780 Mit finanzieller Unterstützung Gleims und Friedrich Heinrich Jacobis bricht Heinse am 6. Juni 1780 zu einer dreijährigen Italienreise (bis 18. September 1783) auf, die er größtenteils zu Fuß zurücklegt. Die Hauptstationen sind der Rheinfall bei Schaffhausen, St. Gotthard, Genf, Genua; von November 1780 bis Ende Mai 1781 in Venedig, wo er den größten Teil von Tassos *Befreytem Jerusalem* übersetzt und die Geschichte Venedigs studiert; Juli 1781 in Florenz; von August 1781 bis Juni 1782 in Rom zusammen mit Friedrich (»Maler«) Müller; Juli und August nach Neapel; von September 1782 bis Juli 1783 wieder in Rom, dort Pläne einer Zeitschrift über Kunst und Kultur Italiens zusammen mit Maler Müller u. a.; Rückreise über Terni, Perugia, Florenz (hier Aufzeichnungen über die Medici), Bologna, Venedig, Gardasee, Mailand, Mantua, Verona. Während seiner Reise Tagebuchaufzeichnungen über antike und Renaissance-Geschichte und -Kunst (1909 als *Tagebücher von der italienischen Reise* veröffentlicht).

1781 Anonym: *Das befreyte Jerusalem von Torquato Tasso*, 4 Bände (Prosa-Übertragung).

1782/83 *Roland der Wüthende. Ein Heldengedicht von Ludwig Ariost dem Göttlichen*, 4 Bände (Prosa-Übertragung).

1783–86 Wieder Aufenthalt bei Friedrich Heinrich Jacobi in Düsseldorf; dort Beschäftigung mit naturphilosophischen Fragen im Zusammenhang mit dem Spinozismus und Jacobis gleichzeitiger Schrift *Über die Lehre des Spinoza, in Briefen an Moses Mendelssohn* von 1785. Neben Reisen nach Holland (Oktober 1784), Spa (August 1785), Siegburg und ins Siebengebirge (Mai 1786) und nach Mettmann (Juli 1786) Arbeit am Ardinghello-Roman.

1785/86 Anonym: *Drei Fragmente einer Italiänischen Handschrift aus dem sechszehnten Jahrhundert: Künstlerbacchanal. Ueber Raphael. Ueber Antiken vom ersten Range* (teilweise Vorabdrucke aus dem Ardinghello-Roman, im *Deutschen Museum* veröffentlicht).

1786 Am 1. Oktober wird Heinse, durch Vermittlung des Historikers Johannes von Müller, als Vorleser an den Hof des aufgeklärten Kurfürsten und Erzbischofs Friedrich Karl Joseph von Erthal nach Mainz berufen. Von 1786 bis 1792 schreibt Heinse in Tagebuchaufzeichnungen Rezensionen über deutsche, englische, französische und antike Literatur, Bemerkungen über Ehe, Liebe und Gesellschaft sowie in längeren Ausführungen über Musik und Gesang (1925 veröffentlicht).

1787 Anonym: *Ardinghello und die glückseeligen Inseln. Eine Italiänische Geschichte aus dem sechszehnten Jahrhundert*, 2 Bände.

1788 Ernennung Heinses zum Hofrat und zum Bibliothekar der kurfürstlichen Privatbibliothek. Plan einer kritisch-literarischen Zeitschrift gegen die Jenaische *Allgemeine Literaturzeitung* zusammen mit Samuel Thomas Sömmerring und Georg Forster. *Erinnerung bey Lesung der Gedichte Ossians* (1908 veröffentlicht). Um dieselbe Zeit: *Zum ersten Band des Werks de l'état naturel des peuples* [Gavoty (anonym), Paris 1786] (1908 veröffentlicht).

1789 Im Juli Reise nach Mannheim.

1790 Im Juni Reise nach Schloß Ziegenberg.

1792 Unrechtmäßiger, anonymer Nachdruck des *Ardinghello*.

Flucht Heinses vor der französischen Besetzung der Stadt Mainz nach Düsseldorf zu Jacobi, bis 1793; dort musiktheoretische Tagebuchaufzeichnungen über Oratorien und Opern von Traetta, Majo, Jomelli, Pergolesi, Metastasio, Gluck, Händel u. a. (1925 veröffentlicht).

1794 Rückkehr nach Mainz und Arbeit am Musikroman *Hildegard von Hohenthal.* Im Dezember Umzug der kurfürstlichen Bibliothek und Übersiedlung in das kurfürstliche Schloß in Aschaffenburg. Zweite rechtmäßige, verbesserte Auflage des *Ardinghello*, 2 Bände. *Ueber einige Grundsätze der Französischen Drakonen*, Januar 1794, über die Französische Revolution (1908 veröffentlicht).

1795/96 *Hildegard von Hohenthal*, 3 Bände.

1796 Ab Januar Aufzeichnungen über die Ethik des Aristoteles (als Teil der Tagebücher 1925 veröffentlicht). *Ueber die Recensionen des ersten Theils der Hildegard im ersten und dritten Stücke des Journals Deutschland. 1796* (1908 veröffentlicht). Rezension der Hauptkomödien Molières und Bemerkungen zu Wielands *Agathon* und *Oberon* (leicht gekürzt 1925 von Leitzmann herausgegeben). Im Juli flieht Heinse vor der französischen Revolutionsarmee Jourdans über Würzburg nach Kassel. Von hier reist er mit der ihm bekannten Susette Gontard und Hölderlin nach Bad Driburg in Westfalen weiter und bleibt dort bis zur Rückkehr nach Aschaffenburg im Oktober desselben Jahres.

1798 Im Mai philosophische Notizen *Ueber Wesen und Formen* nach Aristoteles und Lavoisier (als Tagebuchaufzeichnungen 1925 veröffentlicht).

1799 Zweite (leicht gekürzte und veränderte) Auflage von *Laidion oder die Eleusinischen Geheimnisse.* Am 12. Dezember 1799: *Wilhelm Heinse an Samuel Thomas Sömmerring über den Hauptsatz in dessen Schrift zur Tabula baseos encephali*, Bemerkungen zum Hauptsatz der Hirn- und Nervenlehre Sömmerrings (1903 veröffentlicht).

1800 Im Juli und August Reise nach Franken. Der *Ardinghello* erscheint im revolutionären Frankreich in seiner ersten (anonymen) Übersetzung: *Ardinghelle et les îles de la félicité, histoire italienne du XVIe siècle.* Traduit de l'allemand par les citoyens Weltzien et Faye jeune. Paris: Cramer, Bernard, an VIII.

1801/02 Aufzeichnungen Heinses in zwei seit 1797 und 1799 begonnenen Nachlaßheften über *Wilhelm Meisters Lehrjahre*, über das Sammelwerk *Bibliothèque universelle des Romans* von 1775, über staatspolitische Werke von August Ludwig Schlözer, Johann Friedrich von Herrenschwand und Edmund Burke, Antithesen über Kant und Fichte und *Miscellanea. Pro und Contra*, eine zur Veröffentlichung aufgestellte Zusammenfassung der Themen seiner Aschaffenburger Nachlaßhefte (1925, in teilweiser Kürzung, von Leitzmann in Heinses *Sämmtlichen Werken* herausgegeben).

1802 Am 27. Juni erleidet Heinse einen ersten, leichten Schlaganfall, erholt sich aber rasch und bleibt auch unter Karl Theodor von Dalberg, dem Nachfolger des im Juli 1802 verstorbenen Kurfürsten, Hofrat und Bibliothekar.

1803 Im März kündet Heinse »etliche Bändchen vermischte Schriften« an, zu denen eine erst 1964 entdeckte und 1966 edierte Streitschrift Heinses *Zur Erfindung der Buchdruckerkunst in Mainz* gehört. Am 22. Juni stirbt Heinse an den Folgen eines zweiten Schlaganfalls und wird zwei Tage später als Consiliarius aulicus, religionis protestanticae, vom katholischen Pfarrer auf dem St.-Agathen-Friedhof in Aschaffenburg beerdigt. Unmittelbar nach seinem Tod erscheint sein letztes Werk, der Roman *Anastasia und das Schachspiel. Briefe aus Italien, vom Verfasser des Ardinghello*, Zwei Bände.

1805 Heinses *Musikalische Dialogen* von 1769 erscheinen im Druck. Sömmerring läßt den testamentarisch ihm vermachten Schädel Heinses ausgraben und stellt ihn mit der Inschrift »Wilhelm Heinse, Poeta summus« im Senckenberg-Museum in Frankfurt a. M. auf, wo er 1945 bei einem Fliegerangriff verlorenging.

Nachwort

I

Ardinghello und die glückseligen Inseln ist in die Geschichte der deutschen Literatur als der erste Renaissanceroman und der erste Künstler- oder Malerroman eingegangen. Gewöhnlich wird er als letztes literarisches Produkt des Sturm und Drang klassifiziert. Wie andere epochemachende, revolutionäre Werke der Zeit, Goethes *Werther* und *Götz* sowie Schillers *Räuber*, erschien auch Wilhelm Heinses Roman anonym. In demselben Jahr, 1787, kamen *Iphigenie* und *Don Carlos*, die ersten klassischen Dramen Goethes und Schillers, heraus, vollendete Kant in Königsberg seine *Kritik der praktischen Vernunft* und Goethe in Italien seinen *Egmont*. Die Zeitgenossen und die folgende Generation waren sich der historischen Bedeutung des Ardinghello-Romans nur sehr undeutlich bewußt, wohl aber seiner Neuheit und starken Einflußkraft. Goethes Freund Knebel schildert als erste Reaktion der Leserschaft, daß man das Buch »für gefährlich hält« und dennoch »mit äußerster Begierde« danach fragt; Schiller bestätigt dem Werk, es sei »ganz erstaunlich in Circle geraten« und werde von den Hofdamen vergöttert, aber man könne »ihm bald anriechen, warum«. Für andere ist der Roman »ein fremdes, vortreffliches Gewächs«, »ein fremder, hitziger Wein«, ein »Büchlein mit vielem Geist und Feuer geschrieben, aber der Geist ist ein böser Geist, das Feuer verzehrend« (Stolberg); ein »lebendiger Funke« und »eine Débauche des Geistes« für Herder, für Körner »ein Pendant zum Werther«, »Geist und Kraft im Schwelgen wie jener im Leiden« und »macht doch einen widrigen Eindruck«.
Wenn wir diese und die folgenden Zeugnisse der unmittelbaren Wirkungsgeschichte lesen, wie sie in dieser Ausgabe zusammengetragen sind, so fällt nicht nur die bisher immer betonte Zwiespältigkeit von sinnlicher Begeisterung und

moralischer Entrüstung ins Auge, sondern auch eine deutliche Ambivalenz enthusiastischer Bejahung und gleichzeitiger Scheu oder Ablehnung eines gewissen Neuen und Fremdartigen, das einen reizt und zugleich anzieht und beunruhigt. Für Friedrich Matthisson sind es, gleich im ersten Zeugnis, die Keime zu diesem Roman, die sich unter den Lorbeergängen der Villa Medici, zwischen den erhabenen Trümmern der sieben Hügel Roms und an den dichterischen Ufern von Albano und Nemi in üppiger Fülle entwickelten. Für Hamann ist es der Begriff von Leben, Freiheit und Großheit des Charakters Ardinghellos, dieses Virtuosen, Metaphysikers und wüsten Gesetzgebers »des verblichenen Jahrhunderts«; für Knebel besonders die mit glühendem Pinsel geschriebene Renaissancegeschichte von Boccadoro im zweiten Buch; für den ersten Rezensenten vor allem die »Idealisierung« der Lebensgeschichte eines »florentinischen Jünglings«, Künstlers und Dichters und die durch langes Studium an Ort und Stelle erworbene Vertrautheit des Verfassers mit den »unermeßlichen Schätzen Italiens«. Aber zugleich hat dieser florentinische Roman für den Rezensenten auch den Schein eines falschen Ansehens, als ob dem Künstler und Menschen unter demselben heißen Himmel, mit dessen Reinheit sich Petrarcas große Seele vermählte, die vorzüglichste Ausbildung seines Geistes zur Torheit und Verwirrung geworden sei. Körner, der, wie gesagt, den Roman als ein Pendant zum Werther ansehen möchte, lobt sein Leben und seine Fülle, kritisiert aber den »italienischen Charakter«, besonders den Renaissancezug der männlichen Größe und Konsequenz der Frauengestalten. Für Klamer Schmidt ist es die Reise an die italienische Quelle der Künste, die »Blitz und Schlag« des Romans ausmacht. In der Rezension des *Ardinghello* in der *Allgemeinen deutschen Bibliothek* wird zwar der kraftgeniale Sturm-und-Drang-Charakter gelobt, »obgleich nach italienischer Weise rachsüchtig bis zur Ausschweifung«; aber nichts ziehe den Leser mehr an als die kraftvolle Diktion, die feurigen Schilderungen und die kühnen Gedanken, »in jenes schöne Zeitalter der italienischen Geschichte hinübergezaubert« zu sein, in dessen heißeste Glut einer schwärmerischen Künstlerbegeisterung der Verfasser seinen Pinsel getaucht habe und unter dessen blendenden Farben die gewaltsamsten Verletzungen der moralischen Verhältnisse ihr Aufsehen verlören. Eine genauere Durchsicht der ersten Zeugnisse zum *Ardinghello* läßt also erkennen, daß für die meisten Zeitgenossen das Neue und Fremdartige an Heinses Werk dessen Renaissancecharakter war. Natürlich konnten sie diesen Charakter nur beschreibend als florentinisch, mediceisch und italienisch herausstellen, denn erst 1855 nennt Jules Michelet seine französische Geschichte des 16. Jahrhunderts im Untertitel *Renaissance*, und erst seit 1860 sprechen wir mit Jakob Burckhardt von der *Kultur der Renaissance in Italien.* Die Zeitgenossen Heinses sahen den Roman weniger als ein Erzeugnis des Sturm und Drang, sondern als den ersten Renaissanceroman, und zwar in der Weise und Bezeichnung, die der Dichter selbst seinem *Ardinghello* als Untertitel gegeben hatte: *Eine Italiänische Geschichte aus dem sechszehnten Jahrhundert.*

Eine weitere Besonderheit der ersten literarischen Wirkung zeigt sich in denjenigen Rezensionen, die Albert Leitzmann aus seiner sonst lobenswerten Zusammenstellung der zeitgenössischen Urteile ausgeschlossen hat. Die ersten Rezensenten messen den *Ardinghello* weniger an Wielands *Agathon* und Goethes *Werther* als an den konservativen poetischen Grundsätzen Bodmers, Breitingers und Johann Elias Schlegels und nach den Grenzen der Malerei und Poesie, die Lessing 1766 in seinem *Laokoon* gesetzt hatte. Sie kritisieren den uneinheitlichen Aufbau, die Mischung von Kunstbeschreibungen und Erlebnissen sowie den unmoralischen Charakter der Hauptpersonen; entschuldigen aber zugleich die sittliche Ungebundenheit und das Herrenmenschentum mit der historischen Wahrhaftigkeit und der lebendigen Schilderung des Renaissancejahrhunderts. Vor allem aber heben sie als Neuheit »die Fülle der Sprache« und »die lebendige Darstellung« hervor, »die meisterhaften Schilde-

rungen«, die täuschende Charakterisierung des Individuellen, »die kraftvolle üppige Diktion«, oder kritisieren auch die schwülstige Sprache der Leidenschaften. Ebenso müssen die Gegner des Romans ihm Feuer, Leben und Faszination der Sprache zugestehen, und sogar Friedrich von Stolberg, der in sittlicher Entrüstung zur Verbrennung des *Ardinghello* aufruft, kann nicht umhin zuzugeben, daß er »mit vielem Geist und Feuer geschrieben« ist. Die beiden Urteile des Arztes und Philosophen Johann Benjamin Erhard sind eine einzige enthusiastische Schilderung der flammenden, erschütternden, aufreizenden, ja blendenden und verführenden Eigenart und Wirkung der Sprache Heinses, die den Roman zu einem Produkt machen, das »mit nichts verglichen werden« kann. Barbara Schultheß, die Schweizer Jugendfreundin Goethes, kennt kein Buch, das sie »so mit empörten Gefühlen wegschmiß«, und muß dennoch eingestehen: »Die Sprache reizte mich, ich nahm es wieder und hob heraus, was über Kunst und Gegend geschrieben war.« 1806 bezeichnet Friedrich Bouterwek Heinse wegen seiner Sprache in Kunst- und Naturschilderungen als »eines der größten Genies Deutschlands«.
Sprache und Renaissancecharakter sind die beiden wichtigsten Wirkungen in der frühesten Geschichte des *Ardinghello*. Im übrigen machen glühende Bejahung und entrüstete Ablehnung von Anfang bis heute die gegensätzliche Resonanz des Romans aus. Schiller und Goethe stehen in ihren relativ späten Aussagen über den *Ardinghello* auf der negativen Seite und haben für lange Zeit das Urteil der nachfolgenden Generationen von Literaturhistorikern einseitig bestimmt. Beide benutzen Heinses Roman eigentlich nur als ein negatives Beispiel, um ihre eigenen idealischen und klassischen Ansichten herauszustellen; Schiller in einer Fußnote zu seiner Schrift *Über naive und sentimentalische Dichtung* und Goethe in der Einleitung zu seinem kurzen Essay *Erste Bekanntschaft mit Schiller*. Schiller räumt dem *Ardinghello* zwar »sinnliche Energie« und »Feuer des Kolorits« ein, doch gehört er nach ihm zu den gemeinen und niedrigen

Produkten der Begierde und ist nur »eine sinnliche Karikatur ohne Wahrheit und ohne ästhetische Würde«. Im Brief an Sömmerring vom 13. März 1796 verteidigt Heinse seine Darstellung von Sinnlichkeit und Begier und macht sich über Schillers Feststellung »ohne Wahrheit und ohne Würde« lustig. Goethe wirft Heinse vor, daß er in seinem Roman »Sinnlichkeit und abstruse Denkweisen durch bildende Kunst zu veredeln und aufzustutzen unternahm«. Der *Ardinghello* und Schillers *Räuber* sind für ihn wunderliche Ausgeburten, denen von wilden Studenten wie von gebildeten Hofdamen solcher Beifall gezollt wird, daß er glaubt, all sein Bemühen um »die reinsten Anschauungen« in allen Kunstfächern müsse völlig verlorengehen. Das einzige, was Schiller an dem Roman lobt, ist die sinnliche Kraft, das Feuer und die Farbenwirkung der Sprache. Der klassische Goethe ist nach seinen eigenen Worten von der Wirkung des *Ardinghello* erschreckt und wie gelähmt. Beide, Goethe und Schiller, verwerfen ihn unter ästhetischem Vorwand, in Wirklichkeit aus moralischen Gründen. Jedoch Goethes eigene *Römische Elegien*, die 1788, unmittelbar nach seiner italienischen Reise und dem Erscheinen des *Ardinghello* entstanden, als *Erotica Romana* zum Druck gingen und bekannterweise Goethes italienische Liebeserlebnisse und seine Begegnung mit Christiane Vulpius verbinden, verletzen für Schiller nur »eine konventionelle aber nicht die wahre und natürliche Dezenz« (an den Herzog Friedrich Christian von Augustenburg, am 5. Juli 1795) und werden bewußt zusammen mit seinen letzten Briefen *Über die ästhetische Erziehung des Menschen* in den *Horen* herausgegeben. Wie dem *Ardinghello*, so wird auch Goethes *Römischen Elegien* eine »genialische Dichterglut«, aber auch moralisierende Empörung über deren »bordellmäßige Nacktheit« bestätigt (Karl August Böttiger an Friedrich Schulz am 27. Juli 1795). Fast wie im Hinblick auf die wirklich ›erlebten‹ Genüsse in den *Römischen Elegien* Goethes weist Heinse in dem erwähnten Brief vom 13. März 1796 Schillers Vorwürfe gegen den *Ardinghello* mit der

Bemerkung zurück: »Und bloße Begier, weil der Verfasser nicht in der Tat Liebeshändel mit einer Cäcilia, einer Lucinde, Fulvia, Fiordimona gehabt hätte, sondern alles lauter Phantasie wäre.«

Hatten die *Römischen Elegien* von 1788 mit dem *Ardinghello* von 1787 das Thema der freien Liebe auf dem antiken Boden Italiens gemeinsam, so folgt zehn Jahre später von Goethes Hand die zweite Lebensdarstellung des italienischen Renaissancemenschen in der deutschen Literatur, das ausgedehnte Projekt seiner Übertragung der Lebensgeschichte des *Benvenuto Cellini*, die zunächst auszugsweise von 1796 bis 1797 in den *Horen* erscheint. Wir haben keinerlei Anzeichen oder Gründe für einen direkten Einfluß des *Ardinghello* auf Goethes Bearbeitung der *Vita* des Cellini. Dennoch liegen diese beiden ersten romanhaften Darstellungen des Renaissancekünstlers in der deutschen Literatur zeitlich und thematisch zu nahe zusammen, um sie nicht im Rahmen der Wirkung des *Ardinghello* näher zueinander in Beziehung zu setzen. Der florentinische Künstler Benvenuto Cellini (1500–74) ist ein Zeitgenosse und Landsmann Ardinghellos. Das Romangeschehen des *Ardinghello* beginnt ein paar Jahre nach Cellinis Tod. Mindestens dieselben Vorarbeiten, die Heinse seinem Roman vorausschickt, leistet Goethe für seine Cellini-Biographie. Er stellt, wie Heinse, eine Stammtafel des Hauses Medici auf, befaßt sich mit dem Rangstreit der Skulptur und Malerei und besonders mit »Cosmus I.«, der auch im *Ardinghello* die Hauptperson des politischen Hintergrundes ausmacht, und setzt seinen Helden, wie Heinse, zu den anderen gleichzeitigen Künstlern in Beziehung, besonders zu Michelangelo (vgl. hierzu die einzelnen Abschnitte in Goethes *Anhang zur Lebensbeschreibung des Benvenuto Cellini, bezüglich auf Sitten, Kunst und Technik*). In den *Tag- und Jahresheften* zum Jahr 1796 sagt Goethe: »Als ich mich in die Kunstgeschichte von Florenz einarbeitete, ward mir Cellini wichtig«; zum Jahr 1798 heißt es: »Cellinis Leben setzt' ich fort, als einen Anhaltepunkt der Geschichte des sechzehnten Jahrhunderts.« Letztere Formulierung ist auch der Untertitel zu Heinses Roman. Goethe sieht Cellini als Renaissancekünstler und Renaissancemenschen, als »Repräsentant seines Jahrhunderts«, dazu hebt er die »Allgemeinheit seines Talents« und seine »Bildung« hervor. Von ihr schreibt er am 22. Juli 1796 an Heinrich Meyer, sie »ging vom einzelnen aus und bei seiner großen puren Sinnlichkeit wäre es ein Wunder gewesen, wenn er sich durch Reflexion hätte zum Ganzen erheben sollen«; am 8. Februar 1797 an Schiller über Cellinis Perseus, daß »bei der ganzen Arbeit an der Statue bis zuletzt Naturell, Kunst, Handwerk, Leidenschaft und Zufall alles durcheinander wirkt und dadurch das Kunstwerk gleichsam zum Naturprodukt« wird. Dieselbe künstlerische Unordnung und Uneinheitlichkeit des Charakters, dieselbe Unfähigkeit, die pure Sinnlichkeit zu einem geistigen Ganzen zu erheben, werden Heinse und Ardinghello immer wieder und nicht zuletzt von Goethe selbst, wie wir gesehen haben, zum Vorwurf gemacht. Dabei sind diese Unvollkommenheiten des Helden nichts anderes als die von Heinse und Goethe zum erstenmal herausgearbeiteten Eigenschaften des historischen Renaissancemenschen. »Ich sehe das ganze Jahrhundert viel deutlicher durch die Augen dieses konfusen Individui«, heißt es in Goethes Brief an Heinrich Meyer vom 18. April 1796. Natürlich werden hier auch die Unterschiede zwischen Goethes *Cellini* und Heinses *Ardinghello* sichtbar – und zugleich Heinses Sünden gegen den ästhetischen Kanon der Zeit. Cellini ist nicht Herrenmensch und Revolutionär wie Ardinghello, sondern Diener; nicht ein Aristokrat, der in seinem Macht- und Lebensrausch eine künstlerische Phase durcheilt, sondern ein Künstler und Handwerker sein Leben lang. Vor allem aber überträgt Goethe nur die Autobiographie einer historischen Persönlichkeit der Renaissancezeit, während Heinse einen fiktiven Renaissancemenschen mit seinen Tugenden und Schwächen in einem Roman zum Ideal erhebt. Derselbe Unterschied bedingt aber auch, daß nicht die *Lebensbeschreibung des Benvenuto Cellini*, sondern der Ardinghello-Roman eine weitgehende literarische Wirkung hervorrief. Innerhalb der ersten sieben Jahre erscheint er bereits in drei Auflagen und wird vor allem von der jungen Generation der Studenten, dem gebildeten Bürgertum und in Hofkreisen gelesen. Der Mainzer Kurfürst und Erzbischof liest ihn als besondere Delikatesse persönlich seinen Hofdamen vor. Im Gegensatz zu seiner Aufnahme an den absolutistischen Höfen von Mainz und Weimar und unbeachtet von zeitgenössischen und späteren Literaturkreisen in Deutschland, hat Heinses Roman eine ebenso exemplarische und freiheitliche Wirkung im benachbarten revolutionären Frankreich. 1800, im Jahr acht der revolutionären Zeitrechnung und noch zu Lebzeiten Heinses, wird er von den »citoyens« Weltzien und Faye ins Französische übersetzt und erscheint, ohne Wissen seines anonymen Verfassers, in Paris im Druck.

Einen »Vorläufer der Romantik« nennen die meisten Literaturhistoriker des 19. und beginnenden 20. Jahrhunderts den *Ardinghello*, aber im Mund der Romantiker selbst hat er kaum ein Echo gefunden. Abgesehen von Eichendorffs später Verdammung des Romans als eine »Ästhetik der Wollust« und als »bestialischen Zynismus«, ist die Diskussion um den *Ardinghello* in der Romantik und Nachromantik versiegt. Um so intensiver zeigt sich aber sein direkter Einfluß auf das Romanschaffen eines Tieck (*Sternbald*, *Lovell*, *Vittoria Accorombona*), Friedrich Schlegel (*Lucinde*), Brentano (*Godwi*) und Hölderlin (*Hyperion*), um nur die wichtigsten zu nennen. 1819 und 1821 erscheint er in der vierten und fünften Ausgabe. Seinen Hinweis an Wackenroder auf den *Ardinghello*, »Du wirst viele schöne Stellen finden und man bekömmt auch in mancher Rücksicht neue Ideen«, hat Tieck selbst zweifellos beherzigt. Die übernommenen Motive sind der schrankenlose Individualismus des Künstlers und des Machtmenschen, die sexuelle Befreiung der Frau und der Naturpantheismus des Romans. *Vittoria Accorombona* und *Sternbald* sind ganz oder teilweise Renaissanceromane nach dem Vorbild des *Ardin-*

ghello. Walther Rehm hat Heinses Anteil am *Werden des Renaissancebildes in der deutschen Dichtung* 1924 unter diesem Buchtitel eingehender behandelt. Heinses Einfluß auf Tieck und die anderen Romantiker stellten Hans Nehrkorn, Käthe Harnisch, Helmut Rosenfeld, Helene Stöcker und Oskar Weibel im einzelnen dar. Heinses Wirkung auf Hölderlin ist weitergehend und erstreckt sich nicht nur auf den *Hyperion*, sondern auch auf die späteren Gedichte, in denen Heinse mehrmals direkt und indirekt genannt wird, und auf seine naturpantheistische Anschauung im besonderen. Neben einer vorübergehenden persönlichen Verbindung geht der Einfluß vor allem von dem naturphilosophischen Teil des Ardinghello-Romans aus, dem Hölderlin einige Zitate entnahm. Theodor Reuß, Emil Petzold, Erich Hock, Max L. Baeumer und Pierre Grappin haben diese Zusammenhänge deutlicher heraugearbeitet.
Als gegen Ende der zwanziger Jahre des 19. Jahrhunderts Vertreter der jungen Generation gegen die politische Reaktion der biedermeierlichen Restaurationszeit mit den Worten Heinrich Heines eine revolutionäre Literatur forderten, die den höchsten Interessen des Lebens gelte, und als diese sogenannten Jungdeutschen die Emanzipation des Individuums, des Weibes und des Fleisches verkündeten, wurde der *Ardinghello* zum Fanal des neuen Programms. Heine nennt den Ardinghello-Dichter einen jener Dämonen, die er und seine jungen Zeitgenossen vielleicht jetzt selbst repräsentieren und die einst den Sieg erreichen werden, wenn er und die anderen Gleichzeitigen schon lange mit verdrießlich abgemühtem Herzen ins Grab gestiegen sind. Es ist das einzige bekannte Wort des ersten bedeutenden Journalisten Deutschlands über Heinse. Heine war damals dreißig Jahre alt und Redakteur von Cottas *Neuen allgemeinen politischen Annalen.* Ebenso verschlang der junge Philosoph und Literaturhistoriker Karl Rosenkranz den *Ardinghello* und fühlte sich wie von einem Dämon getroffen: »Der Erdgeist fuhr in alle meine Sinne.« Rosenkranz wird als einer der großen Schüler Hegels angesehen. Hegels Philosophie be-

stimmte, wenn auch nur oberflächlich und verschiedenartig aufgenommen, die Auffassung der Jungdeutschen, und nach der französischen Julirevolution von 1830, in der radikaleren Form der Linkshegelianer, das Denken der Vertreter des Vormärz. Rosenkranz nimmt zwischen der konservativen Rechten und der radikalen Linken eine vermittelnde Stellung ein. Er sieht den *Ardinghello* in der Sicht der dialektischen Natur-Geist-Philosophie Hegels und erklärt ihn als eine »poetische Ausgeburt« des Geistes, der – wenn wir sein Zitat im Kontext der Hegelschen Philosophie sehen – sich in die Natur entlassen hat, aber seinen Widerspruch gegen die Natur noch nicht »zur Einheit mit dem Geist aufzuheben imstande« ist und das dringende Bedürfnis hat, »die Sinnlichkeit zu überwinden« (vgl. Rosenkranz in dieser Ausgabe S. 577). Dieses Bedürfnis spricht für Rosenkranz aus den in den Roman eingebauten »trefflichen Kunstbetrachtungen« und »griechischen Philosophemen«, d. h. aus seinen mehr oder weniger ungeprüften philosophischen Behauptungen. Heinse sei aber in seinem Roman nicht weitergekommen als zu einer bloßen »Anschauung des sinnlichen Lebens [...] in seinen höchsten Äußerungen [...] denen [aber] der Geist nur geliehen werden kann«. Die Aufhebung des dialektischen Widerspruches zwischen Natur und Geist, nämlich die Rückkehr des Geistes aus seinem Anderssein, der Natur, zu sich selbst im Bewußtsein des Menschen, ist im *Ardinghello* nicht geleistet. Deshalb ist der Roman, nach Rosenkranz, nur eine für »poetisch« gehaltene, »unmittelbare Abspiegelung des subjektiven Eindruckes« dieses schöpferischen Gegensatzes Natur–Geist und deshalb atme er »in Wahrheit einen heidnischen Geist« und feiere seinen Triumph am Ende »in der Errichtung des Naturstaates«. Man könnte diese Interpretation à la Hegel als interessante Marotte eines philosophisch belasteten Literaturhistorikers abtun, wenn sie nicht zugleich den roten Faden der meisten positiven und negativen Urteile über den *Ardinghello* von Goethe und Schiller bis zu Erich Hock in unseren Tagen bezeichnen würde: das

Verhältnis von sinnlicher Natur und ideal-ästhetischem Geist.

Ob der *Ardinghello* für die dichterische Darstellung der besagten dreifachen jungdeutschen Emanzipation des Individuums, des Weibes und Fleisches ein direktes Vorbild war, ob Karl Ferdinand Gutzkows emanzipierte Frauengestalten in seinen Romanen *Maha Guru* und *Wally, die Zweiflerin* nach der Heinseschen Fiordimona geschaffen sind, wie Walther Brecht und andere behaupten, ist fraglich und nie im einzelnen bewiesen worden. Nachgewiesen und bedeutender ist *Ardinghellos* Einfluß auf den vielseitigen Heinrich Laube. Im ersten Teil, *Die Poeten* (1833), seines dreiteiligen Romans *Das junge Europa* läßt er seinen Haupthelden, der eine soziale Revolution vorbereitet, namentlich für Heinse schwärmen und überträgt fast wörtlich Ardinghellos gewitternächtliches Säbelgefecht mit dem Kardinal Ferdinando de Medici (vgl. S. 360 f.) in seinen eigenen Roman. 1838 besorgt Laube die erste, wenn auch sehr fehlerhafte und unvollständige Ausgabe der *Sämmtlichen Schriften* Heinses in zehn Bänden, mit einer ersten 93seitigen Biographie. In demselben Jahr erscheint außerdem die vierte Auflage des *Ardinghello* in der Meyerschen Buchhandlung in Lemgo. Laube beurteilt den *Ardinghello* natürlich nach den Grundsätzen der Jungdeutschen. Der zeitgeschichtlich-politische Hintergrund, die »Beschreibung Italiens«, ist ihm zu strichartig und zuviel Kulisse; nicht genug »Panorama der Zeit«, wie Gutzkow im Vorwort zu *Die Ritter vom Geist* das Ziel des Romans definiert. Dagegen bejaht Laube die Verherrlichung des Lebens als das eigentliche »Romanleben« und sieht erstmalig die Ardinghello-Geschichte als Gemälde »des eigenen Wesens« Heinses. Während fast alle anderen Kritiker sich mit der Formlosigkeit und Uneinheitlichkeit des *Ardinghello* auseinandersetzen, betont Laube dessen »große Geschlossenheit«, mit der er sich vor hundert anderen auszeichne. Dieses Urteil darf nicht verwundern, denn der formschwache Roman der Jungdeutschen fordert an Stelle der straff und zielhaften Folge von miteinander verbundenen Handlungen das wechselseitig sich bedingende, lose Nebeneinander von menschlichen Zuständen, die sich gegenseitig befruchten, wie Gutzkow im Anschluß an Balzac meint. Dichterisch versucht Laube Heinse von Goethe abzugrenzen. Politisch ist der *Ardinghello* für Laube ein Versager. Seine »Striche über Staat und Gesellschaft« sind weiter nichts als eine großartige Phantasie. »Wer eine Anwendung von Heute zu Morgen, wer eine politische Weisheit darin suchen will, der möge diesen Büchern [Heinses] fernbleiben.« Als emanzipierter und formloser Roman der Lebensverherrlichung ist er den Jungdeutschen ein Modell, als politische Lektüre empfiehlt Laube ihn höchstens »für ältere Leute«.

Neben der jungdeutschen Resonanz befaßt sich unsere Ausgabe zum erstenmal näher mit den Urteilen der durch die Julirevolution politisierten Literaturhistoriker Georg Gottfried Gervinus und Julian Schmidt und mit der für die bisherige Heinse-Forschung unbekannten und ausgedehnten Rezension des linkshegelianischen Schriftstellers Arnold Ruge in den von ihm begründeten *Hallischen Jahrbüchern für deutsche Wissenschaft und Kunst*, einem bedeutenden literaturkritischen Organ der Zeit. Nicht die leichte ›Linksrichtung‹ der Rezensenten ist hier von Wichtigkeit, sondern die Erörterung des Romans unter zeitgeschichtlich-gesellschaftlichen Gesichtspunkten, die Herausstellung der historisch-politischen Wirkung des *Ardinghello*. Ruge sieht in Hegelscher Vorstellungsweise – und ähnlich wie Rosenkranz – Heinses Roman als Ausdruck der »vollen Hingabe« und »des künstlerischen Einarbeitens des Geistes in die sinnliche Welt«. Die Einswerdung des Geistes mit der Natur, so heißt es weiter, findet für Heinse in der idealen, sinnlichen Welt der schönen südlichen Natur und des schönen südlichen Menschen, d. h. in der italienischen Renaissance statt. Hier geht für ihn »der Stern seiner neuen Freiheit« auf, und von hier »sprudelt ein verjüngender und erquickender Strom lebendiger Wahrheit und schöner Wirklichkeit über Deutschland«. Mit anderen Worten: In der poetischen Darstellung der Vereinigung des (Hegelschen) Geistes mit der sinnlichen Natur besteht für Ruge die historische Bedeutung und Wirkung des *Ardinghello* für Deutschland. Eine negative, typisch romantische Wirkung des Romans sieht Ruge in der häufigen Überschätzung der Natur und Italiens gegenüber Deutschland, dem geistigen und freien Vaterland des schönen Menschen und des Genies. Ruges Rezension gibt eine erste, ausgesprochen politische und nationale Wertung des Romans in positiver und negativer Sicht. Der *Ardinghello* wird als Ausdruck der sozialen und politischen Freiheitstendenzen seiner Zeit angesehen. Heinses Roman der Italienbegeisterung, des Geniekults und der Naturschwärmerei ist nach Ruge »nur die Darstellung seiner Emanzipationsidee« und »nur die Anschauung der Freiheitsform seiner Zeit«. Die »Überschätzung der Natur« war zu Heinses Zeit »ein befreiender Schritt«, in der nachfolgenden Romantik und unter den Zeitgenossen Ruges ist sie »ein Unrecht gegen den Geist und die Kunst [...], in der Poesie, wie in der Politik«. Zweimal spricht Ruge vom »Protestantismus« und vom »protestantischen Geist« Heinses im *Ardinghello*. Unter Protestantismus im weiteren Sinn verstand man damals allgemein das protestierende, und daher »negative« Recht der Subjektivität gegenüber allem äußeren Traditions- und Autoritätswesen, wie es z. B. Brockhaus' zeitgenössisches *Conversations-Lexikon* formuliert. Ruge stellt als Ergebnis seiner Rezension die Klärung von Heinses historischer Bedeutung heraus, »daß er sein Prinzip, die freie Durchbildung der schönen Subjektivität, eine tiefe Auffassung des Protestantismus und seiner Freiheit, konsequent in alle Gebiete überträgt«, nämlich »Natur, Kunst und Staat«. So wird für Ruge der *Ardinghello* zu einem politischen Freiheitsprotest, in dem am Ende sogar »die orientalische Frage, die Auflösung des türkischen Reiches« angeschnitten wurde. Da aber dem Roman die grundsätzliche, d. h. die politische Einheit der Geschichte fehlt, läßt das bloß sinnliche Türkentum zuletzt nur den allgemeinen Eindruck des »schönen Beschälers Ardinghello«

übrig. Hiermit verwirft Ruge den utopischen Ausgang des Romans als eine politisch-historische Unzulänglichkeit. Gervinus lehnt nicht nur das Ende des *Ardinghello* als ein gesellschaftlich unmögliches Seeräuberleben ab, sondern den ganzen Roman als eine einzige Verherrlichung gröbster Genußsucht und eine Sammlung wilder Phrasen über die Kunst. Nach ihm verherrlicht der *Ardinghello* eine Gesellschaft, in der alle Ordnung und Sitten aufgehoben sind. Gervinus sieht hier nicht mehr eine Emanzipation der schönen Subjektivität oder einen Freiheitsprotest. Er wirft Heinse vor, er setze sich im *Ardinghello* im »großen Sprung über die Bedingungen unseres Daseins weg«, um einen archaisch-primitiven Naturzustand und zugleich ein höheres Leben der Kunst in insularer Abgeschlossenheit herbeizuführen. Gervinus erkennt die Hegelsche Konstruktion des »Sinnlichgeistigen« (Ruge) und ihrer gesellschaftlichen Verwirklichung nicht mehr an. Wo es keinen Sinn für staatliche Verhältnisse gebe, könne niemand Staatsweisheiten suchen. Deshalb sei hier alles Gerede über Wissenschaft und Staat »Irrlicht«. Gervinus findet Heinses Gegnerschaft gegen die Einseitigkeiten Winckelmanns verdienstvoll, ebenso seine Herausstellung von Natur und Landschaft, seine Rettung des Romantischen gegenüber dem Antiken und seine Verwerfung jeder Einseitigkeit in den bildenden Künsten. Aber was nütze das alles, wenn »überall der verwilderte Sinn auf Trostlosigkeit in den Verhältnissen der Gegenwart« weise, wenn wüste Natur und Zynismus »zu keinem lebenschaffenden Wirken« mehr ermutigen. Was Ruge als zeitbedingte und befreiende Überschätzung der Natur ansah, ist für Gervinus zerstörerische und wüste Natur, die zu keiner Zeit eine aufbauende Kraft darstellt. Wo Ruge einen verjüngenden Strom lebendiger Wahrheit und Wirklichkeit von Heinses Roman sich über das gegenwärtige Deutschland ergießen sieht, bemerkt Gervinus nur das Gegenteil: verwildernden Einfluß und Trostlosigkeit gegenüber der politischen Gegenwart sowie Zerstörung jeder lebenschaffenden Wirkung. Ein Jahr nach Gervinus lehnt der konservative Carl Leo Cholevius den *Ardinghello* ebenfalls wegen seiner gesellschaftszerstörenden Auffassung ab, welche »die Kultur als eine Verwahrlosung der reinen Menschheit« ansieht und ihr »alle Kraft und Wahrheit« abspricht. Nach Cholevius verwechselt Heinse das sinnlich-physische Leben mit dem Geistigen, während er es im vorhergehenden Urteil der Hegelianer harmonisch miteinander verband. Für Cholevius ist die Überschätzung und die Sehnsucht nach der reinen Natur im *Ardinghello* sogar nur mehr »eine Verhüllung der völligen inneren Fäulnis«. 1857 erscheint der *Ardinghello* in achter und Laubes zweiter Auflage. Julian Schmidt (1866) stellt zwar wieder den historischen Renaissancecharakter des Romans heraus und zählt ihn sogar zu den literarischen »Vorboten der [Französischen] Revolution«, aber dieses nicht positiv, sondern nur in Hinsicht auf Heinses Schilderung der allgemeinen Sittenzerstörung, Anarchie und Piratenherrschaft, zu der die ausgebreiteten Kunstschilderungen nur einen paradoxen Wert haben. Gegen Heinse erhebt Schmidt den scharfen Vorwurf, daß er ohne Bedenken »Polygamie und Aufhören aller Arbeit« in seinem Roman »gesetzlich fixiert« und in typisch deutscher Weise hierin sogar noch eine »doktrinäre Haltung« einnimmt. Der *Ardinghello* erscheint so im totalen Widerspruch zu Julian Schmidts eigener politischer Doktrin: »Der Roman soll das deutsche Volk da suchen, wo es in seiner Tüchtigkeit zu finden ist, nämlich bei seiner Arbeit.« Die Betonung von Arbeit, lebendiger Wirklichkeit, Gesellschaftserhaltung, Geschichtlichkeit und bürgerlicher Tüchtigkeit beweist, daß der *Ardinghello* hier nach den Grundsätzen des bürgerlichen Realismus beurteilt wird.

Wir haben gesehen, daß der *Ardinghello*, in seiner ersten historischen und politischen Wertung, lediglich in Verbindung mit der unrealistischen und idealisierten Natur-Geist-Auffassung Hegels eine positive und, wir müssen schon sagen, nur pseudopolitische Wirkung unter den Jungdeutschen hervorrief. Die mehr realpolitischen, durch den negativen Ausgang der Achtundvierziger Revolution und eigene politische Verfolgungen ernüchterten Literaturhistoriker des Vormärz und des beginnenden Realismus lehnen jedoch Heinses Roman, ebenfalls aus historisch-politischer Sicht, scharf ab. Dagegen kritisiert Hermann Hettner 1869 nur die künstlerische Formlosigkeit und den Mangel einer einheitlichen Handlung, sieht aber im übrigen den *Ardinghello* sehr positiv in seinen kulturgeschichtlichen Zusammenhängen von leidenschaftlicher Sturm-und-Drang-Verherrlichung und feinempfundener Kunstbetrachtung, von Naturgenie und Künstlertum, als »eine der denkwürdigsten und geistvollsten Schöpfungen der deutschen Literatur«. Die jungdeutsche Wertung des Romans als Zeugnis der Freiheit und Emanzipation des Fleisches weist Hettner scharf zurück; sie mache aus Heinse und dem *Ardinghello* »eine rein pathologische Erscheinung«. Hettner wendet ebenfalls die historische Betrachtungsweise an, aber an Stelle der politischen Beurteilung ist – typisch für den bürgerlichen Realismus – die kulturhistorische getreten. Johann Schober setzt in seiner ersten vollständigen Heinse-Biographie von 1882 bewußt die kulturhistorische Wertung im Stil Hettners fort und erkennt auf diese Weise Heinse als den Begründer der neuen Gattung des Kunstromans. Er verwirft Julian Schmidts und Gervinus' negative Urteile aus politisch-historischer Sicht, aber nicht wegen deren politischer Begründung, sondern wegen ihrer Ablehnung des didaktischen und wissenschaftlichen Wertes der Kunsterörterungen im *Ardinghello*. Den politischen Maßstab seiner literaturhistorischen Vorgänger erkennt Schober schon nicht mehr an. Für ihn besteht der historische Charakter des Romans in der lebendigen Darstellung der freisinnigen Anschauung des Sturm und Drang. 1886 reiht Felix Bobertag im Sammelwerk von Kürschners *Deutscher National-Litteratur* Heinses Roman unter die »erzählende Prosa der klassischen Periode«. Zwei Jahre vorher aber erklärt G. Adler den *Ardinghello* als das Produkt eines kommunistischen Romanciers des 18. Jahrhunderts. Zehn Jahre später meint Richard Rödel in der zweiten vollständigen Beschreibung des *Lebens*

und der Werke Heinses ausdrücklich, daß der Dichter keinen »kulturgeschichtlichen Roman« schreiben wollte, sondern nur ein »kräftigeres Lokalkolorit« und im übrigen »eine Mischung von Traum und Wirklichkeit« gab, daß die »politischen und kunstwissenschaftlichen« Betrachtungen im Roman um so mehr fesseln, je mehr sich der Charakter des Ardinghello verflacht und je »unsicherer die historische Beleuchtung« wird. Die utopische »Stiftung des Idealstaates« am Ende des Romans hält Rödel für »eine Satire« gegen die überschwenglichen »Anhänger des Naturstaates« (wie ihn Rosenkranz hier verwirklicht sah), indem er nachzuweisen sucht, daß sich die einzelnen Gesetze dieser »idealen Republik« in ihren Forderungen und Wirkungen gegenseitig aufheben und so zuletzt der ganze Staat zusammenbricht. An Stelle der bejahenden und verneinenden politisch-nationalen Wertung bei Laube, Ruge, Gervinus und Julian Schmidt tritt hier ein ambivalenter historischer Positivismus, und an Stelle der kunsthistorischen Bejahung des Romans bei Hettner und Schober stellen wir bei Rödel einen kulturgeschichtlichen und politischen Relativismus fest, für den der politische Charakter der Inselutopie sogar, oder nur mehr, eine paradoxe Satire bedeutet.
Was wir in der bisherigen Wirkungsgeschichte konstatierten, ist ein dauernder dialektischer Wechsel in der Rezeption und dem literarischen Echo des *Ardinghello* im 19. Jahrhundert. Für die Romantiker ist er ein Modell, ohne daß sie sich direkt zu ihm äußern. Einige Linkshegelianer und Jungdeutsche loben und sehen in ihm die poetische Vereinigung von Natur und Geist, die Emanzipation des Individuums, des Weibes und des Fleisches und zugleich einen politischen Versager. Für Arnold Ruge bedeutet der *Ardinghello* 1840 lebendige Wahrheit und schöne Wirklichkeit für Deutschland und Befreiung in Natur, Kunst und Staat. 1853 und 1854, in der beginnenden Ära des bürgerlichen Realismus, erkennen Gervinus und Cholevius, in direktem Gegensatz zur vorhergehenden Einschätzung, im *Ardinghello* Zerstörung der Natur, Aufhebung der gesellschaft-

lichen Ordnung, verwildernden politischen Einfluß und Verwahrlosung der Kultur ohne Kraft und Wahrheit. 1866 erklärt Julian Schmidt den *Ardinghello* zu einem Vorboten der Revolution, aber in einem sittlich und gesellschaftspolitisch negativen Sinn. Hettner weist drei Jahre später die jungdeutsche Emanzipationswertung des Romans als pathologisch zurück und sieht ihn in kulturgeschichtlicher Sicht als eine der denkwürdigsten Schöpfungen der deutschen Literatur. 1882 weiß Schober nichts mehr von einer politisch-historischen Kritik und Ablehnung, sondern verwirft die negativen Urteile von Gervinus und Julian Schmidt und verherrlicht die kulturhistorische Bedeutung des *Ardinghello* als des ersten Kunstromans, während G. Adler ein Jahr später seinen »kommunistischen« Charakter feststellt. Wieder zehn Jahre später erklärt Rödel, der *Ardinghello* sei kein ausgesprochen kulturgeschichtlicher Roman, sondern eine Mischung von Traum und Wirklichkeit, von politischen und kunstwissenschaftlichen Betrachtungen und in seinem Ende eine »Satire« auf den reinen Naturstaat. Diese zum Teil heroisierende Mischung von irrationalem Erleben, von Ästhetik und verschwommener politischer Realität ist ein Kennzeichen der Bismarckschen Gründerzeit. So hängt die literarische Wirkung des *Ardinghello* von den Grundsätzen der jeweiligen Literaturperiode ab und steht immer in einem dialektischen Gegensatz zu dem gerade vorher vertretenen Urteil über den Roman. Der neue Aspekt, in dem ein Urteil dem vorhergehenden widerspricht oder seine vorhergehende, gegensätzliche Wertung ganz oder teilweise aufgehoben wird, drückt zugleich ›in nuce‹ die Besonderheit der betreffenden zeit- und gesellschaftsgeschichtlichen Auffassung aus (vgl. dieselbe *Dialektik und zeitgeschichtliche Funktion des literarischen Topos* in dem gleichnamigen Aufsatz von Max L. Baeumer, in *Toposforschung*, Darmstadt 1973). Jede Zeit wählt einen oder mehrere Aspekte des Romans aus, in denen sie ihr spezielles Anliegen, ihr Neues wiedererkennt oder konfrontiert sieht. Zugleich mag das neue Interesse einer Generation, Klasse oder Zeiteinstellung in dem begutachteten literarischen Werk eine bisher vernachlässigte Eigenart oder Besonderheit entdecken und so das Bild dieses Werkes erweitern, wenn auch fast immer in extremer Übertreibung und Einseitigkeit. Nach diesem Prinzip und in solcher zeitgeschichtlichen Spiegelung ändert sich auch die Wirkungsgeschichte des *Ardinghello* fortwährend in einem dialektischen Prozeß der Meinungsbildung.

Während Heinses Roman keine nennenswerte Reaktion im Naturalismus des späten 19. Jahrhunderts auslöste, setzte sich seine Wirkung in den literarischen Gegenströmungen der sogenannten Neuromantik, des Impressionismus und des Jugendstils fort und verursachte zuletzt wieder eine neue Gesamtausgabe Heinses, und zwar in dem aus diesen Literaturströmungen im Jahr 1901 entstandenen Insel Verlag. Der Maßstab, mit dem jetzt der *Ardinghello* fast ausschließlich gemessen wird, ist die Ästhetik oder Artistik moderner Kunst- und Lebensauffassungen, wie sie besonders von Richard Wagner und Friedrich Nietzsche eingeleitet wurde. Nietzsche soll sich bereits 1868 mit dem *Ardinghello* befaßt haben (vgl. Walther Brecht, S. 65–67, und Max L. Baeumer, *Heinse-Studien*, S. 92–124). Wagner bezeugt, daß ihn »die damals [1834] spukenden Ideen des ›jungen Europa‹, sowie die Lektüre ›Ardinghello‹ [...] zur kühnen Verherrlichung der ›freien Sinnlichkeit‹« führten. Wieder ist es die Befreiung der Sinne im Roman Heinses, die eine radikale Wirkung zur Folge hat. Zuerst bedeutete sie die Befreiung des Naturgenies und des romantischen Naturkünstlers, unter den Jungdeutschen eine gesellschaftlich-politische Emanzipation, für Wagner die Befreiung zu einem neuen Artistentum. Karl Detlev Jessen, der 1901, ganz zeitgemäß, das erste Buch über *Heinses Ästhetik* herausbringt, bestätigt diesen dreifachen befreienden Einfluß und bemerkt, daß er »sogar bis in unsere Zeit hinein« fortdauert. Wenn wir Jessens Ausführungen in den Beispielen unserer Wirkungsgeschichte nachlesen, finden wir, wie er die Wirkung des *Ardinghello* im einzelnen als neue Ästhetik von Natur und Kunst, als ethische und besonders geschlechtliche Befreiung durch das Ästhetische und, nach Ralph Waldo Emersons »conduct of life«, als ästhetische »Lebensführung« und »ästhetische Gestaltung des ganzen Lebens« beschreibt. Die Wurzeln dieser Ganzheitsästhetik sieht er in der im *Ardinghello* dargestellten Kultur der Renaissance; ihre Entwicklung erkennt er in dem Widerstreit von Kunstverstand und Kunstempfinden, wie er im Roman zutage tritt. Den Grund dafür, daß Heinses Ästhetik erst jetzt, und nicht zu seiner Zeit, zur vollen Entfaltung kommt, sieht Jessen in »der Misere des sozialen Lebens im Deutschland des 18. Jahrhunderts«, dem die jetzigen Zeitgenossen erfreulicherweise »so weit entrückt sind«. In typisch gründerzeitlicher Überhebung glaubt hier Jessen, daß im imperialistischen Deutschland die Voraussetzungen zur ausschließlich ästhetischen Lebensführung nach dem Vorbild des *Ardinghello* gegeben seien; des »ersten Kunst- oder Künstlerromans« der deutschen Literatur, wie er stolz feststellt. In Heinse selbst sieht Jessen »den ersten bedeutenden deutschen Kunstfeuilletonisten«.

Sogar der positivistische Philologe Jakob Minor bestätigt 1903, daß seiner Zeit, »die nach Renaissance-Menschen oder Vollmenschen sucht, die sich jenseits von gut und böse zu stellen sucht«, Heinse und sein *Ardinghello* ebenso willkommen sind wie einst den Jungdeutschen zur Emanzipation des Fleisches. Daß Heinse jeder Sinn für Moral fehlt, macht ihn Minor und seinen Zeitgenossen nur wahrer, natürlicher und sympathischer. Minor bezeichnet in seiner kurzen Rezension bereits die beiden besonderen Aspekte der Wirkung des Romans, wie sie in den folgenden Jahren sichtbar wird: den Renaissancecharakter des *Ardinghello* und seinen ästhetischen Immoralismus im Sinn Nietzsches. Die Entstehung von Heinses »ästhetischem Immoralismus« leitet Walther Brecht 1911 in seinem gleichnamigen Buch aus dem *Ardinghello* als dem ersten Renaissanceroman ab, in dem sich der reife Sturm und Drang auf einer erhöhten Stufe selbst erkannt habe. Zu den allgemeinen Voraussetzungen und Übereinstimmungen des Sturm und Drang mit der italienischen Renaissance, wie sie in unserer Wirkungsgeschichte im einzelnen zitiert sind, hat der *Ardinghello* nach Brecht zwei neue, wesentliche Gesichtspunkte hinzugefügt, die seine besondere Wirkung ausmachen: die Renaissanceidee des »amoralischen Menschen« und dessen »ausschließlich ästhetische Orientierung«. Brecht glaubt, daß diese spezielle Wirkung des Heinseschen Romans nicht nur als neue Ideen in der Romantik und anderen späteren Literaturströmungen sichtbar wurde, sondern daß sie tiefere Veränderungen des moralischen Bewußtseins auch außerhalb der Literatur verursache, ja sogar eine »veränderte Stellung zu den unsichtbaren Dingen, Wechsel des religiösen Gefühls« anzeige. Heinse ist nach Brecht »immer moderner« geworden und wird jetzt »wie ein Mitlebender« empfunden, weil er »in dem hinreißenden Gemälde seines Ardinghello« einen religiös-ästhetischen Maßstab aufstellte, »der viele befriedigt« und von dem Brecht sagt: »Den produzieren wir täglich selbst.« So wird Jessens proklamierte Wirkung des Romans als »ästhetische Gestaltung des ganzen Lebens« von Brecht zu einer neuen ästhetischen Religion übersteigert. Hier ist das für den Impressionismus typische, ästhetische Vergangenheitsinteresse, nämlich in die Renaissancezeit, umgeschlagen in ein überspanntes expressionistisches, religiöses oder pseudoreligiöses Pathos, in ein wie auch von Brecht als »modern« empfundenes inneres Erleben religiöser Art, das auf Nietzsches Auffassung von der Welt als eines lediglich ästhetischen Phänomens gründet.

Renaissancemoral und Vorbild moderner Ästhetik sind auch weiterhin, in den zwanziger und dreißiger Jahren dieses Jahrhunderts, die wesentlichen Faktoren der literarischen Wirkung des Heinse-Romans. 1913 beurteilt Carl Schüddekopf in der Einleitung zu der seit 1902 erscheinenden Insel-Ausgabe der *Sämmtlichen Werke* Heinses den *Ardinghello* als »ein Abbild des Dichters selbst, erhöht nach dem Vorbild des vielseitigen Renaissancemenschen«. Im Insel Verlag kommt jetzt der Roman innerhalb von 22 Jahren in der vierten Auflage heraus, und erscheint 1925 zum erstenmal der größte Teil von Heinses Tagebuchaufzeichnungen unter dem irreführenden Titel *Aphorismen*, von Leitzmann redigiert, im Druck. Im *Ardinghello* hat Heinse nach Schüddekopf den Menschen, »der so groß und schön ist, daß er die Moral nicht braucht«, zu verkörpern gesucht und »bis auf unsere Tage geleitet«. Politisch habe er »nicht etwa eine Demokratie im Sinne des heutigen Sozialismus, sondern eine Art von Sozialaristokratie« gefordert (SW I, XXVIII). Die Nähe zu Nietzsches höherem Menschen ist unverkennbar. Wenn Schüddekopf den kulturfördernden Wert des Romans hervorhebt, so schätzen Paul Alfred Merbach und A. Jolivet ihn wegen seines Renaissancecharakters als ästhetischen »Bildungsroman« ein, Walther Rehm, als erster und einziger, nennt ihn sogar einen Entwicklungsroman; eine Entwicklung, zwar nicht durch Taten und Handlungen, sondern »weit mehr durch theoretische Erörterungen über Kunst, Poesie und Geschichte« gekennzeichnet. Für Merbach besteht die eigentliche Wirkung des *Ardinghello* von der Romantik »bis in unsere Tage« darin, daß er »Nietzsches Renaissancemoral geschaffen« und das moralische Empfinden und religiöse Gefühl verändert habe. Nach Rehm zeigt sich »das Neue« in der Geschichte der Entwicklung des Renaissancebildes »bis zum heutigen Tage« in der Darstellung eines ganz ästhetisch ausgerichteten Lebensgefühls, jenseits aller ethisch-moralischen Bindungen. Heinse habe uns den »Idealrenaissancemenschen« gegeben, durch Nietzsche sei er »dann heroisiert« worden. Für Jolivet ist der Heinsesche Renaissancemensch in Wirklichkeit doch das Genie des Sturm und Drang und der Ardinghello-Roman unter allen Sturm-und-Drang-Werken die kühnste, vollendetste und harmonischste Darstellung des genialen Individuums. Die neuromantisch-impressionistischen Schriftsteller Herbert Eulenberg, Hugo von Hofmannsthal und Felix Poppenberg sehen die Wirkung des *Ardinghello* mehr unter dem Gesichtspunkt des Modern-Artistischen. Hofmannsthal lobt außerdem die kühne und ausgreifende Vereinigung des »deutschen Wesens« mit dem italienischen, dem griechischen und der ganzen Mittelmeerkultur und fühlt sich durch den Roman zum eigenen Schaffen stimuliert. Ebenso sieht Eulenberg den Wert des *Ardinghello* in seiner Verbindung des Italienischen mit dem Deutschen und als ein »ehrwürdiges Kunstwerk griechisch-deutschen Geistes«. Nicht nur für »das Häuflein der Lichtmenschen unter uns«, sondern auch »dem Volke« soll Heinses Roman als »Lehrmeister«, als »Wunschbild von der Freiheit des Einzelmenschen« und als Entrückung aus der Enge und Dürre der bürgerlichen Umwelt auf das offene Meer der Leidenschaften dienen. Neben der rauschhaften Note stimmt diese Wertung mit Eulenbergs eigener verschwommener Gefühlseinstellung und Subjektivität überein. Für beide, Hofmannsthal und Eulenberg, verkündet der *Ardinghello* das »deutsche Wesen« und seine neuromantische Verbindung mit der Kultur des Mittelmeerraumes. Poppenbergs lange und lebendige Ausführungen über die Wirkung von Heinses Roman sind getragen von der verfeinerten Genußfreude eines ästhetischen Gourmets. Im *Ardinghello* findet er alle »Tabulaturen solcher Genußkunst und solchen Kunstgenusses«. So ist ihm der *Ardinghello* vor allen Dingen »Kunstroman« und Dokument einer »Genußkultur«, von der er meint, daß sie die Heutigen nahe berührt, fesselt und anregt. Von einer Lehrfunktion, deutschem Wesen und Verherrlichung des Renaissancemenschen ist bei Poppenberg nicht mehr die Rede. Nach ihm spielen »menschliches Geschehen« und »die Menschen« überhaupt keine Rolle im Roman, wohl aber »die Dinge« und ihre »Beschreibung«. Darin ist Heinse so »modern«, daß ihn, »wie z. B. Schnitzler«, »die Frissons« mehr interessieren als »die Gemeinschaft«. Vom Genuß der Form her betont Poppenberg, wie Heinses Zeitgenossen, wenn auch aus anderer Perspektive, wieder die Sprache im *Ardinghello.* Jetzt ist die Assoziationskunst von Farben, Tönen und Düften gemeint, die Leidenschaft und Suggestivkraft der Sprache: »Alle Eindrücke aus Kunst, Leben und Liebe verschmelzen ihm zu ästhetisch bereichernden Werten.« Das ist der *Ardinghello* als Musterbeispiel eines vollendeten Impressionismus. Im Zug der neuromantischen Mode und Wirkung des Heinseschen Romans erscheint dieser in den zwanziger und dreißiger Jahren, neben der mehrfachen Wiederauflage im Insel Verlag, im Propyläen-Verlag und in zwei weiteren Berliner Verlagen unter der Redigierung von Eulenberg und Merbach, im äußeren Kleid des Jugendstils, der sich im Geist des *Ardinghello* wiederfindet. In der gleichen Tradition versucht sich Rudolf Burghaller in einer ersten und bisher einzigen dramatischen Bearbeitung des Romans.

In der Folgezeit wird Heinses Roman zuerst auch weiterhin noch von der Form her und als »Künstlerroman« beurteilt, aber nur mehr negativ; von Käte Laserstein als Ausdruck eines »Halbkünstlertums«, von Karl Obenauer als »ein typisches Literatenwerk«, von Richard Benz als »Torso und Fragment«. Die beiden letzteren vergleichen ihn – ebenfalls negativ – mit dem psychologisch differenzierten Werk des späteren Stendhal, der in Deutschland erst von Nietzsche entdeckt worden und dessen Werke in den zwanziger Jahren von Franz Blei und Arthur Schurig, dem Biographen des jungen Heinse, herausgebracht worden waren. Die drei genannten Literaturwissenschaftler stimmen aber auch in ihrem einseitigen positiven Urteil überein. Laserstein sieht das Zentrum des Romans als eine Darstellung von »übermäßigem Lebensgefühl«. Obenauer erklärt »das Leben selbst, in unmittelbarer Aktion und Reaktion,« als das Höchste für Heinse und sein Werk. Für Benz ist das Thema des *Ardinghello* die »Philosophie des starken und großen Lebens«; wie er auch seine treffliche Anthologie *Wilhelm Heinse. Aus Briefen, Werken, Tagebüchern* (Stuttgart 1958 u. ö., Reclams UB Nr. 8201 [3]) zuerst, 1943, unter dem Titel *Vom großen Leben* herausgab. Es kann nicht verwundern, daß diese dreimalige, fast gleichlautende Wertung des Romans als eine großartige Lebensverherrlichung gerade in die Zeit des Nationalsozialismus fällt. Natürlich konnte man Heinse und seinem extrem individualistischen »Künstlerroman« keine nationale oder völkische Bedeutung beimessen. Vielmehr tadelt Benz, daß sich ein solcher ungehemmter Renaissanceindividualismus, der sich über alle bürgerlichen Vorurteile und die Moral hinwegsetzt, in keiner historischen Welt verwirklichen läßt; und Obenauer verwirft den Heinseschen »Renaissanceroman« als »eine Verherrlichung der Anarchie« und als »Aufhebung aller bürgerlichen Schranken«. Die doppelte Wertung des *Ardinghello* als großartiges Lebenszeugnis und als unmoralisches, ungesetzliches Machwerk ist typisch für diese Zeit. Auch die noch kurz vorher gelobten Qualitäten eines Renaissance- und Bildungsromans werden dem *Ardinghello* in der Zeit des ›Dritten Reiches‹ abgesprochen. Unabhängig von solcher Wirkung und unbeachtet von der breiten deutschen Öffentlichkeit dieser Jahre, versucht sich Anton Krezdorn in einer spätimpressionistischen Bearbeitung und wirkt der Heinse-Roman im Ausland durch eine Übersetzung ins Russische (1935) und eine zweite Übersetzung ins Französische (1944, A. Jolivet).

In den Jahrzehnten des Wiederaufbaus und der Besinnung nach dem Zweiten Weltkrieg wird der *Ardinghello* wieder am klassischen Werk Goethes gemessen; so von Ermatinger, Borcherdt, Newald und Erich Hock. Richard Newalds entsprechendes Urteil ist sachlich abwägend und positiv. Für Ermatinger ergibt sich nach solchem Maßstab nur die totale Verwerfung von Heinses Roman als »ein Haufen zusammenhanglosen Stückwerks«. Das »sinnliche Leben« und der »theoretisch-anschauende Geist« sind für ihn nicht, wie im *Wilhelm Meister*, organisch vereint, sondern stehen ohne Beziehung, unverbunden nebeneinander: »Sinnlichkeit und Geist kamen nie zur lebenzeugenden Vereinigung.« Schon vom Vokabular her wird deutlich, daß Ermatinger das so oft herausgestellte Thema Natur–Geist und überhaupt die Wirkung des Romans in geistesgeschichtlicher Zusammenschau interpretieren will. Borcherdt meint, daß Heinse über das Sinnliche hinaus nichts Dichterisches in seinem Roman biete, ja daß ihm für seelische Komplexe Gefühl und Sprache fehlen. Der *Ardinghello* sei weder ein Entwicklungs- noch ein Bildungsroman, sondern eine »dichterisch-visionäre« Schau der Renaissance, »ein Urbild des deutschen Geschichts- und Künstlerromans«. Heinses und Goethes Auffassung von der Renaissance unterscheidet Borcherdt als dionysisch und apollinisch. Im *Ardinghello* will er die »Verklärung dionysischen Menschentums« als »die Verkündigung eines alten und doch wieder neu gesehenen Lebensideals« erblicken. Walther Brecht war der erste, der Nietzsches moderne Wertung »dionysisch« auf Heinse anwandte. Elisabeth Kriegelstein und Benno von Wiese beurteilen den *Ardinghello* als Zeugnis dionysischer Entrücktheit und dionysischer Fülle und Lebensvergottung. Richard Benz vergleicht, bereits sechs Jahre vor Borcherdt, Heinse und Goethe unter dem Aspekt dionysisch–apollinisch. Walther Rehm beschreibt die Renaissanceauffassung im *Ardinghello* als dionysisch. Max L. Baeumer interpretiert 1964 das gesamte dichterische Werk Heinses unter dem Dionysischen als Hauptgesichtspunkt und sieht den Roman als treffendes Beispiel des »dionysischen Phänomens« in der deutschen Literatur. Die Befürworter einer Begutachtung des *Ardinghello* als dionysisch vermeiden es, mit diesem Urteil eine eindeutig positive oder negative Wertung auszusprechen. Es ist dennoch offensichtlich, daß man die Wirkung von Heinses Roman hier, mit nur geringen Unterschieden, in derselben Linie sieht, wie der Sturm und Drang, die Romantiker, Hegelianer, Jungdeutschen, Neuromantiker und Impressionisten sie ausdrückten. Das Interesse für den *Ardinghello* in den fünfziger und sechziger Jahren dieses Jahrhunderts ist ästhetisch-geistesgeschichtlich und in der Wertung eigentlich ambivalent. Seine Wirkung wird in der doppelten Neuauflage des Romans in den Insel Verlagen der DDR und der Bundesrepublik Deutschland in den Jahren 1961 und 1962 deutlich. Für den Herausgeber der DDR-Auflage ist er der Renaissance- und erste deutsche Künstlerroman, für seinen Verfasser »ein Akt der Befreiung« von den erbärmlichen wirtschaftlichen und sozialen Verhältnissen seiner Jugend und vielleicht auch die »Erlösung von den triebhaften Gewalten seines Innern«, allgemein Ausweg in die arkadische Idylle, in eine »aristokratische Demokratie«, der Roman eines »epikureischen Humanisten«. Erst der Herausgeber der zweiten DDR-Ausgabe des *Ardinghello*, zwölf Jahre später, unternimmt es, ihn aus der Sicht sozialistischer Literaturkritik zu werten. Erich Hock, der Herausgeber der westdeutschen Insel-Ausgabe des Romans, beurteilt ihn wieder in geistesgeschichtlicher Manier als Zeugnis einer »im tiefsten Grunde erotischen Einswerdung mit der Schönheit der Welt«. Er lobt die Fähigkeit Heinses, »das, was der Künstler [...] mit der Quellkraft des inneren Lebens aus der erfahrenen Welt ›hervorgefühlt‹ hat, im ›Durchfühlen‹ des Kunstwerks wieder in Leben zurückzuverwandeln«. Er tadelt Heinses Unvermögen, »das Spezifische der Künstlerexistenz« und »die eigenständige Seinsweise der Kunst« zu erfassen. Standen für Borcherdt Sinnlichkeit und Geist im *Ardinghello* unverbunden nebeneinander, so sieht Hock als die »letzte dichterische Intention [...] die Identität des Sinnlichen und des Geistigen«, die allerdings künstlerisch nicht erreicht wird. Den »Sinn« und die eigentliche Wirkung des *Ardinghello* mit »Verbindungslinien zum zwanzigsten Jahrhundert« erblickt er in der Befreiung des Menschen aus den »Fesseln des Mechanischen«, »aus bloß bürgerlichem Verhältnis, toter Gewohnheit, Vorurteil«. In der Erklärung des letzten Sinnes des Romans als eine Befreiung vom Bürgerlichen stimmen also die Herausgeber des *Ardinghello* in West und Ost wörtlich überein. Während aber der erste DDR-Herausgeber noch keine negative oder positive Relevanz dieser bürgerlichen Befreiung zur Gesellschaft unserer Tage feststellt, zieht Hock seine besagten »Verbindungslinien« rein ästhetisch vom *Ardinghello* zu D. H. Lawrence' »kosmischer Religiösität« und zu Rilkes Forderung, die mechanische »Entwertung des Hiesigen« wieder rückgängig zu machen.

Die gegen Ende der sechziger Jahre einsetzende ›Heinse-

Renaissance‹ ist vielleicht noch zum Teil aus geistesgeschichtlicher Perspektive entstanden, aber doch nicht mehr von ästhetischen Durchfühlungen und dionysischen Entzückungen getragen. Sie ist verursacht durch die erste, wenn auch noch nicht vollständige und wissenschaftlich hinreichende Herausgabe der Heinseschen Tagebuchaufzeichnungen in der 1925 abgeschlossenen Werkausgabe des Insel Verlags sowie durch einige wichtige Veröffentlichungen über Heinses Aschaffenburger Tätigkeit. Sie tritt zutage in zahlreichen Dissertationen, in Neudrucken, Monographien und Aufsätzen bundesdeutscher und ausländischer Germanisten, denen es vor allem um eine Vervollständigung und quellenmäßige Untersuchung des Heinseschen Gesamtwerkes geht. Letztlich resultiert die jetzige ›Heinse-Renaissance‹ in der von zwölf Forschern projektierten Gemeinschaftsedition *Johann Jakob Wilhelm Heinse. Werke – Aufzeichnungen – Briefwechsel. Historisch-kritische Ausgabe*, in 19 Bänden. Im Zug dieser Entwicklung stehen heute die Tagebuchaufzeichnungen, aus denen sich der *Ardinghello* zusammensetzt, mehr im Blickpunkt des Forschungsinteresses als der Roman selbst. Die ausländischen Wissenschaftler haben zugleich die Absicht, den Dichter und sein Werk, und besonders den *Ardinghello*, ihren Lesern bekanntzumachen. Wenn Pierre Grappin Heinses *Ardinghello* mit Hölderlins *Hyperion* vergleicht, so sieht er beide Romane in ihrer Nähe und Beziehung zur Französischen Revolution; den *Ardinghello* als individualistische Revolte, in der sich das Aufbegehren des jungen Bürgertums ausdrückt, und den *Hyperion* als Angriff gegen Despotismus und als Versuch, eine Demokratie zu errichten. Im übrigen ist für ihn Ardinghello selbst ein heldenhafter Abenteurer und Hyperion ein »elegischer Revolutionär«. Claudio Magris beurteilt Heinses Roman nicht als einen Renaissanceroman, sondern als Bildungsroman, als eine Art barocker »Realenzyklopädie« mit modernen und originalen Motiven. Für den Engländer J. G. Robertson ist der *Ardinghello* der Roman eines Künstlers und eines utopischen Traumlandes; ein Werk, dessen Einfluß weit in die folgenden Literaturepochen reiche. Der Deutsch-Amerikaner Ernst Rose sieht ihn als Roman eines »Renaissance superman« mit einer Propagandawirkung von Nacktkultur, Promiskuität und Frauenemanzipation. Die ausländischen Urteile über den *Ardinghello* sind zum größten Teil kritisch und negativ. Dennoch wird er als ein wichtiger Roman angesehen und herausgestellt, aber ohne daß er die für den deutschen Bereich bisher so typische irrationale und erlebnismäßige Reaktion und Bedeutung hervorruft. Als einziger beurteilt der Harvard-Professor Henry Hatfield den *Ardinghello* durchgehend positiv, und zwar in einer Weise, die das übliche Gefühlsengagement der deutschen Rezensenten ausschließt. Hatfield sieht die bislang entweder freiheitlich bejubelten oder moralisch verworfenen Liebesorgien des Romans als das, was sie sind, »pictures – ut pictura poesis«, Gemälde und Statuen dagegen als erotische Beschreibungen. Liebesaffären und Kunstbeschreibungen sind in ihrem Wechsel für ihn als Tätigkeiten des großen Menschen integrierende Bestandteile dieses zuerst nur formlos erscheinenden Romans. Die dionysische Existenz ist der bürgerlichen Gesellschaft entgegengesetzt. Als erster erkennt Hatfield die dreifache Einheit des *Ardinghello*, welche im Charakter des Helden die einzelnen Teile des Romans verbindet: der Sturm-und-Drang-Kerl, der universale Renaissancemensch und der ›Mann von großer Seele‹ (der Megalopsychos) des Aristoteles, wie er in dem ausführlichen dritten, naturphilosophischen Teil hervortritt, der bisher, wenn überhaupt erwähnt, lediglich als naturpantheistisches Gerede abgetan wurde. Hatfield beurteilt so die Wirkung des *Ardinghello* in erster Linie von der meisterhaften Sprache und dem lebendig-klaren Stil her und erkennt Spracheffekte, die in der unverbundenen Häufung von Adjektiven an James Joyce erinnern. Heinses Leitwort im Roman, von dem reinen Bewußtsein der Existenz im schönen Menschen, vereinigt nach Hatfield Heinse und Goethe in ihrer, bei aller Verschiedenheit, letztlichen Gemeinsamkeit einer, trotz Heinses Ablehnung von Winckelmann, gerade auf ihm beruhenden Kunst- und Lebensanschauung. Eine solche Annäherung des *Ardinghello* an Auffassungen Goethes liegt natürlich einer außerdeutschen Germanistik näher, für die Goethe im großen Zusammenhang seines Lebens vom Sturm und Drang seiner Jugend bis zur Naturanschauung seiner reiferen Jahre eher ein romantischer Dichter als ein nur an der Antike ausgerichteter Klassiker ist.

In umgekehrter Wertschätzung will 1972 der Schweizer Germanist Otto Keller den *Ardinghello* mit Goethe verbunden sehen. Nach ihm steht Heinses Roman in der Nachfolge *Werthers* und übertrifft ihn zugleich durch »mehr epische Breite, mehr Objektivität«. Keller beurteilt den *Ardinghello* als eine Stufe, einen Markstein in *Wilhelm Heinses Entwicklung zur Humanität*, so lautet der Titel seines Buches. So ist es nicht der romantisch-dionysische Charakter, der den Ardinghello-Dichter mit Goethe verbindet, sondern ein ganz anderer, neuer Heinse der klassischen Humanität. Keller macht bereits in seiner Einleitung deutlich, daß er in direktem Gegensatz zu allen Interpreten des Dionysischen und ästhetischen Immoralismus im Werk Heinses steht und den Anteil des *Ardinghello* am »Aufstieg der deutschen Dichtung zur klassischen Höhe« herausstellen will. Sein für heutige Begriffe ›reaktionärer‹ Standpunkt wird klarer, wenn man weiß, daß er seine vorgefaßte Auffassung und seine Untersuchung auf Anregung, mit der Hilfe und im Gefolge Emil Staigers entwickelt. Wo bisher Struktur- und Formlosigkeit im Aufbau des *Ardinghello* festgestellt wurden, erkennt Keller als das neue und bedeutungsvolle Element Heinses im Stilwandel des deutschen Romans im 18. Jahrhundert ein einheitliches Stufenprinzip im *Ardinghello*; vom erzählenden Ich Benedikts im ersten Teil, das sich unter dem Einfluß der erzählten Hauptfigur Ardinghello ändert, zum erzählenden Ich des brieflich berichtenden Ardinghello im zweiten Teil, zum philosophischen Dialog Ardinghello–Demetri im dritten und zur Liebesbegegnung mit Fiordimona im vierten Teil, bis zum vereinigenden Schlußbericht des Ich-Erzählers Benedikt über die »Tatvollendung« Ardinghellos und seines Kreises. Dieses einleuchtende, aber im Roman nur angedeutete Stufenprinzip versucht Keller als äußere Struktur einer inneren Entwicklung Ardinghellos zur klassischen Humanität zu interpretieren, in dem sich »sein Verhältnis zum Seienden« kläre, sein »Streben nach ganzheitlicher Fülle«. Ardinghellos verhinderte Liebesaffäre mit Lucinde wird als »Ausdruck einer Demut« gedeutet, die »Heiterkeit ausstrahlt«. Im Gespräch mit Ardinghello kündet sich »ein Geist der Demut« an, wo für andere »der ästhetische Immoralist oder der dionysische Schwärmer« sichtbar wurde. Ja sogar Fiordimona, bisher das maßlos emanzipierte Machtweib, geht jetzt den Weg »zu Bescheidung und Demut« der »klassischen Gestalten«, den »Weg zum Schönen, zum Wahren, zu echter Menschlichkeit«. Hierin sieht Keller, auf einsam-verlassener Höhe, »die große stilistische Wirkung dieses Werkes, seine Zeugungskraft«.

In diametralem Gegensatz zu dieser klassischen Aufwertung erklärt ein Jahr später Klaus Hammer in der zweiten DDR-Ausgabe des *Ardinghello* den Roman als ein Zeugnis der »Epoche der genialen Anmaßung« und beruft sich mit solcher Klassifizierung ebenfalls auf Goethe. Ardinghellos Weg zur Selbstverwirklichung ist nicht mehr von Bescheidenheit und Demut gekennzeichnet, sondern ist »ungehemmte Sinnlichkeit« und »aggressive Verachtung der ständischen Gesellschaftshierarchie«. Im Gegensatz zur ersten DDR-Ausgabe von 1961 ist dem *Ardinghello* jetzt sein Platz im Kanon marxistischer Literaturgeschichtsschreibung angewiesen: »Katalysator einer in Deutschland auf der Tagesordnung stehenden gesellschaftlichen Auseinandersetzung« am »Vorabend der Französischen Revolution«. Der Charakter eines Renaissanceromans wird ihm abgesprochen, da Ardinghello Friedrich Engels' Definition des Renaissancemenschen, eines »Riesen an Denkkraft, Leidenschaft und Charakter, an Vielseitigkeit und Gelehrsamkeit«, nicht ganz entspricht und mehr Züge eines »Genußmenschen vom

Typ des Don Juan« aufweist. Auch hier finden wir die bekannte bürgerlich-moralische Abwertung. Positiv wird der Triumph der menschlichen Natur über das christliche Sittengesetz gewertet, die realistische Kunstbetrachtung, die materialistisch-sensualistische Weltanschauung sowie die Aufhebung der Klassen und die Gleichheit des Besitzes in der Utopie. Aber die Inselutopie des *Ardinghello* zeigt doch noch »klassenmäßige Beschränktheit«; sie steht auf einer »niedrigen ökonomischen Stufe«, stützt sich noch auf Sklaven und Sklavinnen, berücksichtigt nicht die Masse des Volkes, sondern nur eine geistig auserwählte Elite. Aber trotz aller subjektiven Übersteigerung im einzelnen wird jetzt als die Leistung und Wirkung des *Ardinghello* bezeichnet, daß er gedanklich formulierte, was in der Französischen Revolution Wirklichkeit wurde, die Freiheit und Menschenwürde des bürgerlichen Individuums und seine Zerstörung der feudalabsolutistischen Ordnung.

Der für das 19. Jahrhundert festgestellte dialektische Wechsel in der zeitgeschichtlich bedingten, gegensätzlichen Wertung des *Ardinghello* hat sich bis in die Gegenwart fortgesetzt. Dialektischer Wechsel drückt überhaupt die Art und Weise der jeweils neuen Aneignung früherer Kunst- und Literaturwerke und den Prozeß der eigenen Identifizierung und Aussage des Neuen und Besonderen einer Zeit in der Literatur aus. Blicken wir zurück auf das bisherige 20. Jahrhundert, so steht die Ardinghello-Rezeption bis in die sechziger Jahre, zuerst positiv und dann negativ, im Zeichen eines ästhetischen Immoralismus und einer Befreiung der Sinnlichkeit zu neuer, z. T. sogar religiöser Lebensverherrlichung im Gefolge von Richard Wagner, Nietzsche und einer impressionistischen Neuromantik. Nach dem Zweiten Weltkrieg wird der *Ardinghello* in geistesgeschichtlich-ästhetischer Sicht zuerst negativ am klassisch-apollinischen Goethe gemessen und dann positiv oder ambivalent als Ausdruck des Dionysischen gewertet. In unseren Tagen sehen Henry Hatfield und Otto Keller den *Ardinghello* in konservativer Auffassung als ein Zeugnis Goethescher Lebensanschauung und sogar klassischer Humanität, während ihn Pierre Grappin und Klaus Hammer in Beziehung auf die Französische Revolution als ein Werk bürgerlich-individueller Rebellion gegen die feudalabsolutistische Staatsgewalt bezeichnen. Die Wirkungsgeschichte des *Ardinghello* ist die wechselvolle Geschichte seiner bisherigen literarischen Bedeutung und Relevanz. Heinses Roman hat sich als ein wichtiger »Katalysator« im ästhetisch-politischen Literaturbetrieb von nahezu 200 Jahren erwiesen.

II

Die vorliegende erste kritische Ausgabe des *Ardinghello* läßt jedoch erkennen, daß die aufschlußreiche bisherige Wirkungsgeschichte nur auf einem unvollständigen, vagen und teilweise falschen Bild des Romans beruhte. Aus den hier zusammengestellten Varianten ergeben sich die Quellen, die Textgeschichte und der Aufbau des *Ardinghello.* Aus dem kritischen Anmerkungskommentar werden erstmalig die historische Verflechtung des Romangeschehens, der Einfluß anderer Werke und Autoren, der Umfang und die Bedeutung der kunstgeschichtlichen Beschreibungen und naturphilosophischen Gespräche sowie der Charakter und die Zielsetzung des Romans im einzelnen sichtbar. Die Varianten der drei *Fragmente einer Italiänischen Handschrift aus dem sechszehnten Jahrhundert*, von Heinrich Christian Boie 1785 bis 1786 in seiner Zeitschrift *Deutsches Museum* vorveröffentlicht, erwähnen einige Kunsthistoriker des 16. bis 18. Jahrhunderts, deren Werke Heinse offensichtlich kannte und deren Auffassungen er im Roman verwendete. Alle irgendwie moralisch anzüglichen Stellen sind in den drei teilweisen Vorabdrucken im *Deutschen Museum*, möglicherweise in eigener Zensur des Herausgebers Boie, durch Gedankenstriche ersetzt. Die Varianten der zweiten Auflage des *Ardinghello* von 1794, der Ausgabe letzter Hand, geben das Vorwort zur zweiten Auflage, eine Erweiterung von Heinses Ausführungen über das Neugriechische und, neben kurzen stilistischen Verbesserungen, Zusätze zu Kunst- und Naturbeschreibungen, die Heinse in sorgfältiger Überarbeitung aus seinen italienischen und Düsseldorfer Aufzeichnungen von 1780 bis 1786 übertrug. Die Varianten der zweiten Auflage sind daher zum größten Teil eine Fortsetzung der hier an erster Stelle zusammengestellten Varianten der Aufzeichnungen.

Die bewegte Handlung des ersten Teils des Romans, von Benedikt, dem Freund des Hauptheldon Ardinghello, in lebhaften Farben erzählt, wird von den Kritikern als echter, handlungsstarker Romanbeginn lobend herausgestellt. Richard Benz (S. 23) meint sogar, der erste Teil werde von einer »großartigen Spannung zusammengehalten«. In Wirklichkeit haben wir es mit der typischen Renaissancegeschichte einer ›bella vendetta‹, einer ›schönen Rache‹ zu tun (vgl. Walther Brecht, S. 30 f.), in die Heinse Natur- und Kunstbeschreibungen seines Aufenthalts in Venedig, Verona und am Gardasee kunstvoll hineingewoben hat. Auch die übrige, immer mehr auseinanderfallende Handlung des Romans bringt in ihrem Verlauf nichts anderes als das farbige Leben eines Liebe, Natur und Kunst genießenden Kraftgenies unter Verwendung einer virtuos zusammengefügten Folge von Teilen italienischer Renaissancenovellen und Skandalgeschichten, vom Verfasser nachweislich aus Manuskripten und alten Geschichtswerken übernommen. Heinses einleitende Bemerkung zu seinem »Vorbericht«, es sei ihm eine Lust gewesen, in den Handschriften italienischer Bibliotheken herumzuwühlen, und seine angebliche Abschrift eines handschriftlichen Fundes sind offensichtlich ernst gemeint und nur zum geringeren Teil eine Rahmenfiktion für den Roman. Ebenso sind nach dem »Vorbericht« die naturphilosophischen und kunstgeschichtlichen Einfügungen bewußt Erweiterungen des Romans. Leser, denen sie »dunkel oder zu gelehrt vorkommen«, sollen »sich bloß an den Faden der Begebenheiten halten«.

Ohne Beachtung der gelehrten Diskussionen und Bemühungen seiner Zeit um eine vollendete Form des Romans faßt Heinse ihn, in der älteren Tradition des ausgehenden 17. und beginnenden 18. Jahrhunderts, vor allem als Gefäß für seine eigenen Studien und Beobachtungen auf. Zugleich möchte er mit der vorangesetzten »Fabel« vom Element des Feuers in der Natur, das alle »wächsernen Hausgötzen« zerstört, den sinnlich-glühenden Charakter des Romans andeuten, von dem die Zeitgenossen dann auch wirklich entfacht wurden oder den sie entrüstet zurückwiesen.

Der *Ardinghello* ist in eine exakt bestimmbare politische Situation und Zeitspanne gesetzt. Er beginnt im Frühling des Jahres 1574 in Venedig, folgt Heinses Reiseroute von 1780 bis 1783, mit den Hauptstationen Gardasee, Genua, Florenz, Rom, Neapel, und endet im Frühjahr 1578 auf der Insel Paros. Der genaue Zeitraum und die Verwicklung der Romanhandlung mit dem zeitgenössischen politischen Geschehen der Republiken Venedigs und Genuas, des Hauses der Medici in Florenz, mit dem päpstlichen Rom und der türkischen Seemacht im ionisch-griechischen Inselreich können aber nur indirekt aus der Handlung und aus spärlichen Bemerkungen entschlüsselt werden. Zu Beginn des Romans ist es das alljährliche Volksfest der symbolischen Vermählung des Dogen mit dem Meer, dem Sinnbild der Herrschaft Venedigs über die Adria, wenn Benedikt am Himmelfahrtstag beim Abbrennen der Kanonen ins Meer stürzt und von einem edlen Jüngling, »wohlgebildet am ganzen Körper, mit einer kühnen Wildheit«, gerettet wird, von Ardinghello, der ihm wie »ein höheres Wesen« erscheint. Die beiden finden sich in einem Künstlerlokal am Markusplatz wieder. Hier läßt Heinse in anachronistischer Verknüpfung den zeitgenössischen Maler Paolo Cagliari Veronese (»Paul von Verona«) des 16. Jahrhunderts über das ästhetische Hauptthema des 18. Jahrhunderts, die Naturnachahmung und Schranken der Kunst in der Malerei, das Wort führen und Ardinghello »die Kernmenschen« verteidigen, welche die Schönheiten ihres Jahrhunderts »mit lebendigen Herzen in sich erbeutet haben«. Geniekult des Sturm und Drang im Mund des gleichgearteten Renaissancemenschen, das ist eines der vorherrschenden Themen im *Ardinghello.* Paolo Veroneses Erwähnung des »komischen Approbatum« der »teutschen Roßtäuscher« über die bekannte Pferdegruppe über dem Portal der Markuskirche weist, wie Wolfgang Hartmann feststellt, deutlich auf den Disput um Falconets Auffassung im 18. Jahrhundert. So spricht auch Goethe in seiner Schrift *Nach Falconet und über Falconet* von 1776, wie Heinse in diesem ersten Ardinghello-Dialog, von den an der lebendigen Natur geschulten Künstlern im Unterschied zu den bloßen Gipsnachahmern, während Herder 1777 in seinem *Denkmal Johann Winckelmanns* dessen Auffassung von der idealisierenden Nachahmung der antiken Künstler Falconet entgegensetzt. Wenn Benedikt und Ardinghello das Kunstgespräch allein fortsetzen, demonstriert Heinse dabei den Gegensatz zwischen der venezianischen und der römisch-florentinischen Schule mit Beschreibungen von Gemälden Veroneses und Tizians, die er, leicht überarbeitet, den Aufzeichnungen seiner italienischen Reise entnommen hat. Diese ersten Kunstbeschreibungen gipfeln in dem enthusiastischen Ausruf des Verlangens nach den »glückseligen Inseln«, wo »das heitre milde Klima noch jetzt dort das Lebendige bildet«, und nach der wahren Kunst der Natur und des nackten Menschen (S. 20). Wenn sich herausstellt, daß Benedikt dem Ardinghello das klassische und neue Griechisch lehren und dieser den Freund in der Malerei unterweisen kann, schließen beide »im lyrischen Taumel« Freundschaft und reisen gemeinsam zum Landgut von Benedikts Mutter bei Sirmione am Gardasee.

Zum Ausdruck der freudigen Erwartung des Landaufenthalts entnimmt Heinse seinem Tagebuch von der Rückreise aus Italien die ersten Zeilen von Catulls Lobgedicht auf die Halbinsel Sirmione und läßt (S. 23) einen Abschnitt klassischer Naturschilderung folgen, der sich bei näherer Überprüfung als wörtliche Übersetzung aus Pindars

2. Olympischer Ode auf die »Insel der Glückseligen« (von Heinse hier ausgelassen und in den Titel des Romans aufgenommen) herausstellt. Wenn zwei Seiten zuvor Ardinghello seinen Freund mit dem Ausruf begrüßt: »Glück ist die größte Gabe, die Sterblichen zuteil werden kann, nur muß man es mit Verstand brauchen«, so findet sich diese etwas banale Feststellung in Heinses Tagebuch als ein Zitat nach Demosthenes verzeichnet. Zwei Seiten weiter (S. 25) werden Benedikts Bemerkungen (aus Heinses Reisetagebuch übernommen) über die Lage Venedigs mit dem lateinischen Satz eines »Dichters aus Neapel« gekrönt, der sich am Ende des nächsten Abschnitts mit einiger Schwierigkeit aus der beiläufigen Erwähnung einer zwar etwas zu hoch gegriffenen Belohnung von 6000 Dukaten als ein neulateinisches Epigramm des Renaissancedichters Iacopo Sannazaro erraten läßt. Der sich anschließende Bericht (S. 26 f.) über die Rückverlegung des Regierungssitzes des Dogen von Konstantinopel nach Venedig zu Beginn des 13. Jahrhunderts unter Pietro Ziani ist im Tagebuch nicht aufzufinden. Wohl aber vermerkt hier Heinse, daß er das Werk »des alten Temanza« über Venedig studiert hat. Im Zug der Vorarbeiten zur kommenden kritischen Heinse-Ausgabe hat Wolfgang Hübner die obige Legende von dem Dogen Pietro Ziani als Abschrift aus einer alten Chronik im Anhang einer *Geschichte Venedigs* von Tommaso Temanza entdeckt, die 1781 in Venedig erschien, als Heinse gerade den Winter dort zubrachte und seine Tasso-Übersetzung vollendete. Aber nicht die Aufschlüsse über die Editionsarbeit und entsprechende glückliche Funde sind hier wichtig, sondern die Feststellung von Heinses Eigenart der Verschlüsselung und schrittweise aufschließenden Montage des Romans aus seinen Reiseaufzeichnungen, aus andeutenden Hinweisen und aus verborgenen klassischen Zitaten. Diese Praxis der verdeckten Aufschließung wird vor allem in den politischen und historisch ausgerichteten Teilen des Romans sichtbar; einmal, weil der Hauptheld als politischer Flüchtling aus Florenz und wegen seiner Ausschweifungen dauernd

gefährdet erscheint; zum zweiten aus der im »Vorbericht« erklärten Absicht des Autors, die »Ferne des Landes und der Zeit« sowohl »dunkel« als auch »gelehrt« zu schildern und »das übrige der Geschichte« nur »aus Familiennachrichten« erkennen zu lassen.

So wird der zeitgeschichtliche Hintergrund nur in versteckten staatspolitischen und familiengeschichtlichen Andeutungen und in Auszügen aus Skandalgeschichten genuesischer, florentinischer und römischer Adelsgeschlechter sichtbar, mit denen Ardinghello verbunden ist. Bevor der Venezianer Benedikt und der politisch geächtete Florentiner Ardinghello sich gegeneinander zu erkennen geben und in Freundschaft verbinden, tasten sie sich im vertraulichen Gespräch in politischen Andeutungen vorsichtig ab (S. 14 f.). So lobt Ardinghello das Verhalten der Venezianer, »daß sie sich aus dem bitterbösen Kriege nach dem Bündnisse bei Cambrai und jetzt aus dem Überfalle der ganzen türkischen Macht so glorreich gezogen hätten«, nur daß der Cyperwein jetzt seltener und teurer würde, täte ihm leid. Im geschichtlichen Zusammenhang aufgeschlüsselt, bedeuten diese Bemerkungen, daß es Venedig gelungen war, sich gegen die in der Liga von Cambrai 1508 vereinigten Fürsten von Deutschland, Frankreich und Spanien im Frieden von Brüssel 1516 zu behaupten und, trotz der Niederlage durch die Türken 1570, diese im folgenden Jahr bei Lepanto zur See zu besiegen, jedoch ohne die verlorengegangene Insel Zypern wieder zurückzugewinnen. Nicht weniger verschlüsselt antwortet Benedikt, seine Vaterstadt hätte »das süße Königreich, die Insul der Liebe« nicht verloren, »wenn man dem Sultan, als der Silen noch Statthalter in Cilicien gegenüber war, einige Fässer von ihrem Nektar wohlfeiler vergönnte«. Dechiffriert meint Benedikt, daß der trunksüchtige Sultan Selim II., der von 1566 bis 1577 regierte und auch die 1474 von den Türken eroberte kleinasiatische Landschaft Kilikien nördlich von Zypern beherrschte, alle Regierungsgeschäfte seinem Großwesir Mohammed Sokolli überlassen hatte, außer der Eroberung des mit Wein gesegneten Zyperns, das im Altertum Aphrodite, der griechischen Göttin »der Liebe«, geweiht und bis 1489 ein »Königreich« gewesen war. Auch die dann folgenden Andeutungen über Papst Alexander III., über den Entdecker Columbus (»Kolumb«), über den »portugiesischen Heinrich«, den Gründer der ersten Seefahrerschule, und über das »neue Königreich im Archipelagus«, nämlich Zypern, das durch die Vermählung der Venezianerin Caterina Cornaro mit dem letzten König von Zypern, mit einer venezianischen Mitgift von 100 000 Dukaten, 1489 mit Geld und Gift an Venedig kam, solche und andere Anspielungen auf die Geschichte der Zeit können wir heute jedenfalls nur mehr mit Hilfe von ergänzenden Anmerkungen verstehen. Aber auch die bisherige Wirkungsgeschichte des Romans läßt nicht erkennen, daß diese geschichtlichen Zusammenhänge in allen Einzelheiten vorher verstanden worden wären. Nicht umsonst meint Heinse an dieser Stelle (S. 15) in einer Fußnote, wer »die hier berührten Punkte der venezianischen Geschichte [...] noch nicht wissen sollte, kann leicht anderswo davon Nachricht finden«.

Ähnlich der Technik im analytischen Drama, enthüllt Heinse auch das persönliche Schicksal und die Familiengeschichte Ardinghellos schrittweise im Lauf des Romans, zuerst in einigen geheimnisvollen Andeutungen Ardinghellos gegenüber Benedikt, dann als Höhepunkt des ersten Teils in der heimlichen Liebesgeschichte mit Cäcilia, der jungen Patriziertochter aus einem ungenannten venezianischen Adelsgeschlecht, und zuletzt im dritten Teil des Romans, in Florenz und Rom. Wie Heinse Ardinghellos Lebensgeschichte aus Teilen seiner italienischen Aufzeichnungen aus den florentinischen Skandalgeschichten der sogenannten *Fatti tragici* und den Geschichtswerken Francesco Settimannis und Girolanni Tiraboschis zusammensetzte, wurde von Walther Brecht untersucht und ist in den Anmerkungen (zu S. 54,4–27; 55,7; 58,14–23; 72,14–33) im einzelnen ausgeführt. Heinse läßt Ardinghello den florentinischen Adelshäusern der Frescobaldi und Albizzi entstammen, die mit den Medici in langjährige Fehden verwickelt waren. Den Vater Frescobaldi macht er zu einem der vielen Liebhaber Isabellas, der dritten Tochter des gerade herrschenden Großherzogs Cosimo I. de Medici (»Cosmus«), der nach einer der verwendeten Skandalgeschichten mit Isabella in blutschänderischem Verhältnis stand. So wird Ardinghello zum Stiefbruder einer der außerehelichen Töchter Isabellas und zugleich mit in die Medici-Affären verwickelt. Den Vater Ardinghellos verbindet Heinse mit einer anderen Sensationsgeschichte und läßt ihn im Dienst Venedigs nach Kreta zum General Malatesta fliehen, dessen Sohn mit der ersten Tochter Cosimos I. ein Liebesverhältnis hatte, weswegen der Großherzog beide umbringen ließ. Ardinghellos Vater fällt in Kreta Cosimos Rache durch den angeblichen Statthalter Mark Anton G*** zum Opfer, der im Roman der Bräutigam Cäcilias, der Geliebten Ardinghellos, ist und von diesem in der Hochzeitsnacht aus Rache ermordet wird. Heinse macht Lucrezia, die zweite Tochter Cosimos, die nach einer dritten Skandalgeschichte von ihrem Mann, dem Herzog von Ferrara, wegen Ausschweifungen später umgebracht wurde, zur Tante Ardinghellos und setzt diesen im Roman nach Cosimos Tod (1574) mit dessen Sohn und Nachfolger Francesco I. de Medici (»Franz«) und seiner berüchtigten Geliebten Bianca Cappello (vierte Skandalgeschichte, vgl. Heinses Abschrift einer alten Handschrift, Fußnote S. 136 f.) in Florenz in Verbindung. Isabella, der junge Großherzog Francesco, Bianca Cappello und Lucrezia treten im Roman auf. Im fünften Teil (S. 336–338) verbindet Heinse die sensationellen Höhepunkte von zwei der genannten Skandalgeschichten in Florenz miteinander und läßt, in nur geringer zeitlicher Verschiebung der historischen Vorlagen, Bianca an demselben Tag den abgefeimten Betrug der Geburt eines untergeschobenen Erben und Stammhalters vor dem Großherzog spielen, an dem die sittenlose Isabella mit ihrem rachedurstigen Gemahl Paolo Orsini der Liebe pflegend, von einem gedungenen Mörder langsam erdrosselt wird. Der oftgenannte

»Kardinal« ist Ferdinando de Medici. In der italienischen Geschichte Bruder und späterer Nachfolger Francescos I., versucht er im Roman Ardinghellos römische Geliebte Fiordimona vergeblich zu gewinnen und wird von diesem im nächtlichen Duell leicht verwundet, während ein anderer Liebhaber Fiordimonas, ein ungenannter angeblicher Neffe des regierenden Papstes, in demselben Gefecht getötet wird. Dieser Vorfall veranlaßt die Flucht Ardinghellos zu seinem mit den Türken verbündeten Piratenfreund Ulazal und damit zuletzt die Errichtung des utopischen Staates auf den griechischen Inseln Naxos und Paros.

Wie Heinse den zeitgeschichtlichen Hintergrund des Romans und die Familiengeschichte Ardinghellos aus persönlichen Aufzeichnungen aus Renaissanceschriften und Quellen zusammensetzte, so gründet er auch die geschichtlichen Umstände der Ruhmestaten und Liebesaffären seines Helden im zweiten Teil, im Bereich der genuesischen Adelsrepublik, auf eigene Exzerpte und Übersetzungen aus Geschichtswerken, hier besonders, wie Brecht nachwies, des Genuesen Uberto Foglietta (1518–81) über die Geschichte Genuas, die Herrscherfamilie der Doria und die Seekriege gegen die Türken und Seeräuber. Bei dem Galeerengefecht mit türkisch-griechischen Piraten läßt er Ardinghello das Leben des Giovanni Andrea Doria (1539–1606) retten, des Mitsiegers in der Seeschlacht über die Türken bei Lepanto, und verbindet auf diese Weise wieder seinen Helden mit einem der Großen jener Zeit. Ebenso befreit Ardinghello den kühnsten der überfallenden Seeräuber, den angeblichen Sohn des berühmten Renegaten und mit den Türken verbündeten Piraten Ulazal, wie ihn Foglietta schildert. Ulazals Sohn wird Ardinghellos Freund und Wegbereiter zum utopischen Idealstaat auf den glückseligen Inseln im Ionischen Meer. Auch die Namen der übrigen Personen und Familien, wie Lucinde von Montefeltro, Biondella Adorni, Branca, Fregosi, (Marc Antonio) Colonna, Johann von (Juan d') Austria, stammen in freier Verwendung des Verfassers aus zeitgenössischen Geschichtswerken. Die Vor-

namen der Hauptgestalten im Roman sind mit Bedacht so ausgewählt, daß sie die wichtigsten Charaktereigenschaften oder Funktionen ihrer Träger ausdrücken: Fiordimona (dämonische Blume), Fulvia (Rotgelbe), Lucinde (Leuchtende), Diagoras (Befehler), Demetri (öffentlicher Lehrer), Ardinghello (brennend und hart wie Eis). Den Namen der Ardinghelli konnte Heinse unter florentinischen und toskanischen Geschlechtern finden, und ein Ardinghello sollte, nach einem Brief des von Heinse so oft zitierten Machiavelli, vom 10. Dezember 1513, dessen *Principe* den Medici überreichen (Brecht, S. 187).
Die Reihe der versteckten kleinen Hinweise und wichtigen Übernahmen aus zeitgenössischen Quellen könnte beliebig fortgesetzt werden. Sie sind hier nur für die Bestimmung des geschichtlichen Charakters des *Ardinghello* als des ersten sogenannten Renaissanceromans von Bedeutung. Wenn wir unsere dahingehenden Feststellungen zusammenfassen, so ergibt sich eine genaue zeitgeschichtliche Fixierung der Handlung, der Personen und des Ortes, die aber nur indirekt, in halben und versteckten Andeutungen gegeben wird. Der *Ardinghello* ist noch kein historischer Roman im Sinn des 19. Jahrhunderts, der geschichtliche Ereignisse oder eine oder mehrere geschichtliche Personen als eine geschlossene Gegebenheit behandelt, wie etwa *Vittoria Accorombona*, der von ihm beeinflußte Roman Tiecks von 1840. Tieck nimmt seinen Stoff aus denselben Jahrzehnten der florentinischen Geschichte wie Heinse seine »italiänische Geschichte« und basiert sein »Gemälde der Zeit« (aber als »Seelengemälde«, wie er es definiert) auf dieselbe, oben erwähnte Isabella-Skandalgeschichte. Aber schon der erste Satz von Tiecks Roman macht in seiner historischen Bestimmtheit den Unterschied zum *Ardinghello* deutlich: »Es war in dem Jahre des Jubiläums 1575, als sich die Familie Accoromboni in einem Gartenhause in dem anmutigen Tivoli aufhielt [. . .]« Trotz der versteckten Anspielungen auf geschichtliche Ereignisse ist der *Ardinghello* auch kein eigentlicher Schlüsselroman, in dem wirkliche Zustände

und Schicksale wirklicher Personen unter veränderten Namen und Umständen in historischer oder allegorischer Verhüllung dargestellt werden, wie etwa in Lohensteins *Arminius*. Noch ist er, trotz der eingebauten Dolch- und Giftgeschichten, ein volkstümlich-realistischer Abenteuerroman. Gero von Wilpert klassifiziert ihn im *Sachwörterbuch der Literatur* (^{5}1969, S. 732) als neuen utopischen Staatsroman, entstanden unter dem Einfluß Rousseaus. Aber eine solche Einstufung sieht den *Ardinghello* ausschließlich von dem utopisch ausklingenden Ende her und lediglich als eine empfindsame Idylle unbegrenzter Naturfreiheit; sie läßt den wirklichen Inhalt des Romans, seine Kunst- und Lokalschilderungen, seine historische Relation und jegliche Renaissancebeziehung völlig außer acht. Andererseits gestaltet Heinse in seinem Roman auch keinen deutlich abgegrenzten zeitgenössischen Stoff, wie etwa Goethe im *Götz von Berlichingen* (1773) oder Schiller in seinem republikanischen Trauerspiel *Die Verschwörung des Fiesko* (1783). In beiden Schauspielen werden zwar Stoffe desselben 16. Jahrhunderts behandelt; aber beide geben kein umfassendes Bild der gesamten Zeit, keine Schilderung des Renaissancezeitalters als solches. Wohl aber drückt sich im *Ardinghello* dasselbe neue Geschichtsbewußtsein aus, das sich erstmalig bei Herder und in Goethes *Götz* zeigt und in der romantischen Geschichtsphilosophie und Dichtung volle Darstellung findet, nämlich als idealisierte große Vergangenheit. Heinse hat als erster ein umfassendes Konzept der Renaissance, das Bild des ästhetischen Machtmenschen, des uomo universale. So gibt er nicht nur ein historisches Zeit- und Lokalkolorit, sondern die erste dichterische Schilderung des Herrenmenschen der italienischen Renaissance, in dessen Bild das Naturgenie und der an der Antike orientierte Ästhet des späten 18. Jahrhunderts harmonisch miteinander verbunden sind. Nur in diesem Sinn ist der *Ardinghello* ein Renaissanceroman.

Wie erscheint aber der große Mensch und Künstler Ardinghello in Heinses Roman, wie sind Natur, Kunst und Antike hier im Bild der italienischen Renaissance verbunden? Im ersten Teil wird Ardinghello als Maler vorgestellt, ausgebildet in Florenz von Vasari, und in Venedig von Tizian, Paolo Veronese und Tintoretto weiter geschult. Zugleich ist er ein ausgezeichneter Fechter, Schwimmer und Zitherspieler. In Vicenza beurteilt er die Bauwerke des zeitgenössischen Andrea Palladio. Am Gardasee lernt er griechisch, diskutiert Aristophanes' *Wolken*, Xenophons *Memorabilia*, Sokrates, Platon und griechische Rhetoriker, grenzt Dürers Zeichentheorie von der Leonardo da Vincis und Michelangelos ab und vollendet in kurzer Zeit ein großes Gemälde der Heiligen Familie und ein Porträt seiner Geliebten. Damit hat sich seine Tätigkeit als Maler im Roman bereits erschöpft. Lebendige Beschreibungen von Gemälden (über 90 % aus Heinses italienischen Reiseaufzeichnungen übertragen) sind immer wieder in die Handlung eingestreut, auch wenn sie noch so intim ist: ein Tizian-Bild wird erläutert, wenn Ardinghello in der Kirche San Giovanni e Paolo in Venedig ungeduldig auf ein heimliches Stelldichein mit Cäcilia wartet (S. 45); die Madonna mit dem Kind von Raffael, wenn er im Begriff steht, sich nackt auf die schlafende Lucinde zu stürzen (S. 109–111); und die Beschreibung der Gemälde der Sixtina ist eingerahmt von den heißen Liebesnächten mit Fiordimona (S. 203–230), wobei Dante, Petrarca und Boccaccio das Thema der anschließenden Gespräche über die freie Liebe ausmachen. Kunst wird das Vehikel zum Liebesgenuß, und Erotik durchweht die sinnlich-lebendigen Gemäldebeschreibungen. So kann es nicht verwundern, wenn der erste Band des Romans mit dem langen Streitgespräch »Michelangelo, Raffael und Antiken« über die Schönheit in Natur und Kunst und zugleich mit der Aufführung wilder Nackttänze »in ein echtes Bacchanal« endet, »immer tiefer ins Leben«, und »wie donnerbrausende Katarakten, vom Senegal und Rhein, wo man von sich selbst nichts mehr weiß und groß und allmächtig in die ewige Herrlichkeit zurückkehrt« (S. 196 f.). Heinse beschreibt den Liebesgenuß wie ein farbiges Bild und das

Kunstwerk wie einen sinnlich-erotischen Akt. Darin besteht seine Beschreibungstechnik und sein Prinzip der Einflechtung von Kunsterörterungen, die im ersten Band in der ekstatischen Liebesvereinigung von Mensch zu Mensch gipfeln, während sie im zweiten Band in der pantheistischen Einheit mit der Natur und dem All endet. Die Wertung dieser Methode zeigt sich als Versinnlichung der Kunst und als eine Ästhetisierung des sinnlichen Genusses.

Der ästhetische, moralische und gesellschaftliche Maßstab im *Ardinghello* ist die Natur, wie sie im Wesen und in der Landschaft der italienischen Renaissance sichtbar wird und von antiken Künstlern und Schriftstellern dargestellt wurde. So führt die Beschreibung der Kirchen und Paläste des Palladio zu einer Diskussion der natürlichen Bau- und Wohnweise der Alten, Ardinghellos Ausführungen über seine Jugend und Familie zu einem Gespräch über die rechte Erziehung zur freien Persönlichkeit nach Grundsätzen der Natur und Platons, und das gemeinsame Studium des Griechischen leitet über in einen Diskurs über antike und moderne Sprachen und über die Rhetorik und Literatur der Griechen. Rousseauischer Naturzustand und eine bei den Griechen und Römern gesuchte Nachahmung der Natur bilden im Roman, den Ansichten der Aufklärung und des Sturm und Drang entsprechend, Ziel und Grundlage aller Erörterungen über den Menschen, die Kunst und die Gesellschaft der Renaissance. Die Naturbetrachtungen selbst sind zuerst nur kurze Übertragungen oder Zitate aus antiken Schriftstellern, aus Pindar, Catull und Vergil, dann längere Schilderungen, die meistens, sorgfältig überarbeitet, aus Heinses Reisenotizen stammen. Immer ist die Natur »im vollen Leben«. Die Sonne schreitet kühn, wirft sich empor, tritt voll herein, blendet; und entzückt, immer durstiger, berauscht sich das geblendete Auge in ihren köstlichen Strahlen. Unten liegt breit der See im Morgenduft und die Hügel im dünnen Nebel, und ein leises Wehen in der Mitte kräuselt die Wellen und weckt seine Schönheit auf und macht sie lebendig, und »unser Nachen wallte

leicht mit voll geschwelltem Segel über die nassen Pfade« (S. 52). Der Beschauer ist ein Teil dieser Natur, bewegt sich in ihr, hingerissen, berauscht, und verliert sich selbst in ihr Bild; so etwa, wenn im zweiten Teil Ardinghello/Heinse auf seiner Fußwanderung Genua und das Meer erblickt: »Wie ich aus dem fruchtbaren großen Tale der Lombardei, von hundert Flüssen durchströmt, das seinesgleichen in der Welt nicht hat, durch die wilden kahlen Felsenkrümmen des Apennin hinauftrat und endlich aus der Bocchetta hervor, von heitern Lüften umspielt, daß die Locken um meine heißen Schläfe flatterten, oben auf der Höhe das tiefe breite Meer unter mir glänzen sah, vom süßen Strahlengewölk des Abends umlagert: Gott, wie ergriff das mein Herz und alle Sinne! Wie die Thetis Homers mit einem Sprung vom Olymp hätt ich mich in die ewige Lebensfülle hineinstürzen und wie ein Walfisch darin herumtaumeln und alle meine Leiden abkühlen mögen« (S. 85).
Dieser Naturhymnus leitet die Begegnung mit dem alten Sänger Boccadoro ein, während die vorhergehende Naturschilderung am Gardasee zum vertrauten Gespräch der Freunde und zu Ardinghellos Bekenntnis seines Familienschicksals überleitet. Im zweiten Band sind die ekstatischen Ergüsse über den Wasserfall bei Terni, den Vesuv und den Meerbusen von Neapel in der Form (Heinses eigene) Reiseberichte und im Rahmen der Romanhandlung Auftakte und Zwischenspiele zu den nicht minder rauschhaften Liebesgenüssen Ardinghellos und Fiordimonas. Erscheinen die sinnlichen Kunstbeschreibungen als Vehikel zum erotischen Erlebnis, so führen die rauschhaften Naturschilderungen zur vertrauten und hingebenden Freundschaft von Mensch zu Mensch. Heinses Naturbetrachtungen – im Roman an Zahl weit geringer als seine Kunstdarstellungen – dienen wie diese ebenfalls der Gefühlssteigerung und haben den Zweck, wie etwa in den *Leiden des jungen Werthers*, den Wechsel und die Leidenschaft des Gefühls in den Hauptpersonen zu bewirken. In einem Roman, der keine innere Entwicklung des Helden ausdrückt und hauptsächlich ›ut

pictura poesis‹ beschreiben will, ist diese Technik der Natur- und Kunstschilderungen um so wichtiger.
Der Mangel einer inneren Entwicklung des Helden ist wettgemacht durch die Vielseitigkeit Ardinghellos, und eine Steigerung des Liebeserlebnisses wird erreicht durch die sukzessive Vielzahl von Liebschaften, ganz abgesehen von dem in ihnen ausgedrückten bewußten Protest gegen die moralische und gesellschaftliche Einschränkung des individuellen Gefühlslebens. Im zweiten Teil, der Flucht nach Genua, ist Ardinghello nicht mehr Maler, sondern ebenso versierter Sänger zur Gitarre und begabter lyrischer Renaissancedichter, dem alle antiken Versarten zur spielerischen Verfügung stehen, der nach den Oden Pindars improvisiert, als Lobdichter und Ruhmessänger auf einer prunkvollen Adelshochzeit Columbus und Doria über die Helden von Troja setzt, die Genueser als Homerische Helden preist, im Bett der ehebrecherischen Braut Fulvia noch seine Triumphe feiert und in unerfüllter Liebe zu Lucinde erglüht, die ihre Keuschheit gegenüber ihm mit vorübergehender geistiger Umnachtung büßt. Zugleich bewährt er sich als kriegerischer Held und Kämpfer gegen die Seeräuber. Im dritten Teil, nach dem Tod Cosimos I., finden wir ihn am florentinischen Hof der Medici, zunächst als gekrönten Sieger bei »einer neuen Art olympischen Spielen« in den Bädern von Lucca, dann als gewiegten Schachspielpartner des neuen Großherzogs Francesco I., von Bianca Cappello bewundert und von Isabella, der gefährlichen Liebhaberin seines ermordeten Vaters, umworben. Als glühender Republikaner unter ränkevollen Hofkanaillen doziert er in seinen Briefen an Benedikt über die Staatstheorien der Griechen, Römer und Machiavellis und verlangt gegen den Despotismus der Medici und gegenüber dem Kaiser Karls V., der die Menschen auf seinem Welttheater wie Maschinen behandelt, eine freie Republik, »wo *alle* überhaupt und *die Bessern* und *der ausbündig Vortreffliche* bei den Vorfallenheiten ihre Rechte genießen; und daß man dabei nicht allein auf glücklichre Zeiten hoffe, sondern dieselben her-

beileite« (S. 151). Ardinghello stürzt den bestechlichen Staatsminister, führt bürgerliche Schulreformen durch, wird herzoglicher Kunsteinkäufer und kommt, ein anderer Winckelmann, als Kurator für Kunstsachen des Altertums im Auftrag des Kardinals Ferdinando de Medici nach Rom. Dort beschreibt er die hauptsächlichen Touristensehenswürdigkeiten zur Zeit Heinses, das Kolosseum, die Grabpyramide des Cestius und die größte christliche Kirche der Welt, San Paolo fuori le mura, und belebt seine Ausführungen zugleich mit seinen Vorstellungen vom Leben der Antike. In einem Künstlerlokal beteiligt er sich an der erwähnten Debatte »Michelangelo, Raffael und Antiken« über Malerei und bildende Kunst der Antike und Renaissance, befreundet sich mit dem griechischen Naturphilosophen Demetri und feiert, anschließend an die begeisterte Schilderung eines Sonnenunterganges, das besagte »Künstlerbacchanal«. Unter demselben Titel veröffentlicht Heinse den bisherigen Aufenthalt Ardinghellos in Rom als erstes *Fragment einer Italiänischen Handschrift aus dem sechszehnten Jahrhundert* 1785 in Boies *Deutschem Museum.*
Der zweite Band (vierter Teil) beginnt mit Ardinghellos Beschreibung der Gemälde Raffaels in Rom. Diese Beschreibung (als zweites *Fragment* 1785 im *Deutschen Museum* vorveröffentlicht) ist, wie fast alle Kunstschilderungen, aus Heinses Aufzeichnungen zusammengestellt und läßt die Geschichte der glühenden Liebe Ardinghellos zu Fiordimona folgen, dem Urtyp des emanzipierten Weibes in der deutschen Literatur des 19. Jahrhunderts. Unter »Rom, Dezember«, werden die berühmtesten antiken Statuen, vor allem der Torso des Apollonios, der Farnesische Herkules, der Borghesische Fechter, die Laokoon-Gruppe, der Apollo und der sogenannte Antinous von Belvedere, in einer begeisterten Apologie der Bildhauerkunst der Griechen erklärt (1786 als drittes *Fragment Ueber Antiken* im *Deutschen Museum* veröffentlicht) und die Ruinen des Campus Martius als lebendige Zeugen römischer Baukunst gepriesen. Damit ist die Verbindung zum Pantheon, dem bedeutungs-

reichen Sinnbild und Ort des naturpantheistischen Gesprächs Ardinghellos mit Demetri hergestellt, das den Rest des ausführlichen vierten Teils ausmacht. Im Schlußteil läßt Heinse den antiken Ableitungskanal des Velino bei Terni von dem »Werkverständigen« Ardinghello wieder eröffnen und erweitern, was in Wirklichkeit 1596 der päpstliche Wasserbauarchitekt Giovanni Fontana unternahm. Es folgen Beschreibungen von Gemälden des jungen Raffael in Perugia und Foligno sowie eine interessante Gegenüberstellung der Tizianischen Venus von Urbino mit der griechischen Venus im Besitz der Medici. Inzwischen sind Ardinghellos Reformen in Florenz doch nicht durchgeführt worden. Die Skandalgeschichten der Bianca Cappello und Isabella machen das korrupte Staatswesen unter Francesco I. nur noch deutlicher. Ardinghello ist jetzt Architekt und baut den »Palast der Bianca«. Zugleich ist er bei Cortona am Trasimenischen See auf der Spur des großen Helden Hannibal. Fiordimona taucht wieder auf, und gemeinsam genießen sie die Kunst und Natur Mittelitaliens, um dann in der Bucht von Neapel den Zusammenhang von Vulkan, Meer, römischen Bädern und neuen gefährlichen Liebesabenteuern, diesmal im Bereich des spanischen Vizekönigs des Königreichs beider Sizilien, zu erleben. Sie müssen fliehen.

Hier brechen die Briefe ab, in denen das Romangeschehen vom zweiten bis zum fünften Teil, wie in *Werthers Leiden* vom Helden selbst, hier von Ardinghello an Benedikt berichtet wird. Im folgenden setzt Benedikt wieder in der Ich-Form, wie im ersten Teil, die Erzählung fort und verbindet die noch nachkommenden Briefe Ardinghellos mit dem letzten Geschehen bis zum getrennten Aufbruch aller Freunde nach den glückseligen Inseln. Vorher hatte Ardinghello, wie erwähnt, im Duell wegen Fiordimona den Neffen des Papstes getötet, den Kardinal Ferdinando de Medici verwundet und mit Piraten um Ulazal unter dem Sultan Murad III. (»Amurath«) Naxos und Paros erworben. Hier errichten sie dann mit »jungen tapfern Römern und blühenden Römerinnen [...] und Künstlern: Architekten, Bildhauern, Malern« (S. 368) einen neuen Staat mit der Naturreligion Demetris, nach den Verfassungen Roms, Griechenlands, und vor allem Platons, in Gemeinschaft aller Güter, Kinder und Weiber (die aber nur ein zehnprozentiges politisches Stimmrecht besitzen) und mit dem geheimen Ziel, »der ganzen Regierung der Türken in diesem heitern Klima ein Ende zu machen und die Menschheit wieder zu ihrer Würde zu erheben« (S. 376). Damit mündet der *Ardinghello* in die Zielsetzung der Griechenlandauffassung Heinses, Hölderlins und Lord Byrons und zugleich äußerlich und vom Inhalt her in den Bereich der Utopie, wie ihn der letzte Satz des Romans ausdrückt: »Doch vereitelte dies nach seligem Zeitraum das unerbittliche Schicksal.« In Wirklichkeit hätte der »selige Zeitraum« noch nicht einmal ein Jahr bestanden. 1579 kamen die Inseln Paros und Naxos endgültig und bis in die neuere Zeit unter türkische Herrschaft.

Nach dem geschilderten Inhalt dürfte es also nicht möglich sein, den Roman nur nach dem vorübergehenden Pseudonym des Helden im ersten Teil einen Malerroman zu nennen. Ein Künstlerroman ist der *Ardinghello* lediglich in demselben eingeschränkten Sinn wie seine Nachfolger, wie Goethes *Wilhelm Meister*, Tiecks *Sternbald* und Novalis' *Heinrich von Ofterdingen*, insofern als hier die Kunst und das Künstlerleben nur ein Durchgangsstadium, ein Mittel zur Bildung und zum Genuß sind. Die Kunst und das Künstlerdasein sind nie Selbstzweck und letztes Ziel, im *Ardinghello* vielmehr Mittel zum Liebesgenuß sowie Teil, Verklärung und Steigerung des naturhaften Lebens. Kunstbeschreibungen, Naturbilder und erotische Schilderungen hat Heinse, wie wir gesehen haben, bewußt miteinander zu einem einzigen sinnlich-ästhetischen Bild des Lebens des großen Menschen verbunden. So will der *Ardinghello* kein Entwicklungsroman sein, sondern ist von Anfang bis Ende Darstellung, Beschreibung, Lebensbild des an der Antike ausgerichteten und in der italienischen Renaissance erkannten genialen Menschen. Es erscheint daher sinnlos, alle im Roman angedeuteten Fähigkeiten und Taten des Helden als Maler, Fechter, Seefahrer, Sänger, Dichter, Baumeister, Staatsreformer und Liebhaber zu einem differenzierten Persönlichkeitsbild vereinen zu wollen. Ardinghello ist kein Hansdampf in allen Gassen, kein Universalgenie oder Sexpopanz. Er ist eine symbolische Figur in einer symbolischen Romanhandlung, die im verklärten Bild einer exotistischen Inselutopie gipfelt, wie Zachariaes *Tayti oder die glückliche Insel* von 1777 oder noch Gerhart Hauptmanns *Insel der großen Mutter* von 1925. Wichtig ist für Heinse offensichtlich das Bild des großen, genialen Lebens in der ästhetischen Vereinigung des Menschentums von Antike, Renaissance und aufgeklärtem Naturgenie.

Nachdem Carl Schüddekopf zwischen 1902 und 1913 mit der ersten, wenn auch unvollständigen Gesamtausgabe der Werke Heinses begonnen hatte, versuchten er und andere nach ihm aus unzusammenhängenden Teilen und möglichen Romanentwürfen des Nachlasses eine Entstehungsgeschichte des *Ardinghello* zu konstruieren (vgl. SW IV, 399–418). Von diesen sogenannten Entwürfen sind jedoch im *Ardinghello* keinerlei direkte Anhaltspunkte zu finden. Außerdem ist Schüddekopfs zeitliche Ansetzung der Entwürfe fragwürdig und in manchen Fällen nachweisbar falsch. Einem Schema »Weib und Unschuld« entspricht der Entwurf einer Geschichte von einem schweizerischen Förstersohn Heidenblut und seiner Jugendgeliebten Adelheit. Beide werden getrennt als Sklaven an die Türken verhandelt, finden sich als türkischer Gesandter und Opernsängerin in London wieder und kehren in »ihre Schäferey« in die Schweiz zurück. Hier zeigt sich höchstens eine gewisse Ähnlichkeit zu Nebenmotiven in Heinses späterem Musikroman *Hildegard von Hohenthal*. Andere Notizen lassen auf den Plan einer Art Romeo-und-Julia-Geschichte zwischen den feindlichen Häusern der Orsini und Colonna zur Zeit des Papstes Alexander VI. schließen. Dieser Entwurf hat mit dem *Ardinghello* nur den ungefähren Zeithintergrund und die

Erwähnung der Skandalgeschichte der Bianca Cappello gemeinsam. Seit der teilweisen Veröffentlichung des Nachlasses weiß man auch, daß Heinse Aufzeichnungen aus seinen Notizheften in den *Ardinghello* übertragen hat. Die 180 hier zum erstenmal zusammengestellten Varianten der Aufzeichnungen Heinses und die umfangreichen texterklärenden Anmerkungen geben uns eindeutige Aufschlüsse über die Entstehung des Romans und lassen erstmalig Absicht und Einzelheiten der ausführlichen Kunstbeschreibungen und des bisher unbeachteten naturphilosophischen Gesprächs sowie dessen Bedeutung im Roman erkennen.
Heinses Methode der Übertragung der Aufzeichnungen ist nicht einheitlich. Einige Male kommt es vor, daß er, wie gegen Ende des naturpantheistischen Gespräches zwischen Ardinghello und Demetri (S. 308–312), ganze Abschnitte der Reihe nach aus den Aufzeichnungen in den Roman übernimmt. In vielen Fällen jedoch stückelt er einzelne Sätze aus verschiedenen Aufzeichnungen zu ein und demselben Thema in regelrechter Fetzentechnik kunstvoll zusammen. So überträgt er z. B. in einem Gespräch über Musik, Poesie und darstellende Kunst acht verschiedene Stellen der Aufzeichnungen (von SW VIII/I, 541, 505, 541 f., 542, 538, 527, 512) auf zwei Seiten des Romans (S. 172 f.); fünf verschiedene Stellen vom Umfang je eines Satzes zur Beschreibung des Freskengemäldes »Die Schule von Athen« von Raffael auf weniger als eine Seite des Romans (S. 207 f.); und sechs Sätze von verschiedenen Seiten der Aufzeichnungen zur Beschreibung eines Mondaufgangs am Vesuv (S. 353) auf nur 29 Zeilen im Roman. Ab und zu schreibt Heinse fast wörtlich aus seinen Reisenotizen ab und ändert nur die Zeitform von der Vergangenheit zur Gegenwart oder persönliche Eindrücke von der Ich- zur Er-Form, oder er legt in umgekehrter Weise aufnotierte Geschichten in direkter Rede Romanpersonen in den Mund. Viel häufiger aber überarbeitet er seine Aufzeichnungen sorgfältig, glättet den Ausdruck, unterbricht sachlich-ein-

tönige Berichte mit Ausrufen des plötzlichen Entdeckens, des Entzückens, der persönlichen Frage. Oder er rafft längere Ausführungen zusammen, überträgt Natur- bzw. Kunstbeschreibungen und läßt Romanpersonen diese Schilderungen geben oder in ihnen auftreten. So setzt er z. B. Ardinghello und seinen Freund in die aus seinen Reiseaufzeichnungen entnommene Beschreibung des Gardasees einfach hinein: »Unser Nachen wallte leicht mit voll geschwelltem Segel über die nassen Pfade« (S. 52). Tizians Gemälde »Peter, der Märtyrer« beschreibt Heinse in seinen Reisenotizen mit folgendem Satz: »der Mörder ist voll Feuer und Mörderausdruck und räuberischem Wesen in Gestalt und Stellung und jeder Gebärde, bis auf die Kleidung und sein Kolorit!« In der Romanübertragung ist der Pleonasmus von »Feuer und Mörderausdruck« weggelassen, ebenso das trennende Komma, das Satzprädikat »ist« und der Artikel und das persönliche Fürwort zu »Kleidung« und »Kolorit«. Der holprig überladene Satz der Aufzeichnungen wird in der gekürzten Version des Romans plastisch und bewegt: »der Mörder voll räuberischem Wesen in Gestalt und Stellung und jeder Gebärde bis auf Kleidung und Kolorit!« (S. 45). Oft sind die stilistischen Verbesserungen so sorgfältig ausgleichend und umstellend, daß nur eine Gegenüberstellung beider Versionen den Umfang und die präzise Technik der Änderungen, wie im folgenden, erkennen läßt:

Notizheft	Roman
Die Hauptköpfe sind Vorstellungen von der lebhaftesten Jünglingsimagination mit einer entzückenden Wahrheit und Vollkommenheit. Die vier Kirchenlehrer gehen mit ihrer Kraft und Bestimmtheit vor allen andern heraus.	Die Hauptgestalten zeugen von der lebhaftesten jugendlichen Einbildungskraft und haben wunderbare Bestimmtheit in den Umrissen. Die vier großen Kirchenlehrer gehen mit ihrer Kraft allen andern hervor. (S. 205.)

Aufschlußreicher als die durchgehenden sprachlichen und stilistischen Änderungen sind die inhaltlichen Unterschiede zwischen den Aufzeichnungen und dem Romantext, insbesondere Weglassungen, Hinzufügungen und Zugeständnisse an die politischen Machthaber und an eine mögliche Zensur. Eine Bemerkung im Roman, daß man die Verehrung des Kreuzes »ins Alberne getrieben« habe (S. 163), liest sich in den Aufzeichnungen als »abgeschmackte« und »gedankenlose, affectierte Mönchsehrerbietung«. In den Aufzeichnungen ist Christus »ein leidender Pyrrhus« und die Madonna ein »determiniertes Weib, noch in frischer Blüthe«; im Roman erscheint sie als ein »hohes Weib, noch in unverwelkter Schönheit« und Christus als »ein leidender Alexander, Hannibal, Cäsar« (S. 167). In den Aufzeichnungen wird ein Engel als »recht wollüstig« bezeichnet, im Roman fällt diese Bemerkung weg. Am krassesten sind die Unterschiede im Sexuellen. »Kuß, Umarmung –« (S. 176) steht für »Kuß, Umarmung, wirkliches Beylager; die bequemste Lage zum Genuß von ein paar Verliebten«. Wenn die emanzipierte Fiordimona vorschlägt, man solle »ein schönes Weib gemeinschaftlich [...] lieben«, da der Genuß »durch Anteilnehmung mehrerer verstärkt« werde (S. 224), so drückt Heinse dasselbe privatissime in seinen Aufzeichnungen mit den Worten aus: »ein schönes Weib gemeinschaftlich wie einen kernhaften Braten zu theilen. Der Schwanz ist weiter nichts als eine andre Zunge unten am Bauche, und wenn er ein zart Gefühl hat, so schmeckt er die Verschiedenheit der Fotzen wie jene die Weine.« Dieses Beispiel genüge für viele andere Stellen der gleichen Art. Auch bei der Beschreibung von Gemälden und Statuen arbeitet Heinse mit solchen pornographischen Bildern. Wenn es im Roman von der Venus Tizians heißt: »sonst liegt sie ganz auf dem Rücken« (S. 331), so liegt sie in den Aufzeichnungen »gerad auf dem Arsch«, und Heinse fährt fort: »Aber ein rechtes Wollustferkel von den Hüften bis zu den Kniekehlen um den Hintern herum liegt sie da.« Nicht immer gelingt es ihm, seine üppigen sexuellen Vorstellungen in gemäßigte Bilder von gleicher Anschaulichkeit zu übertragen. Wenn er beim Anblick der Bucht von Neapel in seinen Reisenotizen vermerkt: »Es ist, als ob man immer einen Venusleib nackend vor sich hätte«, so darf Ardinghello im Roman nur noch sagen: »Man glaubt in der Venus, im Merkur, einem höhern Planeten zu wohnen« (S. 350). Im übrigen ist es Heinse wohl gelungen, den sinnlich-erotischen Charakter seiner Natur- und Kunstschilderungen auch im Roman beizubehalten.

Sehr viel rigorosere Einschränkungen legt sich der kurfürstliche Hofrat Heinse jedoch in seinen Übertragungen politischen Inhalts auf. Von Nero sagt er in den Aufzeichnungen, daß dieser bei all seiner Verwerflichkeit doch noch »unendlich über alle unsre schachmatte Fürsten mit ihrer Moral erhaben« war. Im Roman steht statt dieser Bemerkung, er habe »wenigstens damit der wahren Politik ein Ziel gesteckt, daß er sagte: keiner habe so wie er vor ihm verstanden zu herrschen« (S. 144 f.). Ardinghellos kritische Aussagen über die Politik der Medici und die Staatsführung im allgemeinen sind in Wirklichkeit Heinses eigene politische Anschauungen des 18. Jahrhunderts, wie er sie in seinen Düsseldorfer Notizheften nach der italienischen Reise niedergeschrieben hatte. Doch erscheinen sie im Roman an kritischen Stellen erheblich abgeschwächt. Die Adelsherrschaft ist nicht nur, wie im Roman, ein vielgestaltiges Ungeziefer, das sich nach Lust am Blut der anderen nährt (S. 145 f.), sondern wird in den Aufzeichnungen außerdem noch mit hungrigen Peinigern verglichen, welche Kühe und Ochsen schinden und zu Tod peitschen. Der Feststellung, daß der vollkommene Staat nur eine Demokratie zum Wohl aller Bürger sein kann, folgt in den Aufzeichnungen ein scharfer Angriff gegen den »Philodespoten«, den Höfling des absolutistischen Gewaltherrschers: »Glaubst du, Philodespot, um den glimpflichsten Namen zu brauchen, daß der Soldat glücklich ist, der seine Jugend unter Stock und Ruthe wie ein Gefangener bey Wasser und Brod dahinhungert? glaubst du, daß es der Bauer ist oder

Fabrikant, der sich von Morgen bis in die Nacht abarbeitet? Und daß die Staatsverfassung nicht besser ist, wo der eine weniger unsinnig schwelgt?« (SW VIII/II, 78.) Nur in seinen privaten Aufzeichnungen wagt es Heinse, die größten sozialen Übel seiner Zeit zu nennen, die Sklavenhaltung des fürstlichen Söldnerheeres und die Ausbeutung des unfreien Bauernstandes und der kleinbürgerlichen Produzenten durch den sinnlos schwelgenden, despotischen Fürsten. Im Roman tritt typischerweise an Stelle des offenen Angriffs der klischeehafte Bezug der Aufklärung auf »Vergnügen« und »Nutzen« der »Gesellschaft« und auf Rousseaus »volonté générale«, in Worten, die Heinse dem Renaissancemenschen Ardinghello anachronistisch in den Mund legt: »der allgemeine Verstand der Gesellschaft muß herrschen, nie bloß der einzelne Mensch« (S. 146). An einer anderen Stelle (S. 147) greift Ardinghello den Standpunkt des absolutistischen Herrschers mit den abgedroschenen Schlagworten Friedrichs des Großen und des 18. Jahrhunderts vom »ersten Diener des Staates« und von der »Ruh und Ordnung« im Gemeinwesen an. Was Heinse selbst von diesen Phrasen denkt, sagt er deutlicher an derselben Stelle in seinen Aufzeichnungen, daß nämlich die Machthaber mit solchen Behauptungen »den Unwissenden Staub in die Augen streuen« wollen.

Diese und andere Vergleiche des Romans mit seinen Quellen in den Aufzeichnungen des Verfassers machen deutlich, daß man Heinses eigene Weltanschauung nicht ohne weiteres aus dem *Ardinghello* herauslesen und den Verfasser nicht einfach mit dem Helden des Romans gleichsetzen kann, nur weil er Ardinghello der Sehnsucht und Route seiner eigenen Italienreise folgen läßt oder so viele seiner Reisenotizen in den *Ardinghello* übertragen hat. Denn diese Aufzeichnungen beweisen in ihren Unterschieden zum Roman, daß Heinses eigene Ansichten oft in bewußtem Gegensatz zu denen Ardinghellos stehen. Auch die oft zitierte nietzschemäßige Auffassung im Roman »Jedes Wesen darf von Natur um sich greifen, soviel es Macht hat«

und die unmittelbar folgenden (S. 148) Sätze über den Sultan, der mit dem Recht unumschränkter Macht über Millionen von Sklaven herrscht, sind aus den privaten Notizen lediglich in einen fiktiven Dialog umgestellt und enden im Original der Aufzeichnungen mit dem alles in Frage stellenden Satz: »Und ein despotischer Staat enthält so klar als zwey mal zwey vier ist mehr Narren und Dummköpfe in sich, als gescheidte Leute.« Während Heinse privat den Despotismus, typisch aufklärerisch, als Dummheit und für nicht gescheite Leute ablehnt, heißt es im Roman, sei es in ekstatischer oder in ironischer Übersteigerung: »Gehorchet nicht, wenn ihr könnt, solange bis ihr alle Herren seid! und euer Staat ist die Vereinigung des reinsten Ganzen, eine Sonne, wo jeder Teil Licht hat und flammt und brennt, und einer den andern verstärkt und entzückt, und alle insgesamt dann fremde träge Erdenkörper zum Leben erwecken wie jetzt allein ich« (S. 148). Das klingt einmal wie eine Vorverkündigung der Staatsutopie auf den glückseligen Inseln am Ende des Romans. Zum anderen sind diese Ausführungen unreal im Konjunktiv, als »etwa folgendes« und »es ließ sich vielleicht hierauf noch immer antworten«, gegeben und schließen mit der fragwürdigen Aussicht für den Verkündiger solcher Ansichten, vom despotischen Sultan »auf der Stelle gespießt zu werden« (S. 149). Selbstverständlich finden sich in den Aufzeichnungen auch nicht in Frage gestellte Äußerungen uneingeschränkten individuellen Auslebens und Machtstrebens; aber nicht innerhalb von Heinses oder Ardinghellos Staatstheorien, sondern als in der Natur des Löwen oder des großen Einzelmenschen begründet (S. 148 f.). Deshalb heißt es hier sowohl in den Aufzeichnungen als auch im Roman: »Daß du Sultan aber über Millionen herrschest, ist Stelzenwerk und macht dich im Grunde unglücklich; denn du lebst nur im Traum und Nebel, ohne eigentlichen Genuß.« Aus dem Vergleich der politischen Aussagen des Romans mit den entsprechenden Varianten ergibt sich also, daß Heinse seine eigenen revolutionären Ansichten im Roman abgeschwächt als aufklärerische Kritik wiedergibt und seine eigenen staatspolitischen Ideen gegen den Absolutismus des 18. Jahrhunderts dem Renaissancehelden des Romans gegen die italienische Adelsherrschaft des 16. Jahrhunderts in den Mund legt und in der Utopie der glückseligen Inseln enden läßt.

Die Varianten kunsttheoretischen Inhalts lassen ebenfalls den Charakter und die Herkunft der entsprechenden Romanpartien erkennen und geben indirekten Aufschluß über die Bedeutung der langen ästhetischen Auseinandersetzungen im Roman. Der aufdeckende Vergleich der Aufzeichnungen mit dem Romantext erweckt den Eindruck eines komplizierten Prozesses. So entwickelt sich das erwähnte Künstlergespräch »Michelangelo, Raffael und Antiken« zu einer grundsätzlichen Auseinandersetzung über Malerei, Bildhauerkunst und Poesie. Wenn es (S. 171) heißt, daß »Handlungen, oder Bewegungen im Zeitraum« den Bereich des Dichters darstellen, und wir in den entsprechenden Quellen der italienischen Aufzeichnungen Heinses den zusätzlichen Satz finden: »die Poesie ist fürs Gehör, und die Mahlerey fürs Auge«, dann schließen wir mit Recht auf eine Verbindung zu Lessings Laokoon-Schrift *Über die Grenzen der Malerei und Poesie.* Aus dem Zusammenhang dieser Zitate mit dem entsprechenden ganzen Abschnitt der Aufzeichnungen, aus dem Heinse die Zitate entnommen hat, wird die vermutete Beziehung zu Lessing bestätigt und zugleich auch der unmittelbar vorhergehende Satz im Roman geklärt, daß die lebendige Vorstellung eines neuen Ganzen im Menschen Kunst sei. Der gesamte Abschnitt in den Aufzeichnungen, mit der Ziffer XVII gekennzeichnet, handelt über den »Begriff des Ganzen«, als »das Resultat von den Begriffen der Theile und ihrer Verbindung«, und dieser Satz ist, wie auch die Bestimmung der Poesie aus »ihren willkürlichen Zeichen«, wiederum ein wörtliches Zitat aus einem der ersten Abschnitte des XVII. Kapitels von Lessings *Laokoon.* Gleich danach fragt Demetri, der das Wort führt, wer etwa (wie Lessing hier) an Zeit denke, wenn er bei einer dichterischen Beschreibung eine täuschend wahre Vorstellung hervorrufe, und fährt fort: »Bei jedem Genusse sind wir ewig und scheinen die Zeit nicht mehr zu fühlen.« Im Kontext dieses Streitgespräches soll es sich um eine an der Antike ausgerichtete Meinung Demetris, eines Renaissancegelehrten des 16. Jahrhunderts handeln. In seinem Ursprung aber ist das Zitat eine Spitze Heinses gegen Lessings Auffassung, denn in den Aufzeichnungen ist dem Zitat der Satz eingefügt: »Lessings Grundsätze der Poesie ist also eine Sophisterey.« Der Streit der Renaissancekünstler scheint auf den nächsten zehn Seiten des Romans in Wirklichkeit um die Anerkennung oder Ablehnung von Lessings Unterscheidung von Malerei, Bildhauerkunst und Dichtung zu kreisen, um so mehr, als Heinse hier eine Reihe weiterer Zitate aus seinen Aufzeichnungen über die Laokoon-Gruppe, das Titelthema der Schrift Lessings, entnommen hat. Anschließend werden Winckelmanns Ansichten in die Diskussion gebracht. Wenn der Begriff der Schönheit mit einbezogen und der Satz geprägt wird: »Das Klassische überall ist das gedrängt Volle, wenn einer alles Wesentliche und Bezeichnende von einem Gegenstande herausfühlt und nachahmt« (S. 176), dann findet sich dieses Zitat in den Aufzeichnungen im Gegensatz zu Winckelmann, der sich geplagt habe, nur einen »geistigen Ausdruck« der Statuen »aus der Luft zu phantasieren«. Vier Seiten weiter stammen die aus den verschiedensten Teilen der Aufzeichnungen in kurzen Zitaten zusammengestellten Übertragungen aus Niederschriften Heinses zu Winckelmanns *Gedanken über die Nachahmung der griechischen Werke in der Malerei und Bildhauerkunst*, die Lessing seinem *Laokoon* zugrunde legte. Wenn es dann im Roman (S. 180) heißt, »wie man sogar bei Gelegenheit des Laokoon bemerkt hat«, so steht für »man« in den Aufzeichnungen »Winckelmann und der gescheidte Lessing«. Die in den Aufzeichnungen erwähnten Schriften »von Göthe, Moses [Mendelssohn] u. s. w.« werden von Heinse im Roman einfach in Schriften »von Ariost, Machiavell« umgetauft. An Stelle von »Les-

sings Abstractionen« tritt im Roman (S. 208) »die Theorie einiger Antiquaren«. Weniger wesentliche Bezüge auf »Winckelmanns Grillen« und »Grandison« fallen im Roman weg. So schlüsseln die erweiterten oder veränderten Varianten einerseits die Quellen und die Bedeutung der kunsttheoretischen Erörterungen im Roman auf. Andererseits aber wirft die durchgehende anachronistische Übertragung und Behandlung von politischen, ästhetischen und, wie wir noch sehen werden, philosophischen Anschauungen des 18. Jahrhunderts als Auffassungen der italienischen Renaissance die Frage auf, inwieweit der *Ardinghello* nun wirklich ein Roman des 16. oder des 18. Jahrhunderts ist. Die Antwort soll sich aus der folgenden Auswertung des Anmerkungskommentars ergeben.
Wenn wir zum Text und zu den Varianten noch den Apparat der Anmerkungen hinzunehmen, so ergibt sich für die ausführlichen Kunstgespräche und Beschreibungen im Roman folgender Aufbau und Zusammenhang. Bereits auf der zweiten Seite des *Ardinghello* beginnt das Gespräch, die streitbare Auseinandersetzung der Künstler um die Bedeutung der Kunst. Der erste Satz im Mund des Sprechers Paolo Veronese, eines der ersten Meister der venezianischen Malerschule, setzt zugleich Thema und Richtlinie der gesamten Kunstdiskussion im Roman: »Wer über ein Kunstwerk am richtigsten urteilen kann? Ich glaube, wer die Natur am besten kennet, die vorgestellt ist, und die Schranken der Kunst weiß.« Das Thema, typisch für das 18. Jahrhundert, ist der Kunstrichter. Die »Natur« kennen, die im Kunstwerk »vorgestellt« ist, meint in der Fragestellung des 18. Jahrhunderts das Problem der Naturnachahmung im Kunstwerk. Die Frage nach den »Schranken« oder »Grenzen« der Kunst hatte in Lessings erwähnter Schrift *Laokoon oder Über die Grenzen der Malerei und Poesie* eine Antwort gefunden. Heinse überträgt nun nicht einfach die Hauptprobleme der Kunsttheorien seiner Zeit ins 16. Jahrhundert, sondern sucht dieselbe Thematik in den Ansichten und Werken der italienischen Renaissance zu belegen. Das

gleich im dritten Satz angeführte antike Standbild der vier Pferde über dem Hauptportal des Markusdomes wird als Beispiel für naturlebendige Darstellung hervorgehoben, und die aus den Anmerkungen abgeleitete Erklärung des »komischen Approbatums der teutschen Roßtäuscher« führt uns zugleich in die Diskussion Falconets, Goethes u. a. über die Musterhaftigkeit antiker Standbilder für die Nachahmung der Natur in der Kunst. »Wissen was Kunst ist«, »Geschmack«, »studieren« und vor allem »einen Begriff vom Ganzen zu haben«, sind die typischen Forderungen an den deutschen Kunstrichter des 18. Jahrhunderts, wie wir sie hier 1574 im Roman im Mund italienischer Renaissancekünstler hören. Zum Abschluß wird noch einmal wiederholt, »daß ein befugter Richter noch die Grenzen der Kunst kennen muß« (S. 12). Ein paar Seiten weiter läßt Heinse Ardinghello und Benedikt das Gespräch um Naturnachahmung und Grenzen der Kunst fortsetzen. Jetzt aber gelingt es ihm, dieses Doppelthema in die historische Wirklichkeit der italienischen Renaissance einzubauen, und zwar unter Verwendung des Gegensatzes zwischen der venezianischen und der römisch-florentinischen Schule. (Die dunkle Andeutung Heinses in einer Fußnote [S. 17] über die römisch-florentinische Schule erhält ihre Aufklärung durch die Anmerkungen zu Michelangelo und Tizian.) »Toskanisches Gerippe«, »Knochen und Sehnen«, »Michelangelo« und »Zeichnen« drücken in der Malerei den römisch-florentinischen Standpunkt gegenüber »venezianischem Fleisch«, »feinen Tinten«, »Tizian« und »Malen« (S. 15 f.) aus: Betonung des Körpers bei Michelangelo, Kolorit bei Tizian. Michelangelo wird vorgeworfen: »Dieser ahmt eine Natur nach, welche nur noch in Steinen existiert, eine Natur ohne Farbe mit Farbe: und will täuschen!« (S. 17.) Er hätte deshalb Schriftsteller werden sollen, heißt es hier. Wo liegt aber die Grenze zwischen Schriftsteller und Maler? Bevor Heinse diese Frage im Bereich der Renaissance erörtert, wird der Stand der Auseinandersetzung wieder an Gemäldebeschreibungen demonstriert, zunächst an drei Bildern

Paolo Veroneses, Stücken »voll Laune und die Begebenheit darin erzählt wie eine spanische romantische Novelle«, »Triumph der Farben« und »vollkommen natürlich« (S. 18). Den Gegenaspekt des Räumlich-Körperlichen läßt Heinse dann in Beschreibungen der Bauten Palladios sichtbar werden, dessen »heitre Seele voll des Vortrefflichsten aus dem Altertum« ist. Aber »Schönheit in der Baukunst« scheint »ganz außer der lebendigen Natur zu sein« (S. 28). Ihr Reiz käme eher aus der Metaphysik, nicht aus der Wirklichkeit. An Stelle von Naturschönheit gewähren Gebäude praktischen Schutz. Während Dürer ein »erstaunliches Studium« der »Verhältnisse des menschlichen Körpers« beweist, aber nicht »zum Hohen und Schönen« gelangte (S. 38), läßt Ardinghellos Gemälde »Flucht nach Ägypten« »Form und Ausdruck und Kolorit« der schönen Natur (S. 41) erkennen und zeigt Tizians »Peter, der Märtyrer« in einer »herrlichen Landschaft« und auf den Gesichtern des Heiligen und seiner Gefährten »Charakter und Kolorit« in täuschender Nachahmung der Natur (S. 45).
Im nächsten Künstlergespräch werden die gegensätzlichen Standpunkte in der Kunstauffassung der Renaissance weitergeführt, aber wieder nach übereinstimmenden Gesichtspunkten mit Ansichten des 18. Jahrhunderts. Die Frage der Naturnachahmung tritt etwas zurück, dafür stehen das Vorbild der Antike und besonders die noch nicht geleistete Abgrenzung der einzelnen Künste im Vordergrund. Diese Tendenzen treten bereits in der Überschrift der Auseinandersetzung zutage: »Michelangelo, Raffael und Antiken«. An Stelle der vorherigen Kontroverse Michelangelo–Tizian handelt es sich jetzt um den Gegensatz Michelangelo–Raffael. Berief sich Heinse vorher auf die verschiedene Kunstauffassung der römisch-florentinischen und der venezianischen Schule, so fußt er jetzt auf Giorgio Vasaris berühmter Biographie der italienischen Architekten, Maler und Bildhauer, deren zweite Ausgabe von 1568 er benutzte und einige Male zitiert. Viele Einzelheiten in Heinses folgenden

Kunstbeschreibungen stimmen, durch die Anmerkungen nachgewiesen, mit Vasari überein, können aber geradesogut von späteren Quellen als Vasari stammen, um so mehr als Teile seiner Künstlerbiographien immer wieder abgeschrieben wurden. Wenn Heinse aber ausdrücklich Vasari nennt oder kritisiert (vgl. Anmerkungen), dann gebraucht er ihn als Gewährsmann für seine Darstellung unterschiedlicher Auffassungen über Kunst und Künstler im 16. Jahrhundert. Michelangelo gehöre gar nicht unter die Maler, läßt er einen jungen Künstler bemerken und ihm mangelnde Naturnachahmung vorwerfen: »Seine Capella Sixtina. Ist dies gemalt? Ist dies Natur?« (S. 165.) Wohl habe Michelangelo unvergleichliche »Geschöpfe einer ungeheuren Einbildungskraft« geschaffen, aber »nichts für Auge und Herz«; Qualitäten, die Heinse dagegen an Raffael besonders hervorhebt. Im folgenden geht es Heinse darum, aus den (im einzelnen in den Anmerkungen angeführten) Berichten Vasaris über angebliche Rivalitäten und die unterschiedlichen Talente von Michelangelo, Raffael und Sebastiano del Piombo, die Besonderheiten Michelangelos und seiner Nachfolger herauszustellen und von der in üppiger Farbenpracht schwelgenden Richtung Raffaels und Sebastianos abzuheben. »Umrisse«, »menschliche Körper in allen möglichen Stellungen wunderbar sicher ausgezeichnet«, »lauter mächtige Charaktere im Feuer, Eifer und Begeisterung« und vor allem »das Erhabne«, Christus und die Madonna als »die erhabensten tragischen Gestalten, die ich je in Malerei gesehen habe« (S. 166), das sind die Charakteristika der Gemälde Michelangelos. An einer Kopie »Christum am Kreuz« versucht Heinse dieselben Qualitäten nachzuweisen und beruft sich wieder auf Vasaris »goldene« Beschreibung (S. 167). Gegenüber dem »guten Maler«, der ein »bloßer Kopist der Natur« ist und »alle Überflüge der Einbildungskraft« verachtet, gibt Heinse dann seine oft zitierte Definition der Erhabenheit (»Erhaben? ist ein höher Wesen, das in uns eindringt [...]«) und nimmt zum drittenmal das ursprüngliche Thema auf: »die Grenzen jeder Kunst bestimmen und feststellen, was sie überhaupt selbst ist« (S. 168 f.).

Zur Frage, was die Kunst sei, antwortet Demetri zweimal (S. 170 f.) »Darstellung eines Ganzen« für die Einbildungskraft oder auf lebendigste Weise in die Seele der Menschen gebracht. »Ein Ganzes zu schaffen« ist nach Horaz (*Ars poetica* 34 f.) »das Ideal des Werkes«. Einen »Begriff vom Ganzen zu haben« war schon, wie wir uns erinnern, ein wesentlicher Teil der ersten Aufforderung (S. 11) zur Bestimmung der Grenzen der Kunst. Die Bildung des »Begriffs vom Ganzen« ist nach Lessing (*Laokoon* XVII u. XVIII) das unterscheidende Merkmal zwischen Poesie und Malerei. Heinses wörtliche Übernahme derselben Ausführungen Lessings und ihre Verarbeitung in dieses Künstlergespräch wurden kurz zuvor erörtert. Bevor aber Demetri sich der 200 Jahre späteren Argumentierung Lessings bedient, versucht er, als Renaissancedenker des 16. Jahrhunderts, die Grenzen der Poesie, zwar in ähnlicher Zielsetzung wie Lessing, jedoch ganz aus der Antike zu bestimmen. Aus Aristoteles' Auffassung der Poesie als »dichterische Handfertigkeit« (vgl. Anmerkungen) folgert er einerseits ihre Einschränkung »auf Handlungen«. Andererseits räumt er ihr unter Berufung auf Vergil und Lukrez auch »bloße Empfindung« ein, die zwar kein nebelhafter Rausch oder Raserei sein müsse, wie die großen Tragödiendichter Sophokles und Euripides durch ihre vollkommene Dichtkunst bewiesen hätten (vgl. S. 170 und die erklärenden Anmerkungen). Es kommt Heinse also darauf an, Parallelen und Gemeinsamkeiten einer renaissancehaften und zugleich aufgeklärt-naturgenialen Kunstanschauung zu entwickeln, wobei ihm die antike Kunst nicht nur nachahmenswertes Muster ist, sondern vor allem auch die gemeinsame Grundlage mit der italienischen Renaissance bietet. Der dritte, wesentliche und verbindende Aspekt ist das Bild des großen, erhabenen Menschen der Antike, der Renaissance und des Sturm und Drang. Wenn Heinse jetzt Lessings und Winckelmanns Ideen deutlicher in seinen Kunst- und Künstlerdisput hineinnimmt, dann unter bewußter Herausstellung des dem 16. wie dem 18. Jahrhundert gültigen antiken Vorbildes. Das ideale Beispiel für Dichtung als Handlung in der Zeit ist Homer, für die Malerei und Bildhauerkunst als Farben und Figuren im Raum die antiken Maler Zeuxis, Apelles, Panänos sowie die Bildhauer Phidias, Lysippos, Polyklet, Praxiteles und Hagesandros. Die Tatsache, daß von den antiken Malern nichts und von Bildhauern nur ein paar Kopien erhalten sind, stört Heinse nicht, da er sich auf die Beschreibungen antiker Schriftsteller, besonders des Plinius beruft. Plinius ist auch die viel zitierte Autorität in Lessings *Laokoon*. Was Vasari Heinse als Gewährsmann für die Kunstauffassung der Renaissance bedeutet, das ist Plinius für ihn als Maßstab der antiken Kunstanschauung für den Renaissancemenschen. Plinius' Bedeutung für den *Ardinghello* im einzelnen geht aus den Anmerkungen hervor. Im Hinblick auf die Forderung der Darstellung eines Ganzen als Inhalt der Kunst bestätigt Heinse von Plinius, dem »Geschichtschreiber der Natur«: »Er sagt [...] zuweilen erhabne Poesie. Sein Werk ist wahrscheinlich der erste Zusammenraff des ungeheuern Ganzen« (S. 237). Im Kontext des Romans bezieht sich diese Bemerkung sowohl auf Plinius' Naturgeschichte als auch auf dessen Beschreibung der Laokoon-Gruppe, die er, nach Heinse, als erster unter dem »Begriff des Ganzen«, dem gemeinsamen Merkmal aller wahren Kunst, erklärte.

Das »Erhabne« ist im *Ardinghello* in besonderem Maß ein die Künste unterscheidendes Merkmal, von dem Heinse glaubt, daß es der Antike, der Renaissance und seiner Zeit gemeinsam sei. Zuerst wird es, wie wir gesehen haben, von der Kunst Michelangelos und von Christus und der Madonna, als den »erhabensten tragischen Gestalten« in seinem Gemälde, ausgesagt. (Nur unter dem Aspekt des Erhabenen kann Heinse überhaupt christliche Kunst akzeptieren.) Unter den Alten verstanden nur Hagesandros (»Agesander«), für Heinse der eigentliche Schöpfer der Laokoon-Gruppe, und »Michelangelo unter den Neuern«, »tragische Geschichten« nicht nur grausam, sondern darüber hinausgehend erhaben darzustellen (S. 177). Die Beschreibungen der Stanzengemälde Raffaels zu Beginn des zweiten Bandes (vierter Teil) enden in einer Gegenüberstellung der beiden größten Meister der Renaissance: Michelangelo, hervorragend »wegen Richtigkeit im Nackenden und Erhabenheit seiner Denkungsart«, und Raffael, »lauter Herz und Empfindung« und »Gestalt« (S. 213). Erhabenheit wird von Heinse besonders der Bildhauerkunst zugesprochen. Dagegen »das Höchste in der Malerei, Gestalt« (S. 218) ist die Quintessenz seiner Beschreibungen der Raffaelschen Stanzengemälde und Tapeten. Erhabenheit ist für Ardinghello der eigentliche Maßstab des Antiken, eine Vollkommenheit, die Raffael fehlt (S. 213). So ist der Apollo von Belvedere »erhaben über die Menschheit« (S. 247) und in der Beschreibung des antiken Rom die Rotunda des Pantheons »das erhabenste Gebäude«, »das vollkommenste in seinen Verhältnissen« (S. 256 f.) und nicht von ungefähr der Schauplatz des naturpantheistischen Religionsgespräches. Diese begrenzenden und zugleich Antike, Renaissance und 18. Jahrhundert vereinigenden Merkmale der Kunst deuten auch die innere Verbindung zwischen den theoretischen Gesprächen, den eingestreuten Kunstbeschreibungen und der Handlung des Romans an. Neben der Erhabenheit ist es »das Nackende«, das Michelangelo auszeichnet und ihn mit der höchsten antiken Kunst verbindet. Im Künstlergespräch »Michelangelo, Raffael und Antiken« entwickelt Demetri seinen Begriff antiker Schönheit an der unbekleideten Gestalt. »Mit einem Worte, die Schönheit nackender Gestalt ist der Triumph bildender Kunst« (S. 173). Dieser Satz wurde bisher oft als Ausdruck von Heinses Begeisterung für Nacktkultur aus dem Kontext herausgenommen. Wichtig ist aber, daß hier, im größeren Zusammenhang der Diskussion des »klassisch« genannten Schönheitsideals der »Malerei« und »Bildhauerei« der Griechen, verschlüsselt von Winckelmanns gleichnamiger Schrift die Rede ist. In ihr findet sich auf den ersten Seiten das Muster des Schönheitsideals der Nacktheit und der Erhabenheit fast mit denselben Worten ausgedrückt: »Das schönste Nackende der Körper zeigte sich hier.« »Die sinnliche Schönheit gab dem Künstler die schöne Natur; die idealische Schönheit die erhabenen Züge.« Aus den Begriffen der Schrift des Pseudo-Longinos *Über das Erhabene* hatte Winckelmann in seinen *Gedanken über die Nachahmung der griechischen Werke in der Malerei und Bildhauerkunst* seine Maxime »edle Einfalt, stille Größe« entwickelt, während Lessing im XXIV. Kapitel seines *Laokoon* Winckelmanns Interpretation des Pseudo-Longinos kritisierte. Über den Apollo von Belvedere sagt Winckelmann in seiner *Geschichte der Kunst des Altertums*: »Über die Menschheit erhaben ist sein Gewächs«, und Heinse übernimmt diese Schilderung Apollos, nur leicht umgestellt, in den Roman: »so erhaben ist er über die Menschheit« (S. 247). Zwei Seiten weiter stellt er noch einmal das zweite Merkmal höchster antiker Schönheit heraus: »die Vollkommenheit des Nackenden vom Menschen, als des höchsten Vorwurfs der Kunst.« Die volle Bedeutung Winckelmanns für den *Ardinghello* ersieht man aus den Erläuterungen der Anmerkungen. Hier sei nur noch auf Heinses zweimalige Umkehrung von Winckelmanns leidenschaftsloser Deutung der Laokoon-Gruppe (»stille Größe [...] wie die Tiefe des Meers«) zur Formulierung eines neuen antiken Schönheitsbegriffes verwiesen. Kuß, Umarmung und entzückende Bewegung, in der ein Körper den anderen genießt, seien die Grundsätze des künstlerischen Schaffens der Alten gewesen, meint Heinse, nicht, »weil die Stille der eigentlichste Zustand der Schönheit wäre, wie bei der See«, sondern weil das Meer »im Gegenteil natürlich immer in Bewegung, und gewiß schöner im Sturm als in der Stille« sei (S. 176 f.). Diese lebendige und vollkommene Schönheit der Skulptur hätten, wie gesagt, nur Hagesandros im Altertum und Michelangelo in der Renaissancekunst erreicht, »der eine der Kunst, der andre der Religion wegen« (S. 177). Heinse verkündet dieses Kunstideal aber nicht offen als gegen Winckelmann gerichtet, sondern läßt Ardinghello sich auf Platons enthusiastischen Schönheitsbegriff im *Phaidros* berufen (S. 178 f., vgl. Anmerkung). Auch hier, in der Berufung auf Platon, findet Heinse den gemeinsamen Maßstab für die Kunstauffassungen der Renaissance und seiner Zeit in der Antike. Die Kunst und der Mensch der Renaissance sind für ihn das Bindeglied zu einer neuen lustvollen Ästhetik, die er mit der Terminologie und zugleich in ständiger Kritik der Lehren Winckelmanns und Lessings zu entwickeln versucht.

Es würde im einzelnen zu weit führen, alle Übereinstimmungen und Entlehnungen Heinses aus Winckelmanns *Gedanken über die Nachahmung* hier zu erörtern: seine Hervorhebung des Begriffs des Ganzen, seine Beurteilung und Gegenüberstellung von Michelangelo und Raffael, die gleiche Unterscheidung von Malerei und Dichtkunst, der Begriff und die Wertung des Historienmalers (im *Ardinghello*, S. 172, »Geschichtmaler«) und vor allem die gleiche Auswahl der antiken Musterbeispiele: der Apollo, der Torso, der Antinous und der Laokoon, die Heinse als »die vier Statuen vom ersten Range der alten Kunst« (S. 236) im Roman beschreibt und vorher selbst an Ort und Stelle mit den Augen Winckelmanns bewundert hatte. Schon am 2. Juni 1772 hatte er als Student an Gleim geschrieben: »So reis' ich [. . .] mit Gelegenheit nach Rom und sehe den Winkelmannischen Apollo und Laokoon.« Aus den Erklärungen der Anmerkungen wird ersichtlich, wie Heinse in seiner Beschreibung der Laokoon-Gruppe zwar einerseits die Ansichten Winckelmanns und Lessings und ihre Forschungsergebnisse einschließt, daß er aber andererseits die Beteiligung Michelangelos an der Wiederentdeckung der Marmorgruppe und die den Renaissanceforschern vorliegenden antiken Zeugnisse des Hyginus, Servius und vor allem des Plinius zugrunde legt. Auf der Basis seines aus der Antike und den Renaissancekunstwerken abgeleiteten Konzepts von der lustvoll bewegten und erhabenen Schönheitsanschauung wiederholt er seine Umkehrung (S. 176 f.) der Winckelmannschen Begründung der Maxime der »edlen Einfalt, stillen Größe« aus dem Schmerzausdruck des Laokoon. Wo Winckelmann eine Verhaltung des Schmerzes »wie die Tiefe des Meers allezeit ruhig« feststellt, sieht Heinse/Ardinghello den Schmerz ausbrechen, »wie Wogen im Meere bei einem Sturm« (S. 240). Für ihn ist der Laokoon ein »Naturtrauerspiel für das ganze menschliche Geschlecht« (S. 241), nach der »Art, wie Erdbeben die Länder verwüsten«. Wie im Fall der Laokoon-Beschreibung, der Gegenüberstellung Michelangelo–Raffael und der Begrenzung und Unterscheidung der einzelnen Künste, besteht Heinses Prinzip der Verbindung und Weiterführung im Roman darin, wichtige Themen erst kurz zu formulieren und in die Diskussion zu bringen, um sie dann später im größeren Zusammenhang wieder aufzunehmen und mit Bildbeschreibungen zu veranschaulichen. So stellt er die Bauten des alten Rom (S. 157–164) dem wichtigen Gespräch »Michelangelo, Raffael und Antiken« voran, um sie nach dem Gespräch über die Malerei und Bildhauerkunst der Antike einzeln als Zeugnisse erhabenen Menschentums zu beschreiben (S. 253–261) und mit dem letzten besprochenen Bauwerk, dem Pantheon, die Szene und den Hintergrund des naturphilosophischen Dialogs zwischen Demetri und Ardinghello zu setzen. Noch einmal tritt dann das Lebenswerk Raffaels (S. 320–334) in je einem frühen, mittleren und (nur angeblichen) späteren Werk vor Augen und wird der Gegensatz der antiken und der renaissancemäßigen Liebesauffassung an der antiken ›Venus Medici‹ und Tizians ›Venus von Urbino‹ demonstriert. In der abschließenden Utopie der glückseligen Inseln ist nicht mehr von der antiken Kunst die Rede, sondern hier wird der Inhalt des »metaphysischen« Gesprächs auf dem Dach des Pantheons in die Praxis einer neu-antiken Naturreligion umgesetzt. Nur mit dem Satz, »das alte Athen unter dem Perikles schien wieder aufzuleben« (S. 368), wird noch einmal eine Brücke zum früheren Gespräch über die Kunst der Antike gebaut, wo es heißt: »Das eigentliche Kernleben der Kunst dauert vom Perikles bis zum Tod Alexanders; das übrige sind Nachahmungen und Treib- und Gewächshäuser« (S. 248). So sind die ausführlichen Kunstgespräche und -schilderungen nicht wahllos eingestreute Unterbrechungen des Romans. Vielmehr haben sie sich in ihrem Inhalt, ihrer Thematik und ihrer Verknüpfung als die eigentlich integrierenden Bestandteile des *Ardinghello* als eines Antike, Renaissance und 18. Jahrhundert verbindenden Bildungs- und Kunstromans erwiesen.

Die rund 50 Seiten umfassende »metaphysische Unterredung« zwischen Ardinghello und Demetri gegen Ende des Romans wurde bisher von den meisten Rezensenten übergangen oder mit Bemerkungen abgetan wie, hier gebe Heinse eine phantastische Kosmogonie im Stil der griechischen Naturphilosophen oder hier habe er wahllos in Aristoteles' Philosophie herumgeblättert. Der einzige, der sich nachweislich und intensiv mit diesem Teil des Romans beschäftigt hat, ist Hölderlin. Ardinghello selbst meint zu dem Gespräch, es handele von einer »esoterischen Philosophie«, welche die heilige Inquisition Demetri mit langsamer Glut ausbraten würde, wenn er sie nicht sorgsam verbergen würde (S. 262). Die Unterhaltung auf dem Dach des Pantheons beginnt mit der Frage, was Religion und die Götter für die alten Griechen bedeuteten. Zu dieser Frage bringt Demetri nicht näher identifizierte Antworten der Philosophen Anaxagoras, Platon (aus seinem Dialog *Kratylos*) und Aristoteles. Ardinghello gibt leicht veränderte Zitate aus ungenannten Werken der »großen Dichter« Sophokles, Euripides, Aristophanes und Pindar. Im weiteren werden die frühen Naturphilosophen Thales, Heraklit, Xenophanes, Parmenides und Demokrit erörtert. Außerdem bezieht sich Heinse, oft nur in versteckten Andeutungen, auf Kopernikus, Newton, Descartes, Spinoza und Leibniz. Sein durchgehend genannter, aber nie deutlich belegter Gewährsmann ist Aristoteles. Im einzelnen schöpft Heinse aus der *Metaphysik* und *Physik* des Aristoteles. Viele Ansichten sind direkte Zitate oder geringfügig geänderte Übernahmen aus der *Metaphysik*. Auch was Heinse von den Äußerungen der genannten vorsokratischen Naturphilosophen von Thales bis zu Demokrit sagt, übernimmt er zum größten Teil aus der *Metaphysik* des Aristoteles, manchmal mit der Einschränkung »nach meinem eignen Begriff« erklärt (S. 284). Wenn es z. B. in Platons *Gastmahl* von Sokrates heißt, »er betete zur Sonne«, dann überträgt Heinse: »und betete die Sonne an« (S. 277). Es ist daher anzuraten, das Pantheonsgespräch, noch mehr als die übrigen Teile des Romans, in ständigem Vergleich mit den Anmerkungen zu lesen. Hier soll das Herumkreuzen »in dem heillosen Labyrinthe der Metaphysik« (S. 262) nur kurz und abschließend in seinem Zusammenhang erläutert werden.

Heinse eröffnet und schließt seinen Disput über Gott mit Anaxagoras, der die Philosophie nach Athen brachte und das von Heinse gepriesene glückliche Zeitalter des Perikles und Euripides beeinflußte. Anaxagoras' Lehre einer »Weltseele« (später übersetzt Heinse »Nous« mit »Verstandwesen«), »die alle Materie der Elemente durchdringt und über sie Gewalt hat« (S. 265), galt nach Heinse bis in die christlichen Jahrhunderte und herrscht »gewissermaßen trüb und dunkel wieder jetzt«. Mit letzterer Bemerkung meint er neuplatonische Ideen von einer Beseelung der Welt und der Materie und besonders von einem »Ein und Alles«; Ansichten, wie sie sich in der florentinischen Renaissancephilosophie und im Pantheismusstreit des 18. Jahrhunderts zeigten. Platon selbst habe den »allgemeinen Verstand«, den Nous des Anaxagoras »in erhabnen Dichtungen« besungen und ihn als »höchsten Verstand« den Gestirnen zugeschrieben. Eine Stelle in Platons *Kratylos* über die etymologische Bedeutung des Wortes »Sonne«, welche die Erzeugnisse der Erde bunt vermehrt, interpretiert Heinse als Quelle von Licht, Feuer und alles Lebendigen und als »Grundstoff zu seinem [Platons] glänzenden theologischen System, worüber [der spätrömische Kaiser] Julian noch abtrünnig wurde« (S. 266). Mit Aussprüchen der griechischen Dramatiker preist Heinse die göttliche Verehrung der Grundelemente des Feuers und Lichtes in Apollo, der Luft in Zeus, des Wassers (Neptun) in der Erklärung des Thales von Milet und der Erde in den Atomen, den Elementen der Materie. So zitiert er aus den *Wolken* des Aristophanes den Satz: »Unser Vater Äther, heiligster, aller Lebengeber!« (S. 267), der in einer späteren Erklärung der All-Einheit der Natur (S. 304) wiederkehrt und von Hölderlin im *Tod des Empedokles* in derselben Bedeutung gebraucht wird. Heinse selbst schließt den Abschnitt mit der pantheistischen Folgerung: »Eines jeden Gefühl muß ihm sagen, daß er etwas Getrenntes von einem Ganzen ist und daß er sucht, sich wieder mit demselben zu vereinigen« (S. 268).

Die Welt ist ein Ganzes, und die Elemente, Urwesen der Natur, sind ewig und göttlich (S. 269), überträgt Heinse aus seinen Aufzeichnungen vom 24. März 1786. Die Scheidung der vier aristotelischen Grundelemente Feuer, Luft, Wasser und Erde und ihre gegenseitige Verbindung bedeuten den Beginn der Zeit und der Schöpfung: »Und die Liebe ward geboren [...] von Uranien, der glänzenden Jungfrau, deren Zaubergürtel das Weltall in tobendem Entzücken zusammenhält« (S. 270). Dieselben Zeilen setzt Hölderlin 1790 seiner *Hymne an die Göttin der Harmonie* voran und verwendet den ekstatischen Inhalt dieses Romanabschnitts in den ersten Strophen seines Gedichts (vgl. Baeumer, *Heinse-Studien*, S. 69–71). Wie die Griechen den vier »Urkräften der Natur« in ihren Hauptgöttern »schöne Tempel« aufstellten (S. 271), so errichten Ardinghello und seine Freunde nur wenig später auf den glückseligen Inseln »ein neues Pantheon [...] der Natur«, je einen Tempel der Sonne, der Erde, der Luft und des Meeres (S. 368). Hier im Gespräch aber läßt Heinse Demetri die spätere Anerkennung der Entdeckung des Kopernikus ankündigen, durch welche die Sonne »auch bei den Menschen ihren erhabnen Posten behaupten« und »unsre kleine Erde mit den andern Planeten um ihre Lebendigmacherin herumrollen wird«. Ein paar Seiten weiter (S. 279) versucht er, seine naturpantheistischen Anschauungen direkt mit dem Weltbild der »Barbaren aus Pommern« (Kopernikus) und »von der Themse« (Newton) zu verbinden. In der Version Heinses ist das neue Weltbild jedoch weniger wissenschaftlich: »Die Natur hat sich aus eignen Grundtrieben dies Spiel von Werden und Auflösen so zubereitet, um immer in neuen Gefühlen selig fortzuschweben; und unser Beruf ist, dies zu erkennen und glückselig zu sein« (S. 275).

Ob er den Aristoteles und seine metaphysischen Schriften gelesen habe, ist die anschließende Katechismusfrage an Ardinghello. »Warm und Kalt und Feucht und Trocken« (S. 280) sind die vier Qualitäten oder Kräfte in der Physik des Aristoteles. Die verschiedenen Verbindungen dieser Kräfte bedingen die Verwandlung der Elemente im Weltall. Während die ältesten Philosophen nach dem einen vereinigenden Element (Heraklit »Feuer«, Thales »Wasser«) suchten, sahen andere die Einheit in dem Satz: »Eins ist Alles und Alles Eins« (S. 281). Xenophanes nennt das Eine »Gott«, Parmenides »Vernunft«. Nach dem »System des Anaxagoras«, das Heinse zwar nach seinem »eignen Begriff« erläutert, hat der »Verstand« (Nous) »die Welt gebildet«, ist selbst die »unterscheidende Fassung des Ganzen«, »der eigentliche Kern jedes einzelnen Lebendigen, jedes Ganzen« und ebenso »ursprüngliche Empfindung« und »Schöpfer von allem Individuellen« (S. 283 f.). Dieser Verstand ist unsterblich (S. 285); selbst unvermischt, kann er alles durchdringen und erkennen (S. 286) und verursacht die Bildung des einzelnen, Begattung und Paarung (S. 288–292). Dem Einwand Ardinghellos, daß jedes Einzelwesen, »jedes lebendige Ding der Form nach [...] unzerstörbar von Ewigkeit da« und in seinem Lebensbereich bereits wirksam sei (S. 296), setzt Demetri den »Aristotelischen Gott« und »König der Elemente« entgegen, der alle Bewegung verursacht (S. 297). Mit ihm meint Heinse den in der *Metaphysik* des Aristoteles beschriebenen ersten, un-

bewegten Beweger, der als Ursache und Prinzip jedes Lebens gewöhnlich mit Gott gleichgesetzt wird. In der ewigen, kreisförmigen Bewegung des Lebens »schwebt der Himmel und die Natur«. Wahres und bestes Leben ist »Wirksamkeit des Verstandes« und »Gott ein immerwährend bestes lebendiges Wesen« (S. 298). Wie die Natur ein Ganzes ist, dessen Schönheit die beiden Gesprächspartner jetzt beim Sonnenuntergang im Pantheon empfinden, so versichert Heinse: »Daß Gott die ganze Natur selbst sei, ist der älteste Glaube.« Anaxagoras führte diesen Glauben ein, fügt Heinse hinzu, Platon verschönerte ihn in Dichtungen, und Aristoteles scheint mit sich selbst uneinig zu sein, »denselben in ein vernünftig System zu bringen« (S. 300 f.).
Aus der Vorstellung des Weltalls als einer einzigen, ewigen und sexuell-lustvollen Bewegung unendlich vieler Substanzen kommt Heinse erneut zu der These, »daß Eins Alles und Alles Eins sei«, und meint, man könnte wohl doch noch derselben Meinung des Xenophanes, Parmenides und Melissos sein (S. 302 f.). Aristoteles' Widerlegung der Einheitslehre dieser eleatischen Philosophen in seiner *Physik* läßt Heinse außer acht. Für ihn verwandelt sich das formlose Eins »durch Streben nach Genuß« zur Form unendlich vieler Gestalten, die wieder in das Eins, in Gott zurückkehren (S. 304). Darin besteht für Heinse der letzte Sinn der biblischen Schöpfungsgeschichte und seiner eigenen All-Einheitsauffassung. »Gott ist unendlich Eins« (S. 306). Der Satz hebt den vermeintlichen Widerspruch auf, »daß Gott unendlichen Verstand habe und unendliche Welten ausmache« (S. 306). Unendlichkeit und in sich selbst ruhender Verstand lassen sich nur in *einem* göttlichen Wesen finden (S. 307 f.). In dieser monistisch-pantheistischen Gottesauffassung sieht Heinse eine Verbindung der Einheitslehre des Xenophanes mit dem im Verhältnis zum Zeitgeschehen des Romans ein Jahrhundert späteren Gottesbeweis Descartes' aus der Gottesidee im menschlichen Verstand und mit der kosmischen Philosophie Spinozas und Leibnizens. Für Heinse handelt es sich jedoch nicht um theoretische Speku-

lationen über das Universum, sondern um die lustvolle Teilnahme und ekstatische Entgrenzung des Menschen ins All: »Eins zu sein und Alles zu werden, was uns in der Natur entzückt« (S. 309). Heinse löst das vorherige statische »Eins ist Alles« in Bewegung auf, in die lebendige Vereinigung mit der Natur, »Alles zu werden«. Heinses Formulierung übernimmt Hölderlin als Eröffnung seines Naturhymnus im *Hyperion*: »Eines zu seyn mit Allem, was lebt, in seeliger Selbstvergessenheit wiederzukehren ins All der Natur.« Hölderlin scheint in der Vergangenheit als einziger Absicht und Höhepunkt des Pantheonsgesprächs erkannt zu haben. Daß Heinse mit der Hen-kai-pan-Formel »Eins und Alles« den Naturpantheismus als neue Religion meint, geht aus dem Inhalt der noch übrigen wenigen Seiten des Gesprächs hervor. Gleich nach dem Zitat fragt er: »Und warum sollten wir nicht in der ewigen Natur noch verehren, was wir immer wirksam, schön und gewaltig darin empfinden?« Er meint hiermit Gott als das »Universalwesen« oder »das Wesen überhaupt«, das wie eine »allerreinste Weltmonarchie« verehrt werden soll (S. 309) oder wie eine dreifache »aristokratische« (die christliche Trinität) oder eine vielfache »demokratische Weltmonarchie« oder »Weltdemokratie« von »lauter unteilbaren Stäubchen«, Elementen (ein »atheistisches System«). Nur muß das »Eins« des bewegten Lebens (S. 312 f.), der »Verstand« (Nous) des Anaxagoras oder das eine »Wesen« gewahrt sein, »das Alles ist« (S. 314). »Ohne Eins, das sich in verschiedne Formen verwandelt, bleibt alles völlig unerklärlich« (S. 316).

In immer neuen Umschreibungen hält Heinse das Thema der All-Einheit mit der vergöttlichten Natur aufrecht. Alle diese Äußerungen stammen aus seinen Düsseldorfer Aufzeichnungen vom Frühjahr 1786. Von 1783 bis zum Herbst 1786 lebte er in Hausgemeinschaft mit Friedrich Heinrich Jacobi in Düsseldorf. 1785 erschien Jacobis Buch *Über die Lehre des Spinoza in Briefen an den Herrn Moses Mendelssohn*, das mit der Aufdeckung des angeblichen Hen-kai-pan-Bekenntnisses Lessings unter den literarischen Geistern dieser Zeit den sogenannten Pantheismusstreit entfesselte. Auch Hölderlin nahm an dieser Auseinandersetzung teil (vgl. Baeumer, *Heinse-Studien*, S. 49–91). Jacobi hatte verkündigt: »Mein Hauptzweck ist [. . .] gleichsam die Summe der Philosophie des Ἓν καὶ πᾶν in meinem Buche darzulegen« (S. 10). Heinse, Jacobis Hausgenosse dieser Jahre, macht das Hen kai pan zum Hauptzweck seines »metaphysischen« Streitgesprächs, eines der Höhepunkte seines Romans. In diesem Zusammenhang haben Heinses Verknüpfungen des Hen-kai-pan-Themas mit christlichen Gedanken und mit der Philosophie Descartes', Spinozas und Leibnizens ihre besondere Bedeutung. Der *Ardinghello* selbst erscheint als ein großartiger Versuch, nicht nur das künstlerische, sondern auch das geistig-religiöse Leben der Antike, der Renaissance und des 18. Jahrhunderts in einen Roman zusammenzufassen.

Im ganzen hat sich folgendes neue Bild des *Ardinghello* ergeben. Die den größeren Teil des Romans einnehmenden Kunstgespräche, Gemäldebeschreibungen und philosophisch-religiösen Ausführungen sind nicht planlose Ausweitungen, sondern die eigentlich wesentlichen und integrierenden Bestandteile, zu denen die Geschichte Ardinghellos, mehr wie ein Rahmen, das Gerüst und ebenso die lebendige Einheit einer Handlung gibt. Die Romanhandlung läuft, zusammen mit dem »metaphysischen« All-Einheitsgespräch, symbolhaft in utopische Idealvorstellungen aus. Die Kunstgespräche stehen unter dem verbindenden und fortschreitenden Thema des 18. Jahrhunderts über die Eigenart und Grenzen von Malerei, Bildhauerkunst und Poesie und sind im einzelnen eine kritische Auseinandersetzung mit den Auffassungen Lessings und Winckelmanns. Die Gemäldebeschreibungen geben jeweils, wie im geringeren Maß auch die Natur- und Liebesschilderungen, lebendige Beispiele zu den theoretischen Erörterungen und Grundsätzen. Das naturphilosophisch-religiöse Gespräch befaßt sich mit dem Spinozismus des 18. Jahrhunderts und ist, in gewissem Sinn, Heinses Beitrag zum Pantheismusstreit, den er aus nächster

Nähe miterlebte. Der *Ardinghello* ist kein Entwicklungs- oder Bildungsroman seelischer Reifung und Entfaltung, sondern ein Roman gelehrten Wissens, gelehrsamer Diskussion und ästhetischer Bildung, vermischt mit sensualistischen Erlebnisschilderungen. Er ist weniger ein Künstler- als vielmehr ein Kunstroman. Er ist kein sozialpolitischer oder Verwirklichung fordernder, utopischer Staatsroman noch ein historischer Renaissanceroman. Die italienische Renaissance ist der historische Ort, die geschichtliche und künstlerische Verwirklichung der angestrebten Verbindung Antike–Moderne, der »klassische Boden« im Geist der beiden fast gleichzeitigen Italienreisenden Heinse und Goethe. Insofern ist der *Ardinghello* vor allem ein gelehrter Renaissance- und Kunstroman.

Darüber hinaus hat Heinse mit Hilfe des sorgfältig studierten Milieus und Menschenbildes der Renaissance und ihrer Kunst ein neues, sensualistisches Bild der Antike und eine lebendige Verbindung von Griechentum, italienischer Renaissance und der Ästhetik und Naturverehrung des 18. Jahrhunderts hergestellt, die, neben und im Gegensatz zur klassischen Auffassung Winckelmanns, Goethes und Schillers, für die Zukunft eine naturromantische, ›dionysische‹ Anschauung von der Antike begründete. In allen ästhetischen, politischen und philosophischen Erörterungen bespricht Heinse Probleme des 18. Jahrhunderts, aber auf dem Boden, in der Sicht und am Beispiel der italienischen Renaissance sowie nach dem Modell einer in allen Fragen für vorbildlich erachteten Antike. Im *Ardinghello* diskutieren der Kunstrichter und das Naturgenie des 18. Jahrhunderts die Ansichten Rousseaus, Diderots, Herders, Winckelmanns, Lessings, Leibnizens und Spinozas, dargestellt am Staatswesen der Medici und an den Kunstwerken Michelangelos und Raffaels und ausgerichtet nach den Schriften und einem neuen lustvoll-sinnlichen Bild der klassischen Antike. Dieses umfassende Bild hat Heinse wie ein Mosaik in sorgfältigen Übertragungen und Überarbeitungen aus seinen vielbändigen Reisenotizen, Eindrücken, Auszügen und Kommentaren antiker, renaissance-italienischer und zeitgenössischer Werke zusammengesetzt. Aber nicht in der gelehrten Zusammenfügung liegt die literarische Wirkung seines Romans, sondern in der sinnlich-anschaulichen Sprache und Darstellung genialischen Genießens von Kunst, Liebe, Natur und kosmischer Entgrenzung.

Inhalt

LUDWIG TIECK

Franz Sternbalds Wanderungen

Studienausgabe
mit 16 Bildtafeln

Herausgegeben von Alfred Anger
Universal-Bibliothek Nr. 8715 [5]

Wer sich mit diesem romantischen Künstlerroman beschäftigen will, kann auf keine bessere, keine hilfreichere Ausgabe zurückgreifen als auf diese. *Bücherei und Bildung*

Tiecks Sternbald wird hier in einer Separatausgabe vorgelegt, die an Sorgfalt und Gründlichkeit alle bisherigen Veröffentlichungen dieses Romans übertrifft, ohne doch durch editorischen Ballast einen größeren Leserkreis von der Lektüre abzuschrecken.
Germanistik

Vittoria Accorombona

Herausgegeben von W. J. Lillyman
Universal-Bibliothek Nr. 9458 [6]

Tieck hat mit seiner Vittoria Accorombona einen Charakter von kühnem, großem Zuschnitt geschaffen. Das Italien der ausgehenden Renaissance wird mit kraftvoll klarem, entschiedenem Strich lebendig. Ganze Bündel späterer historischer Romane wirken matt oder professoral kleinlich gegen dieses Werk. *Mannheimer Morgen*

In Frankreich oder England hätte man das Buch, das zuweilen an Stendhals italienische Chroniken und Novellen erinnert, stets in Ehren gehalten. *Bücherschiff*

PHILIPP RECLAM JUN. STUTTGART